H.A.R.D.
HOT, ARROGANT, REBELLE, DÉTERMINÉ

Du même auteur dans la collection

Luv

Dark Initiation
Games of Desire

LAURA BLACK

H.A.R.D.
HOT, ARROGANT, REBELLE, DÉTERMINÉ

Luv

« L'esprit est à soi-même sa propre demeure ;
Il peut faire en soi un Ciel de l'Enfer, un Enfer du Ciel. »
John Milton, *Le Paradis perdu*

« Nous ne devons pas laisser s'éroder notre sentiment
de révolte. Il faut que notre obsession soit aussi forte
que celle des criminels. C'est la seule chance
que nous ayons de gagner cette guerre. »
John Douglas et Mark Olshaker,
Agent spécial du FBI, Prédateurs et victimes

À ceux qui croient aux secondes chances…

1

Arizona

« I'm goin' to Jackson, I'm gonna mess around
Yeah, I'm goin' to Jackson, look out Jackson town »[1]

La voix de Johnny Cash m'accueille lorsque je pousse la porte du Glovers. Un choix musical qui correspond parfaitement aux lieux, et ce n'est pas le taureau mécanique, installé dans un angle de la salle, qui me contredira.

Dans ce coin tranquille de Californie, le décor est plutôt atypique, mais ce genre de bizarrerie ne me déstabilise plus depuis longtemps. Une conséquence directe de mon boulot, qui m'amène dans les endroits les plus improbables qui existent...

Indifférente aux cris enthousiastes d'une bande de filles qui lorgnent un mec aux biceps gonflés de stéroïdes montant sur la bête, je me dirige vers le comptoir, procédant comme à mon habitude à un balayage prudent de la pièce. Mon cerveau, efficacement assisté d'une mémoire eidétique, enregistre chaque détail, de la couleur des yeux du bison empaillé qui orne le dessus du bar aux motifs des tapisseries tribales. Et, évidemment, chaque visage présent.

1. « Jackson », interprétée par Johnny Cash et June Carter Cash – Paroles de Lucinda Williams.

C'est un soir tranquille. La clientèle, épurée, se compose essentiellement de locaux et de quelques routiers qui vident une bière devant des assiettes avoisinant les quatre mille calories. Sur la piste, trois couples se bécotent plus qu'ils ne se déhanchent, ignorant le rythme de la chanson qui jaillit d'un juke-box aussi âgé que la création.

Le reste de la décoration est à l'avenant, un mélange vieillot de culture du Far West et de folklore mexicain. Un pur cliché qui tient, je le suppose, autant du nombre des propriétaires successifs que d'un manque de recherche.

– Qu'est-ce qu'elle désire, la demoiselle ?

– Une vodka, commandé-je en grimpant sur un tabouret presque trop haut pour mes courtes jambes.

– T'as une carte d'identité ? exige le barman, le regard méfiant.

Je lui souris (j'ai appris, il y a longtemps, que ça ne servait à rien de m'agacer de ce genre d'attitude) et sors le sésame demandé, pas surprise qu'il la manipule dans tous les sens avant de me la rendre. J'affiche un physique juvénile, et pas uniquement parce que je suis menue et petite.

Ce soir, j'ai sciemment accentué cette apparence en enfilant une tenue d'adolescente et en excluant tout maquillage. Habillée d'un grand pull à capuche à l'effigie de Nirvana et d'un jean déchiré aux genoux, je parais facilement dix ans de moins que mon âge.

Une fois servie, je sirote mon verre en reprenant mon inspection des lieux, l'air aussi désinvolte que possible. J'ai une demi-heure d'avance sur mon rendez-vous, mais c'est une stratégie parfaitement réfléchie.

L'homme que je dois rencontrer s'attend à croiser le chemin d'une adolescente paumée. C'est lui qui a choisi ce bar, ce qui signifie, d'après mon expérience, qu'il vit dans le coin – mais pas dans les environs immédiats – et qu'il n'est pas un habitué.

Les prédateurs sexuels cherchent toujours à brouiller les pistes lorsqu'ils traquent leurs proies, mais ils oublient qu'en la matière, ils n'ont pas l'apanage de l'originalité. C'est même tout l'inverse : ils entrent dans des schémas récurrents dès lors qu'un contact de confiance est établi.

Mon job, c'est de les appâter sur les réseaux sociaux, puis de les mettre hors d'état de nuire. @petitesirène99 est le prochain sur ma liste. Je l'attends de pied ferme, avec cette excitation qui vient me lécher les terminaisons nerveuses dès que je suis sur le point de boucler une enquête.

Pour chacun de ces merdeux que j'aide à placer derrière les verrous, c'est autant de gamins de sauvés, et il n'y a rien de meilleur au monde. Pas même un orgasme du feu de Dieu.

Ouais, mais tu baises qu'avec des tocards, m'objecte ma petite voix intérieure.

– Un coca, commandé-je en repoussant mon verre (et le démon de lucidité qui braille un peu trop souvent à mon oreille ces derniers temps).

L'heure est venue de me couler dans mon personnage. Je relâche mes épaules et bats du pied contre le montant de mon tabouret, comme si j'étais nerveuse. En vérité, c'est de la pure adrénaline qui coule dans mes veines.

@petitesirène99 n'est pas une cible comme les autres. Ce pseudo est apparu sur les réseaux il y a deux ans et, depuis, nous nous échinons à mettre la main sur ce type qui publie des clichés bien trop explicites à mon goût. Dix-huit mois auparavant, j'ai découvert que le salopard ne vendait pas que des photos. Moyennant finances, il réalise tous les fantasmes des pervers qui grouillent dans son sillage.

Et, putain, ils sont nombreux !

Lorsque je suis entrée au FBI, je savais que je rencontrerais les pires criminels qui soient. J'ignorais juste que ces monstres seraient aussi insaisissables que des ombres et aussi corrompus que le diable.

Quant à leurs adeptes...

– Cible en approche, souffle une voix chevrotante dans mon oreillette.

La porte s'ouvre et une bouffée d'air sec balaie l'atmosphère déjà surchauffée du bar. Je me détends en repérant deux hommes au look de motards. D'après les informations que j'ai recueillies sur @petitesirène99, c'est très loin de son profil.

– Ce n'est pas lui, répliqué-je en portant discrètement mon poignet à ma joue.

– Bordel, mais tu vas me lâcher la grappe ! tonne le nouveau venu.

– Dès que t'arrêteras de déconner ! répond celui qui l'accompagne. Putain ! Vic !

Déformation professionnelle ou pas, je m'attarde sur les silhouettes de ces clients. En vérité, j'aime observer les gens, et pas uniquement parce que mon cerveau a besoin d'un apport régulier de données à analyser. Quand j'étais enfant, ça se traduisait par l'assimilation d'informations inutiles.

Savez-vous qu'il existe deux mille cinq cents espèces de puces ou que neuf créatures sur dix vivent dans l'océan ? Qu'un lion peut s'accoupler plus de cinquante fois par jour ou que tous les animaux sont dotés de neurones, sauf les éponges et les placozoaires ?

Fascinant, hein ? À mes yeux, ça l'est, mais moins que l'observation des êtres qui déambulent autour de moi ! Parce qu'avec ces derniers, rien n'est jamais figé ni acquis. Même pour moi qui suis entraînée à décrypter les plus infimes détails...

La ressemblance entre les deux nouveaux arrivants est flagrante, bien que le plus jeune soit beaucoup plus maigre que son aîné. Le mince collier de barbe a beau le vieillir, il donne l'impression qu'une bourrasque pourrait l'envoyer valser à l'autre bout de la pièce. Et si ses piercings durcissent son visage, ils ne parviennent pas à annihiler cette impression que le gamin a poussé trop vite.

Son compagnon est tout l'inverse. Grand, massif et ténébreux. Il porte les cheveux longs et mal peignés, un peu comme si des rafales l'avaient décoiffé et qu'il avait essayé de les discipliner avec les doigts. Cependant, c'est son blouson qui attire mon attention. Ou plutôt, l'emblème sur le dos. Un lion ailé dans un cercle de feu surmonte la mention « Styx Lions ». C'est le genre de symbole que je n'aime pas croiser sur une scène d'arrestation.

Merde !

– Je blague pas, mec ! Faut que tu piges que, toi et moi, on a plus rien à se dire.

– T'es mon frangin et t'as failli mourir y a moins de quatre mois, alors ça me débecte de voir que tu t'entêtes dans tes conneries.

La dispute commence à attirer l'attention des clients, et je perçois la nervosité grandissante du serveur. Sa main se faufile sous le zinc du bar, vraisemblablement pour s'assurer que son arme est bien à portée de main. Je comprends aisément pourquoi en avisant l'air sinistre du Styx Lion. Sous la lumière ténue du plafonnier, son visage m'apparaît dans toute sa splendeur et...

Son regard bleu acier révèle une intensité réfrigérante, mais c'est la large cicatrice qui barre le côté droit de son visage qui me file des frissons. Les traits altérés dessinent une espèce de caricature démoniaque qui inspire clairement la peur et le dégoût autour de lui.

Des réactions qui se transforment en sursaut de recul devant ses gestes empreints d'hostilité. Et le couteau sanglé sous le cuir de son blouson n'arrange rien...

Re-merde !

C'est manifestement le genre de type qui peut faire foirer l'opération en cours.

Ne t'emballe pas, ma vieille. Pour le moment, tu gères !

– C'est un peu tard pour t'en soucier, rétorque le dénommé Vic. J'suis majeur et j'ai pas de comptes à te rendre. Et bordel, arrête de me coller les basques !

Rageur, il détale comme s'il avait le feu aux fesses. Cette fois-ci, son aîné ne le poursuit pas. Grommelant entre ses dents, il s'installe au bar et commande un whisky. Je devrais me détourner, revenir à mes propres préoccupations et surveiller la porte, mais l'attitude contractée de l'homme éveille toutes mes alarmes internes.

J'étrécis les yeux lorsqu'il frotte une main nerveuse sur sa cuisse avant de caresser l'étui de son couteau. Réaction surprenante : il se cambre en arrière, la bouche étirée en un rictus qui flirte avec le plaisir. À mon corps défendant, je suis fascinée par la courbure de son dos et l'expression extatique de son visage couturé, comme si toucher sa lame le galvanisait. Le rassurait.

Un foutu tordu, oui !

Ma vieille, c'est toi qui es ensorcelée par cette vision terrifiante, alors lequel des deux est le plus déjanté ?

– Quoi ? Tu veux ma photo ? m'apostrophe-t-il en croisant mon regard.

Je bats prudemment en retraite et me dirige vers une table près de l'entrée, ma bouteille de coca à la main. La lumière y est tamisée, assez pour que l'illusion créée par mes vêtements résiste à un examen plus approfondi.

Je jette un bref coup d'œil à ma montre. L'heure approche, et je m'oblige à respirer avec calme pour apaiser les pulsations de mon cœur.

– On en a un autre, chuchote-t-on de nouveau à mon oreille.

Fébrilité et excitation, voilà ce que je décrypte derrière les mots, là où je préférerais sang-froid et vigilance.

– OK, mais ne bougez pas tant que je ne vous ai pas lancé le signal, ordonné-je.

Lorsque la porte s'ouvre, tous mes sens sont mobilisés. Impatients.

Je détaille la silhouette banale qui franchit le seuil, de la casquette qui masque cheveux et regard au jean et tee-shirt noir. Une ombre parmi les démons...

Une ombre qui explore la pièce avec précaution. Je rentre la tête dans les épaules et triture les manches de mon sweat. Faire sortir @petitesirène99 du bois doit nous permettre d'accéder à sa véritable identité et à son ordinateur.

Qu'il devine le piège maintenant est sans importance. Néanmoins, je reste sur mes gardes, car une interpellation dans un lieu public peut très vite virer au drame.

– Mindy ? clame une voix proche.

Je hoche la tête sans pour autant dévoiler mon visage. Comme si le stress me paralysait, j'accentue le mouvement compulsif de mes mains et je lâche un son qui oscille entre gémissement et sanglot.

Au fil des tchats avec @petitesirène99, j'ai façonné un personnage de gamine complètement paumée, et surtout fragile. Le genre manipulable, mais assez confiante pour accepter de fuguer et de rejoindre le pervers qui l'a alléchée avec des promesses d'une vie meilleure.

– Ça va aller, maintenant, reprend la voix doucereuse. Tu n'as plus à avoir peur. Tu veux bien que je m'assoie ?

Je me trémousse sur mon siège et pivote vers le bar. L'énergumène à la balafre a les reins et les coudes appuyés contre le zinc, et nous observe entre ses paupières à demi closes. Un frémissement s'insinue sous ma peau, suscitant des signaux contradictoires en moi. J'oscille entre une peur viscérale et une fascination inexplicable, mais je n'ai pas le temps d'analyser ces émotions.

La présence du Styx Lion va, en revanche, m'aider à entraîner ma cible à l'extérieur.

– J'aime pas cet endroit, soufflé-je d'une voix éraillée.

Le silence qui accueille ma remarque est chargé de tension. Des mois d'échanges ne gomment pas les réticences naturelles, et @petitesirène99 est aux aguets. À la limite de la paranoïa. Un comportement typique qui égrène des minutes ambiguës.

Le basculement surgit comme des giboulées au beau milieu d'une paisible journée de printemps. Il est abrupt, imprévisible et dévastateur.

En l'occurrence, il ressemble à une tête de chou binoclarde, ou plus exactement à un petit roquet qui n'a pas encore compris que le travail d'équipe nécessite de respecter les plans établis.

Pas de chance pour moi, l'abruti porte son statut d'agent fédéral sur le front, en plus d'un costume parfaitement repassé et aussi voyant qu'une robe de cocktail à un pique-nique. Le manque de discrétion n'est pourtant pas le moindre de ses défauts. Mon partenaire du jour est également misogyne et persuadé que mon allure générale est un handicap.

Genre, la pauvre gamine incapable de se sortir la sucette de la bouche…

Le grand méchant loup, lui, déchiffre illico qu'il vient de se faire pigeonner.

J'ai à peine le temps de formuler un juron que @petitesirène99 me saute dessus. Ma bouteille valse dans les airs lorsque l'abruti s'écrase sur moi, m'entraînant au sol. Je ne résiste pas, consciente que je n'ai aucune chance d'éviter l'impact. Je me recroqueville dans une position défensive et m'écroule en amortissant au maximum ma chute. Malgré mes précautions, mon épaule droite encaisse salement.

Putain ! Ça fait mal !

Je n'ai pas le temps de rouler sur le côté que Mister Pervers s'affale à son tour sur moi. Mes poumons se vident d'un coup tandis que j'accuse ce nouveau choc. Mais ce n'est pas ce qui met mon cerveau en ébullition.

Non… C'est l'arme qui apparaît dans la main de mon adversaire.

– Salope ! siffle-t-il en bafouillant de rage.

– Je te renvoie le compliment, connard, énoncé-je en déployant le genou.

Ma jambe frappe mon assaillant dans le dos, et je mesure aussitôt que le coup n'est pas aussi puissant qu'escompté. Si l'homme s'arque sous l'impact, ça ne suffit pas à le désarçonner.

Je ne panique pas, et pas parce que Tête de chou campe à proximité. Le temps qu'il réagisse, celui-là, j'aurais déjà menotté mon pervers préféré.

En fait, au corps à corps, ma taille m'offre l'avantage insolite d'être systématiquement sous-estimée. Résultat : mes adversaires finissent toujours par commettre des erreurs, que j'ai appris à exploiter.

Cette fois-ci, pourtant, je n'ai pas l'occasion de repérer les faiblesses de mon assaillant. Une botte pointure quarante-cinq s'écrase sur le visage de @petitesirène99. Comme dans un film, au ralenti, je vois la joue se déformer sous l'impact et se déporter sur la droite. K.-O., mon suspect termine sa course au sol, un râle plaintif accompagnant sa chute.

Je cille, éberluée par la silhouette qui se dresse au-dessus de moi. Le regard acier est limpide, presque hypnotique, mais le rictus sur les lèvres affiche un amusement évident.

Un amusement qui vire à quelque chose de plus insidieux lorsqu'une lame se faufile jusqu'à la bouche abîmée. J'ai l'impression que le Styx Lion prend tout son temps, mais ça ne doit guère durer plus d'une ou deux secondes.

En vérité, je suis en apnée, captivée par ce que cet homme dégage et atterrée de sentir mon corps réagir de façon tout à fait incongrue.

Merde : j'ai un vrai problème si un type comme ce malade réussit à m'exciter, là où je suis d'ordinaire longue à me mettre dans le bain.

– Faudrait voir à mieux s'entraîner, Schtroumpfette, lâche mon étonnant sauveur.

Schtroumpfette ? Sérieux ?

Le sarcasme cale de nouveau mes aiguilles sur la grande pendule de l'univers. Mon gabarit me vaut évidemment des conneries de commentaires machistes, mais d'habitude je m'en contrefiche. Sauf que, cette fois, je me refuse à laisser passer.

Avant même que j'aie pu répliquer, l'abruti m'enjambe et s'éloigne comme si je ne méritais pas qu'il gaspille plus de son temps.

– Arizona, ça va ? C'était qui, ce type ?

Je fusille Walter du regard, furieuse à cette seconde contre le monde entier. Et la grimace d'excuse de mon coéquipier, pitoyable tentative pour m'amadouer, accentue un peu plus ma colère.

– Putain ! Qu'est-ce que t'as foutu ? beuglé-je.

– Ben, quand j'ai vu le gabarit du mec, je me suis dit que, si c'était notre suspect, t'allais avoir besoin de renfort.

Je me relève avec agilité et époussette mes vêtements avec des gestes fébriles, ce qui me tire un rictus de douleur. J'amorce un mouvement circulaire avec mon bras afin de vérifier l'état de mon épaule.

Simple hématome, analysé-je sans m'attarder sur la question.

– Tu as failli nous planter, connard ! Ne recommence jamais ça ou tu risques de finir eunuque. Et, crois-moi, rien ne me plairait davantage que de t'émasculer à la petite cuillère.

Tête de chou ricane, son pied battant au rythme de la chanson qui résonne à l'arrière-plan. (Pourquoi suis-je surprise qu'il aime Dolly Parton ?) Mais je perçois une infime hésitation dans ses prunelles.

Ouais, tu as raison, mec, parce que je suis tout à fait sérieuse !

Cependant, c'est autre chose qui me préoccupe en cette seconde : j'inspecte le bar, incapable de ne pas rechercher la silhouette massive du Styx Lion. Mais il a déjà quitté les lieux. Ça ne devrait pas m'indisposer. Néanmoins, j'éprouve un pincement de contrariété.

Probablement parce que l'imbécile a osé me traiter comme une petite chose fragile et que je déteste être évaluée à l'aune de mon apparence physique. J'ai été élevée comme une *warrior* et mes parents m'ont appris à être fière de ce que je suis.

Ras-le-bol de ces mecs qui pensent qu'une queue est synonyme de puissance. Si encore cet appendice magique était fiché sur leur front, ils pourraient se vanter de descendre des licornes et de péter des paillettes…

Ça, ouais, ça mériterait le respect !

– Menotte ce connard ! ordonné-je. On rentre.

2

Arizona

– Hé ! Arizona !

Irène, l'analyste rattachée à mon unité, me rejoint sur le seuil de la salle de débriefing, son large sourire mis en valeur par un rouge à lèvres aussi vif qu'une cerise bien mûre. Avec sa robe tirée d'un catalogue des années cinquante, elle est comme d'habitude renversante, une vérité qui transforme mon tailleur-pantalon en un condensé d'ennui.

– Ce sont des donuts ? me demande-t-elle en jetant un coup d'œil gourmand à la boîte que je transporte.

– Ouais, c'est pour fêter notre dernière arrestation.

– Profitez parce que ça ne va pas durer, siffle Henri Spitz dans notre dos.

Mon patron, sanglé dans un costume noir impeccable, a tout du bureaucrate guindé – mais, en vérité, c'est l'un des meilleurs agents avec qui j'ai eu l'occasion de travailler. Il possède une intelligence analytique surprenante, en plus d'avoir le courage de ses convictions.

Des qualités de plus en plus rares aujourd'hui…

Il nous dépasse d'un pas vif, pressé comme à son habitude. Je ne l'ai jamais vu marcher lentement ou se poser le temps d'un café. Henri est un hyperactif qui consacre son existence à son job. Un spécimen de rigueur et de sérieux, enrubanné dans un film d'honnêteté et de force morale. Un modèle, en somme, si sa vie ne se résumait pas à son travail. Cela dit, ces derniers temps, j'ai un peu le sentiment que je m'engage moi aussi sur cette route…

– Putain ! Des donuts ! s'exclame Neil à notre arrivée. T'es un ange, Arizona !

– Bas les pattes, l'arrête Irène. Tu vas encore tout bouffer si on te laisse la boîte.

Je ris en m'installant dans un fauteuil rembourré, puis place le carton de pâtisseries au centre de la table ronde. Sans surprise, Neil se rue dessus et s'empare de deux gâteaux avant de reculer la main, cédant sous le poids du regard accusateur d'Irène.

– Y sont trop bons, se justifie-t-il, la bouche pleine.

– Bande de morfals, déplore Irène en repérant Tête de chou la main dans le sac.

– Quoi ? C'est fait pour bouffer, non ?

– On peut commencer ? s'impatiente Henri.

Le ton sec recadre tout le monde. Il me trouble surtout. Henri est généralement de meilleure humeur après une opération réussie. Là, il fronce les sourcils d'agacement et tapote la table d'un geste saccadé. Ce n'est jamais bon signe…

– Bien, entérine-t-il une fois le silence revenu. Tout d'abord, je voudrais vous féliciter pour la dernière arrestation. Arizona, c'était de l'excellent boulot ! @petitesirène99, alias Sven Gorgeous, est désormais hors d'état de nuire.

J'esquisse un sourire forcé parce que, sur ce coup-là, je n'ai pas le sentiment d'avoir été au top. Je toise Walter, qui a le culot de soutenir mon œillade assassine. Son intervention lors de l'interpellation aurait pu causer de sérieux dommages collatéraux, mais l'imbécile continue de maintenir qu'il a eu raison de passer outre à mes consignes.

C'est tout le problème avec cet abruti : il n'admettra jamais qu'il déteste obéir aux ordres d'une femme et préfère se cacher derrière sa pseudo-expertise sur le sujet.

Henri ne perd pas une miette de notre échange muet, mais il ne bronche pas. Je le connais assez pour savoir qu'il ne laissera pas Walter s'en tirer à si bon compte, mais qu'il réglera la question en aparté.

– Ça a donné quoi, la perquisition ? demandé-je pour me recentrer sur le principal.

C'est Neil qui gère cet aspect de nos enquêtes. Notre fonctionnement est parfaitement rodé. Au sein de notre unité, cinq agents surfent sur Internet pour repérer d'éventuels prédateurs sexuels, puis ils les appâtent avant de nous céder la main si leurs doutes sont confirmés.

Neil, Irène et moi travaillons en étroite collaboration pour inciter nos cibles à sortir de l'anonymat. C'est une phase longue et périlleuse, mais à chaque fois que nous parvenons à atteindre notre but, c'est une satisfaction sans nom.

Je fais également partie des agents de terrain qui gèrent les arrestations, épaulée depuis peu par Walter. Ensuite, c'est Neil qui assure le relais et recueille les preuves au domicile de nos suspects. Toute l'équipe récupère la main pour analyser les éléments collectés.

Neil essuie rapidement sa bouche et perd l'air débonnaire qu'il affichait une minute plus tôt. Il a peut-être le sourire facile mais, dès qu'il s'agit du boulot, il revêt un masque implacable.

– On a retrouvé un catalogue de clichés plutôt fourni chez ce salopard. D'après le matos et la chambre noire installée dans son sous-sol, c'est lui le photographe…

L'enfoiré ! Vu les poses imposées aux gosses, Sven y a pris un sacré plaisir. À quelques détails près…

– Il a une nette appétence pour les garçons, raisonné-je à voix haute. Regardez les mises en scène. Avec les filles, il est moins perfectionniste, moins investi.

– Qu'est-ce que ça change, au final ? relève Walter en nous offrant une vue dégoûtante sur la marmelade qui tapisse sa bouche.

– Ça confirme notre profil initial, répond Neil d'un ton volontairement sec. @petitesirène99 est un pédophile préférentiel qui s'appuie sur ses pulsions pour combler les besoins d'autres prédateurs sexuels. D'ailleurs, son ordinateur nous en a fourni la preuve. Les fichiers étaient encodés, mais nos informaticiens les ont craqués assez facilement. Sven vendait photos et vidéos pornos. Il filmait aussi ses victimes, avec lui ou ses clients, et sa collection est un beau ramassis de saloperies.

Nouveau silence, même si la colère est perceptible. Tous, nous avons eu l'occasion de visionner des vidéos de cet acabit, et la seule réaction possible, c'est un profond dégoût mâtiné de l'envie de saigner les enfoirés responsables de cet immonde commerce.

– Mais la bonne nouvelle, c'est que Sven gardait une liste de ses acheteurs, et elle est sacrément longue, en plus de contenir quelques surprises.

– Quel genre de surprises ? interroge Irène.

– Il y a beaucoup plus de couples que d'habitude, par exemple. Et les références de chacun de ses clients sont plutôt détaillées.

– Sven voyait sûrement ça comme une assurance, analysé-je. S'il répertoriait aussi minutieusement ces infos, c'est qu'il estimait que connaître la véritable identité de ces détraqués représentait la meilleure des garanties. Il est sacrément organisé.

Une caution plus qu'astucieuse dans un univers où les faux-semblants servent de feuille de route.

– C'est ce qu'on a cru au départ, confirme Neil, mais le problème, c'est que Sven ne négociait pas uniquement des photos et des vidéos.

– On présumait déjà qu'il prostituait les enfants.

– Ouais, mais on a également découvert qu'il les vendait, nous informe Henri.

– Putain ! lâche Walter, son arrogance s'effaçant devant le tableau dressé.

Je déglutis avec difficulté. C'est bien assez pénible d'assimiler que des individus utilisent des gosses à des fins pornographiques, mais le commerce suggère une affaire plus glauque encore. Plus organisée aussi, et donc plus complexe.

C'est le propre de mon job : on ne sait jamais quels monstres se dissimulent dans le noir.

J'oscille entre la satisfaction d'avoir arrêté Sven, le regret de ne pas l'avoir sous la main et le dégoût de ce que nous allons encore découvrir.

– On a lancé le programme de reconnaissance faciale pour essayer d'identifier les enfants, ajoute Henri. Et c'est là que ça se corse. On a dépisté un lien avec deux affaires locales qui éclairent d'un jour plus alarmant ce dossier. C'est pour cette raison que j'ai décidé de nous adjoindre la collaboration d'une autre équipe.

Il n'en dit pas plus et se dirige d'un pas déterminé vers la porte, saluant un homme qui reste pour le moment dans l'ombre. Lorsque Henri s'écarte, ce sont deux inconnus qui nous rejoignent.

– Je vous présente Ted Crewey et Dax Mason.

Ted est une version plus jeune d'Henri. Plus séduisante aussi. Néanmoins, je lis la même rigueur dans le regard sombre, le même amour de la discipline.

Dax, lui, est… moins conventionnel. Vêtu d'un jean élimé et d'un tee-shirt blanc, il balade un bras recouvert de tatouages et un air dur qui l'exclurait d'emblée de la catégorie de nos collègues s'il n'arborait pas un badge à l'en-tête du FBI.

Et merde, le mec est canon avec son regard de braise et la

mèche de cheveux qui balaie son large front.

Un coup de coude de Neil m'incite à refermer la bouche. Je me trémousse sur mon siège, ravie de constater qu'Irène accuse encore le choc et que la teinte de ses joues est en compétition avec celle de ses lèvres.

Et je suis carrément extatique en remarquant l'air renfrogné de Walter. Tête de chou aime occuper l'espace, pas que la lumière en éclaire un autre.

– Ted et Dax, j'en étais au point qui nous intéresse tous. Asseyez-vous et n'hésitez pas à intervenir si besoin. Bien, comme je le disais, la reconnaissance faciale a donné des résultats étonnants. Dans un premier temps, nous avons identifié Olivia et Hugo Gallangher.

Henri allume l'écran devant nous et affiche le cliché de deux gamins qui avoisinent les 10 ans à vue de nez. Bouilles rondes et sourires coquins sous une crinière de boucles rousses.

– C'est une photo prise par Gorgeous ? me renseigné-je en tiquant.

– Oui. Pourquoi ?

– On dirait une photo de classe. Le genre que les familles encadrent et exposent avec fierté dans leur salon. On a quoi sur eux ?

– Ces enfants ont fait la une il y a quatre ans, après le décès de leurs parents. Ce sont les seuls survivants d'un carambolage qui a eu lieu près de Dallas. L'affaire a ému l'opinion publique, car le père est mort en essayant de prévenir les véhicules qui approchaient de l'accident. Il a évité à plusieurs automobilistes de s'encastrer dans l'amas de tôle, et donc limité le nombre de victimes, mais il a fini par être fauché par un conducteur qui arrivait trop vite. Les petits se sont retrouvés orphelins et ont été adoptés par un couple du Minnesota, les Green.

– On les a contactés, évidemment, reprend Ted Crewey, s'invitant dans la conversation. Selon eux, les gosses étaient difficiles et les Green ont préféré les confier à un organisme privé censé leur dégoter une nouvelle famille. Le problème, c'est que nous n'avons aucune trace légale de cet… arrangement.

– Merde ! C'est quoi cette connerie de changer de gamins comme de chemises ? peste Irène. Vous avez visionné sur le Net ces infâmes vidéos qui ressemblent à une foire de troc en culottes courtes ?

– Malheureusement, de plus en plus d'enfants adoptés sont victimes de ce genre de trafic, déplore Henri. Vingt-cinq mille gosses seraient concernés chaque année. Certains parents sont mal préparés ou ne supportent pas la confrontation avec la réalité. Ils ont rêvé de la famille parfaite, et ils découvrent des gamins qui ne sont pas des poupées et dont certains trimballent un passé parfois lourd. Au lieu de se comporter en adultes, ils règlent le problème en l'effaçant. En l'occurrence, pour le cas qui nous intéresse, nous sommes incapables, aujourd'hui, de localiser Olivia et Hugo.

– Et cet organisme auquel les Green ont eu recours, on en sait plus ? demandé-je.

– Ils refusent d'en dire davantage, répond Ted, mais on ne lâche pas l'affaire.

Ce n'est peut-être qu'une coïncidence, mais la photo des petits Gallangher continue de m'obséder. Peut-être parce qu'elle forme un ensemble cohérent avec d'autres éléments du dossier. Des éléments inhabituels…

Je consulte ma tablette et fais défiler la série des clichés de Gorgeous. Mon cerveau trie et classe, sans s'attarder sur le fond. Un exercice qui confirme mon intuition.

Merde…

– Arizona, un commentaire ?

– Est-ce qu'on pourrait comparer la liste des couples avec les fichiers des services sociaux chargés des demandes d'adoption ?

– Tu penses qu'on va identifier d'autres parents qui auraient abandonné leurs gamins ? réagit Irène.

Le nez collé sur son propre écran, ma collègue remonte ses lunettes en écaille et examine avec plus d'attention la succession d'instantanés.

– Putain ! Qu'est-ce que tu as remarqué de particulier ?

– Si vous observez bien les photos, quelques-unes ne correspondent pas du tout au schéma habituel. Je sais bien que certains pédophiles s'excitent sur des clichés de gosses quelle que soit leur pose, mais là, on dirait des pubs pour vous vendre la perfection faite enfant. Donc, je me demandais si Gorgeous n'avait pas investi dans un réseau illégal d'adoption.

– Et les couples sur sa liste de clients seraient de potentiels parents ? termine Ted Crewey, les sourcils froncés.

– C'est pas un peu tiré par les cheveux ? riposte Walter, dubitatif. L'adoption est moins *bankable*, si tu y réfléchis, et ce schéma ne colle pas avec le profil de Gorgeous.

– Gorgeous exploite des gamins sexuellement parce que ça répond à ses besoins. Mais il existe un marché parallèle pour l'adoption, et ça peut rapporter si tu vises les familles qui n'obtiennent pas l'aval des services sociaux et qui ont les moyens de payer rubis sur l'ongle, note Neil en m'accordant un clin d'œil complice. Qu'est-ce qui empêcherait notre gars de jongler avec ces deux casquettes, étant entendu qu'il a la marchandise sous la main ? J'aurais néanmoins une réserve concernant cette théorie : ça nécessite d'avoir accès à un sacré paquet de gosses si tu veux être rentable, en plus d'être en mesure de mettre en place un circuit qui n'est pas à la portée du premier imbécile.

Cela dit, en dehors du fait qu'Arizona a souvent des intuitions qui se révèlent justes, j'aurais tendance à adhérer. Ça expliquerait certaines atypies du dossier.

– On obtiendra peut-être des réponses avec June MacGuire, suggère Henri.

Ouais, comme si cette idée venait de te traverser l'esprit, ricané-je intérieurement.

Une nouvelle photographie apparaît. Cette fois, la gamine est édentée et affiche un sourire large comme le Nevada. Je soupçonne d'expérience que la joie de vivre qui brille dans son regard ne doit plus être qu'un souvenir.

Henri répond à ma question muette d'un signe de la tête.

– Cette photo date de deux ans, précise-t-il pour le reste du groupe, à l'époque où June s'est évaporée dans la nature avec sa mère, Kate MacGuire. Je vous épargne les clichés de Gorgeous, ils sont abjects. C'est le père qui a signalé la disparition, mais le dossier a été très rapidement classé. La femme avait quitté un mari violent et s'était réfugiée à la ferme de la Seconde Chance.

La ferme de la Seconde Chance ? J'émets un grognement parfaitement audible. Putain ! Quand le monde des Bisounours s'invite à notre table, ce n'est généralement qu'un remake foireux des *Gremlins*.

– Une secte ? Pourquoi ce nom me rappelle vaguement quelque chose… réfléchit Neil à haute voix.

– C'est un centre d'accueil pour femmes battues créé par Bradley Shaw, le fils du sénateur, explique Walter, plutôt content de pouvoir déballer sa science. Il est situé au sud de San Rafael, et c'est le genre d'organisme au-dessus de tout soupçon, si vous voulez mon avis. La gamine et sa mère ont eu de la chance dans leur malheur.

Mon mouvement d'humeur extériorise assez bien mon point de vue sur la question. Walter est un crétin qui s'accroche à ses œillères et il n'en a même pas conscience…

– La structure a obtenu l'aval des autorités grâce au soutien du sénateur Shaw, complète Henri avec plus de mesure. En définitive, on sait très peu de choses sur leur mode de fonctionnement, si ce n'est qu'ils accueillent des femmes qui fuient des conjoints violents récidivistes et qu'ils leur trouvent un refuge après les avoir aidées à surmonter le traumatisme. Leur devise, c'est l'omerta absolue au motif qu'ils doivent préserver la sécurité de leurs pensionnaires.

Walter s'avance sur son siège de façon à poser les deux coudes sur la table. Fils de député, il fraie avec le milieu politique depuis sa naissance et a développé l'aisance d'une anguille. C'est aussi grâce à sa filiation qu'il a pu intégrer notre équipe, un détail qui chiffonne la plupart d'entre nous.

Et son comportement à la John Wayne de salon n'aide pas…

Cela dit, sa vision tactique est un atout, même s'il a une nette tendance aux courbettes et à couvrir les arrières des siens.

Eh ouais, la politique, ça s'apparente à une grande sororité : on peut être adversaires au quotidien, quand les emmerdes pleuvent, on est tous soudés comme des putains de sardines dans une boîte.

– Leur réputation est vraiment excellente, insiste-t-il. Grâce au soutien du sénateur Shaw et au boulot de son fils, la campagne de fonds cartonne chaque année et ils publient des stats impressionnantes. Alors, OK, peu de femmes témoignent de leur expérience, mais c'est normal vu les circonstances.

Henri valide l'intervention d'un hochement de tête. Là encore, je le pratique depuis suffisamment longtemps pour deviner qu'il n'a pas avancé le nom de cette structure sans d'autres éléments que ceux qu'il vient de nous fournir.

– À ce stade, ajoute un Walter plus confiant, rien ne suggère qu'il y a un lien entre le fait que la gamine ait transité par leur centre et qu'elle sautille dans les vidéos de Gorgeous.

Sautille ? L'enfoiré !

Je fusille Walter du regard, puis me focalise sur mon patron. Je n'ai jamais vu Henri se lancer dans des quêtes insensées, mais il est du genre à exploiter toutes les pistes, même les plus improbables. Nos réussites tiennent d'ailleurs à ce drastique travail de fourmis.

– Dax ?

L'invitation d'Henri reste sans effet pendant quelques très longues secondes, de sorte que tous les regards convergent vers l'homme qui est demeuré mutique jusqu'à présent.

Dax s'est installé un peu en retrait, les jambes étendues devant lui et les mains croisées derrière sa nuque. Une attitude qui souligne le dessin de ses muscles sous son fin tee-shirt.

Irène ne baye plus aux corneilles : elle salive carrément.

La posture indolente de Dax est cependant un leurre qui ne me dupe pas. Lorsqu'il se redresse enfin, son œil est aiguisé et me percute tel un rayon laser. En écho, son fauteuil craque, comme s'il supportait avec peine la puissance du corps ciselé.

Merde ! Combien mesure ce type ? Je vote pour un bon mètre quatre-vingt-dix et réalise, étonnée, qu'un silence circonspect accompagne le moindre de ses mouvements. Le nouveau venu n'est pas seulement charismatique, il possède tous les attributs d'un cobra qui paralyse sa proie… avant de mordre.

C'est fascinant et déstabilisant à la fois. D'autant qu'il ne m'a pas lâchée du regard depuis qu'il a franchi le seuil.

– La ferme de la Seconde Chance a été construite au milieu de nulle part et est à peu près aussi accessible que Fort Knox, commence-t-il d'une voix profonde. Si la caution du sénateur rend l'établissement quasi intouchable, les remparts qui entourent le complexe sont tout aussi inviolables. Personne n'entre sans leur aval, et on ignore ce qui se déroule à l'intérieur. Quant à qui en sort…

– Ce n'est plus de la prudence, à ce stade, énoncé-je, mais de la paranoïa.

– Ouais, approuve Dax, et c'est ce qui nous a incités à creuser un peu plus. Mais on s'est heurtés à un mur, du moins jusqu'à ce qu'on entende parler de la mort de Gloria Cohen. Cette nana était aide-soignante et l'une des rares employées prise en photo aux côtés de Bradley Shaw. Elle a été percutée par un chauffard qui n'a jamais été identifié. Mais ce qui nous intéresse surtout, c'est qu'elle avait contacté sa sœur deux jours avant l'accident pour lui annoncer qu'elle quittait San Rafael avec un paquet de pognon. Elle lui a expliqué qu'elle avait déterré un truc énorme et qu'elle avait touché le jackpot. Évidemment, on n'a retrouvé aucune trace de ce fric sur son compte.

– C'est un peu court pour remettre en question une institution comme Seconde Chance, oppose Walter, d'autant que ça risque d'être difficile d'enquêter sur eux. Ils ont de bonnes raisons de protéger leurs arrières.

– Ce ne sera pas un problème pour mon équipe, émet Dax avec une désinvolture qui frise l'insulte.

Walter se dandine de nouveau sur son siège, mal à l'aise face à ce condensé de maîtrise. Et de virilité…

– En l'occurrence, ajoute Henri, j'ai déjà demandé à nos collègues de se charger de cette partie de notre affaire.

Je me redresse d'un coup, pas du tout ravie d'entendre ça. J'ai beau adorer mon boulot, je suis la première à me porter volontaire pour les interventions de terrain. Mouiller la chemise m'est aussi essentiel que les séances d'entraînement, où je finis à bout de souffle et dégoulinante de sueur.

– Quoi ? objecté-je sans masquer ma contrariété. Mais c'est…

Henri me cloue le bec d'un regard inflexible. Ce type mérite peut-être toute mon admiration, mais, à l'instant, il me brise sérieusement les ovaires.

– Nous allons exploiter tous les indices que nous avons récoltés, précise Henri, la bouche étirée en un pli dur, et fournir à Ted et Dax tout ce qui pourrait les aider à progresser de leur côté. En parallèle, nous travaillerons Sven Gorgeous au corps. J'ai obtenu le feu vert pour négocier si, en échange, on rapporte la confirmation d'un réseau d'envergure.

– Mais... tenté-je de nouveau.

J'écope cette fois-ci d'une œillade amusée de la part de Dax et d'un soupir exaspéré du côté d'Henri.

– Arizona, tu seras enchantée d'apprendre que tu officieras en tant qu'agent de liaison entre nos deux unités, m'annonce ce dernier.

Là, tout de suite, ça la foutrait mal que je saute au cou de mon patron, non ?

3

Tate

– Bordel de merde ! C'est une blague ?

– Quoi ? On était tous OK pour dire que nous avions besoin de renfort, me rétorque Dax avec un sourire narquois.

– Mec, on parle d'une nana, là ! Une *nana*, répété-je comme si ce simple mot allait ramener mon pote à la raison.

– Tu as parcouru ses états de service ? me balance Lou. Cette fille bat la plupart des gars qui l'affrontent sur le terrain d'entraînement.

Je lève les yeux au ciel, estomaqué que Lou se range à l'avis de notre chef. Bordel ! On nage en plein délire. Une nana ?

La sensation de fourmillement sous ma peau s'accentue, jusqu'à devenir insupportable. Ce qu'il y a derrière, ce monstre au souffle brûlant, se gorge de cet élancement qui accroît sa puissance. Mais il se goure s'il croit que je vais le laisser émerger.

Sans même m'en rendre compte, je sors ma lame et commence à creuser des sillons dans l'accoudoir de mon siège. Le bois ne grince pas, mais le sifflement dans ma tête diminue sensiblement.

La tension dans mes épaules ne se relâche pas complètement. Néanmoins, la bête est de nouveau sous contrôle. Bâillonnée et enchaînée.

– On est les Styx Lions, putain !

– Et Arizona Reyes est une recrue de choix, insiste Dax. D'ailleurs, nous ne lui proposerons d'intégrer l'équipe qu'après avoir évalué nous-mêmes ses aptitudes. C'est pour cette raison qu'on va bosser sur cette enquête avec elle.

– C'est n'importe quoi ! On a retenu une dizaine de dossiers. Pourquoi elle ? Merde ! On a besoin de mecs avec des couilles, pas d'une nana qui va pleurer à chaque fois qu'elle se cassera un ongle.

– C'est pas le genre d'Arizona, glousse Dax.

Je cligne des yeux, sous le choc. Je suis le bras droit de Dax et j'ai activement participé à la sélection des gars qui pourraient éventuellement rejoindre notre unité. Un travail qui requiert une attention particulière, puisque le job proposé n'est pas commun. Pas même légal, d'ailleurs.

Si Dax et moi appartenons au FBI, nous sommes, dans les faits, des criminels. Nous n'avons pas simplement infiltré les Styx Lions jusqu'à en assumer le commandement, nous nous sommes coulés dans le rôle pour en épouser la plus infime caractéristique.

Notre quotidien nous plonge dans les trafics en tous genres, et c'est dans des bains de sang que nous réglons nos problèmes. Nos mains sont aussi souillées que celles de n'importe quels truands. Peut-être même plus, car notre gang est devenu l'un des plus puissants de la région autour de San Francisco.

Malgré cette perversion, notre plaque d'agents du FBI est bien réelle.

Notre unité a été créée il y a huit ans à partir du postulat que certains criminels demeurent insaisissables malgré tous les efforts déployés pour les arrêter. En haut lieu, il a donc été décidé de parasiter le milieu de l'intérieur.

Dax et moi avons été les premiers à infiltrer les Styx Lions. Un an après notre intégration, Dax a tué l'ordure qui en assumait le contrôle et l'a remplacé sans que personne conteste cette prise de pouvoir.

Lou, Sam et Jarod nous ont rejoints peu de temps après.

Depuis, le clan n'a cessé de grandir. De se renforcer. Au point que nous manquons de recrues qui comprennent le sens de notre boulot : qu'importe le moyen, nous nettoyons et épurons, indifférents aux lois ou aux circonstances qui empêchent d'atteindre certains criminels.

Chez nous, pas de vice de procédure ni de blabla d'avocats. On règle la question dès lors que c'est nécessaire.

– Tu l'as déjà rencontrée, fulminé-je entre mes dents.

– Calme-toi, tu veux ? m'enjoint Dax d'un ton cassant. Ted a été contacté par son chef d'équipe, car il a besoin d'un coup de main sur une enquête en cours. Arizona était présente lors de notre échange et… j'avoue qu'elle m'a tapé dans l'œil.

Je grogne, cette fois carrément en colère. Le monstre, ce salopard maléfique, apprécie et rugit en se débattant contre ses entraves. Lacérer le bois de mon fauteuil ne suffit plus. Comme par miracle, un vieux pneu apparaît devant moi.

Sam me le fourre entre les pattes, absolument pas perturbé lorsque j'enfonce d'un coup vif ma lame dans le caoutchouc. Quand je suis dans cet état d'énervement, c'est l'unique chose qui me calme.

L'unique chose qui empêche la bête de sortir et de massacrer tous ceux qui se trouvent à portée. Et, pour elle, pas de distinction entre potes, famille et ennemis. Seule l'odeur du sang la soulage tant qu'elle baigne dedans.

Ouais, je suis du genre complètement barge, mais c'est un détail insignifiant à mes yeux. C'est les autres que ça emmerde (ou que ça traumatise, au choix), et j'admets que j'aime l'idée de les faire flipper rien qu'en les regardant.

J'esquisse un rictus qui, je le sais, rend ma cicatrice plus sinistre encore.

– Si c'est juste pour baiser cette salope, énoncé-je en me retenant de sauter à la gorge de mon pote, tu…

– Tu te fous de ma gueule ! rugit Dax, l'œil assassin. Tasha est la seule qui compte.

Ouais, bon, je me suis peut-être bien emballé…

Mais Tasha a sauvé mon abruti de frère en l'opérant au milieu de la cuisine de notre QG. Elle n'a pas froid aux yeux, cette petite. D'ailleurs, il faut de sacrées couilles pour fréquenter un type comme Dax.

En tout cas, je l'aime bien, moi, et même si je sais que Dax finira par retourner à ses démons (la fidélité, ça n'existe pas), j'apprécierais autant que ce soit le plus tard possible.

– Pourquoi, alors, t'as choisi cette gonzesse sans mon accord ?

Dax m'évalue d'un air sinistre, puis me désigne la carte au mur. Il s'agit d'un plan de notre territoire, largement gribouillé et raturé. Ça fait des mois que nous travaillons pour garantir la sécurité de nos frontières. En fait, depuis que ces connards de Demonic Snakes nous ont prouvé notre vulnérabilité en la matière.

Une leçon que nous avons payée cher. Onze Styx Lions ont péri cette nuit-là.

– Quoi, bordel ?

Le siège de Dax crisse lorsqu'il s'appuie contre le dossier de façon à faciliter l'élévation de ses jambes. Bottes posées sur la table basse qui nous sépare, il s'empare de sa bouteille de bière avant de me dévisager avec sa putain de tranquille assurance.

– Arizona Reyes possède un atout qui vaut dix fois notre dispositif de protection, m'explique-t-il après s'être désaltéré. Elle est l'une des meilleurs dans son job parce qu'elle voit au-delà des apparences. Son cerveau est prédisposé à chercher le détail qui transforme une vérité en mensonge.

Comme chacun de mes potes, je perçois le reproche silencieux que Dax s'adresse. Dans notre guerre contre les Demonic Snakes, nous nous sommes laissé duper par une sale petite pute qui a conduit nos ennemis jusqu'à notre porte.

– Elle a une formation de profileuse ? demande Sam.

– Oui, elle possède un diplôme en sciences du comportement. Son dossier précise également qu'elle a une mémoire eidétique et un QI de cent trente-cinq.

Je siffle entre mes dents, pas franchement impressionné.

– Einstein ne se fondra jamais dans le décor si elle débarque ici, sanctionné-je.

– Reyes s'adaptera, me certifie Dax, jamais à court d'arguments. Cette fille a le meilleur score d'amorçage de prédateurs sexuels sur le Net.

– Faut du cran pour travailler sur ce type d'enquêtes, intervient de nouveau Sam. Elle me plaît bien, cette nana.

– Elle va nous créer des emmerdes, c'est garanti ! maugréé-je, scié de constater que mes potes ne s'insurgent pas contre cette idée à la con.

– Sacha apprécierait de t'entendre, me lance Lou avec ironie.

La seule gonzesse qui a accédé au statut de Styx Lions est une anomalie, le genre à vous geler les couilles d'un regard. En même temps, elle est née des burnes d'un mec qui a buté des dizaines d'êtres humains.

– Sacha, c'est pas pareil. Elle se mêle pas de nos décisions.

– Écoute, Tate, m'apostrophe Dax, j'ai déjà donné ma parole à Ted qu'on enquêterait. C'est une sale affaire et des gosses sont concernés.

Des gosses ? La messe est dite ! Dax est un protecteur dans l'âme.

– Y a autre chose, devine Lou.

Dax se frotte le visage, puis sa bouche s'incurve en une grimace agacée. Ça ne lui ressemble pas d'hésiter. Notre chef est un fonceur, qui réfléchit à la vitesse d'un missile. J'ai beau être furax contre sa décision de recruter une gonzesse, il ne m'a jamais déçu. Mais bon, lui et moi, on a forgé nos liens dans le sang et la dépravation la plus totale.

Et puis, même si je déconne parfois, il est toujours fidèle au poste...

– Reyes est un choix politique, lâche-t-il enfin. Politique et pratique.

– Depuis quand on s'intéresse à la politique ? ricane Sam en résumant assez bien mes pensées.

– Depuis qu'on est sur la sellette. La commission à qui nous devons d'exister s'interroge sur l'opportunité de dissoudre notre unité...

– Bordel ! C'est une blague ?

Le pneu geint sous mes coups de couteau, mais je ne peux pas ralentir la cadence. Le monstre tapi sous ma peau utilise mes émotions pour se renforcer et attaquer la muraille derrière laquelle je le contiens. Or, chaque fois qu'il se rapproche de la surface, il menace bien plus que mon seul équilibre psychique.

– Je préférerais, avoue Dax. Ces enfoirés ont regretté leur décision à la minute où ils l'ont validée, mais ils n'ont jamais eu les couilles de l'annuler.

– Où est-ce qu'ils s'en sont dégoté une paire ?

– Au rayon des flics obstinés. Rosario n'a pas apprécié de ne pas obtenir de retour sur investissement à la suite de sa petite collaboration avec les Demonic Snakes. Il remue la boue et commence à faire un peu trop de bruit.

Le salopard de fils de pute ! Son père était un ripou de première et nous avons fait en sorte que cette information soit divulguée. Depuis, le fils, flic lui aussi, cherche un moyen de se venger et il n'a pas hésité à s'allier à nos rivaux pour atteindre son but.

Les Demonic hors course, je croyais qu'il se ferait plus discret. Voire qu'il disparaîtrait du paysage. Une erreur d'évaluation qui m'irrite salement le poil.

Le monstre, lui, adore cette flambée du feu des enfers !

– Et Reyes dans tout ça ?

– Je vois deux avantages à la recruter. Primo, on a besoin de quelqu'un qui étudie le profil de Rosario. Arizona peut vraiment nous sauver la mise sur ce coup, et je ne crois pas qu'on ait le choix. Rosario ne nous lâchera pas.

– On devrait le buter ! vitupère Jarod.

Notre meilleure sentinelle a la gâchette facile et le sang chaud, un cocktail explosif, insolite chez un mec qui affiche le look stéréotypé du surfeur baba cool.

– T'emballe pas, le réprimande Lou. Rosario braille à tout va et ça le place sous les projecteurs. Si on l'élimine, la situation risque d'empirer et de définitivement nous échapper. Ce connard est incontrôlable et dangereux. On doit trouver un moyen de le neutraliser sans foutre encore plus le bordel, alors je valide l'idée de Dax. La profileuse nous fournira des outils pour le stopper.

– Et c'est quoi, le deuxième atout de Reyes ? grommelé-je en ayant le sentiment que l'univers et mes potes se sont ligués pour me pourrir la vie.

– Son père. Le colonel Colin Reyes, qui a servi dans la Navy avant de rejoindre l'état-major de la marine. Il a l'oreille du chef de nos armées.

– Un homme capable de mettre des bâtons dans les roues de notre chère commission si elle décide de nous planter, complète Lou. Ouais, Reyes est une recrue de choix.

– J'arrive pas à croire qu'on mange de ce pain-là, râlé-je pour la forme.

– Nous sommes devenus trop forts, mec, me rappelle Dax. Les pontes qui imaginaient mener le jeu réalisent qu'on pourrait annoncer le pire échec de leur carrière. On a les moyens d'exister sans eux, et surtout les ressources pour les envoyer chier. Reyes, c'est une caution comme une autre. Il en faudra plus pour nous tirer d'affaire s'ils nous mitraillent à bout portant, mais c'est un premier pas essentiel pour notre survie.

– OK, OK, capitulé-je. Mais je continue d'affirmer qu'une nana, ça apporte toujours des emmerdes ! D'ailleurs, comment on va expliquer sa présence aux gars ?

– Lou va recevoir la visite de sa cousine, me nargue Dax. Dria est déjà folle de joie à la perspective de l'accueillir dans leur chambre d'amis.

– T'as tout prévu, enfoiré !

Dax arbore un rictus triomphant, le genre qui me file des envies de le balancer dans le lac situé en contrebas de son chalet.

– J'ai paré au plus pressé, car elle arrive demain matin.

– T'as son dossier ? réclame Sam.

L'ancien marine s'empare de la pochette cartonnée et parcourt les pages avec la concentration qui le caractérise. Il remarque à peine mon grognement, mais finit par me céder un cliché format A5.

Le visage affiche le sérieux d'un agent photographié dans le cadre de ses fonctions. Arizona Reyes ne sourit pas, mais ses yeux, pourtant figés, dénotent une joie de vivre difficile à ignorer. Peut-être parce que les sourcils foncés soulignent la pureté du gris clair des iris.

Le contraste est saisissant, en tout cas. Assez pour que n'importe quel homme classe cette femme dans la catégorie « belle nana ». Et la pluie de taches de rousseur qui parsèment les joues et le nez ne dément pas cette définition, bien au contraire...

J'aimerais apprécier ce que je vois, mais la seule chose qui me frappe, c'est ce silence dans ma tête. Pour une fois, le monstre ne beugle pas. C'est peut-être ce qui m'affole le plus, car son mutisme est symptomatique d'un choc que je ressens jusque dans mes os.

– Bordel de merde ! La Schtroumpfette !

C'est confirmé : je ne veux pas d'Arizona Reyes sur mon territoire !

4

Arizona

Conduire m'a toujours apaisée. Pourtant, alors que je progresse dans un décor de carte postale, je ne peux pas m'empêcher de me ronger les ongles. Ou, du moins, ce qu'il en reste…

Je repose ma main gauche sur le volant et contemple brièvement mes doigts. Fins et dépourvus de vernis, ils sont à mon image : bruts et sans fioritures.

Un détail qui confirme une vérité toute simple : je ne me coule pas dans le moule de la « normalité », pour autant que ce terme qualifie quelque chose de précis.

Selon les statistiques, mon aspect dénué de chichis serait même un inconvénient. Près de quatre-vingts pour cent des femmes se maquillent et paraîtraient, de ce fait, plus compétentes et fiables.

J'ignore pourquoi je pense à ces conneries alors que je roule le long de l'océan Pacifique.

Ces derniers temps, je me surprends à réfléchir à des trucs stupides, alors que certains sujets mériteraient toute mon attention. Comme le désert amoureux que je traverse depuis… Bon, OK, impossible d'y songer sans remonter au déluge.

Le pire, c'est que je ne me souviens même plus du visage de l'homme qui a tenu le premier rôle sur cette scène dénuée de passion. En même temps, il y a une certaine justice, puisqu'il est à égalité avec les suivants, ceux qui se sont faufilés brièvement dans le paysage de cette désolation.

Le point positif, c'est que je n'ai besoin de personne pour m'épanouir, et ma vie intime se résume à des aventures d'un soir que je ne plébiscite qu'épisodiquement. La liberté totale, quoi !

C'est de cette manière que j'envisage mon existence. L'indépendance est mon mantra, et ce, depuis que j'ai appris à crapahuter à quatre pattes.

Sauf qu'un infime détail a altéré ce mécanisme parfaitement huilé. Un détail qui s'apparente à un fantasme torride, là où je n'ai jamais eu la nécessité de ce genre de subterfuge pour prendre mon pied en solitaire.

Bon, en définitive, c'est juste ma libido qui joue au yoyo, mais observer cet étrange dérèglement à 29 ans, ça n'a rien de génial. Pas quand vous misez votre avenir professionnel sur une partie de poker et que le destin se fout littéralement de votre gueule en installant à votre table un expert du bluff.

Les Styx Lions... Merde ! Tu parles d'un choc !

Si la découverte de cette unité m'a valu de signer un accord de confidentialité et de m'astreindre à une batterie de tests physiques et médicaux, la première chose qui m'a traversé l'esprit, c'est que j'allais revoir le mec du bar.

Le prédateur au regard arctique qui s'est immiscé dans mes rêves sans que je comprenne comment il s'y est pris.

Le deuxième élément m'a conduite à culpabiliser : j'adore mon job dans l'équipe d'Henri, mais la possibilité de travailler avec les Styx Lions m'a confortée dans le fait que je m'ennuyais.

C'est finalement à moitié morose que je m'engage sur un parking perdu au milieu de nulle part. Devant moi, une façade esseulée et abîmée s'offre à la caresse d'un soleil radieux. Je déchiffre le nom « Shark » sur une pancarte bringuebalante, suspectant qu'un bar a autrefois égayé ce coin paumé.

Aujourd'hui, les fenêtres sont condamnées par des planches mal serties et la devanture a souffert des ravages du temps. Le résultat s'apparente à une bicoque délabrée qui s'harmonise péniblement avec la végétation se devinant à l'arrière-plan.

Mon rendez-vous émerge presque aussitôt de la porte principale, preuve que je suis attendue. Il me faut une seconde pour ravaler ma surprise. Lou Janisky, mon nouveau cousin préféré, arbore des muscles saillants qui tirent sur les coutures de son tee-shirt XXL. Ce type pourrait me briser le cou d'une main. Pourtant, le sourire qui enlumine jusqu'à ses yeux m'indique que je n'ai rien à redouter.

– Arizona ?

J'acquiesce d'un simple geste de la tête et réprime un gloussement lorsque le mastodonte s'installe sur mon siège passager, remplissant l'espace de manière plutôt virile. Comme Dax, ce gars est un condensé de masculinité, mais les angles de son visage sont plus doux. Ça le rend presque abordable, même si je devine qu'il m'offre la vision sympa de ce qu'il est.

– Bienvenue chez les Styx Lions, m'accueille-t-il. Je suis Lou, comme tu dois t'en douter. Bonne route ?

Je déglutis avec un peu de nervosité. Ça y est, je suis au pied du mur. Quelque chose me souffle qu'en suivant ce Popeye bardé de cuir, je franchirai une frontière sans retour possible.

Une pensée qui me fait hésiter pendant une fraction de seconde. Puis ma raison reprend le dessus : je suis ici pour une seule et unique mission. Bien que je sois excitée, cette expérience appartiendra bientôt au passé.

Étonnamment, je ne suis pas ravie à cette perspective, et c'est ce qui me ramène à la réalité.

– Enchantée, Lou. J'ai eu un peu de mal à vous trouver, à dire vrai.

– Ouais, on peut se demander quel abruti a décidé d'installer un bar dans ce coin paumé, hein ?

– Il est toujours en activité ?

Merde ! Le mec rougit, là, ou j'ai des visions ?

Pourtant, comme si rien n'était venu le perturber, Lou se frotte le menton, puis m'adresse un clin d'œil amical.

– On a fermé l'établissement, mais les gars s'y regroupent quand ils souhaitent se détendre, si tu vois ce que je veux dire.

Un peu trop bien, merci !

– Comme certaines gonzesses essayaient régulièrement de franchir nos frontières, Dax a jugé que...

– ... les accueillir ici était la meilleure solution pour tout le monde ?

– Ouais, c'est ça. Certains de nos prospects dormaient là avant l'attaque, mais depuis, beaucoup se sont réinstallés dans le chalet principal.

– Ils subissent vraisemblablement le besoin de resserrer les liens après l'épreuve que vous avez traversée. Ted m'a expliqué que vous aviez perdu une dizaine d'hommes.

– Un putain de carnage, me confirme Lou, le regard égaré à l'horizon. Enfin, c'est pour ça que Dax n'a pas voulu te loger au QG. Les p'tits ont tendance à finir la soirée autour d'une bouteille et...

Là aussi, je vois parfaitement le tableau et je ressens une curiosité grandissante sur la façon dont Dax gère ce gang à deux visages.

– Comment vous opérez pour que vos membres ne se doutent pas de votre véritable job ?

Cette fois-ci, le sourire de Lou s'élargit et dévoile un condensé de fierté.

– Ben, en définitive, c'est pas trop difficile. Nos cibles sont des salopards de première, et nos gars ne demandent rien d'autre que de dépenser leur trop-plein d'énergie en se remplissant les poches.

Je doute que ce soit aussi simple…

– Comment vous allez leur expliquer cette nouvelle enquête ? On est très loin de votre périmètre d'action habituel.

– Ouais, c'est pour ça qu'on n'a averti personne, me révèle Lou. Pour l'instant, il n'y a que nous qui travaillerons sur le dossier. On avisera en temps voulu si on a besoin de plus de ressources.

Je m'abstiens de rebondir. D'ici quelques minutes, je vais découvrir cet univers qui me fascine contre toute attente et me laisse pourtant un arrière-goût amer au fond de la gorge.

Une amertume que je préfère ignorer au risque de devoir me pencher un peu trop sur le sentiment de vide que j'éprouve depuis un moment.

– On y va ? me propose Lou fort à propos.

Je redémarre et suis les instructions de mon guide jusqu'à une guérite dissimulée au milieu de buissons et équipée de caméras infrarouges. Une barricade en barbelés renforcés se déploie de chaque côté, formant une frontière difficilement franchissable.

Je sais que le dispositif de sécurité a été révisé après l'attaque dont le gang a été victime, et le résultat est plutôt convaincant.

Le type qui nous accueille, mitraillette au poing, a le profil de l'emploi, mais il se détend imperceptiblement en reconnaissant Lou.

– B'jour, mec. Dis donc, mignonne, ta cousine.

– Ouais, mais c'est chasse gardée, p'tit, rétorque Lou sans avoir besoin de hausser le ton pour que le gars en face baisse les yeux en signe de respect. Allez, ouvre la barrière.

J'inaugure ma visite du territoire des Styx Lions en pénétrant dans ce qui ressemble à une forêt d'érables parsemée de fougères et de buissons touffus. C'est tellement bucolique qu'un sentiment de paix me submerge.

Le chemin mène à un immense chalet à étage, mais Lou m'indique de continuer et me dirige vers un réseau de routes parfaitement entretenu. Des habitations en bois se matérialisent au milieu de la végétation, assez éloignées les unes des autres pour offrir à chacune une intimité patente.

– Gare-toi ici.

La demeure de Lou n'est pas différente de ses sœurs, mais les fleurs qui s'épanouissent alentour lui apportent une touche personnelle sympa.

– Je ne m'attendais pas à un cadre aussi... bucolique et paisible, noté-je en serrant le frein à main.

– Les résidences individuelles, c'est récent. Avant, on vivait tous dans le chalet principal ou au Shark, mais on commençait à manquer de place. Dax a proposé de bâtir de petites maisons, et la plupart d'entre nous ont voté pour. Quand j'ai fait la connaissance de Dria, j'ai encore plus apprécié d'avoir mon indépendance.

– Je vais la rencontrer ?

– Ce soir. Dria est instit et bosse dans une école primaire située à une vingtaine de kilomètres d'ici. Bien sûr, pour elle, tu es ma cousine.

– Ne t'inquiète pas, rétorqué-je d'un ton faussement docile. Je maîtrise mon rôle sur le bout des doigts. Ma mère était la sœur cadette de la tienne, et elles ont perdu le contact parce que ton père était un connard qui a semé la zizanie entre elles. Je suis à l'initiative de nos retrouvailles, mais tu es super content, car je suis le dernier membre de ta famille encore vivant.

Je marque une pause, maintenant que j'ai énuméré tous les éléments transmis par les Styx Lions concernant ma couverture.

– J'ajouterai que je suis célibataire, principalement parce que je suis une mordue de boulot. Mettons que je suis… analyste informatique. Autant rester le plus proche de la réalité que possible, non ? J'aime les sushis et la bouffe chinoise, mais je ne sais pas manier les baguettes, alors je les mange le plus souvent avec les doigts. Et, crime suprême, j'accompagne ce genre de festin avec de la bière.

– Dria va t'adorer, ricane Lou en s'extirpant de mon véhicule.

– Je suis une fille sympa, accordé-je avec humour.

– Je vais te présenter l'équipe, enfin une partie. Dax préfère qu'on soit discrets et qu'on se rencontre chez moi pour cette grande première.

J'enregistre l'information avec plus de sérénité qu'à mon arrivée. Mes poumons se gorgent d'un air pur et vivifiant en même temps que je recouvre mon calme habituel. Une nouvelle traque commence et c'est finalement l'excitation qui l'emporte.

– Arizona, m'accueille Dax lorsque je pénètre dans un salon baigné de lumière.

Je m'attarde peu sur le cadre, abandonnant à mon cerveau l'exercice de répertorier les détails, et me concentre sur les trois hommes qui occupent l'espace de façon à couvrir tous les angles. Je ne suis pas certaine qu'ils en aient conscience, mais ce mécanisme induit un mode de fonctionnement qui allie complicité, confiance et maîtrise.

Pourquoi est-ce qu'il en irait autrement ? Ces hommes sont des agents du FBI et ils travaillent ensemble depuis sept ans. Les liens qu'ils ont tissés vont forcément au-delà de la simple coopération professionnelle.

– Je te présente Jarod et Sam. Tate, mon second, devrait nous rejoindre d'ici quelques minutes.

– Ça laisse le temps à Lou de nous servir une p'tite bière, résume le blond au look de surfeur.

Appuyé contre la baie vitrée qui s'ouvre sur une terrasse aussi fleurie que le devant de la maison, Jarod se roule une cigarette sans me lâcher du regard. Sa décontraction apparente ne résiste pas à un examen attentif de ses prunelles. Ce type est un prédateur aux aguets.

Comme les autres, non ?

– T'allumes pas ta clope ici, le tance Lou.

– Te bile pas, c'est pour plus tard, l'avertit Jarod en calant sa cigarette au-dessus de son oreille.

– On ne va pas traîner, de toute façon, ajoute Dax. Je voulais qu'Arizona nous rencontre tous, histoire qu'elle sache où elle met les pieds.

– Cracker et Murder vont se pointer eux aussi ? l'interroge Lou, un pack de bières sous le bras.

– Non, ils sont de garde au Rush. On les verra demain quand on se réunira tous pour discuter de notre affaire. Arizona, Ted a dû t'expliquer qu'on possédait un bar à San Francisco. L'une des pièces est sécurisée, alors c'est le lieu idéal pour bosser sur le dossier Seconde Chance sans redouter des oreilles indiscrètes.

J'entends la paranoïa, mais les récents événements la justifient. Je devine aussi que je suis, d'une certaine façon, un élément d'instabilité pour les hommes qui m'encerclent. Une gaffe de ma part, et c'est la catastrophe assurée.

– Je serai prudente, assuré-je en réponse à la question qui ne m'a pas été posée. Est-ce que je pourrai circuler librement ici ?

– Oui, bien sûr. Lou devait te faire visiter les lieux, mais j'ai besoin de lui sur le terrain. Et Dria ne sera pas là avant ce soir, alors je vais demander à Tate de s'en charger.

– Jarod n'est pas disponible ? grogne Lou.

La réticence est manifeste. Néanmoins, Dax la balaie d'un haussement de sourcils.

– Tate sera parfait ! assure le mec qui me jauge sans animosité, mais avec un rictus sardonique sur les lèvres.

Sam est resté silencieux jusqu'à présent, et j'ai le sentiment que son attitude revêche n'est pas un masque. C'est peut-être ce qui me conforte dans l'idée qu'il y a anguille sous roche. Instantanément, je visualise mentalement le Styx Lion croisé lors de l'arrestation de Gorgeous.

– Un grand type balafré ?

Dax étrécit les yeux, puis les coins de sa bouche se relèvent en une mimique intéressée.

– Tu connais déjà Tate ?

Merde !

– Il était dans le bar où j'ai coffré Gorgeous. Il l'a mis K.-O.

– Putain ! Il nous a pas raconté ça, s'étonne Jarod. Qu'est-ce qu'il foutait là-bas ?

– Il était accompagné de son frère, si j'ai bien tout saisi.

Une information qui fige les quatre hommes d'une seule estocade.

– Bordel ! éructe Lou, les lèvres pincées de contrariété. C'est pas bon, ça !

– Euh… c'est quoi, le problème ?

– Vic roulait pour les Demonic Snakes, m'explique Dax sans se faire prier, et il a participé au raid qui nous a visés. Tate n'a pas très bien encaissé la nouvelle. Il espérait ramener son frangin à la raison un de ces jours, mais Vic a été blessé pendant l'attaque et il lui a très clairement signifié qu'une réconciliation était hors sujet. Tate aurait pu l'accepter si on n'avait pas appris, il y a peu, que quelques-uns des salopards qui ont survécu à nos représailles cherchaient à se remettre en selle.

– Tate ne dormira pas en paix tant qu'il ne saura pas si son frère va continuer de déconner, sanctionne Sam. T'as vu dans quel état Vic était quand Tasha l'a soigné ? Ce gamin a été torturé chez les Demonic !

– Ouais, mais on n'a pas besoin que Tate mène une cabale perso ! objecte Lou.

– Je vais lui parler, conclut Dax, plus morose qu'au début de la conversation.

L'inquiétude perce dans sa voix, et une image du Styx Lion s'impose de nouveau à moi. Je le revois accoudé au bar, caressant le fourreau sous son cuir, la nuque courbée en arrière et le visage empreint d'un plaisir extatique.

Mon sang se met à bouillonner dans mes veines, telle une confirmation de ce désir brut qui me poursuit depuis que j'ai croisé la route du Styx Lion. Je ne sais pas pourquoi, mais j'aurais préféré que l'homme ne soit qu'une recrue parmi les autres.

Qu'il soit aussi un collègue… Oh ! Bon sang !

Mon instinct me murmure que les ennuis ne font que commencer. Bizarrement, ça me stimule au lieu de m'alarmer.

5

Tate

Les jambes légèrement écartées, je bascule sur mes talons et bloque ma respiration jusqu'à ce que mes poumons soient sur le point de s'enflammer. L'envie de déguerpir est si forte que ma main se porte machinalement sur ma hanche droite. Le contact du métal froid me rassérène, même si ça ne calme pas la bête.

George Washington, John Adams, Thomas Jefferson, James Madison...

L'astuce à la con de psy ne fonctionne plus depuis bien longtemps, mais les habitudes ont la vie dure. Comme si ça pouvait changer la donne ! Non, le monstre ne réclame qu'une seule chose : que j'abatte ma lame pour faire jaillir du sang.

Je grogne, incapable d'endiguer ce besoin ravageur. Je sors mon couteau et le frotte contre ma cuisse, expirant et inspirant avec une régularité de métronome.

James Monroe, John Quincy Adams, Andrew Jackson...

Putain de voix dans ma tête !

La bête se marre parce qu'elle sait exactement ce qui m'anime à cette seconde et qu'elle aime me pousser dans mes retranchements.

– Même pas en rêve, sifflé-je entre mes dents.

Pourtant, je suis au bord du gouffre, happé par l'échange que je viens d'avoir avec mon petit con de frangin. Merde ! Comment peut-on être aussi aveugle ?

Ma main s'active d'elle-même et dirige ma lame vers le tronc d'arbre voisin. Je suis fasciné par le mouvement fluide et dénué de saccades, même lorsque le métal s'enfonce dans le bois.

La bête plastronne, s'étirant comme un félin qui se repaît de caresses. L'enfoirée ! Elle sait que chaque coup me rapproche du précipice, de cette frontière qui me fera basculer un de ces jours dans une rivière pourpre.

Mon âme n'y survivra pas. Quant à mon esprit... Dans cette lutte perfide pour ne pas chavirer, il a cédé des pans entiers de sa substance.

Contrairement à l'idée communément reçue, la folie n'est pas synonyme d'absence de raison. Il s'agit plutôt d'une fragmentation abyssale de l'être intime, un morcellement plus ou moins explosif qui détruit autant qu'il dissémine aux quatre vents. Mais la nature est bien faite – et n'y voyez aucune ironie de ma part, hein ! Cette vaste fumisterie n'aime pas les échecs. Alors, elle se réorganise, recollant chaque bout fracturé selon son propre schéma.

Le résultat... Bah ! Il est toujours plus ou moins réussi, ou s'apparente, selon les points de vue, à un enchevêtrement imparfait et bancal.

Dans mon cas, ça fait de moi une putain de bombe à retardement. Il suffit d'un rien, et je m'enflamme ! Et ça, c'est dans mes meilleurs jours...

Martin Van Buren, William Henry Harrison, John Tyler, James K. Polk...

– Un problème, mec ? m'interpelle Dax en se plantant devant moi.

Je cligne des yeux, surpris que mon pote ait réussi à s'avancer sans que je le repère. Bordel ! Ce n'est pas moi, ça ! Je me frotte le visage, éraflant plus durement que nécessaire la partie abîmée et sensible de ma face. La douleur agit comme un seau d'eau froide sur ma peau et me ramène à la surface d'une mer… démontée.

La bête rugit, mêlant cynisme et moquerie. Ouais, on ne bazarde pas ses démons aussi facilement…

– Tate ?

– Il va crever, bordel de merde ! C'est pas compliqué à comprendre, si ? Putain ! Il a été torturé. Torturé, mec !

Les spasmes dans mes doigts redoublent, vibrant de nouveau à une cadence intolérable. En écho, un voile rouge recouvre ma vue. Les anciens présidents ne peuvent plus rien pour moi.

Marteler… Frapper… Oublier ma soif de sang… Marteler… Frapper… Oublier…

– Tu ne peux pas sauver Vic contre sa propre volonté, m'assène tranquillement Dax.

Une simple vérité énoncée sans pathos. Du Dax tout craché !

– Tu as eu des nouvelles, si je comprends bien, ajoute-t-il.

Le ton caustique implique bien plus que les mots, et je le saisis sans avoir besoin de m'en assurer. De toute manière, je sais de façon certaine que Dax arbore son petit rictus à la con, celui qui proclame qu'il n'y a pas grand-chose qu'on puisse lui cacher.

– La pute qu'il baise prospecte dans les bas-fonds. Elle chercherait à sceller un marché pour le compte des Demonic.

– On se doutait que ces enfoirés essaieraient de se remettre en selle. Ce n'est pas forcément un problème pour nous. Buzz nous avait dans le collimateur et il était assez timbré pour nous défier, mais Vic et ses potes auront du mal à se vendre s'ils débarquent avec une liste d'ennemis à abattre. Quant à ton frangin, tu ne peux pas l'empêcher de se mouiller dans de nouvelles embrouilles si c'est ce qu'il désire.

– Cette salope le manipule, mec ! Elle couchait avec Buzz, et je parierais qu'il n'était pas le seul à s'en payer une bonne tranche avec elle. C'est clair qu'elle l'utilise et… Bordel ! Ses cicatrices… C'est elle, putain ! Elle le torture ! Je peux pas laisser ça arriver une deuxième fois. Pas après ce que…

Les mots suivants ne franchissent pas la barrière de mes lèvres. Je refuse de nommer cet enfoiré, ou même de l'évoquer. C'est déjà bien assez ignoble de l'apercevoir dans les yeux de la bête lorsqu'elle se débat pour se dérober à mon emprise.

– Écoute, Tate : pour l'instant, Vic n'est pas prêt à t'entendre. Mais, quand le moment viendra de le tirer de cette merde, je serai à tes côtés. En attendant, tu ne l'aideras pas si tu perds le contrôle. Il faut que tu te ressaisisses.

– Putain ! Et comment je fais ça ? C'est… Tu ne sais pas ce que tu me réclames !

L'œil de Dax ne dévie pas d'un pouce tandis que je le toise avec rage. Un courage qui n'exclut pas l'intelligence. Mon pote écarte légèrement les jambes de façon à s'ancrer dans le sol et à anticiper une attaque frontale.

J'hésite une seconde de trop. Me battre contre Dax musellerait la bête, mais je ne suis pas sot au point d'ignorer que je la renforcerais tout autant. Or, je suis à un rien de franchir l'ultime limite.

Je me force à rengainer ma lame et sors une cigarette, le regard rivé sur mes mains tremblantes. Merde ! On dirait un accro en manque – sauf que, moi, mon addiction requiert des shoots de brutalité à l'état pur.

– Tu as besoin de te concentrer sur autre chose que Vic, m'enjoint Dax d'un ton sans réplique. Lâche-lui la grappe pour le moment. Ton frangin est aussi buté que toi et il continuera de s'opposer à toi rien que pour t'emmerder.

– Ça fait trois ans que je reste en retrait.

J'écope d'un regard sardonique, preuve que mon pote n'est pas dupe et qu'il ne craint pas de me mettre face à mes mensonges. Ouais, bon, OK, je n'ai jamais perdu Vic de vue, et encore moins renoncé à le convaincre de lâcher ses conneries.

C'est mon petit frère, putain ! Un gamin qui a connu l'enfer avec nos parents, puis dans les foyers sociaux, avant que je ne me décide à le prendre en charge…

Mon esprit ramène à la surface le souvenir de notre première rencontre. Vic avait 11 ans et moi, 25. Je me remémore mon choc devant le corps maigre et recouvert de bien trop de cicatrices. La culpabilité et la honte m'ont cloué sur place jusqu'à ce que j'aperçoive des larmes dans les yeux de Vic. La peur exsudait par tous les pores de son être.

Ce jour-là, je me suis promis que je ramènerais un sourire sur ce visage blafard. J'ai échoué. Lamentablement.

– J'ai une mission toute désignée pour te changer les idées, m'annonce Dax en ricanant dans sa barbe.

– J'aime pas quand tu utilises ce petit ton prétentieux ! C'est quoi, un plan foireux ?

– Arizona, lâche-t-il en me prouvant ainsi qu'il a des tendances suicidaires.

– Tu déconnes ? craché-je en écrasant mon mégot. Je veux rien avoir à foutre avec cette nana. Elle est là, OK, mais c'est ton problème, pas le mien !

– Bah ! En fait, je comptais sur toi pour lui faire visiter notre territoire et l'informer de nos pratiques.

– C'est Lou, son baby-sitter, putain !

– Ouais, mais il doit filer à Sausalito, et les autres sont tous occupés ailleurs. Et, puis, de ce que j'ai capté, vous vous connaissez déjà, tous les deux.

Je jure à haute voix et allume une nouvelle clope. J'ai beau tirer dessus comme un damné, ça n'occulte pas mon sentiment de nervosité. Mais, ce coup-ci, mes émotions restent sous contrôle. Enfin, autant que possible. Disons que la bête ne cogne pas contre les murs, m'incitant à buter tous ceux qui se trouvent à portée de main…

Je réalise que Dax a réussi, une fois de plus, à m'écarter du rebord du précipice. Sans jugement aucun, il m'a ramené aux fondements de ma relation avec Vic. Quant à sa proposition d'être présent le moment venu, c'est une promesse qui vaut autant que si elle avait été scellée dans le sang. Parce que, tous les deux, on a frayé avec l'adversité et les ténèbres.

– Justement ! J'ai pas besoin d'une piqûre de rappel.

– Si je ne te connaissais pas aussi bien, je dirais que tu fuis cette nana. Elle te fiche la trouille ?

– Tu crois vraiment que je vais tomber dans ce piège à la con ?

– Ben… ouais !

– Bordel ! grondé-je parce que Dax a tapé dans le mille. Tu me revaudras ça, mec, j'te l'jure !

Mon pote se contente de rire, bras croisés sur son large torse dans une pose nonchalante. Son œil demeure en alerte pourtant. Dax n'est pas devenu notre leader simplement parce qu'il est costaud et imbattable au combat à mains nues. Il possède ce truc en plus qui pousse au respect et nous incite à l'écouter, et je n'échappe pas à la règle.

– Ça me va ! me provoque un peu plus Dax. Viens, que je procède à de vraies présentations et… tu essaieras d'être gentil avec elle, OK ?

– Gentil ? Putain ! Je m'appelle pas Jarod, moi. D'ailleurs, le blondinet de service serait un bien meilleur guide que moi.

– Jarod n'est pas dispo cet après-midi, et évite ce surnom à la con devant lui si tu ne veux pas finir castré. Quoique Dria risque de se charger elle-même de te remonter les couilles dans la gorge si tu ne ramasses pas tes mégots.

Je balaie les lieux du regard sans savoir ce qui l'emporte chez moi : la fascination ou l'écœurement. La profusion de fleurs n'a rien de naturel au milieu de nos bois, mais tout le monde semble s'accommoder de la lubie de Dria de nous coller des jardinières aux endroits les plus loufoques.

– Lou se ramollit, noté-je, la bouche tordue de répugnance. Dria va finir par le convaincre que boire du thé vaut mieux qu'une bonne chope de bière.

– On va dire que je n'ai rien entendu, réplique l'amoureux transi en se pointant par surprise derrière nous. Les mecs, il faut que je décolle maintenant si je veux être à l'heure à mon rendez-vous à Sausalito. Et, Tate, ne laisse pas ta merde dans l'allée ou Dria va te tuer.

– Putain ! Vous vous êtes donné le mot, râlé-je en raclant le sol du bout du pied pour enfouir l'objet du méfait.

– Là, tu rêves, me tance Lou. Tu me récupères tes saloperies et tu les balances à la poubelle.

– Quoi ? Tu vires écolo maintenant ?

– C'est plutôt du bon sens quand on sait qu'un mégot met un à deux ans à se dégrader.

Qu'est-ce que je dénonçais, hein ? Les nanas, même quand on ne les sollicite pas, elles la ramènent ! « Langue bien pendue » n'a pas eu la patience d'attendre à l'intérieur et s'approche en affichant un air neutre qui ne suffit pas à me persuader qu'elle symbolise autre chose qu'un sac d'emmerdes. D'autant que Jarod et Sam suivent en l'encadrant comme si elle était leur nouvelle meilleure amie…

– Arizona ! Tu n'as pas encore été officiellement présentée à Tate, lance Dax, pince-sans-rire.

– C'est fait, maintenant, grondé-je sans chercher à atténuer ma mauvaise humeur. On passe à la suite ?

– Te formalise pas de l'attitude ronchonne de notre pote, il gagne à être connu, énonce Lou avec un rictus que je qualifierais d'avertissement.

– T'es du genre à croire au père Noël, toi, se moque Sam.

– Vous aviez pas autre chose à foutre ? maugréé-je en adressant un doigt d'honneur à mes acolytes. Allez, tirez-vous !

– Bon courage, Arizona, formule Jarod, un sourire de fils de pute sur les lèvres, avant de partir.

Si Arizona Reyes éprouve le moindre malaise face à mon attitude hostile, elle ne le manifeste pas. Son regard clair affiche au contraire une détermination tranquille. Je serais presque admiratif si j'en avais quelque chose à foutre. Mais cette nana n'est que de passage, et la seule chose qui m'importe, c'est qu'elle déguerpisse au plus vite.

Et je me contrefiche des stratégies de Dax pour protéger le gang. On a survécu jusqu'ici et je suis convaincu que nous n'avons pas besoin de céder aux pressions politiques.

– Tate ? m'apostrophe Dax, l'œil soudain plus ombrageux.

– Ouais, je vais assurer.

Une assertion qui pue l'embrouille, même si elle n'est pas dépourvue de sincérité. J'ai beau m'incliner à reculons, je sais où va ma loyauté.

– Bien ! Arizona, on se revoit ce soir.

Dax s'éloigne avec Lou et Sam sur les talons, m'abandonnant au sort peu enviable de distraire Miss Minipouss.

Une chose est sûre : cette nana n'a pas froid aux yeux. Le regard limpide ne se détourne pas lorsque je le croise, débordant d'une agressivité que je suis incapable de contenir. Heureusement, pour le moment, la bête se tient tranquille.

Je ne suis pas serein pour autant. Si, un jour, j'ai été capable d'apaisement (le genre gamin joufflu souriant et ravi de vivre), ma mémoire a bouffé ces souvenirs et les a brûlés comme un fétu de paille. Le monstre qui me déchire les entrailles est né de ces cendres fumantes et ne cesse, depuis, de me dévorer.

– La visite commence par quoi ?

La voix est douce, mais une légère altération fendille les syllabes, qui roulent dans la bouche en fin de phrase. C'est beaucoup trop sexy pour une nana nantie d'un regard en faisceau laser ombré de longs cils noirs.

Merde ! Depuis quand je m'extasie devant des putains d'yeux à la con, moi ?

Je me frotte le visage, désireux de me débarrasser de ce sentiment de danger qui imprègne ma peau. Ça n'a rien d'un pressentiment, mais tout d'une certitude.

La bête soulève une paupière paresseuse en même temps que ma nervosité s'enracine dans cette part de mon être qui se gorge de ce que la vie m'a inculqué de plus violent. Pour survivre, il faut bannir certains maux. À ce jeu, les femmes symbolisent la tentation incarnée, une sorte de talon d'Achille qui précipite invariablement les hommes dans les pires tourments.

C'est pour cette raison qu'Arizona Reyes doit s'éclipser : les Styx Lions tiennent leur force de leur unité, et je me refuse à ce qu'une nana détruise ça !

– Bon, on crève l'abcès maintenant ou on continue à se regarder en chiens de faïence ? me relance Miss Minipouss, le menton pointé en avant.

Les mots devraient me faire sortir de mes gonds, mais le doux renflement mis en valeur par les bras fins croisés sous sa poitrine capte mon attention. Un simple réflexe de survie ! Lorsque ma raison vacille, mon besoin de sexe se décuple.

– T'es certaine de pouvoir encaisser ? grommelé-je en retour.

– Eh bien, voyons ça ! me défie Arizona en relevant son petit menton.

– Je ne veux pas de toi ici !

– Ça, c'était inutile de le préciser, j'avais compris. La question, c'est : pourquoi ? Je te rappelle quand même que je suis venue parce que nous avons ferré un trafic d'êtres humains. Et on parle d'enfants, là ! Alors, il y a urgence à arrêter les salopards qui sont derrière cette affaire.

– Ah ouais ? Ben, figure-toi qu'on n'a pas besoin de toi pour coffrer ces connards.

Arizona plisse les yeux comme si son cerveau disséquait chaque élément de notre conversation… Et bien plus, j'en suis persuadé, puisque cette nana est un as du décryptage comportemental. Le grondement qui sort de ma bouche représente assez bien l'idée que je me fais de la situation.

– Pourquoi ? finit-elle par me demander. Je suis formée à ce genre d'affaires et c'est moi qui ai débusqué le principal suspect. J'ai toutes les raisons d'être associée à cette enquête.

– Parce que tu penses vraiment être à la hauteur ?

J'insiste sur le dernier mot et, histoire de ne laisser planer aucun doute sur son double sens, je bombe le torse et me redresse en toisant sévèrement Arizona. La différence de stature est accentuée par la délicate corpulence de mon adversaire, et j'avoue éprouver un sentiment de puissance presque grisant.

– C'est censé m'impressionner ? ricane Arizona. Tu es vraiment le genre de mec à mesurer la valeur d'une personne à sa taille ?

– L'autre soir, sans moi, t'étais foutue ! rappelé-je d'un ton sans appel.

– Absolument pas !

– Tu comptais sur le *man in black* qui t'accompagnait et chiait dans son froc pour te tirer d'affaire ?

– Figure-toi, élude-t-elle, que j'ai arrêté des dizaines de types comme ce Gorgeous et que je n'ai jamais eu besoin de personne. Tu es intervenu avant que je puisse réagir, mais, crois-moi, le suspect aurait fini menottes aux poignets et le nez dans la poussière.

– Bordel ! C'est toujours le même truc avec les nanas : elles argumentent pendant des heures, même quand elles ont tort…

– C'est ma taille ou mon sexe le problème ? me coupe-t-elle, les sourcils froncés de perplexité.

Malgré l'intonation tranchante, le visage d'Arizona reste un condensé de maîtrise. Dire que ça m'agace est loin de la vérité. D'ordinaire, j'inspire l'aversion ou la peur, pas l'indifférence. Alors, j'ai un peu de mal avec cette attitude nonchalante à l'arrière-goût de raillerie.

– Les deux, putain ! la provoqué-je, anticipant avec un plaisir pervers la tempête qui va s'abattre sur moi.

– Je suis curieuse, rétorque-t-elle contre toute attente, un sourire énigmatique sur les lèvres. Explique-moi ça.

– Ne joue pas à la profileuse avec moi, merde !

– Aucun risque, glousse-t-elle en levant une main en un geste qui se veut probablement apaisant, mais qui me fait l'effet d'un drapeau rouge sang. Je navigue dans le sillage de détraqués tous les jours, alors j'aime autant éviter l'exercice quand ce n'est pas nécessaire.

Elle vient de me traiter de désaxé, là, non ?

Je cligne des yeux, peu habitué à ce qu'on me renvoie de façon aussi directe à ma folie. Et c'est une nana que je pourrais assommer d'une claque qui l'ose… Elle est timbrée ou complètement inconsciente !

– Tu me cherches ?

– Sauf erreur de ma part, c'est déjà fait, réplique-t-elle, sa bouche frémissant d'amusement.

Je me surprends à admirer le dessin des lèvres sensuelles, puis sursaute, choqué de m'égarer sur cette pente sablonneuse. J'ai besoin de baiser un joli petit cul, OK, mais Arizona Reyes est tout sauf une option recevable.

– Bordel ! Mais c'est pas un jeu, la rembarré-je. Tu bosses peut-être avec des tarés de première, mais tu as toujours la cavalerie derrière toi. Nous, on se démerde sans filet et…

– Une nana n'en est pas capable, c'est ça ?

– Ne me fais pas dire ce que j'n'ai pas dit. Je ne suis pas misogyne. Simplement, les gonzesses, ça complique tout. Et toi, t'es pas préparée à ça !

Mon bras droit décrit un arc de cercle pour englober tout ce qui nous environne. Le territoire des Styx Lions ressemble peut-être à un camp de vacances, mais mon monde n'a rien d'un parc d'attractions. Mickey se balade avec un 9 mm et Donald a cramé le château de la princesse.

– Et d'où te vient cette révélation ? me nargue-t-elle un peu plus. Tu ne me connais pas.

– J'ai lu ton dossier et j'en ai appris bien assez. Tu vas chercher à fourrer ton nez partout, tu argumenteras pendant des heures pour nous vendre tes convictions et tu exigeras de participer à chacune de nos opérations terrain.

– Précise-moi un truc : qui essaie de profiler l'autre, maintenant ? Cela étant, tu as raison sur toute la ligne, hormis sur un point. Quand je bosse en équipe, je sais écouter et partager. Ce qui m'érige en partenaire plutôt sympa… Ouais, je suis vraiment une collègue top. Par exemple, j'apporte souvent des donuts aux débriefings. Tu aimes les donuts ?

J'hallucine : Miss Minipouss débarque de la planète des Bisounours. Ou alors, elle se fout royalement de ma gueule, entérinant le fait qu'elle est dangereuse. Dangereuse et nuisible.

– Je supporte pas qu'on se foute de ma gueule, l'avisé-je, les mâchoires contractées.

– Non ?

Le battement de cils sonne comme un énième défi. Quant à la sucette qui vient se nicher dans l'antre humide, elle me fait disjoncter, distillant dans mon esprit des images d'une sensualité débridée. Mes reins s'enflamment et réveillent cette part de moi qui utilise le sexe comme exutoire.

Je ferme les yeux brièvement, savourant l'idée de m'offrir une partie de jambes en l'air bien corsée. Je m'emplis mentalement de l'odeur de sueur et de liquides corporels, comme un drogué qui s'exciterait devant un sachet d'héroïne.

Heureusement pour moi, même si le Shark est peu fréquenté l'après-midi, il y a systématiquement une ou deux chaudasses qui traînent dans le coin dans l'espoir de profiter de privautés que la nuit (et le nombre de gars) rend moins intimes.

– Un conseil : rentre chez toi et laisse-nous gérer, asséné-je.

– J'en tiendrai bien compte, mais il semblerait que ton avis sur la question importe peu !

– Tu peux préciser ? demandé-je, les yeux étrécis.

– Eh bien, regardons les choses en face et n'y vois aucune critique, mais juste l'énoncé d'une déduction logique : tu es contre ma présence ici et je me doute que tu n'as pas gardé ton opinion sur le sujet pour toi. Pourtant, je suis là. Donc, soit ton avis compte moins que les autres, ou alors tu t'es fait griller en beauté.

Arizona lèche consciencieusement sa sucette, incarnation parfaite de l'innocence. Sauf que chaque coup de langue se répercute directement sur mon sexe.

Mon regard se rive sur sa bouche, irrésistiblement attiré par la brillance des lèvres roses et la sensualité qui en émane.

C'est à ce moment que la bête choisit de me jouer un tour à sa sauce. Parce que rien ne pourrait expliquer autrement ce qui suit. Rien !

Tout part en vrille dans ma tête. Je me retrouve collé contre Arizona, ma bouche plaquée contre la sienne. Je mordille la peau au goût sucré et investis le nid humide avec l'envie de dévorer tout ce qui s'offre à moi. Merde ! C'est tellement bon que j'oublie les rugissements de la bête. J'oublie, surtout, que je commets une erreur monumentale.

La pesanteur me ramène les pieds sur terre. Ou plutôt les fesses…

Je sourcille, incapable de comprendre comment je suis passé du paradis à cette position inconfortable sur le sol. Parce que la seule explication plausible est…

Un rire cristallin me cueille au moment où je relève la tête. Mains campées sur les hanches, Arizona me surplombe avec une arrogance narquoise.

– Tu vois que je suis en mesure de me défendre, déclare-t-elle avant d'enrouler une nouvelle fois sa petite langue rose autour de sa putain de sucette. Et à mon tour de te prodiguer un conseil : assure-toi que la fille est consentante avant de fourrer ta langue dans sa bouche, surtout quand tu viens juste de lui expliquer à quel point elle est indésirable à tes yeux.

Je me laisse retomber sur le sol et éclate d'un rire qui sonne faux même à mes oreilles.

Échec et mat, mec !

6

Arizona

La provocation, ce n'est absolument pas mon genre. D'ailleurs, la blonde que je suis ne comprend même pas le concept…

Vous voyez Jane Bennet dans *Orgueil et Préjugés*[2] ? Eh bien, c'est moi, la cohorte de sœurs hystériques en moins et un Bingley qui n'a jamais pointé le bout de son nez.

Remarquez, à mon humble avis, pas de quoi pleurer sur ce dernier point !

C'est donc sans aucune arrière-pensée que je débarque au Rush, un sourire délicieux – angélique par excellence – sur les lèvres et une boîte remplie de donuts sous le bras.

Et, chut… une poignée de sucettes au fond de mon sac.

Pas de chance pour moi, monsieur « lèvres de velours et regard de tueur » brille par son absence !

En fait, Dax est seul, occupé derrière le bar à lustrer le comptoir patiné. Lorsqu'il lève les yeux vers nous et nous accueille d'un hochement de tête, j'ai du mal à réprimer un soupir de déception.

La preuve qu'on peut posséder un QI digne d'Einstein et se comporter comme une idiote…

– Salut, Arizona. Lou, ça roule du côté de Sausalito ?

---

2. Roman de Jane Austen.

– Ouais, nickel. Je te raconterai tout à l'heure. Les gars sont déjà là ?

– Ils nous attendent en bas.

Dax nous invite à le suivre dans les cuisines et s'arrête devant ce qui m'apparaît être une énorme armoire en chêne. Encadrée par les deux Styx Lions, je siffle entre mes dents lorsque le meuble bascule sur son axe pour révéler un passage dérobé.

– Le Rush a été construit à l'époque de la prohibition, m'explique le maître des lieux en s'engageant dans un escalier en colimaçon. Le propriétaire versait dans la contrebande d'alcool et utilisait le sous-sol pour stocker sa marchandise. Tate et moi l'avons réhabilité en appartement. On s'en sert essentiellement pour discuter des affaires du gang quand on est en ville.

La pièce principale est immense et typiquement masculine avec sa décoration minimaliste et ses meubles noirs aux angles agressifs. La seule touche de couleur vient de la table de billard et des flippers installés dans un coin. Une vraie garçonnière, quoi !

Comme pour renforcer ce constat, la cuisine se réduit au strict nécessaire, mais avec celle aménagée au-dessus de nos têtes, j'imagine que son utilité est toute relative.

Les hommes présents ont dédaigné cette partie de l'appartement pour se réunir autour de consoles qui auraient tout à fait leur place dans un bar. Et, pour l'heure, ils me dévisagent tous avec insistance.

Une chance que je ne sois pas le genre de fille timorée qui rougit de la moindre attention…

Ma bouche et mes sourcils, animés de leur propre volonté, se rehaussent de malice, et c'est sans hésiter que je rejoins l'assemblée, brandissant mes pâtisseries comme cadeau d'intégration.

– Bordel, des donuts ! s'exclame Jarod en louchant vers la boîte de douceurs. J'ai toujours affirmé qu'il manquait une touche féminine dans l'équipe.

Sam acquiesce sans prononcer un seul mot, mais il s'empresse de se servir. Une jambe repliée sur l'autre en une attitude nonchalante qui n'empêche pas son visage d'être figé comme du marbre, il me détaille avec la même acuité qu'hier.

Difficile de savoir ce qui se trame derrière son large front, et ses yeux bridés, dévorés par d'immenses iris noirs, laissent peu de place à l'imagination. Ou trop, selon le point de vue...

Je lui souris et ne me formalise pas lorsqu'il hoche simplement la tête en retour.

– Ouais, je suis raccord avec toi, Jarod, formule Lou, la bouche pleine.

– Nourrissez un homme et vous conquerrez son cœur ! proclame un type au physique longiligne. Moi, c'est Murder, au fait.

– Enchantée. Donc, toi, c'est Cracker, mentionné-je au gars qui campe un peu en retrait.

– C'est moi, me confirme-t-il d'une voix aiguë qui cadre mal avec sa silhouette rondelette.

Le sourire, lui, est franc et massif. Dénué d'artifices.

Je réalise, sans surprise, que je navigue avec sérénité parmi ces hommes qui arborent, pour la plupart, un visage primitif et sans concession. Un paradoxe quand on sait qu'ils vivent dans le mensonge. Mais peut-être qu'au fond leur camouflage n'en est pas un.

Mon regard dérive sur chacune des têtes présentes. J'enregistre les attitudes, les expressions, et la complicité qui se manifeste sans avoir besoin de mots. J'apprécie ce que je vois, viscéralement.

De nouveau, le sentiment de vide qui m'éperonne ces derniers temps revient me titiller. J'ai une famille aimante et des amis de confiance ; pourtant, j'ai l'impression de passer à côté de quelque chose de fondamental.

Côtoyer les Styx Lions me le rappelle de façon inattendue. Inconfortable, surtout.

Est-ce pour cette raison qu'ils me fascinent ?

Je me connais assez pour savoir que mon esprit a un besoin prégnant de stimuli et que mon boulot ne le comble plus. Non pas que mon job soit devenu inintéressant ou qu'il ne me galvanise plus, mais je me suis installée dans une routine qui exclut cette petite étincelle d'imprévus si savoureuse.

« La vie, c'est comme une coupe de champagne, Rizzo, aimait à répéter mon frère. S'il n'y a pas de bulles, ça ne vaut pas le prix d'un jus de chaussette. »

Il est mort en assumant cette conviction que le mérite d'un individu tient aux choix qu'il fait.

– Des donuts... grogne une voix dans mon dos. Génial !

Je m'efforce de détendre la ligne de mes épaules, mais je réalise que j'attendais l'arrivée de Tate avec une certaine... excitation.

– Quoi ? baragouine Jarod en mastiquant une énorme bouchée. T'aimes pas les donuts ? Y sont trop bons ! Un pur délice !

– Calme ta joie, mec, le tance Tate en me fusillant du regard. Ce n'est qu'un beignet. Il y a mieux comme gâterie, non ?

Le sous-entendu m'amuse, presque autant que le souvenir du visage de Tate pendant que je léchais ma sucette. Le résultat a dépassé mes espérances, même si j'ai sciemment rembarré le beau ténébreux, qui me toise à présent avec hostilité.

Logiquement, l'air vibre de tension entre nous. Néanmoins, ça ne m'empêche pas de sourire. Au contraire, même... Je croise les bras, un sourcil haussé en signe de défi.

– Ah oui ? Et qu'est-ce qui peut bien être meilleur qu'un beignet bourré de beurre et de confiture ?

Je mords à mon tour dans un donut et lèche la trace de sucre qui s'attarde sur ma lèvre inférieure, consciente que Tate ne perd pas une miette du spectacle. Son regard, entre férocité et attraction, se pose sur ma bouche le temps d'un battement de cils, et je devine ce qui lui traverse l'esprit à cet instant, puisque je pense exactement à la même chose.

Un frisson me caresse l'échine, sensuel et brûlant, et me rappelle que je me suis tortillée toute la nuit entre mes draps. J'ai fini en sueur et pantelante, obsédée par une faim vorace. En m'embrassant, Tate a transformé un banal fantasme en quelque chose de bien plus tangible.

Un vrai délice pour une fille qui traverse un désert charnel depuis bien trop longtemps.

La singularité de la personnalité de Tate devrait pourtant me faire détaler. C'est tout l'inverse. Mon cerveau raffole de ces mécanismes alambiqués et tortueux qui l'obligent à réviser ses schémas de pensées.

La preuve que je suis une grande malade, ouais !

Mais ce n'est pas une surprise. Petite, je me rêvais en médecin légiste quand les filles de mon âge se voyaient instit ou star de la chanson…

Ça fait un moment qu'un homme n'a pas réussi l'exploit d'éveiller à la fois mes terminaisons nerveuses et mes neurones. En fait, cela ne m'est jamais arrivé.

De quoi m'attirer comme une flamme au milieu de la nuit et expliquer que Tate Grison m'éblouisse. Intellectuellement, s'entend, bien que son charme atypique soit un argument à lui tout seul.

J'imagine que je devrais être déroutée par cet intérêt inattendu pour un gars aussi ombrageux, mais je suis bien trop excitée par le challenge que représente un personnage pareil.

Mon père me qualifie de tête brûlée depuis que je suis gamine. Il n'a pas tort. Ma curiosité naturelle et ma soif d'apprendre m'incitent à m'engager sur des chemins que d'autres jugent tortueux, voire imprudents. Mon boulot en est le parfait exemple.

Tate est le dernier spécimen à faire les frais de mon avidité pour les bizarreries de ce monde… La seule étrangeté à mes yeux, c'est qu'il m'attire autant intellectuellement que sexuellement.

Finalement, tel un chat, je me lèche les babines devant une coupelle de crème.

Hier, après ma petite démonstration de force – qui s'apparentait à une revanche bien méritée –, Tate m'a entraînée dans un remake de *Forrest Gump* et a parcouru son territoire sans jamais ralentir ni s'assurer que je suivais. Évidemment, l'option « paroles » s'est perdue en route, semée à l'aune d'une colère larvée. Moins d'une heure plus tard, il m'a déposée devant chez Lou, fuyant comme s'il avait le diable aux trousses. Ce qui n'est probablement pas loin de la vérité.

J'ai néanmoins retiré de cette confrontation un plaisir revigorant. D'abord parce que provoquer un type bourré de certitudes est jouissif. Ensuite parce que ce mec affiche la sincérité brute des Styx Lions et que c'est plutôt rafraîchissant dans un monde où tout n'est que dissimulation.

Je saisis la boîte de donuts et m'approche de Tate en soutenant son regard torve. Mon air amical l'irrite, c'est une évidence, et les coins de ma bouche se soulèvent un peu plus à cette idée.

Pas de chance, j'aime flirter avec les limites.

Parce que c'est grisant.

Parce que mon cerveau oublie pendant une seconde de mouliner.

Je n'émets pas une seule parole une fois devant Tate. Sa bouche est étirée en une ligne dure et son regard est létal. Pourtant, je n'ai pas peur. Je sais me défendre, certes ; néanmoins, je ne suis pas vaniteuse au point de croire que je pourrais dominer un type comme lui. Hier, l'effet de surprise m'a avantagée, mais j'ai désormais perdu ce privilège.

Non, c'est quelque chose de plus intuitif qui me pousse à affronter cet homme sans éprouver le plus petit tremblement de frayeur.

Téméraire et intrépide… Deux mots qui me collent à la peau.

Eh quoi ? On n'a qu'une vie, n'est-ce pas ?

Bon, en réalité, il se pourrait bien que mon instinct de survie soit défaillant… Ou que le désir m'obscurcisse l'esprit.

Ou que le doux frémissement de la peur m'exalte au lieu de m'incommoder…

En réponse à mes provocations, je m'attends à voir surgir la lame de Tate. Mais, sur un toussotement d'avertissement de Dax, mon compagnon de jeu préfère reculer d'un pas.

– Tu devrais rester à distance, me souffle-t-il néanmoins avant de rejoindre ses potes, dédaignant ainsi mes délicieux donuts dorés.

– Bon, Jarod, ça a donné quoi le survol de Seconde Chance ? lance Dax en me jetant un regard circonspect.

– Sam a pris des photos assez intéressantes, ricane le joli blond. Enfin, quand il ne vomissait pas tripes et boyaux.

– Enfoiré ! le houspille son partenaire, le visage crispé.

– Tu lui as fait le coup des loopings ? le réprimande Lou en se mordant les lèvres pour ne pas exploser de rire.

– C'est un grand taré, proclame Sam. Il a failli nous tuer avec ces conneries.

– Je suis un pilote émérite, conteste Jarod, le sourire angélique. Et voler n'aurait rien d'amusant sans quelques culbutes savamment dosées. C'est comme le sexe : pas de gloire à la jouer missionnaire à tous les coups !

– Ben, quand je baise, je ne risque pas de m'écraser deux cents mètres plus bas et de finir en pièces détachées.

– Faudrait déjà que tu t'adonnes à cette activité, mec ! Parce que c'est bien gentil ta fixette sur la jolie Amber, mais il va te pousser une troisième jambe à force de bander sans tirer ton coup.

Je ne sais pas qui est cette Amber, mais son nom suffit à faire sortir l'imperturbable Sam de ses gonds. Avec la rapidité d'un serpent à sonnette, il saisit Jarod par le cou et l'immobilise en une prise que je jugerais douloureuse si le beau surfeur ne se trémoussait pas en riant.

– OK, temps mort, déclare Dax d'un ton sans appel. On peut revenir à ce que vous avez découvert ?

Sam libère Jarod à contrecœur, mais ne s'éloigne qu'après lui avoir asséné une brutale tape derrière la tête. Un geste qui lui vaut un magnifique doigt d'honneur de la part de son adversaire.

C'est Tate qui met fin à cet échange de civilités en se positionnant entre les deux hommes. D'un regard glacial, il muselle Jarod. Sam, lui, hausse les épaules comme si l'incident ne méritait pas plus d'intérêt de sa part et, avec la grâce d'un félin, il déploie son grand corps jusqu'à un ordinateur portable.

Une série de photos apparaît sur l'écran, qu'il fait pivoter vers nous. Les vues aériennes dévoilent une sorte de village miniature.

– Seconde Chance ressemble à un camp de vacances pour hippies en quête de rédemption, annonce-t-il. Là, on a la structure principale, celle qui s'expose sur leurs brochures de propagande. Mais le gros est dissimulé derrière cette rangée d'arbres. J'ai dénombré six chalets de taille variable.

– Ça leur permet d'héberger pas mal de monde, analyse Lou. Ce sont des potagers, en haut ?

– Ouais, valide Jarod. Tout est fait apparemment pour que les habitants s'autosuffisent. Et le système de sécurité ne s'arrête pas à la surveillance des murs de clôture. Ici et ici, vous voyez les mecs avec les chiens ? Ils sont tous armés, et pas avec de la camelote.

Un gros plan m'aide à identifier des carabines de chasse avec lunette de visée. De la bagatelle par rapport aux mitraillettes calées sur les épaules des gardes qui prospectent le long de l'enceinte…

– En gros, comme on s'en doutait, il n'y a aucune chance qu'on puisse investir les lieux discrètement, synthétise Sam. Et on n'a pas assez d'éléments à charge pour que Ted obtienne un mandat de perquisition.

– Cracker, ça a donné quoi votre planque ? questionne Dax, imperturbable.

– Je dirais comme Jarod : tout est fait pour que le camp survive par ses propres moyens. En cinq jours, on n'a pas vu un seul camion de ravitaillement. En fait, quasiment personne n'entre ni ne sort.

– Comment font-ils pour le personnel ? demandé-je, perplexe.

– La ferme dispose de bus aux vitres teintées pour amener les familles qu'ils prennent sous leur aile. Comme il y a des navettes tous les trois ou quatre jours, on peut supposer que les employés recourent au même moyen de transport et effectuent des vacations de cette durée.

– J'ai suivi l'un des autocars, explique Murder, mais les salauds sont malins. Ils transitent par la gare routière et utilisent un bâtiment fermé pour le chargement. Du coup, impossible de savoir qui embarque ou pas.

– Ils sont sacrément organisés, siffle Lou, entre admiration et frustration. Une idée sur la façon dont on va pouvoir les atteindre ?

– Peut-être bien, continue Cracker, plutôt satisfait de lui.

Il sort une série de clichés et les éparpille sur la table. Je me rapproche afin de mieux voir, frôlant au passage l'épaule de Tate. Celui-ci se recule dans un sursaut, comme si de l'électricité transitait entre nous.

Intéressant…

La voiture capturée par l'objectif, un énorme SUV noir, n'a rien de particulier, hormis sa taille. Et, comme le bus, elle arbore de maudites vitres teintées.

En revanche, sur la photographie suivante, la passagère à l'avant ne cherche pas à se dissimuler lorsqu'elle descend du véhicule.

Pas plus que l'homme et la femme qui émergent des sièges arrière.

– Faye Riverdale n'a pas été difficile à identifier. Elle est assistante sociale et travaille à mi-temps au service de l'État. Et, bingo, le couple qui l'accompagne fait partie des noms répertoriés sur les listes de Gorgeous. On a un peu creusé et découvert que Melany et Avery Hampton ont déposé cinq demandes d'adoption, toutes déboutées.

– Faye Riverdale bosserait pour Seconde Chance et ferait le lien avec des ménages désireux d'adopter ? supputé-je.

– C'est la conclusion à laquelle on est parvenus, confirme Murder. Même si rien ne rattache officiellement cette nana au groupe, on a quand même une assistante sociale, un couple en mal d'enfants et une visite de tout ce petit monde au sein d'une structure qui accueille des gamins dont certains ont fini dans le fichier d'un prédateur sexuel. Ajoute à ça le lien entre Gorgeous et les Hampton, et on obtient un sacré faisceau de présomptions.

– Ça nous offre surtout une occasion d'approcher ces connards, annonce Dax, un sourire carnassier sur les lèvres.

– Qu'est-ce que tu suggères ? demande Jarod, toujours occupé à manger (ou à s'empiffrer, plutôt).

– Seconde Chance accueille des couples que nous supposons en contact avec eux pour une adoption. Gorgeous et cette Faye Riverdale servent visiblement d'intermédiaires. Eh bien, nous allons leur envoyer un gentil petit couple version Styx Lions.

L'idée me plaît. C'est le genre de missions qu'Henri rechignerait à mettre en œuvre parce que c'est du « sans filet ». Si nous réussissons à pénétrer dans l'enceinte de la ferme, il n'y aura personne pour sauver nos fesses si ça vire au cauchemar.

– J'en suis, indiqué-je avec enthousiasme.

Je n'ai pas besoin de pivoter vers Tate pour vérifier qu'il est l'auteur du grondement contrarié qui s'élève sur ma droite. Le raclement d'une lame sur le bois de la table suffit à confirmer mon intuition.

– Moi aussi ! s'anime Jarod, si vite qu'il manque de s'étouffer avec sa dernière bouchée.

– Tu es trop mignon, objecte Lou. Quoi ? Avec ta gueule d'ange, qui te refuserait un gosse ? Les couples qu'on cible sont restés sur le carreau. Tu n'as pas le profil pour ce job !

– Ben, Arizona non plus. Elle ne ressemble pas tout à fait à une vieille bourgeoise hystérique, argumente Jarod en me décochant un clin d'œil complice.

– Justement, il faut l'associer à un mec qui remettra les pendules à l'heure d'un seul regard, précise Dax.

Personne ne lui fait l'insulte de ne pas comprendre où il veut en venir. Tous les yeux se braquent sur Tate, lequel se fige, sa lame en apesanteur devant lui.

– Bordel ! C'est une blague ? aboie-t-il. Je ne bosserai pas avec… elle !

– Et pourquoi donc ? se renseigne Dax, plus amusé qu'irrité.

Tate cligne des paupières, incarnation vivante de la stupéfaction.

– Tu sais pourquoi, merde ! J'ai pas l'temps de protéger le cul d'une fille qui pense pouvoir assurer lors d'une mission qui dépasse ses compétences.

Des sifflements de protestation jaillissent autour de moi, un vote de confiance qui me réconforterait si j'étais perturbée par les allégations de Tate.

Je préfère me concentrer sur le bras de fer qui m'oppose au Styx Lion. J'étrécis les yeux et le dévisage tranquillement, fascinée malgré moi par les mouvements de son couteau. À mille lieues de l'apparence saccadée des gestes, je détecte un rythme parfaitement maîtrisé, constat qui accroît un peu plus ma curiosité.

Qu'est-ce qui anime fondamentalement Tate ? Quels monstres

le poussent à utiliser une lame pour les tenir à distance ?

Je me secoue. Ce n'est pas le moment de me pencher sur la personnalité complexe de cet homme. Là, tout de suite, son intervention mérite une réponse à la hauteur du défi lancé !

Et le léger ricanement de Sam me prouve que je bénéficie peut-être bien d'un allié dans ce jeu, une idée qui n'est pas pour me déplaire.

– La maison des horreurs, me souffle mon nouveau meilleur ami.

– Pardon ?

– Arizona pourrait te battre les yeux fermés à la maison des horreurs, répète Sam d'une voix forte.

Cette fois-ci, Tate explose de rire, tandis que les autres Styx Lions contemplent Sam comme s'il était devenu fou. Il n'y a que Dax qui affiche un petit sourire tordu qui ne me dit rien qui vaille.

La maison des horreurs ? Charmant comme appellation ! Enfin, tant qu'Annie Wilkes[3] ne se balade pas dans le coin, ce ne peut pas être aussi cauchemardesque que le nom l'indique… si ?

– J'aimerais bien voir ça, s'époumone Tate en se tenant les côtes. Elle pleurera à la première épreuve.

– C'est surtout dangereux, ajoute Lou, désapprobateur. Qu'est-ce qui t'a traversé l'esprit, mec, pour proposer un truc pareil ?

– Pourquoi vous croyez que Dax explose le record à chaque fois ? s'insurge Sam. Il est le seul à avoir compris que, pour réussir, il faut utiliser sa tête autant, sinon plus, que ses muscles. On ne parle pas des parcours d'exercices de Lou, là. Moi, je parierais sur Arizona sans hésiter !

– C'est quoi, la maison des horreurs ? interrogé-je, dévorée par la curiosité.

– Le joujou de Sam. Notre ami a restauré une vieille grange pour la transformer en une sorte de traquenard grandeur nature,

3. Personnage de *Misery*, roman de Stephen King.

m'explique Dax. On s'en sert pour s'entraîner et garder la forme. L'objectif est d'en sortir le plus vite possible, mais son créateur s'est arrangé pour que ce soit particulièrement difficile.

– C'est un vrai piège à rats, ouais, peste Cracker. La dernière fois, j'ai failli me rompre le cou et je suis resté quatre heures à brailler comme un putois avant qu'on vienne me libérer !

– Votre erreur, c'est de considérer la bête comme autre chose qu'un énorme casse-tête, ricane Sam, absolument pas contrit.

– Un casse-tête ? répété-je, soudain plus qu'intéressée.

Sam opine du chef et me décoche un sourire en coin ravageur. Sa physionomie s'éclaire d'un coup, le propulsant de la catégorie des beaux mecs à celles des canons intergalactiques.

– Ouais, ma jolie. Je me suis inspiré des boîtes à secrets japonaises en y associant la logique des labyrinthes. Chaque espace confiné offre plusieurs solutions pour sortir, mais chaque mécanisme implique un investissement temps et énergie différent. Pour résumer, c'est une promenade de santé pour celui qui opte pour les bonnes combinaisons, et un enfer pour les autres. (Il me désigne ses potes, un éclat sarcastique au fond du regard.) Ces gros lourdauds sont trop limités pour mesurer la splendeur du challenge. Ils foncent tête baissée alors qu'un peu de réflexion leur permettrait d'éviter certains pièges.

– Hé ! s'insurge Murder, froissé par l'insulte. La vérité, c'est que t'es un ignoble sadique, et puis c'est tout !

S'ensuit un brouhaha décousu au cours duquel chacun formule son opinion sur le sujet. Je note que les mots « infernal » et « calamité » reviennent en boucle.

Prometteur, non ?

– OK, validé-je en haussant la voix. On y va quand ?

Le silence s'impose brusquement autour de moi. Néanmoins, rien ne vaut les expressions abasourdies qui accompagnent le grésillement du réfrigérateur en arrière-plan.

Je me mords les lèvres pour ne pas rire. Jusqu'à ce que je m'abîme dans l'océan polaire du regard de Tate. Ce dernier bouillonne de colère. Les contours de sa cicatrice n'ont jamais été aussi prononcés, ce qui, au lieu de l'enlaidir, lui confère un charme délicieusement diabolique.

Mon rythme cardiaque s'accélère à l'aune d'un désir que je ne maîtrise pas et que je n'ai nul souhait de dompter… J'aime l'incertitude qui m'emporte lorsque je me confronte à Tate. Ce goût d'imprévu me renvoie à cette part de moi qui rêve de se perdre dans une exquise euphorie.

L'envie de caresser le visage couturé me picote le bout des doigts, m'obligeant à les refermer sur ma paume pour ne pas me trahir.

– Arizona, ce n'est vraiment pas une bonne idée, essaie de m'amadouer Lou.

Cette intervention me ramène au présent. Je croise les bras sur ma poitrine et relève le menton, consciente de me révéler telle que je suis : déterminée, impétueuse et provocatrice.

– Tate et moi allons devoir faire équipe, asséné-je. Donc, au contraire, je crois que c'est vital de régler, une bonne fois pour toutes, la question de mes… aptitudes. Et puis, entre nous, je ne suis pas contre le fait de lui donner une petite leçon !

Une allégation qui engendre des ricanements incrédules. J'en déduis que provoquer un type comme Tate n'est pas franchement dans les habitudes des Styx Lions. Pourquoi ça ne me surprend pas ?

– Tu t'emballes un peu vite, petite, m'alpague mon adversaire.

Petite ?

– Je ne crois pas, non ! affirmé-je en me rapprochant assez de Tate pour sentir l'odeur de sa peau, un mélange détonant de cuir, de tabac et d'une fragrance au goût d'interdit. Mais il est bien possible que j'entame une danse de la victoire une fois que tu auras admis ta défaite.

Évidemment, Tate ne se laisse pas impressionner, ni même déstabiliser. Il comble un peu plus la distance qui nous sépare, au point que son souffle effleure mon épiderme. La température de mon corps monte illico d'un cran…

– Ça n'arrivera pas, et ne compte pas sur moi pour sécher tes larmes parce que tu te seras ridiculisée.

– Oh ! ce n'est pas gentil, ça, susurré-je. Tu pourrais au moins promettre de m'offrir un donut… ou une sucette.

Je fixe sa bouche avec insistance, histoire de balayer toute équivoque.

Les lèvres s'étirent en un pli sévère, presque cruel.

– À ta place, j'éviterais d'emprunter ce chemin, Schtroumpfette.

Je ne recule pas. Au contraire, un divin frisson s'immisce sous ma peau, exacerbant mon besoin de river son clou à ce crétin arrogant. Ou, du moins, de le pousser dans ses retranchements.

– Il me semble que, sur le sujet, on a déjà réglé la question, non ?

7

Arizona

– C'est ridicule, soupire Lou pour la énième fois. Tu n'as rien à nous prouver, Arizona, et personne ne t'en voudra de renoncer.

J'accélère le pas, exaspérée par ce discours qui m'est servi depuis le petit déjeuner. Lou est à deux doigts de perdre une dent ou deux, un risque qui s'accroît tandis qu'il continue de me rebattre les oreilles de ses « précieux » conseils.

Comme si j'allais changer d'avis…

Et ce n'est pas qu'une question d'ego, ni même l'idée de donner une bonne leçon à Tate. Non… J'ai besoin de légitimer ma place ici.

Je balaie les lieux du regard et aspire à pleins poumons une bouffée d'air frais. Mon corps se gorge de cette manne vivifiante, s'épanouissant comme jamais.

En écho, les bruits d'une vie qui s'éveille remplacent progressivement le silence de la nuit. La paix est factice ici et, en même temps, plus réelle qu'ailleurs. Peut-être parce que cette existence a un sens. Un sens fondamental !

Lorsque je me suis engagée au sein du FBI, je l'ai fait pour nourrir cette part de moi qui carbure à l'adrénaline, mais aussi pour comprendre les méandres de ces cerveaux qui fonctionnent en se repaissant de ce qu'il y a de plus abject dans la nature humaine.

Au fil des années, j'ai perdu de vue le sens profond de cette quête. Les Styx Lions me ramènent aux fondements de mes ambitions et de cette soif perpétuelle d'apprendre qui me façonne.

Je soupire, consciente que je m'aventure sur un chemin sans retour possible et que ce n'est pas vraiment le moment de perdre ma concentration en songeant à tout ce bazar.

Heureusement pour moi, quelques soutiens inattendus se sont présentés. À commencer par Dria, qui n'a pas hésité à rabrouer son compagnon alors qu'il me farcissait la tête avant même que j'aie avalé mon premier café.

Avant mon *premier* café ! Non, mais il est suicidaire ou quoi ?

– Fous-lui la paix ! s'interpose Sacha.

– Putain ! Vous allez arrêter d'encourager cette connerie ? La maison des horreurs n'a rien d'un parcours de santé et...

– On a compris que tu t'inquiétais, mon amour, rétorque Dria en se collant contre lui, incarnation parfaite de la séduction (et de la manipulation). Mais tu oublies qu'Arizona est très sportive et que Sacha a déjà relevé ce défi. Il n'y a pas de raison que ça finisse mal. Et pour une fois que quelqu'un ferme son clapet à Tate...

– Justement ! rebondit Lou, les yeux écarquillés d'indignation. Tate ne joue jamais à la loyale.

– Il ne me fait pas peur, énoncé-je en priant pour que mon « cousin » se taise enfin.

– Tu as tort ! Il...

– Arrête, ça va être marrant, le coupe Sacha.

– Marrant ? Merde ! Tu as fumé quoi ce matin ? Oh, putain ! Tu as parié sur l'issue de ce bordel ?

– On l'a tous fait, ricane l'unique femme à porter l'emblème des Styx Lions sur son dos. Tu ne nous en veux pas, Arizona ?

– Ça dépend. Tu as misé sur ma victoire ou ma défaite ?

– Ta victoire, évidemment !

Sacha tend le poing, et je le choque en riant. J'ai d'emblée apprécié cette femme qui hurle à la face du monde son anticonformisme. Tatouée de la tête aux pieds et le visage méfiant, cette fille symbolise à elle toute seule un magnifique doigt d'honneur aux conventions.

Bien qu'elle ne fasse pas partie du noyau dur des Styx Lions, elle a su s'intégrer sans démériter face à des hommes impitoyables. Je l'admire au fond, même si les ombres dans ses yeux vocifèrent le langage des pires cauchemars.

En comparaison, Dria ressemble à une poupée avec ses longues boucles rousses et son nez mutin. L'innocence faite femme, si ce n'est qu'elle se frotte tous les jours à un mastodonte au profil de tueur.

– J'imagine que tu es la seule à avoir pris ce risque.

– Tasha et Dria ont aussi misé sur toi, me contredit Sacha.

– Bébé ! s'insurge M. Muscles en pilant net.

– Complicité féminine, rétorque sa compagne sans ciller. Et puis Sam la soutient également.

Lou lève ses bras massifs avant de les laisser retomber le long de son corps en un geste résigné. Dria se hisse sur la pointe des pieds et dépose un baiser sur son menton, triomphante. Un argument qui rend son sourire à Lou, même s'il continue de me toiser, contrarié.

Nous reprenons la route en silence, guidés par un bourdonnement qui se transforme, au fur et à mesure de notre progression, en l'écho de plus en plus tangible de discussions animées.

– Tu vas avoir des spectateurs, ma belle, m'annonce Sacha, comme si c'était la chose la plus naturelle au monde. Tate effraie la plupart des gars, alors quand ils ont appris qu'une femme l'avait défié à la maison des horreurs, ils ont tous voulu être de la partie.

– Ce n'était pas le but, énoncé-je, indisposée par cette idée.

Lorsque nous sortons du couvert des arbres et pénétrons dans la zone d'entraînement des Styx Lions, j'ouvre la bouche sans pouvoir prononcer un mot, soufflée par l'équipement à disposition. Les structures associent des agencements traditionnels à des innovations proprement fascinantes.

En tout cas, les parcours attisent mon esprit de compétition. Ici, pas moyen de faire semblant. La seule monnaie valable se compose de sueur et de muscles perclus de douleurs.

Un bémol à mon excitation : la foule qui se presse à l'entrée d'une grange à l'allure tout à fait traditionnelle. Et j'ai beau ne pas être du genre à me laisser marcher sur les pieds, je me sens dans mes petits souliers face aux regards braqués sur moi.

Un état qui ne dure pas. Tandis que j'avance, la surprise et une perplexité amusée, voire empreinte de pitié, se substituent à la curiosité. Ces réactions me piquent assez pour que je redresse la tête d'un air crâne.

– Ne te laisse pas déstabiliser, me souffle Sacha, des éclats de glace dans les yeux. Ils ne sont pas nombreux à pouvoir se vanter d'avoir dompté la bête. La plupart en sont encore à chercher l'issue.

– Tu t'en es tirée comment, toi, la première fois ?

– Il m'a fallu trois heures pour revoir la lumière du soleil.

– Un excellent résultat, sanctionne Lou. Tu n'as pas utilisé de joker et tu as réussi, seule, à t'extirper de cette souricière. Moi, à ma première tentative, je suis resté coincé. Un conseil, Arizona : une fois à l'intérieur, ne te précipite pas.

Je m'abstiens de répondre. Tate est déjà là, vêtu comme à son habitude d'un jean délavé et d'un tee-shirt noir. Dire que mon cœur bat la chamade est en dessous de la vérité. Je suis fascinée par l'impression de force qu'il dégage. Par cette hostilité qui tient presque tout le monde à l'écart. Sous son regard féroce, je parcours les ultimes mètres qui me séparent de l'entrée de la grange et échange un bref salut avec Sam et Dax.

– Désolé pour tout ce bordel, note ce dernier en m'indiquant les groupes épars qui continuent de me reluquer comme une bête curieuse. Jarod a vendu la mèche hier soir.

Je hoche la tête en signe de compréhension. Je n'apprécie pas vraiment l'idée que mon challenge se transforme en une affaire d'État, mais, sur le fond, ce n'est pas une expérience nouvelle pour moi. Mon père prônait le sens de la compétition et nous a éduqués, Billy et moi, en nous poussant à nous dépasser sans cesse.

Les traits figés de Tate m'indiquent que ce n'est pas son cas et qu'il me tordrait bien le cou pour ce cadeau empoisonné.

– On enclenchera le chrono dès que vous serez à l'intérieur, nous explique Sam. Tate, tu emprunteras le tunnel de droite, et toi, Arizona, celui de gauche. J'ai bricolé deux ou trois trucs de nouveau cette nuit, mais les règles restent inchangées. Votre objectif, à chacun, c'est de sortir le plus vite possible. Les drapeaux rouges sont des jokers qui vous aideront à avancer si vous êtes coincés, mais ils ajouteront trente minutes à votre score final. Des questions ?

– Non ! répondons-nous à l'unisson.

Derrière nous, l'excitation monte. Ce qui n'était jusqu'à présent qu'une rumeur indistincte se transforme en une clameur enthousiaste. Cette cacophonie se réduit lorsque Sam referme la porte de la grange sur nous.

Je cligne des yeux le temps de m'habituer à la pénombre. La pièce a tout du placard et je discerne vaguement, de chaque côté du mur, le contour de deux encadrements situés à un mètre du sol.

J'amorce un pas sur ma droite, mais, limitée par l'exiguïté des lieux, je me heurte à Tate.

– Désolée…

– Arrête de bouger, merde !

Ma bouche s'assèche d'un coup lorsque Tate, d'un geste de la main, enlève son tee-shirt et dévoile un torse bardé de tatouages. La tête de mort encrée sur son cou n'est que la partie émergée du trésor de lignes qui s'entrelacent sur sa poitrine.

Je suis envoûtée par les dessins, qui semblent tous conçus pour s'emboîter les uns avec les autres. Pas de fausse harmonie ni de maladresses : c'est une véritable œuvre d'art qui orne la peau dorée du Styx Lion.

Comme j'aimerais le toucher et les découvrir du bout des doigts !

– Nos chemins se séparent ici, grogne Tate en nouant ses cheveux dans sa nuque. Il est encore temps de renon… Putain ! Tu me mates, là ?

– Ben oui. C'est un problème ?

Je penche la tête de côté, charmée par le roulement des muscles sous l'épiderme bronzé. Je navigue dans un univers où les hommes soignent leur apparence, mais aucun n'arrive à la cheville de ce spécimen brut.

Je rêve d'explorer tous les secrets de Tate, lucide sur le fait que la plupart ne sont vraisemblablement que des leurres dont l'objet est de détourner l'attention de l'essentiel.

Un désir qu'il ne semble pas partager…

La crispation de la mâchoire masculine est un signe qui ne trompe pas. Tate transpire d'une nervosité qui fait couler les filets de sueur le long de son cou massif. Cet homme est à fleur de peau, et j'ai l'impression d'avoir réveillé la bête.

Je devrais reculer, mais j'en suis incapable.

– Ça t'amuse de me chauffer, puis de m'envoyer bouler ? siffle-t-il entre ses dents.

– Oh ! tu parles de notre face-à-face d'hier ? Tu encaisses mal qu'une nana t'ait mis à terre ? roucoulé-je, volontairement provocatrice. J'ai simplement clarifié les choses. J'aime le sexe, tu vois, mais pas qu'on me considère comme un petit cul juste bon à tringler.

– Tu débloques complètement si tu crois que j'ai envie de te baiser ! Je fuis les gonzesses comme toi !

– À vrai dire, cette évidence ne m'a pas sauté aux yeux quand tu as collé ta bouche sur la mienne. Mais peut-être que c'est ce que ta langue voulait m'expliquer en me dévorant les amygdales ?

– Bordel de merde !

La voix de Tate s'apparente à un grognement sauvage. Son visage se fond dans la pénombre, mais le mouvement de sa main sur sa mâchoire ne m'échappe pas, pas plus que le geste pour saisir son couteau.

Je n'ai pas le temps d'émettre le plus petit son. Tate bondit vers le tunnel à sa droite et disparaît de ma vue, une fois encore comme s'il avait le diable aux fesses.

Je repousse les interrogations qui se bousculent dans ma tête et emprunte le passage qui m'est réservé. La galerie est étroite, mais ma taille me permet de la parcourir à quatre pattes.

Ce qui ne m'empêche pas de transpirer à grosses gouttes. Le chauffage a été poussé au maximum, mais j'imagine que c'est volontaire. En tout cas, ça fait paraître ce tunnel interminable. Et les tournants sans fin, alternant les pentes et les escalades, n'arrangent pas les choses.

Après un temps indéfini, une lueur vacillante m'indique que j'approche de ma destination.

– C'est quoi, ce truc ? pesté-je en m'éraflant l'épaule.

Je tâtonne à l'aveugle et détecte deux encoches sur la paroi lisse. Il est facile de louper ce détail, d'autant plus si l'on rampe sur le sol. Je m'attarde sur les entailles et lâche un petit cri victorieux lorsqu'un panneau cède sous mes assauts. Un nouveau boyau s'ouvre sur des ténèbres opaques.

Je jette un dernier coup d'œil vers la lumière bleutée et décide de suivre mon instinct en choisissant la nuit. Je me cramponne aux barreaux qui forment une échelle irrégulière et m'élève en déployant le plus possible mes sens. Un air frais me fouette le visage à mesure que je grimpe, mais c'est un curieux clapotement qui m'interpelle.

J'émerge dans ce qui me semble être une boîte de deux mètres sur deux. À son extrémité, j'effleure une surface froide : de l'eau ?

Je tâtonne pour identifier un autre point d'ancrage ou quoi que ce soit qui m'aiderait à me repérer. Cette fois, c'est une minuscule cordelette fixée contre le mur qui me permet d'actionner un système d'éclairage.

L'ampoule rouge dispense une lumière fragile, mais c'est suffisant pour que je distingue le puits devant moi.

– L'eau mène toujours à la surface, déchiffré-je avec une grimace ironique. Ouais, ben, je n'avais pas prévu de me mouiller, moi !

Ai-je le choix ? J'estime que non. Je m'assois au bord du gouffre liquide, enlève mes baskets et plonge le bas du corps dans la cavité.

Putain ! Elle est froide !

Sous mes pieds, je sens de nouveau la présence de barreaux et, bonne surprise, l'espace noyé est plus large que l'ouverture par laquelle je peux y accéder. Je distingue également de vagues lueurs diffuses, de quoi m'éviter une crise de claustrophobie.

– Nom de Dieu de bon Dieu ! juré-je en pénétrant dans l'eau.

Luttant contre l'engourdissement, j'aspire une profonde goulée d'air et me laisse couler sans plus tergiverser. Personne n'a mentionné que ce serait facile, et je suis persuadée d'avoir emprunté un chemin de traverse. Mon cœur bat d'excitation à l'idée de griller Tate sur le poteau !

Une fois sous l'eau, ma vision s'adapte rapidement. L'éclairage me guide vers les barreaux, lesquels m'indiquent à leur tour l'itinéraire à suivre. Mes dents claquent et je ne sens presque plus mon corps, mais je m'accroche avec la ténacité qui me caractérise.

Heureusement pour moi, ce voyage au pays des phoques se révèle bref. Je m'extirpe de cette fosse aussi vite que mes membres transis me le permettent et m'écroule, tremblante et frigorifiée.

Je m'ébroue comme un brave toutou, mais le résultat est loin d'être efficace. Mes vêtements sont toujours trempés et me collent comme une seconde peau. J'ôte rapidement ma chemise, consciente que je m'exposerai moins à l'humidité glaciale en débardeur.

Pour le reste… Eh bien, il va falloir que je fasse avec !

De ce point de vue, les entraînements de mon père ont été formateurs. Quand mes copines partaient en vacances à la plage, moi, je crapahutais en milieu sauvage, forcée de patauger dans des mares de boue ou des étendues sablonneuses.

Bon, OK, j'adorais ça. Et pas uniquement parce que Billy bataillait à mes côtés. En vérité, ces sorties en famille font partie de mes meilleurs souvenirs d'enfance.

La mâchoire crispée pour empêcher mes dents de s'entrechoquer, j'examine le cube où j'ai atterri. Les parois forment un obstacle infranchissable et ne proposent qu'une seule issue : un autre tunnel. Celui-ci est plus étroit que le précédent, mais ma taille m'avantage une fois de plus.

Obligée de ramper, je me faufile dans le passage, hésitant entre féliciter ou insulter mentalement Sam. C'est finalement l'admiration qui l'emporte. Ce type est définitivement vicieux, mais son ingéniosité me plaît bien.

Cette épreuve justifie à elle seule les récriminations des Styx Lions. J'ai pesté contre le premier souterrain, mais celui-ci a tout du boyau infâme. Ne me demandez surtout pas ce qui court autour de moi, je refuse de me poser la question !

La galerie, infinie et tortueuse, me conduit jusqu'à une sorte de silo.

Je m'écroule sur un lit de blé, suant et suffocant, incapable d'aligner deux pensées cohérentes pendant ce qui me paraît une éternité.

Mon corps geint, réclamant un bon bain chaud et une montagne de Chamallow, mon péché mignon. Je m'accorde le droit de céder à cette supplique, du moins si je sors vivante de ce labyrinthe démoniaque.

Je ris, mais pas pour longtemps : un souffle aride me tire de mes rêveries éveillées et m'arrache un cri quand il évolue en tempête. Autour de moi, les grains se mettent en branle, véritable spirale infernale qui claque contre ma peau comme un fouet.

Pour me protéger, je me roule en boule, maugréant contre les idées de Sam. Dieu ! Qu'est-ce qu'il me réserve encore ?

J'hésite à manifester mon soulagement lorsque les bourrasques s'arrêtent. Je détaille mon environnement avec circonspection et repère le mot « issue » au-dessus de ma tête. Le seul problème, c'est que je ne vois pas comment atteindre la sortie, du moins jusqu'à ce que j'avise les prises irrégulières qui agrémentent la paroi.

– C'est une blague ?

Les passants sont trop éloignés et offrent une prise incertaine. Trop pour que je juge prudent de me lancer.

Le drapeau rouge à ma droite me nargue, mais je me refuse à envisager cette solution de facilité. De lâche, me morigénerait mon père.

Il y a forcément une autre issue !

Perplexe et tous les sens en alerte, je balaie du regard l'espace confiné. Les rafales ont aplani la couverture de blé et je me demande si ce dispositif est un simple accessoire ou une nécessité. Commençant à intégrer la roublardise de Sam, j'ai une idée assez claire de la réponse à cette question.

Fébrile, je nettoie les abords de la cloison et remue la masse des grains sans beaucoup d'égards.

Bingo !

Les écrous dissimulés sous les céréales maintiennent en place une plaque assez large pour libérer un nouveau passage. Mon excitation grimpe d'un cran.

Il me faut plusieurs minutes pour venir à bout des vis, et quelques minutes de plus pour déblayer le blé qui s'est infiltré dans l'ouverture.

C'est plutôt fière de moi que je me glisse dans le tunnel et rampe le long de la galerie… jusqu'à un cul-de-sac !

– Putain ! C'est quoi, ce bordel ?

J'ai beau me contorsionner, impossible de me retourner. C'est donc à reculons que je rebrousse chemin, jurant comme un charretier parce qu'avec mes vêtements mouillés, la mission est du genre ardue.

– Sam ! Sam ! Tu es un très vilain garçon.

Tout en m'échinant et en haletant comme un bœuf, je palpe la surface polie du couloir. Il y a forcément une autre issue, non ?

À mi-parcours, une légère altération sous mes doigts m'incite à m'arrêter. Je bascule sur le flanc et examine la paroi. La sueur me dégouline sur le visage et je dois m'y reprendre à plusieurs fois pour distinguer une fine rainure. Je la gratte du bout des ongles, sans succès.

– Réfléchis, ma belle, me sommé-je.

Sam s'est inspiré des boîtes à secrets japonaises et le système d'enchâssement en est l'un des fondements. Je pose ma paume sur la surface et appuie légèrement. Le panneau bouge à peine, mais c'est suffisant pour que je tente de le faire coulisser. Il disparaît progressivement, révélant un passage vers une pièce baignée de lumière.

Je relâche mon souffle, absolument pas contrariée par les nouvelles contorsions qu'exige l'exercice pour rejoindre cet éden.

L'espace est en fait un large tuyau nanti d'une échelle qui permet d'accéder au toit de la grange.

C'est au son de l'agaçante chanson de *La Reine des neiges* que j'accomplis ce que j'espère bien être ma dernière épreuve.

C'est le cas !

Du moins, je pourrai dire adieu à la maison des horreurs une fois que j'aurai utilisé la tyrolienne, dont le rôle est de me ramener sur le plancher des vaches.

Je m'élance dans les airs, secouée par les éclats d'une allégresse qui font se redresser les têtes sous mes pieds. J'ignore délibérément les visages estomaqués, ravie de cet envol qui me fouette la peau et libère un peu plus d'adrénaline dans mon corps.

Je touche terre bien trop vite, bien trop tôt. Avant même que j'aie pu prononcer un seul mot, une nuée de bras m'encerclent, me tirent, me tractent, m'élèvent au-dessus du sol avec des cris perçants.

Entre rires et bousculades, je me coule dans le rôle de la rock star portée par une foule en liesse.

C'est… sympa, mais complètement fou ! Délirant !

Le besoin de me retrouver sur mes deux jambes n'a pourtant jamais été aussi prégnant.

– Reposez-la, ordonne une voix puissante.

Je termine ma course devant l'élite du groupe, le cœur battant à tout rompre.

– Huit minutes et trente-cinq secondes, m'annonce Sam, un pouce en l'air. Tu es à une minute du record de Dax ! Félicitations, ma belle !

– Ouais, sacré résultat pour une première fois, confirme Dax avec un large sourire.

– Tate ? demandé-je en fouillant la foule autour de moi.

– Pas encore sorti. Bravo, ma jolie, me félicite Lou. Mais pourquoi t'es mouillée ? Y a pas d'eau là-dedans. Sam ?

– T'es une championne ! l'interrompt Sacha en m'assénant un coup de poing amical (ouille !) dans l'épaule. Ça nous fournit une excellente excuse pour faire la fête ce soir. Dria, t'es partante ?

– Plutôt deux fois qu'une ! On pourrait prévoir un barbecue au bord du lac.

– Bonne idée, approuve Dax.

Sam s'approche de moi, une serviette à la main, et me décoche un clin d'œil chaleureux en m'enveloppant dans le tissu moelleux. Quelque chose me susurre que ce gars n'est pas le genre à se lier facilement, mais que je viens d'obtenir mon ticket d'entrée pour ce cercle restreint.

– Tasha sera là ? s'enquiert Dria. Ce serait bien, elle n'a pas encore rencontré Arizona.

– Ouais. Elle finit sa garde à quinze heures, mais elle doit récupérer Dojo chez le véto, donc elle n'arrivera pas avant la nuit.

Emmitouflée dans ma serviette, je me gratte le cou, agacée par un truc qui me chatouille la nuque. Je ne rêve plus que d'une bonne douche… et d'un bol de chocolat chaud agrémenté de délicieux Chamallow !

– Bordel de merde !

Je me fige, puis pivote vers celui dont la seule présence transforme les battements de mon cœur en un savant jeu de claquettes.

Tate affiche sa tête des mauvais jours, peut-être parce qu'il est noir de crasse et qu'une estafilade lui déchire l'avant-bras droit.

– Le tunnel dentelé n'est pas le plus pratique, énonce Sam, un rictus sardonique sur les lèvres.

– Connard ! aboie Tate. Depuis combien de temps elle est là ?

– Je suis sortie il y a un bon moment, rétorqué-je sans pouvoir m'empêcher de pavoiser.

– Avec une p'tite copine, on dirait, ricane contre toute attente mon adversaire vaincu.

Je le dévisage sans comprendre, jusqu'à ce que, de nouveau, un infime chatouillis attire mon attention sur mon cou. Un chatouillis qui glisse le long de ma peau et…

Je lâche un cri effrayé et me mets à gesticuler dans tous les sens. Une énorme araignée tombe sur le sol, manquant de me faire défaillir. Merde ! Je déteste ces sales bestioles, et rien que l'idée d'en avoir eu une sur moi me file des frissons dignes de la mare glacée de Sam.

Pire, même…

– J'avoue, je suis impressionné, là, se moque un Tate, parfaitement réconcilié avec son échec.

Crétin, va !

8

Tate

Faye Riverdale est typiquement le genre de nana qui me débecte. Bien fringuée et le rire chevrotant, elle m'a à peine jeté un regard depuis mon arrivée dans son bureau. Ma face abîmée a rempli son office habituel : inspirer l'aversion et une bonne dose de crainte.

Par chance, Miss Perfection semble dotée d'un talent inné pour vous intégrer à une discussion sans jamais ni vous dévisager ni s'adresser directement à vous.

Un talent, cela dit, qui ne va pas jusqu'à faire disparaître les rougeurs de stress qui s'étalent sur son décolleté.

La plupart des gens ont des difficultés à me regarder dans les yeux parce que ça les oblige à détailler la ligne qui s'étend de mon œil droit à ma bouche. La déchirure a mal cicatrisé, faute de soins, et les bords restent boursouflés, me condamnant à porter une semi-caricature de visage.

Un spectacle qui fascine ou dégoûte, selon mes interlocuteurs.

Pour Faye Riverdale, la répugnance l'emporte haut la main. La jolie idiote se concentre sur Arizona, s'efforçant de demeurer professionnelle depuis qu'elle a aperçu la synthèse de mes ressources.

Que je rentre ou pas dans les cases, le petit couple parfait que nous incarnons avec Arizona débarque avec un capital non négligeable. C'est ce « détail » qui explique que nous n'ayons pas été remerciés poliment dès le début de l'entretien.

– Voyez-vous, continue Faye en souriant avec assurance à Arizona, mon rôle est d'aider *tous* les couples qui franchissent ma porte. Je comprends les doutes de mes collègues, mais, moi, je me base sur les faits, et votre dossier est solide. Vraiment solide.

Tu parles ! D'après notre « curriculum vitae », Arizona et moi avons déposé quatre demandes d'adoption. Toutes ont évidemment été refusées. Notre rendez-vous avec Faye Riverdale s'est fait sous la bannière officielle des services sociaux de la ville. Logiquement, elle devrait, elle aussi, rejeter notre requête.

Nous espérons qu'appâtée par le montant qui figure sur mon compte en banque, elle nous proposera une autre solution.

Faye pivote vers moi, mais, une fois de plus, son regard survole le dessus de ma tête avant de revenir sur Arizona. Quelle trouillarde ! Je réprime l'envie diabolique de me foutre à poil et de danser sur la table, juste pour l'obliger à me considérer comme un élément essentiel de cette mascarade.

Bon, évidemment, je risque de me faire fracasser la gueule par Dax si je plante ainsi ma couverture de papa désespéré d'avoir des couilles aussi utiles qu'une paire de castagnettes.

– Le… le métier de monsieur peut inquiéter, continue Miss Perfection d'un ton prudent. C'est le point noir, si je puis m'exprimer franchement.

– C'est tellement injuste, se lamente Arizona avec un talent certain pour le drame. Nous ne comptons pas élever notre enfant dans un bar. Le Rush n'a d'ailleurs rien du coupe-gorge décrit dans les différents rapports.

C'est vrai et faux. L'établissement que Dax et moi avons acheté – et qui nous sert de couverture – est situé dans l'un des quartiers les plus malfamés de San Francisco. En revanche, il y a rarement du grabuge à l'intérieur. Nos gars veillent au grain, ce qui nous permet d'attirer une clientèle hétéroclite dès lors que cette dernière aime profiter de bières de qualité.

– Je comprends parfaitement, insiste Faye, mais le contexte familial est toujours considéré comme un point essentiel dans un dossier d'adoption.

Arizona lâche un gémissement étranglé, puis se cramponne à ma main comme si elle avait besoin de soutien. Je sais que nous sommes en pleine représentation, mais j'ai du mal à supporter la proximité physique avec son corps. Parce que, concrètement, je pense à tout autre chose qu'à mon rôle quand sa peau frôle la mienne.

C'est du grand n'importe quoi, bordel !

Pour moi, les nanas ne sont qu'un moyen de combler une exigence physiologique. Je baise pour soulager la pression dans mes couilles et apaiser la bête. Le truc de partager un bon moment à deux ou de se perdre dans les méandres de la passion, c'est de l'embrouille pour puceau.

Dans mon cas, et ça fait peut-être de moi un salopard, je me contrefous de savoir si la gonzesse prend son pied quand je la saute. Je lui demande juste de lever son joli petit cul et d'écarter les cuisses. Une fois l'affaire conclue, je détale sans me préoccuper d'autre chose que de bazarder ma capote et de me rincer le gosier.

Et, preuve que les nanas sont barges, elles reviennent toutes à la charge, conscientes que je ne les traiterai pas différemment. Faut croire que j'assure… ou que l'aura des Styx Lions transforme ma gueule cassée et mon comportement d'enfoiré de première en modèle de séduction irrésistible.

Arizona, elle, ne se contentera pas de ce que j'ai à offrir, ce qui la classe d'emblée dans la catégorie des non baisables. D'ordinaire, je n'ai aucun mal à tracer mon chemin.

Parce qu'un cul en vaut un autre, non ?

Alors, pourquoi suis-je obsédé par le petit corps souple d'Arizona ? OK, cette nana est canon dans le genre Minipouss, mais sa langue acérée me rebute salement. Enfin, sauf quand elle ondule dans ma bouche…

Une belle connerie, là aussi ! Pire, même, je ne comprends pas l'intensité de ce fantasme.

Si je ne suis pas contre embrasser une gonzesse, je conçois plus cette étape comme un passage obligé qu'un moment de plaisir charnel. L'assouvissement sexuel est, à mes yeux, une question de baise sauvage et de totale emprise sur le corps féminin.

Un détail qui m'impose comme un putain de dominant ne s'envoyant en l'air qu'aux conditions qu'il édicte. C'est à prendre ou à laisser !

Néanmoins, allez savoir pourquoi, si la plupart des femmes sont capables de se départir de leur fierté ou de leur liberté en échange de sexe débridé, elles rechignent avec l'absence de baiser. Ce truc, rébarbatif la plupart du temps, reste le prérequis incontournable pour accéder à la chair fondante qui se situe un étage en dessous.

Voilà, mesdames, pourquoi on vous galoche : c'est le sésame pour pouvoir vous sauter !

Hormis qu'avec Arizona, ce moment a été tout sauf ennuyeux. Les secondes où mes lèvres ont été scellées aux siennes continuent de me hanter. À la manière d'un vieux chewing-gum qui se serait incrusté dans les nervures de la semelle de mes baskets, ça m'énerve, mais je n'arrive pas à m'en dépêtrer.

Pire, le souvenir de sa langue contre la mienne et du goût de sa bouche m'obnubile, m'enjoignant de recommencer.

La bête se fend la poire, se nourrissant de ce désir inhabituel pour affaiblir les remparts de sa prison. Si je n'avais pas déjà décrété qu'Arizona Reyes était une dangereuse emmerdeuse, cette réaction me le prouverait sans conteste.

Ouais, il faut que je me tienne à distance de cette nana !

– Je ne peux rien vous promettre à ce stade de la procédure, mais, si vous êtes vraiment motivés, je pense que nous pourrons trouver une solution.

– Oh ! Si vous saviez à quel point ça fait du bien d'entendre ça... bafouille Arizona, s'avançant vers Faye en une supplique déconcertante de sincérité. Nous désirons tellement fonder un foyer !

– Eh bien, vous avez frappé à la bonne porte ! Comme je vous l'ai signalé, je vais procéder à quelques vérifications et étudier votre dossier plus en profondeur avant d'émettre un avis définitif. Nous aurons peut-être besoin de nous revoir, d'ailleurs. J'ai votre numéro, donc je vous appelle dès que j'ai des nouvelles pour vous.

– Parfait ! Vraiment parfait ! Mon chéri, tu es d'accord, non ?

– Sûr, grincé-je en me forçant à sourire.

Une tentative inutile, puisque Miss Perfection garde les yeux sagement posés sur Arizona. Je sors du bureau avec le sentiment que je manque d'air. La bête s'est tenue tranquille, mais elle ondoie sous ma peau, attendant son heure.

Une heure qui risque de pointer le bout de son nez fissa si je ne m'enfile pas quelques shots ou que je ne baise pas, au choix...

– Bon, ça s'est plutôt bien déroulé, résume Arizona une fois sur le trottoir. Tu as remarqué sa réaction quand elle a parcouru notre relevé bancaire ?

Je bougonne pour toute réponse. Ce qui ne perturbe pas Arizona. Elle se contente de me dévisager, l'œil plus attentif que jamais. Pourquoi est-ce que j'ai le sentiment qu'elle voit au-delà des choses ? En tout état de cause, ça devrait l'inciter à me foutre la paix, mais elle semble avoir pris un abonnement « casse-couilles ».

Le hic, c'est qu'apparemment mes couilles aiment se faire briser menu. Ma queue aussi…

– Écoute, tu voudrais pas rentrer en taxi au Rush ? tenté-je en bridant mon envie de l'emporter dans un recoin sombre pour lui arracher son jean. *(Putain !)* Dax te ramènera et…

– Pourquoi ? Nous sommes censés nous y rendre ensemble pour faire le point.

– J'ai besoin d'un verre.

– Je ne dirai pas non à une vodka bien corsée.

Je serre les poings. J'enverrais bien chier Arizona, mais je n'ai pas le temps pour une nouvelle joute verbale. Bien que me montrer « gentil » ne soit pas dans mes habitudes, j'ai dans l'idée que ça musellera bien mieux Arizona que de la titiller à rebrousse-poil.

– Je dois rencontrer quelqu'un. Mon frère.

Qu'est-ce qui me prend d'en divulguer autant, merde ?

– Celui qui ne veut plus te voir ?

– Putain ! Faut toujours que tu balances ce qui te traverse la tête ? T'as vraiment aucun filtre ?

– En fait, ça évite de se compliquer la vie, réplique Arizona sans se départir de son sourire angélique. Et de se payer des ulcères.

Je manque de disjoncter. Pourtant, je me fige lorsque Arizona enfourne l'une de ses maudites sucettes. Qu'est-ce qui cloche chez elle ? Cette fille n'a pas froid aux yeux, mais elle ignore encore à qui elle se frotte.

Je déguerpis, allongeant les larges foulées sans me soucier de bousculer les piétons

– Tu sais, tu as tort de refuser mon aide, me balance Arizona en me rattrapant.

– Ton aide ? J'ai besoin de personne pour lever le coude ! Et, pour le reste, je crois que j'ai été clair avec toi. Ton cul ne m'intéresse pas.

– Menteur ! glousse-t-elle en soutenant mon regard assassin. Mais ce n'est pas le sujet, tu te souviens ? Belle tentative de détournement, cela dit, mais ça ne marche pas avec moi. Donc, revenons à nos moutons. Ton frère te fuit, et ton attitude est trop agressive pour qu'il accepte de t'écouter, ne serait-ce qu'une seule seconde. Si tu débarques avec une nana, ça pourrait le rassurer.

Je secoue la tête, refusant l'argument. Mes doigts commencent à trembler, prémices du désir qui me dévore à petit feu. Et le brasier n'est jamais loin quand les étincelles se mettent à crépiter.

– Et puis je ne suis pas mauvaise pour analyser les gens. Je sais que tu t'inquiètes pour ton frère, et je pourrais t'apporter un éclairage dénué de pathos.

Ces mots perforent le brouillard qui envahit ma vision. Je m'arrête autant sur le coup de la surprise que de la réflexion. Ça me contrarie, mais Arizona n'a pas tout à fait tort. Chacune de mes rencontres avec Vic vire à la bataille rangée, du moins quand je réussis à aligner plus de deux phrases. Et c'est pire lorsque sa salope de nana est dans le coin.

– Et pourquoi tu ferais ça pour moi, au juste ?

La question déstabilise Arizona pendant un quart de seconde, une réaction instinctive qui éveille ma curiosité parce que c'est la première fois que je détecte une faiblesse chez elle.

– Je sais ce que ça fait de perdre un frère, finit-elle par me répondre. Alors, je suis assez sensible sur le sujet.

À voir son air chiffonné, je subodore que son frère ne s'est pas tiré à l'autre bout du pays. Cette douleur, je la comprends assez pour me radoucir un peu.

– Billy est tombé dans une embuscade pendant qu'il servait en Afghanistan, continue-t-elle. Quand il est mort, c'est dingue, mais j'ai su qu'il nous avait quittés. Je me suis réveillée au milieu de la nuit et j'ai su. On était jumeaux, tous les deux, et c'est peut-être dû à cette connexion si spéciale...

Le regard d'Arizona s'égare sur l'horizon, mais pas plus de quelques secondes. Lorsqu'elle me dévisage de nouveau, c'est avec son obstination habituelle. La preuve que cette fille est constituée d'acier trempé !

– Laisse-moi t'aider, insiste-t-elle.

Un million d'idées tourbillonnent dans ma tête, mais une s'impose : est-ce que je peux refuser cette main tendue alors que je suis en train de perdre mon frangin ?

Tu ne peux pas lui faire confiance, m'admoneste la bête. *Elle est comme les autres. Elle est comme « elle »...*

La ferme ! J'ai tout foiré avec Vic à cause de toi ! Si j'ai une petite chance de réparer...

– OK, capitulé-je. Mais va pas croire que ça change quoi que ce soit entre nous !

– Ouais, ouais, je t'énerve toujours autant. Mais, tu sais, tant que ça ne t'empêche pas de me reluquer les seins, ça me va, me titille Miss Minipouss, toute sa superbe de retour.

Je réagis d'instinct en posant le regard sur ladite poitrine. Petite et ferme, cette dernière mérite le détour, d'autant plus qu'elle est, sous la veste sage, moulée dans un débardeur rouge au décolleté profond.

Je gage qu'elle logerait parfaitement dans chacune de mes paumes...

Bordel : je suis irrécupérable !

– Tu finiras par t'attirer des ennuis un jour, Schtroumpfette ! grommelé-je d'un ton bourru.

– C'est ce que Billy aimait me répéter, mais je n'ai jamais rien vu venir. Pourtant, les mecs affirment souvent que j'ai un cul à fessées.

Oh putain !

Mes reins s'enflamment illico. J'accélère le pas, heureux de pouvoir me caler devant ma bécane. Pas moyen de cacher autrement la bosse qui déforme l'avant de mon jean.

Une pointe de vitesse, visage au vent, voilà ce qu'il me faut ! Et loin d'Arizona serait préférable…

– C'est quoi, notre destination ? me demande-t-elle en enfilant son casque.

La courbure amusée de sa bouche ne trompe pas, mais Miss Minipouss a décidé, pour une fois, de la fermer. Je m'en satisfais sans trop me poser de questions, conscient qu'être sur le point d'éjaculer dans son froc au milieu de la rue n'est pas le genre de truc qu'on plébiscite à mon âge.

J'enfourche ma moto, jouant avec la manette des gaz pour ne pas songer au corps qui se plaque contre mon dos. Je roule rarement accompagné, et cette appropriation de mon espace personnel me rend plus nerveux que je ne le souhaiterais.

– Sausalito, dis-je entre deux vrombissements. Mon frangin et sa meuf traînent dans un bar sur le front de mer.

– On risque de mauvaises rencontres ?

– Nan. De ce que j'en sais, c'est le repaire des surfeurs du coin et ça grouille de touristes.

En vérité, la présence de Vic dans un tel lieu n'a pas de sens. C'est en grande partie pour cette raison que j'ai décidé d'aller vérifier par moi-même.

– OK, je vois le genre. Il va juste vraiment falloir que tu te détendes un peu si tu ne veux pas qu'on nous jette dehors d'entrée. Si tu n'étais pas aussi entêté, tu accepterais que je…

Arizona laisse sa phrase en suspens, m'assaillant sur un tout autre front : en glissant sur le siège de ma bécane, elle réduit au maximum l'espace entre nos deux corps. Le contact de ses seins dans mon dos et de ses cuisses contre mes hanches renforce la puissance de la pression de mon sexe contre mon jean.

Je me soulève légèrement sans parvenir à atténuer ce délicieux inconfort.

– Que tu quoi ? aboyé-je.

Je devrais commencer à savoir qu'avec Arizona, les sales coups, c'est comme les poupées russes. Quand tu penses qu'il n'y en a plus, un nouveau jaillit de sa boîte.

L'air déserte mes poumons en réaction à la main audacieuse qui se pose sur mon ventre et s'engage sur le devant de mon pantalon jusqu'à frôler mon érection.

Je pousse un grognement, entre contrariété et plaisir, et il me faut des trésors de détermination pour détacher les doigts de ma queue. Parce que, putain, c'est vraiment trop bon !

– Arizona !

J'écope en retour d'un rire sensuel, naturellement taquin.

Ma main se met à trembler. Logiquement, c'est ma lame qu'elle devrait rechercher, mais c'est un autre besoin qui l'éperonne…

Celui de s'abattre sur le petit cul rebondi d'Arizona !

Cette idée ravit la bête, mais je sais que le genre de punition qu'elle plébiscite n'a rien de lascif. Si je lui lâche la bride, Arizona apprendra à ses dépens qu'on ne craque pas une allumette à proximité d'une poudrière.

Un filet de sueur sinue le long de mon cou. Le combat se déchaîne en moi, me rappelant qu'un jour je finirais par le perdre. Et, dans cette lutte, Arizona est peut-être bien la pire de mes ennemis.

Alors pourquoi tu la lourdes pas direct sur le trottoir ? me titille la voix de la raison.

À cause de Vic ! braillé-je en retour. *Ouais, à cause de Vic ! J'ai besoin d'elle pour l'atteindre !*

C'est qu'il en est persuadé, le petit, ironise la bête en se léchant les babines. *La vérité, gamin, c'est que je t'impose mes choix chaque jour davantage et que viendra bientôt le moment où tu ne pourras plus me bâillonner.*

9

Arizona

Les bras enroulés autour de la taille de Tate, je profite de notre virée en Harley, un sourire extasié sur les lèvres. Le vent fouette mon visage, me procurant un sentiment de liberté rarement éprouvé.

En fait, je ne suis pas remontée sur une moto depuis la mort de Billy.

Mon frère possédait une énorme cylindrée qui faisait hurler de frayeur ma mère, mais j'adorais partir en balade avec lui. Événement qui ne se produisait pas souvent, puisque Billy s'est enrôlé dès ses 18 ans.

Retrouver ces sensations s'apparente à quelque chose de grisant, même si une certaine nostalgie s'y mêle.

Billy n'aurait pas aimé que je le pleure, alors j'honore sa mémoire comme il souhaiterait que je le fasse, c'est-à-dire en saisissant à pleines mains toutes les opportunités de la vie.

Est-ce que je peux classer Tate dans cette catégorie ?

Peut-être bien…

Je pouffe au souvenir de sa réaction lorsque je l'ai caressé. Mais, merde, comment j'aurais pu résister ?

Tate ressemble à une promesse en devenir bien trop délectable pour que je l'ignore. D'autant que le picoter est toujours aussi jouissif. Marrant comme il sort de sa zone de confort face à une nana qui ne se laisse pas affecter par son attitude belliqueuse et hostile.

Vilaine fille !

Tu te répètes, là, Billy chéri !

Sausalito est le genre de ville que je fuis comme la peste. Ici, chaque mètre carré a été exploité, gratifiant les vacanciers d'une impression d'étouffement quand, depuis la plage, ils considèrent l'enchevêtrement d'habitations qui pullulent sur les collines environnantes.

Les demeures ont beau être splendides et luxueuses, elles proclament aussi – et surtout – que Sardineville, en raison de sa proximité avec San Francisco, s'est transformée en un repaire de riches bohèmes. Exit les hippies des années soixante-dix ! Vive les bourgeois !

Par chance, la côte offre un visage plus typique, notamment grâce aux maisons montées sur pilotis et aux *house-boats*[4] sophistiquées. Le No Name a d'ailleurs été bâti sur l'une de ces promenades et jouit d'une vue imprenable sur la baie de San Francisco.

Je me repais du paysage, me gorgeant des rayons du soleil sur ma peau. Je ne musarde pourtant pas très longtemps, consciente que mes taches de rousseur adoreraient brunir un peu plus. Non pas que je leur en veuille, mais l'équilibre peau blanche/éphélides me convient parfaitement en l'état.

Tate s'engage le premier dans une salle au décor simpliste mais convivial. Il n'a pas ouvert la bouche depuis qu'il est descendu de sa moto et, pour une fois, j'ai décidé de le laisser à sa morosité.

Comme quoi, il m'arrive de temps à autre d'être sage.

Un rapide tour d'horizon me renseigne sur l'absence de Vic.

4. Maisons flottantes ou bateaux-maisons.

Tate m'entraîne vers la terrasse, point de vue stratégique sur l'entrée et la salle. Et sur son corps massif.

– Je vais commander, m'annonce-t-il en fourrageant dans son épaisse crinière, l'emmêlant un peu plus. Qu'est-ce que je te prends ?

Auréolé dans la lumière du jour, le Styx Lion dévoile un charme étincelant qui s'oppose à son aura naturellement sombre. Un jeu de contrastes qui me fascine et me chamboule à un niveau fondamental.

Ma gorge s'assèche et je déconnecte littéralement, me perdant dans l'océan acier de son regard. J'y lis de la dureté, de la méfiance, mais aussi quelque chose d'autre qui me secoue profondément. Une fois de plus, j'éprouve l'envie quasi irrépressible de le toucher physiquement.

Mais ce n'est pas que ça. Je voudrais connaître les secrets de Tate, ramener un sourire sur sa bouche au pli frondeur, allumer des étincelles de joie dans le bleu de ses iris…

Parce que j'ai la conviction que cet homme n'a guère eu de raisons de se réjouir dans la vie ?

Je n'ai jamais ressenti une attraction aussi viscérale, ni même imaginé que c'était possible. Et je ne sais pas bien si je suis extatique ou effrayée par cette vérité qui m'ampute, d'une certaine façon, de mon libre arbitre. Concernant mon corps, je peux le concéder (en vérité, c'est carrément excitant), mais mon esprit est également affecté.

Et là, c'est plus compliqué à gérer. Parce que mon intelligence a toujours été mon arme la plus redoutable et mon soutien le plus indéfectible. Je ne suis pas contre l'idée de débrancher la prise de temps à autre, mais Tate m'embrouille à un degré inédit.

– Arizona ? répète-t-il en employant pour la première fois mon prénom.

Il n'en est peut-être pas conscient, mais les syllabes roulent dans sa gorge comme une bouchée de nougat nappée de chocolat. En réaction, ma peau se couvre de frissons de plaisir.

– Un coca, s'il te plaît.

– Tu te recycles dans la boisson de fillette ? me nargue-t-il.

– Il est dix heures du matin, chéri.

– Et alors ?

Je lève les yeux au ciel, autant pour mimer mon incrédulité que pour me soustraire à la puissance du regard envoûtant.

– Tu sais que vingt-cinq pour cent de la population ont consommé de l'alcool de façon excessive ces trente derniers jours ? Boire augmente, entre autres, les risques de mourir d'une cirrhose ou d'un cancer du foie et…

– Attends, me coupe-t-il, le sourire sarcastique. T'es en train de me la jouer Schtroumpf à lunettes, là ? C'est carrément moins sexy, bébé, et, en plus, j'en ai rien à battre de tes statistiques à la con. Je suis un Styx Lion. Ce qui coule dans mes veines n'a rien de suave. Et puis faut bien crever un jour, non ?

– Certaines morts sont plus douloureuses que d'autres.

– J'ai signé un pacte avec le diable, y aura pas de fin heureuse pour moi et ça me va parfaitement.

Tate s'éloigne sur ces mots. Je le suis des yeux un moment, ou plutôt j'admire le balancement viril de ses fesses, et finis par pivoter vers la baie. Désirer un homme est une chose, se languir comme une pauvre crétine est une tout autre affaire.

Je garde le silence bien après le retour de Tate. Ses lunettes de soleil sur le nez, il s'expose à la caresse du ciel céruléen, plus détendu que je ne l'ai jamais vu. Pourtant, ses épaules restent crispées.

Je parierai mon bol de corn flakes que Tate ne baisse jamais totalement la garde.

Que son couteau est planqué sous son oreiller lorsqu'il dort.

Que son sommeil n'a rien de jolies balades reposantes et chimériques.

– Parle-moi de Vic.

J'attends une objection qui ne vient pas. Après avoir porté sa bouteille de bière à ses lèvres et bu une longue gorgée, Tate pivote vers moi.

– Qu'est-ce que tu souhaites savoir ?

– Tout ce que tu voudras me dire. Par exemple, comment a-t-il rejoint les Demonic Snakes ?

– Nom de Dieu ! jure-t-il en rejetant la tête en arrière avant de croiser les bras derrière sa nuque. C'est… Vic a toujours été un gamin à cran. Note bien : il est pas responsable. La vie n'a pas été facile pour lui, c'est tout. Il a enchaîné les rencontres foireuses, jusqu'à cette salope de Stella. Elle roulait pour les Demonic, enfin « roulait »… disons qu'elle faisait partie du cheptel de putes que Buzz utilisait pour ses sales affaires.

– Elle rabattait de nouvelles recrues ? deviné-je.

– Ouais. Elle rameutait des gosses qui dealaient pour le compte des Demonic, et les plus doués finissaient par intégrer le club. Vic était en manque de repères et je ne m'en suis pas rendu compte. Buzz a exploité les failles et est devenu un véritable gourou pour mon frangin. Vic ne jurait plus que par lui et, le jour de ses 18 ans, il s'est barré pour rejoindre ces putains de salopards.

Son grondement de gorge oscille entre rage et désespoir. Tate se redresse d'un mouvement vif et termine sa bière d'une lampée, ébauchant aussitôt un signe vers le bar pour en commander une autre.

– Et vos parents ?

Je fronce des sourcils lorsque la main de Tate se met à trembler. Ses doigts se faufilent sous le cuir de son blouson et je le soupçonne de toucher sa lame, comme quelqu'un qui ressentirait la nécessité de recourir à une béquille pour affronter des émotions trop violentes.

Des émotions traumatiques, sans aucun doute.

– Écoute, élude-t-il d'une voix rauque, tout ce que t'as besoin de savoir, c'est que la petite pute qui a chamboulé la tête de mon frangin continue de le manipuler. Elle a ferré un nouveau mac et Vic la suit comme un toutou bien dressé.

La fin de non-recevoir est incontestable. Trop pour qu'elle ne soit pas symptomatique d'une vérité équivoque.

– Cette fille, tu as enquêté sur elle, j'imagine.

– Ouais, admet Tate, manifestement soulagé de ce retour en terrain neutre. Elle est née à Mexico et a immigré aux États-Unis avec sa famille quand elle avait 10 ans. C'était pas la belle vie. Le père était malade et incapable de bosser. La mère faisait quelques ménages, mais elle pondait gosse sur gosse. Ils vivaient à dix dans une caravane miteuse, à la sortie de San Jose. Stella s'est retrouvée à tapiner à 12 ans à peine, comme deux autres de ses sœurs.

– Comment a-t-elle rencontré Buzz ?

– Grâce à son frère aîné. Vittorio a migré sur San Francisco, où il a été recruté par les Demonic. Il s'est ramassé une balle en pleine tête à la suite d'un deal qui a mal tourné. Apparemment, Buzz a croisé Stella à l'occasion des obsèques. Il l'a prise sous son aile et emmenée avec lui.

– J'imagine qu'elle espérait accéder à une nouvelle vie.

– Ouais, ben elle a été servie. Elle a juste échangé un mac pour un autre, même s'ils faisaient la paire, ces deux-là. Cette garce a bien retenu toutes les leçons qu'il lui a enseignées.

– Est-ce que…

Je m'interromps, mon regard rivé sur la porte et le jeune homme qui la franchit d'un pas lourd. Vic…

Sans réfléchir, je repousse mon siège et enfourche Tate avant de coller ma bouche sur la sienne.

10

Tate

Nom de Dieu de bordel de merde ! Cette nana est complètement frappée ! Complètement…

Je cesse de réfléchir (et de me plaindre) lorsque la langue d'Arizona s'introduit dans ma bouche et s'enroule autour de la mienne pour une danse avide. Y a pas à dire, cette fille, en matière d'allumage, elle est carrément explosive.

Explosive… et d'une impulsivité sidérante. Il n'y a pas grand-chose qui me déroute dans la vie, mais Arizona Reyes remporte ce challenge haut la main… une fois de plus !

– Putain ! la blâmé-je en m'arrachant à contrecœur à ses caresses. Qu'est-ce que tu fabriques ?

Miss Minipouss s'écarte légèrement, pantelante et les lèvres délicieusement humides.

– Je crée un élément perturbateur afin de réinitialiser le jeu.

– Tu quoi ? demandé-je, complètement largué.

– Vic vient d'arriver… Non, ne te retourne pas. Pas encore ! Donc, je t'expliquais que la meilleure façon pour qu'il ne détale pas, c'est de brouiller les cartes en ce qui concerne votre relation.

– Et pour ça, tu m'embrasses ?

– Ton frère et toi, vous êtes dans un remake des *Dents de la mer*. Je te rapatrie dans des eaux plus sereines, mon chéri. Comme ça, vous aurez enfin une chance d'échanger sans vous étriper.

J'ai quelques doutes en la matière, d'autant que…

– Les eaux sont tout sauf calmes, là, bébé.

Je ne résiste pas et saisis les fesses rebondies à pleines mains pour ramener Arizona contre moi et lui prouver la chose. J'écope, en retour, d'un rire mutin, électrisant. Et d'une légère pression qui me fusille sur place.

Je m'empare de la bouche rosée avec une voracité irrépressible. Je ne suis pas seulement tendu de désir, je suis éperonné par un besoin qui me dépasse.

Putain ! Elle est où, ma résolution de tenir cette gonzesse à distance ?

– Tate ?

Je mordille la lèvre inférieure d'Arizona, puis je lance un coup d'œil paresseux par-dessus mon épaule. Vic est planté derrière moi, se dandinant gauchement sur ses pieds. Malgré son air de petit dur, mon frangin suinte une vulnérabilité qui le transforme en cible pour connards.

Une vérité qui me flingue littéralement, en plus de révéler mon impuissance.

La bête en moi rugit à mesure que ma culpabilité remonte à la surface. Je me reproche évidemment de ne pas avoir été présent pour Vic quand il avait le plus besoin de moi, mais le poids de ma faute résulte surtout du fait que je m'en foutais royalement avant de croiser son regard égaré. Égaré et endommagé à vie…

C'est Arizona qui me tire de cet abysse en se frottant un peu plus sensuellement contre mon bassin. Je cille, étonné que mes doigts se referment sur les hanches féminines plutôt que sur ma lame. Ça fait des années que le désir sexuel ne suffit plus à étrangler la bête quand elle me ramène à mes péchés.

Parce que, même lorsque j'ai enfin pu aider mon frère, j'ai été en dessous de tout, singeant le monstre que je haïssais de toute mon âme. La noirceur est contagieuse, n'en déplaise à tous ceux qui militent pour une putain de rédemption.

– Tu dois être Vic ? lance Arizona comme si je ne meurtrissais pas sa chair à force de la serrer. Moi, c'est Arizona. Tate m'a déjà beaucoup parlé de toi, alors je suis ravie de te rencontrer. Assieds-toi, tu veux ?

– J'ai pas vraiment le temps, là…

– S'il te plaît, insiste Arizona avec son sourire version poupée fragile.

Il y avait combien de chances pour que ce plan débile fonctionne ? Plus que je ne l'aurais parié, visiblement, puisque Vic s'installe en face de moi. Tendu et méfiant, OK, mais ça fait des lustres qu'on ne s'est pas retrouvés à la même table, tous les deux.

– Alors… vous êtes ensemble ? bafouille mon frangin, l'air si incrédule que je me vexe.

– Oui, je sais, c'est improbable, glousse Miss Minipouss en basculant sur mes genoux, plaçant son adorable petit cul juste sur mon érection. D'ailleurs, j'en suis encore à apprivoiser cet ours mal léché qui te sert de frère.

La balancer sur son fauteuil me démange les doigts, mais Arizona choisit ce moment pour me caresser légèrement la mâchoire. Un frôlement qui s'attarde sur ma bouche, jusqu'à son extrémité abîmée.

Un spasme me secoue.

À quand remonte la dernière fois qu'une nana a osé poser la main sur ma cicatrice ? En fait, ça n'est jamais arrivé. Même celles qui sont fascinées par mon air de pirate des temps modernes ne s'aventurent pas jusque-là.

De toute façon, c'est le genre de gestes que je n'autorise pas. C'est bien trop personnel – et, moi, je fuis tout ce qui ressemble de près ou de loin à une intimité prégnante.

C'est l'une des raisons qui expliquent que je veille toujours à ce que les mains de mes maîtresses demeurent hors de portée de mon corps pendant que je les saute.

– Tu l'as bien cerné, cet enfoiré, approuve Vic, une lueur de défi au fond du regard. T'as quand même réussi un exploit, car Tate baise les gonzesses, il ne sort pas avec. Il est au-dessus de ça, pas vrai, mec ?

– Faut croire qu'on peut changer d'avis, marmonné-je.

– J'ai des arguments imparables, crâne Miss Minipouss en tortillant des fesses.

En l'absence de douche froide ou d'un moyen efficace pour soulager mon érection, je me concentre sur Vic, un luxe que je ne me suis pas autorisé depuis un moment.

L'examiner est toujours douloureux.

Sous le collier de barbe mal taillée, le visage est trop émacié et pâle, mais le pire se dissimule sous ses vêtements sales. Lorsque Tasha l'a déshabillé pour le soigner, j'ai carrément disjoncté devant le paquet d'entailles qui parsemaient son corps.

La bête chérit ce souvenir, appâtée par l'odeur du sang et de la souffrance. Elle regrette, cette garce, de ne pas être celle qui tenait le couteau pendant que…

J'expire tout l'air dans mes poumons tandis qu'Arizona m'impose un nouveau baiser. Je refuse de m'attarder sur le fait qu'elle semble lire en moi comme dans un livre ouvert. Ça importe peu tant qu'elle m'empêche de sombrer.

Je lui saisis la nuque et fonds sur elle avec l'âpreté d'un rapace affamé. Je la dévore littéralement, savourant l'écrasement de ses seins contre mon torse. J'oublie qui elle est et pourquoi je ne dois pas céder à cette tentation. En cette seconde, elle représente ma seule bouée de sauvetage.

L'unique lumière dans un océan de noirceur.

Une lumière que je finirai par avilir si je continue à me frotter contre elle…

– Merde, alors, rigole Vic lorsque nous nous séparons, à bout de souffle. J'hallucine grave de te voir dans cet état, mec ! C'est… ouais…

– Putain ! Vic, qu'est-ce que tu fous avec ce connard ?

– Bébé… bafouille-t-il en bondissant sur ses pieds comme un bon petit soldat.

Stella…

Ça me flingue que mon frère obéisse au doigt et à l'œil de cette salope. Cette dernière l'utilise et s'amuse en lui zébrant la peau. Il y a mieux comme preuves d'amour, non ? Pourquoi Vic n'ouvre-t-il pas les yeux ?

Tu le sais bien, me susurre la bête. *Stella lui ressemble… Tu te souviens d'elle, n'est-ce pas ? De sa bouche sur ton corps ? De…*

Je boycotte le déchaînement de ma mémoire. Saleté et dégoût nourrissent le monstre autant que l'odeur du sang.

La poufiasse me fusille du regard, consciente que je suis son pire ennemi. Si Arizona n'était pas assise sur mes genoux, une main posée sur mon torse en un geste désuet pour me retenir, je serais déjà debout à l'affronter les yeux dans les yeux.

Il me reste assez de raison pour réaliser que je perdrais définitivement Vic si j'agissais ainsi.

– On discutait juste, s'excuse Vic d'une voix blanche.

– Ouais, c'est ça ! Comment il a réussi à te localiser, d'abord ?

La question ranime la défiance de mon frangin. Vic recule d'un pas, entérinant la fin de notre traité de paix. Une paix qui était peut-être bien chimérique et fragile, mais merde, c'était un premier pas, quand même !

– Ne lui mens pas, me souffle Arizona au creux de l'oreille.

– Ouais, dis-je après une seconde de réflexion, je savais que tu traînais dans le coin. Arizona voulait te connaître et j'avais envie de vérifier si tout allait bien pour toi. Je suis ton frère, je m'inquiète, c'est tout.

– Il a essayé de te convaincre de repartir avec lui, je parie ! attaque Stella.

– Non, riposte Vic, un tic nerveux secouant les muscles de sa joue. Je te l'ai dit, on discutait juste.

Je reconnais le tremblement qui agite ses membres : c'est le même qui m'assaille lorsque la pression devient trop forte. J'aimerais tendre la main vers mon frère et l'étreindre pour lui garantir que tout ira bien, mais j'ai perdu ce droit le jour où j'ai déguerpi de chez mes parents en l'abandonnant derrière moi.

– On dégage !

Vic se liquéfie. La sueur dégouline le long de ses tempes et dans son cou, révélant la nervosité qu'il essaie de dissimuler en refermant les poings sur son jean.

J'ai mal pour lui, tellement que la bête hurle de joie.

– Vic ! le rappelle à l'ordre Stella depuis le seuil de la porte.

Je me crispe, prêt à retenir mon frère par la force. Arizona me coupe l'herbe sous le pied en bondissant souplement sur ses pieds et en allant déposer un baiser sur la joue de Vic.

Ce dernier se fige, véritable incarnation de la stupéfaction, mais il ne détale pas comme à son habitude. Au contraire, il semble même hésiter.

– On pourra se revoir ? suggère Arizona d'un ton calme, à mille lieues de la colère qui me tord le ventre. J'ai très envie de mieux te connaître.

– Peut… peut-être, bégaie-t-il avant de s'éloigner.

Cette réponse a beau n'être qu'une promesse en devenir, elle bascule Miss Minipouss du rôle de casse-couilles bandante à celui d'ange sauveur hyper sexy.

Dans tous les cas, c'est mon enfer que je contemple dans les yeux…

11

Arizona

J'aime la chaleur, mais lorsque vous atteignez le stade où vous pourriez jouer la doublure du sénateur Kelly[5] dans *X-Men*, c'est le signal qu'il faut rendre les armes.

Éreintée et suante, je me laisse choir sur une chaise longue et pousse un soupir de soulagement quand Sacha me fourre une bouteille fraîche entre les mains.

– Merci, mon Dieu, lancé-je avant d'avaler une gorgée de bière.

– Tu es sûre de ne pas vouloir te baigner, Arizona ? me demande Dria depuis la rive du lac. L'eau est vraiment délicieuse.

– Peut-être plus tard.

Dria agite le bras en riant, puis plonge, rejoignant les Styx Lions qui ont succombé à l'attraction d'un bon bain pour se revigorer. L'air a beau être accablant en cette fin de journée, j'ai juste envie de ne plus bouger. Et de me repaître du décor de rêve qui m'entoure.

Mes hôtes n'ont pas fait les choses à moitié. Ils ont aménagé les abords du lac en un espace de détente plus qu'idyllique.

Certains utilisent le large promontoire en bois pour accéder aux eaux sombres. Lou a allumé le barbecue, qui distille dans

5. Personnage qui se liquéfie après une mutation génétique.

l'atmosphère de savoureuses fragrances de viande grillée.

Dax et quelques autres se sont réunis autour des tables disséminées sur la rive, discutant dans une ambiance joyeuse au son des bouteilles qui s'entrechoquent à chaque toast.

Un régal pour les yeux puisque, chaleur oblige, la plupart des hommes se baladent torse nu. Si tous n'ont pas le physique du maître des lieux, il y a assez de muscles saillants et de tatouages à couper le souffle pour faire saliver n'importe quelle femme.

Moi la première, même si celui que j'aimerais par-dessus tout surprendre à exhiber sa plastique compte parmi les absents.

– Il ne viendra pas, me précise Sacha en me décochant un regard lourd de sens.

– Qui ? énoncé-je avec mauvaise foi, peu certaine d'apprécier d'être ainsi percée à jour.

Sacha hausse un sourcil moqueur et ricane contre le goulot de sa bouteille.

– Je t'ai vue revenir avec lui cet après-midi.

– Oh ! tu parles de Tate ? Il m'a emmenée découvrir la côte à moto. C'était sympa.

À mon grand dam, je ne fais pas illusion une seule seconde. Sacha n'appartient peut-être pas au FBI, mais elle possède cette vigilance mâtinée de perspicacité qui forme les meilleurs agents. C'est presque dérangeant, d'ailleurs, d'être soumise au feu de son regard.

Parce qu'il n'y a plus moyen de se leurrer ou de biaiser.

– Je ne suis pas le genre à me mêler des affaires des autres ni à prodiguer des conseils, mais…

Sa mâchoire se crispe tandis que Sacha contemple les baigneurs devant nous. Elle lève de nouveau le bras pour étancher sa soif… ou s'enjoindre de continuer.

Je penche pour cette dernière hypothèse.

Si Sacha interagit avec aisance avec moi ou Dria, j'ai remarqué qu'elle était globalement moins relax face à la gent masculine. Démarche inconsciente ou pas, elle opte parfois pour une position défensive, ce qui se traduit par un regard plus perçant et scrutateur et un ressort physique presque palpable.

Je ne crois pas que ce soit la peur qui induise cette attitude, mais plutôt une défiance profondément ancrée dans sa psyché. Élément qui est peut-être lié au détail qui m'a échappé jusqu'alors.

Le visage mi-humain, mi-monstrueux qui drape le bras de Sacha dévoile un corps de dragon de son épaule à son poignet, mélange d'encres bleu et rouge. La queue de la bête se termine par des fleurs colorées, qui se répandent jusqu'au dos de sa main.

Sous le dessin magnifiquement élaboré, je distingue de fines cicatrices aux rebords aussi incertains que la balafre de Tate.

De quoi m'interroger sur le passé de la jeune femme et accroître mon intérêt pour les Styx Lions.

« Arrête de vouloir disséquer tout le monde, Rizzo », se moquait souvent Billy.

Bah ! On ne se refait pas, si ?

– Mais… relevé-je, curieuse finalement d'entendre ce que Sacha a à dire.

– Je l'adore, alors n'y vois pas de mal, se lance-t-elle en plantant son regard dans le mien. C'est d'ailleurs parce que je l'aime beaucoup que je préfère te prévenir. T'as la tête d'une nana qui pense qu'elle peut changer les choses. Mais la vérité, c'est que Tate est un écorché vif et que la violence qu'il exprime n'a rien de contrôlable. C'est plus fort que lui, comme s'il était possédé.

L'image est lourde de sens. Néanmoins, la maîtrise de Tate est en acier trempé. Quel que soit ce qui le dévore, il le tient en respect.

– Il gère plutôt bien, mentionné-je d'un ton léger.

– La plupart du temps, ouais. Mais l'histoire avec Vic lui

embrouille le cerveau. Tate est au bord du gouffre et, toi, tu le perturbes.

Sacha émet un ricanement sarcastique, sorte de grognement qui me file la chair de poule. Il y a des spectres dans le passé de cette fille, et pas du genre Casper. Non, ses fantômes s'apparentent à ces démons qui te pourrissent la vie sans répit.

Ce qui attise un peu plus ma curiosité à l'égard de la Styx Lion et de la relation qu'elle entretient avec Tate.

– J'aurais jamais cru qu'une fille parviendrait à le bousculer, mais il faudrait être aveugle pour ne pas voir que ta présence le gratouille. Tu sais qu'il te mate dès qu'il suppose que personne ne regarde ?

– Ça a l'air de t'étonner…

– C'est pas dans ses habitudes, ma jolie. Tate ne drague pas. Jamais ! Il prend et largue dans la foulée. Tu vois le genre ?

J'acquiesce, piquée par cette description qui correspond pourtant à ce que j'ai imaginé. Simplement, l'entendre à haute voix n'a rien de plaisant. Non que ce fait mette en lumière une vérité crue, mais cela me picote alors que ça ne le devrait pas.

– Tu n'es que de passage, Arizona, et je m'en voudrais de devoir te péter les dents parce que tu nous auras détraqué Tate. Je te le répète, il est au bord du gouffre et il en faudrait peu pour que la balance penche du mauvais côté. Alors, c'est pas contre toi, mais je préfère te prévenir.

J'hésite à répondre au sourire vicieux de Sacha, puis finis par éclater de rire.

Cette fille essaiera certainement de me broyer tous les os si elle estime que je houspille un peu trop son pote, mais je ne suis pas du genre à tendre l'autre joue.

Néanmoins, elle a raison sur deux points. Aussi pénible que soit l'idée, je ne suis que de passage, et Tate est réellement à cran.

Au bar, cet après-midi, il s'en est fallu de peu qu'il saute sur la copine de son frère et l'étripe.

Pas sûr, pourtant, que cela me dissuade de me frotter à la virilité abrupte du Styx Lion. Sa colère le rend beaucoup trop sexy et intense…

Alors, même si je ne représente à ses yeux qu'une énième conquête, je suis prête à courir le risque de me brûler les ailes rien que pour le plaisir de m'abandonner au rythme de son corps en fusion.

– OK, asséné-je en libérant ma nature « Xena la guerrière ». J'en prends bonne note, mais je dois ajouter deux ou trois petites précisions. D'abord, je sais me défendre. Je suis même très douée pour les coups vaches. (Je secoue le menton d'un air mauvais.) Donc, si on se bat, ça risque d'être plus compliqué que ce que tu supposes.

– OK, me renvoie Sacha en haussant un sourcil sarcastique. Quoi d'autre ?

– Ensuite, j'ai toujours été du genre tête brûlée. Plus l'obstacle semble infranchissable, plus ça m'émoustille. Tate m'émoustille, précisé-je.

– Trop pour que tu renonces à te ruer dans la gueule du loup, soupire-t-elle avec une emphase théâtrale. Ouais, je m'en doutais. Tu as des couilles, on ne peut pas t'enlever ça. Mais évite juste de trop le secouer.

– Qui ne doit pas être trop secoué ? nous interrompt Tasha.

La nouvelle venue m'adresse un sourire interrogateur tout en entortillant ses longs cheveux pour les essorer. Comme Dria, elle a profité du lac pour se baigner, de sorte que nous avons à peine pu discuter.

Pourtant, difficile d'ignorer que cette femme sublime est brillante et du genre à ne pas se laisser marcher sur les pieds. Je n'en attendais pas moins de la part de la compagne de Dax, mais j'avoue que je suis un tantinet perplexe.

Dax incarne la dangerosité, de quoi faire détaler la plupart des filles normalement intelligentes. Or, Tasha – tout comme Dria, d'ailleurs – évolue dans l'univers des Styx Lions avec une légèreté pétrie de confiance, comme si elle était persuadée d'être en sécurité.

Difficile de penser autrement vu la façon dont Dax la couve du regard, entre possessivité et adoration. Cela dit, un tueur reste un tueur et, officiellement, Tasha ignore tout de la véritable identité de son compagnon.

Je me demande jusqu'à quel point elle croit en cette jolie chimère.

Pour le moment, elle s'enroule dans une serviette, puis s'assoit à même le sol. Sacha lui propose illico une bière, invitation implicite à se mêler à notre conversation.

Sauf que je n'ai pas envie de m'étendre sur le sujet. D'autant que Dria et Amber, la meilleure amie de Tasha (mais aussi la fameuse Amber de Sam !), cheminent vers nous.

Tasha pivote sur ses fesses pour leur faire signe, dévoilant sa nuque dégagée. L'ange encré sur sa peau est magnifique, et je fais aussitôt le lien avec les lettres fichées sur le torse de Dax.

Ça révèle tellement de la relation entre ces deux-là que ma fibre sentimentale se met à vibrer comme une corde de guitare.

– Ton tatouage est splendide, énoncé-je avec une curiosité qui n'exclut pas une envie de changer de sujet de conversation.

Sacha se marre, son œil de lynx ne ratant rien de mon petit jeu, mais elle ne pipe mot. Je l'en remercie d'un rictus espiègle.

– Je l'adore, approuve Tasha, mais c'est ta voisine qu'il faut féliciter pour cette œuvre d'art.

– C'est toi qui l'as tatouée ? demandé-je en pivotant vers Sacha.

– Ouais, avoue-t-elle avec simplicité.

– Elle est trop modeste, continue Tasha. C'est elle qui a créé l'emblème des Styx Lions et qui marque chaque nouveau membre. Sacha a de l'or dans les mains.

– Et elle est d'une patience d'ange, s'invite Dria. Ça fait trois mois que je tergiverse pour celui que je voudrais et je n'ai même pas réussi à lui faire grincer des dents.

– C'est un choix important, précise la jeune femme. Je préfère que tu y réfléchisses bien plutôt que tu pleures une fois qu'il sera trop tard.

– J'ai toujours rêvé d'en avoir un, avoué-je.

– N'hésite pas si tu souhaites qu'on en discute. Je te conseillerai avec plaisir.

Pourquoi pas ? Billy portait un aigle sur le bras, et j'ai envie de reproduire le dessin sur ma peau en hommage. Une façon de préserver notre lien au-delà du souvenir… Faute de temps, ce projet est resté à l'état d'amorce.

– Hé, les filles ! Les gars sont en train de dévorer le stock de viande, nous alpague Lou. Magnez-vous si vous voulez manger autre chose que des os.

– Garde-moi un morceau pour Dojo, lance Tasha en récoltant quelques grognements du côté de la table. Quoi ? Il est en convalescence, interdit de sortie jusqu'à demain matin, alors il mérite bien d'être gâté.

– Ce chien profite de toutes les occasions pour se faire engraisser ! raille Sam, son attention rivée sur Amber.

– Eh bien, lui, au moins, il ne se vautre pas à table comme un morfal, râle Dria en avisant les réserves de nourriture déjà bien entamées.

– Nous ? On est des anges, rétorque Jarod, la bouche pleine. Et, regarde, il reste plein d'épis de maïs et de tomates. Y a même de la salade.

En gage de sa bonne foi, il saisit le plat et le tend à Dria, sa belle gueule se fendant d'un sourire innocent.

– Sale gosse ! le réprimande Sacha en lui ébouriffant les cheveux. Allez, dégage qu'on puisse s'asseoir.

– Hé ! Tu essaies de m'éjecter, là ?

– Je n'essaie pas, mon grand, je le fais !

Joignant le geste à la parole, Sacha agrippe la ceinture de Jarod et l'oblige à se lever. Le Styx Lion s'exécute en pouffant, un travers de porc à la main et une bouteille de bière dans l'autre.

– Tu as de la chance, mon tour de garde commence dans dix minutes, mais je n'oublie pas cette terrible offense.

Je me mêle aux rires de l'assistance, amusée par la grandiloquence de Jarod et son air de clown. Sacha le punit d'une claque sur la tête, puis s'assoit en tapotant la place libre à sa droite.

– Allez, Arizona, pose tes fesses.

Les gars se décalent pour nous libérer des sièges, hormis Dax, qui agrippe Tasha par les hanches pour la river sur ses genoux… et lui voler un baiser au passage.

Une scène qui m'en rappelle une autre et ramène Tate au centre de mes préoccupations.

– Dis donc, Amber, il paraît que le véto a flashé sur toi, attaque la jolie tatoueuse en se tartinant un petit pain.

J'ai beau ne pas beaucoup connaître Sacha, j'ai dans l'idée que cette discussion n'a rien d'innocent.

– J'ai bien cru qu'on n'allait jamais sortir de son cabinet, plaisante Tasha. Finn a complètement craqué.

– Finn ? Tu appelles ce mec par son prénom ? se renfrogne Dax.

– Du calme, mon grand. Finn est une vague relation, c'est tout. J'ignorais qu'il travaillait dans cette clinique véto quand j'ai pris rendez-vous, mais je ne regrette rien puisqu'il a carrément tapé dans l'œil d'Amber.

En face de moi, Sam est figé en une attitude qui pourrait paraître désinvolte, mais le pli de sa bouche exprime une tension évidente.

– Donc, tu vas sortir avec lui, insiste Sacha.

– Hum… oui, je pense. Ça fait un moment que je ne me suis pas amusée et, après tout, on n'a qu'une vie, non ?

Pas moyen de se méprendre : ce message s'adresse à Sam. Amber le scrute sans même faire semblant de s'intéresser à un autre que lui. L'air se charge en électricité et quelques sifflets s'élèvent dans la nuit naissante.

– C'est ta chance, vieux. Elle est chaude !

– Ouais, Sam, jette-toi à l'eau !

– Emmène-la visiter ta tanière et montre-lui le loup !

Les beuglements à l'arrière-plan se disputent avec des bruits plus éloquents. La subtilité n'est visiblement pas le fort des Styx Lions, et ça fait ricaner la plupart des mecs qui nous entourent.

Pas de quoi déstabiliser Amber, en tout cas. La splendide amazone pousse même la provocation jusqu'à se mordiller sensuellement la lèvre inférieure.

– Oh, putain ! Sam, si t'y vas pas, je suis volontaire, moi ! Amber ! Amber ! Mate la marchandise par ici, bébé !

Le visage de Sam se durcit un peu plus. Quant à son regard… Plus létal, tu meurs.

Amber a du cran parce qu'elle ne désarme pas. J'ignore ce qui se trame en cette seconde (enfin, en dehors de la drague très explicite), mais le duel est du genre corsé.

Ou complètement vain…

– J'ai à faire, annonce Sam au milieu d'un silence assourdissant.

Puis, sans précipitation, il déploie son grand corps et s'éloigne, indifférent aux beuglements de ses potes.

– Eh bien, voilà qui a le mérite d'être clair ! grimace Amber en acceptant la giclée de rhum aimablement proposée par Sacha.

Finn, tiens-toi prêt, une tigresse en manque de sexe va venir réchauffer ton lit !

Elle lève son verre, porte un toast dans la direction empruntée par le Styx Lion, puis le vide d'une lampée.

– Un autre, s'il te plaît, réclame-t-elle.

– Au moins, tu es fixée, ma jolie, sanctionne Sacha.

– Moi, j'suis toujours volontaire pour te consoler, Amber, braille un abruti, qui se coltine une baffe de la part de Lou quand il énonce la façon très personnelle qu'il compte mettre en œuvre pour y parvenir.

L'obsédé sexuel ferme sa bouche, de sorte qu'un calme relatif se réinstalle. Sous le rayonnement tamisé des ampoules disséminées dans les arbres, les discussions gagnent en quiétude. Ce doux ronronnement me berce, affermissant l'effet soporifique des températures extérieures.

Je picore dans mon assiette, pas franchement affamée.

Menteuse !

OK, je précise : pas affamée de nourriture terrestre.

Mon cerveau, dopé aux hormones sexuelles – une fois n'est pas coutume –, choisit la seule image qui correspond à mon état d'esprit : Tate dans la lumière du jour, son corps vibrant de cette force qui me fascine.

Je me lèche les lèvres, espérant y retrouver un peu de son goût. Mauvaise idée ! Ces pensées augmentent un peu plus ma chaleur intérieure, et je suis à deux doigts de me transformer en locomotive à vapeur.

– Tu es écarlate, remarque Sacha de ce ton gouailleur que je commence à bien connaître et à apprécier. (Oui, je suis un tantinet marteau.) Un problème ?

– Non, je songeais juste qu'une balade me ferait du bien.

Le regard de Sacha me transperce, discernant le sous-entendu dans ma repartie. Je ne fléchis pas sous le poids de la condamnation tacite. Je n'ai aucune raison de mentir ou de cacher ma destination. Aucune raison de lui rendre des comptes, même si elle semble animée par le seul désir du bien-être de Tate.

– Tu ne devrais pas. Il est vraiment au bord de l'explosion. Il a besoin de décompresser dans son coin et…

– Et vous ne vous êtes jamais dit que, peut-être, le laisser ruminer était une erreur ? la coupé-je sans remords.

Sacha ouvre la bouche, puis la referme, les sourcils froncés de perplexité… ou de réflexion.

Personne ne semble avoir envisagé cette option. Bon, évidemment, quand le mec en question sort un couteau, vous filez fissa et vous la bouclez.

– OK, finit-elle par articuler d'un ton qui reste mordant. Je ne… OK ! C'est peut-être une connerie, mais j'ai envie de voir ça. Si tu longes la rive vers le nord, tu tomberas sur son chalet. Je te préviens, il déteste qu'on vienne fouiner autour de chez lui. Il a tendance à tirer à vue et à poser les questions après.

C'est quoi, déjà, la réplique phare de Terminator ? Ah oui : hasta la vista, baby.

12

Arizona

À mesure que j'avance, je me dis qu'il n'est peut-être pas malin de partir à la rencontre d'un homme aux nerfs capricieux pour le surprendre au milieu de la nuit.

Même s'il n'est que vingt-trois heures, une obscurité presque totale règne dans les bois. La lueur fragile des ampoules s'éteint lentement dans mon dos, me nimbant dans un anonymat réconfortant.

En définitive, seul l'éclat de la lune guide mes pas.

Le chalet de Tate ressemble à ceux de ses amis, à une exception près : il est bâti à moitié sur la terre ferme, tandis que l'autre moitié est soutenue par des piliers qui disparaissent dans les eaux sombres du lac. Une immense terrasse borde les murs, hormis côté façade.

La maison n'est pas l'unique édifice à occuper le terrain : une sorte de hangar a été construit à quelques mètres et la moto de Tate est garée sous l'appentis en contrebas.

Les lieux sont plongés dans un silence reposant, à tel point que je me demande si Tate est bien présent. Ou s'il ne dort pas déjà…

Un clapotis m'attire vers la série de marches qui mène à la terrasse. Quelqu'un fend les eaux noires, même si je ne distingue rien d'autre qu'une couverture argentée là où la lune se reflète.

Ma main effleure la balustrade en bois et s'attarde sur les sillons sculptés. Je me penche pour admirer le travail de gravure. La rambarde a été ciselée en un enchevêtrement de feuilles et de fleurs qui paraissent réelles tellement les lignes sont épurées. Celui qui a façonné cette œuvre est un artiste aux doigts de fée.

J'abandonne ma position contemplative pour m'avancer vers la large baie vitrée. Même si celle-ci est ouverte, je n'ose pas franchir le seuil. Je fouille l'intérieur du regard, surprise de le découvrir aussi dépouillé. À part un vieux canapé défoncé et un écran télé de la taille d'un terrain de football, la pièce est vide. Entièrement vide… Comme si personne ne vivait là.

J'inspecte la terrasse avec plus d'attention. Un hamac, seul élément qui semble un tant soit peu confortable, côtoie une table basse où se battent en duel un cendrier rempli de mégots et des cadavres de bouteilles vides.

Charmant !

– Bordel de merde ! Qui est-ce qui… Arizona ? Qu'est-ce que tu fous chez moi ?

Le timbre n'est pas vraiment accueillant. Néanmoins, je pivote vers Tate, un sourire léger sur les lèvres. Et là…

Merde !

On peut vraiment déconnecter ? Je veux dire, oublier jusqu'à son prénom et ne plus savoir pourquoi on se tient à cet endroit, à se dandiner comme une cruche ? Parce que c'est exactement mon état à cette seconde.

Black-out total au niveau du cerveau et un corps en ébullition… Et tout ça à cause d'un mec à poil !

Mais quel mec…

Un Will Smith nu et ruisselant sous une cascade d'eau ne lui arriverait pas à la cheville.

Un Robert Downey Jr dans le plus simple appareil serait vingt fois moins viril, même s'il finit les poignets attachés aux montants d'un lit, un coussin habilement placé.

Un Theo James... Non, rien n'égale un Theo James ! Pas même le magnifique apollon campé devant moi en tenue d'Adam.

Pourtant, tu salives, ma belle ! Allez, ferme la bouche.

On peut exiger d'un fantôme qu'il la boucle ? Le spectre de mon frère est envahissant. Cela dit, je ne m'en plains pas. Il est toujours à mes côtés, bienveillant et acerbe. (Oui, je sais, ça pourrait paraître contradictoire, mais ça ne l'est pas, je vous le garantis !) C'est l'unique chose qui importe.

Et là, vous vous dites, après les statistiques débiles, voilà qu'elle nous ramène un revenant. Si vous estimez que cette croyance me transforme en une semi-folle, voire une folle tout court, ou une nana qui se raccroche aux branches comme elle le peut, détrompez-vous.

Le monde se révèle une énigme à lui tout seul, et pas besoin de religion ou de conneries du même genre pour justifier que ces bizarreries existent.

Elles existent, c'est tout !

Comme le mystère des lignes de Nazca ou, mieux encore, l'inexplicable migration des papillons monarques, qui les mène, alors que leur altitude de vol est plus que limitée, des contrées canadiennes aux ramures des sapins de l'État du Michoacán au Mexique.

Et l'on peut citer la pluie de crevettes qui s'est abattue en Australie en 1978 ?

Finalement, un fantôme, c'est assez banal...

Arizona, tu vas continuer de divaguer pendant longtemps ou bien tu vas...

La ferme !

– Je... Tu...

Génial ! Maintenant, je bafouille. Tate est juste renversant et touche mes connexions neuronales de façon inédite. D'une certaine manière, je viens de découvrir le bouton *reset* de l'inépuisable et infatigable machine qui loge à l'intérieur de mon crâne.

Si j'ai eu l'occasion d'admirer les tatouages sur son torse, ses bras et son cou, je n'imaginais pas que les lignes continuaient leur lancée sur la hanche gauche de Tate et s'enroulaient autour de sa cuisse. Évidemment, sur une peau blafarde et pendante, le résultat serait médiocre.

Avec Tate, aucun risque !

– Ouais ? raille-t-il sans produire le moindre effort pour dissimuler sa nudité.

Et pourquoi le ferait-il ? Parce que son corps réagit avec une vigueur délicieuse à ma présence ?

À la vue du sexe bandé, mon cerveau se remet en branle. Je suis émoustillée, OK, mais surtout déterminée à faire un peu plus que juste profiter de la vue.

– J'avais envie d'une bière et j'ai supposé que tu aurais de quoi... étancher ma soif.

Tate enfouit ses deux mains dans sa chevelure, lisse ses mèches indisciplinées et, basculant la tête en arrière, soupire avec exagération.

Ou exaspération, non ?

Dégage, c'est privé, là !

– Tu devrais rentrer, Arizona. Je ne suis pas d'humeur à supporter qui que ce soit, ce soir. Toi moins qu'une autre.

– Tu as tes vapeurs ? le nargué-je.

– J'ai l'air en déperdition ?

– Non. En revanche, tu as l'air d'avoir besoin d'un coup de main.

Je comble la distance qui me sépare de Tate avant même d'avoir achevé ma phrase. Je cherche son regard, fébrile.

Nos yeux se télescopent avec une âpreté assassine, mais le duel de volonté qui s'ensuit n'empêche pas la montée du désir, fulgurante et sauvage. Ce qui me secoue en cette seconde est si dévastateur que je vacille sur mes jambes, étourdie par la virulence du choc sensoriel.

Je ne retiens qu'une seule chose : j'ai besoin de toucher Tate de toutes les façons possibles, de me rassasier de ce qui forme cet homme farouche et de m'approprier une part, aussi infime soit-elle, de lui.

Je ne m'appesantis pas sur mes émotions, ni même sur le sens de ce charivari. À cet instant, ce qui compte, c'est que ma peau entre en contact avec celle de Tate sans plus tarder.

J'entame les hostilités, consciente que le registre guerrier qualifie parfaitement notre étrange relation. Je frôle ses lèvres du bout des doigts, excitée de sentir son souffle s'altérer sous la pression.

– Je ne crois pas que… m'admoneste-t-il avant de capturer ma bouche en poussant un grognement guttural.

Son baiser est ravageur et violent. Tate s'empare de moi avec la puissance d'un typhon qui détruit tout sur son passage. Il n'y a ni quartier ni pitié, juste l'expression primitive d'une passion déchaînée.

Mes lèvres sortiront meurtries de cet affrontement, mais je m'en contrefiche. Je me perds dans un maelström de sensations qui me font tout oublier.

Je me cramponne aux larges épaules et me hisse sur la pointe des pieds pour mieux savourer l'instant. Dans cette danse primale, les mains de Tate me saisissent avec une autorité exquise.

Je me moque qu'il tire un peu fort sur mes cheveux pour me renverser la tête en arrière et piller ma bouche sans indulgence.

Je me moque que son corps m'emprisonne dans une étreinte qui me laisse pantelante, et surtout désarmée.

Je me moque de n'être plus qu'un être dévoré par une faim incoercible, en proie à un désir presque douloureux. Je m'empare de tout ce que Tate m'alloue, l'autorisant à me modeler de ses immenses mains.

– Bordel de merde, aboie-t-il au bout d'une éternité en s'écartant d'un pas.

Une brise légère vient me caresser. Confrontée au feu de la passion, elle me paraît glaciale, distillant sur ma peau des frissons au goût de manque, alors qu'il y a un instant elle me couvrait de sueur.

Je ne veux pas de ce froid. Je veux... Tate. Même s'il me voue aux enfers...

J'ai le sentiment, en cette seconde, que c'est exactement le chemin que je vais emprunter si je m'attarde sur cette terrasse baignée par le scintillement lunaire. Une prémonition inapte, pourtant, à me convaincre de fuir.

Le regard de Tate est incendiaire, brillant d'une rage telle que tout son corps tremble. Son contrôle se fissure sous mes yeux, prêt à voler en éclats.

– Il faut que tu partes, ordonne-t-il.

Je secoue la tête, incapable d'obéir.

Les semonces de Sacha viennent chantonner à mon oreille, mais je refuse de céder devant ces parasites inopportuns. Tate est en train de s'enfoncer dans les méandres d'une culpabilité malsaine, et celle-ci gagne en force à chaque fois qu'il croise son frère et perçoit le mal qui le ronge à petit feu. A-t-il seulement compris le genre de relation qu'entretiennent Vic et Stella ?

J'en doute...

J'aimerais annihiler le feu qui le dévore, mais ce pouvoir n'est pas entre mes mains. Néanmoins, à ce stade, je sais que l'abandonner à ses remords n'est pas la solution.

La seule arme à ma disposition s'exprime au travers du désir qui crépite entre nous…

Ma robe d'été virevolte autour de mes jambes. Il me faut moins d'une seconde pour tirer sur les bretelles et la faire glisser le long de mon corps.

Je m'offre au regard masculin, à demi nue, consciente que la brise fait pointer mes mamelons avec insolence.

Tate écarquille un peu plus les yeux, puis il se frotte le visage comme s'il escomptait m'effacer du décor par ce simple geste.

– Arizona…

Les syllabes roulent dans sa gorge comme si un orage couvait au loin, renforçant mon sentiment de puissance.

Je succombe à tous mes fantasmes et empoigne le sexe turgescent. Mes doigts recouvrent le gland, effleurant le bout légèrement humide, puis coulissent jusqu'aux bourses au toucher soyeux. Cette découverte signe les prémices d'un besoin plus impérieux.

Comme étourdi, Tate recule d'un pas et s'adosse à la rambarde, qu'il agrippe des deux mains. Tout son corps est contracté, happé par une lutte qu'il est sur le point de perdre.

Je ris, pressée qu'il dépose enfin les armes et m'impose de nouveau sa volonté et sa fougue sauvage. Un fantasme inédit qui me dérouterait si je me laissais aussi facilement ébranler…

Je trace de ma main libre les veines de son cou, alléchée par ce gonflement qui fait écho aux soulèvements erratiques de son torse. Tout en continuant de le masturber, je lèche son téton droit et suis le dessin d'un tatouage qui me mène au jumeau esseulé.

De nouveaux grognements jaillissent de la bouche tordue. Le prédateur est proche de la surface, de quoi m'aiguillonner un peu plus.

Sauf que…

Je me retrouve, sans trop savoir comment, emprisonnée entre

la balustrade et le corps de Tate.

Emprisonnée et écrasée, les poignets rivés dans le dos…

Je scrute les traits consumés de rage, m'imprégnant d'une vérité que j'ai à peine effleurée jusqu'à présent.

Voilà, c'est tout toi, ça, Rizzo. Tu te jettes à l'eau sans vérifier si tu as pied ou s'il y a une bouée de sauvetage à portée de main. Admets-le, bon sang, tu es dangereusement inconsciente ! Parce que tu as mal évalué la bête et qu'elle n'a pas l'air d'avoir envie de te léchouiller là où ça te gratouille…

– Tate, tu me serres trop fort.

– Ah ouais ? Ben, tu vois, c'est comme ça que je baise, moi. Je t'ai prévenue que j'étais pas le bon gars. Alors, on branle quoi maintenant, hein ?

Tate se penche vers moi, un sourire sardonique sur les lèvres, et m'oblige à me cambrer un peu plus. Le rebord en bois s'incruste dans mes reins, m'extorquant un gémissement de douleur.

La peur s'immisce sous ma peau, sentiment renforcé lorsque les dents de Tate s'enfoncent dans la chair tendre de ma bouche.

– Aïe ! Merde, tu vas me lâcher !

– Pourquoi ? T'as envie de baiser, non ? C'est pas ce qu'on s'apprêtait à faire, d'ailleurs ? Alors, histoire d'être raccord, je t'explique comment ça va se dérouler. Parce qu'il va falloir que tu respectes mes règles. Toutes mes règles !

Il s'empare de ma bouche pour une pâle imitation de ce qu'il m'a déjà offert. Là, son baiser a pour vocation de me punir et de me prouver qu'il ne plaisante pas. Tate est seul maître à bord.

Je ploie sous son poids, simplement capable de le recevoir tandis qu'il écrase mes lèvres avec une virulence électrisante, à défaut d'être sensuelle.

Lorsqu'il redresse la tête, je percute un regard en acier trempé. Un regard de tueur…

– Je vais commencer par t'attacher les mains exactement dans cette position, me chuchote-t-il à l'oreille, ses doigts pétrissant durement mes hanches. Quand ce sera fait, tu t'agenouilleras pour me sucer. Je te préviens, je baiserai ta bouche comme je compte m'occuper de ton petit cul. T'es prête à encaisser, Schtroumpfette ?

J'oscille entre peur et fascination. Je ne suis pas une adepte de bondage ou de relations masochistes, et n'éprouve aucune envie de me hasarder sur ce terrain. Je suis pourtant curieuse de nature, mais, là, on touche à quelque chose qui a à voir avec mon intégrité de femme. Non pas que je boycotte la soumission au cours de jeux sexuels, mais, si j'accepte le piment, je refuse d'y goûter de façon exclusive.

Je ne veux rien m'interdire, ce qui implique de ne rien m'imposer non plus !

Alors, pourquoi Tate réussit-il presque à balayer mes convictions ?

– Après, tu te mettras à quatre pattes, continue-t-il, la voix de plus en plus rauque, et je te prendrais en levrette. Je t'avertis : je ne me montrerai pas doux et, si tu te plains, tu recevras une fessée… Une vraie fessée, Schtroumpfette, pas le genre de tapettes qui épicent une partie de jambes en l'air. Crois-moi, tu risques de finir par pleurnicher. Mais je ne m'arrêterai pas. Pas tant que je n'aurai pas joui. Quand je me serai déchargé en toi, et seulement à ce moment-là, tu pourras ramasser tes vêtements et te tirer fissa de chez moi.

Mes poumons sont en feu et je halète sans trop savoir si c'est le manque d'oxygène qui déclenche cet état ou des émotions plus troubles.

– Alors, bébé, toujours intéressée ? me provoque Tate en appuyant son bassin contre mon ventre.

– Il se passe quoi si je réponds oui ?

Ma langue a fourché, hein, parce que je n'avais pas l'intention de jouer la maline. Mais on ne se refait pas, si ?

– Bordel ! Barre-toi de chez moi, Arizona !

Sauf que, contre toute attente, c'est Tate qui déguerpit sans un regard en arrière...

13

Tate

Je m'éloigne à grandes enjambées, les tripes en feu. Et ce n'est pas une image. Le monstre se rue contre les barreaux de sa prison, m'enjoignant de céder à l'appel du sang en dédommagement de la partie de jambes en l'air dont je l'ai privé. Sa frustration imprègne chaque parcelle de mon corps, de sorte que je tremble de la tête aux pieds.

C'est la première fois que ça m'arrive.

La première fois qu'une femme me fait perdre mon flegme au point que j'ai besoin de sortir ma lame.

D'ordinaire, le sexe agit comme un exutoire et, même si je dois y renoncer, la bête ne s'emporte pas avec une virulence digne de Godzilla.

J'ai bien peur d'y déceler un indice supplémentaire du fractionnement de mon contrôle. La preuve que je me rapproche du jour où je ne pourrai plus contenir l'animal.

Mes pensées me ramènent à Arizona et au moment où tout est parti en vrille. Je savais qu'elle allait me causer des emmerdes, mais je n'imaginais pas que mes démons referaient surface ainsi.

C'est idiot ! Si j'attache les nanas que je baise, ce n'est pas sans raison. Pourquoi ça aurait été différent avec Arizona ? La vérité est amère, mais elle a le goût de ces leçons qu'on n'oublie pas.

Dès qu'Arizona a posé la main sur mon sexe, la bête s'est déchaînée, me ramenant à ce jour ancien où…

Stop, nom de Dieu !

Mes souvenirs ne m'obéissent pas. Ils sont à la solde du monstre, émergeant à chaque fois que je flirte du côté des abysses. Ils rétrécissent ma vision, bordant son pourtour d'un écarlate assassin.

Putain ! Je suis sur la pente raide, là !

J'accélère le pas, hurlant contre ma bêtise. J'étais tellement pressé de fuir Arizona que j'ai oublié ma lame.

George Washington, John Adams, Thomas Jefferson…

Arrête avec tes conneries, mec ! Tu crois que des nanars enterrés depuis des siècles vont pouvoir te sauver ? Regarde la réalité : je suis en toi… Je suis toi… Et là, tu crèves d'envie de lâcher la bête. T'as même pas besoin de ton couteau. Si tu y retournes, tu auras juste à enrouler tes mains autour du cou de la salope et, pendant que tu la baiseras, tu serreras doucement… Puis de plus en plus fort… Ce sera… magique !

– La ferme !

Ouais, c'est ça, abandonne-toi à la colère ! Tu te souviens de la façon dont elle te caressait ? Tu n'aimais pas ça, hein ? C'est le moment de le lui faire payer… À elle, et à toutes les garces qui rêvent de te sucer jusqu'à la moelle.

Je sursaute violemment comme si une main m'avait effleuré. Je fouille l'obscurité, sur le qui-vive. Les bruits autour de moi se métamorphosent en un brouhaha sinistre qui augmente ma fébrilité. Je suis seul, pourtant…

Tu es sûr ? Elle a toujours été forte pour surgir des ombres. Tu te souviens ? Ses doigts… Sa bouche…

Putain ! C'est déjà assez pénible de se farcir la bête, alors quand elle s'associe au pire de ma mémoire… c'est la crise garantie !

Et, croyez-moi, personne n'a envie de me voir en mode Freddy Krueger.

Je me prends la tête entre les mains, refusant de céder devant ces fantômes. Mais ma seule détermination ne suffit pas. Les frôlements s'imposent, plus prononcés à mesure que le monstre, nourri par les affres de cet hier que je vomis, gagne en force.

Non...

C'est elle, mec ! Elle est de retour !

Les spectres de mon passé m'enlacent pour m'entraîner dans une danse à la saveur de soufre et cherchent à s'immiscer sous ma peau pour m'achever.

Je suis incapable d'en supporter davantage.

Je me rue vers le premier arbre assez solide pour encaisser le choc sans ployer. La collision est violente, assez pour que je m'écroule, salement sonné. Ma vue se trouble, renvoyant les fantômes derrière des éclats d'étoile.

Bingo !

Et c'est le nirvana lorsqu'un goût métallique envahit ma bouche. Je lèche ma lèvre fendue, béat. La douleur est un excellent moyen pour vous recentrer sur l'essentiel, mais le sang... Putain ! Il n'y a rien de meilleur.

Sauf qu'il n'y en a pas assez pour nourrir la bête. Le monstre en réclame plus, beaucoup plus...

Je me relève, conscient que j'ai échappé au pire, même si je vacille toujours. Un rapide coup d'œil autour de moi me confirme que je suis de nouveau seul. Le silence me berce, mais la peur du néant continue de m'éperonner.

Je me mets à courir parce que c'est ça ou hurler.

Je déboule sur le parcours d'entraînement sans trop savoir pourquoi j'ai choisi cette destination. Ah, si... me vider les couilles avec une pute ficelée comme une dinde ne suffira pas à étancher ma soif de sang. Je dois donc me sevrer de mon énergie autrement.

C'est ça, épuise-toi, mec ! Quand tu seras à terre, je reviendrai te hanter. Je ramènerai à la surface ces images que tu enfermes à double tour. Et elle sera là... Elle sera là !

J'émets un ricanement douloureux. La vérité, c'est qu'elle est toujours là. Tapie dans l'ombre à attendre son heure. Comme la bête, elle surgit quand bon lui semble, à la différence qu'elle avance d'un pas feutré et silencieux, de sorte que je suis incapable d'anticiper.

Comme avec Arizona, tout à l'heure...

Je me renfrogne, refusant de songer à la nana que j'ai abandonnée sur ma terrasse, à poil et toute chaude. Machinalement, je me lèche les lèvres.

Arizona est peut-être un modèle miniature, mais elle a tout ce qu'il faut où il faut. Des seins parfaits et haut perchés. Des jambes robustes faites pour enserrer un mâle. Une toison affriolante d'un ton plus foncé que ses cheveux.

L'idée de me délecter de sa petite chatte humide continue de raidir mon sexe. Je renonce à m'empoigner pour me soulager et me précipite vers les barres de traction. Me hisser à la seule force des bras n'a jamais été un problème pour moi, mais mes muscles finissent par se rebeller devant la cadence imposée.

Rien à foutre !

Je force le rythme, déterminé à terminer usé jusqu'à la corde. Ça ne réglera pas tout, mais je ne serai plus un danger immédiat pour tous ceux que je croise.

Il est mignon, le petit ! Tu es une bombe ambulante, mec, autant t'y habituer !

– Putain ! C'est toi, Tate ? Me semblait bien avoir entendu grogner.

Après une dernière série de tractions, je lâche ma barre et

retombe sur le sol, indifférent aux élancements dans mes épaules. Sous l'œil vigilant de Sam, je rabats mes cheveux sur mes tempes humides, une excuse qui me fait gagner quelques précieuses secondes avant de plonger dans son regard noir.

Personne ne me connaît mieux que Dax, mais Sam a expérimenté le genre de néant dans lequel je m'abîme. Le truc, c'est que lui a dégoté une façon d'en ressortir. Du moins, en apparence...

Moi, j'ai la gueule de l'emploi. Pas moyen de dissimuler ce qui se tapit au fond de mon être lorsqu'on me scrute. Ma balafre révèle le monstre aussi bien que ma « sociabilité ».

Sam, lui, c'est différent. Sa physionomie empreinte de normalité n'est peut-être qu'une façade, mais celle-ci remplit parfaitement son office.

Enfin, tant qu'on ne le croise pas au milieu de la nuit, le visage plus impénétrable que jamais et les vêtements imprégnés de terre et d'autres joyeusetés...

– Tu as l'air tendu, le provoqué-je sciemment. Tu as rencontré The Undertaker[6] et il t'a mis la raclée que tu méritais ?

– Je t'emmerde, connard !

Sam replie les bras sur son torse et me toise avec un putain de rictus qui me flingue. L'enflure m'a percé à jour. Mais je n'ai pas proféré mon dernier mot : me battre avec un adversaire de son niveau réussira là où les barres de traction ont échoué.

– Où est ton couteau ? relève-t-il en fronçant les sourcils cette fois.

– Chez moi.

– Tu ne sors jamais sans, mec.

Sans répondre, et parce que c'est toujours mieux que de me dandiner en serrant et desserrant les poings, j'entame une nouvelle série d'exercices. Si je m'épuise assez, je pourrais finalement aller me balader du côté du Shark.

---

6. Catcheur de la World Wrestling Entertainment.

Étonnamment, l'idée ne m'excite pas tant que ça.

Putain ! Quand je dis que les nanas, ça te déglingue ! Arizona est plus efficace que le « cauchemar de Krypton »[7] lorsqu'il s'agit de te remonter les couilles dans la gorge.

J'accélère la cadence, indifférent à la sueur qui ruisselle sur ma peau. Essoré : voilà une perspective intéressante. De quoi, en tout cas, me fournir une bonne excuse pour me saouler la gueule une fois que j'en aurai terminé.

Comme si j'en avais besoin... J'ai pris ma première cuite à 10 ans, secondé et encouragé par mon paternel. Ce fumier estimait qu'avoir des couilles n'était pas une question d'âge, mais de résistance.

À l'alcool...

À la douleur...

À la torture psychologique...

Ouais, c'était un rigolo, mon vieux, le genre père « idéal » qui vous amène à regretter le jour où vous êtes sortis de ses burnes.

– Tu comptes te comporter comme un guignol toute la nuit ?

– Personne t'a demandé de rester ! D'ailleurs, tu foutais quoi ici ?

– J'avais quelques améliorations à apporter à la grange.

– Putain ! T'auras jamais fini de nous faire chier avec ta souricière à la con ?

– Ben, vu ton état, ça te soulagerait de tester les nouveaux aménagements.

– J'ai d'autres projets, mec. Je compte bien aller au Shark m'enfiler deux ou trois verres, et peut-être bien tirer un coup.

Je retombe sur le sol, remonté à bloc. Ouais, une bonne suée et des nerfs en compote, c'était tout ce qu'il me fallait ! La bête

7. Superman : Escape from Krypton. Montagnes russes situées en Californie et qui vous propulsent en marche arrière à une vitesse de cent soixante et un kilomètres-heure pour gravir un rail à quatre-vingt-dix degrés. Arrivé en haut, il ne reste plus qu'à revenir en gare avec une chute de cent mètres.

gronde, mais elle est de nouveau sous contrôle.

Quant aux ombres...

Au loin, des éclats de rire retentissent dans l'obscurité, suivis de bruits de plongeons.

– Bain de minuit, énonce Sam, la bouche tordue en une grimace amère.

– Elle est là, c'est ça ?

Le bougonnement en retour est une réponse en soi. Mon pote est comme obsédé par Amber depuis la première seconde où il l'a croisée. Un truc de malade complètement inepte.

Amber... Arizona... Mêmes embrouilles, mêmes emmerdes !

Et Sam est aussi con que moi, car il se débine devant un bout de nana qu'il pourrait assommer d'un coup.

Aussi con... et aussi crispé !

– Bordel de merde, pourquoi tu tentes pas ta chance ? le nargué-je. D'après ce que j'ai compris, elle adore s'encanailler, la petite...

– Fais gaffe, Tate !

– Quoi ? Une gonzesse qui aime baiser sans te prendre la tête, c'est rare. Et celle-là, elle a l'air chaudasse. Tu devrais pas hési...

Sam ne m'accorde pas le luxe de terminer ma phrase. Il me percute avec la force d'un footballeur. Mes poumons se vident sous le choc, ce qui n'altère pas mes capacités à riposter. Je me rue dans la bagarre en exultant.

Je rends coup pour coup, savourant chaque impact sur ma peau. L'enfoiré ne retient pas ses poings et me mitraille avec la puissance d'un char d'assaut. Je ne suis pas en reste, distribuant les corrections sans pitié. C'est ainsi que je me bats. Toujours.

Je finis par m'écraser au sol, épuisé et sonné. Sam n'est pas en meilleure posture. Je ricane... enfin j'essaie. Le son qui sort de ma bouche ressemble plutôt à un gargouillis – la faute au sang qui se déverse à l'intérieur.

– Je t'ai mis une sacrée raclée, glousse Sam.

– C'est moi qui t'ai filé la pâtée, oui, m'insurgé-je.

On finit par rire à l'unisson, conscients, l'un comme l'autre, que notre face-à-face nous a permis de relâcher la pression.

Le souffle haletant, je m'adosse contre l'un des piliers qui soutiennent la tour d'escalade. Mes muscles hurlent de douleur, mais je me sens enfin mieux. Délesté du poids de mes souvenirs et des braillements de la bête.

– T'en veux ? m'interroge Sam.

– T'as apporté ta bouteille ici ? Putain ! Tu la fuis vraiment comme la peste. Allez, donne !

J'avale une longue rasade de whisky et grimace lorsque l'alcool entre en contact avec la plaie sur ma lèvre. Un élancement qui n'altère pas mon plaisir. La brûlure dans ma gorge est même carrément jouissive.

Sam profite de ce que je me rince le gosier pour épousseter ses vêtements et essuyer son visage. En moins de deux, il recouvre sa physionomie habituelle, comme si on ne venait pas de se dérouiller la tronche.

– Tu sais, proposé-je après un long silence, tu devrais m'accompagner au Shark.

– Non.

– Pourquoi ? Y a plein de nanas bandantes. Bon, OK, elles ne sont pas aussi classes qu'Amber, mais…

– J'ai dit non, Tate !

Sam ne plaisante pas et, soudain, une évidence me frappe. Un truc qui ne m'avait même jamais effleuré l'esprit jusqu'à cette seconde.

– Tu ne traînes jamais au Shark, formulé-je à voix haute.

– Et alors ?

Je roule des yeux, interloqué.

– Mais… tu baises quand ? Je t'ai jamais vu draguer au Rush et…

– Tous les mecs ne sont pas des obsédés sexuels. Baiser pour baiser ne m'intéresse pas.

Comment c'est possible de vivre cinq ans près d'un gars et de découvrir, du jour au lendemain, qu'il… Qu'il quoi, d'ailleurs ? Merde !

– Je… Tu déconnes, là ?

Sam se contente de ricaner.

Dire que je suis perplexe est bien loin de la vérité. Hormis Dax et Lou, aucun des Styx Lions n'est en couple. Certains fréquentent parfois la même fille plusieurs semaines d'affilée, mais ce n'est jamais qu'une histoire de cul. Une vie que prônaient d'ailleurs nos deux tourtereaux avant de rencontrer leurs copines et de tomber amoureux.

J'ai toujours présumé que Sam était comme nous. Qu'il vilipendait les sentiments et toutes les conneries qui les accompagnent.

– Pourquoi tu baises pas Amber, alors ? Parce que, de ce que j'en vois, elle te plaît vraiment, énoncé-je avec l'impression désagréable de me transformer en poule de salon.

– Je n'ai rien à offrir à une gonzesse comme elle.

– J'ai du mal à te suivre, là !

Sam n'est pas le mec le plus loquace de la bande, et il est probablement celui qui se montre le plus discret sur son passé. En vérité, j'en sais moins sur lui que sur notre vieux corniaud de voisin.

Cela étant, ça ne me dérange pas dans la mesure où sa loyauté envers le gang est incontestable.

Je suis du coup assez surpris lorsqu'il reprend la parole :

– Amber attendra forcément plus que ce que je peux lui procurer. J'évite ce genre de nanas.

– Ouais, toutes des sangsues qui te sucent au sang lorsqu'elles t'ont mis le grappin dessus !

– T'es vache, mec ! Certaines valent le coup. Vraiment.

Peut-être…

Je siffle entre mes dents, conscient qu'avant Tasha, je n'aurais jamais raisonné comme ça. Je ferme mon clapet, résolu à garder cette faiblesse pour moi. D'autant que Dax est un poil chatouilleux question jalousie…

– Si elles sont si… intéressantes que ça, pourquoi tu te lances pas ? ironisé-je, volontairement mordant.

– Je ne veux pas d'une femme dans ma vie. J'ai déjà donné et…

– Elle t'a couillonné, c'est ça ?

– Nan. Elle est morte.

Putain ! C'est la soirée des révélations fracassantes. Une chance que je sois assis, car c'est le genre d'aveux capables de me mettre sur le cul.

– Je suis désolé, mon pote, bafouillé-je, pas du tout à l'aise dans ce rôle de confident.

– Le sois pas. J'ai été heureux. Et si j'étais encore susceptible d'aimer, crois-moi, je serais le premier à me lancer. C'est quand on perd la nana qu'on aime ou qu'on tombe sur la mauvaise personne que c'est la merde, Tate. Lorsque tu rencontres ton âme sœur… Rien ne vaut ça. Rien ! Le truc, c'est qu'il n'y a pas quinze mille femmes qui te conviennent parfaitement. Moi, j'ai eu mon tour.

– Rassure-moi : tu baises quand même de temps en temps ?

– Je suis un mec, pas un eunuque, râle mon pote. Simplement, j'ai besoin de plus qu'un corps à corps, aussi endiablé soit-il. J'apprécie de connaître ma partenaire et de pouvoir discuter un minimum avec elle avant de la sauter. Le côté impersonnel et vite fait, c'est pas mon truc, c'est tout.

– Les nanas doivent tomber amoureuses de toi en un claquement de doigts si tu la joues prince charmant…

– Prince charmant ? Tu te plantes complètement ! Tout est simplement question d'honnêteté, mec. Je ne cache pas que mon cœur est mort. Et je veille à ce que les filles qui me plaisent vraiment soient tout aussi allergiques que moi à toute forme d'engagement. Le deal est clair dès le départ, y a pas d'embrouilles.

D'une certaine façon, j'ai également un espace vide dans la poitrine. Les émotions, je ne connais pas. Pas celles qui te font brûler pour une femme en tout cas.

– Ouais, je suis aussi sec que toi, mais j'aime trop le sexe pour m'en priver. D'autant que discuter avec les gonzesses… Non, y a pas moyen ! Elles me gavent de conneries et je supporte pas.

– Tu ne baises que des idiotes, me raille Sam. Forcément qu'elles ne te sortent que des âneries ! Essaie un jour avec une vraie femme, et on en reparlera.

L'image d'Arizona s'impose évidemment à moi. Elle égrène son lot de foutaises, mais pas le genre des nanas qui m'horripilent. Non, avec Arizona, chaque mot me caresse, me picote, me nargue…

Quant à sa bouche…

Putain ! Je frétille comme un adolescent à la simple perspective qu'elle me suce. Ce qui est d'une stupidité sans nom, puisque le seul fait qu'elle enserre mon sexe dans sa petite main pas si sage que ça m'a propulsé dans l'univers dévasté de Godzilla.

– Tsss, tsss, tsss, siffle Sam entre ses dents. J'ai dans l'idée que t'es peut-être bien déjà dans les ennuis jusqu'au cou.

– Ta gueule, connard !

14

Arizona

Retour à la case départ ! Ce qui recouvre des vérités très différentes selon que je me réfère à Faye Riverdale ou à Tate.

Concernant ce dernier, j'affronte un froid polaire.

Pas un mot n'est sorti de sa bouche depuis que nous avons quitté le territoire des Styx Lions et, avant ça, il s'est arrangé pour ne jamais avoir à s'adresser directement à moi.

Le mode « je t'ignore superbement et ne m'approche surtout pas » me fait doucement rire, parce qu'il m'affecte à l'inverse de ce que Tate espère vraisemblablement : j'ai plus envie que jamais de fendiller sa carapace, étant entendu que son comportement lors de notre face-à-face sensuel a carrément mis mes capteurs internes en ébullition.

Je m'attendais à du brûlant, j'ai obtenu du bouillonnant. Du bouillonnant à tendance « je vais te cramer les ailes », OK, mais après tout, c'est presque logique quand on commence à connaître un peu Tate.

En fait, ce qui me fascine encore et toujours chez lui, ce n'est clairement pas son attitude de dominant (quoiqu'elle m'ait étrangement émoustillée, mais chut…), mais bien les signes contradictoires qu'il m'a renvoyés.

Et ça, c'est un casse-tête comme je les aime !

Corsé…

Impitoyable…

Je secoue la tête pour me recentrer sur l'entretien avec Faye Riverdale. Là aussi, nous rejouons la partition du couple en mal d'enfant.

L'assistante sociale nous a recontactés dans la matinée pour nous proposer un deuxième rendez-vous. Une démarche qui serait somme toute normale si nous n'étions pas installés dans un bar tranquille plutôt que dans son bureau.

– J'ai une bonne et une moins bonne nouvelle, nous annonce-t-elle après un rapide babillage sur le temps et la circulation.

Manifestement pas si mauvaise que ça, vu le langage corporel de la demoiselle. Faye Riverdale reste confiante et déterminée. Son menton pointu est loin de faire profil bas et la lueur dans ses yeux est plus prudente que désolée.

Je subodore que nous allons enfin toucher du doigt notre objectif.

– Oh, mon Dieu ! m'exclamé-je en mimant parfaitement l'angoisse.

J'agrippe la main de Tate, indifférente à son léger sursaut. Je ne pousse pas le vice jusqu'à me coller contre lui, même si j'en meurs d'envie…

– Non, non, me rassure Faye avec un sourire bienveillant. Je ne voulais pas vous inquiéter…

Ben voyons ! Et tes gros sabots, c'est du pipeau ?

– Je vais commencer par ce qui, de toute façon, ne vous surprendra pas, même si j'aurais aimé vous apporter une autre réponse. Votre dossier a été refusé. Et, malheureusement, je doute que vous puissiez obtenir un résultat différent où que vous vous adressiez. Certains éléments ne plaident pas en votre faveur et n'offrent – ce que je regrette infiniment pour vous – pas d'autres solutions.

Je cille, produisant peu d'effort pour que mes yeux se remplissent de larmes. J'ai toujours été douée à ce jeu, et j'en ai un peu trop usé d'ailleurs face à ma mère. Le jour où mon père m'a démasquée restera gravé dans les annales comme l'un des plus longs fous rires que nous ayons jamais partagés en famille.

– Mais je peux d'ores et déjà vous apprendre que j'ai une autre option à vous proposer. Je travaille depuis quelques années avec un organisme qui s'est spécialisé dans l'adoption. L'association d'aide à l'enfance Hulga Faton a à cœur d'œuvrer au-delà des diktats imposés par les structures officielles. Au regard de la complexité de votre dossier, je me suis autorisée à le leur soumettre pour avis et je suis heureuse de vous annoncer qu'ils l'ont approuvé. Ils sont prêts à vous permettre de réaliser votre rêve d'accueillir un petit bout.

L'association d'aide à l'enfance Hulga Faton, pas Seconde Chance…

Tate et moi nous étions préparés à cette éventualité – non pas comme une option d'échec, mais plutôt une logique évidente. Il était prévisible que Shaw n'expose pas directement sa structure.

Même si cela signifie vérifier à toutes fins utiles le curriculum de cette organisation, il n'en demeure pas moins que Faye bosse avec Seconde Chance pour accompagner des couples sur le chemin de la parentalité. Il y a peu de risques que l'association soit, dans cette histoire, autre chose qu'un paravent.

– Oh ! je… Mon Dieu ! C'est vrai ? Je…

Cette fois-ci, je ne résiste pas au défi et me colle contre Tate en m'enroulant autour de son bras. Nos cuisses entrent en contact le temps d'un battement d'ailes. Si Tate ne me repousse pas ouvertement, il se décale néanmoins de quelques centimètres.

– On peut avoir plus de précisions sur cette association ? interroge-t-il en produisant des efforts considérables pour ne pas aboyer.

Faye Riverdale perd un peu de sa superbe, puis finit par lâcher un rire chevrotant.

– L'AAEHF héberge des enfants qui, pour la plupart, ont connu l'expérience d'une première adoption malheureuse. Ces petits ne demandent qu'à trouver un foyer aimant qui saura les accueillir pour ce qu'ils sont.

– Vous parlez de ces gosses qui s'échangent sur Internet ? maugrée Tate.

– Ces pratiques sont honteuses, s'emporte Faye, plutôt convaincante dans sa colère. L'AAEHF lutte contre ce commerce absolument innommable. L'association veille à ce que les placements se fassent dans l'intérêt de l'enfant avant tout.

– Mais c'est légal ? osé-je avec candeur. Je veux dire... nous désirons être parents. De vrais parents.

– Tout le processus est parfaitement réglementaire et sécurisé.

– Sauf que nous n'avons pas l'agrément, précise Tate.

– La procédure diffère quelque peu sur ce point. Les familles d'origine accordent une garde provisoire à l'AAEHF. Lorsque l'association place un enfant, les papiers sont signés pour que ces droits soient transférés aux nouveaux parents adoptants. Une cour valide ensuite la démarche.

Baratin ! Faye Riverdale n'est pas naïve et, par son statut, elle connaît les lois. Sans agrément, aucun juge n'approuvera un tel dossier.

Sauf si, évidemment, il y a entourloupe – falsification de documents ou complicité au niveau du tribunal. Dans tous les cas, la machine semble parfaitement rodée.

– OK, OK, noté-je, mais ces enfants sont tous grands, n'est-ce pas ? Je veux dire… on a accepté l'idée de ne pas avoir de bébé, mais je ne suis pas prête à devenir la maman d'un adolescent.

– Soyez sans crainte. L'AAEHF respecte les projets parentaux. Quant aux enfants, ils font l'objet d'un suivi médical minutieux, ce qui intègre une prise en charge psychologique. Chaque pupille n'est proposé à l'adoption qu'une fois sa capacité à s'investir dans une nouvelle histoire familiale validée par les médecins. Les fratries ne sont jamais séparées et je peux vous indiquer que la plupart des petits que l'association a recueillis ont moins de 8 ans.

– Comment ça se déroule concrètement ? intervient Tate, coupant court à la suffisance de l'assistante sociale.

– Eh bien, tout dépend de vous maintenant. Si vous êtes partants pour cette magnifique aventure, je vais planifier avec vous un entretien dont l'objectif sera de définir très exactement votre projet. Nous allons parler notamment de vos limites. Quel âge maximum pour votre petit bout ? Avez-vous une préférence au niveau du sexe ? Accepteriez-vous un enfant avec des problèmes de santé ? Lesquels ? Bref, l'idée est vraiment de baliser votre vision des choses. Comme je vous l'ai dit, l'AAEHF œuvre pour que des enfants déjà meurtris par une mauvaise expérience ne soient pas mal réorientés. Ça nécessite un réel travail de réflexion.

– Nous sommes plus que partants, certifié-je, et motivés pour répondre à toutes vos questions. Et j'avoue que je suis soulagée de voir la façon dont l'association gère les procédures. Vous comprenez, on désire fonder une famille, mais on veut être sûrs que tout est bien légal.

Faye hoche la tête, soudain plus sérieuse. Quel que soit son degré de connaissance de ce qui se déroule réellement en coulisses, elle affiche une conviction à toute épreuve. Comme si elle était persuadée d'œuvrer au mieux pour les gamins.

– L'AAEHF prône l'intérêt de l'enfant, en plus d'être à l'entière écoute des futurs parents. Vous verrez, tout va bien se passer !

– Et, concrètement, niveau financier ?

L'insistance de Tate dérange manifestement notre interlocutrice. Faye est restée vague jusqu'à présent sur la question, tissant sa toile avec une maestria qui n'exclut pas une certaine sincérité. Dans mes ténèbres, il n'y a pas que des monstres de perversité, et c'est bien ce qui rend la traque aussi difficile…

Pour l'heure, Faye me jauge du regard, évitant toujours de croiser celui de Tate. Néanmoins, je la soupçonne de peser chaque mot en fonction de ses possibles réactions. Ce qui prouve qu'elle est loin d'être bête. Dès qu'il est question d'argent, les choses se corsent invariablement et je doute qu'elle ait envie de se frotter à un Tate en colère.

– L'association est un organisme privé, ce qui implique des coûts légèrement supérieurs à une procédure par l'intermédiaire des services sociaux d'État, formule-t-elle d'un ton prudent qui ne tremble pas. Néanmoins, vous comprendrez que les garanties offertes sont aussi assez exceptionnelles pour justifier cette surtaxe.

Je suis à deux doigts d'agonir cette idiote d'injures. Comme si un enfant ne représentait rien d'autre qu'une marchandise ! Cette vérité écœurante est pourtant au centre de ce qui se trame autour de la table.

Faye glisse un papier plié en deux vers nous, dévoilant une légère altération de sa physionomie. Elle est crispée, consciente que la suite dépend de la façon dont nous cautionnerons ou pas sa proposition.

Je m'empare de la feuille et lis le montant affiché en demeurant parfaitement stoïque. Les cinq chiffres dansent devant mes yeux, accentuant mon envie de vomir.

La vie n'a pas de prix, dit-on. C'est faux ! Il suffit de côtoyer la misère la plus abjecte pour assimiler que tout s'achète : un corps, un organe, un enfant...

– C'est OK pour nous, indique Tate, imperturbable.

– Merveilleux ! approuve Faye, de nouveau tout sourire. Je vous propose de parcourir ensemble le contrat qui vous liera à l'AAEHF et entérinera votre projet de créer votre famille.

***

Lorsque j'émerge du café, une heure plus tard, j'oscille entre l'impulsion de m'empiffrer et celle de fracasser le premier imbécile qui me regardera de travers. Je me rabats sur un choix plus prudent : j'engloutis une sucette, que je fais tourner dans ma bouche avec humeur.

– Tu comptes dormir ici ? me lance Tate depuis sa moto.

Mes talons frappent le sol avec énergie tandis que je le rejoins. Tate maintient toujours une distance réfrigérante entre nous, mais le petit tête-à-tête avec Faye Riverdale m'a donné envie de mordre... et je ne vois personne d'autre que lui sur qui me faire les dents.

Comme si ça te posait un problème de conscience...

Je me campe face à Tate et le détaille lentement. S'il n'a pas dérogé à son habitude d'enfiler un jean, pour présenter bien devant Faye Riverdale, il a remplacé son éternel tee-shirt par une chemise noire. Ses cheveux sont attachés en une queue de cheval basse qui dégage la courbe sévère de sa mâchoire.

Évidemment, sa balafre ressort, mais, à mes yeux, cela conforte le charme singulier de son visage plus que ça ne l'enlaidit.

La preuve que cet homme a une histoire et qu'il a survécu.

La plupart des gens masquent leurs cicatrices, qu'elles soient visibles ou pas. Parce qu'ils en ont honte ou bien parce qu'ils refusent d'afficher une vulnérabilité que d'autres utiliseront contre eux. La compassion et l'indulgence ne sont plus à la mode. Aujourd'hui, on mord les mains tendues et l'on traîne dans les tribunaux les bons samaritains.

Tate, c'est plutôt le diable incarné, et sa sauvagerie a un goût d'interdit. Mais, comme les gosses, quand on m'oppose un *« no way »*, je suis encore plus tentée de commettre l'irréparable.

Tu es irrécupérable ! Mais, là, tu joues avec le feu. Tu as vu de quoi il était capable, hier soir, non ? Barre-toi !

Hors de question !

Je frôle du bout des doigts le siège de la Harley. Le fuselage noir et argent possède tous les attributs d'une bête racée. C'est un plaisir de chevaucher ce monstre mécanique, d'autant que, comme tous les motards, Tate bichonne sa machine. Les cuirs sont brillants et les chromes, parfaitement lustrés.

– Dis, tu me laisserais piloter ta moto ?

Tate étrécit les yeux, plus magnétique que jamais. Je peux presque voir les rouages de son cerveau en action tant il essaie de deviner ce que j'ai en tête. Il commence à bien me cerner, l'animal.

– Aucune chance, Schtroumpfette, finit-il par lâcher. Tes pieds toucheraient pas terre sur un bijou pareil.

Avant même que Tate esquisse le moindre geste, j'enjambe la bécane et m'installe sur le siège pour attraper les poignées. Le contact me galvanise, me sommant de cesser de jouer pour mettre les gaz et filer sur la route.

Bientôt…

– Ben, pour ce bijou-là, je n'ai visiblement aucun problème à assurer, énoncé-je en insistant sur le « ce ».

Je me cambre en arrière pour mieux observer le visage de Tate et éclate de rire en avisant la veine qui enfle dans son cou.

– Arizona… gronde-t-il.

– Oui ?

– Putain ! J'ai été clair, non, hier soir ? Alors, arrête de m'allumer.

– Mais je ne t'allume pas. Moi, je suis prête à jouer avec… tous les bijoux que tu voudras.

– Bordel ! Qu'est-ce qu'il faut que je fasse pour que tu me lâches ? Et puis dégage de ma moto !

Le regard est censé être un reflet de l'âme. À cet instant, ce que révèle celui de Tate a tout à voir avec une psyché écartelée qui lutte contre la perte de contrôle. Néanmoins, je continue d'être fascinée, en grande partie parce que Tate produit des efforts incommensurables pour se contenir.

Et j'ai côtoyé assez de monstres pour faire la différence entre un psychopathe et un être torturé.

Chez Tate, derrière l'homme, il y a un animal indompté, une bête qui refuse d'être approchée. Certains voient probablement en lui un misanthrope, le genre de type asocial qu'on préfère éviter parce qu'on ne sait jamais de quoi il est capable.

Seulement, l'amour de Tate pour son frère et sa volonté opiniâtre de le sauver, en plus de sa dérobade d'hier soir, suggèrent une autre réalité. C'est lui-même que Tate fuit. Par dégoût ou par haine, je l'ignore. Mais une chose est sûre : ça renforce mon envie de le percer à jour.

Et de le chatouiller pour faire jaillir ce qui se dissimule derrière ses manières brutes et hostiles.

Tu oublies que le terrain est miné !

Pas du tout, mais on ne désamorce pas une bombe en restant à bayer aux corneilles.

Amen ! Ci-gît Arizona Reyes, ricane la voix désincarnée de Billy, *l'éternelle optimiste qui aimait se frotter aux ours mal léchés munis de bâtons de dynamite.*

– Tate ? Tu as déjà pris ton pied sur le cuir de ta bécane ?

Son téléphone sonne, braillant tel le générique de *Sauvés par le gong*. Tate se précipite pour consulter son écran, puis se fige, sa lèvre supérieure se retroussant en une sorte de rictus caricatural.

Je ris doucement.

– Une conquête un peu trop collante ? me moqué-je.

– Vic, réplique-t-il dans un souffle.

– Pourquoi cette tête, alors ? C'est plutôt une bonne nouvelle, non ?

– Il appelle pour m'engueuler…

– Qu'est-ce que tu as fabriqué ?

Tate hausse les épaules dans un geste faussement désinvolte, mais la main qui masse durement sa nuque tremble.

– J'ai essayé de le joindre…

La sonnerie s'arrête enfin, ce qui n'empêche pas Tate de contempler l'écran avec une concentration qui associe agacement et lassitude.

– En quoi c'est un problème ? relevé-je sans bien comprendre.

– J'ai laissé des messages, m'avoue-t-il du bout des lèvres.

– Où tu l'engueulais ? deviné-je.

– Je le mettais en garde contre Stella, corrige-t-il. T'as vu comment cette salope s'est comportée au café ! Merde ! Elle le traite comme un bolos !

Difficile de ne pas entendre le désespoir dans la voix de Tate. Difficile de taire ce qui m'a sauté aux yeux lorsque j'ai rencontré son frère.

Je remets mon costume d'analyste criminelle et abandonne toutes velléités de séduction.

– Vic et Stella sont engagés dans un rapport de dominant/dominé, Tate, et je ne suggère pas une simple relation BDSM. Je comparerais leur mode de fonctionnement avec ce qu'on voit entre certains sadiques sexuels et leur conjoint complètement avili. Stella a tissé sa toile et contrôle Vic à tous les niveaux. Ce n'est pas en lui hurlant dessus que tu briseras leur attachement.

– Je fais quoi, alors ? Parce qu'il est hors de question que j'abandonne mon frangin à cette garce !

– Tu prends le problème dans le mauvais sens. Tu mises sur ton lien avec Vic pour lui ouvrir les yeux, mais il est incapable de se dépêtrer du bourbier dans lequel elle l'a emprisonné. Considère qu'elle est au centre de son univers. Il ne voit et n'entend qu'elle. L'idée de la perdre lui est intolérable et, à chaque fois que tu interviens, tu nourris la sociopathie de Stella parce que tu l'aides à renforcer son pouvoir sur Vic. Stella est totalement narcissique et tu peux ajouter l'égocentrisme à son profil. C'est sur ces points faibles que tu dois focaliser tes efforts.

– Ouais, et comment je m'y prends ? Vas-y, explique-moi !

– Arrête de t'opposer à elle. Concentre-toi sur ton objectif de sortir Vic de son isolement. Et pour ça, il va falloir que tu acceptes Stella.

– Mon cul, ouais ! jure Tate, ses beaux yeux flamboyant de colère.

– Je ne te suggère pas de lui baiser les pieds, mais de l'inciter à croire que tu n'es pas un ennemi. Si elle a le sentiment qu'elle peut te mener en bateau, elle sera moins vigilante sur la longueur de la laisse de Vic.

L'image n'est pas du goût de Tate. Pourtant, c'est exactement ce qu'endure Vic : il est enchaîné à une prédatrice qui le manipule en toute chose. Rompe le lien va nécessiter une stratégie aussi retorse.

– Tu as un plan, devine Tate.

– Si tu m'accordes assez de confiance, oui.

Tate me jauge pendant un long moment. Je le soupçonne de

ne pas apprécier l'idée de s'en remettre à un tiers, surtout un tiers qui ne le ménage pas, mais ses options sont limitées. En trois ans, il a reculé plus qu'il n'a avancé sur ce chemin tortueux.

– OK ! abdique-t-il sans entrain.

– Donne-moi ton téléphone.

– Pourquoi ? aboie-t-il.

– La confiance, le sermonné-je en levant les yeux au ciel.

Tate s'incline en rechignant. Lâcher prise va lui causer des sueurs froides, mais moins que ce qui va suivre. Car, quelle que soit la façon de gérer la situation, ça ne sera pas sans se confronter à une vérité noire et abjecte.

Je compose le numéro de Vic sous le regard incisif du Styx Lion.

– Putain ! Tate, je te jure… hurle une voix au bord de la rupture.

– Salut, Vic, c'est Arizona.

Le silence s'impose en réponse. Je le laisse s'éterniser pour que Vic recouvre son calme. Sa respiration haletante devient sifflante avant de s'apaiser doucement.

– Arizona ?

– Oui, mon beau. J'ai décidé de te rappeler pour excuser ton imbécile de frère.

Tate tique et me foudroie du regard, sans toutefois ébaucher le moindre geste pour m'ôter son portable des mains. En échange, il croise ses bras musculeux sur son torse, arborant le visage implacable d'un tueur.

Heureusement qu'il a garé sa moto sur un parking un peu à l'écart de la foule, car, à tous les coups, il aurait effrayé les passants.

Je lui adresse un sourire taquin, histoire de lui rappeler qu'il ne m'impressionne pas.

– Écoute, tu sais comme moi que Tate peut parfois se comporter comme un connard. Mais tu dois comprendre que tu restes son petit frère.

– Je suis plus un gamin !

Je ris de façon à communiquer de la légèreté à mon interlocuteur, et surtout pour l'amadouer et l'encourager à me considérer comme une alliée.

– Il s'inquiétera toujours pour toi, Vic. C'est comme ça que fonctionnent la plupart des grands frères. Évidemment, si Tate s'accordait le temps de t'écouter et de connaître Stella, je suis persuadée qu'il finirait par intégrer que tout va bien pour toi.

– Ouais, ouais, c'est sûr, grommelle Vic d'un ton néanmoins radouci. Mais il écoute jamais, putain !

– Je suis complètement d'accord, asséné-je à la manière d'une confidence. Mais, tu sais quoi ? Ton frère a la tête dure ! Une vraie tête de pioche !

– Alors, pourquoi t'es avec lui ? bafouille Vic.

Il est de nouveau en hyperventilation, mais, cette fois-ci, je devine que c'est parce qu'il n'est pas – ou plus – seul.

– Elle est avec lui, articulé-je silencieusement à l'attention de Tate.

À ce stade, ma réponse est primordiale. Le genre de test qui, si tu le foires, aura irrémédiablement des conséquences sur la suite du processus. À éviter, donc, l'effet Titanic pour la version absolument géantissime du slogan « navire insubmersible ».

Je m'accorde trois secondes de réflexion. J'aurais spontanément répliqué « parce qu'il tuerait pour ceux qu'il aime » si Stella n'avait pas matière à y déceler un potentiel danger.

Mauvaise pioche, sauf si l'on veut rejouer l'épisode « iceberg surprise » !

– Parce qu'il serait prêt à mourir pour ceux qu'il aime, édulcoré-je finalement en permettant à Vic de bien assimiler mes mots. Et, moi, je souhaiterais vraiment te connaître un peu mieux. Toi et Stella, bien sûr. J'avais un frère, mais il est décédé, alors la famille, ça compte à mes yeux. Si Stella est partante, et tu peux lui assurer que Tate ne lui sautera pas à la gorge, on pourrait se retrouver pour boire un verre. Juste histoire de discuter.

– Je ne suis pas sûr que… attends…

Je l'entends chuchoter, mais je suis incapable de distinguer la voix qui interagit avec lui. Je mettrais pourtant ma main au feu qu'il s'agit bien de Stella.

– Ouais, OK, ça peut se programmer, finit-il par répondre.

– Génial ! Ce soir, c'est trop tôt pour vous ?

Nouvel échange de messes basses.

Tate martèle avec lourdeur le sol en déambulant autour de moi – une façon de gérer son impatience, je suppose.

– On préférerait demain midi. Au même endroit que la dernière fois.

– OK ! Il paraît qu'ils font de chouettes tapas. On pourra grignoter en discutant ! J'ai hâte !

– Ouais, moi aussi. Je… Arizona, faut vraiment que tu briefes Tate, hein ? Parce que, s'il débloque encore une fois, ça s'ra terminé entre nous ! Faut qu'il pige que Stella, c'est ma vie maintenant. J'suis adulte, plus un gamin ! Il a pas l'droit de critiquer mes choix !

– Compte sur moi pour lui faire rentrer du plomb dans le crâne, mon beau. Tu sais, j'ai des armes imparables pour le museler quand il sort trop de conneries.

Grondement sauvage dans mon dos.

– Je voudrais bien voir ça, ricane Vic, manifestement soulagé par ma réponse.

– Chéri, cette version est soumise à censure.

Je raccroche après avoir confirmé le rendez-vous, plutôt fière de moi.

Tate est tendu comme un arc. Durant la lutte qu'il a menée contre ses nerfs, les pans de sa chemise sont sortis de son jean.

L'élastique a disparu de ses cheveux et les mèches châtains s'emmêlent dans un joyeux bazar.

Bizarrement, je le préfère ainsi, même si son contrôle apparaît fragilisé.

Vilaine, laisse-le tranquille !

C'est du contraire qu'il a besoin !

– Voilà le travail ! jubilé-je avec un brin d'autodérision. Tu vois que je peux être très utile comme fille !

– Bravo ! Si t'étais pas aussi casse-couilles, énonce Tate, la bouche tordue d'agacement, tu serais presque le genre de nana que j'apprécierais.

– Avoue-t-il en louchant sur mon joli p'tit cul !

Le froncement de sourcils altère les traits de Tate, le durcissant un peu plus. Pourtant, j'aime cet aspect de sa personnalité, cette violence à fleur de peau qui le façonne viscéralement.

– Non, ne prends pas la peine de me rembarrer, ajouté-je, mutine, tu perdrais toute crédibilité.

– J'vais finir par te tordre le cou, râle Tate en enfourchant sa moto.

Je me cale contre son dos, un sourire angélique sur les lèvres, et ignore son petit mouvement d'humeur qui n'a d'autre effet qu'un frottement appuyé de son fessier contre mes cuisses.

Un pur régal !

J'enroule les bras autour de sa taille, version koala. Si je n'ai pas droit à ma dose de baisers aujourd'hui (quoique je n'aie pas proféré mon dernier mot sur le sujet), il faut bien que je compense avec les moyens du bord, non ?

15

Tate

« I hope that someone gets my
Message in a bottle, yeah
Message in a bottle, yeah »[8]

Travailler en musique a toujours eu un effet apaisant sur mon esprit. Pendant que mes mains façonnent le bois, je m'abandonne à une sorte de léthargie qui n'exclut pas une concentration maximum.

Ici, seul au milieu de mes outils et de mes matériaux, je me sens libéré de tout ce qui m'entrave, bête comprise. Un silence intérieur que j'ai appris à chérir à mesure que le monstre en moi gagnait en force au fil des ans…

Je sifflote entre mes dents tandis que j'ébauche une courbe particulièrement difficile. La gouge coudée[9] s'enfonce dans le bois sans que j'essaie de forcer. À ce stade, je cherche à modeler le schéma que j'ai en tête. Le galbage des volumes est essentiel avant que je me soucie des détails.

D'un geste presque langoureux, j'époussette ma pièce et souffle

8. « Message in a Bottle », paroles écrites par Sting.
9. Sorte de ciseau à bois dont le fer est concave.

sur les travées pour dégager la sciure et les copeaux qui s'attardent. La silhouette du lion n'est pas encore visible, mais sa crinière se dessine sous mes doigts agiles.

– Je me doutais que je te trouverais ici, s'élève une voix dans mon dos.

Dax pénètre dans mon antre avec l'assurance du mâle alpha. C'est le seul qui se permet de s'introduire ainsi dans mon atelier sans y avoir été invité. Le seul que je ne chasse pas à coups de pied au cul pour avoir osé me déranger en plein travail.

– J'ai du boulot, rétorqué-je sèchement.

– Ouais, je vois ça. C'est quoi ? Un berceau ? relève-t-il, manifestement perplexe.

Je décoche un coup d'œil à la structure que j'ai fini d'assembler un peu plus tôt dans la soirée. J'ai conçu le meuble sur une base plutôt élémentaire : le lit, rectangulaire et à l'assise profonde, est monté sur deux pieds à bascule, histoire de pouvoir bercer le bébé si besoin.

Il n'aurait, en vérité, rien d'original sans le minutieux ouvrage de sculpture des surfaces externes et des bordures. Il manque encore le blason au-dessus de la tête, la dernière pièce que j'ai prévu d'ajouter pour magnifier ce travail qui me sort de mes habitudes.

– J'ai loupé un truc, insiste-t-il. On a une future maman qui se balade dans nos rangs ?

– Nan… c'est juste au cas où…

– Au cas où ? répète Dax, hilare. Merde ! Tu es impayable, mec ! Attends, ça fait des mois que tu hurles que, la vie de couple, c'est des foutaises, que Dria et Tasha finiront par mettre les voiles. Et aujourd'hui, tu me balances que tu prépares l'arrivée d'un hypothétique bébé ?

– Tu la tromperas pas si t'as un gosse, grommelé-je entre mes dents.

Dax cesse illico de rire et me dévisage avec une gravité qui me gratouille la peau.

– C'est ce que tu penses ?

– Tu adores les gamins, alors ouais, si t'en as un avec Tasha, tu resteras avec elle et tu feras tout pour que ça tienne entre vous deux. Donc, tu éviteras de t'amuser dans le lit de la première salope venue.

Dax entrecroise les doigts derrière sa tête et bascule sur ses talons dans un long soupir exaspéré. Lorsqu'il se redresse, j'affronte un faisceau de glace plutôt impressionnant.

– Je l'aime, Tate. Un gosse, j'en rêve, c'est sûr, mais si on n'en a pas, eh bien tant pis ! C'est elle qui compte. C'est elle qui fait que, chaque jour, je me lève en ayant le sentiment d'exister.

– Ouais, c'est le grand amour, je sais ! ricané-je avec sarcasme. Tu finiras par te lasser, mec, c'est dans notre nature.

– Notre nature ? Putain ! J'ai connu assez de gonzesses pour saisir que, les coups d'un soir, ça ne t'apporte rien à part une satisfaction éphémère. Et encore... Avec Tasha, ça n'a rien de comparable. On partage quelque chose de précieux. C'est... Elle est là, vieux, à mes côtés, quelles que soient mon humeur ou les conneries que je peux débiter. Et, quand elle me regarde, je suis certain qu'elle me voit, moi.

– Elle ignore tout un pan de ta vie ! raillé-je. Tu parles qu'elle sait qui tu es !

– Je lui ai donné l'essentiel et je ne lui ai pas menti sur l'existence de zones d'ombre. Elle l'accepte, ce qui m'offre la première place au palmarès des veinards de l'année, putain !

– Tu finiras par avoir envie de la tromper ! insisté-je lourdement. Ose prétendre que tu ne mates plus les gonzesses.

– Tu te goures, mec. Bien sûr que je ne suis pas devenu aveugle, mais les autres nanas, je m'en tamponne le coquillard. La seule femme que je désire dans mon lit, c'est Tasha. Alors, crois-moi quand je t'affirme que je ferai l'impossible pour la garder.

– Ben, la meilleure solution, c'est de lui faire un gosse !

Dax hausse les sourcils à l'énoncé de mon injonction.

Ouais, putain, je sais que c'est complètement irrationnel, mais l'idée que Tasha détale… C'est quelque chose qui me déchire de l'intérieur. Comme si cette gonzesse occupait une place particulière et que j'avais besoin, coûte que coûte, de m'assurer qu'elle ne désertera pas le navire.

– Bordel ! Tu es sacrément taré, hein ? glousse Dax d'un ton bon enfant. Tu ne supportes pas qu'on s'attache à une nana, mais tu veux que je fasse un enfant à Tasha. Tu réalises que c'est pas vraiment logique ?

– Je l'aime bien, c'est tout.

– Ouais, ben, aime-la de loin, OK ?

J'éclate de rire devant l'air faussement menaçant de Dax. Enfin, faussement… Il y a quelques mois, je me suis pointé à l'improviste chez mon pote, pensant qu'il était sur la route. J'avais dans l'idée de discuter un brin avec Tasha, habitude que j'avais adoptée après l'attaque.

Sauf que Dax était là… et bien occupé à besogner sa moitié. En fait, Tasha le surplombait pour une chevauchée qui, ma foi, avait l'air fantastique. Dans l'histoire, j'ai profité d'une vue imprenable sur le corps nu et suant de la belle doctoresse.

Une vision sacrément bandante, je dois le reconnaître…

Et Dax apprécie assez peu l'idée que je garde ancré dans ma mémoire le souvenir de la silhouette sculpturale de sa femme. De quoi me fournir de savoureuses occasions de le chambrer…

– Cela dit, termine-t-il avec un petit sourire en coin, stocke précieusement ce berceau. J'ai bon espoir qu'on aura à s'en servir un jour. Maintenant qu'on a éclairci ce point, on va pouvoir discuter sérieusement !

– J'me disais aussi que tu débarquais pas ici uniquement pour mes beaux yeux ! rétorqué-je en me dirigeant vers le réfrigérateur installé dans le fond de mon atelier.

Je balance une bouteille de bière à mon pote et engloutis la moitié de la mienne. Je sens que je vais avoir besoin de carburant pour supporter la suite…

– Tu t'es barré dès la fin du débriefing, énonce Dax d'un ton anodin.

– Ouais. On avait fait le tour de la question et, comme je viens de te l'expliquer, j'avais du boulot à terminer.

– Tu t'isoles, Tate.

Cette fois-ci, la voix est tranchante. De quoi me foutre un peu plus en rogne, mais je ne perçois pas le moindre reproche dans cette affirmation. C'est l'inquiétude qui sourd des paroles de Dax. Une inquiétude née d'une complicité plus fraternelle qu'amicale.

Si Dax ne connaît pas tous mes secrets, il a contemplé la bête dans les yeux. Il sait que la chose qui me dévore est insatiable. Pernicieuse. Dévastatrice.

Il est surtout emmerdé parce que, si tu pètes un plomb, le gang en pâtira… siffle le monstre avec perfidie.

– Ça va ! affirmé-je par pur réflexe.

– Garde tes salades pour d'autres, mec, m'oppose-t-il sans élever la voix. J'aimerais autant ne pas avoir à te dérouiller pour t'obliger à cracher le morceau, alors accouche !

Je frôle le blason que je suis en train de tailler. Le lion est l'emblème de notre gang et je le veux pour veiller sur le gosse de Tate. Même si ce n'est que métaphorique.

Parce que je ne suis pas parvenu à protéger Vic ? Je soupire, fatigué de lutter contre cette culpabilité de merde.

– Je rencontre mon frangin demain, annoncé-je. On a rendez-vous pour boire un verre.

– C'est une putain de bonne nouvelle ! Comment tu as réussi… C'est Arizona, c'est ça ?

La perspicacité de mon pote n'est pas une surprise, même si elle révèle un cheminement intellectuel qui m'indispose.

– Ouais, validé-je néanmoins. Elle est douée, vraiment maline pour une Schtroumpfette !

Dax éructe après avoir avalé de travers.

– Schtroumpfette ? Arrête de l'appeler comme ça. Elle va finir par te défoncer si tu continues.

– Crois-moi, y a pas grand-chose qui peut déstabiliser cette nana ! Elle a des couilles en béton.

– Tu ne vas pas déconner avec elle, n'est-ce pas ? On a besoin d'elle dans notre équipe.

– Ah ouais ? Ben va lui raconter ça, parce que, bordel de merde, c'est elle qui me cherche !

Cette fois-ci, la perplexité s'affiche sur le visage de mon pote, au point que son front ressemble à un vieux parchemin fripé. Un balancement qui ne dure que le temps d'un clignement de cils.

– Elle te met la tête à l'envers, alors ? s'amuse Dax. Si je m'attendais à ça…

– T'emballe pas ! C'est une chieuse de première, mais elle a de la suite dans les idées. Vic est sous le charme, l'imbécile, et elle a même réussi à convaincre la pute qui lui sert de nana de venir au rendez-vous.

– Tu vas gérer ?

– Comme si j'avais le choix ! C'est la première fois que Vic accepte de me rencontrer depuis qu'il s'est tiré. Merde ! Ça fait trois ans que je lui cours après !

– Tu devrais arrêter de te reprocher ce merdier, Tate. C'est ton paternel, le salopard dans l'histoire !

C'est peu de le dire. Mais j'aurais dû protéger mon frangin au lieu de me barrer sans un regard en arrière. J'avais 15 ans et j'étais à vif. Néanmoins, je savais que je laissais un gosse de 1 an derrière moi.

J'ai beau me creuser les méninges, je suis incapable de me rappeler si, oui ou non, j'ai envisagé que Vic endure un enfer semblable au mien. En fait, le souvenir même de cette période se dérobe fallacieusement.

Le plus difficile a été de découvrir que mon frangin avait subi mille fois pire que moi…

– Je savais comment il était ! pesté-je. Je savais, et je ne l'ai pas dénoncé.

– Les services sociaux étaient au courant, m'assène Dax. Ce sont eux qui auraient dû intervenir, et bien avant que tu sois obligé de fuguer pour échapper à ce connard.

– Ouais, mais Vic a morflé derrière.

Mon père était un salopard de première, assez roublard pour tirer des leçons de sa façon de m'éduquer et éviter de reproduire les erreurs qui ont conduit à mon départ.

Parce qu'une fois libéré de son emprise, je ne me suis jamais laissé rattraper !

Avec Vic, mon paternel a usé d'une méthode basique, mais drôlement efficace : cet enfoiré l'a enfermé dans la cave, démultipliant son cauchemar en l'isolant du reste du monde. Là où, moi, j'avais une issue, mon frangin s'est retrouvé coincé comme un rat.

Vic a tout simplement disparu de la surface de la terre. Sans que personne s'en rende compte ou s'en soucie…

Pas même moi, bordel !

C'est le facteur qui, alerté par des bruits suspects, a contacté la police quelques jours après la mort de mes parents dans un accident de voiture. Il pensait qu'un chien s'était faufilé dans la maison. À la place, les flics ont découvert mon frangin, enfermé dans une pièce du cellier et attaché comme un putain d'animal.

Ton père avait le goût de la mise en scène, jubile la bête. *Imagine quel pied ce serait de posséder un contrôle total sur un gamin...*

Des soubresauts agitent mes mains, preuve que la sérénité acquise en travaillant le bois se disloque de façon notable. Je referme les poings, déterminé à lutter contre le merdier qui me fracture au niveau le plus intime.

– Tu as fait du mieux que tu as pu avec les moyens du bord, Tate, et surtout tu as été là quand Vic avait le plus besoin de toi.

– Nan, c'est un putain de mensonge, ça !

Ouais, tu t'es débiné, mec ! Tu as foiré sur toute la ligne.

Les tremblements remontent dans mes bras et s'insinuent le long de mon échine, balayant d'une chiquenaude mes pitoyables efforts pour leur résister.

Bordel ! Parce que tu croyais avoir la moindre chance ?

– Qu'est-ce que tu racontes ? aboie Dax. Tu t'es battu pour obtenir sa garde et tu as pris un congé sans solde pour rester avec lui le temps qu'il se réadapte.

– Merde, c'était pas suffisant. Il était cassé. Complètement détruit. Il avait besoin de moi et j'ai fait quoi ? Au lieu d'apprendre à gérer, je l'ai largué en pension.

– C'est la soirée conneries en série ? me renvoie Dax, le regard létal. C'est le psychologue de Vic qui t'a conseillé cette solution, et je te rappelle que ça faisait trois ans que tu t'épuisais à cumuler ton boulot en plus de ton frère. Vic avait besoin d'un accompagnement particulier, et c'est exactement ce que tu lui as offert...

L'écoute pas ! T'as merdé et puis c'est tout !

De colère, j'envoie valser un carton qui traîne sur mon établi. Ce qui est loin de rassasier la bête, qui s'ébroue avec une jouissance nocive. La garce ! Toujours à l'affût !

Incapable de me contrôler davantage, je saisis une gouge et attaque un morceau de bois au hasard. Je massacre la matière plus que je ne la modèle, abîmant au passage mon ciseau, mais l'essentiel n'est pas là.

M'occuper les mains s'avère une nécessité.

– J'ai merdé ! À un moment, j'ai merdé ! Y a forcément un truc que j'ai mal géré, maugréé-je en boucle, plus pour moi-même que pour obtenir une réponse.

– Vic était fragile, m'objecte mon pote. Ce que ton père lui a fait subir l'a rendu vulnérable et instable, mais c'est grâce à toi qu'il a récupéré autant que c'était possible. Pour le reste, il s'est comporté comme n'importe quel ado en révolte. Le problème, c'est qu'il s'est laissé embobiner par une salope et, manque de bol, cette nana bossait pour un connard de première. Il n'y a pas grand-chose que tu n'aies pas tenté et, contrairement à d'autres, qui auraient renoncé depuis longtemps, tu es encore là à chercher un moyen de le sauver. Vic a de la chance de t'avoir, c'est aussi simple que ça !

Je voudrais juste y croire.

Croire que ce qui ne tue pas rend plus fort !

Croire que Vic surmontera un jour la douleur qui l'empêche de se dépêtrer de ses cauchemars.

Mais la vie m'a enseigné que les sales coups et les épreuves ne vous endurcissent pas. Ils vous isolent et vous cuirassent au sens littéral du terme : ils vous enrobent d'une couche protectrice si épaisse que le risque est que plus personne ne puisse vous atteindre.

Vic est là, à portée de main, mais c'est comme s'il errait à des années-lumière.

Et j'en crève parce que je suis incapable de le sortir de cette merde moi-même.

La preuve que tu n'as jamais été à la hauteur ! Vic aurait été bien plus heureux sans toi !

Je feule, comme un prédateur à l'agonie. La bête ricane. Je saccage un peu plus ma bûche. Lorsque ma vision se pare d'écarlate, je navigue dans un état second. Ce n'est pas le cas à cet instant. J'ai l'impression de ne jamais avoir été aussi lucide. Aussi conscient de mon incompétence.

Ma gouge pénètre dans le bois avec une facilité déconcertante. Est-ce qu'elle se taillerait un passage aisément dans mes chairs ? Elle ferait couler le sang, ça, c'est une certitude.

Putain ! Ouais !

Je n'ai pas le temps d'anticiper le coup. Dax me balance contre le mur, sa main cerclant ma nuque dans un étau d'acier. Son visage se positionne à quelques centimètres du mien, affichant une détermination à toute épreuve. Quant à la colère qui suinte de ses yeux…

Putain ! Il va me massacrer !

– La bête ne gagnera que si tu baisses les bras ! Alors, tu vas commencer par arrêter avec tes délires à la con ! m'ordonne-t-il. Ruminer toute cette merde ne résoudra rien. Ce qui est fait est fait !

Avec un autre que Dax, je me serais rebellé en cognant vite et fort, mais mon pote a le don d'avancer exactement ce qu'il faut au bon moment. Comme s'il intégrait mes luttes et les acceptait pour ce qu'elles sont.

– Je veux le ramener… sifflé-je, éreinté par le combat intérieur que je mène (non pas contre la bête, mais contre la brûlure de ma culpabilité).

– Ouais, mec, je sais. Mais, pour ça, il va falloir que tu ravales ta colère.

– On croirait entendre Arizona…

La poigne de Dax se relâche soudain, et il me faut une seconde pour réaliser que cet imbécile se tord de rire. De quoi me doucher et me sortir de mon état d'apitoiement.

– Quoi, putain ? rouspété-je.

– Elle te tient vraiment par les couilles, mec !

Je plisse les yeux, furieux. Bordel ! C'est le deuxième de mes potes à me chambrer sur le sujet, et l'idée m'incommode parce qu'elle sonne trop juste.

– Le jour où j'accorderai ce pouvoir à une nana, il neigera en enfer !

– Ouais, mais dans ton cas, mec, il semble bien que l'enfer, ce soient les autres[10], se bidonne un peu plus Dax. « Une autre » en particulier... Cela dit, je te serai reconnaissant de ne pas jouer au con avec elle. Évite de la faire détaler. Je tiens vraiment à la recruter.

Un point de vue qui s'entend, même s'il résonne comme une punition à mes yeux.

Une punition que mon esprit détraqué et mon traître de corps s'échinent à désirer... Comme si j'étais capable de m'investir dans une relation de ce genre !

Pourtant, j'ai le sentiment amer d'avoir déjà perdu cette bataille. D'ailleurs, même la fatalité se ligue contre moi...

Fatalité, le deuxième prénom d'Arizona.

La nuit a beau s'être installée depuis des heures, je perçois le mouvement furtif en bordure des bois. La silhouette ne cherche pas à se dissimuler, mais elle n'a pas l'air non plus d'avoir envie d'émerger de la pénombre. Parce que Dax est avec moi ?

Je me précipite sur la colère, qui m'anime comme un chien affamé sur un os à ronger, mais c'est une autre émotion qui me cueille.

Mon corps s'embrase, se foutant royalement de mon avis sur

10. Citation de Jean-Paul Sartre.

la question. Le salopard est avide, plus qu'il ne l'a jamais été, oublieux de la bête qui, tapie dans l'ombre, n'attend qu'une étincelle pour jaillir de sa boîte comme un abominable clown.

Et tu ne pourras rien faire pour m'en empêcher, glousse l'animal en se pourléchant les babines.

– Je gère, indiqué-je sans céder, devant mon pote, à la tentation de massacrer une autre pièce de bois.

– Ouais, c'est ça, assène Dax, absolument pas dupe. Je te laisse donc... gérer. (Son coup d'œil vers l'extérieur me prouve que lui aussi a aperçu le rôdeur.) Tu sais où me trouver s'il y a le moindre problème.

16

Arizona

« I can't, I can't, I can't stand losing
I can't, I can't, I can't stand losing »[11]

– Dégage, Arizona ! claque la voix de Tate en couvrant avec peine celle de Sting.

– Tu es vraiment le genre de mec qui sait recevoir, toi !

Le regard en coin, Tate me jauge avec un agacement tangible. Occupé à polir une plaque en bois, il affiche toutes les caractéristiques de l'ours mal léché qui déteste être dérangé pendant son labeur.

Sauf que, ça, ce n'est qu'une façade soigneusement élaborée. Je soupçonne que Tate m'a repérée il y a une dizaine de minutes. Après le départ de Dax, il a monté le son de sa chaîne hi-fi et s'est mis à travailler avec des gestes trop saccadés pour être naturels ou efficaces.

Je ne me débine pas et franchis le seuil de l'atelier, qui fleure la sciure, le vernis et le foin. Tate y a installé deux grands établis, qui croulent sous un amas de morceaux de bois et de boîtes en fer de tailles diverses. Sur les murs, des panneaux permettent de

11. Interprétation du groupe Police, paroles de Gordon Sumner.

ranger, dans un ordre impeccable, une collection impressionnante d'outils.

Le reste de l'espace est occupé par d'autres instruments propres à la menuiserie et par quelques meubles en cours de fabrication. En tout état de cause, les lieux respirent le travail et la simplicité. Et ici, pas de pneu.

Je m'avance en caressant du regard un bahut en pin à demi monté et m'attarde sur un surprenant berceau. Le travail minutieux sur le bois transforme le lit en une véritable œuvre d'art, mais ne minimise pas l'impact de ma stupéfaction : je n'aurais jamais imaginé Tate employé à façonner un tel objet.

Je ravale un hoquet d'étonnement et m'approche de la chaîne pour baisser un peu le volume.

– Je bosse, Schtroumpfette, et je ne suis pas d'humeur ce soir à supporter ton bavardage à la con.

– Ça tombe bien parce que je ne suis pas venue discuter.

Le visage de Tate se pare d'une bonne dose de circonspection, à tel point que je ne peux me retenir de rire.

– C'est pas un jeu, Arizona, me reproche-t-il d'un ton sec. Il me semble avoir été clair hier : je n'ai rien du gars avec qui on se paie une gentille partie de jambes en l'air. Donc, toi et moi, tu oublies direct !

– Ah oui, vraiment ? J'ai un souvenir légèrement différent de notre échange, noté-je avec une pointe de langueur dans la voix. Sauf erreur de ma part, tu m'as fait une proposition on ne peut plus explicite. Tu as dit, si je dois être fidèle à tes propos, que tu allais commencer par m'attacher les mains dans cette position. (Je croise les bras dans le dos, mimant exactement ma posture de la veille.) Quand ce sera fait, je m'agenouillerai pour te sucer. Tu baiseras ma bouche comme tu comptes t'occuper de mon petit cul. Et sur la question de savoir si je suis prête à encaisser, eh bien, je suis là, non ?

J'ignore si Tate se remémore précisément ses mots, mais les entendre de mes lèvres le désarçonne assez pour qu'un muscle de son visage tressaute.

Perte de contrôle en vue ? C'est le but !

– Toi et moi, on reste à distance ! déclare-t-il.

– Comme quand tu fourres ta langue dans ma bouche ? Parce que je veux bien suivre tes règles, mais tu me sembles un peu versatile sur le sujet.

– Versatile ? répète-t-il dans un sifflement incrédule. C'est comme ça que t'appelles les mecs capables de te péter entre les doigts et de te massacrer juste parce que ta tronche leur revient pas ? Soyons clairs, c'est exactement ce que je suis, Schtroumpfette ! Alors, si tu cherches un type pour prendre ton pied, je t'affirme que je ne suis pas le bon loustic. Moi, je ne donne pas de plaisir aux nanas, je me vide les couilles entre leurs cuisses.

– Montre-moi !

J'étire les bras sur les côtés, une écharpe en soie rouge enroulée autour de mes poings. Le tissu se tend sous la pression, et je me délecte de l'éclat qui transparaît dans le regard masculin.

Tate me jauge en silence pendant un long moment, la veine dans son cou battant plus fort que jamais. Ses mains ne tremblent pas. Elles se sont refermées sur elles-mêmes comme si ce simple geste pouvait le prémunir du fait qu'elles agissent contre son gré.

Le voir lutter contre ses instincts renforce mon appétit charnel et ma peau devient subitement plus sensible. La caresse du vent me brûle, ou plutôt établit que je suis bouillante.

De désir…

D'anticipation…

Tate comble l'espace entre nous tel un prédateur qui fond sur sa proie. Un instant, il est là, devant moi. La seconde suivante, je me retourne plaquée contre son torse musculeux, la bouche écrasée par la sienne.

Comme l'autre soir, son baiser n'a rien de doux ou d'une montée progressive du plaisir. C'est brutal et dévastateur. Tate s'empare de moi avec une ardeur qui proclame son autorité, mais aussi, et surtout, ses convictions. Je ne suis, dans ses bras, qu'une poupée à son entière disposition.

Et si mon écharpe me rappelle que je suis venue ici pour me soumettre à son désir, je n'ai pas l'intention pour autant de me dérober face à lui !

Je me rebelle, déterminée à rivaliser à armes égales. Mes lèvres, ma langue et mes dents entrent dans la danse, se délectant de chaque grognement qu'elles récoltent. Notre baiser devient non plus une lutte de dominance, mais un domaine où la passion explose en un feu d'artifice extraordinaire.

Je me perds sous ce déluge de sensations, gouvernée par un seul besoin : en obtenir davantage. Mon insatiabilité me déconcerte, mais moins que les tiraillements sous mon épiderme. Avant Tate, le désir léchait mes terminaisons nerveuses, mais il n'irradiait pas dans chaque cellule de mon corps. J'ai l'impression d'être en ébullition ou trop à l'étroit sous ma peau.

Comme s'il avait lu dans mes pensées, Tate soulève l'ourlet de mon tee-shirt pour me l'ôter. Mon soutien-gorge disparaît dans la foulée, de grandes mains masculines remplaçant la dentelle sur ma chair avide.

Je gémis sous les caresses plus brusques que tendres. Mais, là encore, j'y découvre un plaisir insoupçonné. Parce qu'au-delà de la rudesse, il n'y a pas de violence. J'aime que Tate se dévoile dans l'intimité tel qu'il est dans la vie.

Pas sûr que tu formules la même chose tout à l'heure…

Tate enfouit ses mains dans mes cheveux, m'obligeant à arquer le dos. Une pointe de douleur court le long de ma colonne vertébrale, juste assez vive pour que je saisisse l'ordre implicite. Je recule jusqu'à buter contre l'un des établis.

D'une poussée de la jambe sur les miennes, Tate m'incite à les écarter. Il me surélève ensuite, de façon que mes fesses reposent en équilibre précaire sur le bois, et s'installe dans le berceau formé par mes cuisses. Je m'enroule autour de lui, bénissant ce rapprochement absolument divin.

J'aime...

La pression de son sexe bandé contre le mien.

Le mouvement incontrôlé de ses hanches.

Sa bouche toujours plus vorace.

Le contact abrupt de ses mains sur mon corps.

Tate n'a pas exagéré : il s'approprie ma personne comme si je lui appartenais totalement. Là où il se trompe, en revanche, c'est qu'il donne autant qu'il prend.

Jusqu'à ce que ça s'arrête subitement...

Une langue de froid me lèche la peau, mais ce n'est rien comparé au sentiment de vide qui m'éperonne. Tate a pourtant seulement reculé d'un pas, me libérant de son étreinte incandescente.

Déstabilisée, j'appuie les coudes sur l'établi, consciente de m'exhiber dans une posture lascive qui dévoile bien plus que ma poitrine. Pour une fois, je suis désorientée, vaguement groggy. Assommée par le désir qui continue de circuler dans mes veines et réclame d'être assouvi.

Le regard acier n'arrange pas mon état fébrile. Il me détaille avec froideur et calcul, là où je voudrais détecter passion et perte de contrôle.

– Toujours partante, Schtroumpfette ? Parce que c'est maintenant qu'on passe aux choses sérieuses !

La provocation est prégnante dans le ton de Tate. Le salopard me rend la monnaie de ma pièce ! Ce qui m'incite à cambrer un peu plus les reins et à parer ma bouche d'un sourire aguicheur.

– Tu vas m'attacher ?

– Oh que oui ! lâche-t-il, un rictus diabolique sur les lèvres. Mais tu vas commencer par te désaper.

– Et toi, tu vas rester habillé ? demandé-je avec une pointe d'insolence.

La réponse de Tate n'est pas celle que j'attendais, mais comment dire… elle me convient parfaitement !

Oh ! Merde, oui !

En quelques mouvements souples, il se dénude, exposant son corps dessiné et majestueusement excité. Je me délecte du spectacle en me mordillant les lèvres et envisage sérieusement de bondir sur lui pour croquer dans ses tablettes de chocolat.

– Arizona ! Déshabille-toi !

Je m'exécute, la poitrine secouée d'un rire irrépressible. Un rire qui s'étrangle dans ma gorge lorsque Tate saisit brusquement mes poignets pour les ramener dans mon dos. La pression est ferme. Volontairement contraignante.

Je ne bronche pas, parce que je connais les règles du jeu et que je les accepte en toute conscience.

Tate est aux aguets. Il m'évalue avec la paresse d'un prédateur sûr de son pouvoir – mais je devine, à la courbure moqueuse de sa bouche, qu'il s'attend à ce que je détale.

Pas question de lui accorder cette satisfaction !

D'autant que je brûle de le recevoir en moi. D'ailleurs, mon sexe palpite rien qu'à cette idée, appelant un soulagement, quel qu'il soit.

Je me trémousse pour restreindre l'écart entre nos deux corps, mais le petit enfoiré renforce sa poigne pour me maintenir à distance.

– Maintenant, je vais te lier les mains, me susurre-t-il à l'oreille. Tu es prête, Arizona ? Parce qu'après ça, il n'y aura pas de retour possible en arrière. Tu devras obéir à chacun de mes ordres et encaisser sans broncher. Tu vois quelque chose à opposer à ce programme ?

– Non…

– Si tu as des doutes…

– Aucun, affirmé-je avec une conviction que je suis néanmoins loin de ressentir.

Je tangue sur la pente périlleuse du moment précédant le saut dans le vide. Je suis sûre de moi et, pourtant, il y a cette seconde, infime, qui m'incite à me demander ce que je fiche là.

– Arizona ?

Je scrute le visage balafré, lucide sur la peur que celui-ci inspire d'emblée. Ce n'est pas seulement parce que les bords de la cicatrice sont irréguliers, formant une ligne disgracieuse. Tate sourit peu, du moins à ceux qui n'appartiennent pas au cercle restreint de ses amis, et exsude une aversion de soi qui ne frappe pas à première vue. Pourtant, ce poison ondule dans ses veines, l'emprisonnant dans une spirale vicieuse.

Il ne l'a pas totalement perverti. La preuve : la possibilité qui m'est octroyée de filer. Ça en divulgue plus sur l'homme qu'il ne peut le soupçonner. Et c'est ce détail qui écrase ma légère hésitation.

– Je suis sûre de moi !

– OK ! Tourne-toi.

J'obtempère, la peau frémissant sous la caresse de la soie. Cette douceur ne dure pas. Tate enroule le tissu autour de mes poignets et serre fort. Pas au point de couper ma circulation sanguine, mais le lien rend impossible toute tentative de libération.

Je me sens plus vulnérable que je ne l'aurais supputé.

– Tu ne me bâillonnes pas ? énoncé-je pour masquer ma nervosité.

– Et renoncer à baiser ta bouche ? ricane Tate. Certainement pas ! À genoux devant moi, Arizona.

Je me paie le luxe d'onduler des fesses avant de m'incliner. Bon, OK, avec les mains dans le dos, c'est tout de suite moins gracieux, d'autant que le sol est maculé de sciure et me picote salement la peau. Je me tortille, puis renonce à trouver une position plus confortable.

Mais j'ai dans l'idée que c'est parfaitement délibéré de la part de Tate. Une façon complémentaire de me tester. De me désarçonner.

Du bout du pouce, Tate me caresse le bas du visage et m'encourage d'une légère pression à l'accueillir dans ma bouche. Je l'avale en rêvant de m'attarder sur une autre partie de son corps. Une partie qui s'expose pour l'instant hors de ma portée. Notre différence de taille ne pose pas de problème lorsqu'on s'embrasse, mais là…

– Prête, Schtroumpfette ?

Tate n'attend pas mon assentiment pour rapprocher une chaise et s'installer tel un pacha impudique. Je voudrais bien mimer le genre « fille imperturbable » (parce que, quand même, ce serait plus classe), mais je salive comme une pauvre cruche sur le point de se gorger de miel.

Et le regard noir de Tate ne suffit pas à me refroidir.

17

Tate

Gamin, le regard des autres était un supplice. Et je n'avais qu'à me contempler dans un miroir pour assimiler pourquoi j'inspirais le dégoût ou la pitié.

Pour ma part, je n'ai jamais été très charitable envers moi-même. Je me suis senti désolé pour le gosse que j'étais quand mon père me dérouillait, mais plutôt pour mon manque de mérite.

Ben ouais, si ton paternel te bat, c'est que tu as salement déconné, non ?

Avec le temps, j'ai compris que ce n'était pas lié à moi ni à mon comportement. Mon père me frappait parce qu'il ne savait pas communiquer autrement et que la violence était inscrite dans ses gènes.

Un héritage qu'il m'a transmis, même si j'ai appris à le dompter. Enfin, tant que c'était possible…

Adulte, j'ai décidé que susciter la peur valait mieux que la pitié. La répulsion, je ne peux rien contre. C'est un peu comme lutter contre l'instinct.

La pitié, en revanche…

Il suffit d'afficher un rictus assassin pour que les pensées pieuses se disloquent afin de se convertir à l'ordre honni de la frayeur la plus pure.

De fait, la plupart des femmes que je baise sont dévorées par la crainte. Évidemment, elles s'évertuent à ne pas manifester leurs émotions, mais c'est toujours difficile d'enrayer ce genre de réactions. Elles sont généralement plus douées pour dissimuler leur répugnance.

Pourtant, certaines reviennent. Par défi ? Pour un besoin pervers de ressentir de la terreur en s'envoyant en l'air ?

En vérité, je m'en contrefiche. J'ai appris à composer avec. D'ailleurs, en les prenant en levrette, j'évite de me pencher sur la question. De dos, c'est beaucoup plus facile !

Le seul moment où la réalité me saute aux yeux, c'est quand je les autorise à me sucer. Aucune ne s'attarde à soutenir mon regard, du moins pas plus d'une fraction de seconde. Et c'est tant mieux ! Un contact visuel induirait quelque chose de trop intime, tout ce que je fuis.

Pourquoi c'est différent avec Arizona ?

Cette nana m'a déjà prouvé qu'elle n'avait pas peur de moi, mais là, agenouillée devant mon sexe bandé et aussi vulnérable qu'une femme peut l'être, elle me renvoie l'image d'un désir incontestable.

D'un désir qui n'évince rien de ce que je suis.

Comme si c'était possible...

Comme si j'en avais quelque chose à foutre, surtout !

Ouais, mec, qui pourrait bien avoir envie de se rapprocher d'un type comme toi ? T'as même pas été capable d'aimer ta môman...

– Suce-moi, ordonné-je pour bâillonner la voix dans ma tête.

Arizona se tortille pour se caler entre mes cuisses. La sciure malmène forcément ses genoux, mais les pupilles dilatées proclament que c'est un détail insignifiant à cette seconde. Je me gorge de cette idée que sa douleur s'annihile devant quelque chose de plus puissant...

La plupart des gens ne parviennent pas à ce degré de libération, signe qu'Arizona possède une vraie force intérieure.

Pour l'heure, ses tétons pointent avec insolence, m'enjoignant de les goûter, de tracer un sillon jusqu'à la toison blonde que j'aperçois un peu plus bas.

Putain ! Depuis quand j'éprouve l'envie de descendre à la cave ? Je ne broute pas les minous, je les défonce jusqu'à ce que mes couilles explosent !

Montre-lui ! s'invite la bête. *Pilonne son joli petit cul et fais-la crier de douleur !*

La voix continue de chantonner avec allégresse. Me pousse un peu plus dans mes retranchements. Elle aime le sexe brutal, mais Arizona éveille en elle un besoin plus primaire.

Je devrais mettre un terme à cette histoire, mais Miss Minipouss règle la question en enfournant ma queue sans préavis. Ma respiration se bloque dans mes poumons et je raidis l'échine, frappé qu'elle m'engloutisse aussi profondément en dérogeant aux habituels préliminaires qui vont du coup de langue au frôlement délicat.

Bordel de merde !

Arizona ne me quitte pas des yeux, jouant avec sa bouche comme si elle devinait très exactement ce dont j'ai besoin.

Le ballottement de ses seins, ses joues qui se creusent, la rougeur de sa peau, la chaleur humide autour de mon sexe… C'est bon, tellement que ça semble la perfection faite au royaume de la fellation.

Pourtant, une part de moi est tétanisée, aux aguets. Je réalise, déconcerté, que la bête ne siffle plus à mes oreilles. En cette seconde, il n'y a qu'Arizona et moi.

Arizona et son regard au faisceau laser…

« Elle me voit. » Les paroles de Dax me percutent à pleine

vitesse, s'imposant comme ces refrains dont on n'arrive pas à se débarrasser et qui agacent. Mon pote mérite d'être apprécié pour ce qu'il est. Moi…

Moi, je vis avec une bête abjecte. Un monstre qui se repaît de douleur et de sang. Le désir n'est pas invité à la fête, pas sans une bonne dose de noirceur, en tout cas. C'est pour cette raison que baiser des nanas qui me craignent m'excite.

Je prends mon pied en nourrissant l'animal… Une équation simple, un équilibre parfait !

Arizona, elle, m'entraîne sur un chemin instable. À tous les niveaux…

Avec un gars comme moi, c'est « effet kryptonite rouge » garanti !

Résolu à récupérer le contrôle de la situation, je saisis la tête blonde à pleines mains et accélère le rythme sans me soucier de ma partenaire.

La bouche d'Arizona est un putain de fourreau brûlant. Le genre à rendre n'importe quel type accro. Moi, le premier…

Pourtant, en dépit du mouvement saccadé de mes hanches, je n'ai jamais eu aussi peu l'impression de dominer une femme.

La faute aux magnifiques yeux ardoise qui luisent de désir ?

Elle joue la comédie pour mieux t'amadouer, me susurre la bête. *L'autre se faisait également séductrice pour t'amener là où elle voulait… Tu te souviens de ses mots doux, de son sourire langoureux, de…*

Stop !

Je feule, nullement surpris que le monstre utilise ce subterfuge pour balayer mon contrôle et s'emparer des rênes. C'est à chaque fois la même histoire. Le sexe, il aime, mais sa préférence va aux plaies sanguinolentes.

Baiser la bouche d'Arizona ne suffira pas à le satisfaire. Il exige que ma chair claque contre celle de ma proie, que j'imprime la marque de mes doigts sur ses hanches et ses fesses, et que je finisse par lui égratigner la peau en jouissant en elle dans un cri sauvage.

Je libère Arizona et la soulève pour la positionner le ventre contre mon établi, son petit cul juste à la bonne hauteur pour que je m'enfonce en elle.

Je déroule un préservatif sur mon sexe bandé, conscient que le sang bat contre mes tempes un peu plus vite que d'habitude. Le challenge de baiser une nana qui ne tremble pas devant moi ?

Pas encore... ricane le monstre.

– Putain ! sifflé-je en insérant un doigt dans la fente humide. Me sucer t'excite à ce point ?

– Tu en doutais ? me balance-t-elle, le cou étiré pour me scruter dans les yeux.

Je tire sur l'écharpe pour la punir et m'arrête lorsque j'assimile mon geste à une volonté de capturer ses lèvres. Rouges et brillantes, ces dernières sont une invitation à la luxure, et l'idée qu'elles aient accueilli ma queue...

Je déraille complètement, merde !

Je relâche le tissu pour agripper les hanches fines et ricane en constatant qu'Arizona ne touche pas le sol. Les mains nouées dans le dos, elle va encaisser mes coups de boutoir exactement comme j'aime.

Ses jolis seins et son ventre plat risquent, en revanche, de moins apprécier le voyage. Une idée qui réjouit fondamentalement la bête.

Moi ? Bizarrement, ça ne m'emballe pas. Je n'ai jamais eu de scrupules à baiser une nana, quel que soit le contexte. En vérité, le seul confort qui m'importe, c'est le mien. Alors, qu'est-ce qui m'arrête ?

Le fait que Dax va me tuer si j'abîme physiquement Arizona ?

Le fait que j'aime le contact de sa peau douce contre la mienne, ce qui est peu compatible avec des éraflures à vif ?

Parce que tu prévois déjà de la baiser de nouveau ? Putain ! Je te confirme : tu déconnes vraiment ! On la saute et on se tire. Ou alors, tu veux qu'on joue un peu du couteau avec elle ?

Le fait que je sache précisément à quel degré de douleur j'expose Arizona ?

Hum ! Tu te souviens de ça, hein ! Il t'a fallu combien de temps pour pouvoir remarcher normalement ?

– Putain !

– Quoi ? s'inquiète ma jolie Schtroumpfette.

Sans un mot, je fourre mon tee-shirt sous son buste, l'esprit rempli des hurlements de la bête. Il n'y a qu'un seul moyen de la museler. Je positionne mon gland contre le sexe d'Arizona et m'enfonce en elle d'un vigoureux coup de reins.

– Oh, putain ! sifflé-je lorsque les rugissements dans ma tête cessent.

Aller et venir en Arizona, au son du claquement de nos peaux, est un pur délice, une preuve supplémentaire que cette nana m'a déglingué. Parce qu'au lieu de profiter à l'unisson de la bête, je suis captivé par les sons ténus qui filtrent de sa bouche.

Fesse-la ! m'ordonne le monstre. *C'est la punition que tu réserves à toutes celles qui ne la bouclent pas pendant que tu les baises. Tu te souviens pourquoi ? Elle aussi gémissait… Fort, si fort…*

Sauf qu'Arizona ne me joue pas un remake de film porno. Les bruits qu'elle émet me caressent la peau, s'immiscent dans mes veines et gonflent ma verge d'un désir plus intense que jamais.

Je suis brûlant et en sueur. Pourtant, ce flux me procure le sentiment qu'une part de moi était gelée.

Mes hanches accélèrent la cadence d'elles-mêmes, comme si la bête s'était emparée des rênes et voulait m'éloigner d'une vérité toute simple : j'en désire plus. Beaucoup plus.

Je lutte néanmoins contre cette pulsion incompréhensible, épaulé par les ombres qui me constituent. Chaque coup de boutoir me rapproche de la délivrance, mais il suffit d'un seul halètement de plaisir pour que ma résistance s'étiole, puis vole en éclats.

J'agis dans un état second : je me retire du corps frissonnant de désir d'Arizona pour la ramener contre moi, les yeux dans les yeux. L'ardoise est une ancre qui, à l'instant, m'offre un sentiment innommable de puissance.

La bête beugle comme une enragée, mais je m'en contrefiche. Peut-être parce qu'en cette seconde, elle ne peut m'atteindre…

Il me suffit de replonger dans la chaleur moite de ma maîtresse pour que le silence se réinstalle. Cette fois-ci, je n'éprouve ni vide ni malaise. Juste une exaltation qui grandit lorsque les cuisses d'Arizona m'emprisonnent dans un étau de douceur.

– Donne-moi ta bouche ! ordonné-je.

Les lèvres d'Arizona s'écrasent sur les miennes, réclamant autant de plaisir qu'elles m'en fournissent.

La baise n'a jamais été autre chose à mes yeux qu'un combat pour la domination, voire la survie. Avec Arizona, ça revêt un tout autre sens.

Je ne sais pas trop bien lequel et je ne suis pas certain d'en sortir indemne, ou même d'avoir envie de creuser la question, mais c'est tellement bon que je ne peux résister à cet appel.

Une main enroulée autour de la nuque d'Arizona, je me gorge toujours plus de sa saveur, conscient que je n'ai jamais rien goûté de meilleur. Et que ma faim grandit au lieu de s'apaiser…

Le besoin de la marquer surgit au milieu de ce désir incandescent, de sorte que je martèle son intimité comme si chaque passage de mon sexe l'étiquetait « propriété privée ».

Pour la première fois de ma vie, je suis à deux doigts de me retirer pour arracher mon préservatif. Chair contre chair, voilà ce que je veux, une absurdité qui ne me perturbe même pas !

Mon esprit s'échauffe, s'égare dans un délire de feu et de flammes : je réclame la fusion de nos deux corps, un embrasement total de nos êtres jusqu'à la combustion ultime...

Oui, c'est ça... Abandonne-toi à ce brasier. Libère cette part de toi qui est mienne.

J'ai cru que la bête avait renoncé. Elle use juste d'armes nouvelles. Comme autrefois mon père, elle essaie de briser mon contrôle, de me rendre vulnérable à son pouvoir.

Et elle n'a jamais été aussi proche du but : ma main a quitté la nuque d'Arizona pour se refermer sur sa gorge. La marque de mes doigts apparaît sur sa peau lorsque je la libère, hébété.

J'oscille entre l'envie de détaler et celle de poursuivre ma descente aux enfers.

Va jusqu'au bout... L'enfer n'est qu'une succession de plaisirs, tu verras !

– Tate ! Reste avec moi ! exige Arizona en me mordant durement la lèvre.

Je cligne des yeux, ramené dans un univers où je n'ai plus aucun repère, sinon la violence qui me raidit l'échine. Mes reins en feu beuglent le besoin primaire de me déverser dans le fourreau qui m'enserre toujours, mais je suis tétanisé.

Paralysé par une force abjecte.

– Embrasse-moi, mon beau.

– Putain, Arizona ! grondé-je, abasourdi. Co... comment tu peux me demander ça ? J'ai... j'ai failli t'étrangler ! Putain !

Je recule en trébuchant, complètement détaché des exigences de ma libido. En cette seconde, je suis juste capable de contempler mes mains tremblantes.

Ces mains assassines...

Le bourdonnement dans ma tête devient tempête, martyrisant

cette part de moi qui lutte au quotidien pour demeurer lucide – ou tout état émotionnel analogue.

Du sang ruisselle sur mon épiderme, comme lorsque mon père me baignait dans les fluides des alligators qu'il massacrait. « C'est pour te fortifier, mon fils », disait-il en riant pendant que je hurlais, tétanisé de peur.

Hallucination ou pas, mon rythme cardiaque s'emballe, rétablissant cette terreur viscérale.

Tu sais comment museler ces souvenirs. Remets tes mains autour de son cou et serre…

Arizona… Les marques sur sa peau m'attirent, m'encouragent à les imprimer plus profondément, à compléter le tracé de feu autour de la gorge offerte.

Qui pourrait m'en empêcher ?

Tu seras en paix ensuite… C'est la clé, mec, il te suffit de l'accepter… D'accepter ce qui, de toute façon, finira par se produire !

– Tate… regarde-moi, insiste Arizona.

Je ne peux m'y résoudre. Pas alors que je suis à deux doigts de me ruer sur elle pour assouvir la faim de la bête. De la bête… ou la mienne ?

Tout s'embrouille ! Je n'ai jamais été aussi proche de céder. Non pas à l'appel du sang – ça, c'est déjà arrivé –, mais de m'abandonner à cette abomination dans ma tête.

Dévoré par mes pulsions, j'ai admis que j'étais un tueur en puissance. Mais, grâce aux Styx Lions, je massacre des monstres semblables à celui qui m'habite.

Arizona, elle, appartient à la catégorie des innocents.

Les nanas ne sont jamais innocentes, mec ! Souviens-toi…

– La ferme ! hurlé-je en détalant.

18

Arizona

Et maintenant, tu fais quoi ?

La question est purement rhétorique, mais elle a le mérite de reconnecter mes neurones. De balayer le malaise qui m'a saisie face au visage déformé par les violentes émotions de Tate.

Si l'étau de ses doigts sur ma gorge a été une première secousse au pays du plaisir charnel, son expression restera à jamais gravée dans ma mémoire.

Douleur ? Haine ? Colère ?

Pour une fois, mon cerveau est en mode « HS ». Il est incapable de démêler les indices, me renvoyant une analyse globale : Tate est dangereux…

Je t'avais prévenue !

La ramène pas, tu veux !

Quoi ? La position cul à l'air et mains liées dans le dos ne te plaît plus ? Ou c'est la version Dr Jekyll et Mr Hyde qui t'a douchée ?

Je grommelle parce que, sur ce coup, je ne peux pas mentir. Oui, j'ai eu peur. Vraiment peur. Pas tant lorsque l'étau s'est refermé autour de ma gorge que devant le regard dément de Tate.

Il ne s'agit pas d'une révélation, je savais à qui je me frottais en faisant irruption dans l'atelier. Néanmoins, j'ai été assez idiote pour présumer que je gérerais. Parce que le sexe est censé faire du bien, et non réveiller des instincts meurtriers ?

Ben ouais ! Tout le monde le proclame : le sexe, c'est bon ! Le sexe, ça te refourgue le sourire !

Tiens, regardez les joyeux drilles de *Friends* : ils comptabilisent à eux tous cent trente-huit partenaires sexuels. Pas surprenant qu'ils aient toujours la banane ! OK, ils se sont aussi enfilé mille cent cinquante-quatre tasses de café au cours des dix saisons, de quoi les électriser en mode « béate attitude »...

C'est peut-être le détail qui me manque, car, là, je suis loin de l'euphorie décrite dans les romans à l'eau de rose. En même temps, Tate m'a laissée au bord de l'orgasme et mon corps accuse salement le coup. Je suis en sueur, l'entrejambe sensible, sans moyens de me soulager.

Super soirée ! Vraiment !

Une évidence rassurante (ah oui ?) au milieu de ce chaos : la peur n'a pas flingué mon désir.

Tu es dingue !

Je préfère « unique en son genre ».

Frappadingue !

Abandonnant la question épineuse de mon équilibre mental, je me trémousse avec précaution pour descendre de l'établi. J'apprécie de retrouver le contact du sol sous mes pieds, mais ça ne règle pas le problème de mes mains liées.

Ni que je suis en tenue d'Ève.

À dire vrai, l'option « courir dans les bois en mode nymphe » ne m'inspire pas plus que ça...

– Il aurait pu me détacher avant de filer comme un fou furieux, merde ! pesté-je entre mes dents.

Heureusement, l'atelier regorge d'outils tranchants. Le plus difficile va être de couper à l'aveugle ma jolie écharpe en soie sans m'entailler les poignets.

Une chance pour moi, lorsque nous étions gosses, Billy adorait les jeux à la Houdini. C'est moi qui me collais aux nœuds et attaches en tous genres, mais j'ai retenu quelques leçons – la première étant que la panique complexifie le problème.

C'est sur la scie circulaire que se porte mon choix, notamment parce qu'elle est fixée sur une table et ne risque pas de bouger au pire moment qui soit. La suite se transforme en séance de gymnastique, entre contorsions, respirations profondes et suées.

– Putain ! éructé-je lorsque le tissu cède enfin.

Je ramasse mes vêtements, consciente qu'une douche ne serait pas de trop. C'est même l'euphémisme du siècle, mais, à la guerre comme à la guerre, je me rhabille sans réussir à mettre la main sur mon soutien-gorge.

– Eh bien ! Je constate que Tate se tracassait pour rien, me hèle une voix depuis l'entrée.

Sacha, tranquillement appuyée contre le chambranle de la porte, me jauge avec un air plus froid qu'engageant.

– Tate t'a appelée à la rescousse ?

– Ouais. Et il était salement énervé.

Quand Sacha franchit le seuil de l'atelier, j'éprouve le besoin de relever le menton. D'attester que je ne suis pas une proie facile.

J'écope, en retour, d'un sourire aussi réfrigérant que son regard meurtrier.

– On va se battre, là ? questionné-je sans me démonter.

Sacha s'arrête à deux mètres de moi et croise les bras sur sa poitrine. Son attitude n'est pas explicitement belliqueuse, bien que tout, chez elle, exprime une agressivité latente. Avec mon habitude de tout disséquer, je me demande où se situe son point de rupture.

Tu veux vraiment le savoir ?

Tate est manifestement un sujet sensible, ce qui m'interroge sur la raison pour laquelle elle se montre aussi protectrice avec lui.

– Tu es amoureuse de lui ?

– Quoi ? s'exclame Sacha, clairement interloquée. Non, absolument pas ! Merde ! Comment je pourrais m'enticher d'un mec qui refuse tout contact physique en dehors de ses pratiques à la con ? J'adore Tate, mais, ça, je ne pourrais pas. Et puis, franchement, la question ne s'est jamais posée. On est comme frère et sœur.

– Tu le connais depuis longtemps ? creusé-je, intriguée par les accents de sincère affection.

– Ce n'est pas un secret. J'habitais dans le même patelin que Tate quand j'étais gosse. Lui et Dax m'ont tendu la main à un moment où j'en avais vraiment besoin. Alors, tu comprendras que je n'ai pas envie de le voir couler. Il ne mérite pas ça !

– Ce n'est pas mon but, non plus, répliqué-je pour clarifier les choses.

Au fond, je suis dévorée par la curiosité. Les réactions de Tate, tout à l'heure, étaient assez symptomatiques pour que certains liens s'établissent d'eux-mêmes. Des liens qui me font froid dans le dos… alors que d'autres me rassurent.

– Alors, lâche-le ! m'ordonne Sacha. Tate a besoin des Styx plus que jamais, et Dax va péter une durite quand il verra ça…

– Ça quoi ?

– Ton cou !

Le sifflement recèle tant de colère que j'écarte d'instinct les pieds pour accuser le choc d'un affrontement direct. Puis j'assimile les paroles et porte la main à ma gorge. Ma peau a toujours eu tendance à marquer facilement et je devine assez bien ce que Sacha observe.

– Merde ! râlé-je. Il ne m'a pas blessé. C'est juste…

– Un accident ? ricane Sacha. Dax n'interprétera peut-être pas les choses comme ça ! En tout cas, tu sais maintenant qu'il faut éviter de chatouiller Tate.

Ou pas, me souffle une petite voix insidieuse. Une réponse qui doit s'afficher sur mon visage, car Sacha plisse les yeux, plus glaciale que jamais.

– Tu es complètement fracassée, me renvoie-t-elle, entre agacement et stupéfaction. Tate n'a rien…

– … d'un gentil garçon, oui, il m'a prévenue, merci ! Et toi aussi, je te rappelle.

Mes orteils ne se recroquevillent pas sous le regard noir, mais c'est tout juste.

– Putain ! Je savais bien que c'était une mauvaise idée ! Si tu as envie de baiser, tu ne peux pas jeter ton dévolu sur un mec qui le fera sans risquer de t'étrangler ? Si Tate franchit la ligne rouge, il ne s'en relèvera pas ! T'en as peut-être rien à cirer, mais une partie de jambes en l'air ne vaut pas ce prix !

– Je suggérerais bien que le sexe avec Tate vaut largement la chandelle, ironisé-je, mais je sens que ça va te mettre en pétard. Donc, je me défendrai – quoi que je n'aie pas vraiment à me justifier – en te garantissant que ce n'est pas qu'une question de cul.

Cette fois-ci, j'ai réussi à museler Sacha. Sous le choc, elle ouvre la bouche, puis la referme, comme si l'idée que je puisse réellement être troublée par Tate ne l'avait pas même effleurée.

Elle se frotte le visage en jurant, vouant aux enfers (et à d'autres tortures moins avouables) les nanas trop sûres d'elles.

– Ouais, c'est confirmé, t'es fracassée, finit-elle par me lancer.

– Pourquoi ? Il mérite qu'on s'intéresse à lui, non ?

– Ne me baratine pas ! Tate effraie tous ceux qu'ils croisent ! Il n'attire pas les gens, il les fait fuir. Et n'importe quelle gonzesse flipperait encore plus après…

Elle désigne d'un geste vague le haut de mon corps, probablement pour me rappeler la présence des traces sur mon cou. Comme si j'en avais besoin…

– Mon père a coutume de proclamer que la peur n'est rien d'autre qu'une perte de contrôle face à quelque chose qu'on ne maîtrise pas, énoncé-je avec une certaine morgue.

– Théorie intéressante. Est-ce que tu es en train de suggérer que tu ignores ce qu'est la peur ?

– Non, pas du tout, m'esclaffé-je. Mais j'ai été éduquée dans l'idée qu'on doit essayer de surmonter nos craintes. Que reprendre le pouvoir est la meilleure façon de lutter contre ces émotions. Ce qui signifie les étudier et les disséquer. Il arrive qu'on se rende compte que la peur n'est qu'un instinct de conservation mal orienté ou que son origine n'est finalement pas si terrifiante que ça.

– Et Tate entre dans quelle catégorie ?

– Ses mécanismes de défense sont particulièrement…

– … instables et tordus, termine Sacha, une pointe de défi dans la voix.

– Fascinants et singuliers, complété-je, consciente d'attiser les flammes.

– Tu devrais laisser tomber !

C'est un conseil sensé et, si j'y réfléchis bien, c'est même la meilleure solution. Sauf que mes pensées restent focalisées sur Tate.

Cet homme est mentalement abîmé et physiquement capable de me conduire en enfer. Pourtant, je n'arrive pas à tourner les talons. Un état que la seule fascination qu'il m'inspire ne peut justifier.

– Ouais, je vois le genre, abdique Sacha devant mon silence. J'espère juste que tu sais où tu vas parce que je ne te louperai pas dans le cas contraire.

– Je t'ai déjà avoué que je t'aimais bien ?

– C'est pas réciproque !

– Je suis sûre que si ! D'ailleurs, y a qu'à s'attarder sur ton sourire éclatant pour en être convaincu.

– Je ne souris pas !

– Mais si, les coins de ta bouche frémissent…

Sacha n'a pas plus l'habitude que Tate d'être picotée, et je suis assez fière de moi lorsqu'elle me dévisage en fronçant des sourcils.

– Tu me cherches, Arizona ?

– Je désire juste mieux te connaître, c'est tout, indiqué-je, mutine. Mais j'avoue que c'est en partie intéressé. Parce que, là, je meurs d'envie de boire une bonne bière.

Cette fois-ci, l'ébauche de sourire est réelle sur le visage de la Styx Lion, de quoi me réjouir, car j'ai franchement besoin de vider quelques verres avant de rentrer.

– Donc, en gros, je ne t'aime pas, mais tu n'en as rien à foutre et tu t'invites chez moi pour consolider nos (elle lève les doigts pour former des guillemets) liens ? Génial ! Vraiment génial ! Dis, y a pas de bières dans le frigo de Lou ?

– Si, mais c'est moins drôle d'enquiquiner un petit couple dévoué plutôt qu'une fille aussi extraordinaire que toi !

– La lèche, ça ne fonctionne pas avec moi !

Une assertion qui s'accompagne d'un nouveau frémissement des lèvres.

– Mais je suis sincère, ma jolie, insisté-je. Tu es un spécimen particulièrement intéressant et, cerise sur le gâteau, tu as connu Tate quand il était jeune. Je suis curieuse d'en apprendre plus, étant entendu que « curieuse » est l'euphémisme du siècle !

– Eh bien ! Au moins, tu ne caches pas le fond de ta pensée !

– En effet. En revanche, j'ai d'autres défauts, mais tu comprendras que je ne les énumère pas d'entrée. Alors, cette bière ?

Sacha m'évalue du regard, indécise. J'ai dans l'idée que, même si elle semble bien s'entendre avec les femmes du clan, elle reste un peu en marge. Sur ses gardes.

Comme Tate…

Une similitude qui n'est peut-être pas due au hasard si l'on se réfère à la confidence de Sacha sur leur passé commun. Le mode « fureteuse » est un aspect essentiel de ma psyché, mais, là, j'avoue qu'il flirte avec les sommets.

Quels secrets partagent ces deux-là ? Et pourquoi est-ce si important que je saisisse ce qui anime fondamentalement Tate ?

– OK, m'accorde enfin Sacha, mais ne t'attends pas à ce que je déblatère sur mon pote.

– Autant que je te prévienne : je suis un aimant à confidences, alors tu risques d'avoir du mal à tenir ta langue !

– Vaudrait mieux pour toi que ce ne soit pas le cas, réplique-t-elle, pince-sans-rire, sinon je serais obligée de te buter direct !

– Ben, tu vois, au jeu des futures meilleures amies, on vient de franchir un cap important : on n'hésite pas, l'une comme l'autre, à aller droit au but ! Ça nous fait un sacré point en commun !

– Je n'arrive pas à piger comment Tate a pu s'intéresser à une fille comme toi, grogne-t-elle en secouant la tête. Il ne supporte pas les nanas qui ont la langue trop pendue !

– En fait, il m'embrasse quand il en a assez de m'entendre. Du coup, j'en rajoute un peu pour profiter de l'occase, car, crois-moi, c'est un dieu en matière de baisers.

La sidération de Sacha ne dure que le temps d'un clignement de paupières. Son éclat de rire, franc et sincère, me confirme que l'hostilité ambiante s'est complètement dissipée.

– Putain ! Si Tate ne te tord pas le cou, il pourrait bien tomber raide dingue de toi, hoquette-t-elle. Et t'as intérêt à avoir les reins solides parce qu'il ne te laissera pas partir si ça arrive un jour.

Bizarrement, l'idée est loin de me déplaire…

19

Tate

Putain de journée à la con !

Je relis pour la énième fois le SMS de Vic, mon niveau d'énervement grimpant encore d'un cran. Je savais que c'était trop beau pour être vrai, mais j'ai été assez stupide pour y croire !

Tu parles d'une claque !

Tu pensais sincèrement que le plan de cette idiote allait fonctionner ? Pauvre mec !

Je balance mon portable sur une table, indifférent aux mines circonspectes de mes potes. La seule qui me donne envie de mordre me jauge avec une lueur mi-amusée, mi-sensuelle au fond du regard, ce qui est carrément crétin vu la façon dont notre soirée d'hier s'est terminée.

Sauf qu'Arizona semble avoir effacé ce souvenir de sa mémoire. Et, comme pour appuyer ce beau mensonge, son cou est aussi lisse que le reste de sa peau. Un détail probablement enfoui sous une épaisse couche de fond de teint, mais qui m'agace prodigieusement, alors qu'il nous évite des questions embarrassantes.

C'est confirmé : je déraille !

Ce qui est dément, mec, c'est que t'as encore besoin de t'en convaincre !

– Super, le plan ! balancé-je dans l'idée de me départir d'un peu de mon exaspération. C'était couru d'avance, putain !

Avec des gestes lents, Arizona se saisit de mon portable et consulte le message toujours affiché à l'écran.

– Et alors ? me questionne-t-elle avec une telle innocence que je dois me retenir de lui bondir dessus pour…

Pour quoi ? L'étrangler ou museler d'un baiser sa jolie bouche, qui sort plus de conneries à l'heure qu'Homer Simpson ?

Une connerie qui n'égale pas la mienne puisque, en dépit du fiasco de la nuit dernière, j'en suis encore à fantasmer sur son petit corps affriolant. Et ses lèvres au goût de paradis…

T'es pitoyable !

Je plie et déplie les doigts, gagné par un énervement patent. Mon couteau est à portée de main, mais je me suis promis de ne le brandir qu'en ultime recours.

Un test qui vise à vérifier ma capacité à me maîtriser en dehors de cet exutoire et qui s'avère d'emblée plus coriace que je ne l'avais présumé.

George Washington… John Adams… Thomas Jefferson… James Madison… James Monroe…

Ça fonctionne pas, ton truc à la con… En revanche, ça pourrait marcher si tu énumérais le nom des Miss USA. Encore mieux, tu pourrais t'imaginer jouer avec elles… Baise ou couteau, je te laisse le choix des armes. Cool, non ?

– Il refuse de me voir, insisté-je en m'obligeant à ignorer que les picotements se répandent le long de mes bras. C'était plié, cette connerie !

– Il indique juste qu'il annule notre rendez-vous, et non qu'il ne souhaite plus te rencontrer, me corrige Arizona, les yeux levés au ciel. C'était prévisible. Stella a besoin d'asseoir son pouvoir sur ton frère et de prouver qu'elle garde le contrôle. Et c'est aussi un test !

– Un test ? grommelé-je.

– Elle veut vérifier si ton apparent revirement n'est pas du pipeau. Si tu exploses à la première contrariété, tu légitimeras ses doutes et elle interdira à Vic de croiser ta route à l'avenir.

Ouais, bon, OK, ce n'est pas dénué de sens. De quoi accentuer un peu plus ma mauvaise humeur parce que c'est le genre de stratégie que je repère à mille lieues à la ronde d'habitude.

Ça, c'était avant que cette nana déboule ! Quand est-ce que tu comprendras qu'elle est nocive pour toi ? T'aurais dû suivre mes conseils et la buter… La baiser et la buter !

– Écoute la dame, ricane Jarod.

L'imbécile n'est pas le seul à se fendre la poire. Mes potes osent rarement me remonter les bretelles, et qu'une Schtroumpfette s'y emploie a de quoi les rendre euphoriques.

Bande d'enculés !

– Qu'est-ce que tu fous ? râlé-je devant la valse des doigts féminins sur mon portable.

– Je réponds à ton frère que tu comprends et que tu espères que ce n'est que partie remise… Voilà, c'est envoyé !

Une bonne dose de provocation transparaît sur le visage d'Arizona tandis qu'elle repose mon téléphone. Fatalement, ça ravive mon envie de l'embrasser, comme si chacune de ses piques appuyait sur le bouton de ma libido. Et je deviens carrément chaud bouillant lorsque la petite coquine enfourne l'une de ses sucettes fétiches.

Le truc, c'est que je ne suis pas le seul à saliver devant la sensualité à fleur de peau de Miss Minipouss. Cracker et Murder bavent littéralement, et Jarod affiche un sourire enjôleur que je matraquerais bien.

Ouais, cogne-les ! Ça te calmera un peu.

Mon grognement me désarçonne autant qu'il remet les pendules à l'heure. Mes potes se détournent prudemment, une mise au pas qui me comblerait sans le rictus goguenard de Dax.

Putain ! Je déconne, mais je n'ai pas besoin qu'on le pointe du doigt !

Et moi, alors ? Tu te fiches de mon avis ? Depuis le temps que je te répète que tu es perverti jusqu'à la moelle !

– On peut commencer ? reprend Dax. Spitz m'a contacté pour qu'on se fasse une vidéoconférence. Il a des infos à nous communiquer.

Le visage du patron d'Arizona apparaît presque concomitamment sur l'écran placé devant nous. Ma bouche se plisse d'agacement face au costard impeccable et l'air de premier de la classe du type.

Même si je n'ai rien à lui reprocher et que je ne le connais qu'à travers les retours de Dax, j'éprouve à son égard une animosité instinctive.

Le gars est pourtant réglo et a respecté notre exigence d'un entretien sans autres témoins que lui-même. Non que nous ne fassions pas confiance à son équipe, mais on préfère éviter de démultiplier les contacts visuels.

– Salut. Ravi de rencontrer l'unité au complet, même si ce n'est que par écrans interposés. Arizona, tout le monde ici t'envoie le bonjour. Tu nous manques, ajoute-t-il avec un peu plus de chaleur.

Connard !

– Bon, vous en êtes où avec votre principal suspect ? attaque Dax sans s'encombrer, comme à son habitude, de formules de courtoisie.

– @petitesirène99, alias Sven Gorgeous, est aussi loquace qu'une porte de prison, déplore Henri Spitz après un froncement de sourcils éloquent. Malgré notre offre de négociation, il refuse de se mettre à table.

– Vous utilisez peut-être pas les méthodes d'interrogatoire

adéquates, me moqué-je.

Mon gloussement s'étrangle dans ma gorge lorsqu'une boule de papier me frappe la joue.

– Qui... Putain ! Arizona !

– Comme je suis censée t'inculquer les bonnes manières en vue de notre rendez-vous avec ton frère, je me suis dit : autant commencer tout de suite, me renvoie-t-elle tranquillement.

– Oh, bordel ! s'exclame Sam en se tordant de rire, oubliant qu'il tirait la tronche une seconde plus tôt.

– Arizona, épouse-moi ! claironne un Jarod tout aussi hilare.

– J'adore cette nana, siffle Cracker, de la bave aux coins des lèvres. Je l'adore vraiment !

– Vos gueules ! aboyé-je, vexé non pas de m'être fait rembarrer, mais du succès d'Arizona auprès de mes potes.

Pas moyen qu'ils approchent ma nana !

– Ta nana ? répète Jarod, sous le choc.

Devant l'air abasourdi de mes potes, il me faut une seconde pour intégrer que... j'ai maugréé à voix haute.

Quant à Dax, il est mutique. Non... Ce salopard n'est pas en train de réfléchir à la meilleure façon de m'étriper, il se mord les joues pour ne pas exploser de rire.

– On se tâte encore, rétorque Arizona, les inflexions rauques de sa voix charriant une bonne dose d'humour... et de sensualité. Enfin, Tate surtout. Ça l'obligerait à changer de modèle de hamac et, comme vous le savez, les évolutions brutales, ce n'est pas trop son truc !

Autour de moi, l'hilarité redouble.

Ma colère s'effrite comme une galette de riz trop sèche en même temps que ma faim se réveille. Vorace et avide, voilà ce que je deviens face à cette femme.

Moi qui revendique de la baise froide et contrôlée, je bouillonne d'un besoin incendiaire, impossible à maîtriser.

Et le problème, c'est que cette pulsion va au-delà de l'appel du sexe. Je me souviens d'un temps où, gamin, je me serai damné pour un peu de tendresse. J'ai vite compris que cette soif m'affaiblissait. J'ai donc barricadé ces exigences débiles jusqu'à pouvoir leur tordre le cou.

Le désert affectif dans lequel je navigue est peut-être une terre aride, mais il représente une assise stable pour un type comme moi. C'est cet équilibre qui me permet, d'ailleurs, de garder le contrôle sur la bête.

Arizona ne chamboule pas que ma libido, elle remet ce système fragile en question. C'est un problème que je peux nier autant que je le veux, ça n'empêche pas mes ressorts mentaux de se fracturer un peu plus à chaque fois qu'elle ouvre la bouche.

C'est une raison largement suffisante pour que je prenne mes jambes à mon cou et déguerpisse, comme je m'y suis employé hier soir.

Seulement, voilà, mon instinct de survie est concurrencé par ce putain d'appétit qui me laisse K.-O. : en dépit des risques, je crève d'envie de la posséder de toutes les façons possibles.

Posséder, c'est bien, mec, mais se décharger dans une petite chatte bien humide, c'est mieux !

Les deux reviennent au même : je creuserai ma tombe parce que je serai incapable de me contenter d'un coup en passant.

On parle bien de la nana que t'as pas réussi à baiser ? Celle qui t'a tellement retourné le cerveau que t'as pas pu te soulager avec une autre gonzesse quand t'as débarqué au Shark pour te calmer ? Si tu m'avais écouté, on surferait à l'heure actuelle sur une vague de sang au pays du nirvana…

Je jure mentalement. La bête me tape peut-être sur le système mais, par sa simple présence, elle me rappelle qu'elle a failli s'emparer des rênes pendant que j'essayais d'assouvir ma faim.

Ce qui serait le pire schéma qui soit, évidemment !

Alors, pleurer sur une panne de Popol ? J'ai beau tenir à ma virilité, je préfère endurer la frustration que de fournir la moindre chance au monstre de me transformer en Jack l'Éventreur.

Le hic, c'est que, si je boycotte la baise trop longtemps, mon désir de sang me submergera. La seule solution ? Faire en sorte de croiser Arizona le moins possible et l'oublier.

Les flammes de l'enfer s'éteindront d'elles-mêmes si je me maintiens loin de cette démone au sourire irrésistible.

Blablabla… Tu te répètes, mec ! La vérité, c'est que t'es incapable de rester à distance ! Elle t'a corrompu… Comme Stella avec Vic… Tu vas devenir son petit chien-chien !

Une réprimande qui a le mérite de m'éclaircir les idées. Je ne serai plus jamais à la solde d'une autre volonté que la mienne !

– C'est tout à votre honneur de vous investir autant dans votre mission d'infiltration au sein de Seconde Chance, ironise Henri, mais n'oubliez pas qu'Arizona va bientôt devoir rentrer à la maison.

Il l'a mauvaise d'avoir perdu l'un de ses meilleurs éléments, le pingouin ?

Je ricane tout en me recentrant sur l'enquête en cours. Arizona s'éloigne de mon horizon, réduisant les gloussements de la bête à de simples chuchotements.

La preuve que je suis encore capable de triompher des ombres.

Ouais, mais t'as pas pu t'empêcher de sortir ton couteau, mec !

– On peut revenir à Gorgeous ? lance Dax sans rien perdre des mouvements saccadés de ma lame.

– Comme je vous l'ai expliqué, il refuse de parler, mais nous avons découvert quelques informations intéressantes. Sven est un pédophile préférentiel, ce qui signifie que ses pulsions sexuelles le portent exclusivement vers les enfants. Même si tout prouve qu'il a eu le temps d'affiner ses techniques d'approche au fil du temps, il n'est impliqué dans des affaires de diffusion de clichés pornos que depuis une bonne quinzaine d'années.

– Donc, avant la création de la ferme de la Seconde Chance ? note Arizona.

– Exact. Gorgeous a commencé en collectionnant des photos et des vidéos. Son premier passage à l'acte avéré date de l'année de ses 20 ans. Il vivait encore chez ses parents et a été arrêté pour attouchements sur mineur. Il n'a pas été condamné, car son avocat a débouté la version du gosse, un voisin souffrant d'une légère déficience mentale. Après ça, il a été très prudent. Comme la plupart des prédateurs sexuels, il a été inculpé pour escroquerie et voies de fait. Néanmoins, il a été assez malin pour éviter les plaintes en rapport avec les enfants. En revanche, ses fichiers révèlent qu'il a continué d'archiver photos et vidéos, tout en s'impliquant plus activement dans les groupes dédiés à ce genre de saloperies. Il semble qu'il se soit mis à la production il y a une douzaine d'années.

– L'enfoiré a déniché le moyen idéal de satisfaire ses pulsions perverses tout en ramassant un paquet de fric, grondé-je.

– C'est ça, confirme Henri en me jaugeant de son regard froid de reptile. Gorgeous est doué. La plupart de ses victimes étaient des fugueurs ou des gamins en conflit avec leur famille. Des victimes faciles, donc. Du coup, il a pu œuvrer sans que personne s'alarme d'un changement de comportement des mômes.

– Quand est-il passé au niveau supérieur ? demande Dax.

– Nous n'en sommes pas certains, mais tout porte à croire que ça remonte à dix ans, après le décès de son père. Gorgeous a créé sa boutique de photographie à cette époque, a mis sa mère derrière le comptoir d'accueil et a développé son affaire sans faire aucune vague. Les criminels comme lui ont tendance à changer régulièrement de coin, histoire de ne pas attirer l'attention des parents, mais le nomadisme de Gorgeous s'est exprimé un peu différemment : il a sillonné la région pour immortaliser les gosses dans les écoles ou dans les fêtes d'anniversaire.

– Putain ! s'exclame Jarod. L'enfoiré a dû s'éclater.

– On a répertorié deux disparitions suspectes qui pourraient avoir un lien avec notre homme, déplore Henri, mais j'ai bien peur qu'on découvre bien pire. Nous avons contacté le NCMEC[12] pour identifier d'autres enfants qui apparaissent sur les photos et vidéos, et l'on recense déjà une quinzaine de concordances. On ignore si les gamins sont vivants, mais on ne désespère pas de pouvoir enfin apporter des réponses aux familles.

Un vœu que je comprends aisément. Dans ces affaires, l'absence d'informations mine les familles parce qu'alors elles imaginent le pire… encore et encore ! Quant à la réalité sordide des victimes, elle est innommable…

Statistiquement, les jolies fins lorgnent plus du côté du mythe que des certitudes. Quand le NCMEC appose la mention « retrouvé » sur l'un des portraits qui ornent ses murs, ça indique rarement « retrouvé vivant ».

– OK, et ses liens avec Seconde Chance ? insiste Arizona.

– Rien ! Nada ! Que dalle !

L'impeccable Spitz laisse filtrer une émotion équivoque, mais ce n'est pas de la colère. Ni même de l'agacement. En fait, il nous évalue avec une prudence qui réveille le fauve aux aguets en moi.

– Hormis notre découverte que Gorgeous possède des photos d'une gamine qui a transité par la ferme, rien ne le rattache concrètement à l'association. Quant au fait qu'il s'investisse dans le

12. National Center for Missing and Exploited Children. Association à but non lucratif, créée en 1984, en application de la « loi sur les enfants disparus ». Le centre fonctionne en coopération avec le Bureau de la justice des mineurs et de la prévention de la délinquance juvénile, qui dépend du ministère de la Justice.

commerce d'enfants adoptés, là aussi, rien n'indique que Seconde Chance soit impliquée.

Je ne connais pas assez ce Spitz pour conjecturer sur ce que son petit discours induit, mais le sifflement aigre d'Arizona m'avertit que ce n'est pas bon signe.

– Tu oublies l'association d'aide à l'enfance Hulga Faton, rectifie la jeune femme.

– Le lien n'est pas avéré. En définitive, on n'a rien dans ce dossier.

– C'est pour cette raison que vous avez fait appel à nous, intervient Dax, le visage dénué de toute expression.

Son apparente neutralité cache un questionnement intérieur que je devine, puisque je suis animé par la même émotion bouillonnante. J'ignore encore ce qui est en jeu à cette seconde, mais Spitz est à la manœuvre, un poil trop sûr de lui pour que je ne me hérisse pas.

Il acquiesce avec une certaine bonhomie, mais s'accorde une seconde de trop pour refouler le tic nerveux qui tord le coin de sa bouche.

Je ne suis pas le seul à passer en mode « fureteur », même si, comme mes potes, je ne bouge pas d'un cil.

– La ferme de la Seconde Chance est une institution qui bénéficie d'appuis puissants, et son travail a permis à de nombreuses femmes de se reconstruire. La mettre inutilement sur la sellette pourrait avoir des conséquences… dramatiques.

Bingo !

Je comparerais bien Spitz à un dégonflé de première si je ne suspectais une manœuvre plus stratégique.

– Vous nous suggérez d'arrêter notre enquête ? traduit Dax, peu enclin à tourner autour du pot.

– On lui a recommandé de ne pas fourrer son nez là où ce

n'était pas nécessaire, corrige Arizona. C'est déjà arrivé, mais je ne t'ai jamais vu céder devant ce genre de méthodes, Henri.

– J'ai les couilles sur le billot, déclare l'homme, pince-sans-rire. Le sénateur Shaw dispose de très nombreux amis et de soutiens sacrément puissants et remontés.

– Comment ont-ils compris qu'il y avait une relation entre Seconde Chance et notre enquête en cours ?

– Jones n'a pas su tenir sa langue.

– Le petit enfoiré ! siffle Arizona.

– Notre mission d'infiltration est donc compromise, grogne Dax.

– Non. Jones n'est pas allé jusqu'à révéler les détails. Heureusement pour lui, sinon il serait déjà mort ! Il a en revanche laissé échapper le nom de June MacGuire devant les mauvaises personnes.

– Et ça a suffi à rameuter les chiens ? relevé-je. Intéressant !

– Jones ne perd rien pour attendre, peste Arizona. Le meilleur moyen de planter cette affaire, c'est d'alerter Shaw et sa clique.

– Désolé de t'annoncer que tu ne pourras pas lui briser les genoux à ton retour. J'ai obtenu son affectation dans une unité à l'autre bout du pays. Il ne nous causera plus de soucis, j'y ai veillé.

– Les genoux ? C'est autre chose que j'aurais visé, oui !

Spitz sourit avec cette sorte de bienveillance qui exsude l'intimité, ou du moins la complicité. Pas de quoi fouetter un chat vu que les deux loustics bossent ensemble depuis plusieurs années, mais cette raison ne suffit pas à me faire apprécier l'idée.

Bordel de merde ! Je me fous assez de la gueule de Dax pour identifier les relents de possessivité et de jalousie dans mon comportement.

N'importe quoi ! Ces émotions me sont étrangères, putain ! J'ai déjà des difficultés à gérer l'intensité de mon désir pour Arizona, alors… ça ?

C'est un nouveau coup de canif dans mon impeccable maîtrise *(Impeccable ? T'es un rigolo, mec !)* et mon déni en ce qui concerne ma... possible vulnérabilité affective.

Y a pas moyen !

– Tu devrais rentrer, ajoute Henri, soudain plus sérieux, enterrant ma volonté de nier le fourbi dans ma tête. Maintenant.

Je me statufie. Littéralement.

– Ferme la bouche, me nargue discrètement Dax.

– C'est prématuré, énonce Arizona d'un air tranquille. (Une réponse qui n'a absolument rien à voir avec le fait que mes poumons se gonflent de soulagement.) Si notre enquête sur Faye Riverdale permet de confirmer que Seconde Chance utilise un paravent pour les adoptions, on aura les preuves qui nous manquent. Nous avons été contactés ce matin pour rencontrer des gosses.

– C'est rapide comme approche, riposte Spitz sèchement.

– Pas tant que ça, s'invite Sam d'un ton beaucoup trop poli. Si l'on part du principe que votre suspect travaillait bien avec ou pour eux, son arrestation a forcément eu des conséquences sur leurs rentrées d'argent immédiates. Ils vont avoir besoin de compenser par un autre biais.

– Vous avez des infos complémentaires sur les couples répertoriés par Gorgeous et qui ont eu des refus d'agrément ? interrogé-je, conscient que Spitz s'est manifestement contracté.

– Putain ! Le nom de l'association Hulga Faton est ressorti dans votre enquête, n'est-ce pas ? suspecte Arizona, exsangue.

L'hésitation d'Henri est à peine perceptible, mais elle n'échappe à personne. Et surtout pas à Arizona.

– Henri ?

– Oui.

Dax se redresse légèrement, le regard mortellement glacial.

– Et si vous nous faisiez un topo global, exige-t-il, agacé. Parce que, là, j'ai un peu le sentiment que vous lâchez vos infos au compte-gouttes, et seulement celles que vous avez soigneusement sélectionnées.

– Je ne pense pas que ça changera quoi que ce soit, ironise Henri, pas gêné le moins du monde par cette apostrophe abrupte. Arizona n'appartient pas à votre équipe, et je refuse qu'elle subisse le contrecoup d'un fiasco annoncé. Malgré la bévue de Jones, Shaw ignore que nous sommes sur son dos, et je pressens que nous aurons du mal à dénicher des preuves qui le relient à Gorgeous, même avec la piste Hulga Faton.

– Qu'est-ce que l'exploitation de la liste a donné ? insiste Arizona d'un ton vibrant de colère.

Spitz s'en agace d'un froncement de sourcils, mais ne semble pas vraiment affecté, comme s'il avait anticipé des difficultés à venir.

Je le plains... vraiment ! Parce que je doute qu'Arizona lui pardonne aussi facilement. S'il y a bien une chose que j'ai apprise avec elle, c'est qu'elle est entière, directe et loyale. Le genre à vomir les manœuvres de son chef d'équipe...

– Six familles étaient sur le point d'adopter, finit par capituler l'imbécile, mais depuis l'arrestation de Gorgeous, elles n'ont plus de nouvelles. En plus de ces couples, nous en avons formellement identifié une vingtaine. Ceux-là sont devenus parents au cours des derniers mois alors qu'ils ne possédaient pas d'agrément. Cependant, après vérification, il s'avère que les adoptions ont été approuvées par un juge de la cour de San Rafael et que le transfert des droits parentaux est en règle.

– L'association Hulga Faton a mené les transactions, n'est-ce pas ? souligne Arizona d'une voix aux accents métalliques.

Henri acquiesce, le regard vaguement trouble lorsqu'il se pose sur sa subordonnée. Ouais, il réalise un peu tard que ses conneries ont foudroyé Arizona. La déception se lit sur son visage, mais pas que. Elle avait confiance en ce type, au-delà de leur relation de travail, et la chute n'en est que plus douloureuse.

Je me moque des éventuels remords de ce salopard. En revanche, je n'aime pas voir ma Schtroumpfette dans cet état de vulnérabilité.

Tu creuses ta tombe, mec !

À la seconde, même si ça fait de moi le dernier des abrutis, je m'en contrefiche. Mon envie de protéger Arizona enterre tout le reste.

Et moi avec…

– Ça n'a titillé personne au tribunal qu'il n'y ait pas d'agrément ? noté-je, sarcastique, afin de détourner l'attention générale.

– Chaque dossier en possède un faux, évidemment, complète Spitz après un léger sursaut. Mais les documents archivés aux greffes sont des contrefaçons d'excellente qualité.

– Il en dit quoi, le juge ? questionne Dax.

– Rien. À ce stade, nous n'avons interrogé personne.

– Hormis les familles contactées, mentionne Jarod.

Arizona a recouvré la maîtrise de ses émotions, même si je perçois toujours la véhémence de sa colère.

De quoi me désarçonner un peu plus. Je suis un putain d'égoïste, incapable de me soucier d'autrui. La preuve, j'ai ignoré un temps le désarroi de mon propre frère.

Je cohabite parfaitement bien avec cette absence d'empathie ou de considération envers ceux qui n'appartiennent pas au cercle très restreint de mes potes.

D'ailleurs, même avec ces derniers, je ne divulgue qu'une infime part de ce qui m'anime viscéralement. En fait, peu voient au-delà de ma folie. Je demeure un putain d'étranger pour la plupart des Styx Lions, un gars sur qui l'on sait pouvoir compter sans toutefois négliger la méfiance qu'il suscite.

Arizona bouscule cet ordre établi, et je dois produire des efforts de plus en plus substantiels pour m'en dépêtrer. Comme si elle s'imposait progressivement, en dépit de tout ce qui nous éloigne. De tout bon sens.

La valse de ma lame s'accélère.

– Nous nous sommes fait passer pour les services sociaux, explique Spitz, arguant d'une mise à jour des dossiers de demandes d'agrément. Aucun des couples contactés n'a hésité à nous répondre. Pour eux, les procédures en cours sont tout ce qu'il y a de plus légal. Nous avons cessé d'appeler lorsque la bévue de Jones est revenue à nos oreilles, précaution nécessaire pour ne pas alerter Shaw et compagnie.

– Vous ne militez pas pour qu'on arrête l'enquête, sanctionne Dax d'un ton faussement doucereux. Vous envisagez plutôt les choses de façon à ne pas mouiller votre équipe.

– Vous êtes toujours aussi direct ? Vos gars et vous avez l'habitude de gérer des situations explosives et leurs retombées… Bah ! Autant être clair, vous êtes en marge du système. Si vous vous plantez, personne ne s'en étonnera et personne ne vous tapera sur les doigts.

Spitz se trompe, mais aucun de nous ne dément. Depuis que le gang a pris de l'ampleur, nous sommes conscients que le jour où nos mandataires souhaiteront nous expédier notre lettre de renvoi, cette dernière nous sera remise par un contingent des forces spéciales armées jusqu'aux dents.

– Vous avez fait vos devoirs, ricané-je, cédant à mon impulsion de provoquer ce petit merdeux.

Spitz frémit de façon imperceptible lorsque ma lame effleure mes lèvres et se faufile jusqu'à mes dents pour un curetage en règle.

– Je me suis renseigné, oui, confirme-t-il. J'aime savoir avec qui je collabore. Et ça n'a pas été une mince affaire ! Votre existence est à peine une vague rumeur que la plupart assimilent à une légende urbaine. En même temps, qui croirait le gouvernement assez couillu pour créer une unité comme la vôtre ? Mais j'imagine qu'au lendemain des attentats du 11 septembre, ce genre de pari semblait cohérent avec la nécessité de traquer les terroristes et les trafiquants d'armes.

Ce salopard a visé juste. Nos premières enquêtes nous ont menés sur la trace de criminels qui n'hésitaient pas à refourguer de l'artillerie lourde à toute sorte de clients, terroristes compris. Notre périmètre d'action s'est, depuis, élargi, mais les gros revendeurs restent notre cible privilégiée.

– Et ? insiste Dax avec un calme assassin.

– J'espère que Shaw finira derrière les barreaux s'il a quoi que ce soit à voir avec ce merdier, mais cette affaire est trop risquée pour que j'autorise Arizona à continuer de bosser avec vous. Si vous vous plantez, vous retomberez sur vos pattes. Pas elle ! Nos supérieurs apprécient qu'on gonfle les chiffres des enquêtes résolues, et c'est encore mieux quand on ramène un gosse chez lui sous l'œil des caméras. Mais Seconde Chance pourrait bien s'avérer être le scandale de l'année.

Spitz termine sa phrase en croisant les bras, posture fermée qui indique, autant que ses mots, à quel point il est déterminé.

– Putain ! Tu es vraiment sérieux ? s'énerve Arizona, la mâchoire contractée.

– Oui, je n'ai jamais été aussi sérieux. Je n'aime pas l'idée de laisser cette piste en plan, mais notre objectif, c'était d'arrêter @petitesirène99, et nous y sommes parvenus. Sa liste de clients va nous occuper pendant quelques semaines et j'ai besoin de toi pour ce boulot. Alors, je suis OK pour refourguer tous les éléments nécessaires à Dax pour la suite des opérations, mais je ne te sacrifierai pas, Arizona. Or, mon instinct me crie que c'est ce qui va se produire si tu traînes à San Francisco.

Arizona succombe à un mutisme qui me ravage les tripes. Moi aussi, j'ai un jour goûté au poison de la trahison et de la confusion.

Des sentiments qui vous écartèlent littéralement lorsque ces maux sont causés par des personnes de confiance.

– Il me reste des congés, non ? réagit-elle enfin, le visage crispé de détermination.

– Arizona…

– Écoute, Henri, j'ai intégré tes inquiétudes, mais ce sont les tiennes. Pas les miennes. Et, pour être tout à fait sincère, je n'aime pas l'idée qu'une pression, d'où qu'elle vienne, influe sur la suite d'une enquête. Je suis d'ailleurs carrément sidérée que tu le permettes et que tu aies songé à nous cacher des éléments pour nous en convaincre. Alors, clairement, je n'abandonnerai pas, et ce n'est pas qu'une question de principe. Même si nous n'extirpons qu'un seul gamin de ce bourbier infâme, ce sera une sacrée victoire.

– On ne renonce pas, déclare Henri en appuyant sur chaque syllabe, mais j'estime que l'équipe de Dax est la mieux placée pour gérer. L'idée est simplement de les laisser livrer cette bataille.

– Sans moi !

– Sans toi ! Et ce n'est pas une suggestion, Arizona. C'est un ordre !

Oh ! Oh ! Henri ne connaît pas les règles de base…

On n'expose pas un gremlins à une lumière vive ou à celle du soleil. On ne le mouille pas non plus. Et, surtout, pas de nourriture après minuit.

Je croise les bras sur ma poitrine, un rictus goguenard sur les lèvres en attendant le déferlement inévitable.

– Waouh ! Tu as suivi des cours de management avec Sheriff Joe[13] ? Et tu comptes me virer si je ne t'obéis pas ?

---

13. Joe Arpaio, réputé comme étant le shérif le plus dur des États-Unis.

– Arizona…

– Va te faire foutre, Henri.

Gizmo ne cherche pas à en entendre davantage : elle déguerpit en pestant entre ses dents.

Spitz, lui, vient de se dégoter de nouveaux copains. Arizona est peut-être récemment arrivée parmi nous, mais elle a réussi à se faire apprécier.

– Je m'en occupe, annoncé-je en me levant à mon tour.

– Il ne bouge pas, celui-là ! s'étrangle le pingouin derrière son écran. Arizona doit rentrer à…

– Ta gueule, connard !

Je m'élance à la suite d'Arizona, indifférent aux ricanements de mes potes. Là, tout de suite, ce n'est pas ce qui m'importe.

Pas plus que le silence réprobateur de la bête.

Je pénètre dans la cuisine du Rush, l'esprit embrouillé par tout un tas de pensées à la con. La première : qu'est-ce que je fous à courir après cette nana ?

Comme si j'en avais pas la moindre idée…

Arizona s'est réfugiée dans la salle principale, laquelle est étrangement vide. Le Rush n'ouvre ses portes que dans une heure, et les gars chargés du service n'ont pas encore débarqué pour achever la mise en place. Les chaises sont toujours montées sur les tables et le bar est nickel propre.

Quant au silence, il est assourdissant. Je préfère le brouhaha qui règne le soir, l'odeur de la bière qui coule à flots et celle de la viande grillée le midi.

Arizona est accoudée au zinc, le regard perdu dans le vide. Elle a beau être femme jusqu'au bout des ongles (et, chez elle, ce n'est pas une question d'artifices, mais d'aura qui allie féminité et félinité), je détecte sur son visage cette fragilité qui la fait paraître plus jeune.

Presque douloureusement vulnérable.

Pas étonnant qu'elle serve d'appât aux prédateurs sexuels qu'elle chasse…

Ouais, ben y a pas que ces connards qu'elle prend dans ses filets ! T'es une chochotte ou un homme, putain ?

La voix de mon père s'immisce insidieusement dans les accents rauques de la bête. Un ressort que je limoge d'une simple pichenette mentale. Ce fantôme-là est… gérable.

– Ton boss n'a pas forcément tort, tu sais, la nargué-je sciemment.

L'œil ardoise me jauge sans que je sois capable, cette fois, de déterminer l'humeur d'Arizona. J'aurais parié sur « blessée » et « déstabilisée », mais je me heurte à de l'acier trempé.

– Bien essayé, me renvoie-t-elle, mais c'est mon truc à moi, la provocation. Mais merci de t'inquiéter.

– Je ne me tracasse pas pour toi. Je me suis juste dit que t'aurais besoin qu'on te ramène sur le territoire et qu'on t'aide à emballer tes affaires.

– Tate… Tu es vraiment très mignon, mais je ne vais pas tomber dans le panneau. Et je n'ai pas l'intention de partir.

– Tu devrais, pourtant.

– Oui, il y a plein de choses que je devrais faire, mais tu vois, la vie serait moins drôle si on se limitait toujours à ce qui est prudent. Tiens, par exemple, je sais que tu n'as aucune envie de reparler de la soirée d'hier et…

Je feule pour l'interrompre. Hors de question qu'on s'engage sur ce terrain miné !

Tu as voulu la suivre, hein ! Assume ta connerie maintenant !

– Le sujet est clos, Arizona ! indiqué-je en mode sinistre.

– Écoute, ton truc, là, d'aboyer et de grogner, c'est super efficace avec la plupart des gens, mais j'avoue que je suis moins réceptive. Alors, ce serait bien qu'on opte pour un autre mode de communication, toi et moi. Non que ce ne soit pas amusant, mais tu râles, puis je te chambre, et l'on finit par s'embrasser à perdre haleine. Pour une fois, on peut sauter les premières étapes pour s'adonner directement à la formule « câlin » ? Parce que je ne serais pas contre le principe.

Le pire ? Je suis tenté. Diablement tenté.

Raison pour laquelle je voudrais secouer Arizona. Et lui rappeler comment s'est terminé notre dernier petit face-à-face. Elle a peut-être effacé les traces sur son cou, mais je les visualise mentalement avec bien trop de clarté…

Donc, tenté ou pas, chambardé ou non, je n'ai pas le droit de succomber à cette faiblesse.

Pourtant, lorsque j'ouvre la bouche, c'est une réaction qui ne m'est pas familière dans ce genre de circonstances qui s'empare de moi. Mon torse se soulève d'un coup et j'explose de rire.

Incapable de contrôler mon hilarité, je me plie en deux, les yeux débordant de larmes.

– Eh bien ! Je constate que tout va bien, ici, nous alpague Dax, suivi par le reste du groupe.

La tête de mes potes, entre confusion et stupéfaction, alimente un peu plus mon fou rire, au point que je suis obligé de m'appuyer contre le bar pour maintenir mon équilibre.

Putain ! C'est libérateur !

– Arizona, Henri souhaite que tu le rappelles.

– Je m'en doute, mais ça ne changera pas ma décision, lâche Arizona. Je reste ! Gorgeous, Hulga Faton ou Seconde Chance, peu importe lequel est le plus pourri, il faut les arrêter !

La tirade amuse Dax, mais je le connais assez pour percevoir l'éclat d'admiration au fond de son regard. Arizona continue de marquer des points.

– OK. Je vais voir avec Ted pour qu'il t'affecte officiellement à notre équipe. Même si c'est temporaire, ça évitera que tu aies des ennuis derrière.

Des ennuis ? Le mot suffit à me doucher. Le corps encore frémissant, je me redresse, lucide sur le fait que la décision entérinée par Dax va m'en attirer à la pelle, des emmerdes !

Et le sourire insistant d'Arizona proclame qu'elle en a parfaitement conscience.

C'est la sonnerie de mon portable qui me sauve, m'offrant une échappatoire bienvenue.

Le SMS de Vic est aussi bref que les précédents, mais il signe la victoire de ma diabolique petite partenaire. J'espère juste, et du fond du cœur, que cette fois il n'annulera pas !

T'as pas encore compris qu'il valait mieux que tu te tiennes à distance ?

Je bâillonne la bête, parce que, putain non, jamais je n'abandonnerai mon frangin ! Et si, pour atteindre mon but, je dois vendre mon âme au diable (ou à Arizona), eh bien, je le ferai sans sourciller.

20

Arizona

Suivre un chemin plus qu'un autre engendre parfois un paquet de doutes qui vous effraient et vous empêchent d'avancer en toute sérénité. La nature humaine est ainsi faite qu'elle extrapole ce qui aurait pu être, s'enlisant dans des regrets dénués d'intérêt.

Hier n'est plus, et s'en lamenter gangrène le présent.

Moi, je suis plutôt du genre à contempler mon environnement pour en profiter au maximum.

Pourtant, si j'avais appartenu à la catégorie des nostalgiques qui estiment que tout était mieux avant (amen !), un simple coup d'œil aux clichés brandis par Faye Riverdale m'aurait remise sur les clous.

Henri peut bien se brosser, je ne rentrerai pas avant d'avoir la certitude que les gamins sur les photographies ne sont pas exploités de la pire des façons et vendus au plus offrant.

– Maya a 4 ans, m'explique Faye, un sourire attendri sur les lèvres. C'est une chouette fillette. Elle a été prise en charge par l'association il y a cinq mois. Maya a été adoptée une première fois à l'âge de deux ans par un couple qui n'avait pas vraiment envisagé l'enfant comme une personne à part entière. Maya n'est pas parvenue à s'intégrer dans un environnement que je qualifierai de trop contraignant, ce qui a généré des colères impressionnantes. Ses parents ont préféré mettre fin à cette expérience, notamment parce qu'ils ne réussissaient pas à calmer la petite et qu'elle était donc, selon eux, déficiente.

Expérience…

Déficience…

Voilà des termes qui cadrent mal comme synonymes de « famille » et d'« amour filial ». Pourtant, c'est bien ainsi que certains envisagent les choses.

– Comment a-t-elle vécu tout ça ? demandé-je, une boule dans la gorge.

– Maya n'a pas compris ce qui lui arrivait. Elle s'est murée dans le silence pendant plusieurs semaines, mais elle va mieux. Le seul point qui pourrait vous alarmer, c'est qu'elle souffre d'énurésie. Son psychologue pense qu'une fois dans un environnement stable, les pipis au lit devraient cesser, ou du moins s'espacer. Néanmoins, je tiens à vous préciser que ce problème existait déjà avant son abandon. Les Killing ont mentionné ce point comme rédhibitoire lorsqu'ils l'ont confiée à l'association.

Mes poumons se vident complètement et peinent à absorber la quantité d'oxygène vitale à leur bon fonctionnement, comme s'ils souffraient autant que mon cœur. Je ne suis pas vindicative de nature, mais j'enfermerais bien ces ersatz de parents dans une pièce remplie de fourmis rouges. Voire, j'ajouterais quelques porcs-épics en mode furax.

– C'est à peu près la même histoire pour Juan. Ses tuteurs l'ont qualifié de colérique, incontrôlable et méchant. En travaillant avec lui, nos médecins ont découvert que le fils aîné de la famille le persécutait et l'obligeait à boire de l'alcool.

– Quel âge a-t-il ? s'immisce Tate d'une voix plus rauque qu'à l'ordinaire.

– Six ans. Lui a été adopté alors qu'il n'avait que quelques mois. Les parents avaient un premier enfant biologique, mais ne pouvaient plus concevoir. Ils ont accueilli deux autres bébés après Juan, des enfants qu'ils ont gardés avec eux, ce qui a renforcé le sentiment de rejet de Juan et a complètement sapé sa confiance en lui.

Tate jure copieusement.

Faye replace les photos dans son dossier et croise les mains sur la table en position d'attente.

Appâter, puis laisser mûrir les choses. La technique est rodée, mais je dois lui reconnaître une qualité : elle n'a pas édulcoré la réalité. Les petits qu'elle propose ont enduré plus que leur compte. La question est de savoir s'ils sont encore capables de résilience. Je l'espère du fond du cœur pour eux.

La gorge nouée, je me renfonce dans mon fauteuil et balaie le restaurant du regard, dérivatif nécessaire à ce stade pour que je recouvre mon sang-froid.

Comme pour chacun de nos rendez-vous, Faye a choisi un lieu peu fréquenté. Le coup de feu du déjeuner est terminé depuis un moment et le nombre de tables occupées avoisine le néant. J'aperçois un couple derrière une encombrante plante verte, un vieux monsieur qui lit son journal tout en mangeant des pilons de poulet et, enfin, un homme installé près du comptoir laqué de noir.

Je m'attarde sur ce dernier, peut-être parce que son regard charrie une vigilance tranchante. Une impression qui disparaît dès que l'inconnu réalise que je l'ai remarqué. Il quitte le restaurant dans la foulée, me laissant dans une expectative confuse.

– Voilà, au vu de votre profil et si vous êtes d'accord, nous pourrions organiser une rencontre avec ces enfants, finit-elle par annoncer en m'extirpant de mes pensées.

– Les deux ? relève Tate.

Comme toujours, le regard de l'assistante se fixe sur moi tandis qu'elle acquiesce de la tête.

– Pendant votre parcours pour devenir parents, vous avez traversé des épreuves difficiles et vous avez mentionné à plusieurs reprises le désir de fonder une famille nombreuse. Je suis persuadée que Juan et Maya sont faits pour vous. Pour être tout à fait sincère, je ne propose pas de placement sans être convaincue d'avoir trouvé les parents parfaits pour nos enfants, et vice versa. Les entrevues en tête à tête vous permettront de vérifier si ce projet vous semble viable ou pas. Mais, franchement, je n'ai aucun doute !

Elle est douée, vraiment douée ! Compassion, écoute et bienveillance... Le cocktail est savamment dosé, idéalement réglé et sublimement efficace.

– Quand ?

– La rencontre ? C'est possible demain après-midi...

Faye rouvre son dossier, repose négligemment les deux clichés sous notre nez – bien en évidence, donc –, puis parcourt ce que je suppose être notre formulaire d'inscription. Ses ongles serpentent sur la feuille, comme si elle cochait des cases mentales.

– Oh ! Quelle tête de linotte je fais ! Il reste la question de l'acompte à régler. N'y voyez aucune pression, mais la politique de l'AAEHF est stricte sur le sujet. Comme je vous l'ai expliqué, l'association ne s'investit qu'avec des familles vraiment motivées, et le financement, malheureusement, est l'un des facteurs qui leur permettent de procéder à un tri inévitable.

– Ouais, ouais, on avait bien compris, la rassure Tate en extrayant de sa poche une enveloppe épaisse. On peut avoir un reçu ?

– Bien sûr. Alors, pour demain, on pourrait se donner rendez-vous ici. Nous utiliserons un véhicule de l'organisation pour aller au centre d'hébergement. J'espère que ça ne vous dérange pas, mais l'AAEHF a adopté un processus spécifique pour les visites et…

Une heure plus tard, nous rejoignons le Rush, une liste de recommandations longue comme le bras en tête. Les précautions qui seront mises en œuvre sont hallucinantes : voiture sécurisée et omerta totale sur notre destination.

– Ça te rend nerveux, pas vrai ?

– Pourquoi je le serais ? Il paraît que j'ai une prof qui me tirera les oreilles à la moindre connerie !

Je fronce des sourcils tandis que Tate me guide vers la table réservée aux Styx Lions. À cette heure, le bar n'est pas bondé, mais pas loin. J'apprécie, pour le coup, que l'on ne s'incruste pas au milieu des clients.

Le box au fond de la salle trône à l'écart des autres, et deux types gigantesques se postent à proximité pour préserver notre intimité tandis qu'un troisième nous apporte des bières bien fraîches et une assiette de côtelettes grillées.

– Tu parles de ton frère ? lancé-je une fois le serveur parti.

– Pas toi ? rétorque Tate, la bouche pleine.

– Peu importe ! Je voudrais que tu m'en dises un peu plus sur Vic.

– Pourquoi ? On a déjà fait le tour de la question, non ?

– Tu m'as surtout dépeint sa relation avec Stella. Vic n'est pas simplement épris d'elle, il est complètement soumis. Généralement, dans ce type de schéma, le dominé souffre d'un manque de confiance tel qu'il induit souvent des violences subies dans l'enfance. Tu as sous-entendu que c'était le cas, alors j'aimerais des précisions pour mieux cerner la situation. C'est important !

Tate repose sa côtelette avec tellement de virulence que le plat tressaute sur la table. Asticoter la corde sensible, et le loup sort du bois…

– En quoi, putain ?

– Ton frère est à fleur de peau. Sur ses gardes. Vulnérable. Sans les bonnes clés, on risque de commettre des impairs irrécupérables.

Tate jure entre ses dents avant de descendre sa bière. Son regard évite le mien tandis qu'il commande une autre bouteille.

Étonnant comme l'expression « être à cran » prend tout son sens avec un type comme lui.

– Tate ?

– Tu m'emmerdes, Arizona !

– Je t'ai prévenu, lui rappelé-je sans me formaliser de sa hargne. Tu dois m'accorder ta confiance sur ce coup. Je suis toute disposée à t'aider, mais sans les bonnes informations, je risque de tout gâcher.

– Tu t'es parfaitement débrouillée jusqu'à présent.

– Je n'ai discuté que quelques minutes avec ton frère, soupiré-je. Stella est loin d'être une idiote, et j'ai besoin de comprendre pourquoi elle parvient aussi aisément à le manipuler. Pourquoi il te fuit avec un tel acharnement.

– La réponse est facile : parce qu'elle l'a monté contre moi !

Contrarier Tate n'est pas forcément une bonne idée, vu ce que je cherche à obtenir de lui, mais je ne peux pas bazarder mes intuitions parce qu'il préfère demeurer aveugle et sourd.

– Pourquoi tu te sens aussi coupable, alors ?

– Bordel de merde !

– Allez, sors ton couteau et mets-toi à table !

Tate cligne des yeux, pantois. Je doute qu'une seule nana l'ait jamais encouragé à recourir à sa lame, ou même ait jamais compris ce besoin compulsif.

La violence ne m'a à aucun moment rebutée dans le sens où elle est parfois nécessaire. Et, finalement, elle m'apparaît moins corrosive et destructrice que l'hypocrisie – sauf lorsqu'elle la sert, évidemment...

Chez Tate, le parfum de danger se mêle à celui d'une liberté sauvage et d'un non-conformisme revendiqué. De quoi me rendre accro, en plus de répondre à mes fantasmes les plus inavouables.

– Dax va me massacrer si je sors ma lame ici.

– On peut discuter en bas.

– Non !

Le cri du cœur jaillit tel un appel au secours. Pas moyen de le négliger. Si j'opte souvent pour de la psychologie d'exposition avec Tate, je sais quels risques j'encours si je franchis les limites.

– OK, attends une minute, tu veux ?

Je me faufile jusqu'à la cuisine. Lors de ma première visite, Lou m'a ouvert toutes les portes, et j'espère bien dénicher ce dont j'ai besoin dans le débarras. La pièce est assez grande pour qu'on y entrepose des meubles et de vieux cartons.

Je dédaigne les caisses remplies de guirlandes de Noël et m'arrête devant une batte de baseball. Idéale, si elle n'était pas une arme en puissance. Trop risqué, donc !

Je poursuis mon exploration, agacée de ne pas trouver mon bonheur. Finalement, c'est au milieu des décorations que je triomphe !

– Qu'est-ce que tu veux que je branle avec le pied du sapin de Noël ? me tance Tate après mon retour à notre table.

– C'est une bûche… enfin, une demi-bûche. Personne ne bondira si tu la sculptes pendant qu'on débat de l'utilité de mes… méthodes.

J'adore déstabiliser Tate, vraiment. Non seulement ça balaie sa colère, mais son visage se transforme, le renvoyant à une sorte d'innocence enfantine. Comme s'il n'avait jamais eu l'occasion d'expérimenter ce genre d'attitude.

– Maintenant, raconte ! ordonné-je sans me départir de mon sourire version « poupée irrésistible ».

– Prends sur toi, mec, s'admoneste Tate. Prends sur toi…

Conscient ou pas de ses gestes, il entame l'écorce du morceau de bois, nettoyant la surface en quelques coups de couteau adroits.

– Mon père était un connard, voilà !

Un rire s'échappe de mes lèvres.

– OK… Et, histoire d'être bien clairs, on parle de quel genre de connard ?

Le soupir de Tate émerge des profondeurs de sa cage thoracique. Au-delà de l'agacement, il transpire de non-dits et de souffrance. À tel point que mes poils se hérissent sur mes bras.

– Il a traité Vic comme un animal. Il l'enfermait dans une cage et ne le sortait que pour lui enseigner… sa conception de la virilité.

– C'est-à-dire ?

– Mon père était un ancien légionnaire. Il a servi jusqu'à ce qu'une bombe lui pète à la gueule. Il est rentré avec des séquelles morales plus que physiques, mais surtout incapable d'accepter ce qu'il considérait comme une mutilation de son statut de mâle.

– Il est revenu impuissant ?

– La mécanique fonctionnait, mais mal. Il a épousé la plus jolie fille du coin, histoire de se la raconter. Une erreur monumentale, puisque ma mère était aussi belle qu'instable. À chaque fois qu'elle croisait le chemin d'un mec avec du matériel opérationnel, elle prenait la poudre d'escampette. Va savoir pourquoi, elle revenait toujours, cette garce ! En dépit de sa… défaillance, mon père a réussi à lui faire deux gosses, qu'elle abandonnait quand elle se barrait.

– Elle ne s'est jamais opposée à lui ?

Le silence de Tate m'alerte parce qu'il exsude une colère noire. Le martèlement de la lame s'intensifie, jusqu'à dessiner de larges traînées dans le bois.

Le projet sculpture vient d'imploser pour se transformer en

atelier « fabrication d'allumettes ».

Je ne suis pas certaine d'opter pour la bonne solution, mais je tends la main pour caresser le poignet massif. Celui-ci se contracte sous mes doigts.

Tate relève néanmoins la tête, avant de se soustraire à mon contact, comme si ce dernier saturait ses sens.

– Non, elle s'en moquait royalement. Elle assistait aux punitions parfois. Ça la foutait en rogne quand on salissait son carrelage.

Le rire sardonique me glace le sang.

– Mon père estimait qu'un homme devait être capable d'encaisser sans jamais se plaindre. Il était assez imaginatif, je dois bien lui reconnaître ça. Il battait Vic, mais c'était le châtiment le moins vachard qu'il avait en réserve. Et comme lui était un putain de mâle au courage exemplaire, il attachait mon frangin pour l'empêcher de se débattre ou de se tailler.

– C'est ce que tu as fait, toi ? Te tailler ?

Tate cille, peinant à émerger de ses souvenirs, puis acquiesce.

– Je me suis barré quand j'avais 15 ans. C'est certainement pour éviter que ça se reproduise qu'il emprisonnait Vic.

– Ça lui conférait surtout un total pouvoir sur lui. Il… il t'enfermait, toi aussi ?

Je ne m'attends pas à ce que Tate me réponde. Même si ses révélations le concernent au premier chef, notre discussion reste focalisée sur Vic. Là, je franchis une limite peut-être invisible, mais bien réelle.

– Non, finit-il pourtant par énoncer. Ce salopard a monté le niveau avec l'expérience acquise avec moi. Il se contentait de m'attacher le temps de mes punitions.

Mensonges…

– Il était complètement siphonné. Ravagé par la connerie, l'alcool et un putain de sentiment de puissance. Tu veux savoir à quel point il était barjot ? Ce moins que rien est allé jusqu'à afficher des photos de moi dans le cellier. Il répétait à Vic qu'il serait jamais aussi fort que moi. Qu'il n'y avait qu'une lopette pour échouer à chaque test qu'il lui imposait. Que, s'il parvenait à se barrer comme moi, il serait peut-être un homme.

Une technique perverse, mais pas que… Elle a établi d'emblée un mode de reconnaissance entre les deux frères : l'un brillant, l'autre en dessous de tout.

– Comment ça s'est arrêté ? demandé-je.

– Un banal accident de voiture, siffle Tate. Mon père et ma mère ont été tués sur le coup, et ce sont les flics qui ont découvert Vic. C'était un animal terrorisé, complètement replié sur lui-même, et si maigre qu'on voyait ses os sous sa peau.

– Tu l'as pris en charge ?

– Non. Je ne m'en sentais pas capable. Je bossais pour la police de New York à l'époque et, comment dire… j'étais pas un modèle de vertu.

– Ça n'a pas changé.

Ma boutade relève les commissures de la bouche de Tate, mais pas assez pour m'offrir un vrai sourire.

– Vic a été placé dans une famille d'accueil, et je lui rendais visite tous les week-ends. Jusqu'à ce que je réalise qu'on l'enfermait à la cave quand il avait ses crises. Ces connards ont argué que c'était là que Vic hurlait le moins…

– J'imagine qu'il y retrouvait la sécurité du cellier. C'était son seul repère.

– C'est ce qu'a baragouiné son psy. Putain ! Comme si ça pouvait me suffire ! J'ai obtenu la garde de mon frangin et je suis resté à ses côtés jusqu'à ce qu'il puisse aller dehors. On en a bavé. À chaque fois que je croyais qu'il allait mieux, il rechutait et…

Cette fois-ci, Tate ne se dérobe pas à mon contact. Au contraire, il se cramponne à ma main avec un désespoir qui me fusille. Est-ce que cet homme a seulement jamais joui de réconfort physique dans sa vie ?

– Tu as été là pour l'aider à se reconstruire.

– Putain, non ! ricane Tate en me libérant pour se concentrer de nouveau sur la valse destructrice de son couteau. Vic allait mieux, mais moi… j'avais envie de le secouer. De lui coller une baffe à chaque fois qu'il hésitait sur le seuil de la maison. Je hais mon père, mais je suis comme lui. Bouffi d'un besoin incontrôlable de faire le mal… Ça te débecte, hein, Schtroumpfette ?

La provocation est facile, le désespoir, patent.

– Tu l'as frappé ? éludé-je en veillant à rester le plus impassible possible.

– Non. Je l'ai fourré en pension pour l'éloigner. Il m'a supplié de le garder, il m'a promis de s'améliorer et d'être un homme, un vrai, et tout ce que j'ai trouvé à lui répondre, c'est que je pouvais pas m'encombrer d'un gosse pleurnichard. Je me suis comporté comme un enfoiré de première, pas meilleur que notre foutu paternel à la con !

Ouais, bon, pas malin, en effet !

Cependant, à cette seconde, ce n'est pas Vic qui est au centre de mes inquiétudes, mais un mastodonte de pierre au cœur blessé.

– Tes pulsions ne sont pas un secret honteux, Tate. Tu as été maltraité, il n'est pas anormal que tu aies cette violence en toi. Par contre, je te signale que tu n'en as pas fait usage contre ton frère.

– Pas avec Vic, non ! Mais qu'est-ce que j'ai pu dérouiller comme mecs ! Putain ! Devenir un Styx Lion m'a sauvé les miches parce que, d'une façon ou d'une autre, j'aurais tué. Tu veux savoir combien de types j'ai butés, Schtroumpfette ?

Tate brave mon regard, déterminé, une fois de plus, à m'effrayer.

Un échec cuisant !

– Tu as reparlé de ça avec Vic ? Tu lui as expliqué tes choix et les raisons qui t'ont poussé à l'éloigner de toi ?

– Pourquoi ? aboie-t-il, agacé par mon esquive. Ses cauchemars sont déjà bien assez dégueulasses sans que je rajoute les miens !

– Il se pourrait que Vic voie en toi le gars qui a réussi à survivre…

– On est pas dans *Harry Potter*, là, bordel de merde ! Je me suis juste tiré et…

– … et ton frère, non. Ton père lui serinait que, toi, tu étais un homme, un vrai, et quand il a enfin été libéré, il a pu se reposer sur toi. Tu es son aîné. Il est possible qu'il estime ne pas mériter ta considération. Qu'il pense devoir la gagner et que la meilleure façon, c'est de se construire une vie où il pourra afficher sa force.

– En se mettant à la botte d'une salope ?

– Il survit sans toi, dans un monde impitoyable. Sa vision n'est pas la tienne. Lui, il te montre qu'il est capable de te tenir tête, et donc qu'il n'est pas faible.

– Putain ! C'est du délire.

Tate s'est ouvert à moi au-delà de mes espérances et, si j'ai une envie folle de creuser certaines pistes qui m'interrogent encore, je suis assez lucide pour intégrer que j'en ai déjà obtenu beaucoup.

Plus que je le prévoyais, en tout cas…

Je secoue la tête avec douceur. Pour un gars comme Tate, mon analyse revient à avaler des couleuvres. C'est indigeste et douloureux. Mais moins que l'absence d'expectative, et j'espère qu'il parviendra de lui-même à cette conclusion.

– Les mots qu'on ne prononce pas tuent, ajouté-je après un long silence.

– Ceux qu'on prononce aussi, m'oppose-t-il en se frappant le torse. Ce qu'il y a ici est bien trop dangereux. Une part de moi aime tuer. Elle rêve de se rouler dans un bain de sang… et elle apprécierait encore plus si c'était le tien.

J'esquisse une moue boudeuse, volontairement frondeuse.

– Pourquoi tu n'es pas passé à l'acte ? Hier soir, par exemple, c'était l'occasion parfaite de céder à tes pulsions, non ?

Tate enfouit une main nerveuse dans son épaisse chevelure, décoiffant les mèches sanglées dans un chignon bas. Je réprime mon envie d'y glisser à mon tour les doigts, un frisson de désir s'insinuant sous ma peau.

Merveilleux ! Il parle de te buter et tu rêves de galipettes avec lui...

– La bête veut me voir t'étrangler pendant... que je te baise, gronde-t-il, les poings contractés de fureur. Et lui résister devient de plus en plus difficile... Ça devrait t'inciter à te barrer, Schtroumpfette. Parce que, quand je te regarde, mon besoin de m'enfouir en toi me met littéralement à terre. Je finirai par succomber... Putain ! Ouais, j'ai jamais désiré une nana comme je te désire. Seulement, tu vois, la bête est aux aguets, prête à se mêler à la danse.

Je capte l'essence des mots, perçois la menace. Pourtant, je demeure fascinée. Envahie par le sentiment que Tate possède un mental en acier. Même s'il l'ignore et qu'il s'abîme dans un néant pétri de culpabilité.

– Je ne suis pas meilleur que les salopards que, toi et moi, on traque, conclut-il.

– C'est faux ! m'insurgé-je. Eux se laissent submerger par leurs pulsions. Ce n'est pas ton cas. OK, tu as vécu des choses moches quand tu étais gosse et la violence est ancrée dans ta psyché, mais tu assouvis tes penchants en t'attaquant à des criminels. Pas aux innocents comme Vic... ou même moi ! La vérité, c'est que tu es plus fort que ton passé.

– Plus fort ? C'te blague ! Je finirai par succomber, Arizona. Le monstre tire de plus en plus fort sur sa laisse. Le jour où elle se rompra...

– Tu te trompes ! C'est ta peur qui te sert de guide, mais tu n'es pas ton père !

– Ouais, moi, je n'ai pas tabassé Vic, je l'ai anéanti en le renvoyant à son rôle de victime. Je suis le frangin de l'année, applaudissez-moi !

– Tu as merdé, OK, mais tu te démènes pour récupérer le coup. Tu crois que ton père éprouvait des scrupules ou des remords ? Tu es différent de lui !

– Putain ! Mais tu vis dans quel univers ? Je suis schizo, bébé. Des voix me poussent à cogner et à tuer ! Et je leur obéis !

– Tu as déjà entendu parler des troubles liés au stress post-traumatique ?

Une question qui me vaut un coup d'œil incrédule. Hostile.

– Et ?

– Tu as été maltraité, Tate, et je pense que tes symptômes révèlent en réalité un TSPT. Ta culpabilité et ton besoin de te punir renforcent certainement tes mécanismes de défense, mais tu n'es pas schizo ou en train de sombrer dans la démence. Ou encore d'être dévoré par une bête démoniaque.

– Putain ! J'ai jamais rien entendu d'aussi grotesque ! Je suis comme je suis parce que mon ADN me prédispose à la violence.

– Je serais morte si c'était le cas, indiqué-je avec une assurance tranquille. Nos expériences, nos émotions, nos sentiments, tout ça nous nourrit et induit ce que nous sommes. La théorie de l'inné est intéressante, mais pas crédible si l'on exclut les apports de l'acquis. Les deux sont intrinsèquement liés.

– Ouais, c'est ça !

Face au ton mordant, je ravale mes mots et décide de ramener l'échange sur un terrain plus facétieux.

– Tu sais, lorsque nous sommes frappés par les ténèbres, nous avons tendance à oublier que la nuit n'existe pas sans lumière.

Tu as vu *Titanic* avec Leonardo DiCaprio et Kate Winslet ?

– Hein ?

Je lâche un petit rire devant l'air accablé de mon interlocuteur.

Même s'il me tuerait plutôt que de l'entendre, Tate est trop mignon quand il écarquille les yeux comme si la terre venait de se craqueler sous ses pieds…

Mignon ? Les poneys sont mignons. Les Bisounours aussi. Mais… lui ? Merde ! C'est le rejeton d'Albator et du Joker !

Albator ? Tope là !

– La nana, Rose, tombe hyper amoureuse et saute les deux pieds dans une passion digne de *Roméo et Juliette*. Bon, évidemment, le bateau coule, mais elle survit non seulement au naufrage, mais également à la jalousie d'un fiancé prêt à tout pour anéantir son rival. Vraiment, c'est un film très sympa et… (Tate grogne, visiblement agacé par la profusion de détails.) Bref, la voilà sur sa planche, au milieu de l'océan, trempée et gelée, avec son bel artiste. Pas de bol, il meurt alors qu'elle est sauvée. Son amour perdu et son désespoir, elle les traînera toute son existence, mais la nana, elle décide d'en tirer une leçon pleine de sagesse : la vie vaut la peine de se battre et d'être vécue à deux cents pour cent.

– Je capitule, grommelle un Tate exaspéré. Merde ! Je capitule !

– Quoi ? Tu préfères la version mecs virils ? Alors, on a… Luke Skywalker ! Bon, OK, question virilité, il y a mieux, mais tu as tous les ingrédients, sinon : le pauvre orphelin frustré qui découvre que son père est le pire malade de l'univers et lutte pourtant contre lui. Il y a aussi… Thor dans *Endgame*, le meilleur exemple, peut-être, vu que le gars, il se change en barrique à bière avant de rebondir. Ah ! et le magnifique Dr House qui, après son terrible accident, se recycle en langue de pute, mais résout les plus grands mystères de la médecine.

– Stop ! Stop ! Tu… m'épuises !

Certainement, mais un sourire affleure sur les lèvres de Tate. C'est tout ce que je demandais.

– Ce que j'essaie de t'expliquer, ajouté-je, plus sérieuse, c'est que tout n'est jamais qu'obscurité. Les monstres se composent, eux aussi, de multiples facettes, et si tu cherches bien, tu décèleras de la lumière quelque part. Mais, pour ça, tu dois accepter qu'on t'aide. Ne laisse pas la bête te convaincre qu'il n'y a aucune issue, sinon celle de sombrer.

– Arizona, ça ne fonctionnera pas. Pas avec moi ! Tout n'est pas… réparable !

– Arrête. Si Batman y est parvenu, tu peux le faire !

– Qui peut faire quoi ? s'invite Dax. Putain ! Tate ! Ta lame !

– Oups ! m'exclamé-je. C'est ma faute. J'ai supplié Tate de me sculpter un…

Je jette un coup d'œil à la bûche, ou plutôt à ce qu'il en reste. Tate n'a pas complètement flingué le morceau de bois, mais c'est tout juste.

– Un truc avec plein de tentacules, tu sais, un…

– Un calamar ? Une pieuvre ? me décoche Dax, l'air plus amusé qu'énervé.

– Oui, voilà !

Dax hausse un sourcil ironique en contemplant l'œuvre d'art, puis s'installe en face de moi.

– Eh bien, mon pote, tu n'es pas doué avec la poiscaille !

21

Tate

Le SUV s'infiltre dans la circulation en filant vers le nord. Pour la suite de notre voyage… J'ai beau être aux aguets, les vitres teintées nous enferment dans une cage luxueuse, mais une cage quand même.

Sans mon couteau planqué dans ma botte, je me sentirais… légèrement claustrophobe !

– C'est vraiment beaucoup de précautions, râlé-je en m'efforçant d'oublier la main d'Arizona sur ma cuisse.

– Et nous le déplorons, se justifie Faye Riverdale. Mais, comme je vous l'ai expliqué, certains de nos enfants sont placés à l'association sur décision de justice. Nous avons malheureusement dû faire face à la violence d'une famille qui avait été dépossédée de ses droits. Depuis, nous préservons l'anonymat du centre.

Rencognée à l'opposé de la banquette, l'assistante sociale garde le regard rivé sur la paroi qui nous sépare du chauffeur. Elle n'a jamais été détendue en ma présence, mais, dans cet espace confiné, elle est à la limite de l'hyperventilation.

Arizona s'est installée entre nous, dans un vraisemblable élan de pitié pour la pauvre fille. Alors que je ronchonne, ma « femme » joue la carte de la fébrilité et du stress avec son talent habituel et s'appuie sur moi comme si j'étais une putain de béquille.

Je ne suis pas très à l'aise avec ce contact physique empreint de bien trop de nuances pour ma stabilité mentale. Cependant, je ne bouge pas. Pour ne pas attirer l'attention, OK, mais surtout parce que la pression du corps d'Arizona contre le mien étanche ce besoin que je ne comprends toujours pas.

Ce que je sais, en revanche, c'est qu'elle a muselé la bête.

Oh ! L'animal erre encore sous mon épiderme, mais il ne cancane plus à tort et à travers. Comme si les mots l'avaient non pas chassé, mais provisoirement rendu muet.

Une parenthèse que je devine éphémère et fragile.

Je me suis extirpé de la merde dans laquelle je végétais depuis tout gosse pour me laver la peau, mais l'eau n'a pas nettoyé la boue qui ondule dans mes veines. Et je reste les pieds enracinés dans ce monde puant. Au moindre mouvement, je serai de nouveau éclaboussé. Sali. Perdu.

La honte, la colère et les remords sont de fidèles compagnons de la culpabilité. Pas moyen de leur survivre, en dépit des allégations d'Arizona.

La lumière ? Mon cul, oui ! Moi, je ne suis que ténèbres et noirceur.

Et je n'ai pas besoin de l'excuse d'un stress post-traumatique. Je suis juste pourri jusqu'à la moelle par un héritage de merde qui entraînera ma chute un jour ou l'autre.

– Comment ça va se dérouler, une fois à destination ? questionne Arizona.

Alors que mes muscles sont agités de spasmes nerveux, ses ongles éraflent la toile de mon jean. Comme une semonce ou un geste de réconfort ? Je suis assez idiot pour désirer la seconde solution…

C'est confirmé : je divague !

– Le directeur de la section des placements va vous recevoir en entretien. Il aime connaître nos futurs parents.

– On est bien d'accord que, pour les petits, nous sommes de simples visiteurs ?

Arizona a beau paraître détendue, ce n'est pas le cas. Si nous jouons la comédie, les enfants de l'association, eux, sont en attente d'une famille, pleins d'espoir et de rêves. Ils en ont bavé et doivent être également sur les nerfs.

Pas question de générer une expectative vaine chez eux !

– Oui, nous avons accepté votre demande. Vous visiterez notre salle de jeux et je vous présenterai Maya et Juan. Si vous souhaitez ensuite les revoir, nous planifierons un second rendez-vous qui vous permettra, cette fois-ci, de faire leur connaissance en privé.

– Bien, bien, approuve la Schtroumpfette.

J'enlace les doigts tremblants. Je ne suis peut-être qu'un connard insensible, mais je respecte assez la force morale d'Arizona pour lui accorder du réconfort lorsqu'elle en a besoin.

Une pensée qui confirme mes pires soupçons : Arizona s'est nichée dans l'étroite bulle des gens que j'apprécie et estime.

Je jure silencieusement, le regard rivé sur nos mains jointes. Celle d'Arizona disparaît dans la mienne, fragilité contre vigueur.

En apparence seulement…

Pourtant, ma poitrine se comprime, exhalant ce truc vicieux qui m'irrite autant qu'il me fascine. Je frotte ma paume libre contre ma cuisse pour me focaliser sur une autre sensation.

Une sensation moins troublante.

Une vérité moins criante.

Je devrais lâcher Arizona.

Reculer.

La repousser.

J'en suis incapable. L'attraction qui me charrie vers cette femme a beau être insensée, elle me submerge.

– Voilà, nous arrivons, nous prévient Faye.

Le SUV ralentit, s'arrête, puis redémarre. Au léger tressautement de la voiture, je soupçonne que nous venons de franchir un portail. Information confirmée lorsque je peux enfin m'extirper de l'habitacle.

Je découvre le décor figurant sur les vues aériennes photographiées par Sam. La preuve que l'association Hulga Faton n'est qu'une ramification de la ferme de la Seconde Chance.

La cour principale est bordée d'arbres assez hauts pour dissimuler en partie le mur d'enceinte et les bungalows érigés à l'arrière du bâtiment central. Ce dernier est fonctionnel plus qu'esthétique : un rectangle basique, muni d'un étage et de tuiles noires. Le seul luxe tient à de larges fenêtres, toutes protégées de rideaux en dentelle.

La simplicité réussit le pari de la convivialité. Une idée dérangeante quand on sait ce qui se déroule derrière ces remparts…

– Spencer ! s'exclame Faye.

L'homme qui s'approche ressemble à un vieux majordome qui aurait oublié d'évoluer avec son temps. Le visage émacié et sévère, il porte un costume noir cérémonieux. Et surtout trop épais pour la saison. Qu'il ne se liquéfie pas relève du miracle ou confirme qu'il est engoncé dans la naphtaline.

– Faye ! la salue-t-il en retour. Je suis ravi de vous accueillir, monsieur et madame Grison.

– Et nous, nous sommes enchantés d'être ici, déclare Arizona.

Dans sa petite robe d'été, elle est carrément pétillante, un mélange d'innocence et de charme naturel. Ce qui tranche avec mon allure de mec peu fréquentable. J'ai beau avoir enfilé une chemise propre et ramassé mes cheveux sur la nuque, l'examen de M. Guindé proclame que le résultat n'est pas à son goût.

Une chance : mon portefeuille l'est, lui !

– Entrons, si vous le voulez bien.

Je suis le petit groupe sans perdre une miette de mon environnement. Aucun garde n'est en vue, mais c'est logique. J'imagine que les mecs se planquent lors du passage des clients potentiels. Je sens leurs regards dans mon dos, et ce silence qui hurle le danger parce qu'il est tout sauf normal.

– L'arrivée de nouvelles familles est toujours un événement merveilleux pour nos pensionnaires, bavasse Faye, beaucoup plus à l'aise maintenant que nous sommes à l'air libre. Vous allez pouvoir visiter la structure principale du centre et vérifier par vous-mêmes que nous fournissons un cadre favorable pour l'épanouissement de nos chers petits.

Je vomis quand ? Cette garce habille peut-être son job de paillettes, mais elle vend des gosses au plus offrant. Et d'après les fichiers de Gorgeous, certains ne correspondent pas vraiment au profil de gentils parents en manque d'enfants. Seconde Chance joue sur plusieurs tableaux.

– Avant, nous allons de nouveau balayer ensemble la procédure, l'interrompt Spencer.

Je prends sur moi pendant l'heure qui suit, affichant un semblant de sourire à chaque fois qu'Arizona me file un coup de pied discret. Ce n'est pas que je me sens moins investi par cette enquête, mais j'avoue que je foncerais bien dans le tas.

Premier grognement de la bête de la journée : elle approuve !

– La salle de jeux est un espace que nous avons conçu avec des pédopsychiatres, explique Faye en nous guidant dans un labyrinthe de couloirs. Vous verrez, nous avons créé plusieurs zones dédiées selon l'âge des enfants. Nous cherchons à les stimuler au maximum et…

– Faye ! l'interrompt Spencer, son téléphone vissé à l'oreille. Je…

J'aimerais que nous repassions par l'accueil si vous le voulez bien.

Le ton est précautionneux, trop pour ne pas m'alerter. Et la légère pression des doigts d'Arizona établit que je ne suis pas le seul à réagir.

– L'accueil ? Oui, bien sûr, bafouille l'assistante sociale avant d'obtempérer.

Spencer nous emboîte le pas, plus rigide que jamais. J'ignore ce qui nous vaut ce retour à la case départ – rien de bon d'après mon instinct.

La bête s'ébroue, elle aussi à l'affût.

Deux hommes nous rejoignent à mi-chemin, leur faciès fermé. Aux muscles saillants et aux regards acérés, j'identifie des soldats, même si, pour l'heure, ils ne portent pas d'armes. Du moins, en apparence…

Ils se postent dans notre dos, une façon de nous escorter ou de veiller à ce que nous restions tranquilles.

Problèmes en vue…

– Il y a un souci ? s'enquiert Arizona, son visage mimant à la perfection inquiétude et perplexité.

– Un visiteur inattendu, déclare un Spencer énigmatique.

Nous continuons dans un silence pesant. Faye masque difficilement sa nervosité, preuve, s'il en est besoin, que la procédure normale n'inclut pas ce genre de crochet.

Quelque chose cloche…

Un quelque chose qui se nomme Dante Rosario !

Putain ! Qu'est-ce que ce connard fout ici ?

– C'est lui ! fulmine le salopard. Tate Grison ! Ce mec appartient aux Styx Lions…

– Et ? le coupe Spencer, sans paraître autrement déstabilisé. Monsieur ?

– Lieutenant Dante Rosario, de la criminelle.

La plaque exhibée luit sous la lumière du jour, mais moins que la lueur amère dans son regard. Rosario nous hait, pas moyen de le nier, et crève de ne pas réussir à nous coffrer.

Ou plutôt à vous buter…

Peut-être bien. En tout cas, il excelle au jeu de nous les briser menu… Et de faire foirer nos plans en cours !

Putain de merde ! Ça sent mauvais.

– Cet homme est un criminel notoire, continue-t-il avec cette arrogance irritante qui doit être fournie dans le kit du « flic par excellence ». Il fait l'objet d'une enquête, lui, ainsi que tout son gang.

– Nous avons bien conscience que la police œuvre à nous protéger, réplique prudemment Spencer, mais je ne vois pas bien en quoi cela justifie votre présence ici. M. Grison nous rend une visite de courtoisie et…

Rosario me jauge, un rictus moqueur sur les lèvres.

– Ah ouais ? Expliquez-moi, dans ce cas, pourquoi il raconte que cette nana est sa femme ? Tate Grison tringle toutes les gonzesses qui fréquentent son gang, alors croyez-moi : lui, marié ? Non, ça, c'est de la pure fiction. Cette fille n'est apparue dans le paysage qu'il y a peu. Donc, je voudrais savoir ce qu'ils foutent ici, dans un putain de bunker protégé comme la Maison-Blanche.

Visiblement, être doué de sarcasme ne signifie pas briller d'intelligence ! Rosario vient de commettre une connerie du genre monumentale.

Spencer a beau être aussi ridé qu'un vieux pruneau, son expression se décompose. Derrière moi, les deux hommes se déplacent subrepticement, de façon à nous encercler avec leurs potes arrivés en renfort.

Rosario semble également s'en rendre compte, car sa mâchoire se durcit, jusqu'à gonfler une veine dans son cou. Pourtant, il ne bouge pas. La morgue du flic transpire par tous les pores de sa peau. Dans son monde, il est un sauveur, celui à qui on accorde sa confiance sans trop se poser de questions.

– Pas marié ? répète Faye en émettant un petit rire de gorge. C'est ridicule.

– Évidemment, objecte Arizona, rouge de colère. Cette histoire n'est pas simplement ridicule, elle est insensée ! (Elle inspire un grand coup, comme si elle cherchait ses mots ou à recouvrer son calme.) Mon époux et moi sommes ici pour une seule et unique raison et… et cet homme… je ne le connais pas. (Pourquoi ai-je l'impression que ce n'est pas tout à fait vrai ?) Et j'ignore pourquoi il agit ainsi.

La larme au coin de l'œil est du plus bel effet, mais ça ne suffira pas. On est fait comme des rats ! La question est de savoir si le plat va être assaisonné d'épices ou de piments.

Piments, siffle la bête en se pourléchant les babines. *Piments… rouges !*

Bye bye, la paix de mon âme. L'animal est bel et bien réveillé et se rue contre les murs de sa prison.

Une poussée d'adrénaline me raidit l'échine. Le contact de ma lame contre ma cheville me rappelle que je ne suis pas complètement démuni, mais la présence d'Arizona à mes côtés complexifie mon problème.

Mourir, je m'en contrefiche. Ça finira par arriver d'une façon ou d'une autre.

Arizona… Y a pas moyen que je la perde ! Un aveu qui s'apparente à un putain de coup de tonnerre dans le vide émotionnel qu'est ma vie…

J'ai beau lutter contre l'attirance qu'Arizona m'inspire, la vérité, c'est que cette femme a réussi l'exploit de percer mes défenses pour s'immiscer sous ma peau et se loger dans l'espace creux et sec au centre de ma poitrine.

Une invasion douloureuse et coercitive devant laquelle je me révèle impuissant.

Parce qu'au milieu des ténèbres, Arizona symbolise la caresse des premiers rayons du soleil à l'aube, un antidote aux peurs qui te paralysent au cœur de la nuit et te laissent le dos trempé ?

Parce que son sourire agit comme une gorgée d'eau fraîche alors que tu crèves de soif et dépéris, ravagé par une brûlure innommable ?

Peut-être bien, mais il n'en demeure pas moins que, face à un poison, le corps l'éradique ou meurt…

C'est aussi simple qu'une équation mathématique. Malgré notre désir, Arizona et moi sommes viscéralement incompatibles, nos besoins primaires consumant ceux de l'autre.

– Nous vous avons fourni tous les documents, insiste la Schtroumpfette en me tirant de mes sombres cogitations. Je… Mon Dieu ! C'est une histoire de fou ! Qu'est-ce que vous imaginez ? Qu'on va enlever un enfant ? Vous êtes notre seule chance de devenir parents et…

Tremblements dans la voix et nouvelles larmes. Oui, vraiment, Arizona mériterait un oscar pour sa prestation.

Une posture qui n'occulte pas le fait qu'elle soit sur ses gardes. Les jambes légèrement écartées, elle se prépare à la suite avec un stoïcisme déroutant.

De quoi renforcer mon admiration pour ce petit bout de femme !

– Spencer ? tonne l'un des gardes.

– Il est là pour adopter un mioche ? crache en même temps Rosario, sourcils froncés. C'est pas la ferme de la Seconde Chance, ici ? Vous aidez les femmes battues, non ?

– Spencer ? répète le gars de la sécurité d'une voix un peu plus ferme.

Je parierai ma chemise que ce type est le chef du groupe. Et que son rôle, par rapport à celui de Spencer, n'est pas aussi bien défini qu'il apparaît.

Quoi qu'on en pense, une hiérarchie clairement établie est le ciment de n'importe quelle structure, car, quand vient l'heure de prendre une décision, la moindre hésitation peut transformer un succès en échec.

Une leçon que semble ignorer M. Guindé, mais qui parle à M. Porte de prison.

– Putain ! Vous allez me dire ce qui se passe ici ? vitupère Rosario.

– Lieutenant, je vais vous demander de quitter les lieux, émet enfin Spencer.

– Je ne crois pas… le contre M. Porte de prison.

– Ouais, moi, je ne pars pas tant que vous ne vous serez pas expliqués ! tonne Rosario.

– Vous êtes sur une propriété privée, lieutenant ! Vous n'auriez même pas dû être autorisé à pénétrer dans notre enceinte.

M. Porte de prison balaie la pièce d'un regard impitoyable. Il risque de remonter des bretelles dans les heures à venir, et je mise sur le petit blond qui se trémousse sur ma droite.

– Du calme ! en appelle Spencer. Nous allons clarifier cette affaire, mais, avant tout, je pense, lieutenant Rosario, que votre présence est en effet de trop. Monsieur Bennett, vous voulez bien le raccompagner ?

– Vous réalisez que le salopard, ici, c'est lui ? tempête de nouveau Rosario en me pointant du doigt. Ce type n'est pas ce qu'il prétend et…

– T'en as pas assez de raconter tes salades, le coupé-je, ulcéré par son entêtement. Barre-toi !

À chaque fois que Rosario l'ouvre, nos chances de nous extraire de ce merdier s'amenuisent. Et l'abruti ne réalise pas qu'il creuse sa tombe par la même occasion.

Putain de flic !

Lequel on va saigner en premier ?

La bête utilise ma nervosité pour se frayer un passage jusqu'à ma conscience, mais je ne la laisserai pas l'emporter ! Pas aujourd'hui, en tout cas !

Essaie de m'en empêcher, si tu peux…

– Je ne partirai pas !

Rosario se déporte sur la gauche en un geste maladroit qui vise à lui offrir une meilleure vue sur la pièce. Pour les hommes autour de nous, ça sonne comme une tentative destinée à les feinter.

Une équation qui aboutit à un beau bordel !

Des gardes sautent à la gorge de Rosario, mais le loustic esquive, prouvant non seulement son agilité, mais aussi son état de vigilance extrême. Je serais presque admiratif si ce crétin n'était pas un ennemi.

Je plaque Arizona dans mon dos, l'obligeant à reculer de quelques pas. Rosario balance ses poings comme des missiles et met à terre deux mecs avant qu'un troisième l'assomme d'un coup de crosse à l'arrière de la nuque.

– Non ! Non ! glapit un Spencer en mode panique.

– La ferme ! le muselle M. Porte de prison. Et vous deux, pas bougé !

Ce genre d'argument ne me convainc pas d'ordinaire, mais, associé à un Beretta semi-automatique, je reconnais sa valeur. Je garde les mains prudemment levées, plus conscient que jamais de la présence d'Arizona derrière moi.

Pourquoi tu te soucies d'elle ? Attaque et fais couler le plus de sang possible…

– Putain ! Faye ! Tu es sûre d'avoir tout bien vérifié sur ces cocos ?

– Quoi ? Tu ne vas pas me reprocher ça, quand même ? Il vous fallait du fric, j'ai trouvé des clients. Tout est OK avec eux !

– Tout est OK ? Tout a l'air OK, bordel ? Tim, appelle le boss. Toi, Julian, tu emmènes ce connard de flic en bas.

– C'est impossible ! On ne peut pas faire ça, essaie de s'imposer Spencer, le front dégoulinant de sueur. Cet homme travaille à la criminelle et…

– Et ? Tu crois qu'il va se réveiller et accepter de déguerpir sans fouiner ? C'est un fouille-merde, et maintenant on l'a sur le dos ! À cause de ces deux-là !

– Et si tout le monde se calmait ? proposé-je. Nous, on ne veut pas être mêlé à vos problèmes. On est là pour rencontrer des gosses. C'est tout !

– Ouais, et mon cul, c'est de la pizza ?

– Bennett ! essaie de s'imposer de nouveau M. Guindé.

– Quoi ? La situation vous semble pas assez merdique ? Ils ne partiront pas d'ici avant qu'on ait vérifié leur histoire ! Et s'ils nous ont menti…

Pas besoin de dessin, la suite est limpide.

Je soutiens le regard assassin avec autant de détachement que possible. Ce n'est pas la première fois qu'un plan foire *(En beauté, mec ! En beauté !)* et qu'on doive s'adapter. Je suis doué pour ça, et Dax assure nos arrières. S'il ne nous voit pas revenir, il réagira !

Ouais, c'est ça, tout va bien ! Ça vaudrait le coup que tu te sortes la tête du cul parce que, là, t'es fait comme un rat !

– Emmenez-les au sous-sol avec l'autre abruti. Et fouillez-les bien avant ! ordonne-t-il.

– Vous ne pouvez pas nous retenir ici, geint Arizona, fidèle à son rôle de femme vulnérable.

– Désolé, m'dame, raille Porte de prison. Si vous êtes blancs comme neige, on vous libérera très vite… et on vous filera un gosse gratos en dédommagement.

– Connard, siffle Arizona à voix basse.

– Allez, on avance, nous admoneste un grand type au sourire vicieux.

Impossible de décliner l'invitation, même si je ruerais bien dans les brancards juste pour le plaisir. J'enlace les doigts d'Arizona et l'entraîne avec moi, notre escorte sur les talons.

– À gauche et… ici ! Ouvre la porte !

Comme autrefois…

Je tique devant les marches qui descendent vers ce qui ne peut être qu'une cave. J'aperçois les appliques murales qui ornent le bout de couloir visible d'où je suis. Pour le reste, à moins de m'engager dans l'escalier, ça reste l'inconnu.

L'inconnu ? Non, tu sais ce qu'il y a en bas… Souviens-toi… L'enfermement… Les chaînes… La douleur… L'impuissance…

Un filet de sueur me dégouline dans le cou. Je tolère les espaces clos du moment que je suis libre de vaquer à ma guise et qu'une issue se trimballe dans le coin. C'est assez pour interagir avec le monde extérieur.

Pour autant, chez moi, je vis et dors dehors, toujours. Parce que cette crainte d'être claustré contre mon gré continue de m'entortiller les tripes.

C'est dans cette obscurité que la bête est née. C'est là qu'elle est la plus forte.

Alors, descendre dans une cave ? Putain, jamais !

– Avance !

– Non !

– Oh ! le grand garçon a peur du noir ?

– Ta gueule, enfoiré !

Je suis incapable de retenir mon bras et mes jambes…

Je saute sur le premier type à ma portée et l'assomme d'un coup de poing. L'imbécile s'écroule avant même d'avoir pu émettre un juron. Le suivant… Je l'aurais eu, putain, je l'aurais massacré si ses copains ne s'étaient pas mêlés de la partie.

J'entends un hurlement, mais il est déjà trop tard pour m'arrêter. Je frappe parce que c'est ça ou mourir. Cette pensée ne me lâche pas.

Je pivote sur mes talons pour me dégager du type cramponné à mon dos et rugis lorsqu'il crie en s'écrasant contre le mur. La suite ? J'encaisse un choc dans le ventre – une crosse de carabine ou une matraque ? – et bascule en arrière.

Dans le vide…

Putain ! C'est douloureux ! Je dégringole dans l'escalier, valdinguant comme une poupée de chiffon. J'ignore si le manège s'arrête parce que je suis enfin en bas ou simplement parce que la nuit s'abat sur moi.

Je m'évanouis, la voix de la bête beuglant à mes oreilles.

***

– Tate ? Réveille-toi, mon beau. Allez, ouvre les yeux.

Je cligne des paupières, percuté par une souffrance qui irradie dans chacun de mes muscles. Il me faut une seconde pour réaliser que ma vue est trouble. La faute à un filet de sang qui ruisselle sur le côté droit de mon visage.

– Tu t'es déchiré l'arcade sourcilière, me précise Arizona d'une voix douce.

Gigotant maladroitement, je me redresse pour constater l'ensemble des dégâts. Mes poignets sont ligotés dans mon dos, ce qui me fout en rogne.

– Tu n'as rien de cassé a priori. Mais tu t'es cogné la tête à plusieurs reprises et tu as un hématome sur le torse. Un passage à l'hôpital ne serait pas du luxe.

Un détail qui m'importe moins que mes mains liées ou... mes pieds !

– Mes bottes ! Putain ! Ils m'ont piqué mes bottes ! Les enfoirés !

– Ils n'ont pas apprécié le couteau. Tate ! Tiens-toi tranquille.

– Ils nous ont fouillés, ces enflures ? Ils nous ont... Merde ! Ils t'ont touchée ?

– Calme-toi, s'il te plaît ! Oui, ils m'ont fouillée et, non, ils n'en ont pas profité. Ils t'ont porté jusqu'ici, nous ont vidé les poches et nous ont attachés.

Arizona agite ses doigts sous mon nez. Le lien en plastique ceint ses poignets, mais, par chance, devant sa poitrine.

– Puis ils se sont cassés, continue-t-elle. Apparemment, le flic est dans la cellule d'à côté. Je l'avais déjà vu, Tate. Il était au restaurant l'autre jour et il nous observait. Tu savais qu'il te surveillait ?

Un grondement jaillit de ma gorge. J'ai perdu le fil après le mot « cellule », mais il faut quelques secondes à mon cerveau pour intégrer l'idée qui s'impose à moi.

Surprise ! Surprise ! Devine qui est de retour ?

Affolé, je balaie la pièce du regard, cherchant frénétiquement la lumière du jour ou une issue quelconque. Les murs gris me renvoient une claque dans la gueule, autant que la porte close et munie d'une sorte de soupirail à hauteur de visage.

Des cellules d'internement...

T'es prisonnier, vieux ! Saucissonné comme un jambonneau ! Vulnérable ! Impuissant !

– Non !

– Tate ?

Elle est avec eux, mec. Et, toi, tu es à sa totale merci. Comme autrefois... Tu ne pourras rien faire pour lui échapper... Rien pour l'empêcher de te toucher... Tu sais comme elle aime ça, hein !

Comme les autres, elle veut te posséder, corps et âme.

La plainte perce le brouillard de ma conscience. Une plainte qui filtre de mes propres lèvres. La bête était en sommeil ; elle revient, plus forte que jamais. Ma vision se recouvre d'un voile rouge.

– Barre-toi, Arizona… crié-je avant de sombrer.

Le monstre rugit et explose de rire. Le salaud se gorge de ma panique. S'infiltre un peu plus dans ma psyché. Prend progressivement le contrôle. S'empare des rênes.

Je ne suis plus moi, je me transforme en un animal avide de sang et déchaîné. J'arque le dos, traversé par une décharge telle que je manque de m'évanouir. Mais, lorsque je retombe au sol, je n'ai plus qu'un désir : mordre et tuer !

Mordre et tuer…

22

Arizona

Un regard de tueur, impersonnel, me détaille avec une lenteur glaçante. Tate est là, mais ce n'est plus vraiment lui qui m'observe à travers la fente étrécie de ses paupières.

Je ne cille pas devant l'émergence de cet animal à fleur de peau. Un animal qui protège Tate d'un surplus émotionnel trop violent.

Les troubles de stress post-traumatique ont cette abominable habitude de plonger leurs serres au plus profond de la psyché des individus qu'ils parasitent. La résurgence des pires souvenirs se mue alors en une boucle infernale qui accroît le mal encore et toujours.

Je suppose que l'enfermement et les membres liés sont autant de stimuli perturbateurs. Une raison suffisante, en tout cas, pour déclencher une crise carabinée. Le Styx Lion a tout simplement atteint son point de rupture.

Une confirmation que ce n'est pas la folie qui le guette, contrairement à ce qu'il pense. L'aptitude à se dissocier représente une protection ultime pour l'esprit. Mais, lorsqu'elle s'ancre dans un fonctionnement pérenne, elle peut s'apparenter à une entité dont l'existence paraît plus que tangible.

Tate s'est constitué sur cette fracture qui l'écartèle viscéralement, prouvant, une fois de plus, que de la force brute coule dans ses veines. Parce qu'il n'y a pas d'autres moyens d'expliquer qu'il continue d'avancer en dépit de ce fardeau.

Obscurité et lumière.

Complexité et sauvagerie primaire.

Rage et instinct de protection.

Pas étonnant que je sois sous le charme. Cette dichotomie de son être me fascine.

M'attire.

Me transporte.

Joue avec mon intellect comme si le puzzle Tate pouvait combler tous ces vides dont j'ignorais l'existence.

Le TSPT devrait me refroidir…

Peut-être…

Sauf que j'ai déjà expérimenté cette sorte de trouble de près et que je ne suis pas du genre à me sauver la queue entre les pattes au moindre obstacle…

Billy possédait autant de neurones que moi, mais la différence se situait dans la façon dont il les exploitait. Là où mon insatiable besoin d'engranger des données me transformait en intello de service, lui apprenait à modeler les émotions. Il était un expert en la matière, capable de feindre des comportements en toute lucidité.

Moi, j'étais une quiche, jusqu'au jour où mon frère a estimé que ce talent m'était indispensable. Une façon de briser mon isolement scolaire et de m'éloigner des idiotes qui s'amusaient à mes dépens.

Tu les provoquais sciemment…

Ben, quitte à jouer, autant être de la partie, non ?

Billy n'a jamais eu besoin de ces subterfuges. Il était le genre de gars que tout le monde aime. Le mec populaire qui n'en fait jamais trop, mais brille par son intelligence et sa bonne humeur perpétuelle.

Évidemment, il n'était pas que lumière, mais il était doué pour camoufler ses blessures. Un ressort qui lui a permis de dissimuler un TSPT.

À tous, sauf à moi.

Pas moyen, vu nos liens, de taire le mal qui le dévorait à petit feu.

Pourtant, je n'ai rien entrepris pour qu'il soit démobilisé. Je savais que ça aurait été comme de lui couper les ailes. Je l'ai soutenu et aidé. Encouragé et épaulé.

– Barre-toi ! rugit de nouveau Tate. É… éloigne-toi de moi !

Le roulement de gorge ressemble à un grondement bestial, mais il m'intimide moins que la valse désordonnée de son corps. Libérant des cris de frustration et de colère, Tate se bat contre ses fantômes, les muscles secoués de spasmes incontrôlables.

Je cille, dévastée par ce spectacle. Même si ce genre d'expérience n'est pas une première pour moi, ce qui l'est, en revanche, c'est que la douleur de Tate me chauffe à blanc. J'ai mal pour lui et maudis ce passé qui l'a enchaîné bien plus étroitement que ses liens actuels.

Mal au point qu'une violente nausée me soulève le cœur.

Sonnée, je m'agenouille contre le mur opposé, consciente que je ne peux rien hasarder à ce stade. Tate a beau être entravé, il est encore capable de m'envoyer voltiger dans la pièce. Je le connais assez désormais pour anticiper qu'il ne se remettra pas d'un tel accident.

Ou qu'il s'éloignera définitivement de moi…

Or, tout mon être s'insurge contre cette issue. Endommagé ou pas, Tate me touche à un niveau fondamental qui inclut bien plus que le frétillement de mes neurones ou une simple attirance sexuelle. Une révélation qui n'en est pas une, même si elle me laisse groggy.

Un peu…

Vaguement…

Pas autant que je l'aurais supposé…

La tête renversée en arrière, je lâche un profond soupir. Une douleur sourde au niveau de la poitrine continue de m'asticoter, me renvoyant à mon impuissance. Une impuissance semi-factice, puisque je possède quelques outils pour m'extraire de là.

Le problème… Tate !

Un bref coup d'œil à ma montre m'avertit que nous avons quitté le territoire des Styx Lions il y a un peu plus de deux heures. Dax finira par réagir, mais pas tout de suite. Un motif valable pour que j'use de mes armes afin de nous dépatouiller de cette merde… malgré tous les risques que cela comporte.

Je me focalise sur mes poignets. Les idiots ont serré les bracelets en plastique jusqu'à tracer un sillon sur ma peau fragile. Ce n'est pas douloureux, inconfortable tout au plus, mais je sais déjà que je resterai zébrée pendant quelques jours.

Par chance, ils ont omis de m'enlever mes chaussures, des sandales en cuir munies de lacets. Je tire sur les cordons et les utilise pour défaire mes liens. Facile comme bonjour lorsque l'on connaît l'astuce…

Une libération qui a cependant un goût d'inachevé, puisque ma liberté me coûterait celle de mon partenaire… Je ne peux m'y résoudre. Si je pars d'ici, ce sera avec lui !

J'ai beau inspirer lentement, mon cœur bat la chamade, taraudé par la vision d'un Tate en souffrance. Quant à notre situation…

Merde ! Ce flic de mes deux nous a vraiment collés dans un sale bourbier ! Ce qui nous rapproche, Tate et moi, de la probabilité d'une sur vingt mille de mourir assassinés. Charmant !

Je glousse avec amertume, consciente que la panique est mauvaise conseillère. Rester placide s'apparente néanmoins à un challenge des plus ardu quand votre partenaire se roule au sol en hurlant des insanités…

« Everybody's got to live together
All the people got to understand
So, love your neighbour
Like you love your brother
Come on and join the band

Well, all you need is love and understanding
Ring the bell and let the people know
We're so happy and we're celebratin'
Come on and let your feelings show »[14]

Fredonner m'apaise, mais c'est un autre esprit que j'essaie de ramener à la surface. De rattacher à un moment de normalité.

Normalité ? Tu as choisi une chanson où c'est une grenouille qui mène la danse…

J'enchaîne avec « Ticket To Ride » des Beatles, avant de me lancer dans le répertoire de Police. Mon pied bat la mesure d'instinct, une apparente nonchalance qui ne m'empêche pas de veiller sur Tate.

Et d'impulser des saccades « droite », « gauche » de façon régulière, une réminiscence des techniques qu'utilisait le psychologue de Billy pour traiter son vécu traumatique non digéré.

Tate a cessé de s'égosiller au milieu de la deuxième chanson. Son corps s'arque encore par intermittence, mais rien de comparable avec les tressautements sauvages d'il y a une demi-heure.

14. « Love Is All », paroles de Roger Glover et Eddie Hardin.

Sa respiration ralentit progressivement. Seul un léger sifflement filtre de ses lèvres toujours pincées. Quant à sa peau, elle luit de sueur.

Je tressaille lorsqu'il se contorsionne pour redresser les épaules et réprime un hoquet de stupeur en réalisant qu'il soulève sa tête pour mieux la cogner contre le sol.

De plus en plus violemment…

Le son sourd emplit l'espace à la manière d'un poison corrosif. Mes poils se dressent sur mes bras et j'avale avec difficulté ma salive, une boule réduisant ma gorge à un canal étroit et hypersensible.

J'ai beau mesurer les risques, je ne peux pas abandonner Tate à ses démons, pas alors qu'il menace de se fracasser le crâne. Je m'avance à quatre pattes vers lui, minimisant au maximum le bruit induit par mes mouvements, et me poste sur sa droite.

Son regard est vitreux et la contracture de sa mâchoire est telle que j'ai le sentiment qu'il pourrait briser une ou deux dents. Même si le sang a cessé de couler, il a laissé une large traînée écarlate sur sa joue déchirée, un spectacle qui donne l'illusion que ses plaies se sont rouvertes.

Mes mains tremblent. Pourtant je n'hésite pas en tapotant alternativement chacun de ses genoux. Droite. Gauche. Droite. Gauche.

– Nous sommes seuls, Tate, chuchoté-je avec douceur. Ton père n'est pas ici. Tate ?

Je répète les mots, encore et encore. Jusqu'à ce qu'un sursaut de lucidité – ou d'un truc sombre que je n'ai pas vraiment envie d'analyser, là, tout de suite – ramène l'attention de Tate sur moi. Vu l'intensité de ses iris, je bascule sur les fesses en un mouvement de recul instinctif.

– Tu es comme elle, rugit-il d'une voix enrouée. Me touche pas !

– Doucement, mon beau, je me tiens à distance, rétorqué-je en levant les mains. Qui est-ce, « elle », Tate ?

– Tu… es… comme… elle !

– Non ! Tate, regarde-moi. Regarde-moi vraiment !

L'ordre raidit l'échine masculine, ce que j'estime plutôt salutaire. Mais pas suffisant.

J'aspire une profonde bouffée d'air, hésitant sur la conduite à adopter. L'abandonner derrière moi, le temps d'aller chercher des secours, demeure l'option la plus logique, mais je rechigne toujours à emprunter cette voie.

Probablement parce qu'il faudra que je l'assomme pour atteindre la porte… Le Styx Lion, enchaîné ou pas, plongé dans ses cauchemars ou non, conserve cette aura de dangerosité qui le transforme en un prédateur aguerri et mortel. Il surveille chacun de mes mouvements avec l'âpreté d'un guépard en chasse.

– C'était ta mère, n'est-ce pas ? Elle ne se contentait pas de regarder.

– Sale garce ! C'était une putain de sale garce !

Un éclair de lucidité…

Je me rapproche avec précaution et reprends mes tapotements sur les genoux massifs. Les muscles des cuisses se contractent à mon contact, mais, cette fois-ci, Tate ne rue pas dans les brancards.

– Et si tu me racontais ça ?

– Y a rien à dire… Elle… elle maniait le fouet mieux que mon vieux, c'est tout.

– Ah ouais ? noté-je, sceptique.

– Tu m'emmerdes, là, Schtroumpfette ! siffle Tate en claquant des dents comme s'il souhaitait me mordre.

Malgré ce geste a priori hostile, je perçois derrière la colère un subtil changement d'attitude.

– Tu es de retour pour de bon ou tu risques de replonger ?

répliqué-je en étouffant un soupir de soulagement.

Tate se renfrogne. C'est une bonne chose si je lui tape sur le système. Et je fêterais bien cette excellente nouvelle en lui sautant au cou, mais j'ai dans l'idée que je perdrais tout le bénéfice des dernières minutes.

– Je ne t'ai pas fracassé la tête, donc ça doit signifier que tout est sous contrôle…

Le sarcasme n'efface pas la crispation des muscles. Ni la fragilité du ton.

S'ensuit une longue pause uniquement percée par le chuintement d'une respiration altérée.

– Mais le mérite t'en revient, rajoute enfin Tate en chuchotant. Ta voix de crécelle ramènerait un zombie de l'enfer !

– Hé ! Je chante très bien.

– Si ça t'arrange de le croire… Merde ! On est dans un trou à rat et…

– Inspire ! Expire !

J'écope d'un regard noir.

– Il faut qu'on se barre de là… Il faut que… je sorte… Vite !

Bon, question contrôle, on est loin du compte.

Je ne commets pas l'imprudence de détacher Tate avant de farfouiller dans mon soutien-gorge. Ma robe d'été a servi mes intérêts dans la mesure où elle donne le sentiment de ne pas pouvoir dissimuler grand-chose.

Ce qui est vrai sur le principe. Sauf qu'un principe n'est pas la réalité. Je retire les deux épingles coincées dans l'armature avec un sourire rusé.

– C'est quoi, cette merde ?

– Notre sésame pour dégager. C'est plus discret qu'un couteau et bien plus efficace !

– Rien ne vaut une lame, Schtroumpfette.

Je me retiens de préciser à Tate que j'ai les mains libres et une solution pour nous extirper de ce trou à rats, alors que lui… Non ! Vraiment, vaut mieux que j'évite de lui rappeler une situation qui a le pouvoir de déclencher une crise.

Je jette un coup d'œil précautionneux par le soupirail de la porte et tends l'oreille. Le silence est pesant, mais finalement rassurant. Je m'active sans m'attarder davantage. Je plie les brins en métal jusqu'à ce qu'ils aient la forme parfaite, puis m'attelle à crocheter la serrure.

Là, encore, c'est un talent que j'ai acquis grâce à Billy. Mon frère était malin, mais pas exempt d'une certaine maladresse. Lors d'un de ses tours à la Houdini, il a perdu la clé des menottes. Mon rôle, qui consistait à l'attacher et à le minuter, s'est dès lors enrichi de la lourde tâche de le libérer en cas « d'accident ».

Et, comme pour tout ce que j'entreprends, je me suis assurée d'étudier la question en détail.

La serrure ne me résiste pas longtemps. Je me fends d'un claquement de langue triomphant.

– Putain ! Tu te balades toujours avec cet attirail de midinette ? maugrée Tate derrière moi, la voix plus ferme.

– Astuce enseignée par l'une de mes instructrices à…

Je m'arrête avant de prononcer le mot « Quantico ». Je n'ai repéré ni caméra ni micro, mais je préfère opter pour le principe de précaution.

– Enfin, tu comprends…

Je détache Tate sans perdre de vue le battant entrebâillé. Bien que l'absence de gardes dans le tunnel se confirme, je doute que la suite de notre évasion ressemble à une promenade de santé.

Tate bondit sur ses pieds avec la vivacité d'un cobra qui se serait égaré dans une barrique de rhum. Rapide, mais chancelant…

Et, si sa nervosité a diminué, elle n'a pas totalement disparu.

– L'escalier que nous avons emprunté (grognement furieux qui me rappelle qu'« emprunté » n'est pas le terme adéquat en ce qui concerne la descente de Tate) est sur notre droite. J'ai dénombré six portes, en comptant la nôtre, complété-je en renouant mes lacets. Trois de chaque côté et toutes munies d'une ouverture grillagée… Ce sont probablement des cellules. Le couloir continue sur notre gauche. Les gardes sont repartis dans cette direction, tout à l'heure, donc je ne suis pas sûre que nous trouvions une autre issue.

Je me redresse à mon tour et accuse le coup. Notre prison me paraît minuscule maintenant que Tate est debout.

Arrachant sa chemise, ce dernier essuie son visage peinturluré, le dos appuyé contre un mur. Ses membres manquent d'aplomb et la sueur continue de lui tremper les tempes.

– Ça va ?

– Putain, ouais ! Enfin, ça irait mieux si j'étais pas à poil…

Je détaille la silhouette massive du Styx Lion. Un jean et un tee-shirt noir constituent une tenue tout ce qu'il y a de plus approprié, mais je soupçonne Tate de préférer se balader nu tant qu'il a une arme en main.

– T'aurais pas un bazooka dans ton soutif, par hasard ? ricane-t-il en me jaugeant à son tour.

Je grimace, soulagée de ce trait d'humour, qui l'éloigne progressivement des ombres.

– J'y ai bien pensé, mais Lara Croft n'est pas une candidate idéale pour adopter.

– On f'ra avec ce qu'on a, Schtroumpfette. Dax ne réagira pas avant un moment, et je doute que nos copains, là-haut, restent sages très longtemps. Faut qu'on déguerpisse avant qu'ils rappliquent.

– J'imagine qu'il faut compter sur un comité l'accueil, chuchoté-je en jetant un coup d'œil prudent au couloir désert. Le mieux serait qu'on découvre une autre issue, mais la probabilité est mince.

– Ouais, alors je dirais que, notre priorité, c'est de se dégoter des armes… N'importe quoi fera l'affaire.

– Bien, chef ! Tu es prêt ?

– Presque, me corrige Tate avant de me plaquer contre le mur.

Un hoquet de stupeur m'échappe une seconde avant qu'une bouche exigeante se colle sur la mienne. La tension qui bandait mes épaules s'évanouit comme par enchantement.

Vu les circonstances, j'imagine que je ne devrais pas m'abandonner, mais une nécessité impérieuse supplante mon instinct de conservation. Le baiser de Tate est exactement ce dont j'ai besoin et je me gorge de ce cadeau avec un enthousiasme brûlant.

Je m'enroule autour du Styx Lion, exigeant un contact plus intime. Une revendication qui réveille le prédateur. Dans un grondement dominateur, Tate renforce son emprise sur mon corps en m'écrasant contre le béton. Ses lèvres pillent les miennes avec une frénésie délicieuse.

Ça s'arrête d'un coup. Bien trop vite. Bien trop tôt.

Tate s'écarte avec une nonchalance factice et fourre ses mains tremblantes dans les poches de son jean. Il lui est plus difficile de dissimuler son regard incertain. Vaguement désorienté.

– Bon, t'es prête ? aboie-t-il.

23

Tate

Je remonte le couloir à grandes enjambées, bien trop conscient de l'ombre qui me piste. Arizona doit presque courir pour se maintenir à mon niveau, mais je m'en contrefiche.

Putain ! Je l'ai embrassée !

Encore…

Mes poings se referment sur un vide que je ressens jusque dans mes entrailles. La bête est temporairement vaincue, éreintée par son combat pendant ma crise, mais ses soubresauts continuent de me démanger. Et, sans ma lame, pas moyen de réguler cette tension qui borde de rouge mon horizon.

Un rouge qui s'est affadi après que j'ai dévoré la bouche d'Arizona. D'ordinaire, il me faut une séance de sexe débridée pour parvenir à ce résultat.

De la baise brute, pas un simple léchage d'amygdales.

J'aspire une profonde goulée d'air, m'ordonnant d'imaginer la caresse du vent sur mon visage plutôt que le contact d'une peau bien trop douce.

– On devrait vérifier ce qu'il y a derrière ces portes, m'admoneste la Schtroumpfette en m'agrippant par le bas de mon tee-shirt pour me ralentir.

– Te gêne pas pour moi !

– Généralement, ça met les mecs de meilleure humeur de m'embrasser.

Ma lèvre supérieure se relève, libérant un grondement contrarié. J'ouvre le premier battant sur ma droite et m'engage dans ce qui ressemble à une réserve.

– Voilà, t'es contente ? râlé-je en inspectant les lieux. Merde ! Y a rien d'intéressant ici !

Les cartons entassés fourmillent de vêtements et de peluches. Rien n'est neuf, certains tissus ont même bien vécu, mais le fatras m'indispose. Comme si on avait bourré chaque boîte sans se soucier de préserver le stock.

Un foulard rouge au milieu d'habits plus sombres attire mon attention, flamme égarée au cœur d'une noirceur qui n'est pas que symbolique.

– On essaie la suivante ? me propose Arizona.

– Ouais.

Mon espoir de dénicher une arme, ou quoi que ce soit de ressemblant, se fracasse contre le mur de la réalité. Cette partie du sous-sol sert à entreposer tout un tas de bazar, mais rien qui soit susceptible de m'aider à matraquer les connards qui m'ont enfermé.

Cerise sur le gâteau : ce boyau infâme débouche sur un cul-de-sac.

– Putain ! rouspété-je en sentant un filet de sueur cavaler le long de ma colonne vertébrale.

– Il faut qu'on décide de ce qu'on va faire.

– Foutre le camp d'ici me paraît un plan tout à fait valable.

Valable, mais sacrément compromis…

Nous pourrions nous barricader en attendant Dax, mais mon pote va avoir du mal à infiltrer ce bunker, la présence des gosses représentant un frein supplémentaire. On a misé sur cette option en dernier ressort, genre « Thanos débarque sur la Terre » !

En somme, Dax ne passera pas à l'offensive avant des heures, d'autant que je suis réputé pour ma capacité à me sortir des emmerdes.

En gros, c'est à nous de nous extirper d'ici !

Problème : je ne suis pas au mieux de ma forme. Mon arcade sourcilière ne pisse plus le sang, mais mon corps est un hématome ambulant à lui tout seul. Chaque mouvement me tiraille salement et ma tête n'est pas complètement en phase avec mon corps.

– On pourrait essayer de créer une diversion et...

– Shaw va être sur ses gardes, m'interrompt Arizona, le front plissé de contrariété. Si on se barre, on n'aura pas de seconde chance.

– Putain ! Tu proposes quoi, alors ?

– Qu'on voit si on peut récupérer des infos.

J'examine Arizona de la tête aux pieds. Les plans à la John Hannibal Smith[15], c'est carrément mon style, et j'aime assez l'idée d'être tombé sur une nana aussi vicieuse que moi.

– Ces preuves ne seront pas admissibles devant un tribunal, rappelé-je à contrecœur. Or, sur ce dossier, c'est essentiel si on veut coffrer Shaw.

– Tu oublies notre atout !

– Vas-y, fais-moi rêver, parce que là j'ai plutôt le sentiment qu'on cumule les handicaps.

– Et Rosario, alors ?

La mention du flic n'est pas tout à fait ce à quoi je m'attendais. Elle attise même les braises de ma colère.

– Cet enfoiré...

– ... est lieutenant de police et il est retenu contre son gré ici.

15. Dirigeant de *L'Agence tous risques*, série américaine créée en janvier 1983.

C'est un motif suffisant pour justifier une descente des forces de l'ordre. Et ça nous permettra de sauvegarder nos couvertures.

– OK, mais ça ne nous dit pas comment on va réussir à quitter ce trou à rats !

Libre de mes mouvements, je réagis mieux à la pression. Il y a quelques années, j'aurais été incapable de cet exploit, mais me vautrer dans les tunnels conçus par Sam m'a aidé à dominer mes angoisses. Tant que je ne suis pas pieds et poings liés, je peux gérer.

Mais pas au point de fanfaronner…

Pas alors que je dois produire des efforts incommensurables pour étouffer les gémissements de mon corps.

M'extirper de cette souricière reste donc une priorité absolue.

– Tu parlais de diversion et…

Un sifflotement nous alpague alors que nous rebroussons chemin. Je me fige et plaque Arizona contre le mur, à l'abri derrière mon dos. Des ongles me griffent la peau, j'imagine dans une tentative, dérisoire, de m'écarter.

Le bruit se répète, léger comme le chant d'un rossignol.

– Ça vient de cette cellule, me souffle Arizona en gigotant de plus belle.

– Bordel ! Tu peux te tenir tranquille deux secondes, non ?

Œillade incendiaire à l'appui, Arizona feinte en se faufilant sous mon bras et se rue jusqu'à la porte ciblée. Une précipitation superflue…

Je me marre lorsqu'elle se hisse sur la pointe des pieds pour essayer d'atteindre le niveau de l'ouverture grillagée.

– Tu veux que je te fasse la courte échelle ?

– Nom de Dieu ! Pourquoi ils ont collé ce truc à deux mètres ?

Je soulève Arizona en ricanant. Un gloussement qui s'étrangle dans ma gorge lorsque je repère la silhouette accroupie derrière les barreaux.

– Salut, toi ! émet Arizona avec douceur.

La belle se trémousse pour que je la repose au sol. Le cadenas ne lui résiste pas longtemps, mais elle hésite avant de franchir le seuil de la cellule. Pour une fois, je ne la ramène pas et ne cherche pas non plus à m'imposer.

Pas alors que l'occupant des lieux compte à peine 13 ou 14 ans et arbore le visage tuméfié d'un boxeur à l'issue d'un match.

– Je peux m'approcher, mon grand ? l'interroge Arizona en limitant ses gestes au strict minimum. Je m'appelle Arizona et mon ami, derrière, c'est Tate. C'est toi qui siffles comme un pinson ?

Simple hochement de tête.

Le gamin, recroquevillé dans un coin de sa cellule, se désintéresse de ma coéquipière. C'est moi qu'il fixe, l'air aussi mauvais qu'anxieux. Je suppose qu'il n'a pas encore décidé si j'étais un ennemi ou un allié.

– Vous êtes là pour acheter un gosse ? crache-t-il enfin.

La peau ébène paraît presque grise sous le rayonnement cru de l'ampoule, preuve que l'adolescent croupit ici depuis un moment. Et qu'il ne s'hydrate pas assez.

Je m'accroupis sans m'avancer beaucoup plus.

– On est venu vous sortir de ce trou à rats. Tous !

Je reviens sur mon estimation. Le petit n'a pas plus de 12 ans. Et il n'est pas encore capable d'imaginer le monde sans lumière, même s'il a déjà bien morflé. L'arête de son nez est déviée et un joli coquard ferme son œil gauche. Un examen plus attentif me permet de noter d'autres blessures sur le cou et les bras.

Le gamin s'est mangé une sacrée dérouillée !

– Je… je m'appelle Emmett, lâche-t-il dans un soupir étranglé.

– Comment tu es arrivé à la ferme, mon grand ? le questionne Arizona.

– Mes pa… Les gens qui m'ont adopté… ils voulaient plus

de moi. Ils nous ont amenés ici, ma sœur et moi. Ils disaient qu'on resterait pas longtemps, mais c'était faux. Ma sœur… Elle a beaucoup pleuré quand elle a compris qu'ils reviendraient pas. Alors, je l'ai protégée… Parce qu'il y avait plus que nous deux. Mais maintenant, je peux plus… Elle est là-haut, toute seule… Ils se sont foutus en colère quand j'ai refusé que le monsieur joue avec elle. On a essayé de s'enfuir, mais j'ai pas réussi à ouvrir le soupirail. J'avais pas mon couteau… J'ai pas réussi…

Le déluge de paroles se tarit dans un sanglot. Pourtant, Emmett ne flanche pas. Je salue son courage d'un hochement de tête approbateur et me relève après qu'Arizona l'a aidé à se mettre debout.

Le gamin n'est pas maigre, mais il nage dans un tee-shirt à l'effigie des Avengers, comme si on lui avait refilé le premier truc à portée de main sans songer à regarder la taille.

– Ta sœur a de la chance d'avoir un frère comme toi, affirmé-je.

– J'ai pas réussi, répète le petit, les épaules croulant sous un poids invisible.

– Tu as essayé et tu t'es battu, le détrompé-je. On va vous aider. Mais on doit d'abord quitter ce sous-sol.

Nouveau hochement de tête, mais, cette fois, il s'agrémente d'un sourire timide. Deux fossettes se creusent à la commissure des lèvres et renvoient Emmett, pendant une infime seconde, à son rôle d'enfant.

– Y a un passage sous l'escalier, scande-t-il.

– Tu es sûr ?

Le gosse raidit l'échine, le courage et la fierté s'exprimant dans ses poings contractés.

– Si j'te l'dis ! Suis pas un menteur, moi !

– On te croit, le tranquillise Arizona d'un sourire débonnaire. Il mène où, ce passage ?

– Dans les cuisines. Juste au-dessus du frigo.

– Tu connais bien les lieux…

Emmett se dandine, mal à l'aise.

– Ce n'est pas ta première fois ici, c'est ça ?

– Ils fermaient pas bien la porte au début, alors, quand j'avais faim…

Je glousse, amusé par l'œil malicieux du gamin.

– Et si tu nous montrais le chemin, mon grand ? réclame Arizona.

Emmett ne se fait pas prier. La démarche moins agile qu'elle ne devrait l'être (*Putain d'enfoirés !*), il s'empresse de nous guider vers l'escalier. Une travée étroite permet d'aboutir à un cagibi invisible du couloir. Et là…

Le passage est en réalité un conduit d'aération, mais il est suffisamment large pour qu'un adulte s'y faufile. Un challenge abordable lorsque l'on a sué sang et eau dans la maison des horreurs.

– OK ! Je vais entrer là d'dans le premier. Emmett, on a besoin d'accéder aux bureaux des gens qui bossent ici. Tu pourrais nous indiquer le chemin ?

– Et ma sœur ? Faut qu'on aille la sauver avant que le monsieur l'emmène.

– On va s'occuper d'elle, mon grand, le rassure Arizona.

Emmett a fait preuve d'un sacré courage jusqu'à présent. Mais, à la mention de sa cadette, une part de sa bravoure se fendille. En moins d'une seconde, il redevient le gamin qu'il n'aurait jamais dû cesser d'être.

– Et s'il l'a déjà prise ? Il est venu deux fois et…

– On ne vous laissera pas tomber, Emmett, lui certifié-je. D'accord ?

La méfiance se manifeste dans la grimace du gosse. Comment le lui reprocher ? Les adultes qui auraient dû le protéger l'ont trahi. Je connais assez intimement cette blessure pour savoir que seuls des actes dénués d'hypocrisie pourront l'infléchir.

Pas l'adoucir ni l'effacer.

Les racines de la confiance, une fois qu'elles ont été saccagées, ne se développent plus jamais comme elles le devraient. On survit sur une sorte de sables mouvants qui positionnent la vigilance comme un ressort fondamental de la psyché.

Doutes et suspicions s'imposent en réactions instinctives.

– Ta sœur et toi êtes ici depuis combien de temps ? ajoute Arizona, une façon subtile de ramener le gamin sur un terrain moins perturbant.

– Trois mois, je crois. On a quitté l'école après les vacances de printemps.

– On sait qu'il y a des chalets derrière ce bâtiment. C'est là que vous êtes logés ?

– Oui. Le centre, c'est juste quand on doit rencontrer les gens qui veulent nous acheter. Parfois, on vient pour…

Le visage d'Emmett se pare d'une dureté qui m'est familière : c'est la même que je contemplais dans le miroir lorsque j'étais gosse.

– Parle-moi des chalets, le prie Arizona avec une douce compassion. Vous êtes nombreux ? Il y a des familles, aussi, ou uniquement des enfants ?

– Je sais pas combien on est, déplore le gamin en fronçant des sourcils. Mais y a plus de gosses que de mamans. Des fois, les mamans restent un moment, puis elles partent en laissant leurs petits. Mlle Dickers…

– Mlle Dickers ?

– C'est la chef des dames qui veillent sur nous. Mlle Dickers, elle dit que les mamans, elles veulent plus de nous, mais moi j'y crois pas. Quand mes pa… Quand les gens qui m'ont adopté m'ont abandonné ici, ils sont pas allés plus loin que l'accueil, et c'est pareil pour tous ceux comme moi. Les autres, leurs mamans, elles s'en occupent, et puis un jour, hop ! Elles sont plus là.

Emmett se rapproche d'Arizona et baisse le ton :

– Je crois qu'ils leur font du mal… À nous aussi, ils font du mal.

– Je sais, révèle ma partenaire, et c'est pour cette raison que nous sommes ici.

– Il faut qu'on bouge, les coupé-je avec un fond de sécheresse. Si les gardes déboulent, ce sera le début des emmerdes.

– Le début ? ricane Arizona.

Je m'engouffre dans le conduit, poursuivi par le rire perlé de la Schtroumpfette et plus conscient que jamais de la douleur qui sinue sous ma peau. Brider la souffrance jusqu'à l'oublier, je suis champion à cet exercice, mais je devine que je le paierai à un moment ou à un autre.

L'espace est moins large qu'il n'y paraît de l'extérieur, mais je réussis à progresser à un rythme satisfaisant en tirant sur mes avant-bras.

Le tunnel me réserve toutefois son lot de surprises. Après quelques mètres de contorsions, j'aboutis devant une ouverture à la verticale. Pas de barreaux pour grimper…

Je ronchonne et me hisse dans le boyau jusqu'à pouvoir me tenir debout, la peau déjà moite de sueur. La chaleur est à la limite du supportable, comme si toutes les vapeurs de la cuisine stagnaient ici.

Conséquence directe, les parois sont enduites d'une couche humide, et peut-être bien huileuse.

Super ! L'escalade va être une partie de plaisir !

J'appuie fermement le dos contre le mur et me sers de la force de mes cuisses pour me tracter vers le haut. Un exercice moins périlleux que prévu lorsque je découvre de légères encoches sous mes doigts. Je redouble d'efforts, pressé par le besoin urgent de revoir la lumière du jour.

J'atteins mon objectif après une dernière poussée et m'essuie le front d'un geste impatient. Un manque d'égards qui me rappelle que j'ai la gueule un peu plus fracassée que d'habitude.

Mon corps, lui, n'a pas rendu les armes, mais je n'ai aucun doute sur le fait que c'est l'adrénaline qui me maintient debout.

La cuisine se dissimule derrière un soupirail mal serti. Les lieux sont déserts à cette heure, mais je demeure sur mes gardes lorsque je descelle la grille pour me faufiler dans l'espace libéré.

– Oh, putain ! grondé-je en remplissant profondément mes poumons.

– Hé ! Je peux avoir un coup de main ?

Arizona et Emmett atterrissent à mes côtés en silence et nous entamons notre parcours sous l'égide de notre petit guide. J'ignore comment s'organise l'équipe de surveillance, mais elle concentre visiblement ses efforts sur l'extérieur, car nous ne croisons pas âme qui vive jusqu'au bureau de Bradley Shaw.

Je grimace devant la plaque pompeusement collée sur la porte. Le fils du sénateur est un putain d'enfoiré, mais c'est un pro en ce qui concerne les apparences ! L'intérieur de son antre est pourtant plus raffiné que tape-à-l'œil, sorte d'antichambre au luxe discret et au sérieux irréprochable.

Le type a quand même eu le toupet (ou la brillante idée, selon le point de vue) d'accrocher des dessins de gosses aux murs, transmettant un message de confiance et de bienveillance.

– Bon, je m'occupe de l'ordi, annonce Arizona. Appelle Dax !

– À vos ordres ! décliné-je avec sarcasme.

– Et ma sœur ? s'impatiente Emmett. Il faut aller chercher Kiera.

– On va y aller, mon grand, mais avant...

– Non ! Vous comprenez pas ! Elle a désobéi, elle aussi.

Mlle Dickers, elle aime pas quand on tape les clients.

– C'est ce que ta sœur a fait ?

– Oui, et c'est ma faute. J'avais pas le droit d'être dans la maison. Mais je voulais pas laisser Kiera toute seule avec le gros plein de soupe. Alors, je l'ai suivie et je me suis caché. Quand le monsieur a tenté d'obliger Kiera à... à le toucher, je lui ai sauté dessus. Je suis tombé et Kiera l'a mordu pour pas qu'il me frappe plus. Mlle Dickers punit sévèrement ce genre de comportement. Elle enferme les petits dans le noir et Kiera... elle a très peur du noir. Je dois aller la chercher !

– OK, OK, tempère Arizona. Tu dois comprendre que, pour sauver ta sœur, ainsi que tous les enfants, on doit alerter nos amis et leur envoyer des informations sur ce qui se déroule ici. Si on se fait de nouveau piéger, tout notre travail n'aura servi à rien.

Emmett referme les poings, le visage tremblant de ces larmes qu'il se refuse à libérer. Il suffoque, incapable de formuler les mots qui lui brûlent la gorge. Je lui empoigne l'épaule pour l'obliger à me regarder.

Appréhension et terreur...

Colère et désespoir...

Détermination et défi...

– Putain ! Je vais aller récupérer sa sœur, annoncé-je, vaincu. Tu peux gérer ici, Schtroumpfette ?

– On est désarmés, en terrain ennemi ! Je ne suis pas persuadée que ce soit une bonne idée de nous séparer.

– T'as une autre option ? Moi, j'en vois pas !

La pression s'est accumulée dans mes muscles et ma crise a accru mon besoin de la libérer. La perspective de cogner quelques-uns des connards qui m'ont enfermé me démange d'ailleurs salement.

– Si tu pouvais éviter de te faire tuer, ça m'arrangerait, râle

Arizona en démontrant, une fois de plus, qu'elle me décrypte un peu trop bien.

– Je suis pas irremplaçable. Si je tombe, le gang prendra la relève. Et côté perso… Ben, y aura personne pour me pleurer. Je pense même que Vic sera soulagé d'être enfin débarrassé de moi.

– Tu as tort !

Arizona se campe devant moi et me jauge avec un sérieux dérangeant. Je voudrais tourner les talons et me barrer, mais une force inexplicable me pétrifie sur place.

Lorsque Arizona effleure mes lèvres du bout des doigts, je bascule la tête en arrière de surprise. Il y a trop de tendresse dans ce geste, trop de…

– Ce qu'il y a entre toi et moi n'appartient pas à la catégorie des choses qui ne comptent pas, Tate, m'assène-t-elle avec une tranquille assurance. Et j'ai bien l'intention de creuser la question, alors tes fesses, oui, j'y tiens. Maintenant, embrasse-moi et file !

J'ouvre la bouche, puis la referme.

Je ne suis ni sous le choc ni conquis. Je suis… Merde ! Je suis démuni. Et le mutisme de la bête n'arrange pas mon sentiment que je patauge en terre inconnue.

– Tu l'embrasses, bon sang ! me tanne Emmett, la main déjà sur la poignée de la porte. On est pressés, là !

– Je rêve ! pesté-je à mon tour.

C'est presque contre mon gré que je me penche sur Arizona. Guidé par un élan qui me dépasse et me hérisse le poil…

Vas-y, mec, tant que t'y crois !

Je ne me contente pas d'effleurer sa bouche, je la dévore. Comme si chaque contact augmentait ma soif et m'encourageait à me gaver jusqu'à satiété.

D'agacement, je termine notre baiser en mordant la lèvre inférieure d'Arizona, déterminé à lui faire comprendre que je ne suis pas un gentil petit toutou apprivoisé.

Sauf que cette nana s'obstine à me tenir tête ! Je sens ses ongles érafler ma peau à travers mon tee-shirt. Je recule, sidéré que ce simple geste embrase ma libido. Mon cœur tambourine dans ma cage thoracique, un écho futile au bordel dans mon crâne.

– On y va, Emmett !

– Attends, m'arrête Arizona. Prends ça avec toi.

Je me saisis du coupe-papier. Même si ce genre d'accessoire est loin de valoir ma lame, c'est une solution intéressante. Je glisse le pouce le long du métal, goûtant particulièrement la forme effilée… et létale. Pour preuve : l'entaille qui orne désormais mon pouce.

– Parfait ! approuvé-je avant d'entraîner Emmett dans le couloir.

Seconde Chance ressemble à un coffre-fort vue de l'extérieur. De l'intérieur, j'ai la confirmation que c'est une vraie passoire. Une erreur d'appréciation qui se justifie probablement par la certitude des occupants d'être protégé du monde grâce à leurs hauts murs et à leur système de surveillance.

Une leçon que les Styx Lions ont payée au prix fort…

– C'est maintenant que ça va être compliqué, grondé-je lorsque nous atteignons une porte à l'arrière de la maison. Où est-ce que Dickers enferme les enfants ?

– Dans le pavillon bleu. C'est celui qui est juste derrière les arbres.

– Tu as remarqué s'il y avait des gardes dans les parages ?

– Ils ne viennent pas jusque-là, M. Shaw leur interdit parce que c'est là qu'on fait… les photos et les films.

J'entends la honte derrière les mots, un sentiment qui charrie une odeur familière. Je me frotte la tempe droite, pas encore prêt à rouvrir cette porte.

– OK. Il y a qui, en général, dans ce bâtiment ?

– Les jours de travail, Mlle Dickers est présente avec des nounous.

Et puis il y a le magicien.

– Le magicien ?

– C'est lui qui prend les photos. Parfois, il se mêle aux clowns.

Je hausse un sourcil pour qu'Emmett saisisse ma question sans que j'aie besoin de la formuler à voix haute. Malin, ce gosse !

– C'est comme ça qu'on les appelle, murmure-t-il en détournant les yeux. Ils… ils portent des masques et ils font peur, même quand ils essaient de nous amuser. Ils participent aux… jeux, mais c'est pas des jeux, en vrai…

– Emmett, écoute-moi bien : tu n'es pas responsable de toute cette merde ! Tout ce qui se passe, ici, ce n'est pas ta faute ! Ces salopards vont aller en prison pour ça, OK ? Alors, tu vas mettre de côté tous tes souvenirs parce que, là, maintenant, notre objectif, c'est de récupérer ta petite sœur. Est-ce qu'aujourd'hui est un jour… de travail ?

– Non.

Je me place contre la porte et l'entrebâille légèrement. Le bâtiment n'est pas visible, masqué par une végétation épaisse. Néanmoins, la hauteur des murs et les guérites installées en bordure suggèrent un balayage, même s'il est partiel, des gardes sur tout le domaine privé.

Et donc ma cible.

– On va dire que c'est une bonne nouvelle, noté-je en tortillant mes orteils seulement recouverts de chaussettes. Le problème, ça va être de rentrer dans ce putain de baraquement sans se faire repérer…

Mes pompes me manquent, et pas uniquement parce que ça va m'obliger à courir pieds nus. Dans un combat, l'avantage d'un impact botté est toujours plus efficace…

Tenir sur ses jambes sans avoir besoin du soutien du mur aussi, me chantonne la voix de la raison.

Peut-être bien, mais j'ai oublié de cocher l'option « rebondir en pleine forme » quand j'ai dévalé ce foutu escalier à la con. Quel que soit mon état, il faudra que je m'en contente.

Je m'agenouille devant Emmett et l'agrippe par les épaules.

– Il va falloir que tu m'écoutes attentivement, mon grand. Je vais rentrer seul dans le pavillon et…

– Non ! Je veux venir !

– Je sais, mais je ne réussirai pas à l'atteindre sans un coup de main de ta part. Est-ce que tu cours vite ?

– J'étais le meilleur à l'école ! s'enorgueillit le gosse sans saisir quelle mission je vais lui confier.

– J'ai besoin que tu détournes l'attention des gardes, Emmett, avoué-je sans m'appesantir sur cette idée qui entérine mon rôle de fumier.

Le gamin me gratifie d'une œillade confuse. Je réclame de sa part un réel acte de foi. Il n'en est pas capable. Néanmoins, le désir qui l'anime est plus fort que sa crainte d'être de nouveau instrumentalisé.

Putain ! Ce gosse a plus de couilles que la plupart des mecs.

– OK, s'incline-t-il. Mais, si tu n'aides pas ma sœur, je te retrouverai et je te tuerai !

– Tope là ! énoncé-je en tendant le poing. Alors, ce que j'aimerais, c'est que tu attires l'attention des gardes sans te mettre en danger.

– Ils me tireront pas dessus, mais je peux les obliger à cavaler.

– J'ai dans l'idée que tu as déjà expérimenté le truc.

Bras croisé sur sa poitrine, Emmett révèle un peu de l'homme qu'il sera : indiscipliné et têtu. Je parie que Dax évaluerait le potentiel du gosse comme un possible Styx Lion.

– À mon top départ, tu files, exigé-je, mon attention de nouveau concentrée sur l'extérieur. Maintenant, Emmett !

Le petit n'a pas menti. Il fonce dans la cour et disparaît au milieu des arbres. Le silence s'étire pendant encore quelques secondes, puis des cris jaillissent sur ma gauche.

Je compte jusqu'à dix, puis m'élance à mon tour.

Oh, putain ! Que c'est douloureux !

Le pavillon bleu, par chance, a été construit un peu à l'écart des autres. J'aperçois des silhouettes qui cavalent à l'est de la propriété, loin de ma cible donc. Emmett est un foutu gamin qui a parfaitement relevé son challenge.

Je n'utilise pas la porte principale pour pénétrer dans la bâtisse aux dimensions modestes, mais emprunte une fenêtre restée ouverte pour plus de discrétion.

Un choix qui me soulève le cœur après un rapide examen. Les jouets épars sur le sol ne suffisent pas à déguiser la véritable fonction de la pièce. Entre les camions et les poupées, les liens de contention et les objets à connotation sexuelle divulguent une horreur pure.

Je remise cette merde dans un coin obscur de mon cerveau et visite le préfabriqué. Construite autour d'un couloir central, la maison est nantie de six chambres, toutes forgées dans le même moule, à l'exception des « détails » de la décoration d'ambiance.

C'est la septième pièce qui m'offre l'incarnation parfaite de mes cauchemars.

Je me fige sur le seuil, alerté par les gémissements plaintifs que l'ouverture de la porte a déclenchés, mais il me faut quelques secondes pour localiser l'interrupteur et faire jaillir de la lumière dans cet espace livré aux ténèbres.

Deux sommiers en métal ont été rivés aux murs, telles d'énormes toiles d'araignées. Je devine leur utilité sans avoir besoin de m'attarder sur les cordes entrelacées à la dentelle de fer. J'ai goûté à ce supplice…

Je me précipite vers les cages entreposées au fond de la pièce. Trois sont occupées.

Ma tête se met à bourdonner devant les regards terrorisés. Je chancelle avant même d'avoir pu réaliser que le contrecoup ne vient pas d'un adversaire extérieur, mais bien de cette part de moi que j'ai sciemment enfermée à double tour.

Je me raccroche comme je le peux, tombant à genoux devant ces gamins brisés. J'aurais pu être à leur place. J'aurais pu porter en moi cette noirceur supplémentaire. Mais peut-être que je me leurre. Que je suis exactement comme eux.

Je suffoque, ma raison s'estompant sous le joug d'un mal que je ne parviendrais jamais à effacer.

– Monsieur ? chuchote une petite voix.

Une voix qui m'intime de me relever, alors même qu'elle n'exprime que terreur et angoisse. J'entends autre chose pourtant derrière ce filet incertain. C'est comme une claque. Brutal et douloureux. Salvateur, surtout !

Je me redresse, tous mes sens en alerte. Ces gosses ont besoin d'être secourus. Besoin d'être libérés.

La merde dans ma tête ? Elle me condamne, mais je refuse qu'elle réserve un destin semblable à ces gamins.

Je scrute les enfants et m'approche de la seule Afro-Américaine du groupe.

– Kiera ?

Défiance. Le frère et la sœur, même combat...

J'esquisse un pâle sourire, conscient que mon allure générale ne plaide pas pour moi. Pourtant, la petite ne hurle pas tandis que j'essaie de triturer le cadenas.

– C'est Emmett qui m'envoie, expliqué-je.

– Emmett ?

– Ouais. Il sait que tu as peur dans le noir...

– Il est où ?

L'espoir… Même au milieu des ténèbres, il brille tel un joyau inestimable.

– Il fait courir les connards qui vous ont enfermés dans ces cages… Putain ! C'est impossible de débloquer ce machin, grondé-je en vilipendant mon foutu coupe-papier.

– Les clés sont dans la boîte près de l'entrée, chuchote le voisin de Kiera.

– OK, je vais aller les chercher et…

Merde ! Une porte qui s'ouvre…

Je pose un doigt sur ma bouche pour exiger le silence, comme s'il en était besoin. Pas un gamin ne moufte, la terreur ayant repris ses droits.

Je me faufile jusqu'au vestibule à pas de loups et…

– Éteins pas la lumière…

– C'est toi, Doris ? s'élève une voix.

J'évalue la distance avant de me pointer face à la connasse qui sifflote gaiement. Comme si ce n'était pas complément indécent…

– Hé non ! clamé-je en surgissant dans le couloir. Surprise, surprise !

La nana n'a pas le temps de crier. Je l'enlace et plaque une main sur sa bouche. La suite se révèle jouissive, puisque la sale petite prédatrice se retrouve prise au piège de ses propres joujoux. Je la bâillonne avec un vieux chiffon et la menotte à l'armature en fer, indifférent à ses pitoyables ruades.

Mme Tout-le-Monde, voilà à quoi ressemble l'un des monstres de Seconde Chance.

– On rigole moins, maintenant, hein ! ironisé-je, brûlant d'une rage qui m'étrangle la gorge. Les enfants, ça va ?

– Oui, mais…

– Catherine ? Tout est OK pour toi ? braille un nouvel intrus.

Putain ! Shaw va nous tuer s'il découvre ce foutoir. Faye a déconné et c'est nous qui allons payer les pots cassés. J'arrive pas à comprendre comment ils ont réussi à se faire la malle et…

Quand je sors dans le couloir, cette fois-ci, je prends le temps de refermer la porte derrière moi. Parce que la suite ne sera probablement pas aussi facile et propre…

– Bordel de merde ! gronde l'un des gardes qui m'ont gentiment accompagné au sous-sol tout à l'heure.

– Hé ! Comment on se retrouve, vieux ! Il me semble qu'on a un petit compte à régler, tous les deux.

– Ah ouais ? m'alpague l'abruti en portant la main à son holster.

Première erreur : on ne quitte jamais son adversaire du regard !

La deuxième : on évite d'affronter un mec très, très en colère quand on n'est pas remonté à bloc !

Ce que n'est pas le gars en face de moi. En plus d'être à peine sorti des jupes de sa mère, il pue la peur.

Je n'accorde aucune pitié à cet imbécile, en grande partie parce que je sais pertinemment que mon corps flanchera si le combat s'éternise. Je me rue sur lui et m'enfonce aussi violemment que possible dans son abdomen. Mon adversaire expulse tout l'air de ses poumons en basculant en arrière, sonné.

Je me plaindrais bien de n'avoir même pas eu le temps de profiter de cette occasion de m'affranchir de ma tension si des bruits de pas ne m'informaient pas que je n'en suis qu'au début des réjouissances.

Et ça se corse salement lorsque quatre gars débarquent, arme au poing.

Avec le flingue du type couché à mes pieds, je tire sur les nouveaux venus de manière à bénéficier de l'opportunité de m'engouffrer dans l'une des chambres. Mon objectif : me barrer de là, histoire d'éloigner la mitraille des gamins.

Je me précipite vers la fenêtre, me ramassant le plus possible pour éviter d'offrir trop de prise aux éclats de verre. Un vœu pieux dans l'absolu, même si ça ne m'arrête pas. Je roule au sol en réprimant une grimace au moment de l'impact et rebondis sur mes pieds avec l'aisance d'un sportif bien entraîné.

Pas de bol pour moi, toutes les recrues de Shaw ne sont pas des néophytes.

Lorsque je m'élance vers les arbres, un éclat de douleur me transperce la jambe gauche.

Bordel de merde !

Certains de mes poursuivants me talonnent déjà. J'accélère la cadence autant que me le permet mon corps défaillant, conscient que ce genre d'exercice est en train de devenir une habitude que je ne suis pas certain d'apprécier, pas quand on me canarde, en tout cas.

Un avis qui se confirme quand un mec aussi balèze que Lou me plaque au sol et referme ses énormes paluches sur ma gorge. Je tente de me dégager, mais le salopard pèse son poids et me confronte à la force brute d'une machine de guerre.

Mes muscles, déjà bien meurtris, sont sur le point de me lâcher, même s'ils opposent une résistance désespérée. Je soupçonne que ça ne suffira pas.

J'oublie l'étau qui me comprime la trachée pour me focaliser sur la brûlure dans mes poumons. M'échiner à chercher l'air qui me fait si cruellement défaut ne sert pourtant à rien.

Je suis…

Je cligne des yeux, perverti par une somnolence insidieuse. Des éclats de lumière tapissent le fond de ma rétine tandis que je continue de me débattre. Un combat qui révèle la lourdeur de mes membres et une gaucherie sournoise.

Autour de moi, tout semble s'assourdir, et j'ai le sentiment d'être enveloppé dans une sorte de brouillard qui efface même la souffrance…

Oh, putain ! Y a pas moyen que je crève ici et maintenant !

24

Arizona

Le temps ne s'est jamais écoulé aussi lentement. Le regard fixé sur l'horloge, je compte les minutes en me rongeant les ongles. Exercice qui se révèle bien plus difficile qu'il n'y paraît quand vous avez déjà bien ratiboisé la marchandise.

Seule satisfaction : il m'a fallu moins de trois minutes pour investir le PC de Shaw. Ce mec n'a pas dérogé au manque d'imagination de la plupart des gens. Une vérité qui facilite le travail de n'importe quel hacker.

Eh ouais, soixante-trois pour cent des mots de passe ont un lien direct avec notre vie quotidienne…

Shaw, lui, a choisi le prénom de son fils comme accès à son ordinateur. Une sacrée blague quand on sait ce qu'il trame dans sa ferme !

J'ai mis un peu plus de temps à fouiller son disque dur et à identifier les fichiers compromettants. Et quelques minutes pour les centraliser dans un dossier prêt à être expédié…

Malgré son jeu à la con, je n'ai pas exclu Henri des destinataires, mais c'est l'adresse mail des Styx Lions que j'ai notée en premier.

Un acte qui affirme une vérité criante… Et, cette fois, je ne peux plus me leurrer sur ce changement de cap dont j'ai viscéralement besoin.

Ce boulot terminé, j'avais prévu d'appeler la police en singeant un témoin. Une dose de panique dans la voix, je les aurais informés qu'un de leur gars venait de se faire plomber comme un pigeon.

Un plan bien moins percutant que celui qui m'est tombé dessus pendant que je furetais dans l'ordinateur de Shaw.

Je n'ai pas noté sur l'instant la présence de la caméra, mais mon cerveau a été capable de me représenter la photographie du hall. L'œil est fiché au-dessus de la porte, enchâssé dans un médaillon en plâtre à l'effigie de la Vierge Marie.

Il a capturé l'essentiel de notre altercation avec les gardes de Shaw, mais aussi, et surtout, la bagarre impliquant Rosario. Isoler ces quelques secondes et les envoyer sur le site de la police de San Francisco s'est révélé un jeu d'enfant.

Ma petite bombe a obtenu le succès prévu. Ted se tient prêt à intervenir, mais ne le fera que lorsqu'un juge aura signé le mandat de perquisition. Vu le contexte, je doute que cela prenne plus de temps que nécessaire, ce qui ne m'empêche pas de tourner en rond.

Et de me tracasser pour Tate…

Une inquiétude qui vire au cauchemar lorsqu'une sirène d'alarme se met à retentir au-dessus de ma tête.

L'adrénaline pulsant dans mes veines, je me rencogne derrière la bibliothèque pour me dissimuler, un serre-livres en marbre à la main. Personne ne franchit le seuil du bureau de Shaw…

Le cœur tambourinant à toute vitesse, il me faut quelques minutes pour assimiler que l'agitation se concentre dans le jardin.

Nos ravisseurs pourraient avoir découvert notre disparition, mais je les soupçonne plutôt d'avoir repéré Tate dehors, raison pour laquelle ils ne fouillent pas la maison. Le danger, pour eux, se situe à l'extérieur.

Une erreur qui dénote un sacré manque de professionnalisme.

Ou de l'arrogance pure… Shaw a tout misé sur l'impénétrabilité de son sanctuaire, se contentant de vivre sur ses acquis en ce qui concerne la sécurité intérieure. Un défaut courant chez les arnaqueurs novices.

Je n'hésite pas longtemps sur la conduite à adopter. L'arrivée d'une armée de flics suffit à foutre un beau bordel à l'entrée. Si, une minute plus tôt, tout le monde s'activait dans un silence propre aux traques, on aborde désormais la thématique délicate du « comment se barrer sans se faire remarquer ».

Je sors du bureau avant que l'armada investisse la maison. Je suis sous couverture et, si j'ai une chance d'intégrer les Styx Lions, ce sera en garantissant au gang mon anonymat en tant qu'agent du FBI.

Pas question de me griller avant même d'avoir pu convaincre Dax de me recruter !

Je file à l'extérieur, nullement surprise de ne croiser âme qui vive sur ma route. Le fiasco de notre visite a eu des répercussions immédiates sur la vie du centre : il s'est vidé comme on purge un organisme vicié.

J'ai beau être dans une forme olympique, une partie de mon cœur s'extrait violemment de ma poitrine lorsque j'aperçois les deux corps enchevêtrés au sol.

Deux corps entassés l'un sur l'autre…

Deux corps dont l'un m'est devenu douloureusement familier…

Tate est écrasé sous une énorme carcasse aussi inerte qu'un éléphant agonisant et il y a assez de sang pour que j'évalue la gravité de la situation.

Je cours comme une dératée pour me jeter contre l'amas de membres, incapable d'aligner deux pensées cohérentes.

Pas de respiration…

Trop de sang…

Je perds rarement mon flegme, mais un foutu raz-de-marée sensoriel m'empêche de réfléchir… Je suffoque, mais le pire s'invite dans cette souffrance qui se répand sous ma peau. J'ai déjà goûté à cet anéantissement de l'être… Et je refuse cette fatalité !

Nom de Dieu ! JE REFUSE !

Des larmes me brûlent les paupières, mais je ne les autorise pas à couler. C'est la colère qui me guide tandis que je secoue le corps qui emprisonne Tate dans une étreinte qui pue la tombe.

Non ! Il ne peut pas être mort !

Je dégage Tate, pressée par l'urgence d'appuyer mes doigts contre son pouls. Le géant roule au sol, révélant une plaie béante à la gorge. Le coupe-papier a tranché net la jugulaire.

Je me force à respirer. Le sang est forcément celui du type occis ! Le tee-shirt de Tate a beau être imbibé d'écarlate, ça ne signifie rien, n'est-ce pas ?

– Tate ?

Mes réflexes me sauvent avant que la panique ne rejaillisse, telles des braises offertes au caprice d'un vent sournois.

Pas de pouls…

Les mots tourbillonnent en boucle dans ma tête. Néanmoins, ils ne font pas sens. Parce que c'est impossible ! Ça ne peut pas se terminer comme ça ! Pas Tate !

La vérité s'abat sur moi comme un couperet. Lumineuse et incontournable. Pleine d'espoir, mais ravagée par l'angoisse.

Je suis amoureuse…

Complètement accro à ce type qui n'a pourtant rien d'aimable, du moins en apparence.

Comment c'est arrivé ? Je glousse, un sanglot dans la voix. Je m'en contrefiche, en fait. Moi qui adore tout disséquer, je veux simplement avoir le droit de profiter de cette chaleur qui imprègne chaque cellule de mon corps. Jouir de ces sentiments que je n'attendais pas, mais qui me paraissent si justes...

Oui, justes ! Tate est tout l'inverse du prince charmant, mais il est mon Faust[16]. Dangereux et brisé, mais aussi – et surtout – loyal et d'une honnêteté brute.

Est... Était... Non !

Je retombe sur les fesses, dévastée.

– Merde ! C'est quoi cette manie qu'ont les nanas de chialer sur les cadavres des beaux gosses, alors qu'elles les connaissent à peine ?

Mon cœur cesse de battre d'un coup. J'aspire l'air par secousses, sous le choc.

– Respire, Schtroumpfette ! m'ordonne un Tate à demi railleur en dépit de son aspect pitoyable. J'entonnerais bien une petite chanson pour t'aider, mais là, c'est moi qui ai besoin de toi. Putain ! J'suis incapable de me relever ! Ce mec m'a cassé en deux !

Le sang réinvestit les zones de mon cerveau qui étaient à sec, lardant au passage les relents de ma panique.

Tate bascule sur le dos en jurant copieusement. Son torse se gonfle à un rythme rapide, comme s'il s'efforçait de contenir sa douleur. Ce qui est probablement le cas, vu son état physique.

– J'ai cru que... balbutié-je. Merde ! Tu m'as fait une peur bleue !

– Moi aussi, m'avoue Tate en me décochant un sourire plus piteux que lumineux. Ta main ?

Je m'exécute. Un exercice ardu quand vous devez soulever un type du gabarit de Tate alors que vous concourez en catégorie poids plume.

– C'est quoi, ce bordel ? m'interroge Tate, une fois sur ses pieds.

– Les flics. Il va falloir qu'on bouge si on ne veut pas finir menottes aux poignets.

---

16. Personnage de la mythologie allemande qui a vendu son âme au diable, lequel a inspiré des personnages comme Dorian Gray.

– Putain ! J'suis raide dégueulasse ! Ce connard s'est vidé sur moi.

– Tu lui as tranché la gorge, rappelé-je, la bouche pincée, non pas de dégoût, mais de cette peur qui continue de me picoter.

– Ouais, ben c'était ça ou crever ! Ce fils de pute m'étranglait…

Avec des gestes brusques qui s'accompagnent de grimaces, Tate ôte son tee-shirt et nettoie sa peau du mieux qu'il le peut. Ce n'est pas franchement une réussite. Entre les traînées rougeâtres, ses hématomes et sa chevelure emmêlée, il pourrait postuler pour le rôle du meilleur acteur de film d'horreur.

– Laisse-moi t'aider, dis-je en récupérant le tissu sale.

Je me concentre sur son dos, là où le sang a presque recouvert l'emblème des Styx Lions. Les muscles roulent sous mes doigts, mince réconfort en regard des ecchymoses qui parsèment la peau d'ordinaire dorée.

Je m'accorde quelques secondes pour palper le corps massif et chercher d'autres blessures que celles que Tate a récoltées dans sa chute.

– Hé ! s'insurge-t-il lorsque je frôle ses côtes douloureuses.

– Tu es en état de marche ?

– Je suis toujours en état, ma jolie !

– Mon Dieu ! Les hommes et leurs cerveaux sous la ceinture ! Je ne parle pas de sexe ! Est-ce que tu es capable d'avancer ?

– Ouais, ça aussi, rigole Tate.

Je plisse les yeux, pas franchement convaincue. Tate est d'une pâleur mortelle en dépit de son air bravache.

– On ne peut pas sortir par-devant, indiqué-je dans un soupir, et…

– On ne dégagera pas avant d'avoir libéré les gamins !

– Les enfants sont sauvés, Tate. Les flics vont fouiller toute la propriété et Ted va débarquer d'ici peu alors…

– Pars si ça te chante, mais moi…

Tate se dirige à grandes enjambées vers la bâtisse la plus proche, ne me laissant d'autre choix que de le suivre.

Eh merde ! Pour un mec que je croyais K.-O. il y a quelques minutes, il cavale plutôt vite !

– La sœur d'Emmett est là ? l'interrogé-je après l'avoir rattrapé.

– Ouais, et elle est pas toute seule.

La tension est palpable dans la voix de Tate, assez pour que je ravale mes questions. Je le suis, poursuivie par l'impression que chaque pas alourdit le fardeau sur mes épaules. Et je cesse carrément de respirer lorsque nous nous arrêtons devant une porte close.

Tate s'engouffre dans la pièce comme un taureau enragé, les muscles si contractés que je suis déroutée lorsqu'il commence à parler.

– Tout va bien, annonce-t-il avec une douceur rare. Je suis revenu avec la clé et… vous allez bientôt quitter cet endroit.

– Emmett…

– On ira le chercher dès que tu seras libérée de cette… dès que tu seras sortie, OK ?

Tate farfouille dans le trousseau qu'il a récupéré à l'entrée de la maison et ouvre un à un les cadenas, occultant la femme ligotée dans son dos et qui se trémousse comme une forcenée.

– C'est qui, elle ? demandé-je en détaillant le visage rouge de colère et les larmes d'impuissance.

– L'une des copines de Mlle Dickers, crache Tate. On va la laisser ici pour que les flics lui tombent dessus. Je suis certain que cette salope adorera la taule.

La mention de la police réactive la rage de la captive. Celle-ci arque le dos dans une tentative vaine de se libérer de ses liens, abîmant au passage la peau de ses poignets. Je n'éprouve aucune pitié pour elle. Cette femme a participé à l'œuvre de Shaw, elle ne mérite rien de mieux que le sort qui l'attend !

Je me focalise sur les trois enfants, qui, malgré les cages ouvertes, demeurent prostrés au fond de leurs cellules.

– Kiera, l'appelle Tate. Tu peux sortir maintenant.

Le front de la gamine se plisse d'incertitude et de peur tandis que son regard manifeste une alerte qui me retourne les entrailles. La photographie de ce visage chagrin va rejoindre toutes celles que ma mémoire a cataloguées au fil de mes missions, dans l'album « innocence bafouée ». Ce poids est de plus en plus difficile à porter.

De plus en plus pénible à supporter.

Parfois, j'aimerais oublier.

Simplement oublier.

– Kiera ! insiste Tate.

– Ils sont morts de peur, chuchoté-je. Et, là, tout de suite, tu n'es pas exactement un modèle réconfortant.

Tate se déboîte presque le cou en pivotant vers moi. Je me heurte à un ciel d'orage et à une moue tordue qui accentue un peu plus l'aspect menaçant du Styx Lion.

J'appuie une paume sur le torse masculin et l'exhorte à reculer de quelques pas. Autant essayer de faire bouger une statue en marbre ! Tate ne cède pas d'un pouce, l'air plus coriace que jamais.

– Tate, s'il te plaît. Tu es blessé, maculé de sang, et tu grognes sans même t'en rendre compte. Comment veux-tu inspirer la confiance à ces gosses ?

– Je suis venu les libérer, m'oppose Tate, outré.

– Oui, et tu as réussi. Plus personne ne les mettra en cage. Ils ne subiront plus jamais de telles horreurs. Mais ils sont aussi traumatisés et terrori…

– Kiera ! hurle une voix dans mon dos.

La fillette fuse de sa cellule comme une flèche et se jette dans les bras de son frère, secouée de sanglots. Je ne résiste pas et cède aux larmes, qui coulent sur mes joues. Sous ma main, Tate s'adoucit, un relâchement qui me permet de constater qu'il tremble.

– On doit vraiment se barrer, lui intimé-je, inquiète. Tu as besoin de soins, et l'idée d'être coffrée par les flics ne m'emballe pas plus que ça.

– Y a une sortie au bout du jardin, précise Emmett, un bras protecteur enroulé autour des épaules de sa cadette. Le tunnel est caché derrière un gros buisson, mais il y a un système de grilles qui bloquent le passage. J'en ai compté trois, alors si vous avez un couteau ou…

– On gérera, affirme Tate. Toi et ta frangine, vous allez patienter ici.

– Non, on…

– La police va arriver, mon grand, et vous emmener dans un endroit où l'on s'occupera bien de vous. Vous… vous avez besoin de cette aide après… tout ça.

– Y a jamais eu personne pour nous ! On va prendre soin l'un de l'autre et on laissera jamais plus personne nous… (Il déglutit difficilement, le regard rivé au loin pendant quelques secondes.) Je tuerai le prochain qui essaiera de faire mal à ma sœur. Je le jure, je le tuerai ! énonce Emmett avec cette maturité douloureusement acquise.

– Pour c'que ça vaut, tu auras ma bénédiction, acquiesce Tate en empoignant l'épaule du petit. Mais, si on vous cherche des ennuis, n'oublie jamais que tu peux compter sur moi. Les Styx Lions t'offriront leur aide !

Une promesse qui a valeur d'acte de foi de la part de Tate, même si Emmett n'est pas en mesure de l'appréhender. Ce petit vient pourtant d'obtenir le soutien de l'un des hommes les plus farouchement protecteurs qu'il m'ait été donné de croiser.

– Je me débrouillerai ! scande le gamin, le menton buté. Mais… merci quand même. On sait jamais…

Je souris malgré moi.

Toutefois, je n'oublie pas que notre sécurité, dans un avenir proche, s'arrime à peu de choses. Les bruits de voix résonnent à l'arrière-plan, alors qu'on ne les discernait pas il y a encore quelques secondes.

Nous faire arrêter ici serait le pire des scénarios. Le contrat est clair : face à la justice, notre couverture prévaut sur notre plaque. Si nous atterrissons en cellule, nous ne jouirons d'aucun traitement de faveur.

J'empoigne Tate par le bras et le tracte vers la sortie, consciente qu'il bouge uniquement parce qu'il l'a décrété.

– Hé, pas si vite ! râle-t-il au bout de quelques mètres.

– Tu t'évanouiras quand on sera à l'abri, objecté-je, volontairement railleuse.

Derrière nous, le vacarme m'indique que la police a commencé à perquisitionner les bungalows. Les pleurs angoissés des enfants et les cris alarmés des femmes déchirent un silence qui n'était qu'une prison de plus pour eux.

Leur liberté s'impose avec une vigueur salutaire, même si ce pas n'est que le premier pas d'une longue série.

– Je ne vais pas m'évanouir, putain ! C'est juste que…

– … que tu trembles comme une feuille et que tu chancelles sur tes jambes. Je parie que ta vue commence à se troubler et que ton cerveau bourdonne. En deux mots : tu pètes la forme.

J'accélère l'allure, consciente d'exiger beaucoup de la part de Tate. Mais les flics grouillent à quelques mètres, focalisés pour le moment sur l'horreur qu'ils découvrent. Tôt ou tard, ils relèveront la tête, et là…

Les buissons apparaissent enfin et je jure à mi-voix. Je ne m'attendais pas à ce qu'ils bordent la clôture sur une cinquantaine de mètres. Utilisant le potager comme repère, je remonte la ligne de broussailles et farfouille pour localiser le tunnel.

Bingo ! Je tombe à genoux et écarte le feuillage. L'ouverture n'est pas très large. Juste assez pour que je crapahute à quatre pattes, mais trop étroite pour qu'un gabarit comme Tate puisse s'y engouffrer autrement qu'en rampant.

– Quand je répète que les nanas sont chiantes, peste Tate entre ses dents, la sueur formant une rigole le long de ses tempes.

– Je passe la première, lui lancé-je en l'incitant à s'asseoir.

– Pas question ! Je…

– Tu es à deux doigts de t'effondrer, Tate ! Alors c'est moi qui m'y colle et je m'occupe de déboulonner ces fichues grilles. Toi, tu vas essayer de suivre sans tomber dans les pommes !

Je ne tergiverse pas plus longtemps. Je m'engouffre dans le conduit et avance après avoir vérifié que Tate obéit bien à mes consignes. Les dents serrées, il fulmine, mais je préfère cette option plutôt que de nous voir en taule.

– Maudites bonnes femmes !

– Je t'entends, tu sais ?

– Ouais, et alors ? Tu comptes faire quoi ?

Malgré la dérision, je perçois la souffrance. Un écho de la respiration de plus en plus laborieuse de Tate. Nous ne nous sommes pas assez éloignés de l'entrée pour être hors de danger, et j'accueille donc avec un certain soulagement la première grille.

– Si je me souviens bien, continué-je, entre mordant et sensualité, tu m'as promis une fessée si je déconnais. J'attends toujours, d'ailleurs. (Pose théâtrale, que j'accompagne d'un clignement d'œil en me contorsionnant pour croiser le regard de Tate.) Du coup, je me dis que, égalité des sexes oblige, je peux opter pour la même punition si c'est toi qui mérites une petite leçon, non ?

– T'approche pas de mon cul, Schtroumpfette. Y a pas écrit « tam-tam » dessus !

– Non, à la réflexion, tu as raison, approuvé-je en commençant à enlever les vis. Je le comparerais plutôt à une pomme juteuse. Mordre, c'est bien, aussi, comme châtiment.

Un juron retentit dans le tunnel, ce qui m'incite à sourire. J'adore la façon dont Tate démarre au quart de tour. La manière dont il rejette mes propositions tout en me dévorant du regard. L'infime incrédulité sur son visage qui dénote le peu d'habitude qu'il a à s'investir dans ce genre de jeux.

– Et tu sais ce qu'il y a de bien avec les morsures ?

– Je ne suis pas certain d'avoir envie de connaître la réponse, mais tu ne vas pas la boucler avant d'avoir lâché le morceau, si ?

– Ah ! Voilà un homme comme je les aime : lucide et pragmatique ! Donc, pour satisfaire ta curiosité, la morsure engendre un peu de douleur et, ce qui est amusant, c'est tout ce qui suit et vise à atténuer cette sensation. Moi, par exemple, j'adore faire courir ma langue sur la ligne laissée par mes dents. Je taquine d'abord doucement, puis…

– La ferme, Arizona !

– Quoi ? C'est trop pour toi ?

– Trop ? Bébé, je suis à deux doigts de t'arracher ta culotte pour te monter.

La première grille cède et je la repousse pour libérer l'espace dans un soupir de soulagement. Parce que, fanfaronnade ou pas, la voix de Tate s'amenuise dangereusement.

– Vantard ! le provoqué-je. Tu as à peine assez de place pour te bouger. L'avantage d'être petite, c'est que, moi, je pourrais te chevaucher sans difficulté… Hé !

J'abandonne le dévissage de la deuxième barrière et frotte

mon fessier, légèrement plus sensible là où la main de Tate s'est abattue. Il n'a pas cherché à me faire mal, plutôt à renforcer l'avertissement contenu dans son grognement animal.

– Arrête de me chauffer, Schtroumpfette ! finit-il par marmonner. On sait tous les deux que ma queue et ta chatte ne sont pas... compatibles.

– C'est ce que tu te chuchotes pour débander quand tu penses un peu trop à moi ?

La grille cède sous la pression. Plus qu'une et nous serons libres !

Libres, mais pas tirés d'affaire ! Les hommes de Shaw ont réquisitionné nos effets personnels, ce qui comprend nos portables. Une fois dehors, je n'aurai aucun moyen de prévenir Ted ou Dax de notre localisation.

Mais, pour le moment, nous ne sommes pas encore parvenus au bout du chemin... Je me recentre sur la joute verbale qui m'oppose à Tate, étonnée qu'il n'ait pas déjà dégainé pour me remettre à sa place.

– Quoi ? le nargué-je. Tu as choisi l'option manuelle finalement ?

Silence.

– Tate ? Merde ! Tate ?

Je n'obtiens pas plus de réponses. Le Styx Lion est vautré au sol, la tête posée entre ses bras dans un abandon qui ne lui ressemble pas. Je recule jusqu'à pouvoir le toucher, un geste vain. Tate s'est évanoui et, à moins de dégoter un treuil, je suis incapable de le bouger.

Un problème qui n'en serait pas un si un faisceau lumineux ne balayait pas le boyau à quelques mètres seulement des pieds de Tate.

– Y a un tunnel, ici ! hurle une voix de baryton. Et on dirait que quelqu'un s'est faufilé par là ! Appelle des renforts, James ! On va pas laisser un de ces fils de putes nous échapper !

– Tate ! chuchoté-je. Merde ! Secoue-toi !

Je m'escrime à tirer sur les bras costauds, ce qui s'avère aussi utile que de collecter de l'eau avec une passoire. Je finis en sueur et le cœur battant à tout rompre.

Des palpitations qui s'accroissent lorsque la lueur d'une torche lèche les orteils de Tate…

25

Tate

Putain ! C'est quoi, ce truc qui me cogne la tête ? J'émerge dans un bougonnement hostile et tâtonne pour identifier la source de mes maux. Mon bras est étrangement lourd, mais le plus bizarre tient aux tressautements désagréables sous mon dos.

– Bordel ! vitupéré-je, agacé de me sentir aussi agile qu'un pachyderme.

– Du calme, mec, me rétorque un Dax à la voix tendue.

– Putain ! Où on est ?

– Sur la route. On t'emmène à l'hosto.

Je relève la tête, peut-être un peu trop vite, puisque ce mouvement m'arrache une grimace de douleur. Tout se met à valser autour de moi et un tapis d'étoiles s'invite devant mes yeux fatigués.

– Hé ! Reste tranquille, m'assène mon pote avec plus de dureté. Tu es salement amoché, et pas en état de te lever.

– Je veux pas aller à l'hosto ! répliqué-je.

Une nouvelle tentative de me hisser sur mes avant-bras se solde par une putain d'envie de vomir. Je bascule d'instinct sur le côté et régurgite de la bile.

– Merde ! glapit Lou. C'est pas bon ça, il dégobille !

– Je m'en occupe, scande Arizona en apparaissant dans mon

champ de vision. Eh, Tate, tu vas te tenir tranquille maintenant !

Elle m'essuie la bouche et nettoie à la va-vite mes saloperies, tout en me décochant un regard qui alterne entre inquiétude et sévérité. Lou et Dax ne sont pas en reste, pas plus que Sam, assis sur la banquette avant de la camionnette. J'ai l'impression d'être un poussin surveillé par tous les coqs et poules de la basse-cour. Comme si j'en avais besoin !

– Comment… balbutié-je, dégoûté par les relents amers sur ma langue.

Arizona humidifie mes lèvres avec un mouchoir en papier, puis repousse mes cheveux pour me rafraîchir le visage. Merde ! Ça fait vraiment du bien. Je geins de plaisir, m'efforçant d'occulter la douleur qui transite dans chacun de mes muscles.

– C'est un homme de Ted qui nous a localisés, m'informe-t-elle. Il m'a aidée à te sortir du tunnel et a appelé Dax en renfort.

– Et… Shaw ?

– Disparu de la circulation, reprend Dax. Ce salopard a dû être prévenu par l'un de ses sbires. Mais l'essentiel, c'est que tous les gamins ont été libérés. Ted nous fera un retour dès qu'il aura commencé à interroger les femmes et les enfants. Pour le moment, il concentre ses efforts sur leur sécurité. La plupart ont été dirigés vers l'hôpital, mais certains sont encore sur place, paniqués et incapables de bouger.

– Dis-lui… dis-lui qu'il faut localiser ce salopard de Shaw, aboyé-je. Et qu'on lui coupe les couilles pour toute cette merde !

– Te tracasse pas, ricane Lou. Shaw est un homme mort. Même son sénateur de père ne pourra pas sauver ses fesses maintenant qu'on a dévoilé ses magouilles.

– Ces rapaces de journalistes ont déboulé dans l'heure, ajoute Sam. Mais, pour une fois, ça va nous servir : la tête de Shaw sera placardée sur toutes les chaînes d'ici ce soir. Il n'ira pas bien loin.

– Tant mieux ! approuvé-je en fermant les yeux de fatigue. Dax... Pas l'hosto, s'il te plaît !

– Merde ! Tu fais chier ! J'appelle Tasha et je te préviens, si jamais elle...

La voix de mon pote diminue d'intensité jusqu'à ne plus être qu'un filet inaudible. Je lutte contre une nouvelle perte de connaissance, en vain...

Je baigne dans un univers étrange où les sons me parviennent de très loin. Pourtant, progressivement, les bruits se clarifient, me ramenant à la surface. Et, avec ce retour à un état de conscience, la douleur ricoche sur le plus infime de mes nerfs, plus vive que jamais.

– Bordel de merde !

Je cligne des yeux pour m'habituer à la lumière crue qui m'enveloppe d'une chaleur bienfaitrice. Je ne sais pas où je suis, mais pas à l'hôpital. Une part de moi se décrispe, jusqu'à ce que j'aperçoive les rideaux en dentelle et les broderies sur mon oreiller et mes draps.

– Reste tranquille, m'intime Tasha en se plantant au-dessus de moi, l'œil sévère. J'ai demandé qu'on te dépose chez Amber. Comme ça, si j'estime que tu dois être hospitalisé, nous serons près des urgences...

– Je ne veux pas...

– Oui, je sais, me coupe-t-elle, mais cette décision ne t'appartient pas ! Quand on a le chic pour se foutre dans les emmerdes, on ne chouine pas à l'idée d'être hospitalisé.

– Je ne chouine pas !

– Non, tu grognes comme une bête sur le point de mordre ! me rétorque la jolie doctoresse en plantant une aiguille dans mon bras.

Étrangement, la colère de Tasha m'apaise et me réchauffe jusqu'à la moelle. Un sentiment déstabilisant qui ne m'effraie pas autant qu'il le devrait…

Je la laisse me manipuler, conscient qu'en dépit de son air buté, elle s'efforce de ne pas accentuer ma douleur. Ses gestes sont doux et effleurent plus qu'ils n'insistent. Je m'abandonne dans un soupir de reconnaissance.

Cette nana est un ange, une guérisseuse qui ne se contente pas de vous requinquer, mais qui nourrit aussi votre âme. C'est peut-être idiot, mais elle incarne à mes yeux la femme parfaite.

Pas d'un point de vue sexuel, attention.

Non, c'est bien plus profond que ça. Tasha est un mélange savamment dosé d'intelligence, de caractère, d'assurance et de tolérance. Le genre de créature qui accueille et console en vous donnant le sentiment d'exister.

La vision d'elle, le ventre gonflé du petit de Dax, me fauche avec la même jouissance que celle qui m'éperonne lorsque je travaille sur mon projet de berceau.

– Voyons, ma belle, tu sais bien que je ne te mordrais jamais, murmuré-je avec douceur.

Tasha balaie mes cheveux d'une caresse légère et m'offre enfin un sourire.

– Tu n'as rien de cassé, mais tes côtes seront douloureuses pendant quelques jours. Et j'ai recousu ton arcade sourcilière pendant que tu étais dans les vapes. Le choc que tu as reçu à la tête m'inquiète en revanche. Je suis OK pour ne pas t'envoyer illico à l'hôpital afin de vérifier un éventuel trauma crânien si tu acceptes de rester sous surveillance toute la nuit.

– Merde ! Tasha ! J'ai pas besoin d'un baby-sitter.

– Navrée, mais si ! me garantit-elle, l'œil de nouveau austère. Et ce ne sera pas *un* baby-sitter, mais *une*. Arizona s'est portée volontaire. Je l'ai missionnée pour qu'elle te réveille toutes les deux heures et vérifie que tu as encore toute ta tête, ce qui est tout relatif, raille-t-elle avec un sourire pourtant onctueux. Évidemment, tu seras gentil avec elle et tu répondras à toutes ses questions sans râler !

– C'est de la torture pure et simple ! Tu n'es pas aussi sympa que ça, finalement, pesté-je. Je te préfère quand tu chevauches mon pote, tes jolis nichons… (J'encaisse la tape sur mon bras en pouffant.) Hé ! J'suis blessé, moi !

Tasha, poings sur les hanches, me toise avec un air faussement outré qui n'empêche pas ses joues de vibrer du rire qu'elles étouffent. Si Dax m'a dérouillé pour avoir été le témoin involontaire de ses ébats avec sa nana, celle-ci a toujours manifesté une dérision assumée.

– Tu veux que je t'explique les choses de la vie ? me susurre-t-elle avec une sensualité brute qui me chatouille la peau. Non, j'ai une meilleure idée : je vais laisser Arizona s'en charger. Il paraît qu'elle et toi êtes sur la même longueur d'onde en ce qui concerne… les chevauchées !

– Putain ! Je vais massacrer Dax !

– Commence déjà par récupérer. Je… Asticot, descends du lit !

La queue entre les pattes, le nouvel arrivant – un chien qui s'apparente plus à un vagabond qu'à un animal de compagnie – recule jusqu'à percuter mes jambes. Tétanisé, il se laisse choir sur l'édredon et se roule en boule à mes côtés.

– Putain ! On dirait un sac d'os, dis-je en caressant avec circonspection le pelage noir et fauve.

– Ce pauvre petit père a été maltraité par ses anciens propriétaires. On l'a recueilli il y a quinze jours, mais il est encore très craintif.

Sous mes doigts, le corps efflanqué cesse progressivement de trembler.

– Il n'a jamais été aussi calme, note Tasha, sourcils froncés. Je vais le faire redescen…

– Non, laisse-le. Il est bien ici.

– OK. Bon, je vais aller donner des nouvelles aux gars. Ils se tracassaient pour toi. Surtout Vic.

– Vic ? répété-je en me figeant.

Asticot émet une plainte à l'arrêt de mes cajoleries, un bruissement qui me perturbe alors que je n'ai jamais été particulièrement attiré par les cabots. Je reprends mes caresses, perplexe devant la détente manifeste du chien sous mes doigts.

– Il a essayé de te joindre aujourd'hui et, comme il n'y arrivait pas, il a fini par appeler Dax.

– Fallait pas lui raconter pour moi !

– Bien sûr que si ! m'oppose Tasha. Ton frère se tracasse pour toi et c'est plutôt une bonne chose. Pour une fois, les rôles sont inversés, et je suis persuadée que ça ne peut pas vous faire de mal, à tous les deux. Il est en bas. Je lui dis de monter.

– T'as toujours été aussi directive ? me lamenté-je, une façon de ne pas trop réfléchir aux paroles énoncées.

– Je croyais que tu avais compris que j'aimais tenir les rênes de temps en temps…

J'éclate de rire tandis que Tasha quitte ma chambre, l'air innocent d'une madone sur le visage. Une bien mauvaise idée, car mes côtes se rappellent à mon bon souvenir.

Dérangé par mes soubresauts, Asticot gigote de nouveau, jusqu'à pouvoir se caler encore plus près de moi. Son poil est dru, sauf sur la courbure du dos, où des plaques de peau ont été littéralement arrachées.

– Va falloir que tu te nourrisses un peu mieux, mon vieux, si tu veux reprendre des forces.

Le chien soulève ses paupières lourdes et m'adresse un regard fataliste, le genre à faire pleurer dans les chaumières.

– Hé ! Pas de ça avec moi ! grondé-je.

Pourquoi, alors, est-ce que je le dorlote toujours ?

Le clébard, en tout cas, semble satisfait, puisqu'il retourne dans les bras de Morphée.

– Salut…

Vic se dandine sur le seuil de la chambre, comme s'il hésitait à entrer. Je ne peux m'empêcher de serrer les poings à la vue du corps mince qui ploie sous ce poids invisible qu'il n'a jamais cessé de trimballer.

La bête s'essaie à émerger pour engraisser mon sentiment de culpabilité, mais, repue de la douleur qui m'écartèle, elle réussit à peine à émettre un feulement.

– Entre, l'invité-je en tordant le cou au monstre.

– Putain ! T'as pris une sacrée branlée, dis donc !

– C'est plus impressionnant que ça en a l'air, crâné-je. Et puis le mec qui a voulu s'amuser avec moi est mort…

Paraître fort, toujours ! C'est ça ou crever, une leçon qui m'a été inculquée très tôt… Trop tôt !

Pourtant, en avisant l'infime affaissement sur le visage de Vic, je me demande si cette belle connerie n'est pas le pire mensonge qui soit. Une sorte de pansement qui soigne la fierté, mais détruit ce qu'il dérobe aux yeux du monde.

– Je veux pas t'ennuyer, alors je ferai peut-être bien de dégager…

– Non, reste… s'il te plaît. Je… Discuter m'aide à oublier que je dérouille.

Un aveu de faiblesse qui ressuscite un sourire hésitant sur le visage de mon frangin.

J'aimerais savoir quoi dire pour amener Vic à m'octroyer de nouveau sa confiance, mais les mots s'étranglent dans ma gorge.

– T'as adopté un chien ? finit-il par balbutier, pas plus à l'aise que moi dans ce face-à-face étrange.

– Nan. C'est pas le mien.

– Apparemment, il t'apprécie.

Je gratouille Asticot sous le menton et ricane en voyant sa queue s'agiter et son museau se relever pour exiger d'autres caresses.

– Il est cool, mais il a un nom de merde. Le pauvre a été baptisé Asticot. Tu le crois, toi ?

– Ça lui va bien, je trouve.

– Ouais ? Peut-être en ce moment parce qu'il est gros comme une cacahuète, mais quand il aura récupéré, je suis pas certain que ça lui plaise.

– Un autre nom changera pas ce qu'il est.

Une assertion que je médite pendant quelques secondes.

La vie ne nous a pas épargnés, Vic et moi, mais notre chemin est-il tracé d'avance parce que nous avons été maltraités par notre père ? J'aurais pu devenir un salopard de l'acabit de mon géniteur – seul titre qu'il mérite si j'y réfléchis bien. Sauf qu'aujourd'hui, j'ai aidé à libérer des gamins brisés.

Ça fait quoi de moi ? Un sauveur ou un usurpateur ?

Comme si je l'ignorais... Je me souviens parfaitement de ces heures où je devais refermer les poings pour ne pas cogner mon cher petit frère.

– J'arrivais pas à gérer, lâché-je avant même de l'avoir consciemment décidé. J'avais le sentiment que j'étais pas bon pour toi. Que, si je t'éloignais pas, je finirais par...

Je me tais. Il y a des vérités que je ne peux énoncer à voix haute. Devant moi, Vic s'est statufié, mais son léger hochement de tête me signale qu'il a intégré le sens de mes propos.

– Je sais, avoue-t-il en grattant les croûtes sur ses bras, indifférent au sang qui perle sur sa peau. Je... j'ai saisi ça y a pas longtemps et... ouais, je comprends... Je te le reproche pas. J'étais... difficile.

– Non, Vic, c'est pas toi qui étais en tort. J'aurais dû être capable de gérer, c'est tout.

– Comment t'aurais pu ? C'est lui qui nous a élevés et il nous a détraqués, toi comme moi. Ton Asticot, là, tu crois que prendre du poids et changer de nom modifiera ce qu'il est ? Il a été éduqué comme une putain de merde. Alors, même s'il apprend à mordre, au fond, il restera ce qu'on l'a forcé à être : une pitoyable petite larve.

Vic dégouline d'un dégoût de soi qui me flingue. Sous mes yeux, ses plaies, physiques et psychiques, se rouvrent, déversant un trop-plein à la saveur de fatalité.

La colère qui m'aveuglait jusqu'à présent dévoile une vérité douloureuse : je peux sauver autant de gosses que le monde en porte, je n'effacerai jamais ma culpabilité.

– On est pas différents, continue-t-il en butant sur chaque mot. Toi et moi, on est ses fils et… on a beau se débattre, on finira comme lui ! Mais tu sais quoi ? Le pire, c'est que c'est elle qui hante mes cauchemars, pas lui. T'y comprends quelque chose, toi ?

Oh que oui ! Mais l'avouer, là aussi, est au-dessus de mes forces. Parce que, ces ténèbres-là, je ne les ai pas domptées.

– Je regrette, énoncé-je en faisant barrage aux souvenirs, de ne pas avoir pu empêcher ça. Je… je me suis tiré sans penser que je t'abandonnais. Sans réaliser que le bébé que tu étais allait devenir une proie facile pour eux.

– C'est pas toi qui m'as enfermé, rétorque Vic avec un peu trop d'amertume pour que je ne tressaille pas sous le coup. Ils étaient… détraqués, c'est tout.

Une conclusion qui gonfle ma poitrine et explose en un éclat de rire tonitruant. J'appuie une paume sur mes côtes, ravalant la douleur.

– Ouais, de fichus malades, ajouté-je entre deux hoquets. Je t'ai raconté qu'une fois, il m'a cassé les doigts parce que je réussissais pas à tracer des lignes en géométrie ? Il m'a hurlé dessus que je pourrais pas être plus nul si je devais utiliser ma main gauche. L'enfoiré de première !

– Parfois, il me laissait enfermé si longtemps que j'arrivais pas à me retenir. Il pissait dans ma gamelle en punition.

Recevoir un seau d'eau glaciale sur la tête ne m'aurait pas mieux douché. J'ouvre la bouche, puis la referme, à court de mots.

Vic et moi, on n'a jamais vraiment discuté de nos expériences. Nous savons qu'elles existent et qu'elles nous lient de la pire façon qui soit, mais, d'un commun accord ou par commodité, nous n'en parlons jamais.

Arizona n'a pas tort sur ce point : c'est une erreur !

– Il te forçait à boire son urine, ce salopard ? vitupéré-je après un interminable silence.

Pour la première fois depuis longtemps, Vic me décoche un clin d'œil complice.

– Ma cage était près du robinet. Je l'atteignais sans trop de difficultés, mais j'ai jamais révélé ce petit secret.

– T'étais un malin ! sanctionné-je avec fierté. Merde ! C'était quand même un sacré enculé !

– J'suis allé sur sa tombe y a quelques mois. J'ai pissé sur la pierre. J'aurais bien chié, mais une vieille s'est radinée avec son clébard. J'me suis tiré comme un voleur.

Mes pauvres côtes vont finir par rendre l'âme, mais cette libération est la bienvenue.

– Putain ! Respect, mec. J'y ai jamais pensé. Je préfère ne pas trop me souvenir de toute cette merde. C'est… mieux comme ça.

– Moi, je peux pas. J'ai tout le temps envie de fracasser des trucs… Des gens, surtout…

– Moi ? demandé-je pour ramener un sourire sur le visage de mon frère.

– Ouais, parfois… souvent ! rigole-t-il en réponse à ma grimace dubitative. Les frangins, ça se tape sur la tronche.

– Les frangins, ça s'épaule aussi. Tant que tu n'oublies pas que tu peux compter sur moi en cas d'emmerdes, je peux encaisser les coups, répliqué-je, plus sérieux que jamais. Je déconne pas, Vic. Je sais que je suis chiant et que j'ai tendance à gueuler, mais je serai toujours là pour toi.

– Elle t'a vraiment changé, hein ?

– Arizona est une putain d'emmerdeuse, annoncé-je sans faire semblant de ne pas comprendre à qui il fait allusion.

– Une emmerdeuse redoutable si elle a réussi à te dompter, mec.

– Dompter ? Ce mot n'appartient pas à mon vocabulaire ! Elle est juste… douée pour me titiller.

Le rire de Vic est une bénédiction. Il chasse les relents amers qui imprégnaient la pièce – et ramène mon frère à cet état de grâce qu'est la jeunesse insouciante. C'est une illusion, OK, mais une illusion qui déborde de vie et d'espoir.

– J'ai cru saisir, ouais, me charrie-t-il. Ben, moi, je dis qu'elle a des couilles pour oser chatouiller un mec comme toi. Je l'aime bien.

Exhalant de nouveau la nervosité, Vic s'abîme dans la contemplation de la rue. Le soleil nimbe de rose et de violet le ciel, annonçant le début de la nuit. Un constat qui m'indique que je suis resté dans le coaltar plus longtemps que je ne l'ai estimé.

Je réalise avec un certain détachement qu'on m'a nettoyé la peau et vêtu d'un bas de jogging ample avant de me coller au lit. Pourtant, je me sens toujours sale, et le besoin de me camper sous une cascade d'eau me démange.

– Va falloir que j'y aille. Stella sait pas que je suis là. Et… c'était chouette de discuter, mec.

– On remettra ça ? demandé-je en refoulant mon envie de retenir Vic quel qu'en soit le prix.

– Ouais… Ouais ! Tu me fais signe dès que t'es sur pied et on s'organise un truc.

Certains silences tuent…

J'ai presque l'impression d'entendre Arizona m'exhorter à me livrer à mon frère. Ou du moins, à énoncer ces mots qui restent coincés dans la prison de solitude créée par mon éducation.

– Ça me va. Et… Vic, merci d'être venu. Ça signifie beaucoup pour moi.

J'écope d'un hochement de tête laconique. Dépouillé et sincère.

Regarder mon frangin partir se révèle plus difficile que prévu. Je sais vers quoi je le renvoie. La vision de ses bras lardés d'entailles continue de m'obséder.

Pourtant, pour la première fois, je m'enjoins de m'intéresser à ce qu'il y a derrière. À envisager que je ne sauverai pas mon frère sans admettre que le mal qui le ronge est foutrement pernicieux, mais surtout hors de mon contrôle.

– Tout va bien, ici ?

Ma poitrine se contracte devant le sourire lumineux d'Arizona. Sa chaleur m'inonde, réveillant mon besoin de la posséder corps et âme. Mon esprit a beau tempêter contre cette idée à mille lieues de ce que je suis, cette faim n'a jamais été aussi dévorante.

J'ai toujours été persuadé que les nanas n'apportaient que des problèmes, et mon avis sur la question n'a pas varié d'un pouce. Pourtant, je rêve de m'approprier Arizona comme si elle représentait l'unique dose d'héroïne capable de me soulager. Oh ! Je sais qu'elle m'est néfaste et qu'elle finira par me tuer ou me perdre, mais c'est plus fort que moi : je la désire comme un fou !

– J'vais prendre une douche, aboyé-je pour museler mes instincts.

– J'appelle Dax.

– J'ai pas besoin qu'on vienne me frotter le dos !

– Non, mais tu tiens à peine debout et…

– Bordel ! Arizona !

Le regard plissé, elle me jauge avec une sécheresse qui m'électrise. Mon pouls bat un peu plus vite, m'incitant à caler étroitement la couette sur mon bassin. Je me maudis intérieurement. Même en morceaux, mon corps est incapable de résister à l'appel sensuel initié par cette déesse guerrière.

Mais comment le lui reprocher ? Pendant notre incursion en enfer, Arizona a démontré une force que je ne peux que louer. Parce qu'elle a non seulement assuré sans jamais se plaindre, mais elle a aussi sauvé mon sale petit cul d'enfoiré.

Et c'est bien ça, mon problème. Avec Arizona, j'ai l'impression d'exister et que mon corps vaut plus que l'amas de muscles, de cartilages et d'os qui le constituent.

Un concept qui m'oblige à revoir l'échelle de ma propre valeur en tant qu'homme.

Je me suis forgé comme un survivant et un guerrier, lucide sur le fait que la partie émotionnelle de mon être s'est irrémédiablement fracturée pendant mon enfance de merde.

J'ai toujours parfaitement assumé ce vide parce qu'il n'est pas essentiel pour vivre, quoi qu'on en dise. On existe juste… différemment !

Arizona ne se contente pas de m'accepter tel que je suis, elle m'oblige à considérer les fissures de ma psyché comme une composante qui ne me diminue pas. Comme si l'homme était digne d'être et que les ténèbres ne formaient qu'une cotte mal taillée et inapte à l'emprisonner.

La présence de la bête me ramène à une autre vérité, évidemment.

Cependant, ça ne m'empêche pas d'être touché par la ténacité d'Arizona. Parce qu'elle combat à mes côtés et que c'est la première fois qu'une femme m'offre ce genre de cadeau.

Même ma mère y a renoncé avant que j'aie soufflé ma première bougie…

Les poings refermés sur ma couverture, je me débats contre un besoin si puissant que des crampes paralysent mes muscles. La douleur qui annihile d'ordinaire les velléités de la bête est inefficace à lutter contre mon désir pour cette femme.

Et c'est peut-être pour toutes ces raisons que j'hésite vraiment, pour la première fois, à succomber…

– Je prendrai ma douche seul ! sifflé-je, déterminé à épargner à Arizona ce qui ne pourra se terminer que comme un fiasco.

– Je vais placer une chaise sous le jet et… Tate, c'est soit ça, soit Dax !

Je grommelle et finis par capituler. Je n'ai pas de scrupules à montrer mon cul quand je baise, mais dépendre de mon pote pour un truc aussi intime : jamais !

Évidemment, je n'avouerai pas plus à Arizona que le coup de la chaise est une idée lumineuse. Parce que, déterminé ou pas à gérer seul, je me retrouve titubant dans cette putain de salle de bains. Même la rangée de canards en plastique sur l'étagère, au-dessus de la baignoire, ne suffit pas à restaurer mon sourire.

Je transpire comme un bœuf pour me débarrasser de mon bas de jogging et pénètre dans la cabine de douche sans chercher à me convaincre que je ne m'avachis pas comme une loque humaine sur mon siège.

Mes capteurs de douleur sont sur le point d'imploser en dépit du calmant administré par Tasha. Par chance, l'eau chaude atténue sensiblement mon inconfort. Je me gorge de cette manne vivifiante, le cou tendu vers la cascade.

J'émerge propre comme un sou neuf et en bien meilleure forme. J'hésite un moment à aller rejoindre mes potes au rez-de-chaussée, mais les marches me dissuadent de tenter le diable. Je regagne ma chambre, irrité de constater qu'Arizona n'a pas quitté son poste… et que, d'un simple regard, elle réactive le brasier dans mes veines.

Je me recouche, Asticot plus que ravi de retrouver sa position contre ma cuisse. Maussade, je lui gratouille la tête, déterminé à ignorer la femme qui envoie au diable toutes mes bonnes résolutions.

– Bouge un peu, m'intime-t-elle.

– Quoi ? m'étranglé-je lorsqu'elle repousse mon oreiller.

– Je vais te coiffer. Laisse-moi une place derrière toi.

– Pas question ! Je... je me coiffe jamais et...

– Eh bien, justement, c'est l'occasion de discipliner tes cheveux. Ils sont trempés et, si tu ne les démêles pas, tu seras bon pour les couper ras.

– N'importe quoi ! Je...

Qui a eu la stupide idée de proclamer que les femmes étaient faibles ? En tout cas, une chose est sûre : Arizona est peut-être moins imposante que moi, mais elle est assez rusée pour corriger cette erreur de la nature. Avant même que je puisse m'insurger, elle redresse mon oreiller et, en appuyant légèrement sur mes côtes douloureuses, elle m'oblige à bouger. Résultat : elle se faufile dans mon dos sans aucune difficulté.

Asticot, agacé par cette intrusion, saute au sol et disparaît dans le couloir.

– Merde ! pesté-je.

– Arrête de râler et tiens-toi tranquille !

Je pourrais bondir du lit. Ouais, je pourrais ! Néanmoins, une étrange sensation me gagne tandis qu'Arizona glisse les mains, puis la brosse dans mes cheveux. Je ne me souviens pas avoir jamais éprouvé ça, une sorte d'onde liquide qui s'écoule de mon crâne jusqu'à la pointe de mes orteils.

C'est... Putain ! C'est délicieusement bon.

Arizona chantonne doucement, ses doigts caressant par intermittence mes épaules et mon dos. Mais le plus agréable est de la sentir aller et venir le long de ma nuque, massant et dénouant les points de tension.

Je verrouille ma mâchoire pour ne pas céder à mon envie de geindre de plaisir.

– Détends-toi, me susurre-t-elle à l'oreille.

Son souffle m'effleure à peine, mais c'est le truc de trop pour mes sens saturés. Mon sexe se gorge de sang, pulsant doucement sous le joug de ces bonheurs simples que je n'ai jamais expérimentés.

– J'ai envie de toi.

Ce n'est pas la première fois que ma bouche me trahit. En revanche, c'est la première fois que je regrette sincèrement de ne pas être un autre que moi. Mon corps crève de posséder Arizona, alors que mon esprit... reste imperméable à cette passion qu'il réclame. Mon besoin de sang et de violence est peut-être tempéré par la douleur, mais il n'a pas disparu...

– J'en ai envie, moi aussi...

L'aveu d'Arizona, s'il n'est pas une surprise, limoge mes tentatives pour me raisonner.

– On a déjà essayé, résisté-je néanmoins.

– Oui, à ta manière. Si l'on inventait la nôtre ?

– Peu importe la façon dont on baisera, Arizona. Si je perds le contrôle, je te blesserai... ou peut-être pire. J'aurais pu te tuer la dernière fois. J'aimerais réussir à gérer, mais, avec toi, je ne parviens pas à me dominer.

– Ça t'est déjà arrivé ?

– Tu es la seule à provoquer cet effet sur moi, Schtroumpfette. Édifiant, non ? Tu es la première nana qui m'embrouille la tête, la première que j'ai tellement envie de sauter que ça me tord les tripes.

Je bascule Arizona sur mes genoux, bazardant la douleur engendrée par ce mouvement brusque sous un baiser profond. Je la goûte jusqu'à m'emplir de sa saveur, puis m'enfouis dans son cou pour mordiller et lécher sa peau.

La pression de ses seins contre mon torse me rend fou. Je veux plus. Beaucoup plus !

– On ne peut pas, grogné-je en m'arrachant à ses bras.

Arizona se campe sur ses talons, mais ne s'éloigne pas. D'un doigt, elle dessine la ligne de ma bouche jusqu'à la couture de mon jogging.

– Enlève ça, exige-t-elle en tirant sur le tissu.

– Arizona !

D'une légère pression, elle me rappelle que je suis déjà bien excité. Déjà à sa merci…

Le souvenir de ses lèvres emprisonnant mon sexe déferle sur moi et alimente ma faim. Je m'exécute avec le sentiment que je viens de signer un pacte avec le diable. Sauf que ce n'est pas mon âme qui est en jeu, mais celle d'Arizona.

Une main s'enroule autour de mon membre bandé, alternant gestes délicats et caresses plus brusques. J'arque le dos pour mieux m'offrir, oubliant cette fois ma décision de taire mon ravissement.

Curieusement, les ombres se tiennent à distance. La bête est roulée en boule dans un coin de ma psyché, grondant son désaccord, mais elle ne réussit pas à capter mon attention. Je suis complètement ensorcelé par la femme qui m'emporte dans un univers où le plaisir est seul maître à bord.

– Ta bouche ! ordonné-je. Sur ma queue.

Un sourire provocant fleurit sur les lèvres d'Arizona. Sans me quitter des yeux, ma belle indocile se déshabille lentement, sa langue claquant de réprobation lorsque j'essaie de la toucher. Je grogne, finalement plus amusé que frustré.

Lorsqu'elle penche sur moi, la croupe relevée, je déglutis,

fasciné par le spectacle. Cette fois-ci, rien ne pourrait m'empêcher d'effleurer la courbe de son dos.

Rien, sauf…

Les ombres ressurgissent comme les démons sournois qu'elles sont. Je raidis l'échine, partagé entre le plaisir procuré par la langue taquine d'Arizona et la menace d'une force qui me dépasse. J'enfonce les poings dans le matelas et me mords les lèvres jusqu'à ce qu'une inspiration soudaine m'incite à pétrir mes côtes sensibles.

La souffrance balaie la jouissance, avant de s'estomper sous les assauts d'une volupté extraordinaire. Les ténèbres, elles, ont reculé. Elles n'ont pas capitulé, cependant. Le spectre de leur domination continue de m'effleurer la peau, mais il est trop loin pour m'imposer sa volonté.

Je respire mieux, bien que conscient de progresser sur le fil du rasoir.

La lumière se fait dans mon esprit. Cruelle et inéluctable…

Je ne serai jamais capable d'aimer une femme comme Arizona. Jamais capable de lui procurer tout ce qu'elle mérite. Jamais capable de m'abandonner à notre attirance commune sans la mettre en danger.

Néanmoins, je peux lui offrir une nuit… Cette nuit…

Le prix à payer ? M'infliger des pics de douleur pour paralyser les ombres.

Un prix dérisoire en regard d'un plaisir que je n'éprouverai plus jamais…

– Tate ? chuchote Arizona.

– Chevauche-moi, Schtroumpfette. Mais avant…

Je saisis le visage mince à pleine coupe, savoure la vision de la peau rougie et exige un nouveau baiser. Lent et profond. Je finis pantelant, mais pas rassasié…

Jamais…

– Je n'ai pas de préservatif, mentionné-je lorsque Arizona frotte sa zone sensible contre mon sexe.

– J'en ai dans mon sac.

C'est idiot, mais cette réponse m'indispose. Un rappel au besoin fugace qui m'a éperonné lorsque je l'ai prise dans mon atelier. Me protéger est une règle que j'ai toujours appliquée consciencieusement, mais avec Arizona, je plébiscite une liberté totale.

Un accès sans limites à son corps.

Le droit de la marquer intimement.

Comme si je pouvais exiger ça contre une seule nuit de plaisir. Alléchées par ma frustration, les ombres se rapprochent. Je me pince la cuisse, là où un large hématome s'est formé.

Pas de pitié ! Arizona m'appartiendra, même si je dois en crever !

– Merde ! Tu souffres ! se réprimande-t-elle, la main dans son sac.

– Non, ma belle ! triché-je, sans scrupules. La seule chose qui risque de dépérir, si tu ne reviens pas très vite, c'est ma queue.

Je redresse les hanches et empoigne mon sexe. Le sourire d'Arizona s'enroule autour de mon pénis, manquant de me faire jouir. Je ne suis pas simplement brûlant, je suis... débordé par un trop-plein que je ne sais pas comment gérer.

Arizona tranche la question en me gainant de latex, tout en me mordillant la peau du cou. Je m'arque sous la pression de ses lèvres et de ses dents.

– Putain ! Si tu continues comme ça, je vais jouir sans même t'avoir possédée.

– Aucun risque !

S'agenouillant au-dessus de moi, Arizona positionne ma queue à l'entrée de son vagin, puis sa main coulisse sensuellement sur mon membre jusqu'à pouvoir malaxer mes testicules. Je me cambre un peu plus, cédant le pouvoir à cette femme comme je ne l'ai jamais autorisé.

C'est jouissif… Dévastateur… Mais je sais pertinemment que c'est Arizona qui est la seule responsable de mon état. Il n'y aura jamais personne d'autre qu'elle…

Pas comme ça…

Je contracte les dents lorsque Arizona commence sa descente et engloutit chaque centimètre de mon sexe. Un spectacle qui fascine les ombres autant que moi.

Je m'inflige une piqûre de rappel avant de cramponner le joli fessier de ma maîtresse pour l'emplir complètement d'un coup de reins. La douleur disparaît sous un déluge de sensations qui forme un nœud serré dans ma poitrine, juste à l'emplacement de mon cœur.

Mon cœur…

Pas moyen d'ignorer ce détail, même s'il est sacrément déroutant pour un mec comme moi. Je me moquerais bien de ma propre connerie si Arizona ne laminait pas toutes mes réflexions en entamant une danse qui me ramène à l'état de puceau.

J'ai baisé des nanas avant elle, mais je n'ai jamais été emporté dans un tourbillon tel que je ne sais plus qui je suis.

Qui je ne suis pas.

Là, à cet instant, la seule chose qui m'importe, c'est d'aimer cette femme si fort qu'elle demeurera marquée par mon empreinte.

Qu'elle sera incapable, même avec un autre, de gommer le souvenir de nos ébats.

– Tate ? réagit Arizona en réponse à ma crispation physique.

– Dis-moi que tu m'appartiens, déclaré-je, débordé par un besoin viscéral qui me déchire. Même si c'est faux… Même si c'est juste pour cette nuit… Dis-moi que ça compte plus qu'avec les autres…

Elle enroule le poing autour de mes cheveux pour plonger dans mon regard et griffe ma nuque au passage. Une part de moi exulte, réclamant davantage de zébrures. J'ai encré ma peau pour raconter celui que je suis. Il me manque l'essentiel : la marque de possession d'Arizona.

Parce que c'est ainsi que je le ressens à cette seconde : en dépit de tout ce qui m'a façonné, détruit, perverti et brisé, j'appartiens à cette femme. Rien ne changera ça, pas même le fait qu'Arizona poursuive sa vie avec un autre. J'en crèverai, c'est certain, mais c'est inéluctable.

Autant que mon incapacité à être celui qu'il lui faut !

Pourtant, j'ai besoin de croire, le temps de notre corps à corps, qu'elle est mienne comme je suis sien. Un principe que j'aurais envoyé au diable il y a peu, mais qui fait sens tandis qu'Arizona me chevauche, la peau moite et la respiration saccadée.

– Tu es le seul qui compte, m'accorde-t-elle avant de m'embrasser.

Ma satisfaction se déverse dans sa bouche. Requérant plus encore. Ravissant chaque gémissement émis par les lèvres humides.

À deux doigts de la perte de contrôle, j'adopte un rythme à la limite de la frénésie, soulevant les hanches pour combler l'espace entre nos corps. Arizona ne s'incline pas et accélère la cadence de concert, s'arquant contre ses bras tendus derrière elle pour augmenter la friction entre nos sexes.

La tête renversée en arrière, elle m'offre une vue imprenable sur ses seins et son ventre, mais je proteste, alpagué par l'éloignement de nos poitrines et la rupture du contact visuel. Un froid sournois court sur ma peau, là où la chaleur d'Arizona m'enveloppait dans une couverture parfaitement ajustée…

Une vérité insupportable !

C'est les yeux dans les yeux que je veux jouir en elle, si étroitement collé à elle que nos épidermes fusionneront au moment de l'explosion finale.

Malgré les ombres, je la bascule sur le dos et rétablis le contact visuel. Un délice absolu ! Les pupilles dilatées, le souffle haletant et les joues écarlates m'entraînent dans un vortex de pur plaisir.

J'incline le bassin de façon que mon sexe frotte contre son clitoris à chaque passage. Arizona se cambre contre moi et enfonce ses ongles courts dans ma peau, accentuant un peu plus mon extase.

Une extase qui ravive la puissance des ombres.

Alors que la pression au creux de mes reins s'intensifie, je révoque le mal en me frappant les côtes. La douleur ressemble à un éclat de tonnerre au milieu d'une journée ensoleillée. Elle est brutale et dévastatrice.

Peu m'importe ! Sous mes coups de boutoir, Arizona jouit, la tête renversée en arrière et un cri silencieux accroché aux lèvres.

L'expression altérée et comblée de son visage, alliée à la contraction de ses parois intimes sur mon sexe, déclenche mon propre orgasme. Je rugis, noyé sous une avalanche sensorielle si puissante que je perds l'usage de mes membres. Je m'écroule sur Arizona avant de basculer sur le flanc pour ne pas l'écraser.

– Putain de merde, sifflé-je, ébahi par la force de notre coït.

– Je n'aurais pas mieux dit, approuve Arizona en me caressant paresseusement le torse.

C'est maintenant que je devrais foutre le camp, non ?

Repu et fier de ma victoire sur ces putains d'ombres à la con.

Sauf que… je ne suis pas rassasié et je me contrefiche d'avoir vaincu ces putains d'ombres à la con.

La jouissance me lèche peut-être encore les terminaisons nerveuses, une vérité crue s'impose : j'en veux plus. Pour la première fois de ma vie, je me sens entier, délesté d'un truc innommable qui me paralysait sans que j'en aie conscience.

Le regard rivé sur la bouche bouffie de baisers, je me penche vers Arizona et lui mordille les lèvres, l'incitant à m'accueillir. Douceur et langueur… un mélange détonant qui me nourrit jusqu'à l'âme.

Sous la lumière tamisée de la nuit tombante, je suis, du bout des doigts, les courbes délicates du visage d'Arizona, puis descends, là où le gonflement de sa poitrine est le plus délectable.

Je déglutis, alléché par la perspective de glisser ma langue sur cette peau d'albâtre et de taquiner les mamelons roses.

Sans hâte.

Nonchalamment.

Avant de sinuer jusqu'au doux renflement blond entre ses cuisses.

– J'ai envie de te lécher de la tête aux pieds, avoué-je dans un chuchotement rauque. Donne-moi cinq minutes.

Je disparais dans la salle de bains, pas du tout gêné de me balader à poil dans une maison qui n'est pas la mienne. J'enlève mon préservatif, me lave les mains, puis me nettoie rapidement avant de retourner auprès d'Arizona.

Le compte à rebours a commencé, mais je prévois de profiter de chaque minute. Même si ça signifie simplement dormir près d'Arizona en la tenant dans mes bras.

Je me faufile sous la couette, ravi de l'entendre soupirer de bien-être lorsque je l'étreins. Son corps souple se cale contre le mien, s'offrant à mes caresses languides.

La tendresse a toujours symbolisé à mes yeux un truc insipide qu'on partage quand on n'est plus capable de passion. Ou trop vieux pour baiser. Genre le lot de consolation que personne ne plébiscite, mais qu'on finit par accepter parce que c'est finalement mieux que de repartir les mains vides.

Je découvre que c'est une autre forme de plaisir. Un mélange de douceur et de satiété qui imprègne chaque fibre de mon être.

– On devrait peut-être éviter de trop forcer, m'interrompt Arizona lorsque ma main s'invite entre ses cuisses. Non pas que le programme ne me convienne pas, mais je t'ai vu grimacer pendant qu'on baisait.

– Ça va, c'est gérable.

– Peut-être, mais je n'apprécie pas l'idée que tu souffres pendant que nous faisons l'amour. Parce que, le but, c'est quand même qu'on y prenne du plaisir.

– Le plaisir est parfois indissociable de la douleur, Schtroumpfette.

Arizona bascule dans mes bras et plante son regard dans le mien, manifestement perplexe.

– Sauf si tu m'as caché des choses, tu aimes attacher les femmes et les baiser durement, mais la douleur ne fait pas partie du jeu. Si ?

– Écoute… c'est sans importance.

– Marrant, mais ce n'est pas l'impression que ça me donne.

– La douleur éloigne mes pulsions. Voilà, tu es contente ?

Arizona ouvre la bouche, mais reste mutique, pour une fois à court de mots.

– Tu es en train de m'expliquer que, pour coucher avec moi, tu as besoin de souffrir ? finit-elle par susurrer, livide.

Ouais, vu sous cet angle, c'est sûr que c'est un peu glauque… Mais c'est la stricte vérité, aussi pénible soit-elle.

Mon regard doit me trahir. Je ne cherche pas à retenir Arizona lorsqu'elle s'écarte de moi pour s'asseoir, rompant tout lien physique entre nous.

La sensation de froid me glace jusqu'au sang.

– Je te l'ai dit, grondé-je de colère, et je t'ai prévenue. Quand je perds le contrôle, ce qui prend le dessus sur moi est… sale et corrompu. J'éprouve alors le besoin de… faire mal. J'attache les nanas que je saute parce que c'est la seule façon que j'ai de maîtriser la bête. Toi et moi… C'est peut-être bien différent, et j'aimerais sincèrement être capable de te toucher sans flancher, mais ça n'arrivera jamais ! Le monstre se fiche bien de savoir qui je défonce, il réclame que du sang coule. Et si j'ai réussi à te baiser sans te cogner, c'est que la douleur l'a tenu éloigné. C'est aussi simple que ça !

– Est-ce que tu t'es infligé des coups pendant qu'on…

– Ouais. Plusieurs fois.

– Oh, putain !

Je voulais chasser Arizona de ma vie ? Bingo ! J'ai remporté le gros lot ! Une victoire au goût si amer que je déglutis avec peine.

Arizona s'extirpe du lit en vacillant et enfile sa robe sans même se soucier de ses sous-vêtements.

– Merde ! Merde ! Merde ! répète-t-elle en boucle. Je… C'est…

Lorsqu'elle se tait et me toise, ses yeux brillent de larmes contenues. Je me ficherais bien le poing dans la figure pour cette souffrance que je lui impose, mais je sais qu'il n'y a pas d'autre issue.

Une douleur sourde envahit ma cage thoracique, hurlant d'une peine trop brutale pour que je la refoule. Même la bête se terre dans son trou sous les échos pernicieux de cet élan ravageur.

Ce que j'éprouve pour Arizona est trop ardent et destructeur pour être de l'amour. C'est… J'ignore de quoi il s'agit, en vérité, mais une chose est sûre : je crèverais le sourire aux lèvres pour Arizona. Je m'ouvrirais moi-même le ventre si sa vie était en jeu et que ma mort pouvait la sauver.

Mais n'est-ce pas ce que je m'astreins à faire en piétinant cette part de moi qui la désire si fort que le vide se formant dans ma poitrine ressemble à un putain de puits sans fond ?

– Je suis désolée, mais, là, j'ai besoin d'un verre, conclut-elle.

Je jaillis du lit à la vitesse d'un missile, balayant d'un revers de la main la réprobation de mon corps.

– Tu ne comptes pas descendre dans cette tenue ?

Arizona écarquille les yeux, interdite devant ma colère. Bon, OK, je suis à poil, les muscles bandés, et clairement en pétard, mais merde ! Hors de question que je la laisse se barrer à moitié nue !

– Pardon ? gronde-t-elle.

Au temps pour moi ! Arizona est furax et pas du tout impressionnée par l'expression primaire de ma rage. Le mâle viril peut bien aller se rhabiller…

Sauf que je ne compte pas désarmer. Pas alors que mes potes en bas n'attendent qu'une occasion pour sauter sur ma nana ! Une peur irraisonnée me tord le ventre à l'idée qu'Arizona envisage de se vautrer dans le lit de l'un de ces connards.

La loyauté prime sur toute autre considération pour moi, mais je découvre, sidéré, que je massacrerais le premier des Styx qui oserait la toucher…

Je croise les bras, les mâchoires verrouillées, et désigne du menton la boule de tissu comprimée dans sa main.

– Enfile ça, intimé-je, la gorge si serrée que le propre son de ma voix me paraît hostile.

– Tu me la joues mec jaloux, là, Tate ? me chapitre Arizona, aussi remontée que moi. Parce que, de ce que j'ai compris, toi et moi, on n'est pas franchement ensemble. Si ?

– Non !

– Maintenant qu'on a clarifié ce point, je vais te proposer d'aller te faire foutre. Si je veux me balader cul nu devant tes potes, ben, tu sais quoi ? Ça ne concerne que moi !

– Oh ! putain non !

Je me plante devant la porte, interdisant l'accès au couloir.

– Je rêve, siffle Arizona en enfilant sa culotte. Ça te va comme ça ?

– Ton soutif !

Le regard meurtrier, Arizona se contorsionne pour s'exécuter. Je salive devant les tétons qui apparaissent brièvement, conscient que j'ai ruiné toutes mes chances de les engloutir.

Un regret qui s'ajoute aux autres…

– Dégage de ma route maintenant !

Devant moi, les draps froissés me narguent. Je pourrais…

Las, je me frotte le visage. La bonne décision, c'est celle que je viens de prendre. Pas de retour possible en arrière, et des regrets que je suis capable de gérer tant qu'Arizona n'est plus dans le collimateur de la bête.

Je m'écarte, résigné à renoncer au meilleur truc qui me soit jamais arrivé dans la vie.

Enfin, résigné…

– Petite précision, sifflé-je avant qu'Arizona ne franchisse le seuil de la chambre. Si j'apprends que tu baises avec l'un de mes potes, je le tue !

26

Arizona

Je dégringole l'escalier, furieuse.

Furieuse, blessée et tétanisée…

Merde ! Tate a été obligé de se faire mal pour me faire l'amour. Je crois que j'étais prête à tout encaisser, même qu'il pète un plomb, mais ça… Je suis littéralement écrasée par un sentiment qui mêle honte et fureur.

Parce que je n'ai pas su le voir.

Parce que je n'ai jamais pris mon pied comme ce soir.

Merde et merde !

Je déboule dans la cuisine en marmonnant, déterminée à m'enfiler le premier truc un peu fort qui me tombera sous la main.

– Tate a enfin réussi à te foutre en pétard, m'accueille Dax avec un regard perçant qui contredit la légèreté de son ton.

Je hausse les épaules, fataliste.

– Pas lui, avoué-je entre mes dents. J'ai l'habitude, dans mon job, de me coltiner des parents pourris, mais merde ! Si je tenais les siens, je les étriperais avec plaisir.

– Voilà qui est intéressant ! Tate a tendance à mettre les gens en colère, pas à s'attirer leur…

– Ne prononce pas le mot « pitié », le coupé-je durement.

Dax croise les bras en riant, la bouche tordue en un rictus ravageur. Pas étonnant que Tasha soit raide dingue de lui, ce mec dégouline de sex-appeal !

– Ah non ? C'est quoi, alors ?

– Écoute, tu es sympa et, d'une certaine façon, tu es mon chef d'équipe en ce moment, mais ça ne te donne pas le droit de te mêler de mes affaires.

– Directe et cash, deux qualités que j'apprécie. Toutefois, je me dois de te contredire : ça me regarde ! Ça me regarde, ajoute-t-il lorsque je roule des yeux, parce que j'ai besoin de savoir si tu es capable de bosser avec Tate ou si vous allez vous étriper à chaque fois que vous vous croiserez. Quoique « baiser » soit peut-être un terme plus adapté qu'« étriper »...

À mon grand désarroi, mes joues se mettent à me brûler. J'ai été éduquée avec l'idée que mon indépendance était un droit fondamental. Vivre avec les Styx Lions me renvoie à une autre réalité, celle d'une famille encombrante qui se mêle de tout.

– Je suis capable de bosser avec Tate et... pour le reste, je maintiens que ça ne te concerne pas.

Dax s'avance d'un pas vers moi et, cette fois, son regard n'est ni bienveillant ni amusé. J'endure le feu de sa détermination avec le sentiment que ce type n'hésitera pas à me fracasser la tête si je déconne.

– Je te veux dans mon équipe, Arizona, mais on ne fonctionne pas comme celles que tu as déjà connues. Nous sommes une famille ! (Mes poils se dressent sur mes bras sous le martèlement des sonorités si agréables à mes oreilles.) Ce qui signifie que je ne lâche jamais un de mes gars et que je suis prêt à tuer, au sens propre, le premier qui se hasardera à esquinter l'un d'eux. Et c'est encore plus vrai en ce qui concerne Tate. Il est comme un frère et il en a assez bavé comme ça !

– C'est un discours que j'ai déjà entendu, maugréé-je. Je n'ai pas l'intention *d'abîmer* (j'insiste lourdement sur le mot) Tate, mais je n'ai pas non plus envie d'assister à son naufrage sans rien essayer. Il a besoin d'aide, comme toute personne souffrant d'un stress post-traumatique et...

– Un stress post-traumatique ? C'est...

Dax se tait et je lui accorde le temps nécessaire pour relier les éléments qui m'ont sauté aux yeux.

Irritabilité, isolement, colère, violence...

Ces symptômes, associés au passé traumatique de Tate, sont autant d'indices probants.

– Merde ! finit par aboyer Dax. Je n'ai jamais songé à ça...

– Vous êtes trop proches, et un diagnostic aurait dû être posé il y a des années. Tate s'est façonné autour de ce trouble, de sorte que ça semble être une composante de sa personnalité. Mon frère en souffrait, alors je suis bien placée pour identifier les signes.

– Tu as abordé le sujet avec lui ?

– Il n'est pas franchement réceptif à cette idée, mais je ne lâcherai pas. Il a besoin d'être aidé.

– Bon courage, ricane Dax. C'est la pire tête de mule que je connaisse, mais... j'en discuterai avec lui.

– Bien ! noté-je sans pouvoir dissimuler mon soulagement.

Tate a peut-être cru que j'étais en colère contre lui tout à l'heure, ou même dégoûtée par ses pulsions. C'est loin d'être le cas.

Simplement, j'ai été heurtée par ce qu'il a dû s'imposer pendant que nous faisions l'amour. J'ai beau connaître le syndrome de stress post-traumatique, je me suis persuadée que la puissance de notre désir pourrait surmonter cet obstacle.

Une logique qui tient de l'ego et qui est complètement inepte !

– Et ton petit discours ? demandé-je en revenant sur un terrain plus neutre. C'est une proposition d'emploi ?

– Ouais ! Spitz va me trucider, mais je te veux dans mon équipe.

Mon cœur s'emballe, une exaltation que tempère illico mon cerveau. Ce dernier a beau être tenté, il intègre parfaitement que c'est un changement de vie total qui se profile.

– Concrètement, comment ça se déroulera si j'accepte ?

– Tu seras d'abord affectée dans l'unité de Ted. C'est une commission qui a créé notre formation et elle valide tous les recrutements au sein de notre section. Depuis quelques mois, je ne te cacherai pas que c'est un peu tendu. On a pris plus d'ampleur que prévu.

– Vous leur faites peur ?

– Dans le mille ! Le hic, c'est qu'on va avoir du mal à élargir notre périmètre, voire à survivre tout simplement si on ne bénéficie pas de renforts adaptés. L'option Ted permet de calmer le jeu le temps que tu confirmes ton engagement.

– À la manière d'une période d'essai ?

– Ouais, c'est ça. C'est ce que je peux te proposer de mieux pour que tu te fasses une idée sans te sentir prisonnière d'un contrat qui ne te conviendra peut-être pas. Tu pourras te retirer quand tu le voudras. Par contre, si tu te résous à nous rejoindre définitivement, tu deviendras une Styx Lion, au même titre que nous.

Un frisson se répand sous ma peau, promesse à l'état embryonnaire d'un fantasme sur le point de se réaliser.

– Je resterai aux yeux de tout le monde la cousine de Lou, donc ?

– Oui, une cousine aux capacités létales qui a décidé de nous rejoindre. Tu as déjà bluffé les gars avec la maison des horreurs, ça passera comme une lettre à la poste.

– Et je vivrais où ?

– Pour l'instant, la chambre d'amis de Lou et Dria est la meilleure option. On a prévu de construire de nouveaux chalets, on t'en octroiera un dès les travaux terminés. Il t'appartiendra en propre si tu décides de signer avec nous.

Je sauterais bien à pieds joints sur cette opportunité, mais j'ai conscience d'être trop chamboulée pour le moment. Parce que rejoindre les Styx, c'est admettre l'idée que je côtoierai peut-être tous les jours un homme qui me ravage les sens, mais me fuit comme la peste.

Un homme qui n'a pas hésité à bondir sur la première occasion pour m'inciter à détaler ! Comme si j'étais ce genre de nana...

Je n'ai pas dit mon dernier mot. Jamais ! Pas alors que mon cœur bat la chamade à chaque fois que je pense à lui.

En revanche, j'ignore comment m'y prendre pour l'approcher sans qu'il soit obligé de se torturer. Parce qu'une chose est sûre, je renoncerai à lui plutôt que de le voir agir de la sorte.

– Va pour la période d'essai, indiqué-je.

– Parfait ! J'ai déjà prévenu Ted. Il attend juste mon feu vert pour lancer la procédure.

Henri va avoir du mal à accuser le coup. Il y a encore quinze jours, ça m'aurait tourmentée. Plus aujourd'hui ! Pas après son comportement à la con.

Je soupire, libérée d'un poids que je n'avais pas conscience de trimballer.

– J'imagine que tu ne remontes pas ?

– J'ai besoin d'un verre... ou deux. Vous avez ça en magasin ?

– La bière est en accès direct dans le frigo. Sers-toi, moi je vais aller vérifier que notre grand blessé se tient tranquille. Même si je suppose que votre... séance de sport a aidé à l'apaiser.

Dax disparaît en ricanant.

– Crétin ! grommelé-je en fouillant dans le frigo. Merde ! Y a rien de plus fort ?

– Hum ! Besoin d'un remontant ?

Tasha, appuyée contre le chambranle de la porte, me jauge avec cette inébranlable assurance qui n'exclut pas un sourire en coin suspect.

– Pourquoi tu me regardes comme si j'avais un bouton au milieu de la figure ?

– Ne m'en veux pas, mais je suis montée voir si Tate allait bien tout à l'heure et… disons que l'insonorisation n'est pas la meilleure qualité de cette maison.

– Génial ! Il y a quelqu'un qui n'est pas au courant qu'on a couché ensemble ?

– Ici ? Non. En revanche, il faudra un jour ou deux pour que l'info fasse le tour des Styx Lions. Jarod a eu besoin d'utiliser la salle de bains…

Je pouffe de rire et finis pliée en deux, débordée par un trop-plein d'émotions.

– Hé ! Quelqu'un a décidé de s'amuser sans m'inviter ? nous réprimande Amber en débarquant à son tour dans la cuisine.

– Tu es de la partie si tu nous prépares l'un de tes fabuleux cocktails, réplique Tasha. Arizona, tu es partante ?

– Plutôt deux fois qu'une ! Les mecs sont toujours là ?

– Jarod et Lou ont filé au Rush. Sam se mate un film avec Captain. On a donc le salon d'hiver pour nous toutes seules !

– Réchauffez des pizzas pendant que je m'attelle au carburant, suggère Amber, son shaker déjà en main. Si on mange en même temps qu'on boit, on évitera peut-être la migraine carabinée demain matin.

– Parce que tu as l'intention de finir sous la table ? ricane la jolie doctoresse.

– J'anticipe ! se défend Amber. Arizona affiche la tête d'une nana qui a besoin de plus d'un verre, et je ne dirai pas non, moi non plus. C'est ça ou je ramasse le premier mec dans la rue !

– Oh ! Amber sort les griffes !

– J'ai des raisons, oui ! Merde ! Explique-moi pourquoi il est encore là. Je lui ai hurlé de dégager et, pour toute réponse, il s'est tranquillement installé devant la télé, l'air aussi imperturbable qu'une statue ! Comme si… j'étais transparente !

Un motif suffisant, apparemment, pour qu'elle s'enfile le contenu de son shaker.

Elle se fait pardonner en nous servant un mélange écarlate qui inclut une dose corsée de rhum. Des larmes me picotent les yeux, mais l'alcool produit l'effet escompté : il m'arrache un soupir de plaisir.

– Sam ? relevé-je, la main dans le sac de chips posé sur la table. Je croyais que tu avais décidé de passer à autre chose ?

– Hé ! On se soutient, entre filles ! me reproche-t-elle en grognant. Alors, ouais, c'était prévu, mais… je n'arrive pas à dénicher un gars qui me chatouille le minou. C'est dingue, non ? J'aime les mecs, moi. Je veux dire, je ne couche pas à tout va (petit gloussement de Tasha, qui lui vaut une tape sur le bras), mais je ne suis pas coincée du cul. Et, là, j'ai besoin de baiser. Tu vois, le genre de galipettes comme ce qui s'est déroulé entre toi et Tate…

– Merde ! On a été aussi bruyants que ça ?

– Assez pour que je mouille ma culotte, confesse Amber sans la moindre gêne. D'ailleurs, je suis carrément intriguée. Moi, ce type, il me fait froid dans le dos…

– Arrête ! la coupe Tasha. Je t'ai déjà expliqué que tu trompais sur son compte.

Amber lève les yeux au ciel, dubitative.

Nouvelle rasade, cette fois un mélange bleuâtre qui se révèle néanmoins tout aussi corsé que le précédent.

– La seule chose dont je suis désormais sûre, en ce qui le concerne, c'est qu'il est capable de faire grimper une nana aux rideaux. J'avoue que je n'en étais pas persuadée après l'avoir vu défoncer la petite blonde l'autre soir au Rush et… oups ! Désolée, Arizona, je n'aurais pas dû raconter ça.

– Autant te prévenir, m'avertit Tasha, Amber est la reine des gaffes quand elle a picolé.

– Pas de souci !

C'est faux ! Non pas que je sois jalouse des précédentes maîtresses de Tate, mais je n'apprécie pas franchement l'air rêveur d'Amber, comme si, tout d'un coup, le Styx Lion était devenu un prétendant valable.

– Pas touche, Amber ! glousse Tasha en me dévisageant. Tate, c'est chasse gardée maintenant.

– Ce n'est pas… bafouillé-je, peu habituée à être ainsi sous le feu des projecteurs.

– T'inquiète, me réconforte Amber, penaude. Je comprends ! Il faut juste que je trouve le mec qui me donne envie de me battre comme une tigresse pour le garder.

Une perspective qu'elle accompagne d'un lever de coude plutôt efficace.

– Finn est un type bien, la provoque Tasha.

– Trop, c'est le souci, soupire théâtralement son amie. On est sorti deux fois ensemble et il est simplement… parfait !

– Et c'est un problème ? relevé-je, perplexe.

Amber grimace tout en versant dans un énorme pichet le fruit de son travail. Il y a assez d'alcool pour endormir un troupeau d'éléphants, mais j'ai dans l'idée que nous n'aurons aucune difficulté à lui faire un sort.

Je suis la petite troupe dans le salon d'hiver. Sam nous décoche un coup d'œil paresseux. Pourtant, il est aux aguets, comme si la télé et sa posture détendue n'étaient que des leurres destinés à nous tromper.

– Tu as déjà vu un monsieur tout nu ? scande Captain, le perroquet féru de cinéma de la maison.

Je ricane, impressionnée par cette créature à plumes qui répète inlassablement les répliques des films qu'il visionne.

– *Y a-t-il un pilote dans l'avion* ? note Tasha, les yeux étrécis. C'est marrant, je ne t'imaginais pas matant ce genre de films.

– C'est quoi, mon genre, d'après toi ?

– Attends ! Laisse-moi deviner, s'enthousiasme une Amber au regard machiavélique. *Priscilla, folle du désert* ? *Brokeback Mountain* ?

– Ça te rassurerait, chérie ? lâche-t-il d'un ton aussi acéré qu'une lame de rasoir. Désolé, mais je suis un pur hétéro, et si ça peut te réconforter, ma queue sort de mon pantalon quand ça en vaut la peine.

Oh, putain ! C'est un coup bas, vraiment vicieux.

– Tu as déjà vu un monsieur tout nu ? reprend le volatile, indifférent au silence polaire qui s'est installé dans la pièce. Tu as déjà vu un monsieur tout nu ?

– Moi, oui, rétorque Amber, tout sourire malgré la raideur de ses épaules. Plein, même.

Bien joué, ma fille !

La Amber version aguicheuse a quelque chose d'irrésistible parce qu'au-delà de la sensualité innée qu'elle dégage, rien n'est surfait dans sa façon de se comporter. Elle est juste éblouissante.

Sam s'est visiblement préparé à une confrontation, car il cille à peine lorsque Amber se campe devant l'écran de télévision, rebelle et plus lascive que jamais. Il soutient son regard comme si la tension sexuelle ne crépitait pas comme un feu de joie entre eux.

Comme s'il ne venait pas de signer son arrêt de mort !

– Le dernier en date est chaud bouillant et habile de ses mains. Une peau douce comme de la soie, des muscles juste assez marqués pour que ce soit délicieusement érotique et une endurance au lit à se damner. Ce mec baise comme un dieu ! Je suis mouillée rien que de penser à lui…

– Tu devrais peut-être l'appeler si ça te gratouille à ce point, lui conseille Sam.

– Oh, mais c'est prévu ! Et tu risques bien d'être aux premières loges si tu continues de camper chez moi, parce que je ne suis pas du genre à jouir en silence. Et, même si Arizona a placé la barre très haut, j'aime assez l'idée de me mesurer à elle à ce jeu !

– Non… grommelé-je. Je n'ai pas pu être aussi bruyante.

Tasha, mutine, écarte les doigts comme si elle souhaitait évaluer une distance, ou plutôt l'échelle de ma honte. De quoi accentuer un peu plus la rougeur sur mes joues.

Une rougeur due à l'alcool et à rien d'autre, cela va sans dire !

– On peut participer ? s'invite Dax en enlaçant sa compagne pour lui bécoter le cou.

– Hors de question ! s'insurge Tasha, sa peau rosissant légèrement.

– Certainement pas ! objecte Amber en même temps. Vous baisez tout le temps et vous avez trop d'avance sur nous : vous êtes hors compétition ! C'est entre moi et Arizona.

– C'est trop de faveurs, là, grogné-je.

– Celle qui remporte le challenge gagne… le sextoy de son choix. Liberty's commercialise un canard doré tout bonnement génial ! Il est hors de prix, mais je suis prête à parier que ça vaut le coup…

– Elle est pompette, soupire Tasha. Elle supporte mieux l'alcool d'habitude, mais elle sort de deux gardes d'affilée. Je crois que je ferai bien d'aller la coucher et…

– Dormir ? se rebelle son amie. Certainement pas ! J'ai encore soif !

– Alors, viens t'asseoir au moins !

Tasha traîne sa copine vers le salon d'hiver sans que je sois capable de savoir qui je plains le plus : Amber ou Sam. Mais une chose est sûre : ces deux-là n'ont pas réglé leur problème.

– Tate s'est assoupi, m'annonce Dax en se frottant la nuque. Et je crois qu'il s'est dégoté un nouveau pote.

– Le clébard ? se bidonne Sam.

– Ouais.

– Ben, il devrait profiter de l'aubaine et l'adopter. C'est moins bruyant qu'une gonzesse et…

– Je ne suis pas bruyante ! protesté-je avec véhémence.

– Oh si, ma puce, me garantit Sam, extatique. Et je ne suis pas le seul à m'être mis au garde-à-vous en entendant tes petits couinements.

– Vous êtes tous des obsédés !

– Hé ! Pas concerné, m'objecte Dax, un sourire tordu sur les lèvres.

– J'espère bien ! le réprimande Tasha en se faufilant entre ses bras. C'est un privilège que je m'arroge exclusivement !

– Ma belle, je ne voyais pas les choses autrement. D'ailleurs, la réciproque est vraie…

– Y a des chambres, les amoureux, les chapitre Sam lorsqu'ils s'embrassent langoureusement.

La simplicité…

Le droit de vivre ma passion au grand jour…

Voilà ce dont je rêve avec Tate.

D'être libre de l'embrasser quand l'envie m'en prend et de me blottir contre lui.

De m'abandonner à son désir sans redouter les ombres.

Sans craindre pour lui.

Un vœu pieux ?

Je ne suis plus certaine de rien. Je souhaite lutter pour Tate.

Lutter avec lui.

Mais ce n'est peut-être pas la bonne solution.

Parce que, même s'il me désire, il me repousse avec une intensité désespérée. Et je devine que ce combat n'est pas anodin. C'est son équilibre psychique qu'il engage à chaque fois qu'il bataille contre ses sombres instincts.

Restent ses mots, ceux qui ont exigé de moi un abandon total. Une reddition qui n'a rien d'une capitulation, mais plutôt d'une acceptation pleine et entière de ce qu'est l'autre.

Je me mords la lèvre, dévorée par le doute.

Tate est pétri d'imperfections – comme chacun d'entre nous, cela étant –, mais son attitude au cœur de la passion ne tendait pas vers la résignation. De ça, j'en suis convaincue.

La question est de savoir s'il va choisir de combattre à mes côtés ou s'il va s'incliner devant le mal qui le ronge…

27

Arizona

Je vous l'annonce direct : ingurgiter de la pizza est un moyen tout à fait inefficace d'éviter la gueule de bois, n'en déplaise à Amber. La pizza calzone remporte en revanche le challenge toute catégorie « graissage de cheveux ». Vous me direz : quelle idée de s'endormir la tête sur le carton ouvert ?

Je vous l'accorde, c'est stupide. Mais c'est comme lorsque l'on fourre le pied dans une crotte de chien. On ne se lève pas le matin en se promettant : « Tiens, aujourd'hui, je vais tartiner mes chaussures d'excréments ! » Ça arrive, et puis c'est tout !

Dégoûtée, je passe la main dans mes cheveux, récupérant un peu de garniture tomates-mozzarella. Je pourrais argumenter que j'ai voulu tester une nouvelle sorte de baume capillaire, mais, côté odeur, c'est carrément répugnant.

– On a abusé, hein ? ronchonne Amber d'une voix plaintive.

Là où elle devrait se trouver, c'est-à-dire juste à ma droite, je croise une paire de pieds nus. Suivant l'arrondi des cuisses, je repère enfin Amber. Cette dernière est couchée sur le sol, les jambes relevées sur le canapé comme si elle avait glissé pendant son sommeil.

Une posture qui ne semble pas la gêner le moins du monde.

– Grave ! répliqué-je. Merde ! J'ai un orchestre qui joue des cymbales entre mes oreilles.

– Le mien préfère la batterie et j'ai dû avaler un truc dégueu parce que j'ai la bouche pâteuse. J'ai soif…

– Le thé est prêt, annonce une voix qui résonne lourdement dans mon crâne.

– Pourquoi t'es pas lessivée, toi ? grogne Amber en jetant un coup d'œil à Tasha.

– Parce que je me suis arrêtée de boire avant de rouler sous la table.

– Merde ! Tate ! m'exclamé-je en me redressant, ce qui me tire une grimace de douleur.

– Sam et Dax se sont relayés pour le réveiller. Il va bien.

Rassurée, je me rue sur mon thé, heureuse que mon estomac cesse de faire le grand huit. J'ai rarement pris des cuites dans ma vie (la dernière remonte à l'époque où Billy était encore vivant) et je me rappelle maintenant pourquoi.

– Je vais vomir, gémit Amber en basculant sur le flanc.

Pas étonnant. Si j'ai bu plus que mon compte, elle m'a largement devancée.

– Je m'occupe d'elle, intervient Sam à ma grande surprise.

– Pas touche ! râle la malheureuse lorsque le Styx Lion la soulève.

– Essaie de m'en empêcher, ricane-t-il. Tu as besoin d'une bonne douche bien froide pour te remettre les idées en place !

– Je te tue si tu oses ! crache-t-elle.

– Installe-la dans la baignoire, j'arrive pour l'aider, énonce Tasha en secouant la tête.

– J'ai dit que je m'en occupais !

Sur ces mots déclinés avec sécheresse, Sam balance Amber sur son épaule comme si elle ne pesait pas plus lourd qu'une plume et s'éloigne à grands pas, insensible à ses beuglements de révolte et ses coups de poing contre son dos.

– Il va le faire, tu crois ? demandé-je, sidérée. On devrait peut-être intervenir.

– Dax est en haut, il va gérer. Moi, avec ces deux-là, je préfère ne pas m'en mêler. Besoin d'une aspirine ?

– D'une douche, surtout, mais va pour l'aspirine en premier. Merde ! Je ne me suis pas saoulée depuis des années. En même temps, c'était un peu une journée hors compétition...

L'emprisonnement... Notre fuite... Le sexe... L'alcool... Oui, définitivement du « hors compétition » !

– Dax m'a annoncé que tu t'installais parmi nous.

– Ah ? Oui, oui. Je me plais bien ici, mais... j'espère que ça ne dérange pas ?

– Non, pas du tout, me répond Tasha tout en ayant l'air de penser l'inverse. Lou doit passer vous prendre tout à l'heure avec la camionnette. Je suis assez surprise qu'il n'ait pas fendu le crâne de Tate, hier soir.

– Pourquoi il aurait fait ça ?

Je referme la bouche au moment où je me souviens que Lou est mon *cousin*. Un cousin protecteur et un poil chatouilleux.

Tasha hausse un sourcil autoritaire. C'est marrant comme la douceur apparente peut cacher une volonté de fer...

– Tu sais, je suis grande... bafouillé-je en avalant un peu vite une nouvelle gorgée de thé.

– Oui, bien sûr. Et tu n'aurais pas un autre cousin qui se prénommerait Ted par hasard ?

Je me fige, puis pivote vers Tasha, l'air aussi désorienté que possible.

Merde ! C'est quoi, cette question à la con ?

– Euh... non. Lou est le seul parent qui me reste.

– Évidemment ! émet Tasha avec une ironie flagrante.

– Je reprendrais bien un peu de thé, suggéré-je doucement.

– Hé ! La deuxième belle au bois dormant est réveillée, constate Dax en déboulant dans la pièce, un large sourire sur les lèvres. Tu m'impressionnes, Arizona. Vu l'état d'Amber, je pensais que tu comaterais toute la matinée.

– Sam ne l'a pas trop secouée ? s'inquiète Tasha.

– Tu rigoles ? Elle a failli lui arracher le visage quand il l'a déposée dans la salle de bains. Il s'en est tiré parce qu'elle a commencé à vomir tripes et boyaux. Là, elle a la tête dans la cuvette.

– Merde ! Tu ne pouvais pas le dire plutôt ? Je monte l'aider.

– Pas la peine, ma belle. Sam gère. Il lui éponge le front à chaque fois qu'elle émerge et il la soutient quand elle replonge dans les W.C. Ces deux-là sont faits pour s'entendre !

– Elle a une sacrée descente, confessé-je, ravie de ne pas en être au stade du zombie régurgitant ses entrailles.

– Tu as moins picolé, mais côté délire, vous faites la paire, Amber et toi, me charrie Dax. J'avoue que vous m'avez perdu lorsque vous avez commencé à discuter des mystères entourant la carte de Piri Reis[17] ou des sphères mégalithiques du Costa Rica.

Je plonge le nez dans ma tasse pour étouffer un rire naissant. Amber est, comme moi, fascinée par les énigmes qui émaillent l'histoire du monde, et j'ai découvert, avec un plaisir non dissimulé, qu'elle aimait débattre sur toutes les théories associées.

Nous nous sommes amusées comme des petites folles, apportant, l'alcool aidant, notre propre contribution aux spéculations les plus loufoques.

– C'était cool, validé-je.

17. Carte du monde peinte en 1513 avant l'apparition des technologies nécessaires à sa création. Diverses théories tendent à expliquer ce mystère.

– Tate a apprécié, surtout quand tu as voulu qu'il se désape.

– Il était présent ? le coupé-je, interdite.

– Il est descendu pour avaler un truc sur les coups d'une heure du mat'. Vous en étiez, avec Amber, à la protection animale et à la nécessité de préserver des espèces comme les baleines et les ours. Vous déliriez sur le meilleur moyen d'attirer l'attention des foules sur le sujet, et tu as proposé une campagne de pub avec des mecs roulés comme des dieux et arborant des tatouages d'animaux.

J'en conserve un vague souvenir. Tate a encré la gueule d'un loup sur sa fesse droite, une véritable œuvre d'art qui sublime certes le prédateur, mais aussi – et surtout – son splendide petit cul. Alors, oui, je suis prête à parier que des nanas s'intéresseraient à la cause animale rien que pour mater son joli postérieur.

– Il n'a pas apprécié, deviné-je.

– Il s'est marré… moins quand tu lui as sauté dessus pour lui arracher son tee-shirt.

Rien de confus dans cette évocation-là. Je me suis vautrée sur Tate, insinuant mes mains sous son vêtement. En vérité, je n'avais aucune intention de dénuder ses muscles parfaits. Non, je voulais juste profiter…

– Il a fini par vider ton verre et t'a servi une énorme part de pizza, glousse Tasha. J'ai dû sévir pour qu'il avale un antalgique et aille se coucher.

– Il dort encore, me précise Dax. Je file au Rush avant qu'il se réveille et exige de m'accompagner. Il a ordre de se reposer ! Lou repassera avec la camionnette en fin de journée.

– Je suis d'astreinte ? intégré-je.

– Ouais ! Tasha doit partir bosser dans deux heures et Tate ne restera pas tranquille s'il n'y a personne pour l'y obliger. Je me suis dit que tu étais la meilleure candidate pour ce job. Ça te permettra de récupérer un peu au passage.

– Ça me va si je peux utiliser la salle de bains pour profiter d'un bon bain chaud. Je me sens vermoulue après… après ma journée sportive d'hier.

Je m'engueule mentalement, consciente que mon hésitation n'a pas échappé à Tasha. Cette femme n'est peut-être pas dans le secret des Styx Lions, mais elle en sait bien plus qu'elle ne l'avoue.

Une raison de plus pour que je sois prudente en sa présence !

– Je…

Mon téléphone sonne et il me faut quelques secondes pour le localiser. Je m'extirpe du canapé en grommelant contre la gravité.

– À ce soir, déclame Dax en s'éloignant, Tasha sur les talons.

Mon portable enfin en main, je me vautre sur l'énorme pouf posé devant les baies de la véranda. Je suis peut-être en meilleure forme qu'Amber, mais mon équilibre n'est pas tout à fait d'équerre.

Je fronce des sourcils en notant le nom qui s'affiche et réponds avec une légère appréhension.

– Vic ?

– Arizona… salut ! Je…

La voix s'éteint, laissant un silence gêné s'installer.

– Vic, tout va bien ?

– Je… ouais… C'est que…

– Je t'écoute, mon grand, dis-moi. Tu sais que tu peux me faire confiance.

– Je… Ouais… Ouais… T'es cool ! Et… et j'aimerais te parler… Tu vois, juste nous deux.

Je patauge en pleine perplexité, lucide néanmoins sur le fait que Vic a dû prendre sur lui pour m'appeler. Lorsqu'il s'est présenté, hier, il se dandinait, mal à l'aise de se confronter aux Styx Lions. Dax l'a accueilli à bras ouverts, sans revenir sur le passé, mais ça n'a pas suffi à effacer la confusion de Vic.

– Juste nous deux ? répété-je.

– Ouais, je sais qu'on se connaît pas beaucoup, mais… t'es la nana de mon frère et y a des choses… J'ai vraiment besoin de te parler. J'suis paumé et…

Je me mords la lèvre, indécise. Une hésitation qui ne dure pas. Si je peux contribuer à rapprocher Vic de Tate, je suis prête à tout tenter.

– Écoute, où souhaites-tu qu'on se retrouve ? Et quand ?

– Vers seize heures, je peux me libérer. Au même bar que l'autre fois, ça te conviendrait ?

– À Sausalito ? Je n'ai pas de voiture… mais je vais me débrouiller. Au pire, je te rappelle si j'ai un empêchement.

– Super ! Je… Vraiment merci, Arizona ! Tu veux bien ne pas avertir Tate ? Je… je sais qu'on doit discuter tous les deux, mais… plus tard… Ouais, plus tard !

Vic met fin à la communication sans que je parvienne à saisir le sens de cet échange. La curiosité l'emporte néanmoins.

– Tasha ? Est-ce qu'il serait possible de t'emprunter ta voiture ?

– J'en ai besoin pour aller bosser, mais si Amber est OK, tu pourrais prendre la sienne. Elle est en congé aujourd'hui et, vu son état, elle ne risque pas de bouger. Mais tu dois garder un œil sur Tate, non ?

– Si tu as un truc à faire, je peux m'en occuper, s'invite Sam. J'ai calé ça avec Dax, je reste dans le coin.

Le Styx Lion s'affale sur le canapé, l'air imperturbable en dépit de la demi-heure qu'il vient de passer dans les toilettes avec une femme malade.

– Amber ? le questionne Tasha.

– Elle dort. T'inquiète, je veillerai à ce qu'elle s'hydrate.

– Merci, Sam. Arizona, ses clés sont sur la desserte, dans l'entrée. Moi, je vous laisse. J'ai prévu d'arriver un peu plus tôt, aujourd'hui, à l'hôpital. Je monte contrôler que mes patients vont bien et je file.

Je m'oblige à quitter mon pouf douillet. Objectif : vérifier que Tate dort du sommeil du juste, puis me plonger dans un bain brûlant pour détendre mes muscles perclus.

– Arizona, m'arrête Sam alors que je me dirige vers les escaliers.

– Oui ?

– Bienvenue dans l'équipe.

Une bouffée de chaleur me saisit par surprise et m'inonde la poitrine jusqu'à me chatouiller les orteils. Je ne m'attendais pas à éprouver un tel sentiment d'appartenance. À me sentir aussi rapidement liée à cette équipe atypique.

Comme si, d'une façon évidente et indéniable, j'avais accosté dans mon port d'attache.

Cet état d'euphorie perdure jusqu'à mon arrivée à Sausalito.

Je me gare dans une rue passante, à plusieurs centaines de mètres du No Name, heureuse d'avoir l'occasion de me dégourdir les jambes avant de rejoindre Vic. Le soleil brille et draine sur les flots une couverture d'or qui m'attire comme un aimant.

C'est presque à regret que je pénètre dans le bar. Par chance, Vic a choisi une place sur la terrasse, un peu à l'écart des quelques touristes qui musardent en sirotant leur verre.

Finalement, nous sommes peu nombreux à profiter des lieux, la plage captivant plus sûrement les vacanciers à cette heure.

– Je t'ai commandé une bière, m'informe le jeune homme tandis que je m'installe en face de lui.

Fidèle à lui-même, Vic arbore une nervosité qui s'exprime dans le tapotement de ses doigts sur la table.

– Prévenant, avec ça ! le remercié-je d'un sourire lénifiant.

– T'as pas l'habitude avec mon frangin, hein ?

– Détrompe-toi. Tate n'est pas forcément facile, mais il est attentionné à sa façon.

– Il… il m'a dit des trucs hier. J'sais pas pourquoi…

Vic cherche mon regard, perdu. Un élan de compassion me gonfle la poitrine. Je tends la main pour saisir la sienne.

– Ça a toujours été en lui. Il a juste extériorisé des émotions qui auraient dû l'être depuis longtemps. Tous les deux, vous avez un passé commun particulier. Ce n'est pas en le murant dans le silence que vous pourrez construire ensemble l'avenir.

Sous mes doigts, les muscles de Vic se crispent. Je le relâche, renonçant à l'emprisonner dans un contact qui pourrait le perturber.

Je savoure une gorgée de ma bière, moyennement emballée par le goût amer. Après mes excès de la veille, j'aurais préféré un coca, mais je me refuse à vexer Vic.

– Il en a discuté avec toi, alors ? s'étonne-t-il, les tremblements de sa main s'accentuant.

– Oui.

Vic se trémousse sur son siège, sa peau virant à l'écarlate tandis qu'il contemple la baie de San Francisco.

– Assez, en tout cas, ajouté-je, pour me réjouir de la mort de vos parents. Quoique ça aurait été un plaisir de les buter.

– Ça te dérange pas ? ose-t-il en fuyant mon regard. Je veux dire, d'être avec un mec fracassé.

– On a tous nos valises, mon grand. L'important, c'est ce qu'on en fait.

– Tate a toujours été doué pour ça, ronchonne-t-il, les épaules basses.

– Ne te sous-estime pas, Vic !

– Nan, nan… T'inquiète ! Je gère. Et puis c'est pas pour parler de ça que je souhaitais te voir.

Je ne sais pas si c'est l'amertume de ma bière, les conséquences de mes abus alcoolisés ou le soleil, mais une légère sensation de flottement m'assaille. Je porte la main à mes tempes, rêvant plus que jamais d'un verre d'eau fraîche.

– En fait, ces derniers temps, j'ai pas mal réfléchi. J'ai un peu tiré sur la corde avec mon frangin. Tu vois, j'ai pas été facile et… j'aimerais bien me rattraper. Lui montrer que j'ai vraiment envie qu'on renoue tous les deux.

– Je suis certaine qu'il ne demande pas mieux.

– Ouais, c'est ce que j'ai pensé hier quand on a discuté. Du coup, j'ai réfléchi à une façon de le remercier pour tout ce qu'il a fait pour moi.

Je souris, troublée par la sueur qui dégouline le long de ma nuque.

– Ça va ? s'alarme Vic.

– Oui, oui, un coup de chaud. Je…

– Tu veux qu'on sorte, histoire de marcher un peu ? De toute façon, le truc que je souhaite te montrer est dehors.

– Excellente idée !

Je me faufile jusqu'à la porte, pressée par le besoin urgent de recouvrer l'emprise sur mes sens. Seulement, c'est tout l'inverse. À chaque pas, mes membres me paraissent plus lourds et mon esprit s'embrouille.

Je siffle entre mes dents, cherchant à saisir la raison de l'alarme qui hurle dans mon crâne.

– Attends, laisse-moi t'aider, me propose Vic lorsque je trébuche.

Sa poigne s'empresse de me redresser, mais ça n'améliore pas mon sentiment que je pars à la dérive.

– Là, me précise Vic. Encore quelques mètres et tu pourras t'allonger.

M'allonger ? Non ! Je veux continuer à marcher. Garder le contrôle de mon corps alors que mon esprit, lui, se disloque de façon incompréhensible.

– Je suis vraiment désolé, peine à articuler Vic en accélérant le pas. J'étais pas d'accord, mais…

La contrition dans la voix masculine m'interpelle, reconnectant certains de mes neurones.

– Vic ? bafouillé-je, pas surprise que mes cordes vocales me lâchent elles aussi. Qu'est-ce que tu as fabriqué ?

– Je ne voulais pas, j'te jure, mais j'ai pas eu le choix. Je… Navré, vraiment ! Mais ils te feront pas de mal, hein ! C'est juste un test…

Merde ! Ça ne sent pas bon !

J'essaie de me soustraire à la poigne qui, en dépit de la maigreur de son propriétaire, se révèle ferme. Ou alors, c'est moi qui suis plus atteinte que je ne le suspectais. Peut-être un peu des deux…

– Parfait ! s'exclame une voix qui m'est familière.

Stella…

Mon champ de vision se restreint, mais j'entraperçois un regard noir, hostile. Dans quelle merde je viens de me fourrer ?

Le bruit de portes qui coulissent brise le silence. Une camionnette ?

Vic me soulève pour m'obliger à entrer dans un habitacle qui pue l'huile et des effluves métalliques. Du sang ? J'en ai bien peur…

Je me déchaîne, ou du moins je m'y attelle avec une énergie presque désespérée. Parce que, à moitié dans le coaltar ou pas, j'intègre que je suis en train de me faire enlever et que je n'ai aucune envie de connaître la suite du programme.

Une pensée qui distille dans mon corps une épouvante glaçante.

Une pensée qui disparaît en même temps que la nuit s'abat sur moi…

28

Tate

Asticot sur les talons, je pénètre dans le Rush par la porte de derrière sans tenir compte du regard éberlué du prospect qui monte la garde.

– Ferme la bouche, Tennessee !

Le gosse n'est pas avec nous depuis assez longtemps pour s'aventurer à riposter. Il s'exécute néanmoins sans baisser les yeux. Une audace qui lui vaut de ma part un signe de tête appréciateur. De la bonne graine, ce gosse !

– Putain ! T'es incapable de rester tranquille ? m'accueille Lou.

– Tu me dois vingt dollars, mec, le chambre Dax. J'avais parié que tu ne tiendrais pas le coup.

– Ouais, mais je comptais sur Arizona pour lui faire entrer du plomb dans le crâne ! Merde alors !

– Elle avait un truc à gérer, le renseigne Dax. Sam a pris la relève.

– Et il était trop occupé avec Amber pour me voir me tirer, ricané-je.

Moi, je dis que, pour un mec qui crache dans la soupe, il s'intéresse un peu trop au mixage des légumes… Un travers que nous avons en commun, cela dit. Arizona m'obsède à tel point que j'ai dû lutter, cette nuit, contre mes instincts pour ne pas la charger sur mon épaule et la ramener dans mon lit.

Je file derrière le bar et me sers une bière. Je recommence à respirer après la première goulée. J'ai beau ne pas être au paroxysme de ma forme, rester sur la touche m'a toujours retourné le cerveau ! La preuve, je fantasme sur l'impossible...

– C'est ton nouveau pote ? ricane Jarod en désignant Asticot.

Le chien s'est couché à mes pieds, prenant soin d'être en contact direct avec ma chaussure. Finalement, Pot de glu lui siérait mieux comme nom, ce qui n'empêche pas qu'il me plaît bien, ce corniaud.

– Des nouvelles de Ted ? demandé-je en éludant la question.

– Shaw reste introuvable, grogne Dax. Tous ses avoirs ont été gelés, ce qui nous laisse bon espoir qu'il sorte du bois d'ici peu.

– Son paternel affronte la presse à sa place, déclare Jarod, appréciant visiblement l'idée. Ce connard a dégringolé dans les sondages après avoir qualifié son fils de « protecteur de la veuve et de l'orphelin ». Le hic, c'est que les témoignages se multiplient et on ne peut pas dire que Shaw soit comparé à un ange.

– D'après les auditions menées par Ted, continue Dax, l'association a bien rempli son rôle les premières années. Puis Shaw a dérapé.

Une fureur glaciale me durcit l'échine au souvenir des cages et du visage meurtri d'Emmett. Dérapé ? Ouais, c'est même l'euphémisme du siècle.

Je suis à deux doigts de balancer le poing contre le zinc lorsque Dax pose devant moi un bac plein de pommes de terre, un sourire de travers sur les lèvres.

– Quoi ? aboyé-je.

– Ben, tu n'es pas franchement doué pour tailler des poulpes (*Connard !*), mais question allumettes, tu assures. Bouba a exceptionnellement prévu une soirée grillades avec des *french fries*. Et, comme il est perfectionniste, il veut de la cuisine cent pour cent maison. Il a épluché assez de patates pour nourrir tout le pays.

Dax me fourre un couteau entre les doigts et me désigne la planche à découper d'un geste du menton.

– Coupe ! Et pas de saloperies ou je lâche Bouba dans l'arène.

– Maintenant que l'animal a les mains occupées, Sa Seigneurie peut poursuivre ? l'admonesté-je, soulagé au fond.

La bête n'a pas encore tenté d'émerger, mais je perçois la caresse de son souffle sous ma peau. Je la pratique depuis assez longtemps pour suspecter que sa faim va bientôt se réveiller...

– Shaw continuait d'aider certaines femmes à échapper à leurs conjoints violents. D'après Ted, il n'incluait pas dans son sale petit commerce les nanas qui gardaient des contacts privilégiés avec des membres de leur famille ou des amis.

– Des gens se seraient tracassés, conjecture Lou. Et il y aurait eu des fuites inévitables.

– Ouais, c'est l'explication la plus plausible, valide Dax. Il évinçait aussi les gonzesses sans mômes et celles dont les gamins ne collaient pas à son négoce. Celles-là avaient réellement droit à une seconde chance.

– Et les autres ?

– Plusieurs sons de cloche. Quelques mères se seraient barrées en abandonnant leurs gosses, mais un garde s'est lâché en échange d'un accord. Il a indiqué que certaines auraient été emmenées pour une balade en forêt et ne seraient jamais revenues. Une vingtaine étaient enfermées dans le centre...

– Combien de gamins ? le pressé-je.

– Dix-huit. Le plus jeune a six mois et il était en passe d'être adopté par l'une des familles répertoriées par Gorgeous.

– Quelle belle merd...

De violents coups martelés contre la porte principale

m'interrompent. Agressivité et intrusion, voilà les seuls mots qui me traversent l'esprit.

Une définition qui fait l'unanimité, puisque mes potes brandissent leurs armes, circonspects et en alerte.

Je balance mon couteau de cuisine et empoigne la carabine dissimulée sous le comptoir. Une précaution qui en vaut une autre…

– Du calme, Asticot ! asséné-je au pauvre chien, qui s'est rencogné contre le bois du bar, le corps tremblotant de peur.

– Lou, va ouvrir, ordonne Dax en faisant signe à Jarod de se planquer dans le renfoncement près de l'entrée.

Je me faufile le long du mur adjacent afin de bénéficier d'une vue impeccable sur la salle tout en me maintenant à couvert.

– Que voilà une bonne surprise, siffle Lou, en appui contre le chambranle de la porte pour interdire l'accès à notre repaire. Vous passiez dans le coin et vous vous êtes convaincu qu'une petite visite s'imposait ? C'est trop d'honneur, vous savez !

– Ta gueule ! cingle une voix que je reconnaîtrais entre mille.

Je fais craquer mes phalanges et émerge juste assez de l'ombre pour croiser le regard bleu. Rosario est sorti moins amoché que moi de son incursion au pays des ogres, mais il arbore un joli coquard et une lèvre gonflée.

– Toi, espèce d'enfoiré ! scande-t-il en me fonçant dessus.

Lou s'interpose avec une vivacité qui décontenance toujours, vu sa corpulence à la Popeye. Rosario n'a d'autres choix que de reculer d'un pas.

– Le bar n'est pas ouvert, lieutenant, l'apostrophe Dax. Donc, sauf si vous avez un mandat, vous n'êtes pas le bienvenu ici.

– J'vous en foutrais, des mandats ! Je n'ai pas besoin de ça pour savoir que vous êtes les pires ordures que la terre ait portées.

– Ouais, vraiment trop d'honneurs, ricane Lou.

Rosario le fusille du regard, mais je le soupçonne surtout d'enrager de ne pas réussir à franchir l'obstacle de muscles pour m'atteindre.

Marrant comme j'attire facilement de nouveaux potes !

– Qu'est-ce que vous foutiez à Seconde Chance, ta copine et toi ? lâche-t-il à la vitesse d'une mitraillette. Vous faites dans le commerce de mômes maintenant ? Bande d'enculés ! J'vous jure que j'arriverai à vous coffrer, et ce jour-là…

– Seconde Chance ? relève Dax, plutôt bon dans son rôle de candide mielleux. Merde ! On a loupé une affaire juteuse ?

– Te paie pas ma tête. Qu'est-ce que vous trafiquiez avec ces salopards ?

Je me bidonne en voyant Dax s'approcher du flic, le visage impassible. Sous son allure maîtrisée, je perçois une tension qui ne demande qu'à être libérée. À ce stade, il vaut mieux éviter de trop le chatouiller.

Chacun d'entre nous garde à l'esprit les gars que nous avons perdus. Chacun d'entre nous brûle du désir d'enfoncer un truc bien affûté dans le sternum du salopard qui a contribué à convaincre les Demonic Snakes qu'ils étaient assez coriaces pour nous battre sur notre propre terrain.

Une aubaine pour Rosario : il n'a pas participé au raid sur notre territoire. Il n'était même pas dans la confidence. Sinon, il pourrirait six pieds sous terre…

– Voyons, voyons, émet Dax, un rictus moqueur sur les lèvres, si nous trafiquions quoi que ce soit, nous aurions déjà les menottes aux poignets, non ?

– Je ne lâcherai pas l'affaire, garantit Rosario. C'est la deuxième fois que vous vous en tirez sans une égratignure, mais la chance ne sera pas toujours de votre côté. Surveillez bien vos arrières parce qu'un de ces jours, c'est moi qui aurai toutes les cartes en main.

Je ne considère pas cette promesse avec légèreté. Rosario est le flic le plus tenace qu'il m'ait été donné de rencontrer, et j'en connais un rayon sur le sujet. Les Styx Lions sont devenus son obsession, et ce n'est jamais bon d'être dans le collimateur d'un lieutenant aussi inflexible que lui.

Parce qu'on peut bien le narguer, ce salopard est doté d'une détermination en béton armé. Dax a raison : il est en train de se transformer en notre problème numéro un !

Un problème qui a assez de couilles – ou de cases en moins – pour venir nous provoquer sur notre territoire…

– Ça me réjouit de savoir que la police de San Francisco n'a rien d'autre à branler que d'emmerder ses honnêtes contribuables, le raille Jarod.

– Honnêtes ? éructe Rosario, blême de rage. Vous étiez là-bas ! Putain ! Vous avez participé à transformer des gamins en jouets sexuels. Le jour où l'on pourra vous empêcher de nuire, le monde se targuera d'être moins pourri !

– Ouais, t'es irréprochable, toi, comme mec, le brocardé-je. Rappelle-nous qui s'est acoquiné avec les Demonic Snakes ?

Rosario pâlit un peu plus, ce qui renforce la ligne sévère de sa mâchoire. En d'autres circonstances, j'aurais aimé me mesurer à lui, histoire de vérifier si ce qu'il a dans les tripes vaut l'acier de ses iris. Parce que, sous sa plaque luisante, ce type semble dissimuler l'essence d'un tueur.

– Je vendrai mon âme au diable pour vous arrêter, balance-t-il sans une hésitation. Et ce jour-là arrivera, soyez-en sûrs !

– Ouais, ouais, des promesses, matraque Dax. Tu nous préviendras quand tu auras décidé de larguer le mode fantasme pour la réalité, hein ? Parce que, là, à part nous faire perdre notre temps…

– Et le temps, c'est de l'argent ? Bande d'enfoirés ! Je vais vous coller. Vous pister comme les sales petits fumiers que vous êtes.

À partir d'aujourd'hui, vous n'aurez plus une seconde de répit. Vos magouilles avec Seconde Chance sont terminées, mais je vais m'assurer que les suivantes capoteront aussi. Votre alliance avec Abénicio Rojas ? Vous pouvez lui dire adieu.

Abénicio Rojas ? Ce connard s'est taillé une solide réputation de tueur impitoyable en taule, ce qui lui a valu de devenir le leader d'un groupe d'abrutis. C'est un enfoiré de première qui verse, depuis sa libération, dans le proxénétisme et le trafic de drogue, mais son business manque d'envergure du fait d'une équipe désorganisée et mal entraînée.

J'échange un regard circonspect avec Dax. Nous n'avons jamais été en affaires avec ce type et ce n'est pas une cible à court terme.

Seulement, voilà, Rosario pavoise un peu trop. C'est son principal défaut, au demeurant, en plus d'être flic : il ne sait pas la jouer profil bas. Une faiblesse qui finira par lui être fatale...

– Je dirais que tu es un poil présomptueux, déclame Dax, l'air de rien, si tu penses pouvoir nous doubler sur ce terrain-là. L'expérience avec les Demonic ne t'a pas suffi ?

– Qu'est-ce que vous lui voulez, à Rojas ? insiste Rosario. C'est du petit gibier pour vous !

– Putain ! C'est qu'il est malin, le flic, le tanne Lou. Il a déjà tout compris ! Merde ! J'ai les couilles bleues de peur.

– Des couilles ? Faudrait que vous en ayez, le rabroue Dante. J'croyais qu'avec la mort de Luis, certaines choses avaient évolué chez les Styx Lions, mais apparemment pas. Vous goûtiez à la marchandise de Shaw ou vous ramassiez juste le fric ?

Je me rue sur Rosario avant même d'avoir consciemment songé à bouger. Je le cloue contre le mur, indifférent à la porte grand ouverte. Jarod referme le battant, un sourire sardonique sur les lèvres.

J'intègre vaguement qu'Asticot s'est mis à gueuler, mais Rosario mobilise toute mon attention.

La colère et la frustration forment un poing qui s'enroule autour de mes entrailles, m'enjoignant de cogner ce salopard immonde. Putain ! Nous comparer à Luis, l'ancien chef des Styx ? Y a pas moyen ! Cette crevure agressait les mômes qui tombaient sous sa coupe avant de les jeter sur le trottoir. Le jour où Dax lui a fichu une balle dans la tête restera l'un des meilleurs moments de mon existence !

– Enfoiré ! grondé-je à quelques centimètres de son visage.

– C'est pour cette raison que tu baises que des nanas ficelées ? Ça te procure un sentiment de toute-puissance comme avec les gosses ? Le p'tit lot qui t'accompagnait hier, elle aussi, tu l'attaches ?

Mon poing s'écrase sur la mâchoire de Rosario. Le contrecoup se répercute dans mes membres encore meurtris, et je vacille sous le choc.

– Merde ! Tate ! me réprimande Dax en empoignant Rosario par le cou. Pas bouger, toi !

Je me penche en avant, mains sur les genoux, et aspire l'air par profondes goulées. Rosario n'est pas seulement dangereux, il est excellemment bien informé. Putain ! Je n'ai jamais fait la promo de mes préférences sexuelles, mais savoir qu'un flic connaît ces détails… Ouais, ça me fout en rogne !

– Quoi ? siffle l'abruti sans rien hasarder contre son immobilisation forcée. Ta nouvelle nana aime pas ce genre de petits jeux ? C'est pour ça qu'elle traîne avec Rojas ? Pour baiser avec un vrai mec ? Ou alors, c'est peut-être ton frangin qu'elle se tape ? Ils ont l'air de vachement bien s'entendre en tout cas…

– Putain ! Tu vas la boucler, exige Dax en le plaquant contre le mur pour le fouiller. Pas d'armes ? Tu es plus stupide que je le pensais.

– Vous allez faire quoi ? Me buter ?

Une perspective qui ne semble pas le perturber…

Je reviens sur mon évaluation : ce mec est timbré ! Ou alors, un truc m'échappe… Une option qui semble intéresser Dax.

Je dirige un regard acéré vers Rosario, me remémorant ces incidents passés où l'enfoiré se l'est racontée, espérant nous piéger. Ce genre de roublardise lui correspond assez pour expliquer sa présence ici, sans arme.

C'est juste un traquenard de plus. Une tentative pour nous inciter à commettre l'erreur de trop… Ou nous amener à nous trahir.

– Te buter ? Désolé, mec, le provoque Dax, mais tu n'en vaux pas la peine. Tu vas dégager de chez moi et éviter de croiser mon chemin pendant un petit moment…

– Sinon quoi ?

– C'est ce que j'adore avec la flicaille. Le temps que ça monte au cerveau, il faut compter minimum deux ou trois jours. La réponse, c'est que tu n'as pas envie de le savoir. Tu veux t'amuser ? Le hic, c'est que, nous, on ne joue pas ! Et on ne se laissera pas baiser par un connard dans ton genre ! Jarod, la porte !

Dax reconduit Rosario manu militari sur le trottoir et referme derrière lui, le visage tordu de colère.

– Putain ! Il va falloir qu'on le garde à l'œil, aboie-t-il.

– Tu crois qu'il a des doutes sur nous ? relève Lou, perplexe.

– Soit il est à ce point obsédé par son désir de venger son paternel qu'il est au bord du pétage de câble ou… il est plus rusé qu'il n'y paraît, matraque Dax, son indécision ne masquant pas son agacement. Il a déjà prouvé qu'il était doué pour nous mener en bateau.

– On va s'assurer de le tenir à distance, promet Jarod, qui ne manque jamais d'idées quand il s'agit de balader les gens. Et son ramassis de conneries sur Rojas, ça vous évoque quoi ?

– Pas du bon ! énonce Dax. Tate, appelle ton frangin !

– Hein ? Pourquoi ?

– Appelle ! répète-t-il en s'emparant de son propre portable.

– J'ai plus de téléphone, tu te souviens ? D'ailleurs, ça craint : il est resté à Seconde Chance avec toutes mes affaires.

– Non, m'oppose Lou en me proposant le sien. Ted a tout récupéré.

Soulagé, je compose le numéro de Vic. La sonnerie retentit dans le vide. Je ne laisse pas de message et me contente d'un SMS pour lui signifier de me recontacter au plus tôt.

– Tu m'expliques ? demandé-je une fois libéré de ma corvée.

– Arizona ne répond pas non plus !

– Arizona ? Quoi ? J'ai loupé un épisode ?

– Elle avait rendez-vous avec ton frère, lâche enfin Dax, une main pétrissant sa nuque de contrariété. Pas la peine de t'énerver. Elle ne voulait pas te l'annoncer avant de l'avoir vu. C'est lui qui l'a contactée et c'est pour cette raison qu'elle a souhaité que Sam la remplace une heure ou deux.

Le bourdonnement contre mes tempes est trop intense pour que je m'en défasse. Arizona… Vic…

– Rojas ? craché-je.

– C'est la variable inconnue qui n'a rien à foutre dans cette équation, et ça ne me plaît pas, stipule Dax en fronçant un peu plus des sourcils. Rosario a associé leurs trois noms comme s'il savait quelque chose que nous ignorons.

– C'est peut-être une tentative de plus pour nous embrouiller le cerveau. Vic est en relation avec Rojas ? se renseigne Lou.

– Il l'a jamais cité, mais sa salope cherche à relancer les Demonic. Rojas est un candidat comme un autre.

– Si tu vises le genre défoncé et grande gueule, oui, mais c'est pas un cador, riposte Jarod, perplexe. Buzz était un connard fini, pourtant il traficotait un cran au-dessus.

– Tout dépend de ce que les Demonic ambitionnent, réfléchit

Dax à haute voix. Nous sommes bien placés pour savoir qu'investir un groupe faiblard et dont la tête vacille offre de jolies opportunités. Traquenard ou pas, on a besoin d'en apprendre plus sur Rojas. Tate, un coup de fil à Dick serait le bienvenu.

Dick Honiahaka... Capitaine de police à la retraite. Il n'était que lieutenant lorsque j'ai fait sa connaissance. J'avais 15 ans et je traînais dans les rues, comme des centaines d'autres fugueurs.

Dick m'a ramassé lors d'un contrôle de routine et conduit dans un foyer. Son unité s'était, à l'époque, investie dans un programme de parrainage. J'ignore ce qu'il a décelé en moi ce jour-là, mais il m'a proposé le deal de ma vie : en échange du gîte et du couvert, j'acceptais d'aller à l'école et de me tenir à carreau.

La vérité, c'était que j'aurais vendu mon âme au diable pour un peu de sécurité, ce que ne m'offrait pas la rue. Ni les refuges où j'avais essayé de me planquer.

La tutelle de Dick a tout changé. J'ai bénéficié d'un lit propre et d'une assiette toujours pleine. La plupart de mes camarades finissaient par retourner dehors, mais, moi, j'ai tenu bon.

Dick ne m'a jamais lâché et c'est grâce à lui que j'ai obtenu mon diplôme d'officier de police. Grâce à lui que j'ai pu récupérer Vic quelques années plus tard. Grâce à lui que j'ai pu intégrer les Styx Lions.

Hormis Dax, il n'y a pas un mec que je respecte plus au monde.

– Tate ?

Il me faut une seconde pour émerger de ma transe. Une seconde pour dénouer ce qui saute aux yeux. Une seconde pour réaliser que je ne respire plus.

– J'ai perdu Arizona, sifflé-je sans savoir pourquoi je choisis ces mots plutôt que d'autres.

C'est à cause de toi... Vic... Arizona... Tout est ta faute... Tous ceux qui t'approchent finissent par payer le prix fort !

La bête rugit de nouveau, vaillante comme au premier jour. Je suis trop abasourdi pour la freiner. Je me laisse envahir par son aigreur et martèle le mur devant moi, indifférent au crépi qui mord ma peau.

Dax intervient, fidèle au poste, comme toujours. Sauf que, cette fois, je suis remonté à bloc.

Remonté et dévoré par un besoin d'extérioriser ma rage.

Aveuglé par un voile rouge qui occulte tout le reste.

Massacre-le ! Il a envoyé Arizona au-devant des ennuis. Il mérite de payer !

Je riposte à la tentative d'apaisement en balançant mon poing vers ses côtes. Un choix qui ne s'avère pas franchement judicieux. Dax est rompu aux combats à mains nues, là où j'excelle avec une arme. Il esquive mon attaque comme si l'effort ne lui coûtait rien.

De quoi décupler ma fureur. Le deuxième essai est le bon. Je feinte en avançant mon bras droit, puis vise son flanc du poing gauche. Je fais mouche. La bête braille sa satisfaction.

– Ne m'oblige pas à te faire mal, râle Dax.

Je ricane et bondis en avant. Plusieurs fois. Sans succès. Bordel de merde ! Dax évite mes assauts avec l'agilité d'un boxeur pro. C'est efficace, net et sans bavure.

Un homme ne se laisse jamais dominer ! C'est parce que tu es faible que tu n'as pas su protéger Vic et Arizona !

Ulcéré, je plonge vers la carabine que j'ai posée lorsque je me suis défoulé sur Rosario, mais je ne suis pas assez rapide. Ou plutôt, trop cassé pour que mes réflexes s'imposent.

Dax me plaque à terre en pesant de tout son poids sur moi, rallumant le brasier de douleur dans mes veines. Aucune importance ! Je suis au-delà de la souffrance, emprisonné dans un univers écarlate qui hurle d'incompétence et d'impuissance.

J'expulse tout l'air de mes poumons et me contorsionne comme un damné. C'est ça ou crever !

– Putain ! Stop ! me siffle Dax aux oreilles en m'écrasant le visage contre le sol. Il faut que tu te ressaisisses. Si tu ne te calmes pas, tu ne seras d'aucune utilité à Arizona et Vic. Tu es en colère ? Moi aussi, mec ! Mais ça ne les ramènera pas ! Ils ont besoin de toi. Maintenant !

Les mots de Dax se faufilent jusqu'à ma conscience et tranchent dans le vif le brouillard de rage qui m'enveloppe. Je halète comme si je venais de courir un marathon, déchiré par un combat intérieur qui me vide de mes forces.

– Ils ont besoin de toi, répète-t-il en insistant sur chaque syllabe.

Mes muscles se ramollissent d'un coup. Dax doit juger que ma crise est terminée, car il me libère.

– Merde ! crache-t-il. J'ai cru que j'allais devoir t'assommer.

On n'en est pas passés loin, en fait. Vu comme mon corps m'élance, j'ai frôlé de peu la fin du spectacle. Le simple fait de m'agenouiller me tire assez de jurons pour m'amener à concourir dans un championnat international.

– Bordel !

Une langue râpeuse me lèche le bas du visage.

– Asticot ! C'est pas le moment.

Une harangue qui ne perturbe pas le chien. Je le soulève par le col, de façon à le maintenir à hauteur de mes yeux. Sévérité et rigueur, voilà comment on doit éduquer ces petites bêtes !

Merde ! Le regard humide affiche un poids qui me procure le sentiment étrange que je capte « sa » vérité. Je repose le maudit corniaud contre mes jambes dans un soupir.

– Sympa, ce clébard, ricane Dax. Dick ?

– Ouais, je l'appelle… Il faut la retrouver, mec !

– Jarod triangule son portable, ainsi que celui de ton frangin. Si on n'obtient aucun résultat, on va essayer celui de sa nana.

Dax jette un coup d'œil dans mon dos et hoche la tête comme s'il validait ce qu'il voyait.

– Lou est déjà sur le coup : il contacte nos indics pour découvrir s'ils savent où crèche Rojas. Je vais charger Sam de faire le lien avec Ted, pendant que, toi, tu appelles Dick. Crois-moi, on va les localiser ! Arizona appartient aux Styx et on n'abandonne jamais l'un des nôtres. Jamais !

Des mots simples, déclamés avec conviction. C'est tout ce dont j'ai besoin. De ça, et de me bouger les fesses. Ce n'est plus la colère qui m'embrase, mais un appétit de vengeance si féroce que je sais déjà que je serai sans pitié.

Même si je n'ai jamais été le genre de mec plein de mansuétude…

29

Arizona

Je me réveille, un gémissement accroché aux lèvres. Ma tête est lourde, autant que mes bras, et je dois produire un réel effort pour me masser les tempes. Ma mémoire me renvoie l'image d'une toile noire lorsque j'essaie de me souvenir de la façon dont j'ai échoué sur ce qui ressemble à un lit de camp.

La complète obscurité ne me permet pas d'identifier les lieux, mais elle est symptomatique d'un sac d'emmerdes. De ça, au moins, j'en suis certaine.

Je me force à respirer calmement et à déployer mes sens. Je suis non seulement plongée dans des ténèbres opaques, mais le silence est presque total. Hormis un vague clapotement, je ne capte aucun son particulier. L'odeur est saturée et lourde, comme si l'endroit ne jouissait d'aucune aération digne de ce nom. J'identifie des effluves d'humus au milieu d'une humidité piquante.

Je me redresse avec précaution, palpant ma peau pour repérer d'éventuelles blessures. Hormis un mal de crâne, je suis saine et sauve.

Je balance mes jambes dans le vide, heureuse de sentir un sol meuble sous mes pieds. De la terre battue ou un truc du genre…

Je continue mon exploration en étirant les bras devant moi. Il me faut moins de cinq minutes pour saisir que je suis enfermée dans une cellule de petite dimension et dépourvue d'ouverture. Les parois ont été façonnées en pierre et suintent une humidité qui a aidé à tapisser la roche de mousse.

Logiquement, j'assimile ces données à une cave. Et, en l'absence de porte, je vote pour une trappe dans le plafond, mais continue de palper les murs par acquit de conscience.

Rien...

L'idée d'être enfermée dans un trou sans autre issue qu'une ouverture inaccessible me file la chair de poule. Je grimpe sur mon lit de camp aux ressorts grinçants et peste entre mes dents en constatant que je n'atteins effectivement pas la voûte, même en m'étirant au maximum.

Je redescends de mon piédestal, la tête lourde.

Mes souvenirs se calent de nouveau doucement, comme un puzzle grandeur nature qui se dévoile. Je revois Vic et son air coupable tandis qu'il me traînait vers Stella. La sensation de perte de contrôle qui m'a alpaguée pendant que je me débattais.

Une saveur de bile m'envahit la bouche, relents de la mixture que j'ai ingurgitée à mon insu. J'ai touché le jackpot ! Une fois de plus...

Je suis de nouveau emprisonnée alors que j'ai goûté à cette punition pas plus tard qu'hier.

Veinarde !

Oui, à un détail près, quand même ! Là, le bilan est bien moins reluisant. D'abord, je suis seule, et ensuite, je ne sais rien des raisons qui m'ont conduite ici.

J'ai beau essayer de déchiffrer les motivations de Vic, je soupçonne Stella de détenir les réponses à mes questions – ce qui, en soi, n'est pas une bonne nouvelle.

Je me frotte les bras, glacée par l'humidité ambiante et mon anxiété.

Calme-toi, Rizzo ! Respire profondément. Ils cherchent à te déstabiliser.

Même pour ceux que la claustration n'indispose pas outre mesure, l'absence de repères sensoriels suffit à laminer le meilleur des contrôles. Je suspecte mes ravisseurs d'en être parfaitement conscients.

Je me rassieds donc, déterminée à relever ce challenge. La méditation n'est pas un exercice que j'apprécie particulièrement, mais il s'avère utile dans ce cas. Je pose ma respiration et m'intime de libérer mon esprit.

Je perds toute notion du temps. C'est un raclement insistant qui me ramène à la surface. Un frisson d'appréhension courant sur ma peau, je lève la tête, associant les bruits à des pas lourds et des meubles que l'on manipule.

La trappe s'ouvre d'un coup, déversant non pas une lumière crue dans mon infâme trou, mais une sorte d'ombrage huileux. J'ai beau être prise au piège, une angoisse irraisonnée m'incite à balayer les murs de ma cellule pour identifier une autre issue.

Il n'y en a aucune, évidemment.

Affronte tes peurs…

Oui, merci bien !

J'ai encore assez d'autodérision en stock pour saisir que ce mantra est peut-être percutant genre conseil éclairé, mais il ne pulvérise pas une vérité toute moche : je suis dans la merde !

Relevant la tête, je discerne de vagues mouvements et des chuchotements étouffés. Blague mise à part, la mise en scène est parfaite. Ne manque plus que la musique glauque pour annoncer l'apparition du grand méchant.

Niveau dérision, Rizzo, il serait peut-être temps de lever le pied, non ?

Mes geôliers se chargent du travail en descendant une échelle jusqu'à moi. Le visage de Vic se faufile dans l'interstice, ravivant ma colère. L'enfoiré ! Je lui ai accordé ma confiance ! Une erreur que je ne suis pas près de reproduire.

– Monte, Arizona, m'ordonne-t-il.

L'idée de refuser me traverse l'esprit. Brièvement.

J'escalade les barreaux, consciente que la suite risque fort d'être désagréable. Mais, à ce stade, ce n'est pas comme si j'avais le choix. J'atterris dans une grange dépouillée. Toutes les ouvertures sont barricadées et la lumière filtre par quelques interstices au niveau du toit.

Pas de matériel agricole ou de bottes de foin. L'ameublement tient à une vieille table et quelques caisses.

Vic et Stella ne sont pas seuls. Trois hommes les accompagnent, mais il n'y en a qu'un qui épingle mon attention : le grand baraqué au crâne rasé et recouvert de tatouages. Vu sa posture, c'est lui qui commande ici.

Ses amis sont munis de mitraillettes, qui donnent le ton de notre futur échange : j'écoute et je me tais.

Te taire ? Sacré challenge !

J'ai envie de répondre : tout dépend des arguments en face. Là, ils ont tous les atouts en main, et même plus…

Si je n'ai aucun doute sur le fait que les Styx vont très vite se rendre compte de ma disparition (l'espoir fait vivre, non ?) et se lancer à ma recherche, je dois gagner du temps.

Beaucoup de temps, j'en ai bien peur…

– Alors, c'est elle, la régulière de Grison, lâche le maître des lieux, lançant les hostilités. Joli petit lot !

– J'hésite à me sentir flattée, répliqué-je avec un sourire grinçant. Puis-je savoir à qui j'ai l'honneur ?

Si Vic se fige, choqué par ma provocation, je recueille un ricanement amusé de la part de mon geôlier.

– C'est qu'elle a des couilles, la petite ! s'exclame-t-il. Ça risque d'être marrant de voir jusqu'à quel point tu vas encaisser avant de nous supplier.

Des gloussements jaillissent dans mon dos. Le programme en allèche plus d'un, visiblement.

Je carre les épaules, visualisant mes options. « Aucune » raisonne dans ma tête comme un avertissement funeste. C'est pourtant la sinistre vérité. Négocier reste mon unique solution, pour peu que j'arrive à saisir les motivations de mes kidnappeurs.

– J'en déduis que les Styx et vous n'êtes pas copains-copains.

– Les Styx et... moi avons des intérêts communs qui excluent tout partenariat. Le temps est venu de clarifier les choses.

Une guerre de gangs... Ça, ce n'est pas bon. Pas bon du tout. Parce qu'une vie, peu importe laquelle, ne représente rien dans une logique d'enjeux de domination.

– Et je suis l'instrument qui permettra d'atteindre votre but ?

L'homme se rapproche de moi, accentuant la répulsion innée qu'il m'inspire. Je ne recule cependant pas. Pas question de courber l'échine alors que mon existence tient à un fil.

Un malheureux fil qui s'étiole à chaque seconde qui passe...

Je ne cille pas, pas même lorsqu'il m'agrippe le menton et caresse ma lèvre inférieure du pouce. Son haleine viciée effleure ma bouche, mélange de tabac brun et d'alcool.

– Tu vois, j'aime le fric. Et, pour en gagner, faut être au cœur des affaires les plus juteuses. Le problème, c'est que, dans le milieu, mes potes et moi sommes méprisés, me susurre-t-il sur le ton de la confidence. C'est malheureux, non ? Pourtant, c'est la réalité. Nos potentiels associés nous considèrent comme des petites frappes et des losers, et refusent de collaborer avec nous. Aujourd'hui, nous sommes insignifiants à leurs yeux. Mais, si on réussissait à atteindre un gang comme les Styx Lions, putain, ça changerait la donne ! Tu saisis ? On mettrait tout le monde d'accord sur le fait qu'on n'est pas des rigolos, et c'est exactement pour cette raison que tu es ici, avec nous.

La main de l'homme resserre son étreinte sur le bas de mon visage tandis qu'un doigt me broie les lèvres malgré la morsure de mes dents. Je ravale un gémissement de douleur, mais je ne peux rien contre les larmes qui mouillent mes yeux.

Mon assaillant ricane, la bouche collée contre ma joue. Je sursaute au contact de sa langue contre ma peau et me débats pour m'éloigner. Peine perdue ! Un homme surgit dans mon dos et me ligote les poignets au bas des reins tout en me maintenant plaquée contre son torse.

– On avait prévu de kidnapper la régulière du président, mais la destinée a voulu qu'on rencontre Stella et Vic. T'apprécies, j'espère ?

– Je me retiens de danser, ironisé-je, de plus en plus consciente qu'il y a peu de chances que les Styx Lions me localisent à temps.

L'unique chose qui me réjouit un minimum, c'est que le salopard qui me pétrit les hanches est du genre bavard et imbu de sa petite personne. Il va tellement se glorifier de son « exploit » qu'il va se mettre tout seul une cible sur le front.

– Danse tant que tu peux, ma jolie. Quand on en aura fini avec toi, ton mec te ramassera à la petite cuillère.

– Quoi ? s'immisce Vic, blême. Vous déconnez, hein ? C'était pas prévu, ça.

– Putain ! Ferme ta gueule, gamin ! Tu croyais quand même pas que j'allais enlever cette poupée juste pour négocier avec les Styx ? Je me contrefiche de ces branleurs. Ce que je veux, c'est faire un exemple et démontrer que je suis capable de jouer dans la cour des grands.

– Non, non ! Abénicio, vous ne pouvez pas faire ça. Je suis pas…

– Bordel, Vic, on t'a demandé de la fermer, l'engueule Stella en lui fauchant l'arrière du genou droit d'un violent coup de pied.

Vic s'effondre dans un gémissement sourd. Je compatirais bien, mais un reliquat de colère imbibe mes sentiments à l'égard de ce petit crétin.

– Que j'aime les femmes de caractère, jubile Abénicio en me lâchant pour attirer Stella contre son torse et lui dévorer la bouche.

La plainte de Vic n'a aucun effet sur Stella. La garce s'enroule autour d'Abénicio et se frotte contre son sexe comme une chatte en chaleur. Je déglutis nerveusement, pas franchement emballée à l'idée d'assister à la partie de jambes en l'air qui se manigance sous nos yeux.

– Ça te plaît, comme spectacle ? me souffle l'homme dans mon dos. J'te promets qu't'auras aussi ta part avant de rejoindre notre créateur. Et je serai le premier sur les rangs…

Le salopard faufile une paume dans mon décolleté et tire violemment sur mon soutien-gorge. Je gronde de rage et de répulsion, en vain. Je ne peux rien contre la main qui pétrit vigoureusement mes seins et tord mes mamelons.

– Ouais, le premier, confirme-t-il.

La peur s'impose de nouveau, visqueuse et malfaisante. Je suffoque, débordée par un sentiment de colère qui m'ôte toute capacité de réflexion. Mon être primaire se rebelle à l'idée qu'on me viole… et que Tate ait sous les yeux la preuve de ma souffrance.

Tate… Penser à lui accroît ma douleur. Cette fois-ci, mes larmes dévalent mes joues sans que je cherche à les retenir.

– Bas les pattes, Pascual ! le réprimande Abénicio sans cesser de caresser Stella.

– J'veux juste m'amuser…

– Plus tard ! Là, tu me balances ce petit con dans le trou et tu me la dérouilles un peu, histoire de colorer notre vidéo. Les Styx vont adorer la voir saigner.

– Si on la baisait, ça aurait plus d'effet, ronchonne Pascual en continuant de s'acharner sur ma poitrine.

Une proposition qui ulcère Abénicio. Ce dernier relâche Stella et m'agrippe par l'épaule pour me tracter vers lui. Le mouvement est violent, me propulsant à terre. Les mains liées, je suis incapable d'amortir le choc. Néanmoins, c'est presque un soulagement d'être éloignée du salopard qui m'a tripotée et s'entête à me scruter comme si j'étais un délectable morceau de viande.

– Sors ton portable et commence à filmer à mon feu vert, ordonne-t-il.

Abénicio se rue sur moi et m'empoigne par les cheveux pour me relever. J'émets une plainte sourde qui se transforme en cri lorsqu'il me claque du revers de la main. Je goûte la saveur de mon propre sang, la douleur se propageant le long du côté droit de mon visage.

Je lèche d'instinct le liquide qui dégouline sur ma lèvre, mais je n'ai pas l'occasion de m'appesantir sur quoi que ce soit d'autre. Un coup dans le ventre me plie en deux et j'encaisse du mieux que je peux les gifles suivantes.

Mes genoux fléchissent, incapables de me porter plus longtemps. Je m'effondre en priant pour que mon cauchemar s'interrompe très vite.

Un vœu que mon agresseur n'a pas inscrit à l'ordre du jour…

Ma tête cogne durement contre le sol, m'amenant à distinguer mille étoiles au lieu d'Abénicio. Je perçois, en revanche, son poids sur mes jambes tandis qu'il me matraque le visage et la poitrine.

J'ai vaguement conscience qu'il finit par se relever. Que mon calvaire, du moins pour le moment, s'achève…

Je me roule en boule, serrant les dents pour ravaler mes sanglots.

– Maintenant, tu la filmes ! claque une voix impérieuse au-dessus de moi.

30

Arizona

Réveille-toi !

Pourquoi on ne peut jamais dormir tranquille quand on a la tête dans le guidon ? D'étranges sons me parviennent, dont un bruit irritant qui s'échine à percer le brouillard autour de moi. Je me cramponne au sommeil, vaguement admonestée par des réminiscences difficiles à cerner, si ce n'est qu'elles sont hostiles.

– Arizona, réveille-toi, reprend la voix plus distinctement.

Mes souvenirs, en sourdine jusqu'à présent, ressurgissent et, avec eux, le sentiment que je suis passée sous les roues d'un semi-remorque, à un détail près… Le visage d'Abénicio n'est pas le genre d'élément qui s'oublie aussi facilement.

– Oh, putain ! grogné-je en roulant sur le flanc.

Mauvaise idée ! J'ai mal…

– Je suis navré, Arizona. Vraiment navré. Ça devait pas se dérouler de cette manière et…

– La ferme, Vic !

Ma voix sonne de façon gutturale, même à mes oreilles.

Une rapide inspection du bout de la langue me rassure sur le maintien en place de toutes mes dents. Ma lèvre s'en sort moins bien. Elle est gonflée et fendue. Néanmoins, elle me tiraille moins que ma joue gauche.

Je soupçonne, aux élancements qui irradient jusqu'à mon œil, que je suis bonne pour arborer un joli coquard.

– Aide-moi à me redresser, putain !

Je tâtonne pour localiser Vic. Il s'est assis aux pieds du lit, sa tête reposant sur le bord du cadre en métal. Recroquevillé et amorphe, donc.

J'aimerais être dans la compassion, mais mes limites ont été franchies au premier coup reçu. J'étouffe ma colère, consciente que râler ne servira à rien. Enfin, sauf peut-être à me soulager...

Obnubilée par mon désir d'aider les deux frères, j'ai omis un peu vite l'influence de Stella sur Vic, ainsi que son pouvoir de manipulation.

– On a une chance de se barrer d'ici si on réussit à soulever la trappe ? demandé-je, pestant contre une remise à la verticale qui s'avère plus pénible que prévu.

– Non. Rojas maintient des gardes autour de la grange et le terrain est cerné de barbelés.

Donc, projet risqué, mais pas impossible, puisque j'ai avec moi quelqu'un qui connaît les lieux ! Il faut juste que j'arrive à le convaincre de collaborer.

Je gage sur une entreprise ardue. Vu son comportement, Vic est plus que jamais sous l'influence de Stella. J'espérais que le rapprochement avec son frère altérerait un peu cette vérité, mais il aurait fallu plus de temps.

Comme la plupart des victimes complaisantes, Vic a perdu tous ses repères, lesquels avaient déjà été bien malmenés par son père. Il est assujetti à la seule volonté de Stella et n'oppose plus aucune résistance.

Telle une marionnette, il obéit aux consignes et baise les pieds de celle-là même qui joue avec lui sans la moindre pitié.

– On est où exactement ?

– Près de Mill Valley. Dans une ferme abandonnée. Je suis désolé, Arizona.

– Oui, là, tu te répètes ! Nom de Dieu ! Tu réalises dans quel merdier on est ?

Vic jure à voix basse.

Je devrais le ménager. J'ai croisé assez d'individus comme lui pour savoir que la manière forte n'est jamais la solution. Seulement, voilà, mon seuil d'indulgence flirte avec le niveau zéro.

À ma décharge, ma vie ne tient qu'à un fil… C'est un argument recevable, non ?

– Rojas nous a entubés, cet enculé, finit-il par maugréer. On voulait juste…

– Vic ! le stoppé-je, mon irritation s'enflammant devant ses tentatives de justification. Quand on décide d'enlever une personne, c'est rarement pour une partie de Monopoly. Tu devais bien te douter qu'il y avait anguille sous roche, merde !

Son silence est une réponse en soi. Ça devrait faire flamboyer un peu plus ma colère, mais c'est finalement une vague de fatalisme qui me frappe.

– Stella m'a promis que tout irait bien.

Je ricane, acerbe.

– Et tu lui fais encore confiance ? raillé-je.

– C'est ma famille ! s'insurge Vic.

– Tate est ta famille, et tu viens de lui planter un couteau dans le dos.

– Lui, il a pas besoin de moi !

– Parce que Stella, oui ?

D'après ce que j'ai pu voir, elle se débrouille avec un certain talent pour survivre. À l'heure qu'il est, je mettrais ma main au feu qu'elle fornique comme une bête avec Rojas, n'en déplaise à

Vic ou à sa conception de la « famille ».

– Non, concède-t-il. Mais Terrance, si.

– Terrance ?

Ma foutue curiosité balaie mon ressentiment, laminant presque mon instinct qui me hurle de cesser de discuter et de trouver un moyen de fuir. J'étouffe cette sirène d'alarme pour me focaliser sur Vic.

Le décrypter au seul son de sa voix est laborieux. Cependant, sa détresse est audible, trop pour que je ne m'y arrête pas en dépit de mon envie de le secouer.

J'avance la main à l'aveuglette et finis par rencontrer la masse tendue de ses épaules. Vic ne se dérobe pas, mais il tremble de la tête aux pieds.

– Terrance ? répété-je.

– Mon fils.

Celle-ci, je ne l'avais pas anticipée.

Un fils ? Comme si le tableau n'était pas assez sombre…

– Quel âge a-t-il ?

– Dix-huit mois. Il habite avec la famille de Stella. Buzz voulait pas de gosses dans les pattes et… merde ! J'souhaitais pas non plus que Terry vive avec nous. Y avait trop de tarés chez les Demonic. C'est pire avec Rojas. Sa bande, c'est qu'un ramassis de connards.

Vic chevrote en fin de phrase. Je resserre mon étreinte sur son épaule, même si ses propos confirment qu'il s'est conduit comme le dernier des idiots. Il m'a livrée pieds et poings liés à un « ramassis de connards », charmante définition qui offre des évidences que je préférerais ignorer.

Quoique j'aie déjà eu un avant-goût en la matière…

J'humecte ma lèvre abîmée, bâillonnant un nouvel élancement de douleur.

Tate, dis-moi que tu es en route… Fais vite, s'il te plaît !

– Pourquoi, alors, avoir participé au plan de Rojas ?

– Stella… Les parents de Stella… C'est pas des gens bien… Ils sont pas… comme mon paternel, mais c'est pas beaucoup mieux. Le truc, c'est que, moi, je supportais pas quand il pleurait la nuit. Stella non plus. Elle lui hurlait dessus. Je… je savais pas comment gérer, c'était la moins pire des solutions de le confier à ses vieux. Tu comprends, je peux rien offrir d'autre à mon gosse. J'ignore comment je pourrais… faire mieux ou…

– Et Tate ?

– Hors de question qu'il approche mon fils, putain !

– Vic, tu n'imagines quand même pas qu'il serait capable de le blesser ?

Nouveau silence. Chargé de non-dits et d'un truc qui me retourne l'estomac.

Stella a bien bossé : elle a divisé les frères tout en exacerbant les dissensions préexistantes.

– Tate et moi, on est pourris à l'intérieur. Notre père… il nous a empoisonnés avec sa merde. On est fêlés, incapables de s'occuper d'un gosse sans avoir envie de le massacrer… ou pire !

La provocation vise à me déstabiliser, mais pas que…

Ma gorge est douloureuse lorsque je déglutis. Vic porte un poids abject qu'il ne sait pas comment gérer, et je soupçonne qu'on l'a allégrement encouragé à le renvoyer sur les épaules de son frère.

Seulement, voilà, ses inquiétudes ne concernent pas Tate, mais bien ses propres démons… Une assise psychologique est plus qu'urgente, pour peu que Vic accepte cette main tendue.

Dans le cas contraire… Merde ! Cette histoire risque de mal finir.

– Je ne saisis toujours pas en quoi intégrer l'équipe de Rojas pourrait t'aider avec ton fils, argué-je pour dévier la conversation.

– Stella m'a promis que, si ça fonctionnait, on irait vérifier comment allait Terry.

Je plisse les yeux. Inutile de chercher un sens, je dois écouter et essayer de comprendre le schéma qui s'est instauré entre ces… trois-là.

En tout cas, ma combativité se regonfle d'un coup – peut-être parce que le ton de Vic flirte de nouveau avec la plainte indolente.

Une vérité qui me recentre sur l'essentiel !

Rien ne garantit que les Styx Lions nous localisent avant que Rojas décide d'exécuter son plan débile. Donc, oui, l'espoir fait vivre, mais mon père aimait répéter : « Aide-toi, le ciel t'aidera. »

Pour ma part, j'ai une nette préférence pour : « On n'est jamais mieux servi que par soi-même. »

– Tu ne l'as pas vu depuis combien de temps ? demandé-je en ressassant nos maigres options.

– Six mois. Je…

– Si tu te montres obéissant, tu obtiens un droit de visite, c'est ça ?

– Je… souhaite juste m'assurer qu'il va bien. Y avait pas de risques. Rojas comptait t'utiliser pour obliger Dax à l'écouter. Il voulait établir un contact et, après, tu serais rentrée chez toi… Tout ce bazar, c'est pas d'ma faute. C'est pas d'ma faute !

Bon, ça suffit ! Les excuses de Vic commencent à me taper sur le système. Parce qu'il n'y a pas moyen qu'il soit aussi naïf.

Quant à son ton geignard, stop ! L'apathie de Vic ne sert que les intérêts de nos geôliers, en plus de le conforter dans son rôle de victime. Les deux frères font la paire, entre celui qui endosse ce qui n'a pas lieu d'être et celui qui rejette toute responsabilité, même lorsqu'il commet des conneries flagrantes.

La caricature est facile, mais elle me ramène à un constat édifiant : là, je me contrefiche des justifications de Vic. Pour que l'on ait une chance de s'en sortir, il doit se bouger et participer à notre plan d'évasion.

Au fond, j'aimerais pouvoir me passer de son aide. Sauf que, sans lui, je n'atteindrais pas la trappe et que j'avancerais en aveugle une fois dehors. Ne m'en déplaise, j'ai besoin de lui, ce qui n'implique pas de m'abrutir avec ses conneries sans réagir.

– Arrête, Vic ! le fustigé-je. Tu connais, Dax, non ? Tu imagines qu'il aurait cédé à ce genre de pression ?

– Terry…

– Écoute, je compatis sincèrement, mais tu as opté pour le mauvais choix. Tu aurais dû te confier à Tate. Hier, vous en avez eu l'occasion. Il aurait remué ciel et terre pour t'aider à localiser ton fils.

Vic s'écarte de moi d'un mouvement brusque.

– Je te le répète : hors de question qu'il touche à un seul de ses cheveux.

– Tu confonds tout ! Tu reportes sur ton frère…

– Tu ne le connais pas ! tranche-t-il d'un ton venimeux. C'est un faux jeton ! Il m'a…

J'aspire une profonde gorgée d'air, mais la moutarde me brûle le nez…

– Quoi, Vic ? Vas-y, vide ton sac une bonne fois pour toutes !

– Il m'a abandonné ! C'est un enfoiré de première ! Il s'est défilé, puis il est revenu pour exhiber l'homme puissant qu'il était devenu, comme si, moi, j'étais qu'une merde ! Mais c'est pas le cas ! Tu sais qu'il a essayé de bosser comme flic et qu'il a été jeté parce qu'il a été jugé trop violent ? Il a jamais été meilleur que mon paternel. Jamais !

La couverture de Dax et Tate est un ramassis de conneries imbibé d'un poil de vérités. Pour ceux qui ne cherchent pas à creuser la question, les dirigeants des Styx Lions se sont rencontrés en centre de détention et ont sympathisé au point de devenir comme des frères.

Pour les plus curieux… eh bien, l'appartenance de Tate à la police de New York a été rayée des fichiers, liquidation d'informations facilitée par la courte durée de sa mission.

D'après Dax, en pension à l'époque des faits, Vic n'a jamais compris le sens de son engagement. J'en ai désormais la confirmation.

– Il n'y a pas un fort et un faible dans votre histoire, riposté-je, cinglante. Et merde ! Vic ! Tu ne peux pas continuer à rejeter la faute sur ton frère. C'est votre père, l'unique responsable !

– Ah ouais ? Il était ado quand il s'est tiré, putain : il aurait pu alerter les services sociaux ou… Il aurait dû faire quelque chose ! Et je me fous de ses excuses de merde ! Je sais ce qu'il y a au fond de lui !

Un bruit creux, suivi d'un juron de douleur, m'indique que Vic vient probablement d'écraser son poing contre la roche. J'avais perçu de la colère chez lui, mais son ressentiment bouillonne comme une mer de lave en fusion.

Pas assez cependant pour m'inciter à reculer.

– Tu as réponse à tout, hein ? Alors, rassure-moi, tu as déjà pensé à ce que ton frère a vécu après sa fugue ? Il avait 15 ans, il avait été battu et maltraité, et il s'est retrouvé perdu face à un monde hostile.

– Tu le défendrais pas si tu savais !

Tu m'en diras tant !

Je me détourne de Vic, les limites de ma tolérance largement atteintes, et enregistre l'avertissement comme un bruit de fond sans réel intérêt. Me tirer de là s'impose comme mon unique objectif !

Même si je n'étais pas franchement attentive aux détails dans la grange, mon cerveau a photographié les lieux à mon insu. Les images sont disponibles dans un recoin de ma mémoire et remontent par ma seule volonté.

Je revois les portes doubles et les deux séries de volets au niveau de la plateforme supérieure. Trois issues donc, avec, d'après Vic, des gardes qui patrouillent autour de la bâtisse. Un problème majeur qui en serait un si nous pouvions déjà nous extirper de notre trou à rats.

Je concentre mon attention sur le cliché de la trappe. Lorsqu'elle s'est ouverte, il n'y a pas eu de cliquetis ou de son significatif me prouvant la présence d'un cadenas. Je visualise la planche et le crochet d'attache. Un simple fermoir en acier dans lequel s'insère une sorte de barre en métal incurvée.

Pas de système élaboré. Une languette rigide devrait permettre de soulever la broche et de débloquer la trappe.

Et, bonne nouvelle, si j'ai emprunté un jean et un chemisier à Amber, je porte toujours mes sous-vêtements et ai donc à ma disposition mes précieuses petites épingles.

– C'est-à-dire ? le relancé-je, perdue dans mes schémas de fuite.

– Il t'a expliqué que c'est notre mère qui lui a taillé sa première pipe ? fanfaronne Vic d'un ton qui m'indispose autant qu'il me fige. Ça, il te l'a pas confié, hein ?

Silence… Non… Même si mon subconscient a répertorié certains détails troublants.

Un poing glacé me noue le ventre, et je ravale ma bile avec l'impression de dégringoler d'un grand huit.

– Notre paternel, il aimait bien filmer ses petites leçons particulières, et précisément celles qui impliquaient maman. Tu vois, ce salopard arrivait pas à bander si elle n'y mettait pas du sien. Il appréciait quand elle pleurait, par exemple, mais le plus efficace, c'est quand… elle nous touchait.

– Il vous attachait ?

– Tate se débattait et il les insultait, alors ouais. Moi, j'étais pas assez fort, ou trop jeune pour comprendre… J'ai pigé qu'après…

Ma mère, c'étaient les seuls moments où elle me câlinait… et elle répétait que c'était normal. Que c'était le rôle d'une maman, tu vois, ce genre de baratin.

La vantardise de Vic s'est dissipée, pas son aigreur. Quant à sa panique, elle exhale peut-être la puanteur de son passé, mais elle exige aussi d'être purgée.

– Mais quand il me forçait à visionner les vidéos de Tate, je me doutais que c'était pas clair. Que… j'aurais pas dû aimer ça.

– Tu as été élevé avec des repères biaisés et gangrenés par les schémas de pensées de tes parents, Vic. Tu en as conscience, n'est-ce pas ? dis-je, radoucie à son égard.

– Ils m'ont dressé comme un sale cabot, ouais ! Je secouais la queue quand elle venait me titiller et je l'ai remerciée de ses bons soins en éjaculant pour la première fois entre ses mains. S'ils étaient pas morts…

– Ni toi ni Tate n'êtes responsables de la perversité de vos parents, Vic. Ces connards auraient dû vous protéger au lieu de vous utiliser pour concrétiser leurs fantasmes dépravés et sadiques. Leur place était derrière les barreaux ou en hôpital psy. Ils ne méritaient rien de moins pour avoir abusé de l'innocence de leurs propres enfants. Maintenant, la question est de savoir quel avenir tu désires pour ton fils…

Ma voix claque comme un fouet, même à mes oreilles. J'analyserai plus tard la portée de mes paroles et des révélations de Vic. L'urgence est plus que jamais que nous mettions les voiles.

– T'y comprends vraiment rien, hein ?

– Peut-être bien, mais je crois surtout que tu es responsable de tes actes et de tes choix. Tes fantômes sont envahissants et infects, OK, mais si tu souhaites un meilleur avenir pour ton fils, il va falloir que tu fasses en sorte de le lui offrir.

– Je fais tout pour !

– En enlevant la copine de ton frère ? Tu as conscience que ce genre de plan risque surtout de te mener direct dans la tombe ? Parce que, crois-moi, sur ce coup-là, les Styx ne vont pas rester sans réagir face aux provocations de Rojas.

– Ils sauront jamais que je suis mêlé à ça !

– Faux ! Dax est au courant pour notre rendez-vous.

– Putain ! Je t'avais demandé de te taire.

– Hou ! La méchante fille qui a désobéi ! Tu es dans la merde, Vic. Soit tu attends ici que Rojas revienne – et je peux te garantir que, si tu survis à ce face-à-face, tu devras rendre des comptes à Dax et à ton frère –, soit tu m'aides à déguerpir de ce trou à rats et tu trouveras peut-être le courage d'affronter tes démons.

– Tu… Merde ! Tu fais chier ! Rojas…

– … baise ta copine en ce moment. Maintenant qu'il a obtenu de toi ce qu'il désirait, tu crois sincèrement que tu peux encore lui servir à quelque chose ? Nous ne sommes pas en train de jouer, là ! Si on ne se tire pas, on risque bien de finir six pieds sous terre.

– On peut pas se barrer d'ici !

– Rapproche-toi et fais-moi la courte échelle.

– Bordel ! T'es complètement barge.

– Vic ! l'admonesté-je.

– OK, OK !

J'agrippe le bras masculin et oblige Vic à se positionner sous ce qui doit être approximativement l'emplacement de la trappe.

– Allez, soulève-moi !

Vic s'exécute en grommelant. Son étreinte est tremblante et instable, mais elle me permet d'atteindre le plafond. Je tâtonne à la recherche des interstices du battant en bois et émets un soupir victorieux en sentant le léger renflement sous mes doigts.

– Putain ! T'es lourde ! scande Vic.

L'étau de ses bras se relâche, de sorte que je glisse contre son corps noueux, un juron sur les lèvres. Je retombe au sol, la jambe traversée par une décharge piquante qui me rappelle que je ne suis pas au meilleur de ma forme.

Ma respiration devient saccadée tandis que mon esprit se disperse dans une mouvance instable. Je titube avant de recouvrer mon équilibre et ma pleine conscience. Je soupçonne la douleur dans ma poitrine d'être à l'origine de mon malaise, mais je ne peux me permettre d'abdiquer.

– Il va falloir faire mieux que ça, grommelé-je en frottant mes muscles tétanisés. Je vais grimper sur tes épaules, ce sera plus simple.

– Tu vas me rompre les reins, merde !

– Tu veux sortir de là ou pas ?

– On va se faire mitrailler, j'vois pas comment on pourrait s'en tirer.

– Calimero, tu connais ?

– Qui ? Qu'est-c'que tu racontes ?

– Rien ! Boucle-la et soulève-moi.

Furieux contre moi ou pas, Vic obéit. Son conditionnement est mon meilleur allié. Quoi qu'il en pense, il ne s'en est pas affranchi.

Je m'attelle à ma tâche avec une concentration maximale. La sueur me trempe le dos et me pique les yeux. L'adrénaline sinue dans mes veines tel un tonique bienvenu. C'est d'autant plus nécessaire que le loquet me résiste en dépit de toutes mes contorsions.

Je halète, à deux doigts de céder devant ces élancements qui me font tourner la tête.

– Merde ! Arizona ! J'vais pas tenir longtemps !

Là, tout de suite, j'enfoncerai bien mes talons dans les côtes de Vic. À moitié groggy, je sue comme une truie pour nous sortir du bourbier dans lequel il nous a fourrés, et lui râle au moindre effort. Bon, OK, je pèse mon poids, mais quand même…

– Voilà, sifflé-je en libérant enfin le crochet.

Le volet en bois est suffisamment léger pour que je parvienne à le soulever tout en me hissant pour jeter un coup d'œil alentour. Je respire tout de suite mieux, même si je ne suis pas complètement solide sur mes jambes.

La grange est vide comme prévu, mais l'ombre sous le pas de la large porte me signale qu'un garde au moins a été préposé à notre surveillance.

– Vic, maintenant, tu la boucles, chuchoté-je en abaissant la tête vers notre cellule.

Miracle ! Vic ne conteste pas mon ordre et accepte d'utiliser l'échelle que je descends jusqu'à lui. Le gamin rebelle a cédé la place à une grande carcasse fébrile.

Je me mords les lèvres, priant pour que nous jouissions d'une bonne dose de chance. Si Vic est peut-être bien mon meilleur allié pour filer d'ici, il est aussi mon pire ennemi. Je ne suis pas certaine qu'il tienne le choc ou qu'il ne panique pas au point de nous faire repérer.

Ou que je ne m'écroule pas avant d'avoir atteint le seuil de la liberté…

La plateforme supérieure est garnie de quelques bottes de foin et d'un tapis de paille assez dense pour étouffer le bruit de nos pas. Je me faufile jusqu'aux volets, qui représentent notre seule option face à la porte principale. Une gageure dans mon état…

– Putain ! Tu comptes quand même pas… Merde ! C'est le toit, là. Comment tu veux qu'on…

– Arrête, Vic. C'est ça ou rien.

– J'vais aller discuter avec Rojas et…

Je le fais taire d'une œillade assassine. Assez avec les tergiversations !

– Stella… tente-t-il.

– Écoute, mon grand, si tu désires aller te jeter dans la gueule du loup, fais-toi plaisir, mais tu ne m'entraîneras pas avec toi. Même si j'ai besoin de toi pour me guider, si tu ne t'en sens pas capable, assieds-toi là et attends le retour de Rojas. Moi, je me tire !

Vic reste indécis et se dandine nerveusement sur ses pieds. Je lui accorde à peine un regard avant de débloquer les volets. Je ne compte pas lui octroyer plus de temps pour se décider ou non à me suivre.

La lumière du jour inonde le grenier comme une promesse de liberté. Quant à la caresse du vent sur ma peau, elle me réconforte autant qu'elle m'éperonne. Je grimpe sur le toit et inspecte les environs. La ferme est délabrée et perdue au milieu d'une nature verdoyante. Je n'aperçois rien à perte de vue, sinon des arbres.

Je suis bonne pour courir pendant un moment si le hasard ne me met pas sur le chemin d'une âme secourable. Je prie juste pour en être capable.

– Je… (Je me décale pour permettre à Vic de se hisser à mes côtés.) Il y a des gardes derrière le bâtiment principal et au niveau de l'entrée. Je crois qu'il y en a d'autres qui circulent le long de la clôture, mais ils doivent pas être nombreux. L'équipe de Rojas compte à peine une quinzaine de types.

– La route est de quel côté ?

– Par là, m'indique-t-il en pointant le sud. On a dû rouler sur une voie cabossée pendant deux ou trois miles avant de franchir le portail.

– Des véhicules que nous pourrions utiliser ?

– Y a une vieille Jeep garée près de la camionnette de Rojas. Stella et moi, on est venus à moto. Mais j'crois pas qu'on pourra les approcher sans se faire repérer. Le parking est juste de l'autre côté de la maison.

– OK, il faut donc qu'on se débrouille pour atteindre le couvert des arbres.

– Ouais, faudrait déjà qu'on descende de ce fichu toit.

– J'ai aperçu une vieille corde. Si on la fixe à cette poutre, ça devrait le faire.

Nous nous affairons en silence, Vic grimaçant dès qu'il pense que j'ai le dos tourné. Sa détermination est fragile, mais je le soupçonne d'avoir enfin compris que Rojas ne l'intégrera jamais à son équipe.

– On ne doit pas traîner. Nous sommes trop exposés sur ce toit, dis-je en balayant les environs du regard.

Aucun mouvement suspect ne m'alerte. Soit les gardes se sont regroupés de l'autre côté de la propriété, soit ils ont fini par rejoindre Rojas dans la maison.

Tu oublies la possibilité qu'ils aient une longueur d'avance et qu'ils vous épient...

Dans tous les cas, peu importe ! Même si je n'ai aucune intention de passer l'arme à gauche aujourd'hui, si ça doit survenir, je préfère que ce soit pendant que je lutte bec et ongles.

« Tant qu'à crever, proclamait Billy, j'opte sans hésiter pour le champ de bataille ! Parce que, la mort, c'est pas une gentille balade avec, au bout, une entrée gratuite pour le paradis ! C'est un combat sans concession, Rizzo. Pour avoir le droit à une goulée d'air de plus. Pour un battement de cœur supplémentaire. Parce qu'après, contrairement à tout ce qu'on te baratine, il ne restera rien de toi. Aucune importance que tu aies ton nom sur une pierre tombale. Aucune importance que ton existence ait compté ou pas. Un jour viendra où tu finiras, comme la plus insignifiante des fourmis, par sombrer dans l'oubli. Alors, quitte à tirer sa révérence, autant que tu prennes ton pied ! Ce sera ta dernière victoire sur cette chienne de vie qui te promet la mort dès le jour de ta naissance. »

– Je descends en premier, annoncé-je en étouffant un gémissement de douleur.

– Je ne…

– Merde ! Vic, je ne perdrais pas plus de temps à te convaincre. Si tu ne me suis pas, je dégage sans toi. La balle est dans ton camp !

J'atterris sur le sol une minute plus tard, suante et au bord de l'évanouissement, mais quelques longues bouffées d'air me ramènent au présent. Je m'accroupis pour me fondre le plus possible dans le décor. Mon cœur me martèle les côtes à un rythme effréné. Je gonfle un peu plus mes poumons pour me calmer.

– Et maintenant ? me chuchote Vic en débarquant à mes côtés.

La ferme est visible depuis l'angle sur notre gauche. Notre meilleure chance est de filer dans la direction opposée et de franchir la clôture ouest. Seul hic : le terrain est à découvert. Si un garde patrouille dans ce coin, il nous apercevra forcément.

– On court et on prie pour que personne ne nous talonne ?

– T'es une marrante, toi ! bougonne Vic.

– J'aime bien vivre dangereusement, fanfaronné-je en espérant que ça me regonfle d'un regain d'énergie. Tu vois les buissons, là-bas ? Si on se planque derrière, on pourra se frayer un passage sous le grillage et ramper pour rejoindre la forêt.

Un programme ambitieux, mais ce n'est pas comme si nous avions le choix. Rojas va finir par découvrir que nous avons déserté notre petit nid douillet et fera forcément fouiller la propriété.

– Mieux vaut deux précautions qu'une. On revérifie les alentours, OK ?

Vic acquiesce et inspecte les lieux avec un léger froncement de sourcils qui me rappelle Tate lorsqu'il est furieux. Je me renfrogne. Ce n'est pas le moment de me languir de mon bel amant. Pas le moment de regretter d'avoir quitté son lit au lieu de l'enguirlander pour les conneries qu'il a osé me débiter.

Plus tard, promis !

– Rien, scande Vic.

– Allons-y !

Je file comme une flèche vers les buissons, maudissant la taille de mes jambes et mes blessures qui me ralentissent en dépit de mes efforts. Je galope néanmoins aussi vite que possible, mais face à un grand escogriffe aux foulées dignes d'un coureur de fond, je suis rapidement distancée.

Vic plonge le premier derrière la broussaille. Je le rejoins avec le sentiment que je me suis déchiré un muscle de plus. La douleur rayonne le long de ma cuisse, exacerbant celle qui s'est logée dans ma poitrine. Rojas n'a pas fait dans la dentelle, ce salopard !

– Tu vas tenir le coup ?

– Je suis en pleine forme !

– Ben, t'en as pas l'air !

– Merci pour cette évidence, Vic. Tu sais que, parfois, enrober la vérité est le genre de chose à faire ?

– J'aime pas le mensonge.

– Ouais, ça me rappelle quelqu'un, ça. Allez, aide-moi à dégager cette merde.

– Le grillage est enterré. Il va falloir creuser.

– Génial ! grommelé-je. Me revoilà dans la maison des horreurs ! Sauf qu'ici, c'est beaucoup moins sympa ! Ouais, beaucoup moins cool !

– Hein ?

– Rien ! Creuse !

La terre est sèche. Difficile à manipuler. Et l'exercice est d'autant plus ardu que le fer a été profondément enseveli. La position allongée n'est pas la plus confortable qui soit et mes mains me chauffent là où je racle le sol, mais il est hors de question de ralentir la cadence.

– C'est pas gentil, gentil, ça, de vouloir nous fausser compagnie !

Je n'ai pas le temps de réagir autrement qu'en ouvrant la bouche. Des doigts m'agrippent les cheveux et me tractent en arrière. Je crie de douleur et me débats pour soulager la tension sur mon crâne. Un réflexe qui me vaut une gifle cuisante.

Je bascule sur les fesses, mais la pression sur ma tête arrête ma chute, démultipliant l'effet des éclats de souffrance sur mes terminaisons nerveuses. Des étoiles plein les yeux, je cligne des paupières autant pour recouvrer mon assise mentale que pour chasser les larmes qui m'aveuglent.

Après un temps que je suis incapable d'estimer, je réussis enfin à me redresser. À quatre pattes, OK, mais c'est toujours mieux que rien. La traction sur mon crâne diminue, sans disparaître toutefois.

– Emmenez-la dans la maison, rugit Rojas avec un sourire carnassier.

– Et lui ?

– Merde ! Bébé, t'as déconné, glapit Stella en matraquant Vic de coups de poing et de gifles.

– Il vient, décrète Rojas. Il a besoin d'une petite leçon, ce fumier !

Je trébuche tout le long du chemin, incapable de me soustraire complètement à la poigne serrée de mon bourreau. Néanmoins, c'est plus supportable que le regard concupiscent de Pascual. Cet enfoiré traîne derrière lui un Vic livide, ce qui ne l'empêche pas de me lorgner en se léchant les lèvres.

Je termine ma course dans une pièce presque aussi dépouillée que la grange. Une table bancale, quatre chaises à l'assise élimée et un canapé en brocart râpé constituent le mobilier sommaire des lieux. Le sol est sale, jonché de détritus, preuve que la ferme est inhabitée depuis longtemps.

L'homme qui essaie, avec un certain talent, de me scalper me pousse violemment en avant. Je m'écroule à terre sans aucune grâce. Je crois que je déconnecte pendant une fraction de seconde (ou peut-être plus ?), car, lorsque je relève la tête, Pascual est planté à mes pieds.

L'enfoiré s'accroupit, un air goguenard sur le visage. Il incruste avec désinvolture une allumette entre ses dents, une façon obscène d'exhiber sa langue, puis glisse une main sur mon mollet. Mortifiée, je recule avec une vivacité qui lui tire un rire de gorge salace.

Merde ! Ça sent franchement mauvais, là !

– J'suis d'avis qu'une petite punition s'impose, ricane l'imbécile.

Rojas me jauge sans vraiment me voir. Il n'est même pas en colère. Je ne représente rien à ses yeux, hormis un moyen d'atteindre les Styx Lions. Maintenant que je suis de nouveau sous son contrôle, il n'a plus aucune raison de trembler.

– Ouais, occupe-t'en si ça te tient tellement à cœur, énonce-t-il d'un ton plat.

– Et le morveux ? interroge un type à la peau gangrenée d'acné.

– Il a fait une connerie, mais il recommencera pas, s'incruste une Stella avec moins de panache que d'habitude. Hein, bébé ? Dis-leur que cette salope t'a manipulé.

Vic hoche la tête en guise de soumission, mais Rojas a déjà entériné sa décision. Stella le réalise à l'échange de regards, une seconde après moi. Une seconde trop tard, surtout. Dans un cri de révolte, elle se catapulte sur l'homme qui maintient Vic immobile.

– Non ! hurle-t-elle.

La suite se déroule à la vitesse de l'éclair. Rojas sort son arme et vise Stella en pleine poitrine. Elle s'effondre, la bouche entrouverte de stupéfaction et les mains plaquées sur la tache de sang colorant son tee-shirt blanc.

Lorsqu'elle percute le sol, elle a déjà rendu son dernier soupir. La balle l'a atteinte en plein cœur…

Vic se met à hurler, la panique et la douleur tordant son visage émacié. Il se débat tellement contre son tortionnaire qu'il réussit à se libérer et rampe jusqu'au corps de sa compagne, psalmodiant des mots que je ne parviens pas à déchiffrer. Il est livide et sous le choc, trop pour craindre le canon de l'arme que Rojas pointe vers lui.

Je n'ai pas le temps de le mettre en garde, pas le temps de m'insurger. La détonation claque comme un sinistre présage.

Vic s'arque sous l'impact et retombe maladroitement sur le dos, ses paupières cillant avec une frénésie pétrie d'étonnement et de douleur.

Je voudrais le rejoindre, mais Pascual se dresse entre nous, n'attendant qu'un geste de ma part pour me river sous son corps massif.

– Vic, chuchoté-je, dévorée par une peine surgie de mon passé.

Au prix d'un effort visible à la crispation de ses muscles, il tourne la tête dans ma direction. Je lis le regret dans ses iris sans qu'il ait besoin de prononcer de mots. Pourtant, il essaie de remuer les lèvres, incapable de produire autre chose qu'un gémissement guttural.

– Chut, mon grand. Je suis avec toi.

– Ter… ry…

J'abaisse le menton en une promesse farouche. Même si j'espère ne jamais avoir à la tenir.

Même si j'espère avoir une chance de la tenir…

Vic éructe et ferme les yeux brièvement. Il a été touché à l'abdomen et le flux de sang signale une hémorragie massive, mais il respire toujours.

Laborieusement, mais sa cage thoracique continue de se soulever !

– A… ri… lâche-t-il dans un râle qui résonne désagréablement à mes oreilles.

C'est un enfant qui cherche mon regard. Un enfant qui me supplie de l'aider.

Incapable de résister à cet appel, je me déplace sur quelques centimètres, avant d'être stoppée par la botte de Pascual.

– Oh non, ma belle ! Là, c'est le moment où, toi et moi, on se met à poil pour baiser !

– Laisse-nous-en un peu, glousse le gars au visage grêlé.

Je recule aussi vite que je le peux. Mes paumes s'éraflent contre le parquet mal posé, un détail qui n'altère pas ma détermination à accroître la distance entre ce salopard et moi. Ce qui n'a pas vraiment de sens, puisque je suis enfermée entre quatre murs avec des hommes armés et résolus à m'en faire baver.

Comme pour me prouver mon impuissance à éviter la suite, Pascual bondit en avant et m'agrippe durement le bras pour me ramener contre lui. Malgré mon envie de me tortiller, je demeure immobile et aussi molle qu'une poupée de chiffons.

Ma peur monte d'un cran en même temps qu'une rage brûlante s'engouffre dans mon ventre. Je la laisse se répandre, imbiber chaque cellule de mon corps. Je suis peut-être meurtrie, mais je ne suis pas – et ne serai jamais – une petite chose fragile.

Je sais me défendre ! Oh, putain, oui ! Et je compte bien lutter jusqu'au bout de mes forces, jusqu'à ce que la dernière étincelle de vie s'éteigne dans mon cœur.

– On va bien s'amuser, tous les deux, me promet le salopard que je rêve d'étriper.

– Profite bien parce que je vais te buter, sifflé-je.

Le visage de Pascual se durcit, avant de se fendre en une sorte de rictus mauvais.

– Ça, ma belle, j'en doute, m'objecte-t-il avant d'écraser sa bouche sur la mienne.

31

Tate

C'est toujours quand on est pressé que la route défile avec une lenteur exaspérante. Je pivote vers Lou, agacé par son air décontracté, alors que chaque minute compte.

Chaque seconde, même…

Tu n'as pas encore pigé que tu allais arriver trop tard ? Trop tard ! Trop tard…

– Putain ! Tu peux pas accélérer ? fulminé-je, à deux doigts de sauter sur Lou pour appuyer à sa place sur le champignon.

– Je suis à fond, mon vieux, réplique-t-il avec une désinvolture qui ricoche sur mes nerfs déjà à vif.

– À fond ? Merde ! Tu plafonnes à soixante-cinq miles à l'heure[18]

– On n'est pas en Harley, mec. Il vaut mieux que je respecte la limitation de vitesse si on veut pas s'faire arrêter.

Je ronchonne parce que je n'ai rien à opposer à cet argument. À moto, surtout lorsqu'on roule en meute, le risque d'être contrôlé est nul. En camionnette… C'est couru d'avance si on se la joue bolide.

Bien que je sache Dax parti en éclaireur avec quelques gars, ma bécane ne m'a jamais autant manqué. Mettre les gaz m'aurait

18. Soit cent cinq kilomètres par heure.

obligé à me focaliser sur autre chose que le danger encouru par Arizona.

Sur autre chose que ma putain d'impuissance.

Sur autre chose que les derniers mots que j'ai aboyés sur Arizona.

Je tapote avec virulence le tableau de bord, incapable de gérer ma nervosité. Mon couteau apparaît entre mes mains sans que j'aie eu conscience de fourrager sous mon cuir. Je cisaille le plastique déjà bien amoché, la mâchoire verrouillée.

– Tu sais, à ce rythme, on va s'récupérer le moteur sur les genoux, me charrie Lou.

– Qu'est-ce que j'en ai à foutre ? cinglé-je.

– Ouais, me doute, continue l'abruti d'un ton professoral qui n'exclut pas une certaine ironie. Écoute, on va la retrouver, ta nana, et après ce s'rait bien que vous baisiez comme des bêtes, histoire de calmer tes nerfs. Ça a bien fonctionné la nuit dernière, non ?

– Ta gueule !

– Merde ! Tu rêves ! Ça fait des mois que tu me chambres à cause de Dria, et maintenant que t'as une gonzesse dans la peau, je vais pas me gêner pour te renvoyer l'ascenseur.

– J'ai personne dans la peau et…

– T'as perdu tes couilles ? me coupe Lou, gouailleur. Non, parce que, là, c'est un beau tas de conneries qui sort de ta bouche. T'es raide dingue de cette nana, et l'avouer n'équivaut pas à t'insérer une Kalachnikov dans le cul !

Je le fusille du regard. Il vient de décrire très exactement ce qui risque d'arriver si je m'autorise à donner du sens à la douleur qui pulse dans ma poitrine. J'ai l'impression qu'on me comprime le cœur dans un étau. Que ma chair est écrasée pour que tout son jus en soit extrait.

Néanmoins, pas moyen que je change d'avis !

Sage précaution si tu ne souhaites pas que je m'invite à la fête, me susurre la bête d'une voix dangereusement câline.

– Si t'accélères pas, c'est dans ton cul que je vais la fourrer, ta Kalachnikov.

Lou ricane, mais il appuie sur la pédale. Nous avons quitté la route principale et, à moins d'un manque de bol extraordinaire, nous sommes tranquilles jusqu'à notre destination. Je pose mon couteau et sors mon arme, vérifiant le mécanisme pour la énième fois, lucide sur l'altération grandissante de ma maîtrise.

Cet exercice est d'ailleurs moins efficace pour apaiser l'animal, mais je dois être prêt à dégainer dès notre arrivée à la ferme. Parce qu'il va y avoir du grabuge, c'est inévitable.

Rojas a commis une erreur de débutant : il ne s'est pas débarrassé des portables de Vic et d'Arizona. Il ne les a pas même éteints. Évidemment, il n'est pas censé savoir que nous disposons du moyen de le tracer par ce biais. Nous sommes des criminels, pas des flics, hein !

Jarod a localisé les puces des téléphones en un claquement de doigts. Identifier précisément l'adresse a été un poil plus ardu. D'abord parce qu'il y a plusieurs propriétés abandonnées sur le secteur. Ensuite, parce qu'aucune n'est rattachée de près ou de loin à Rojas.

Ted s'est lancé dans la traque avec nous, y associant l'informaticien de génie qui bosse pour lui. Landford a recoupé toutes les informations dont il disposait et a fini par déterminer que le bras droit de Rojas, Pascual Di Rossiollo, a été arrêté quand il était adolescent parce qu'il zonait dans une ferme aux abords de Muir Woods Park. Pile sur le périmètre défini !

D'après les éléments collectés, le bâtiment est référencé parmi les biens d'une succession laborieuse qui traîne en longueur. Personne n'y a mis les pieds depuis des années, tout comme personne ne semble se soucier de l'état de délabrement des lieux.

C'est donc la planque idéale pour qui souhaite marier discrétion et isolement.

Un avis conforté par le paysage qui se découpe devant moi lorsque Lou s'engage sur un chemin de terre cerné par une profusion d'arbres au feuillage épais.

– Dax s'est déployé au nord de la propriété, me rappelle Lou en se garant dans un renfoncement, à une centaine de mètres du domaine. On va prendre d'assaut la ferme par l'entrée principale en restant le plus possible à couvert.

Je ricane entre mes dents. Voilà un sage conseil qui ne me correspond pas vraiment. Je n'ai jamais été du genre à me planquer derrière un paravent ou à fuir les pires guêpiers.

Arizona est en danger, et ce simple fait me commande de foncer dans le tas.

La bête se pourlèche les babines, affriolée par le carnage à venir.

– Déconne pas, Tate, m'alpague Lou en allongeant les enjambées pour me rattraper.

– Me donne pas d'ordres !

– Merde ! On peut pas débarquer bille en tête !

Lou me dépasse pour se camper devant moi, poings sur les hanches comme un emmerdeur de première. Je me déporte pour l'éviter et presse le pas, les poings tellement verrouillés que mon arme devient un prolongement de ma main. Pourtant, ça ne me suffit pas…

Bordel ! Je crève d'envie de sortir ma lame et de… Je secoue la tête pour étouffer ma soif de sang – ou, tout du moins, pour la contenir jusqu'à ce que je croise Rojas ou l'un de ses acolytes.

En revanche, rien ne pourra m'empêcher de déglinguer tous les obstacles qui se dresseront sur mon passage, même s'il s'agit d'une montagne de muscles à la puissance de frappe d'un Hulk en furie.

– Elle est avec eux depuis bien trop longtemps, argué-je pour meubler un silence qui devient bien trop lourd à endurer.

– On en a tous conscience, Tate. Alors, crois-moi quand je te garantis qu'on a tous envie de buter ce connard de Rojas.

Je me glace et empoigne Lou par l'avant du tee-shirt, débordé par un besoin de cogner et de faire mal.

– Il est à moi ! articulé-je lentement.

À nous, rectifie le monstre.

Lou lève les bras en gage de paix, mais je lis l'appréhension sur son visage tendu. Rien d'étonnant ! Je suis une bombe à retardement.

– OK, je te couvre, finit-il par lâcher.

Je fonce vers le portail, Lou sur les talons. Le système de grilles est rouillé, mais il a été consolidé par des arceaux en métal. La clôture de barbelés a mieux résisté aux outrages du temps.

Je m'attends à voir surgir des gardes à mesure que la distance qui me sépare de l'entrée s'amenuise, mais je suis accueilli par un étrange silence. Un silence que je connais bien : c'est le calme avant la tempête, cette seconde infime où tout semble en suspens alors que les dés ont déjà entamé leur danse folle.

Je repère Dax à l'angle d'une vieille grange. Sam est embusqué derrière une jeep en piteux état avec Jarod et Dakota. Le terrain est cerné, comme si nous étions seuls dans les parages. Ce qui doit être le cas, ou presque. Les visages sont concentrés et inflexibles, mais je détecte, à la courbure des épaules, ce sentiment de confiance qui ne peut s'expliquer que d'une façon : la zone est sous contrôle !

Dax hoche la tête à mon intention et signe rapidement. Il ne s'agit pas d'un langage élaboré, mais il nous permet de nous comprendre, même à distance. Là, les ordres sont limpides et exactement ceux que j'apprécie.

– On va investir la maison, répété-je à Lou.

– Ouais. Attends… Regarde Dakota.

Notre pisteur a un talent pour se faufiler discrètement partout où il a décidé d'aller. Avec ses doigts, il nous indique le chiffre deux, puis abaisse sa paume. Deux hommes à terre… Merde ! Ce n'est pas bon.

La sueur me ruisselle dans le dos avant même que mon esprit ait formulé mes pires craintes.

Dans la foulée, Dakota relève les mains et écarte six doigts. Six types à abattre donc. La bête rugit de plaisir.

Je m'apprête à passer à l'action lorsque le regard de Dakota me transperce et m'épingle avec une gravité qui bande le moindre de mes muscles. J'empoigne ma lame une seconde avant qu'il se mette à bouger. Cette fois-ci, il mime un truc au niveau de sa mâchoire, comme s'il sectionnait ses cheveux (une coupe courte ? Arizona ?), puis signe le seul mot susceptible de me faire plonger dans l'abysse de la bête : « urgence ».

Je rugis, incapable de me contenir une seconde de plus, et cours jusqu'à l'entrée de la ferme. J'ignore si les Styx suivent ou non, mais j'en suis à un stade où je m'en contrefiche. À cette seconde, une seule réalité m'obsède : tirer Arizona de ce merdier, quelle qu'en soit sa nature.

Je défonce la porte sur ma lancée, renvoyant aux enfers les élancements qui se rappellent à moi. Je suis en morceaux ? Ça ne m'empêchera pas de flanquer une dérouillée aux connards qui ont enlevé ma nana !

J'embrasse la pièce d'un regard précis et analytique. J'aperçois les corps allongés, mais je ne m'y attarde pas. C'est une autre scène qui me fige sur place pendant une fraction de seconde. La bête hurle dans ma tête, prête à jaillir pour exiger son tribut de sang.

Je brandis mon couteau et saute sur le salopard qui a cloué Arizona au sol. Je le soulève par le col, jubilant de constater la morsure sur sa lèvre et sa tempe éraflée jusqu'au sang. Ma belle petite amazone n'est peut-être pas très grande ni très costaud, mais elle sait se défendre.

Un sentiment de fierté me saisit et me réchauffe à un niveau si fondamental que j'ai du mal à expliquer cet étrange sentiment.

Je n'ai pas le temps de m'attarder sur la question. Mon adversaire se remet de sa surprise en un quart de seconde et riposte en m'envoyant son coude dans le flanc. Je ploie, mais ne le lâche pas. Pas alors qu'un seul coup d'œil à Arizona m'explicite les intentions du salopard.

Ma nana est blessée et son buste, totalement dénudé. Mon regard examine les contusions abjectes sur ses seins et les marques rouges sur ses côtes. Putain ! Et, comme si ça n'était pas assez clair, les boutons de son jean ont été arrachés, preuve que son assaillant ambitionnait de la violer.

Je crie pour libérer un peu de la pression qui appuie contre mes tempes. Dompter le monstre est plus pénible que jamais. Néanmoins, pour une fois, je peux nourrir la bête sans blesser Arizona ou l'un de mes amis.

Je réagis avec cet élan instinctif qui m'anime depuis toujours. Je poignarde mon ennemi, un voile rouge m'enlaçant dans une couverture étroite. Je ne vois plus rien, ne sens plus rien, n'entends plus rien. Seule compte l'odeur de ce sang qui dégouline sur mes doigts et étanche un peu de ma rage.

Je ris, emporté par une jouissance dévastatrice

– Tate !

La voix ténue perce le brouillard de mon univers de dépravation. Je trébuche en arrière lorsqu'une main fraîche se pose sur mon avant-bras. Je ne souhaite pas revenir à la surface, mais la force qui me tracte est irrépressible. Je suis avalé par un vortex qui repousse les relents écarlates et ramène les sons et la lumière.

– Tate. Il est mort. Lâche-le. S'il te plaît !

J'obéis au timbre rauque, happé par sa fragilité. C'est ce détail qui finit de me réveiller. Parce qu'Arizona est tout sauf une petite chose vulnérable. Entendre cette pointe d'instabilité dans sa voix m'achève littéralement.

Je relâche le corps inerte avec dégoût. Le spectacle n'est pas reluisant à voir : je l'ai labouré jusqu'à ce qu'une mare de sang se répande à ses pieds, et des projections écarlates tapissent le mur.

De son côté, la bête est ravie, presque rassasiée. Sous contrôle, en tout cas.

Un contrôle qui tient néanmoins à un fil infime…

Je rengaine mon couteau. Devant moi, Arizona vacille, les bras repliés sur ses seins nus. Sa posture ne dissimule cependant pas que son corps soit presque aussi abîmé que le mien. Merde ! Elle n'était pas seulement sur le point de se faire violer, elle a été battue. Salement.

– Bordel ! juré-je dans ma barbe. Qu'est-ce que t'ont fait ces connards ?

– Ils avaient besoin d'un punching-ball, émet Arizona dans une tentative de dérision qui ne survit pas à sa grimace de douleur.

Je ravale mon envie de crier (ou de la bercer tout contre moi) et ôte mon tee-shirt pour la couvrir.

– Je vais te raccompagner à la maison, lui chuchoté-je, mes doigts s'attardant sur sa pommette indemne.

Je l'attire dans l'arc de mes bras en dépit de la voix qui me hurle que, si je cède à cette pulsion, je ne la libérerai jamais. Sa place est là, contre mon torse, en sécurité.

En sécurité ? Tu n'omettrais pas un petit détail par hasard ? Le pire danger pour elle… c'est toi !

– Tate…

– Ça va aller, ma belle ! insisté-je, résolu à occulter la simple vérité énoncée par la bête. Tasha va te remettre sur pied en un claquement de doigts et tu oublieras vite cette mauvaise expérience.

– Tate…

Je ne veux pas entendre les mots que je devine. Après ce fiasco, Arizona n'aura certainement qu'un seul souhait : se tirer de San Francisco. Si une partie de moi concède que c'est la meilleure des options, une autre… désire la retenir envers et contre tout.

Comme si c'était envisageable… Le monstre que j'abrite symbolise un rempart infranchissable entre moi et ce que je n'ai jamais cru pouvoir convoiter. En enfoiré égoïste, je ferais bien l'impasse sur cette vérité si cette dernière ne mettait en péril la vie d'Arizona.

– Tate, récidive une voix plus ferme.

Je pivote vers les Styx, là aussi porté par un élan qui n'a rien à voir avec ma propre volonté. Je suis sur pilotage automatique, la tête embrumée par un sentiment de malaise qui vire au cauchemar. Même les hurlements de la bête ne peuvent pulvériser cette impression que la terre est instable sous mes pieds et qu'elle va bientôt se dérober pour m'engloutir.

Quelque chose dans l'attitude de mes potes finit néanmoins par faire sens. Comme une alerte qui m'ordonne de baisser le regard vers le sol. Je sais déjà ce que je vais y découvrir.

Deux corps baignant dans leur sang…

Deux corps inertes…

Deux corps…

Dax et Jarod s'acharnent sur l'un d'eux au rythme d'un massage cardiaque aussi superflu que vain. Mon cerveau enregistre cette vérité. L'homme qu'ils s'échinent à maintenir en vie a perdu trop de sang et son teint cireux le classe dans la catégorie des combats inutiles.

Regarde-le bien… m'exhorte la bête.

La sonnette d'alarme dans mon crâne se transforme en une sirène tonitruante. Une lumière crue éclaire le visage émacié du macchabée en devenir. Les contours familiers se dessinent, perçant le brouillard qui garde mon mental dans un équilibre précaire.

Non, tout, mais pas ça !

Je cligne des yeux à mesure que j'intègre les causes de mon tumulte intérieur. Mon sang se met à bouillonner. J'ignore si je disjoncte ou si je perds pied, car un voile noir recouvre ma vue pendant une fraction de seconde. Je me retrouve agenouillé au sol, au chevet de mon frère agonisant.

– Non ! Non ! Non !

– On a appelé les secours, m'annonce Lou en posant une main sur mon épaule.

Je me dégage avec fureur de ce contact qui m'insupporte. J'ai le sentiment d'être en feu et qu'on m'extrait des lambeaux de peau avec un cutter à la lame émoussée.

Ils l'ont tué !

– Non !

Et tu n'étais pas présent pour l'aider. Tu n'as jamais été là…

Je bascule la tête en arrière et hurle d'impuissance et de rage. Mon frère baigne dans son sang, expirant. Cette fois-ci, je soupçonne qu'il n'y aura pas de seconde chance. La mort rôde et tisse sa toile autour de Vic depuis si longtemps…

– Tu vois pas que ça sert à rien, admonesté-je Dax en le bousculant violemment. IL EST RAIDE !

Je crache de fureur et balaie la pièce du regard, les narines gonflées de colère. J'ai besoin de me défouler. De nourrir la bête qui frappe si fort contre les parois de ma raison que je sens déjà le goût de sa haine sur mes lèvres.

Oui, venge-toi ! Massacre-les tous ! Ils ne méritent pas un autre sort que la mort !

Rojas est ligoté sur une chaise, hors de ma portée. En revanche, deux de ses hommes sont ficelés et assis au sol juste derrière moi. Deux ont péri sous les coups des Styx. Dommage, je leur aurais bien tranché moi-même la gorge.

Tu en as encore trois sous la main, dont ce fumier de Rojas... Allez, ramasse ta lame !

Une injonction qui n'exclut pas de réfléchir. Mes potes demeurent sur le qui-vive et ne me permettront pas de saigner les salopards qui ont buté mon frangin. Un avis qui compte autant que ma première chemise !

J'agrippe le dossier de la chaise qui traîne sur ma droite et la balance violemment sur Lou et Dakota. Des cris de fureur et de douleur éclatent de toutes parts, reflet du bordel que je viens de déclencher.

La main sur le manche de mon couteau, je me précipite sur les deux enfoirés, qui me fixent avec des yeux ronds, si vite que personne n'a le temps de me bloquer.

Plonger ma lame dans la gorge du premier repaît une partie de mon être, mais ce n'est pas assez. Je me jette sur son acolyte et le poignarde en plein cœur avec ce besoin toujours grandissant de faire couler le sang.

Je ne suis plus vraiment aux commandes. La bête s'est emparée des rênes, exigeant tout ce que je lui ai refusé ces dernières semaines. Et elle est insatiable...

– Merde ! beugle une voix dans mon dos. Il m'a déglingué l'épaule, ce connard !

– Tate, lâche ton couteau, m'ordonne Dax.

Comme si j'allais l'écouter...

Il est toujours agenouillé près de mon frangin, mais il a cessé son massage cardiaque. Un fauve aux aguets, voilà de quoi il a l'air, cet enfoiré !

La tête à demi penchée en avant, je hausse un sourcil provocateur et essuie mes lèvres d'un revers de bras. Je suis couvert du sang de mes victimes et résiste laborieusement aux injonctions du monstre qui rêve de se rouler dans le ruisseau écarlate qui se répand sur le sol crasseux.

– Tate, je ne le répéterai pas, insiste mon pote. Lâche ton couteau !

Le corps de Vic me nargue. Jarod a également abandonné son bouche-à-bouche, entérinant une vérité toute simple : mon frangin est mort. Aussi gelé que sa salope de copine !

J'explose de rire, conscient que ma voix s'imprègne d'éclats de folie. Je voudrais être capable de recouvrer le contrôle, mais la bête éloigne la souffrance dévastatrice qui m'éperonne.

Comme autrefois…

Je me revois gamin, lorsque la douleur et les larmes m'imposaient leur joug. J'étais terrifié, ravagé par une peur qui me prenait aux tripes. Le monstre a commencé à me susurrer à l'oreille à cette époque, brisant mon sentiment d'isolement et étouffant mes craintes sous les prémices d'une colère phénoménale.

C'est pour cette raison que je l'ai laissé s'installer en moi.

Pour cette raison que je l'ai chéri, puis nourri, avant de réaliser qu'il m'avait enchaîné à lui. Irrévocablement…

Arizona esquisse un pas vers moi, mais Dax étend le bras devant elle pour l'empêcher de m'approcher. Un geste qui ravive ma rage.

C'est à cause d'elle… Si elle n'avait pas décidé de filer à ce rendez-vous, Vic serait toujours vivant. Elle est le mal incarné…

J'essaie de museler la bête, mais ses arguments me télescopent avec une tyrannie féroce. Je sens que je perds la lutte contre mes instincts primaires, une prise de conscience qui m'indiffère presque. Le voile rouge recouvre ma vision et entame sa conquête de mon esprit sans que rien ne s'oppose à lui.

Je me fourvoie… M'égare…

C'est à cause d'elle… Vic est mort par sa faute !

Me disloque… Explose en un million de morceaux de colère, de culpabilité et de chagrin…

Disparais dans le néant… Cesse d'être…

Enfin libre !

J'observe à travers la fente étrécie de mes yeux les hommes qui me font face avec circonspection. Oh, putain ! S'ils savaient que la bête est lâchée, ils courraient pour fuir très loin.

Derrière eux, mes proies… Croient-ils qu'ils pourront m'empêcher de les atteindre ? Je ris parce que c'est la blague du siècle !

Tate n'est plus là, les mecs. Maintenant, c'est moi qui dicte les règles ! Et la première, c'est que cette salope que vous protégez va crever ! Quant à cet enfoiré de Rojas… Il pisse dans son froc de peur, ce clown pitoyable !

Je joue avec le manche de mon couteau, savourant sa maniabilité et la teinte ocre qui macule déjà le métal. Étriper les deux connards derrière moi m'a procuré un plaisir de folie, mais planter Arizona…

Ouais, ça supplantera même le bonheur d'égorger Rojas. Parce que, putain, j'en rêve depuis le jour où elle a osé approcher Tate.

Personne n'a le droit de le toucher !

Personne !

Je l'ai protégé quand il voguait sur les mers déchaînées de shéol. On est indissociables, lui et moi, soudés comme deux esprits jumeaux.

– Tate, aboie Dax, regard de tueur à l'appui.

– Je t'emmerde ! riposté-je. Je veux Rojas ! Écartez-vous !

– Il est en pleine crise, croasse la connasse qui va bientôt connaître le tranchant de mon couteau.

– Bordel ! grogne Lou. Qui s'y colle ?

– Je suis d'avis qu'on s'y mette tous, réplique Sam, les yeux plissés de concentration.

– Excellente idée !

Le regard acéré de Dax m'évalue avec une précision de guerrier, mais ça ne changera rien au résultat. Je vais tous les laminer s'ils me refusent ce qui me revient de droit.

Quelque part au fond de ma conscience, une voix s'insurge contre mes projets, mais je la fais taire sans pitié. Contrairement à Tate, je sais ce qui est le mieux pour lui.

– Écartez-vous !

– Non ! énonce Dax.

Une réponse qui ne m'enchante pas du tout...

Je feule, plus contrarié que jamais. Je me suis toujours méfié de la « famille » de Tate. J'ai la preuve que j'avais raison. Que moi seul suis apte à l'aider.

Mes soi-disant potes forment une ligne devant Rojas et, par conséquent, devant Arizona, sans saisir que ma proie principale n'est pas le blanc-bec qui s'excite sur sa chaise comme si ça pouvait lui permettre de s'éloigner un peu plus de moi.

Cependant, je demeure lucide sur mes chances de réussite. Pas moyen de battre ces connards, même si j'ai assez de ressources pour les duper le temps d'atteindre l'une de mes cibles.

Une et une seule...

Rojas, siffle l'incarnation fantomatique de Tate.

Arizona, décrété-je avec une jubilation orgasmique.

Après... Eh bien ! Quelle importance !

Je m'élance avec un sentiment d'urgence qui ne m'aveugle pas. Je feinte sur la droite, comme si mon objectif était Rojas, et trompe ainsi la vigilance de ce pachyderme de Lou et de ce petit enfoiré de Jarod.

Sam est moins crédule (ou plus réactif) et s'interpose après une pirouette malhabile. Le temps qu'il recouvre son équilibre, je lui plante mon couteau dans le bras pour l'écarter de mon chemin. Son juron de douleur résonne comme une mélodie enchanteresse à mes oreilles.

Je ne m'appesantis cependant pas sur cette victoire : Arizona apparaît enfin dans mon viseur... Du moins, jusqu'à ce qu'un mur de puissance brute se colle sur ma trajectoire.

Dax...

– Ça suffit ! me rabroue-t-il.

Comme si j'allais renoncer si près du but !

Toujours sur ma lancée, je fais décrire à ma lame un arc de cercle en même temps que je balance mon poing libre vers le flanc de Dax. Puis je me déporte sur la droite, anticipant une riposte prévisible. Je pare ainsi son geste pour me bloquer et l'esquive avec une adresse enivrante.

Échec et mat, mec !

Je me réjouis de ce petit tour de passe-passe tout en fonçant sur ma proie. Arizona est là, à ma portée, sa gorge magnifiquement exposée sous mon tee-shirt trop large.

L'idée que des geysers d'hémoglobine s'écoulent en rigoles sur ses seins blancs m'exalte assez pour débusquer mon amertume. Cette garce a voulu détruire Tate ! Elle ne sera bientôt plus qu'un souvenir...

Je me rue sur elle, un rictus sardonique sur les lèvres. Ma soif de sang n'est plus aussi prégnante que tout à l'heure, mais mon besoin de tuer cette nana me plonge dans une transe extatique.

Trop extatique, peut-être... Je réalise que j'ai commis une erreur d'appréciation au moment où Arizona déploie sa jambe.

Je n'ai plus le temps de m'adapter ou d'éviter le coup. Avant même que ma lame s'approche de sa peau, le pied d'Arizona me percute avec une force détonante.

Putain ! Mes côtes blessées encaissent mal le choc. Je m'effondre avec un sentiment d'échec cuisant. Mais je n'abandonnerai pas ! Jamais ! Je me mets à hurler et lutte contre l'évanouissement, ruant comme un forcené lorsqu'un corps massif me plaque définitivement au sol.

Rideau ! Fin de l'histoire ! Je sombre brusquement dans une nuit opaque, ma conscience s'éteignant en même temps que mes yeux se ferment.

32

Arizona

Les éclats du coucher de soleil transforment la surface du lac en une couverture d'or en fusion. Je suis fascinée par le spectacle, consciente que je ne cherche qu'une excuse pour ne pas rejoindre le reste du groupe près de l'aire de barbecue.

Je renifle, et, non, ce n'est certainement pas pour refouler des larmes de colère.

Ou de frustration.

Ou d'énervement.

Ou de…

Ouais, bon, OK, je suis la proie d'un charivari d'émotions qui échappent à tout contrôle. Très clairement, j'ai besoin d'un verre ou de me planquer la tête sous un oreiller pour une durée indéterminée.

Ivrogne ou autruche… Comme ce n'est pas dans ma nature de me défiler, la balance penche dangereusement dans la direction d'une enfilade de mojitos. Peut-être que je devrais appeler Amber…

Je soupire, consciente que me saouler ne changera pas la donne. Et que je n'apaiserai pas le mal qui me torpille le ventre…

Ulcérée, je déloge un peu nerveusement une libellule qui volette devant moi. Mes membres tremblent en dépit de tous mes efforts pour limoger les émotions qui me malmènent depuis que j'ai quitté la ferme de Rojas. Challenge difficile en regard de la réalité abrupte.

Au fond, j'ai beau être libre, je n'ai jamais été aussi paralysée. Impuissante.

Ce qui me ramène au jour où mes parents et moi avons dû aller accueillir le cercueil de Billy à l'aéroport. Les journées qui ont suivi se sont révélées les plus pénibles de ma vie, une sorte de période larvée dont je n'aime pas trop me souvenir.

– Arizona ?

Dax se positionne à mes côtés, les avant-bras repliés sur la balustrade et les mains jointes en une posture tranquille. Pourtant, comme moi, il est tendu. Comment le lui reprocher ? Il a dû ligoter son meilleur pote, tout en intégrant parfaitement ce qu'il en a coûté à Tate lorsque ce dernier a repris connaissance pour agresser ceux qui l'entouraient.

J'ai toujours su que Tate naviguait sur une corde raide, mais sa chute a déjoué le pire des pronostics. La mort de Vic a libéré, de gré ou de force, le monstre tapi dans le recoin démoli de sa psyché. Le résultat se passe de commentaires…

Le regard hagard et la peau terreuse, Tate arborait le visage d'un forcené prêt à massacrer le monde entier. C'était lui sans être lui, et je pleure sur cette fracture qui l'abîme viscéralement. Parce que je devine qu'il ne lui sera pas aisé de remonter à la surface.

Pour autant qu'il ait encore cette chance…

Il ne mérite pas ça. Pas après tout ce qu'il a enduré. Mais la vie n'est pas juste.

Je crispe les mains sur la rambarde et ravale une nouvelle fois des larmes amères.

– Tasha a augmenté les sédatifs, m'annonce Dax. Il dort.

– Tu as pu lui enlever ses liens ?

– Non. Je suis navré, mais, dans son état, ce serait courir trop de risques.

Comme celui qu'il m'attaque de nouveau…

Les mots ne sont pas prononcés, mais ils flottent entre nous, telles les prémices d'une déconfiture âpre. Pour moi.

Ça m'a fait mal de frapper Tate, mais c'était lui ou moi. À l'instant précis où j'ai capté qu'il me fonçait dessus, j'ai compris que l'équilibre de ses forces mentales penchait… en ma défaveur.

Mon ego a encaissé, encouragé par l'urgence de la situation, et ça a été finalement moins douloureux que de découvrir qu'il a dû se meurtrir pour me faire l'amour. La crise était même prévisible, si j'y réfléchis bien. Vic mort, Tate ne pouvait qu'exploser.

Mes dents crissent de frustration.

Connaître les symptômes d'un syndrome de stress post-traumatique et les avoir déjà endurés ne m'a pas préparée, du moins pas autant que je l'ai supputé. Quelle foutue naïve je suis ! Billy m'a épargnée, ne m'en déplaise. Et puis c'était mon frère, pas l'homme avec qui je partagerais bien un bout de chemin.

Avec Tate… la réalité m'a rattrapée de plein fouet.

J'ai beau savoir que ce mal ne le définit aucunement, j'ai été confrontée à sa pire incarnation. Celle qui me positionne en ennemi.

La logique, ou l'instinct de survie, voudrait que je détale. Seulement, je n'ai jamais aimé ce qui était commun. Pas même quand le bon sens s'y rattache.

J'ai été éduquée dans l'idée que les épreuves ne deviennent des obstacles infranchissables que parce qu'on leur confère ce pouvoir. Le bonheur implique de mouiller sa chemise. C'est au travers de nos victoires que nous expérimentons ce sentiment électrisant que l'existence n'est pas qu'une suite de jours sans saveur.

Mon attirance pour Tate me dépasse, mais pas l'amour qu'il m'inspire. Parce qu'il est tout ce que j'admire chez un être humain : la force, la loyauté, cette brutalité des émotions qui n'exclut pas la tendresse. Tate est l'incarnation d'un fantasme qui renvoie aux orties la notion de prince charmant ou de bad boy irrésistible.

Lui, il est… vrai ! Authentique ! Constitué d'atouts et de failles qui font de lui l'un des êtres les plus courageux qu'il m'ait été donné de rencontrer. Et ne pas pouvoir l'aider m'éreinte littéralement. Parce qu'au-delà de mon admiration, il est l'homme que j'ai choisi.

L'homme auprès de qui je me verrais bien tenter la grande aventure de l'amour à deux avec tout ce que ça inclut (et je ne parle pas de flonflons ni de tralalas).

L'homme auquel je me refuse à renoncer ! Pas sans avoir lutté, en tout cas.

Il a voulu me tuer ? Ouais, bon, personne n'est parfait, si ?

Et ça n'a rien à voir avec le fait que tu n'as pas pu me sauver, Rizzo ?

Je me renfrogne. Je ne porte pas cette culpabilité en moi, non !

– Sam et Lou vont bien ? demandé-je pour couper court à mes pensées.

– Sam a eu besoin de quelques points de suture, rien de grave. Quant à Lou… il est un peu vexé que Tate ait réussi à l'allonger d'une droite.

Aucun de nous n'avait prévu que Tate émergerait de son évanouissement dans un état de furie plus prononcé encore qu'à la ferme. Il a eu le temps de ravager l'infirmerie du camp et d'assommer Lou avant que Dax et Jarod l'immobilisent de force. Je crois que je n'oublierai jamais ses beuglements de rage et la lueur de folie dans ses yeux.

– Il s'en remettra, conclut Dax, mais il risque de ronchonner pendant un moment. La question, c'est : toi, comment tu vas ?

– Tasha m'a auscultée et m'a prescrit des examens complémentaires qui peuvent attendre quelques jours…

– Demain, rectifie Dax. Elle t'emmènera à l'hôpital en commençant son service et veillera à ce que tu sois prise en charge rapidement.

– Waouh ! C'est limite paternaliste, là ! rigolé-je d'un ton légèrement rogue.

– Ouais, Tasha me le répète souvent, reconnaît Dax, un sourire amusé incurvant spontanément sa bouche. On s'refait pas, hein !

– Je suis une grande fille, tu sais.

– Tu brigues une place parmi les Styx, Arizona. Enfin, sauf si ta dernière aventure t'a filé l'envie de déguerpir sans un regard en arrière.

– Non, pas du tout, affirmé-je en réponse à la question qui n'a pas été directement posée.

– Tu es sûre de toi ? Personne ne te reprochera de t'octroyer quelques jours de réflexion.

– Je n'ai jamais été aussi persuadée d'être à ma place qu'ici, énoncé-je avec franchise. Je m'ennuyais, ces derniers temps, dans mon job, en grande partie parce que rien n'avait plus de sens. Je participais à l'arrestation de prédateurs sexuels, et tout ça pour quoi ? Pour qu'un avocat utilise un tour de passe-passe foireux pour annuler la procédure pénale. Merde ! Ce n'est pas simplement frustrant, c'est incompréhensible, bredouillé-je, amère. On relâche des monstres sous le prétexte de lois qui ont perdu de vue toute notion de bon sens. Ce que vous faites est… juste !

Je me tais, à bout de souffle. Les mots ont libéré mon mal-être sur le sujet, comme s'ils avaient réussi à en révéler la profondeur.

– Bien, approuve Dax. Alors, je crois qu'on a déjà abordé la question et il va falloir que tu t'y habitues : je suis du genre à veiller sur toutes mes ouailles.

– Les hommes aussi, ou l'on flirte avec un peu de machisme de base ?

Dax ricane, la tête rejetée en arrière. Son profil se dessine dans la nuit tombante, illustrant la part de mystères qui le compose. Pourtant, je lui accorde ma confiance les yeux fermés.

– D'expérience, ils s'attirent plus d'ennuis que les nanas, finit-il par m'avouer. Tu n'imagines pas le nombre de fois où j'ai dû aller les sortir de la merde.

– Tate ?

– Non, lui, il est le champion toutes catégories pour botter les culs. Crois-moi, recevoir une leçon de sa part, c'est comme goûter aux flammes de l'enfer. Les mecs n'y reviennent pas... Merde ! Dans son cas, j'aimerais que ce soit aussi simple que de payer une caution ou d'effrayer un rival un peu trop arrogant...

Dax se frotte le visage, exhalant une lassitude qui n'exclut pas une inquiétude pénétrante.

– Tasha préconise un internement pour garantir sa sécurité...

– Il ne le supportera pas, contesté-je, laminée par cette idée.

– On en a tous conscience, mais on n'aura peut-être pas d'autres choix. Ce n'était pas lui, là-bas, mais ce putain de monstre créé par son père ! Je lui arracherais les couilles de mes propres mains à ce fumier s'il était toujours en vie.

– Tate s'en serait déjà chargé.

– Ouais, tu as raison.

Le silence nous enveloppe pendant quelques minutes. Chacun de nous se perd dans ses pensées. Pour ma part, je me reproche ma bêtise et d'avoir cédé à ma curiosité. Puis je me sermonne pour cette connerie. Vic avait emprunté une voie dangereuse dont l'issue était prévisible. D'une façon ou d'une autre, il aurait été doublé par Rojas.

D'ailleurs, ça me rappelle que mon enlèvement a permis d'en éviter un autre…

– Rojas comptait kidnapper Tasha, énoncé-je platement.

Dax frappe du poing contre la rambarde, puis jure à voix haute.

– J'aurais dû buter cet enfoiré ! Putain !

– La bonne nouvelle, c'est qu'il ne reverra pas la lumière du jour avant un moment. Ted récupère toujours la main sur vos affaires, finalement ?

Dax répond à ma tentative d'apaisement par un rictus entendu.

– Ouais, c'est le deal. Une arrestation en règle pour ceux qui jouissent de cette chance. Cela dit, la plupart du temps, on ne laisse aucun témoin. Ça fait aussi partie du job, Arizona. C'est pour cette raison que je t'impose une période d'essai. L'affaire Seconde Chance a pu t'induire en erreur sur la réalité de notre quotidien…

– Si tu tentes de me rebuter, le coupé-je durement, c'est peine perdue. Que nous le voulions ou pas, nous menons une guerre contre des ennemis qui s'invitent dans la maison d'à côté pour mieux tromper notre vigilance. On ne les vaincra pas en utilisant des stratégies ordinaires ou avec de bonnes intentions. Je ne suis pas forcément une adepte du « œil pour œil, dent pour dent », mais c'est parfois la seule solution.

– Tate n'avait aucune chance face à toi, se bidonne Dax, sa gravité s'effaçant un peu. Je suis heureux qu'il t'ait rencontrée, même si ça risque de mal finir.

– Il s'en sortira ! dis-je en me cramponnant à cette assertion.

– Nous allons tout faire pour l'aider, en tout cas, nous interrompt Tasha.

Le visage las, elle se coule contre le torse de son compagnon, à la recherche de réconfort, et ferme les yeux dans un soupir de frustration. Lorsqu'elle soulève ses paupières, je lis un tel désarroi dans ses iris que je recule d'un pas, comme si l'on venait de me frapper.

Tate doit guérir ! C'est la seule issue possible !

– Je ne suis pas psy, formule-t-elle avec prudence, mais ton diagnostic d'un syndrome de stress post-traumatique me semble coller parfaitement avec l'état émotionnel de Tate. J'ajouterai, malheureusement, que nous avons probablement affaire à sa forme complexe.

– C'est-à-dire ? intervient Dax, perplexe.

– Tate a subi des maltraitances pendant des années et, même s'il a fini par s'échapper, il est resté sans défense pendant longtemps. Ce genre de traitements sur le long terme génère des symptômes plus prononcés qui se couplent à la psyché existante. Pour être plus précise, je parle d'impulsivité, de culpabilité accrue, de relations interpersonnelles perturbées...

– Et d'épisodes dissociatifs, complété-je en tordant les lèvres. Il éprouve le sentiment d'être possédé par une entité malfaisante et présente une inaptitude à évoquer certains souvenirs. J'ai cru, au début, qu'il ne souhaitait pas se confier, mais il en est tout simplement incapable. Sa mémoire a boycotté certains éléments de son passé, et ces derniers ressurgissent sous forme de pulsions violentes lorsqu'il est soumis au stress ou à des situations qui le ramènent à ses cauchemars.

Comme la mort de son frère, qui s'est associée avec une impuissance à le sauver. Moi, j'ai occupé le rôle de l'ennemie qui a précipité les événements.

À la mine estomaquée affichée par Tasha et Dax, je réalise que je me suis laissé emporter et que j'en ai, de fait, révélé beaucoup sur le degré d'intimité entre Tate et moi. Non pas que ce soit un secret, mais je me refuse à trahir ses confidences.

Tu y seras peut-être obligée si c'est la seule manière de le sauver…

– Une entité malfaisante ? C'est ce qu'il ressent ? m'interroge Tasha, exsangue. Merde ! Je n'imagine même pas comment il doit se sentir tiraillé ! C'est un miracle qu'il ait tenu jusque-là sans faire un carnage.

Au haussement de sourcils de Dax, je comprends que devenir un Styx Lions lui a probablement servi de soupape. La mort de Vic a été le catalyseur qui a pulvérisé cette belle mécanique pas si bien huilée que ça.

– C'est quoi, la solution ? demande-t-il.

– Sur ce coup, je ne vois pas bien comment procéder. Je n'ai pas de réelle compétence en psychiatrie. Le mieux serait de lui trouver un thérapeute spécialisé dans la gestion de ces troubles, quelqu'un qui soit en mesure de l'aider à émerger de cette symptomatologie avant que ça s'aggrave. Je vais me renseigner à l'hôpital, mais je ne suis pas sûre qu'on puisse éviter l'internement.

– Ça le tuera s'il se retrouve de nouveau enfermé ! opposé-je avec le sentiment de me répéter.

– En ce moment, il est dangereux pour lui-même et pour les autres, m'objecte Tasha avec douceur. S'il reste dans cet état d'extrême violence, nous ne pourrons rien pour lui. Je sais que notre soutien lui est nécessaire, mais j'ai bien peur qu'il ait encore plus besoin d'une thérapie d'urgence. Et, sur le sujet, aucun de nous n'est compétent. D'autant qu'en le gardant attaché à son lit, on exacerbe ses périodes de démence. S'il était conscient, je veux dire par là s'il montrait des signes qu'il est lui-même, je serais moins catégorique et je nous accorderais plus de temps, mais…

– Il a fait une crise, l'autre jour, la coupé-je.

Dax siffle entre ses dents de contrariété et je discerne les rouages de son cerveau en action tandis qu'il fait le rapprochement entre mes paroles et notre mission.

– Pas aussi forte, précisé-je. Mais j'ai utilisé quelques mécanismes d'EDMR. Le psy de mon frère obtenait de bons résultats avec cette méthode. On pourrait s'en inspirer.

Tasha ne me paraît pas convaincue, ce qui m'agace un peu. Je ne peux pas rester les bras croisés ! Pas alors que l'homme que j'aime endure des tortures inimaginables.

Je grommelle, furieuse.

– Écoute, cette impuissance me blesse autant que toi, mais posséder quelques notions de ce genre de thérapies ne fait pas de toi une spécialiste. Tate a besoin de quelqu'un qui maîtrise le sujet et qui saura gérer toutes les phases du protocole. Ça requiert du temps, et il y aura autant de progressions que de rechutes. Nous ne sommes pas formés pour !

– Je vais appeler Dick, annonce Dax abruptement. Je ne connais pas un type qui soit plus à même de recentrer Tate.

– Qui est-ce ? questionne Tasha.

– Son tuteur. Pas au sens légal du terme, ajoute-t-il devant la mine perplexe de sa compagne. Mais, quand Tate a fugué de chez lui, Dick l'a pris sous son aile. C'est un ancien flic, le genre hyper réglo. Sans lui, j'ignore ce que Tate serait devenu…

– Il peut être là quand ? le presse-t-elle. On peut s'accorder un délai. (Elle me jette un regard apaisant, mais strict : on ne se frotte pas impunément à cette fille !) Mais il doit être raisonnable. Il est hors de question que nous aggravions la situation. Tate mérite qu'on se batte pour lui, pas qu'on l'enfonce davantage.

Un avis que je partage, même si la critique est audible. Et, bien que je rechigne face à l'option « hôpital psychiatrique », je ne suis pas butée au point de repousser ce qui sera peut-être notre unique solution. Ma peur, au fond, c'est que Tate ne sorte jamais de cet établissement et que, loin de son seul foyer, il perde complètement pied.

– Il vit à la réserve Yurok depuis qu'il est à la retraite, mais il rappliquera dare-dare si je lui demande de venir. Je l'appelle !

– Il y a quelque chose d'autre qui pourrait le stimuler, dis-je. Ou plutôt quelqu'un. Vic a un fils…

– Merde ! Tu déconnes ? s'exclame Tasha, ébahie.

– Vic m'a expliqué que le petit vivait avec les parents de Stella…

– Ce qui n'est pas une bonne nouvelle, m'interrompt Dax, une main nerveuse rabattant ses cheveux en arrière. Si je me souviens bien, ce sont des losers de première qui prostituent leurs gosses et dilapident le fric engrangé en alcool et en drogue.

– Vic était inquiet pour Terrance, mais il était persuadé qu'il aurait été encore plus en danger avec lui.

– Pourquoi il n'en a pas avisé Tate ?

– Tu sais que leurs rapports étaient ambigus, noté-je. Il le vénérait autant qu'il le haïssait. Tate représentait à ses yeux une figure paternelle en même temps qu'il était celui qui avait survécu à leur cauchemar commun sans pour autant lui tendre la main. Stella a utilisé cette dualité pour le convaincre que Tate était un double de leur père.

– Quelle belle connerie ! Tate n'est pas un enfant de chœur, mais il n'aurait jamais battu ou maltraité un môme. On va devoir localiser la famille de Stella au plus vite. Terrance n'est pas en sécurité avec eux.

– On ne peut pas débarquer et le leur arracher, vitupère Tasha. Bon sang ! Tu as une idée de la peine encourue pour un enlèvement de gamin ?

Dax ne se laisse pas décontenancer et croise les bras sur son torse, un sourire à demi provocateur sur les lèvres.

– Je pensais à une manière plus conventionnelle de récupérer le petit, comme réquisitionner un juge pour obtenir une ordonnance de placement. Il m'arrive aussi de faire preuve d'amabilité ou de jugeote quand il le faut.

– Pas faux, se rattrape la jolie doctoresse en se collant un peu plus contre son homme. D'ailleurs, j'adore ton côté… délicat.

– Je saurai te le rappeler, souffle-t-il avant de lui voler un baiser. Arizona, tu peux conduire les recherches pour localiser le petit ? Tate avait demandé qu'on enquête sur Stella, et on a toutes les coordonnées de sa famille dans un rapport, au QG. S'ils n'ont pas déménagé, on les retrouvera facilement. De mémoire, ils créchaient près de San Jose.

– Je vais m'y coller.

– Oui, mais pas maintenant, me précise Dax. Là, nous avons tous besoin de récupérer de cette journée de merde, toi la première.

– Tate…

– … est sous sédatifs, ma belle. Il va dormir comme un bébé toute la nuit. Jarod veille sur lui et il viendra nous avertir s'il y a le moindre problème. Donc, ce soir, c'est relâche pour tout le monde !

Tasha confirme d'un hochement de tête enthousiaste, trop pour être tout à fait innocent.

– Les garçons ont prévu une partie de basket. J'ai proposé aux filles de nous rejoindre ici. On pourrait dîner autour d'un verre et éventuellement profiter du lac. Dria veut également qu'on la conseille pour son tatouage. Sacha va débarquer avec plusieurs esquisses.

– Houla ! Si vous abordez la question épineuse des tatouages de Dria, moi, je me barre, s'empresse Dax.

– Imbécile ! glousse sa compagne en le retenant par son tee-shirt pour l'embrasser une dernière fois. Allez, file !

– Qui vient en plus de Sacha et Dria ? demandé-je.

– Amber. Elle amène Asticot. Depuis que Tate a quitté la maison, il pleure devant la porte. On s'est dit qu'il serait mieux ici. Avec un peu de chance, il se trouvera un bon maître.

Le clin d'œil de Tasha n'a rien d'innocent. Mais, après tout, il est difficile de ne pas songer au petit chien sans lui associer Tate. Le coup de foudre a été spontané et réciproque.

Je me mords les lèvres, éprouvant de nouveau l'envie féroce de rejoindre le beau Styx Lion qui a volé mon cœur. Même si je ne peux pas l'extirper de ses cauchemars, j'ai besoin de lui faire savoir que je suis là.

Besoin de le tenir dans mes bras et de caresser son front pour chasser les ombres.

Besoin de m'assurer qu'il respire paisiblement, au moins dans son sommeil forcé.

– Non, Arizona, me signale Tasha avec un sourire compatissant. Ton médecin, moi en l'occurrence, t'ordonne du repos complet ! Tate est entre d'excellentes mains et tu ne pourras rien de plus pour lui, sinon te faire des nœuds au cerveau. Ce qui n'est bon ni pour toi ni pour lui. Là, on va passer une soirée sympa entre filles et, pour commencer, tu vas m'avaler ces antalgiques.

– Je ne…

– Oui, je sais : tu gères. Marrant, j'ai déjà entendu ça quelque part. Mais, tu vois, je suis du genre têtue et…

– J'ai besoin d'un verre, la stoppé-je d'une voix sans appel. Si j'ingurgite ces cachets, tu vas m'interdire de boire et… navrée, mais, là, je ne survivrai pas sans un mojito ou deux… ou trois.

– Mojito ? Qui a prononcé le mot magique ? s'exclame Amber, ma sauveuse, puisqu'elle débarque en brandissant avec un enthousiasme contagieux une bouteille de rhum.

Merci, Seigneur !

33

Arizona

Toujours rien !

Je pianote nerveusement sur mon clavier et entame une nouvelle recherche. Les Styx Lions bénéficient d'un accès à certaines bases du FBI et de la police, mais il n'empêche qu'une aiguille perdue dans une botte de foin reste… une aiguille perdue dans une botte de foin !

Avec un nombre de personnes déclarées disparues avoisinant les quatre-vingt-dix mille, nous ne sommes pas vraiment à la pointe sur cette thématique sensible, et je découvre que ce n'est pas sans raison.

Lorsque Stella a quitté ses parents, ces derniers vivaient dans un camp de bungalows à la sortie de San Jose. Ils ont déserté les lieux à l'époque de la mort de leur fils aîné, Vittorio. Depuis, eh bien, ils se sont évanouis dans les airs. J'espère juste qu'ils ne sont pas repartis pour le Mexique, auquel cas mon problème va se compliquer singulièrement.

– Tu galères ? m'interroge Lou, préposé aux recherches avec moi.

– Autant que toi si je me fie à ta succession de jurons.

– Je suis sur les nerfs, m'accorde-t-il.

Lou se recule sur sa chaise, l'air vraiment perturbé. Ce mec remplit un peu la fonction de grand frère au sein des Styx Lions, celui qui reçoit les confidences, conseille et oriente. Un rôle gratifiant, mais également malaisé. À porter les autres, on oublie parfois ses propres besoins.

– Tu crains le choix de Dria pour son tatouage ? tenté-je pour le détendre.

Lou se fend d'un sourire las. Puis se racle longuement la gorge.

– Elle se lancera jamais, finit-il par me répondre. C'est pas son truc, sauf qu'elle est entourée de mecs et de nanas qui en sont bardés. Elle veut pas faire tache. J'arrête pas de lui répéter que tout le monde l'accepte comme elle est. Mais, avant Tasha, elle se sentait très seule ici. Merde ! Pourquoi j'te raconte tout ça ?

– Parce que, parfois, ça fait du bien de s'épancher ?

– Ouais, p't'être bien. Rien ne roule depuis… (Lou se contracte, le regard perdu dans le vague.) Depuis… ouais, l'attaque des Demonic. On a tout reconstruit, en mieux même, mais les gars s'enflamment pour un rien. Ils ont besoin de prendre la route et de se vider la tête. On avait prévu une virée avec Dax, mais…

– Il y a eu l'affaire Seconde Chance.

– On pouvait pas s'en désintéresser, y a pas à revenir là-dessus. Et, putain, je suis énervé que ce salopard de Shaw coure toujours.

– Ted a des nouvelles de ce côté-là ?

– Il aurait été aperçu à la frontière canadienne… et au Mexique. Avec un peu de veine, on aura bientôt un témoignage qui le situera au Groenland, dans un camp inuit.

– C'est un personnage public, il ne réussira pas à filer en douce. Il est probable qu'il se terre quelque part, mais il finira bien par commettre un impair. Qu'est-ce qui vous empêche de l'organiser, votre vi…

Je me tais, mes neurones se réactivant d'un coup.

– Tate, évidemment.

– C'est un pilier pour tous ici, me confirme Lou. OK, il effraie la plupart des gars, mais chacun sait qu'en cas de problèmes, il répond toujours présent. Et quand y a du grabuge, pas la peine de le chercher : c'est le mec qui se rue en première ligne.

– En première ligne ? C'est marrant, j'aurais plutôt imaginé qu'il fonçait avant tout le monde.

– Ouais, c'est pas faux. Lors de notre dernière mission, il a piqué un sprint sous les balles. Avec Dax. Ces deux-là sont dans tous les meilleurs mauvais coups. (Lou rit, un nœud dans la gorge.) T'aurais vu la gueule des prospects : ils étaient fascinés par leur culot.

– Tate n'a pas fini de leur en remontrer ! tranché-je.

– J'aimerais en être persuadé...

– Mais ?

– Cette histoire avec Rojas, merde ! C'est un infect remake de nos emmerdes avec les Demonic.

Lou se lève pour se camper devant la fenêtre, m'offrant une vue privilégiée sur les muscles noués de son dos. Sa carrure en impose d'emblée. Cependant, à cet instant, ce n'est pas la force qui émane de lui.

Ça me déconcerte assez pour que je lâche mon ordinateur et vienne me poster à ses côtés. Un geste qui me vaut un regard prudent et un peu gêné.

– T'inquiète, m'assène-t-il en se reprenant. C'est juste un petit coup de mou. Dax nous a avertis que ce salopard avait prévu d'enlever Tasha, et ça m'a foutu en rogne. C'est... Bordel ! J'suis comme les jeunes, j'ai besoin de m'aérer la tête sur la route !

– Eh bien, organise-la, cette virée ! La sécurité de votre territoire a été renforcée, Rojas est sous les verrous et Shaw le sera bientôt. Dans tous les cas, ses victimes sont libérées de son emprise. Et Tate est entre de bonnes mains. Vous avez le droit de souffler !

– Non, c'est pas possible sans Tate, m'oppose-t-il d'un ton sans appel, l'œil de nouveau limpide. Dès qu'il sera rétabli, ouais, on tracera la route ! Mais avant, on doit ramener Terrance à la maison. Ce petit appartient à notre famille. On ne le lâchera pas !

– J'ai fait le tour des fichiers des administrations, et aucun signe des Mora, déploré-je. Ils n'ont pas pu se volatiliser en un claquement de doigts.

– On pourrait contacter Landford, l'informaticien de génie de Ted, me suggère Lou. Il est capable de prouesses avec un clavier et je s'rais pas contre un miracle, ou du moins une bonne nouvelle !

– Va pour Landford. Je…

– Arizona, lance Dax en nous rejoignant, le visage grave. (Les battements de mon cœur s'accélèrent spontanément.) Tu as de la visite. Ton père.

Je reste bouche bée, fauchée par cette information pour le moins inattendue.

– Comment il est arrivé ici ?

– A priori, Henri l'a gentiment renseigné, se moque Dax.

Putain ! Je me note mentalement de l'étrangler.

– Ton père s'est pointé à l'entrée en menaçant Jazz de lui exploser la tête si on ne le conduisait pas illico jusqu'à toi.

Tout mon père, ça !

Je rigole sous cape, jusqu'à ce que je me souvienne de mon état général. J'ai subi une batterie d'examens dans la matinée, ce qui a confirmé le diagnostic de Tasha. Je suis bonne pour errer sur cette terre encore quelques années, mais je reste marquée au visage et sur le buste. Des hématomes qui disparaîtront, mais qui risquent bien de foutre mon père en rogne.

Et, comble de malchance, je n'ai rien sous la main qui me permettrait d'estomper les bleus. Quant à envisager l'option des lunettes de soleil… autant afficher « tabassée » sur mon front.

– Il est dans le salon, me précise Dax.

Je lisse machinalement mon pull et aspire une profonde bouffée d'air histoire d'atténuer les palpitations dans ma poitrine. Non, je ne suis absolument pas sur les nerfs en ce moment !

– Lou, tu appelles Landford pendant que je… discute avec mon père. Dax, tu peux t'arranger pour que personne ne nous dérange ?

– Ouais, mais ton paternel m'a déjà averti qu'il souhaitait échanger deux ou trois mots avec moi. J'ai le sentiment que ça va être un peu plus que ça. (Il lance un regard torve vers Lou, qui se bidonne ouvertement.) Demande qu'il a ponctuée d'un « mon garçon ».

– C'est bon signe, je t'assure, gloussé-je devant sa grimace sceptique. Et quand faut y aller…

Je carre les épaules, pas complètement sereine. Mon père n'a jamais été très protecteur, mais plutôt le genre à vous pousser à vous surpasser. Et à ne pas interférer dans vos choix personnels. Difficile de fonctionner différemment lorsque votre boulot vous tient éloigné de votre famille pendant de longs mois.

Néanmoins, ça ne signifie pas qu'il se soit désintéressé de Billy ou de moi. Bien au contraire.

Je crois qu'il nous a appris à être forts et indépendants justement pour nous éviter certains écueils de l'existence. En revanche, il n'a jamais séché nos larmes ou contribué à alimenter nos chagrins. Non, il nous relevait le menton et nous poussait à repartir à l'assaut des montagnes.

Depuis la mort de Billy, il s'est radouci par bien des aspects. S'il n'a jamais manqué de nous exprimer son amour, désormais, ses déclarations se teintent d'une sorte d'urgence qui a tout à voir avec le fait que je demeure son unique enfant encore en vie.

Et que tu n'es pas tout à fait le genre femme au foyer tranquille ? se moque la petite voix dans ma tête.

– Arizona… m'accueille-t-il, son sourire s'affadissant à mesure qu'il détaille mon visage. Nom de Dieu ! Qu'est-ce qui t'est arrivé ?

– Bonjour, papa.

Je l'embrasse et savoure son étreinte, les yeux mi-clos.

– Arizona ! me vilipende non pas mon père, mais le colonel Reyes.

– Papa, l'admonesté-je en m'écartant.

– Pas de ça avec moi, jeune fille ! Henri m'a appelé, paniqué, en m'alertant sur, je le cite, « ton comportement erratique ». Il m'a expliqué que tu avais quitté son équipe sur un coup de tête pour intégrer un groupe d'agents infiltrés qui échappe à tout contrôle, les Styx Lions, dont l'existence est un putain de secret, même au sein des cercles privés que je fréquente.

– Eh bien, visiblement, pas tant que ça, puisque tu sais déjà presque tout, si ce n'est que je conteste le « comportement erratique ». Ma décision n'a rien d'irréfléchi. Henri t'a mandaté pour me convaincre de rentrer au bercail, j'imagine ?

– C'était sous-entendu sans qu'il prononce ces mots. Je l'ai bien sûr envoyé promener.

Je souris, reconnaissant bien là mon père : personne ne dicte leur conduite à ses enfants !

– Mais j'aimerais obtenir quelques explications. Notamment sur tes blessures et sur… un certain Tate Grison. J'espère, pour cet… individu, que les deux ne sont pas liés !

– Tu as mené ta petite enquête ? déchiffré-je, les yeux étrécis.

– J'ai vraiment besoin de te le confirmer ?

Non, évidemment…

– J'ai eu du fil à retordre avec les Styx Lions. Ce secret est parfaitement bien gardé, mais j'ai les contacts qu'il faut pour pénétrer les milieux les plus confidentiels.

Pas de vantardise chez mon père, mais la stricte vérité. S'il a brillé sur le front, il n'a pas démérité dans des sphères plus tactiques. Il ne prétend pas avoir des ambitions à proprement parler politiques, mais il est un fervent défenseur de la cause nationale et entend servir son pays aussi longtemps qu'il le pourra.

Plus patriotique que lui, ça n'existe pas.

– Nous venons de boucler l'enquête Seconde Chance, papa. C'est… Les Styx Lions bougent les lignes…

– … en dehors des voies légales !

– Je ne vais pas te contredire, c'est le principe de leur existence. Néanmoins, leurs résultats parlent d'eux-mêmes.

Mon père est trop calme pour ne pas savoir exactement de quoi il retourne. Je ne serais pas surprise de le voir m'exposer la liste précise des affaires gérées et réglées par le gang.

J'en déduis également qu'il n'est pas venu pour me convaincre d'abandonner ce projet. Ce qui serait une première : il a soutenu chacun de mes choix professionnels. Idem pour Billy.

Reste donc le domaine personnel. Mon père n'abordera pas la question de front, mais la mention de Tate n'a rien de fortuit.

– Tate n'est pas responsable de mes blessures, précisé-je d'une voix ferme. C'est le numéro deux des Styx Lions et un homme fiable.

– Il est… atypique.

– Charmante façon de le décrire. Je suis certaine qu'il apprécierait.

– J'espère bien le rencontrer, clame mon père d'un ton qui indique que ses espoirs flirtent avec l'exigence.

– Non, ça, ça ne va pas être possible. Il vient de perdre son frère, c'est une sale période pour lui.

Mon père me jauge avec cette lueur coutumière dans le regard, une froideur apparente qui annonce une réflexion intense plutôt qu'une sévérité tranchante. Mais il faut bien le connaître pour déchiffrer cette subtilité.

– Son passé est chaotique, tu en as conscience ?

– Papa, si tu allais droit au but ?

– Je n'ai pas à me mêler de ta vie privée, Rizzo. Je veux juste vérifier que tu sais… où tu mets les pieds. Henri a laissé entendre que…

– Que Tate et moi étions proches ? C'est un fait, mais c'est avant tout un collègue de travail.

Ce n'est pas tout à fait la vérité, mais pas non plus vraiment un mensonge. Pas pour le moment, en tout cas, bien que je paierais cher pour que ce le soit !

– J'ai toujours su que, le jour où tu tomberais amoureuse, tu ne nous ramènerais pas à la maison un gentil garçon bien poli.

Merde ! Depuis quand mon père est-il aussi perspicace ?

Et depuis quand aborde-t-il ce genre de sujet ? Soit ma mère est derrière son étonnante anxiété, soit… il est vraiment très, très inquiet pour moi.

– Papa ! Je viens de te préciser que Tate et moi n'étions que…

– Oui, oui, j'ai entendu. Je te signale juste que… Tu sais, les gens endommagés sont dangereux. Ils ont appris à survivre, ce qui les façonne en prédateurs.

Une évidence…

Tate est un prédateur. Il est dangereux, aussi. Pas moyen de le nier.

Pourtant, en dépit de la violence qu'il a laissée émerger en ma présence, je ne le crains pas. Jamais ! Il m'a protégée de sa zone sombre, défendue des sales pattes du connard qui a voulu me violer.

Oui, sa part de ténèbres a pris le contrôle pendant un instant, mais je sais qu'il lutte pour recouvrer sa maîtrise de soi.

Je prie maintenant pour qu'il réussisse à se sauver. Ou qu'il accepte les mains tendues, que ce soit la mienne ou celles de ses amis. Peu importe. Même si je dois, pour finir, renoncer à lui. C'est son salut qui compte. Ça, et rien d'autre !

Ma gorge se contracte, ravivant mon sentiment d'impuissance. Je me rabroue mentalement et chasse cette faiblesse passagère. Je suis forte, et c'est de cette vaillance que Tate a besoin.

Courage contre courage !

Espoir contre espoir !

Au diable les idées noires et les obstacles ! On ne vit qu'une fois et les seuls échecs sont ceux qui résultent d'un abandon, non ? Une philosophie qui me porte au quotidien. Mais, aujourd'hui, à l'image du solide Lou, j'éprouve un profond sentiment de lassitude.

Comme s'il avait lu dans mes pensées, mon père déroge à ses habitudes et m'enlace pour me câliner, me procurant le réconfort dont j'ai besoin.

– Ta mère et moi te soutiendrons toujours, me chuchote-t-il à l'oreille, et je ne veux pas que tu oublies que nous sommes là. Je ne l'ai pas assez répété à ton frère et…

Sa voix se brise. Je lui accorde le temps de recouvrer son sang-froid, ébahie de détecter de la culpabilité chez mon père.

– Billy le savait, papa. Il a mené sa vie comme il en a rêvé.

– Il allait mal.

– Il serait mort de l'intérieur si on l'avait entravé. C'était un oiseau libre qui ne pouvait pas s'affranchir de sa dose quotidienne d'adrénaline. Il était… comme il était. Le meilleur cadeau que vous lui ayez fait, toi et maman, que vous nous ayez fait, c'est de nous accepter comme nous sommes, sans essayer de nous façonner selon vos propres schémas.

– Ça n'exclut pas que nous nous inquiétions, ma chérie. J'aurais aimé que tu m'appelles plutôt que d'apprendre par Henri que tu avais claqué la porte de son unité.

Je ris, puis plaque un baiser sonore sur sa joue.

– C’est enregistré, colonel !

– Parfait ! Maintenant, va donc chercher le jeune garçon qui gère ce groupe. J’ai quelques questions à lui poser.

Pitié…

34

Arizona

Trois jours sans la plus petite piste…

Trois jours à s'acharner sur nos bases de données et à s'arracher les cheveux devant l'absence de résultats…

Tandis que je chemine entre les arbres, je ronchonne intérieurement. Mon dernier entretien téléphonique avec Landford n'a fait que confirmer mes pires craintes : les Mora sont probablement repartis au Mexique, embarquant gosses et emmerdes dans leurs valises.

Selon certaines sources, des ennuis avec un dealer local les auraient convaincus de mettre les voiles.

Le problème, c'est que nous ignorons où ils ont atterri. Pas dans leur ancien village, c'est une certitude. L'aiguille est toujours invisible et la botte de foin a doublé de volume.

Merci pour le cadeau !

Ce constat me hérisse le poil. Terry doit être rapatrié au plus tôt !

Ce qui me ramène au second point qui pose difficulté : Tate ne pouvant se présenter devant le juge pour enfants, ce dernier n'a pas voulu valider la demande de placement provisoire. En revanche, l'extrait d'acte de naissance du petit a confirmé sa nationalité américaine. Un bon point !

La maison de Tate surgit au milieu des arbres, ancre isolée qui m'est devenue aussi familière que mon propre appartement. Il y a pourtant peu de comparaisons. J'ai dû m'accoutumer au minimalisme prisé par le maître des lieux. Une gageure atténuée par quelques aménagements insignifiants mais nécessaires.

Dax a décidé de faire revenir Tate dans son antre il y a deux jours. Ses cris perturbaient les prospects et Tasha a estimé que l'installer dans un cadre intime renforcerait l'assise psychologique de son patient.

Pour le moment, les résultats sont… imperceptibles. Tate hurle et se déchaîne dès qu'il n'est plus sous sédatifs.

Je veille sur lui avec un sentiment d'impuissance grandissant. Cela dit, nous avons progressé tous les deux, il ne m'insulte plus lorsqu'il se rend compte que je vaque à mes occupations dans la même pièce que lui. Il s'en prend à tous de la même manière.

Réconfortant, non ?

Pour m'éviter des allers-retours incessants, je me suis installé un sac de couchage dans ce qui aurait dû ou pu être une chambre, si la pièce avait été équipée en conséquence. Mais, comme le reste de la maison, elle est vide de meubles. Ou plutôt l'était. Dax a apporté des lits de camp, une table et des chaises.

Un confort peut-être sommaire, mais appréciable.

Guidée par la voix de Tasha, je me dirige vers la terrasse. La baie vitrée est toujours grand ouverte. Tate est pour le moment endormi, allongé sur un matelas de fortune qui empiète presque sur l'extérieur. C'est le mieux que nous ayons pu faire pour combattre sa peur panique de l'enfermement.

Depuis son arrivée sur le territoire des Styx Lions, Asticot ne quitte pas son chevet. Il est couché à ses pieds, veillant, plus que tout autre, sur le sommeil de celui qu'il a choisi comme nouveau maître.

S'il rue à chacun de ses réveils, Tate semble s'apaiser lorsque le chien se blottit contre lui. Une bonne nouvelle qui a déterminé le sort du petit bâtard efflanqué.

Tasha se tient un peu en retrait et elle n'est pas seule. Je n'ai jamais croisé la femme qui l'accompagne, mais son style ne la classe pas dans la catégorie des intimes des Styx Lions. Avec son tailleur à la coupe classique, ses lunettes à l'armature en acier et son air concentré, l'inconnue a tout de la nana BCBG et passe-partout. À une exception près : la majestueuse chevelure de feu qui cascade sur ses épaules.

– Arizona, m'interpelle Tasha. Laisse-moi te présenter le Dr Annélia Stewarts. Elle bosse à l'hôpital en qualité de psychologue et je lui ai parlé de Tate. Elle a accepté de venir pour une consultation privée.

– Ah… Bonjour.

Je me frotte la main sur le devant de mon jean, hésitant ensuite à la tendre au médecin. Je suis nerveuse et pas franchement prête à l'entendre confirmer que l'internement est la seule option possible.

Merde ! Sur ce coup, j'ai l'impression d'avoir été prise en traître !

Annélia me décoche un regard placide mais pénétrant.

– Ravie de vous rencontrer, Arizona. Vous êtes la compagne de Tate, si j'ai bien compris.

– Oui, tranche pour moi Tasha.

– Bien. Je tiens à vous préciser au préalable que je n'ausculte jamais de patients à domicile. Je ne suis pas convaincue d'être en mesure d'aider en quoi que ce soit. Mais, ajoute-t-elle en captant mon mouvement de recul, je vais m'efforcer d'établir un prédiagnostic. S'il s'agit bien d'un syndrome de stress post-traumatique complexe, j'aviserai sur les suites à donner. Même si l'environnement compte pour beaucoup dans le processus de guérison, une hospitalisation peut s'avérer nécessaire le temps d'endiguer le gros de la crise. (Annélia esquisse un sourire paisible en réponse à mon soupir poussif.) La plupart du temps, je préconise un recours à une admission aux urgences plutôt qu'en psychiatrie. L'objectif premier est de ramener le patient à un état de conscience favorisant l'échange. Pas de l'abrutir de médicaments. (Bon, peut-être bien que je commence à bien l'aimer, cette Annélia.) L'état de Tate a évolué depuis le facteur déclencheur ?

Tasha me consulte du regard avant de prendre la parole, une précaution que j'apprécie à sa juste valeur. Je me sens un peu moins inutile en étant traitée d'égal à égal.

– Difficile de se prononcer, confesse Tasha, dépitée. Les épisodes de violence sont inhérents à chaque réveil, mais… j'ignore si c'est parce que la crise perdure ou si les éléments extérieurs l'exacerbent. On a essayé de lui retirer ses liens de contention, sans résultats probants. Cela dit, est-ce qu'il exprime ainsi sa colère d'avoir été attaché ou bien est-il encore en pleine phase de décompensation ?

– Je suis là pour estimer ça, mais tout ce qui réduira le facteur stress est à préconiser. Le ramener dans un cadre familier était une bonne initiative. Faites tout ce que vous pouvez pour améliorer son bien-être. Ça facilitera son évaluation et ma capacité à définir l'approche thérapeutique adéquate. Tasha, il faudrait aussi prévoir un bilan sanguin complet.

– C'est déjà fait. J'attends les résultats.

– Bien. Maintenant, est-ce que vous pouvez me donner une idée des facteurs favorisant l'apparition des crises ?

– Comme je te l'ai expliqué, ajoute Tasha, Tate vient de perdre son frère de façon violente, mais Arizona t'en dira plus que moi.

– Est-ce que… est-ce que tout ce qu'on échangera sur le sujet restera bien entre nous ?

Je connais la réponse. Le secret médical n'est pas un vain mot, mais j'ai besoin de l'entendre énoncer à voix haute.

– Oui, me confirment les deux femmes d'une même voix.

– OK ! Je partage l'avis de Tasha : l'impuissance de Tate à empêcher le décès de Vic est à l'origine de cette crise majeure. Mais elle s'appuie sur une culpabilité aussi forte. Elle s'est enracinée il y a longtemps parce qu'il n'a pas pu sauver son frère des pattes de leurs parents maltraitants. Tate a fugué quand il était adolescent. Vic n'était qu'un bébé à l'époque, mais il a fini par grandir…

– Il est devenu victime à son tour.

– Oui, et Tate se le reproche depuis qu'il a récupéré Vic à la mort de leurs parents.

– Quelles relations entretenaient-ils ?

– Je les qualifierais de chaotiques, voire d'antagonistes. Tate souffrait beaucoup de voir son frère se détruire à petit feu. Ils progressaient depuis… quelques jours.

Je ferme les yeux une brève seconde, déstabilisée par l'avalanche de souvenirs qui ramène un Vic souriant à la surface.

– OK, là, on est sur ce que je pourrais désigner comme un contexte majeur. Est-ce qu'il y a des facteurs aggravants ?

– L'enfermement et les liens de contention. Le… toucher intime pose aussi problème… Il… il y a quelques jours, il a eu une crise mineure et j'ai utilisé des techniques cognitivo-comportementales. Rien d'élaboré ou de forcément très académique, mais ça l'a aidé… enfin, je pense.

– Vous bossez dans quel domaine, Arizona ? s'étonne Annélia.

– Mon… mon frère était atteint d'un SSPT, éludé-je sous l'œil un peu trop perspicace de Tasha. Je l'ai soutenu durant sa thérapie et…

Mon bafouillage n'est pas très convaincant. Cependant, pas question de divulguer que je possède, entre autres, un diplôme en sciences du comportement. Ma spécialité est trop… explicite.

Annélia n'insiste pas et se contente de hocher la tête, comme si elle archivait mentalement mes réponses.

– OK. Maintenant, vous allez me laisser avec lui et...

– Un... ami veille sur lui, indique Tasha. Il doit s'éclipser lui aussi ?

Le visage de la psychologue s'éclaire véritablement pour la première fois, révélant une multitude de petites rides aux commissures de sa bouche et de ses yeux. Et un humour qui me parle bien, même si je ne suis pas d'humeur à le savourer.

– Dis-lui de rester dans le coin. Si jamais je crie au secours, il pourra toujours sauver ma peau.

Tasha ne réagit pas à cette amorce de plaisanterie.

– Annélia, Tate est vraiment un gars que j'adore, mais quand il est dans cet état...

– À l'occasion, viens quelques heures dans mon service. Tu pourrais bien trouver ça édifiant.

Tasha ouvre la bouche, puis la referme dans un soupir las, une main malaxant sa nuque.

– OK ! Dakota ? Tu veux bien nous tenir compagnie dehors ?

Le visage du jeune Amérindien, entre consternation et interrogation, m'incite à sourire. De bon cœur, pour la première fois de la journée.

– C'est pas prévu au programme, riposte-t-il d'un ton grave qui s'harmonise parfaitement avec les accents langoureux d'une guitare.

– Eh bien, maintenant, ça l'est ! chantonne Annélia en le propulsant littéralement sur la terrasse.

– Merde ! C'est qui, cette gonzesse ? s'irrite Dakota.

– Quelqu'un qui va essayer d'aider Tate.

– Un doc ? Putain ! La fac de médecine recrute que des canons, ou quoi ? Me f'rais bien une p'tite virée à Parnassus Heights[19], moi !

---

19. Site principal de l'UC San Francisco (école de médecine).

– Ou vous pourriez m'inviter à boire un verre, suggère Annélia en revenant sur ses pas, l'œil taquin.

Dakota cille, carrément sous le charme si je me réfère à son expression extatique.

– Maintenant que nous avons clarifié ce point, j'aurais une question : c'est un choix personnel, le style épuré de la maison ?

– Tes cheveux, c'est naturel ? s'incruste Dakota en enroulant l'une des mèches cuivrées autour de son index.

La réaction d'Annélia est spontanée : elle lui tape sans détour sur la main, l'œil incendiaire.

– On demande avant de toucher, joli cœur.

– Alors, c'est ta vraie couleur ou pas ? insiste-t-il, le sourire largement séducteur. Ce rouge est carrément… sexy !

– Eh bien, je te fournirais bien la réponse, mais je n'aborde jamais le sujet avant le quatrième rendez-vous. Tu as intérêt à bien te tenir si tu veux une chance de percer ce mystère.

Je ris franchement. Dakota a la bouche ouverte et il ne doit qu'à ses muscles, au demeurant plutôt bien dessinés, que sa mâchoire ne se décroche pas et roule au sol.

– Tate vit surtout dans son atelier, s'interpose Tasha avant qu'il ne trouve une réplique salace. Le reste du temps, il fréquente le Rush et le QG, ou il trace la route. Il ne revient ici que pour dormir, en fait. Il utilise ce hamac.

– OK. Alors, j'aurais besoin d'aide pour sortir son lit de camp. Je souhaite qu'on le réinstalle un maximum dans ses habitudes.

Je me penche pour apercevoir Tate. Asticot a quitté le confort du nid douillet qu'il s'est façonné contre ses jambes pour veiller au bout du matelas, alerté par le bruit.

Quant à Tate, il dort toujours, son visage étonnamment serein malgré ses blessures. Mes doigts me picotent, envahis par le désir de modeler le contour de sa pommette et de sa bouche.

Je les replie sur une respiration ténue.

– J'aimerais ensuite que vous vous éloigniez, continue Annélia d'une voix douce qui me donne envie, juste un instant, de poser ma tête sur mes bras et de fermer les yeux.

– Tu es naze et tu as une mine de déterrée, me susurre Tasha à l'oreille en m'entraînant vers la rive du lac.

– Pas grave. Mes cernes se confondent avec mon coquard.

J'effleure du bout des doigts ma peau encore sensible. Mes contusions guérissent, comme celles de Tate, mais j'ai bien peur que mon cœur n'ait pas cette chance. Je n'ai jamais été du genre à nier les problèmes. Mais, les jours passant, je réalise qu'il est possible que je perde cette bataille.

J'ai mené bien des combats dans ma vie, mais jamais de ce genre-là. Je navigue dans un univers où rien n'a vraiment de sens ni de logique. Pour moi, forgée à l'intellect, c'est une sacrée claque ! Alors, oui, ce cœur qui bat la chamade pour un autre ne m'est pas familier. Pourtant, il m'emporte sans que je ne puisse rien y faire.

Un élan ridicule puisque, hormis l'unique nuit que nous avons partagée, Tate n'a cessé de me repousser…

Seulement, voilà, les sentiments n'ont pas grand-chose de comparable avec la raison. Une idée communément admise, mais je découvre que j'étais encore loin du compte.

Je brûle d'un feu qui se dérobe à toute logique et qui, néanmoins, me transmet l'impression d'être pleine et entière.

Entière ? Alors qu'il n'y a rien de solide sous mes pieds, sinon un tapis d'espoir et de rêves ?

Idiote !

– Tu es amoureuse.

– Hum ! D'un homme qui ne me laisse pas l'approcher. Et je ne te parle pas de cette part de lui qui me tordrait bien le cou.

– Tate tient les gens à distance, pas toi.

– Parce que je le pousse dans ses retranchements et que je m'impose en dépit de ses grognements ! Ouais, bon, là, ça fait nana désespérée qui jette son dévolu sur le premier mec venu et qui le colle pour qu'il cède…

Tasha pouffe de rire et m'incite à m'asseoir avec elle dans un coin ombragé, en bordure de rive. Comme elle, je me déchausse et plonge mes pieds dans l'eau fraîche. Un bonheur simple qui m'apaise.

– Ne te tracasse pas, tu n'es pas le genre de fille qu'on assimile aux chaudasses qui arpentent le Rush ou le Shark. (Vu sa grimace, il vaut mieux pour moi.) Je te qualifierais plutôt de têtue et déterminée.

– Peut-être, mais parfois il faut savoir renoncer. Admettre que l'autre ne partage pas nos… sentiments.

– C'est ce que tu penses ? Je n'ai jamais vu Tate s'intéresser à une nana, à part pour la sauter vite fait bien fait. Avec toi, c'est… « Différent » n'est même pas le bon mot.

Les confidences de Tasha sont douces comme du chocolat chaud, mais ça ne chasse pas complètement l'amertume du cacao.

– Je l'ai un peu asticoté, avoué-je.

– Pour qu'il te regarde en douce, l'air d'avoir envie de te dévorer ? Pour qu'il te caresse comme il n'a jamais caressé une autre femme ? Pour qu'il accepte enfin de faire l'amour ? Arizona, Tate n'a jamais laissé personne lui dicter sa conduite. Tu l'agaces, mais tu lui fais du bien. Je ne l'ai jamais vu aussi… tranquille. Bon, OK, ajoute-t-elle sous mon regard ulcéré, avant sa crise, cela va sans dire.

– Oui, mais peut-être que je ne devrais pas insister…

– Et partir ?

– Non ! m'insurgé-je. Je compte bien m'installer ici, mais… Et si j'arrêtais de le secouer ? Si je le laissais panser ses plaies et...

– Tate a besoin de purger ce qui le hante. L'idée qu'il puisse s'engager sur cette voie n'a jamais traversé l'esprit de quiconque, du moins pas avant que tu débarques et le titilles. Pour nous tous, il était... dérangé. En vérité, je me giflerais bien de ne pas avoir compris plus tôt. Parce que, si je détectais sa souffrance, je ne décelais pas de chemin praticable pour le sortir de là. Et toi, en quelques semaines, boum !

– Je n'ai rien fait de particulier.

– Si ! Tu as fait attention à lui en tant qu'être humain en occultant ses dérives. Il inspire tellement la peur que la plupart des gens ne distinguent que sa colère. Toi, tu as su voir au-delà.

– Oui, mais je l'ai replongé dans ses plus infects cauchemars !

– Arrête, Arizona ! Tu n'es pas responsable de ça. Le décès de Vic a fait exploser la Cocotte-Minute. Mais, sans toi, je suis persuadée que Tate aurait réagi de façon bien plus violente. Si tu l'avais vu le soir où j'ai soigné Vic... Il aurait retourné son couteau contre lui ou les Styx si son frère était mort ce soir-là.

Je déglutis nerveusement. Tasha énonce des faits que j'ai parfaitement intellectualisés. Cependant, ma peur de perdre Tate avant même de l'avoir eu à mes côtés lamine ces vérités et me renvoie à une terreur panique.

J'aimerais être... Quoi ? Ailleurs ? Différente ? Que Tate soit différent ?

Non !

– Qu'est-ce que je dois faire ?

– C'est à lui de s'engager sur le chemin de la guérison, personne ne peut décider de ça à sa place. Mais, s'il commence ce travail, il aura besoin de notre soutien. De ton soutien. De ton amour. Attention, je ne te suggère pas de te lancer là-dedans parce qu'il t'emmène au septième ciel ou qu'il t'inspire des sentiments puissants… Non ! Car, à moins d'être très hypocrite, autant être claire, ça va être compliqué à gérer… et à vivre. Je ne te souhaiterais pas les épreuves à venir, même si j'étais certaine de la réussite de ce beau projet.

J'avale ma salive avec l'impression d'ingurgiter une caisse de graviers. C'est douloureux, et ça me fiche une envie monstrueuse d'envoyer promener Tasha. Ou pire…

– Mais, continue-t-elle, l'existence vaut quoi si l'on se cantonne aux projets décorés de jolies fleurs ?

Elle m'adresse un clin d'œil appuyé.

– Ta main te démange toujours ?

– Non, mais tu es passée à un cheveu, riposté-je en libérant mon souffle. Merde ! Tu m'as…

Je me tais, à court de mots, puis me couche sur le tapis de mousse, saisie d'un fou rire irrépressible. La fatigue et le stress ont altéré ma détermination, mais ne m'ont pas abattue. Non ! Je sais ce que je veux. À moi de lutter pour.

Et d'éviter les bévues ! Vous croyez que Dax m'aurait tuée si j'avais tabassé sa tendre moitié ?

***

Les jours se suivent… mais ne se ressemblent pas.

Non… vraiment pas !

Je repousse du pied la bouteille vide qui traîne sur le sol, moyennement surprise de découvrir sa jumelle juste à côté. Les mignonnettes ont organisé une fête avec leurs cousines, et le moins que l'on puisse dire, c'est qu'il y a du monde au rendez-vous.

Si l'on peut arguer que Dr Crinière de feu connaît son job, on est loin du miracle escompté. Très loin… Sauf si la version « débauche et alcool » vous attire.

La maison de Tate n'a jamais été aussi peuplée. Entre la terrasse et le salon, je comptabilise une vingtaine de Styx Lions. Tous de jeunes prospects clairement saouls. Certains sont vautrés à terre, une bière à la main, mais la plupart se déhanchent à l'extérieur au son assourdissant d'AC/DC et gueulent plus fort que Brian Johnson.

– Hé ! Arizona ! m'alpague Jazz. Viens danser, bébé !

– Déconne pas, Jazz ! C'est la meuf de Tate. Il va te massacrer si tu la dragues.

Indifférente aux propos des gars, je fouille l'espace du regard. Tate n'est nulle part en vue. Mon appréhension s'invite illico dans les hauteurs.

Annélia s'est promenée sur le territoire pendant quatre jours, jusqu'à ce que Tate lui montre poliment mais fermement la porte. Pourtant, dès la deuxième visite de la psychologue, le changement a été notable dans la mesure où Tate a été de nouveau capable d'interagir sans retomber dans ses indomptables crises de colère.

Pour le reste… l'irritabilité n'a pas disparu ; elle s'est même accrue.

Le besoin de massacrer des morceaux de bois pour gérer la pression aussi.

Cloîtré dans son atelier, la musique branchée à fond, il façonne et polit depuis deux jours, refusant de relever la tête lorsque quiconque se présente.

Seuls Dax et Dick ont osé franchir le seuil de son antre, mais je soupçonne Tate d'être aux limites de sa tolérance. Perdu et hagard, cherchant à retrouver ses marques en dépit du bordel qui le chambarde à l'intérieur.

Plus mutique et renfermé que jamais, il communique par monosyllabes, et uniquement si c'est nécessaire. C'est ainsi, en tout cas, qu'il me traite. Entre indifférence glaciale et détachement.

Je me raccroche au fait que, s'il a viré ceux qui veillaient sur son sommeil, il ne m'a pas chassée de chez lui. Nous vivons côte à côte sans véritables interactions, prudents dans nos échanges de regards.

Échanges rares…

Tate m'évite autant que ça lui est possible. Il se lève aux aurores pour investir son atelier et en émerge longtemps après le coucher du soleil pour filer vers le parcours d'entraînement.

J'ai bien essayé d'entamer la discussion en me pointant sur le seuil de son antre, mais il monte systématiquement la sono après avoir aboyé qu'il est occupé. S'il n'y avait ces regards qui dérivent sur ma nuque lorsque j'ai le dos tourné, je serais probablement retourné chez Lou et Dria.

À la place, j'ai choisi d'opter pour la patience et de lui accorder le temps nécessaire.

Ben, vu l'état du chalet, cette méthode n'est peut-être pas la bonne…

– Allez, viens danser avec moi, bébé !

Il me faut une seconde et un bras qui s'abat sur mes épaules pour intégrer que Jazz s'adresse à moi. Propulsée contre son torse, je me rattrape maladroitement en m'accrochant à ses biceps. L'imbécile profite de cette seconde d'inattention pour faufiler ses mains jusqu'à mes fesses et me peloter.

Je réagis en glissant une jambe entre les siennes et le fauche violemment. Il s'effondre dans un cri de stupeur au milieu des exclamations moqueuses de ses potes.

– Merde ! Bébé ! braille-t-il en se frottant le coccyx. Tu m'as cassé le cul.

– Réjouis-toi, j'aurais pu opter pour tes couilles !

– Hé ! C'était pas méchant, juste…

– Juste, tu fermes ta gueule ! ordonné-je, consciente que vingt paires d'yeux me scrutent et attendent de voir comment la petite nouvelle va gérer. Je ne suis pas l'une de vos chaudasses. Tu me traites avec respect, je te traite avec respect. Tu m'emmerdes ? Je te réduis à l'état d'eunuque.

Jazz se relève d'un bond et bombe le torse comme un coq en pleine représentation. Manque de chance pour lui, il a ingurgité trop d'alcool pour s'en sortir avec les honneurs. Il titube et finit par s'échouer sur une chaise, cerné par les rires goguenards de ses potes.

– Un eunuque ? C'est quoi ça, un eunuque ? balbutie-t-il.

– Un castrat, mec, glousse Kyle.

– Un castrat ?

– Putain ! T'es con ou quoi ? l'apostrophe Bruce. Elle t'arrachera les couilles si tu l'emmerdes encore. Et dis-toi que ce sera toujours moins douloureux que ce que Tate t'infligera. Merde ! On touche pas aux régulières des frères !

Jazz cille, comme s'il intégrait un élément qui lui avait échappé jusqu'à présent, et me regarde, penaud.

– Ouais, désolé, Arizona. C'est que…

– La fête est terminée ! annoncé-je en coupant le son de la chaîne hi-fi.

– Merde ! Non !

– Putain ! C'est saoulant !

– On commençait juste à s'amuser ! Allez, Arizona !

Entre lamentations et jurons, je pousse le gros des troupes sur la terrasse, pressée de les voir détaler dans les bois.

– Qui c'est qui a arrêté la musique, bordel ? croasse un Tate plus qu'éméché en émergeant de ma chambre. Eh, bébé ! T'es rentrée !

Ne me demandez pas quelle tête j'affiche devant ce « bébé » au ton enjôleur, ça se passe de commentaires…

Tate se précipite sur moi, en équilibre précaire, mais m'enlace sans aucune maladresse pour coller sa bouche sur la mienne. Entre stupéfaction et soulagement, je ne me rebiffe pas malgré l'haleine corsée. Lorsque je le repousse enfin, avec douceur, des sifflements aigus retentissent dans mon dos.

Rien qui ne déstabilise mon beau Styx Lion. Tate se frotte langoureusement contre moi et, si ce n'était le voile embrumé de son regard et l'incongruité de la situation, je me liquéfierais sous son sourire qui exsude un désir brut.

– C'est chaud bouillant, les mecs, surgit une voix grivoise du troupeau toujours agglutiné sur la terrasse.

– Putain ! Barrez-vous, les jeunes, tonitrue Tate à mon grand soulagement. J'vais baiser ma nana *(Hein ?)* et on a pas besoin de voyeurs.

– On s'rait pas contre, pourtant, ose cet abruti de Jazz.

– Tu veux goûter à ma lame ? siffle Tate.

Le ton est suffisamment menaçant pour faire détaler l'ensemble des gars. En moins d'une minute, ils se carapatent dans les bois et nous abandonnent à un silence étrange.

Après des jours mêlant inquiétude et incertitude, j'affronte un Tate clairement excité.

L'air s'échappe de mes poumons quand il me soulève pour me plaquer contre le mur, enroulant mes jambes autour de son bassin. Alors, oui, je crève de le serrer dans mes bras et de l'embrasser jusqu'à plus soif, mais j'ai un peu (beaucoup !) le sentiment de plonger dans un bain brûlant après avoir grelotté sur une banquise. Le choc assèche ma libido d'un coup.

– Tate, attends.

Je me tortille pour me libérer. En vain. Les lèvres de Tate tracent un sillon humide le long de mon cou pendant que ses mains pétrissent mes fesses pour me rapprocher de son érection. Le contact m'aiguillonne, mais n'efface pas mon impression que cet empressement n'est pas sain. Pas logique. Pas normal.

– Tate !

La réponse survient sous la forme d'un nouveau baiser. Dévorant. Langoureux. Intime. Ravageur.

Je viens de franchir le portail d'une autre dimension…

Je ravale un gémissement de plaisir et tourne la tête pour libérer ma bouche. Tate ne se décourage pas et continue son périple le long de ma mâchoire, effleurant, avec une délicatesse précautionneuse, les marques qui zèbrent toujours ma peau.

Cette déférence m'amène les larmes aux yeux.

– Tate, il faut qu'on discute…

– Tu jacasses trop, Schtroumpfette ! On va baiser et…

– Comment ? le coupé-je d'un ton impatient. On opte pour quoi, cette fois ? Tu comptes m'attacher ou tu vas te faire mal ?

Tate relève brutalement la tête et me repose au sol. Il est peut-être ivre, mais il reste cet homme aux aguets qui s'est forgé aux feux de l'enfer.

Libérée de l'étreinte masculine, je me retrouve glacée jusqu'au sang.

– Mes côtes sont encore douloureuses, me provoque-t-il en enlevant son tee-shirt. Il suffit que j'appuie ici pour garder la bête sous contrôle. À moins que tu aies pris goût aux mains liées ? J'dirais pas non. J'aime que tu sois à ma merci pendant que je jouis dans ta bouche…

La colère imprègne chaque mot.

Ces mots destinés à me blesser…

Pas parce que je l'ai arrêté, mais bien parce que j'ai refusé son jeu de dupes.

Je peux tout endurer, même un clap de fin, mais pas les mensonges et les non-dits. Même s'ils sont inconscients.

Le souvenir me revient avec bien trop de clarté. Billy dans son appartement saccagé… Billy m'offrant un café comme s'il ne pataugeait pas au milieu d'éclats de verre. Billy souriant comme si tout allait bien.

Et, moi, j'ai fait comme si c'était OK parce que je savais que Billy ne m'appellerait plus jamais en cas de problème. Pas de culpabilité, ma fille ? Ouais, c'est ça…

Je franchis l'espace qui me sépare de Tate et frôle son épiderme meurtri du bout des doigts. Il se contracte, mais ne recule pas. Les lèvres exsangues, il me jauge avec cette austérité qui le renvoie à son rôle de bête féroce.

Je pourrais capituler, faire semblant. Comme avec Billy. Mes paupières s'abaissent pour refouler cette brûlure qui ruisselle de regrets plus que de remords. Mais, à l'image de l'aigle qui ornait sa peau, mon frère était un insatiable voyageur. Incapable de se poser. Incapable de renoncer à cette liberté qui l'attirait si loin.

Tate… En cédant, je trahirais quelque chose qui n'existe pas encore.

Pervertirais ce qui pourrait être.

– Sauf que, toi et moi, nous ne sommes pas un couple, lui rappelé-je.

Tate referme les mains sur mes poignets pour les réunir dans mon dos, puis m'accule de nouveau au mur. Penché sur moi avec son air sauvage, il n'a jamais été aussi intimidant. Aussi mâle. Aussi excitant.

Je serre les cuisses, ma libido de nouveau en plein bouillonnement.

– On ne pourra jamais être ensemble, Arizona, me souffle-t-il à l'oreille d'un ton dur avant de me mordiller le lobe. Je suis pourri jusqu'à la moelle et la bête a besoin de se nourrir de violence et de sang. Mais elle est de nouveau sous contrôle…

Sa main englobe mon sein droit. Ça ne doit pas le satisfaire, car il franchit le rebord de mon décolleté pour me toucher à même la peau. Un contact électrisant.

D'autant que la fermeté, voire la virulence de ses mots se transforme en douceur quand il me frôle. Je fonds, alors même que je voudrais rester de marbre.

– Comme l'autre soir, quand nous avons fait l'amour ?

– Oui…

Tate tire un peu plus sur mon tee-shirt et finit par me l'enlever, sa bouche continuant de tracer des sillons incandescents sur ma peau. La colère s'est finalement évanouie pour libérer ce feu qui nous consume tous les deux.

Pourtant…

– Tu me proposes une aventure, bafouillé-je.

Tate redresse la tête et s'abîme dans mon regard. La vulnérabilité et les regrets qu'ils arborent plantent leurs griffes dans mon cœur, anéantissant mes espoirs.

– Je ne peux rien t'offrir de plus. Juste une parenthèse le temps que… avant que la bête recouvre ses forces et…

– Ait de nouveau envie de me tuer ?

Tate me libère en jurant entre ses dents et s'éloigne comme s'il ne supportait soudain plus ma proximité. Les mouvements saccadés de son corps annoncent une nervosité plus en accord avec ce qu'il m'a donné à voir ces derniers jours.

– Tu souhaites vraiment discuter de ça maintenant ? grogne-t-il en récupérant une bouteille de whisky.

– Oui !

– Parler changera pas la réalité. La bête est en moi et elle est trop forte pour disparaître.

Tate boit au goulot une longue rasade, puis relève le bras après m'avoir décoché un regard maussade.

– La vie est une putain de salope. Toi et moi, on est que de passage, et le sablier est bien entamé en ce qui me concerne.

On s'fait du bien tous les deux. Pourquoi ne pas en profiter le temps que ça durera ?

– Et si, moi, je réclame plus que ça ?

– Rien n'est éternel, Schtroumpfette, me rétorque-t-il d'un ton blasé avant de boire à grands traits. Je te désire et tu me désires, c'est aussi simple que ça. Alors, autant s'amuser tant que c'est possible.

La frustration est bien enrobée, mais je connais Tate, trop pour accepter d'être abusée par son attitude.

– Parce que ça te suffira ? le nargué-je.

Je sursaute quand Tate balance sa bouteille contre le mur, le visage convulsé de colère. Billy avait également des sautes d'humeur violentes et je n'ai pas l'intention de me laisser amadouer par celles de Tate. Pas alors que l'enjeu est si intime.

– Putain que non ! Mais c'est ça ou rien ! Je te l'ai déjà dit, je s'rai jamais capable de t'offrir plus. Est-ce que ça me rend malade ? Ouais, mais moins que l'idée de te buter parce que je me contrôle pas. T'as vu comment j'étais là-bas, hein ? Tu me veux ? Alors, prends ce que je te donne. J'suis là, tout à toi, et y a rien d'autre à ajouter !

– Tu comptes revoir Annélia ? insisté-je, les bras verrouillés sur ma poitrine en une position qui révèle assez bien mon humeur.

– Putain ! T'es incapable de lâcher, hein ? Ce bordel dans ma tête, personne ne pourra jamais l'enlever. Et surtout pas une fouille-merde. Si tu me veux, faut me prendre comme je suis.

– Et Terrance ?

– C'est pas le gosse de Vic ! C'est impossible ! Je l'aurais su et…

– Nous avons récupéré l'acte de naissance. Il n'y a aucun doute sur sa filiation.

Tate lâche un juron, puis se précipite vers les placards de sa cuisine, ouvrant les portes avec virulence jusqu'à ce qu'il se dégote une autre bouteille. Du rhum, cette fois, qu'il ingurgite comme du petit-lait.

– Le gosse mérite mieux qu'un barjot comme moi, finit-il par balbutier. T'as vu ce qui est arrivé à mon frangin, non ? Je détruirai ce gamin de la même manière !

– Tu n'es pas responsable de la mort de ton frère. Et Terrance a besoin de toi. C'est un enfant innocent qui n'a aucune chance si on le laisse aux Mora.

Le rire amer de Tate résonne dans la pièce. Mes poils se dressent sur mes bras lorsque je croise son regard hostile.

– Je détruis tous ceux qui m'approchent. Tu devrais le savoir, pourtant.

– Annélia pourrait…

– Tu m'emmerdes, bébé ! Royalement ! Comme l'autre conne de psy. Y a des choses qui sont mieux là où elles sont, c'est-à-dire dans les oubliettes !

– Merde, Tate ! Elle peut t'aider. Cette partie de toi qui suinte la violence n'a rien d'une fatalité. C'est…

– Arrête ! Y a plus d'issue pour moi. C'est mort.

– Et pourtant, tu me veux…

– Ouais, putain, j'te veux !

Son rire s'imprègne d'une pointe de folie mâtinée de rage. La bouteille de rhum est déjà à moitié vide et la posture de Tate, de plus en plus instable. Curieusement, son ton reste clair, quoique légèrement saccadé.

– Je t'ai dans la peau ! avoue-t-il comme si on lui extorquait les mots. C'est… Quand j'ai compris qu'on t'avait enlevée… Quand j'ai vu ce type couché sur toi et les marques sur tes seins…

Tate s'avachit le long du comptoir qui sépare la cuisine du salon et lève sa bouteille pour porter un toast imaginaire.

– Putain ! J'finirai par t'apporter des emmerdes, Arizona.

P't'être même pire ! On sait, tous les deux, que tu s'ras mieux avec un autre mec que moi, mais… Je te désire à en crever. J'te jure que ça durera pas… Dès que la bête pointera le bout de son nez, j'dégagerai, mais laisse-moi juste t'aimer le temps qu'il nous reste.

Je déglutis avec l'impression que mon cœur dégringole de son piédestal. La douleur est insupportable, jusqu'à ce qu'elle s'imprègne d'une colère larvée.

Je suis amoureuse, pas prête à tout accepter. Pas prête à tous les compromis, surtout lorsqu'ils charrient avec eux un couperet comme celui qui se profile.

Non, je mérite mieux ! Tate mérite mieux ! Je voudrais être capable de l'en convaincre, mais ce pouvoir ne m'appartient pas. C'est en lui que Tate doit trouver l'impulsion.

Une vérité qui me fracture en un millier de morceaux, mais je préfère encore ça plutôt que de perdre l'essence de celle que je suis.

– Ça ne fonctionne pas comme ça, martelé-je. Je t'aime.

Il hoquette, les yeux écarquillés, comme si j'avais proféré une énorme stupidité. Il ouvre la bouche pour me contredire, mais je me refuse à lui accorder cette tribune. Il s'est exprimé, à mon tour !

– Non, Tate ! Ne viens pas me dire ce que j'ai le droit de ressentir ou pas. Je t'aime, répété-je avec cette conviction qui me déchire un peu plus le cœur. Alors, crois bien que ton offre de… sexe surfe à des années-lumière de ce que, moi, je désire. La bête t'enchaîne à ton passé, mais, contrairement à ce que tu revendiques, ce n'est pas inéluctable. Cela étant (je hausse le ton face à son grognement de contestation), c'est à toi de décider de ce que sera ton avenir.

– De quel avenir tu causes ? me coupe-t-il, teigneux. De toi et moi avec une tripotée de gosses dansant sur *La Mélodie du bonheur* ?

Cette provocation ne devrait pas m'atteindre. Pourtant, elle entaille ma carapace comme si elle s'enfonçait dans du beurre. Je soupçonne que la douleur ne s'amenuisera pas avant longtemps.

– Non ! cinglé-je. Je te parle du fait de choisir entre vivre ou survivre. Pour peu que tu ne t'orientes pas directement vers l'option « mourir à petit feu ». Continue de picoler, tu es sur la bonne voie.

Tate cille, preuve que j'ai touché un point sensible, puis me réserve un rictus farouche.

– Crever en buvant… et en baisant comme une pute, me provoque-t-il. Y a pire comme moyen de rejoindre la tombe, non ?

– C'est le comportement d'un lâche ! Je n'avais pas réalisé que tu versais dans ce genre-là.

– Non ? ricane-t-il. Pourtant, c'est exactement ce que je suis. J'ai abandonné…

– Vic ? Merde ! Ce n'est pas ta culpabilité qui t'empêche d'avancer, c'est la peur ! Tu es mort de trouille à l'idée d'affronter ton passé.

– Tu sais pas d'quoi tu parles ! hurle-t-il en balançant si furieusement les bras que du rhum se renverse sur le parquet.

Sa tentative de se relever se solde par un échec cuisant. Trop ivre pour coordonner ses mouvements, il s'affaisse un peu plus.

Est-il possible de pleurer sans verser une seule larme ? Ma poitrine se contracte à mesure que ma peine se répand dans mon corps. Je souffre. Pourtant, je redresse le menton.

– J'en ai une vague idée, figure-toi, asséné-je, les yeux brûlants, et je ne demande qu'à te soutenir dans cette épreuve. Comme Dax et tous tes potes, d'ailleurs. Mais tant que tu garderas cette porte close, tu continueras de te détruire. Tant mieux si c'est ce que tu souhaites. Mais, moi, je t'aime et je refuse d'être la spectatrice impuissante de ce naufrage.

– Donc pas de baise ? bafouille-t-il en se frottant l'entrejambe.

– Va te faire foutre !

35

Tate

Je me réveille avec la bouche pâteuse et un piston dans la tête me martelant que j'ai peut-être bien fait un peu trop de mélanges hier soir. Raison qui doit expliquer que je me sois endormi à même le plancher, au milieu de cadavres de bouteilles.

Je me frotte le front à mesure que ma mémoire se réactive. Jazz est passé en coup de vent et, au lieu de le foutre à la porte comme les autres, j'ai accepté qu'il aille chercher quelques potes en échange de la promesse qu'il me réapprovisionne en whisky et en cigarettes.

Ouais, je me rappelle ce besoin impérieux de picoler. D'enterrer profondément les idées intempestives qui tourbillonnaient dans mon esprit. Tout ça à cause de cette fichue psy de mes deux !

Je me renfrogne, reléguant aux oubliettes nos échanges. Ce qui me ramène à la soirée d'hier. Je me souviens de la brûlure agréable de l'alcool dans ma gorge. Du bonheur de me noyer dans ce monde alternatif où, finalement, tout est plus simple. Aseptisé.

Puis… Arizona a débarqué. Avec ses grands yeux frangés de noir et son petit corps de rêve…

Je me contorsionne, gêné par la pression de ma queue contre la Fermeture Éclair de mon jean. La tête en vrac ou pas, je passe au garde-à-vous rien qu'en imaginant les lèvres pulpeuses de Miss Minipouss se refermer sur moi.

Le hic, c'est qu'après, tout a dérapé. Ces souvenirs-là sont mordants et me donnent envie de gerber, bien plus que le goût âcre dans ma bouche.

J'ai déconné… ou pas ! Certaines choses avaient besoin de retrouver leur place. N'en déplaise à ce foutu nœud dans ma poitrine.

Déterminé à me laver de tous ces relents d'amertume, je me hisse maladroitement sur mes jambes et file vers la terrasse. L'eau miroitante m'appelle avec une force irrésistible, promettant paix et sérénité. Je me désape en titubant et plonge avec un soupir de bonheur. Le choc m'est salutaire, presque autant que les kilomètres de nage que je m'impose pour délier mes muscles et chasser les dernières brumes de ma cuite.

Lorsque j'émerge, je découvre ma terrasse nettoyée de tous les dérapages d'hier. À dire vrai, le sol n'a pas été aussi propre depuis… des lustres.

Dick s'est installé sur une souche d'arbre que j'ai commencé à sculpter. Les yeux mi-clos, il me suit du regard tandis que je m'essuie à la va-vite et enfile mon pantalon. Tranquillité et assurance, voilà deux qualificatifs qui siéent particulièrement bien à mon tuteur.

Mais casse-burnes est celui qui remporte mon adhésion à cet instant.

– Suis pas d'humeur, annoncé-je en me plantant devant lui.

– Parce qu'il t'arrive de l'être ?

– Pas vraiment, concédé-je en reniflant l'air. Merde ! C'est quoi cette odeur ?

– Du café. J'imagine que tu ne seras pas contre une tasse ou deux.

Dick me jauge avec cet air flegmatique qui m'a impressionné la première fois où nous nous sommes rencontrés. J'étais le genre à faire le mariole, mais, devant ce flic impassible, aucune de mes provocations n'a fonctionné. Pire, Dick s'est contenté de me scruter pendant ma représentation de petit dur, le sourcil interrogateur, comme s'il me défiait d'aller plus loin.

Je hausse les épaules et me dirige vers la cuisine. Je reste bouche bée. Tout a été nettoyé ici aussi et l'Inox brille de mille feux.

– Tu as décidé de te reconvertir en fée du logis ? me moqué-je.

– Tu nageais quand je suis arrivé et j'avais du temps à tuer. J'aime à penser que je réfléchis mieux lorsque les choses sont en ordre autour de moi. Et c'est pas comme si ta maison n'en avait pas besoin. Tu vis dans une porcherie, fils.

Fils... Un surnom qui m'a interloqué la première fois que Dick l'a utilisé. La bête s'est même salement emportée. Pourtant, aujourd'hui, cette appellation revêt un sens si particulier à mes yeux que j'apprécie de l'entendre.

– Je ne vis pas beaucoup ici.

– Une excuse, m'objecte Dick avec ce ton doucereux qui confère à ses mots un accent de vérité incontestable.

Je ne réponds pas et nous sers une tasse. Je vide la mienne avec un rictus de dégoût. Je n'ai jamais été un amateur de caféine et de son goût corsé. Néanmoins, je m'en verse une seconde tasse, déterminé à débarrasser mes papilles de l'arrière-goût infect de l'alcool.

– Je vais regagner la réserve, m'annonce-t-il. J'étais en pleine retraite méditative lorsque Dax m'a appelé et je n'ai pas terminé mon voyage intérieur. J'aimerais que tu viennes avec moi.

Je repose ma tasse, sidéré. J'ai toujours été fasciné par les coutumes amérindiennes, et Dick m'a permis de m'en nourrir en m'accueillant chez lui certains étés, mais je suis resté un spectateur de ce monde fabuleux.

Même si la vie à la réserve n'a plus rien de comparable avec les clichés véhiculés sur ce peuple, elle n'est pas dépourvue de cette beauté mystérieuse que j'associe à une certaine spiritualité.

– Pour quoi faire ? grogné-je.

– Méditer, fils. Entreprendre le chemin qui te mènera à ta vérité.

– Je suis pas indien, je crois pas à ces trucs. Si j'ai besoin de me défoncer, j'ai ce qu'il faut ici.

– Ton agressivité est une jolie couverture, mais je n'ai pas froid. Toi non plus. Il faut que tu t'en délestes.

Je considère Dick, la bouche déformée en un rictus affligé. Je ne supporte pas ses phrases imagées, parfois sibyllines, qui me parlent pourtant avec une justesse sidérante.

Le pire, c'est qu'elles sont issues d'une bonne blague qui tient avant tout de la parodie.

La peau mate, les pommettes hautes et le cheveu noir et long, Dick est l'archétype de l'Indien, d'autant qu'il ne sort jamais sans ses plumes. En collier, sur l'élastique qui maintient sa tignasse, forgées dans le blason de son ceinturon, imprimées sur son tee-shirt : peu importe, du moment qu'il arbore, d'une façon ou d'une autre, son grigri fétiche, symbole de paix.

Lassé des commentaires pétris d'idées reçues sur ses origines, il s'est forgé un personnage au regard mystérieux qui décline les expressions métaphoriques comme il dégaine ses vestes improbables à franges. Celle du jour est en daim, le dos incrusté de strass qui dessinent… une plume.

– Fais pas l'Indien avec moi !

– Joue pas au petit con avec moi, me renvoie-t-il du tac au tac.

– T'es casse-couilles ! Merde ! Pourquoi personne comprend que ça changera rien ?

Je devrais être furax, lutter contre les braillements de la bête, mais ça ne se déroule jamais ainsi avec Dick. Il est doté d'un pouvoir qui lui permet de m'asséner mes quatre vérités sans que je bronche.

Même quand il me sort ses expressions à la con.

– La peur, tout comme la culpabilité, est mauvaise conseillère, fils.

Je tressaille, frappé en plein cœur. Je voudrais me débiner ou mettre Dick à la porte, mais je lui dois tellement que j'en suis incapable.

La peur… Peut-être bien. Mais ce qui se cache dans les méandres de ma mémoire – si bien dissimulé, d'ailleurs, que je n'en perçois moi-même que l'ombre malsaine et avilissante – est trop terrible pour que je le ramène à la surface.

Des deux maux, je choisis donc de ne retenir que celui qui ne ravage pas les fondements de mon être.

– Je ne suis pas un lâche ! grommelé-je. Je porte la responsabilité de la vie de merde que mon frère a menée. Et c'est parce qu'il était trop abîmé qu'il a fini par crever à 21 ans à peine. Je suis RESPONSABLE ! Que je me sente coupable ? Merde ! C'est le minimum, vu ce que j'ai fait !

– Et qu'as-tu fait ?

Je roule des yeux et frappe du poing sur la table. Les tasses s'entrechoquent, puis se renversent sans que Dick cille, même un peu.

– J'aurais dû sauver Vic. J'aurais dû…

Le silence déroule ses tentacules, m'enlaçant dans une gangue si étroite que mes poumons peinent à se remplir. Ma vue s'obscurcit et je dois me pincer les flancs pour émerger. L'envie de saisir mon couteau pour me lacérer la peau vient me chatouiller.

La maîtrise par la douleur…

La vision de Vic et de ses bras lardés d'entailles me percute avec la violence d'un char d'assaut. Personne ne l'a torturé... Il a purgé son corps du mal en se découpant...

Un éclair de compréhension qui me laisse pantois et plus nauséeux que jamais. J'ouvre mon frigo pour choper une bière et claque la porte devant les rangées désespérément vides.

Mon envie de tout casser grimpe d'un cran.

Merde ! Elle est où, cette fichue lame ?

– Qu'est-ce que tu te remémores du jour où la police t'a appelé pour te prévenir qu'ils avaient découvert Vic ?

– Quoi ? dis-je en me statufiant littéralement.

Dick ne bronche pas, le regard plus acéré que jamais. La réaction de mon corps ne se fait pas attendre : la sueur me dégouline dans le dos, annihilant les bienfaits de mon bain matinal.

Je croise et décroise les doigts, espérant encore endiguer leurs tremblements. Peine perdue ! Je me précipite sur les tiroirs de la cuisine, les tirant si violemment qu'ils jaillissent de leurs rails pour s'écraser au sol. Un détail insignifiant...

C'est Dick qui me sort d'affaire en me fourrant dans les mains un couteau. Mon pneu, ce vieil ami, apparaît dans la foulée, et je perfore le caoutchouc comme un forcené.

Frapper ! Transpercer ! Détruire !

Ma respiration se calme progressivement sans que j'en aie vraiment conscience. Je me retrouve juste avec les idées plus claires et un Dick impassible à mes côtés. Je pose ma lame et m'éponge le front d'un revers de la main, éreinté de fatigue.

– Alors ? insiste-t-il, comme si nous venions d'échanger des banalités. Le jour où la police t'a appelé pour Vic ?

J'avale ma salive et ferme brièvement les yeux. Dick et Dax se sont montrés plutôt conciliants ces derniers jours. Je réalise que ce n'était qu'un leurre. Mon envie de dégager s'accroît avant de se dégonfler.

– Tu le sais parfaitement, rétorqué-je. Je t'ai téléphoné pour te prévenir.

– La première fois que tu m'as appelé, fils, c'était pour m'expliquer que tu avais reçu un coup de fil bizarre. Qu'un gosse qui portait un nom identique au tien venait d'être découvert dans une maison délabrée, près de La Nouvelle-Orléans, et qu'on t'avait annoncé que c'était ton frère.

Je fronce des sourcils. Certains de mes souvenirs sont nébuleux. Je ne parle pas de ceux de mon enfance, ployant sous le sceau de l'abomination et qui sinuent dans ma tête enveloppée d'une cape noire. Même parmi les plus récents, certains se dispersent aux quatre vents quand j'essaie de les saisir.

Je me remémore parfaitement ma première rencontre avec Vic… nos retrouvailles, plutôt. Son air égaré. Son corps efflanqué et meurtri.

Avant ? Difficile de bien cerner les contours, comme si les choses avaient eu si peu d'importance par rapport à la suite et qu'elles s'étaient éparpillées et disloquées.

– Je t'ai demandé si tu étais originaire de Louisiane, et tu m'as garanti que ce n'était pas le cas.

– Non, tu dois te tromper. Je ne t'aurai pas menti.

– Je ne crois pas que tu m'aies menti, fils. Tu ne t'en souvenais plus, c'est tout. Lorsque je t'ai trouvé dans la rue, tu n'avais aucun papier et tu proclamais que ton nom était Smith, avec ce petit air à la con qui criait : « Va te faire foutre. » J'ai enquêté, mais sans résultats. J'en ai déduit que ta disparition n'avait pas été signalée. Même quand ton identité t'est revenue, un matin, comme ça (il claque des doigts), tu étais incapable de raconter ce qui t'était arrivé. Tu avais juste des bribes de souvenirs. Le vent se lève quand les esprits décident que c'est le bon moment.

Un verre ! Merde ! J'ai vraiment besoin d'un verre. Je me rabats sur mon paquet de cigarettes et inhale plusieurs bouffées avec frénésie. J'ai tout de l'accro au bord de la crise de manque.

Après ma fugue, les semaines ont été difficiles. Libéré de mon père, j'ai été confronté à un monde qui m'était étranger. Et je n'étais pas armé pour me défendre. Pas au début, du moins. J'ai dû apprendre, et vite !

– Tu étais avec moi quand je suis allé sur place pour identifier Vic, opposé-je. Forcément que je me souvenais de qui il était ! Et de qui j'étais, moi.

– Nous sommes partis tous les deux pour La Nouvelle-Orléans parce que j'ai insisté. Tout est remonté à la surface quand on a débarqué devant ton ancienne maison.

La façade décrépie d'une vieille bicoque. Voilà l'image que je conserve de ce moment. Isolée dans un coin du bayou difficilement accessible, elle campait telle une verrue sur un lopin envahi par la végétation.

Autour, c'est le silence, comme si cette vision s'était figée dans mon esprit à partir d'une photo, et non d'une réalité tangible constituée de bruits, d'odeurs et de sensations.

– Tu n'as pas ouvert la bouche, mais tu es tombé à genoux et tu as labouré la terre avec ton couteau pendant une bonne heure. Puis tu t'es levé sans prononcer un seul mot et nous sommes partis pour le centre où ton frère avait été recueilli.

Je n'ai pas le moindre écho de cette scène. De ce voyage, il ne me reste que de vagues impressions et ce coup de massue lorsque j'ai eu Vic en face de moi.

– Ouais, et alors ? lâché-je avec le sentiment de m'étriller la gorge.

– Tu ne te rappelais plus, fils.

– P't'être. C'est flou, mais ça change quoi, bordel ? C'est juste la preuve que j'ai le cerveau ramolli par toute cette merde et…

– Tu ne te rappelais plus, insiste Dick du même ton monocorde.

Je m'apprête à riposter lorsque les mots pénètrent ma conscience.

Plus de nom… Plus de passé… Plus de souvenirs…

Une tempête se déchaîne dans ma tête, le genre à vous mettre à terre. Je vacille, d'ailleurs, cherchant un appui à l'aveugle. Le rebord de l'évier me sauve de la chute, pas de la dégringolade mentale.

Je ne suis pas seulement sonné, je suis tétanisé. Tout ce que je croyais s'effondre comme un château de cartes. Pour peu que je m'imprègne de cette théorie. Est-ce que c'est possible ? Aussi facile qu'une mémoire qu'on efface et réinitialise ?

N'est-ce pas le discours que m'a tenu Annélia ? Que la vérité se cache sous des couches tellement épaisses que j'ai fini par oublier, mais qu'elle me ronge ? Qu'accepter de me souvenir, c'est entamer le long processus vers la guérison ?

C'est admettre surtout que, si quelque chose cloche, ce mal n'est pas une partie viscéralement liée à mon être. Que la bête est moi, et pas un monstre issu du patrimoine génétique légué par mon père.

Que…

Ma tête menace d'exploser. Parce qu'au-delà des questions et des délires, il y a cette chimère qui me tend les bras. Une illusion où je pourrais étreindre Arizona sans craindre de la tuer.

Je ris, amer.

– C'est une jolie excuse, mais c'est pas la vérité, aboyé-je.

– La vérité est celle que l'on s'autorise à croire, énonce Dick. Dis-moi, fils, qu'est-ce qui t'a poussé à fuir ta famille ?

– Putain ! Tu le sais, non ? Mon père était un salopard et…

Pour la première fois depuis le début de notre échange, Dick comble la distance qui nous sépare et glisse une main derrière ma nuque, de façon à plonger dans mon regard.

– Pourquoi tu as choisi le jour où tu es parti plutôt que la veille ou le lendemain ? Qu'est-ce qui a fait basculer ta destinée ?

Endurer la proximité physique de Dick accroît ma sudation, mais, s'il est difficile de soutenir la froide détermination de ses iris, je suis également happé par leur force. Comme si l'âme de mon ami m'envoyait de quoi tenir debout.

– Je… je sais plus…

Je me force à me souvenir de ce jour. Des flashs remontent par bribes.

Le sourire lumineux de Clara… ma première petite copine… Un ange auréolé de boucles blondes et des nichons énormes…

Clara avait deux ans de plus que moi et une sale réputation. Elle couchait avec tous les gars qui lui plaisaient. Pourtant, j'étais fier d'avoir été élu. Parce qu'elle était belle et gentille. Contrairement aux autres gosses, elle ne me snobait pas, ne me traitait pas comme un paria. Je n'étais pas très populaire à l'école, trop pauvre pour sortir du lot et trop timide pour oser m'affranchir de la peur du monde extérieur que mon père m'incrustait dans la tête.

Clara est venue vers moi. Elle m'a embrassé, caressé et accueilli entre ses cuisses.

La fierté d'être enfin un homme ! Elle rejaillit avec cette arrogance puérile qui m'a relevé le coin des lèvres pendant des heures.

Ce jour-là, je suis rentré chez moi auréolé de cette gloire éphémère, mais ô combien puissante pour un gamin qu'on tabassait en lui répétant qu'il n'était qu'une larve.

La colère de mon père… Elle m'a fauchée en plein vol. Ce salopard savait et il enrageait, probablement parce qu'il n'était, lui, plus capable de jouir sans un tas d'artifices plus glauques les uns que les autres.

Je crois que je lui ai ri au nez, provocation vaine, mais libératoire.

Après ? Les premiers coups. Les poings liés à l'armature en fer.

Les chevilles, aussi, histoire de m'empêcher de bouger. Le fouet et la déchirure brûlante de mes muscles. Le sang. Mon corps nu.

La bête mugit à mes oreilles. Son braillement fuse de loin, de très loin… comme un souvenir surgi du passé plus qu'un écho du présent.

La peur, mais pas encore la panique. C'est venu après. Peut-être parce que j'ai refusé d'abaisser les yeux et de me soumettre. Les mots se perdent dans le néant de ma mémoire, mais les intentions s'accrochent avec cette virulence abjecte.

Ma mère qui arrive. Les ordres de mon père. Ma mère qui s'agenouille devant moi. Ses mains… sur moi. Ses mains, puis sa bouche.

La panique. La honte. La colère.

Je me cabre, luttant dans le présent comme j'ai bataillé dans le passé. Je me retrouve assis au sol, Dick accroupi devant moi.

– Elle m'a… Putain ! Elle m'a…

La voix de mon père, incisive et surtout caustique : « On va grailler un morceau, mais on va revenir. Maintenant que t'es un homme, tu vas pouvoir baiser ta mère. On verra si tu es à la hauteur de l'appétit de cette salope ! »

La panique, encore. Je vomis, débordé par un dégoût de moi-même abject. Une onde glaciale serpente sur ma peau. Le néant. Un trou noir…

J'ai perdu le fil de cette nuit de cauchemar, mais je me souviens de m'être déchaîné contre mes menottes, jusqu'à avoir les poignets à vif.

Ma course éperdue dans l'obscurité. La peur d'être rattrapé. La faim. La solitude. L'errance. Mais, enfin, la liberté. Et… l'oubli. Parce que c'était ça ou crever !

C'est toujours d'actualité !

– Du calme, fils, m'ordonne Dick. Respire et bois ça.

– Bordel ! Je…

Dick éponge mon front ruisselant, puis me force à avaler un grand verre d'eau. Je suis lessivé, comme si je venais de me battre. Et de me payer un K.-O.

– Quand on a débarqué en Louisiane, l'inspecteur qui a participé à la libération de ton frère m'a pris à part. Il avait récupéré des films dans la maison. Ils ne constituaient pas des preuves à charge puisque ton père était décédé et il ne voulait pas qu'ils tombent entre de mauvaises mains. Mais, vu ton état, il ne souhaitait pas te les remettre directement.

– Des films ?

Un Caméscope ? Oui… mon vieux aimait se servir de ce jouet pour immortaliser mes punitions. Bordel ! J'écarquille les yeux, sidéré que mes cauchemars soient enregistrés sur une bande-vidéo.

– Tu les as visionnés ? interrogé-je, au supplice à cette idée.

– Un seul. Celui de ta dernière nuit là-bas.

– Pourquoi tu me l'as jamais dit, bordel ?

– Le loup débusque le lapin quand il a faim.

– Putain, Dick ! Arrête avec tes conneries.

– Ce genre de vérité n'est pas une affaire de choix. Elle se révèle à celui à qui elle appartient quand il est prêt à l'entendre. Tu ne l'étais pas jusqu'à présent.

– Parce que je le suis aujourd'hui ? C'est des conneries ! Remuer cette merde… Non ! Y a pas moyen !

– Tu as un fils et une femme.

La tête renversée en arrière, j'explose de rire. Un son qui sonne douloureusement à mes oreilles.

– Je suis seul, et c'est pas près de changer.

Dick s'installe à mes côtés et me tapote le genou.

– Pourquoi ? Cette jeune femme… elle a l'air de tenir à toi, et je te connais assez pour deviner que c'est réciproque.

– Je la mérite pas. Mes parents… ce qu'ils m'ont fait…

– Tu dois tourner cette page, fils. Te débarrasser de ces esprits qui te hantent.

– Je ne peux pas !

– Parce que ça nécessite que tu te souviennes de tout ? Tu ne t'es jamais dit que ta peur était peut-être bien plus terrible et destructrice que la vérité ? Qu'elle déformait peut-être bien ta mémoire ?

J'expulse l'air de mes poumons, un peu comme si je souhaitais me purger de tout ce qui me travaille.

Vic est mort…

Arizona est… partie…

Je reste seul avec mes démons et cette putain de bête qui, pour autant qu'elle soit discrète depuis ma crise, rampe toujours sous ma peau. Je la sens, perçois son impatience à émerger de nouveau, sa rage encore plus âpre.

Je renverse la tête en arrière, happé par une envie de me laisser couler. Fermer les yeux pour être enfin en paix… Une option séduisante, mais une part de moi se révolte contre cette solution.

Arizona… Putain ! Elle a fait naître en moi des désirs si éloignés de ce que je suis que j'ai du mal à me reconnaître. Pourtant, c'est en moi et ça l'a toujours été. Le besoin d'être accepté et… aimé ?

Quelle idée de merde ! Cependant… ouais, je me damnerais pour la tenir encore dans mes bras, l'entendre rire et me défier avec son petit air narquois.

Ma vie d'avant ? Elle me paraît tellement insipide et vide de sens. Je désire plus, tout en sachant que je risque de me fracasser sur ce chemin.

Un dilemme qui affronte ma peur panique de découvrir que la souillure sur mon âme est indélébile…

– Ma mère… elle a… bordel ! Je me souviens pas de ce qui

s'est déroulé cette nuit-là, mais je ne veux plus jamais sentir ses mains sur moi. Ni sa bouche. Je… je suis pas sûr de revenir de ce voyage en enfer, Dick.

– Tu ne le sauras que si tu essaies. Mais rappelle-toi qu'un gosse de 15 ans qui a la force de s'enfuir de chez lui et de survivre dans la rue n'est pas totalement démuni.

– Parfois, je voudrais que ce gamin n'ait jamais existé.

– Cet adolescent a forgé l'homme que tu es. Et tu oublies un peu vite la voie que tu as choisie. Il y a quelques jours, tu as sauvé des enfants d'un sort peu enviable, non ? Que crois-tu que ça révèle de toi ? Moi, je vais te le dire : je suis fier de toi ! Fier de constater qu'en dépit de ton passé, tu as décidé de lutter contre les ténèbres.

– Ouais, j'ai gagné mon passeport pour un monde meilleur ! me gaussé-je. Y a pas d'équilibre cosmique, Dick ! (Allégation qui me vaut un coup d'œil sévère.) Pas de récompense pour les méritants ni de fouet pour les salopards qui tuent et violent. Si ça s'trouve, mon père se dore la pilule sur des plages paradisiaques au royaume des cieux.

– Laisse-moi te raconter l'une de nos légendes. Elle nous transmet que nous abritons tous, à l'intérieur de nous, deux loups. Deux bêtes qui luttent au quotidien pour prendre l'ascendant et déterminer qui nous sommes. L'un est constitué de peurs, de colères, de jalousies, de regrets et d'avidité. L'autre, à l'inverse, porte en lui la joie, la paix, l'amour, l'amitié, la générosité, toutes ces émotions positives qui rendent heureux. Ce combat conditionne fondamentalement l'homme. Les uns ont un loup sombre plus puissant. Chez d'autres, c'est la lumière qui l'emporte. Et enfin, il y a ceux qui sont ballottés au gré d'un équilibre fluctuant. Comme toi, fils. Mais ce qui empêche ton loup-lumière de triompher des ombres, c'est que tu t'alimentes d'obscurité. Ton passé est ténèbres et ton présent est empreint de violences. Ça renforce ton loup-noir chaque jour un peu plus.

– Tu me suggères d'aller cueillir des coquelicots en élevant des impalas ? ricané-je.

Dick pivote vers moi jusqu'à ce que nos regards se télescopent. Pas de jugement ni de pitié dans ses yeux, juste cette habituelle détermination qui renforce ce sentiment que je peux remporter n'importe quel combat.

– Nourris ton loup-lumière !

Nourrir mon loup-lumière ? Merde ! On dirait un slogan pour babas cool en quête d'une vérité cosmique. Un p'tit joint, messieurs-dames ?

Je baisse la tête, complètement paumé. Je peux me marrer autant que je le veux, je suis largué. Abruti par cette douleur qui me lamine et renforce mon envie de tout planter.

Moi compris…

– C'est où, ta retraite ? demandé-je, à bout de souffle.

– Dans le désert. On part dans une heure. Ça te va ?

Pas vraiment, mais j'ai dans l'idée que je suis à la croisée des chemins. Si je me goure, je suis foutu… Pour peu que ce ne soit pas déjà trop tard !

36

Arizona

Mon excitation grimpe d'un cran lorsque la photographie apparaît sur l'écran. La vue aérienne se précise au fur et à mesure que Landford réduit le curseur, jusqu'à dévoiler la zone qui cerne le mobile home.

Installée dans un champ desséché, la carcasse n'est pas de prime jeunesse, mais elle tient vaillamment le coup. Les plus proches voisins s'éparpillent à cent mètres, sur une autre parcelle, elle aussi entourée d'une bordure en bois.

En proximité directe, rien, hormis un barbecue et une table de camping. Quelques jouets traînent dans l'herbe grillée. Au moment où les clichés ont été capturés, une vieille Buick stationnait devant la caravane.

Aucune trace de mouvement, mais une enquête plus poussée nous a révélé que la famille Mora s'entassait à six dans cette boîte à sardines. Six personnes, dont un bébé…

Je ravale un cri victorieux et pivote vers Dax.

– On les tient !

– Beau boulot ! Tu dis qu'il y a une piste d'atterrissage privée à proximité ?

– Oui, répond Landford en affichant une carte. Ici, à une

vingtaine de kilomètres au nord. Vous comptez vous rendre sur place en avion ?

Le geek de l'unité de Ted nous a rejoints il y a trois jours, apportant l'expertise qui a transformé la quête du Graal en parcours de santé.

– Le gros de l'équipe ira à bécane, mais je préfère extraire le petit au plus vite. Une fois qu'il sera sur le territoire américain, on pourra souffler.

– Je vais préparer un plan de vol avec ces coordonnées, annonce Jarod. Mon Cessna est déjà prêt à décoller. Une fois la paperasse bouclée, manquera plus que ton feu vert.

Dax soupire, ce qui reflète assez bien l'humeur générale. Oui, on a localisé Terrance, mais nous ne pouvons pas enfreindre les lois en le kidnappant. À ce stade, l'ordonnance de placement nous fait cruellement défaut.

– L'avocat suggère que Tasha et moi nous portions sur les rangs, annonce-t-il d'un air peu convaincu. Le problème, c'est que ça compliquera le dossier de Tate s'il souhaite récupérer la garde plus tard. Et ça ouvrira une fenêtre de tir aux Mora.

– Merde ! Quel juge confierait un môme à une famille pareille ? râle Jarod.

– Tasha rehausse le niveau, mais si je ne sors pas ma plaque d'agent du FBI, on sera logés à la même enseigne que les Mora. Si je veux être certain qu'on l'emporte, je devrais m'y astreindre, ce qui implique de fournir quelques explications à ma douce.

– Ted va te buter s'il apprend qu'un civil est au courant de votre existence, relève Landford, sarcastique.

– C'est le cadet de mes soucis, affirme Dax. C'est pas le genre de truc qu'on aime cacher à la personne qui partage notre vie. Et si la vérité ne la mettait pas en danger, elle – comme nous tous, d'ailleurs –, elle saurait exactement ce que nous faisons ici.

– J'ai dans l'idée qu'elle n'est pas si naïve que ça, ricané-je sous le regard étréci de mon nouveau chef d'équipe.

– Et qu'est-ce qui te fait dire que… Putain ! Tate !

Dax s'élance vers son pote et l'attire contre lui pour une accolade fraternelle et puissante. Pendant que les autres membres du groupe se joignent à ces retrouvailles inattendues, je reste en retrait, la gorge sèche.

Tate a quitté le territoire des Styx Lions il y a onze jours et, depuis, pas de nouvelles. Même si Dax n'a jamais eu l'air de se tracasser, pour ma part, je suis passée par un enchaînement de montagnes russes.

Être amoureuse, c'est tout de suite moins glorieux quand ce n'est pas réciproque ou que l'objet de tes désirs se comporte comme un gros con.

Le regard de Tate finit par accrocher le mien. Ma bouche s'assèche à mesure que mon cerveau parcourt son visage et son corps musculeux. Comment j'ai pu oublier qu'il était aussi… imposant ? Aussi ténébreux ?

Je me force à me détendre, déterminée à me la jouer « indifférence dédaigneuse ». Sauf que, dans mon plan, le type ne traverse pas tranquillement la pièce pour me soulever et me charger sur son épaule comme un vulgaire sac de patates.

– Hé ! braillé-je en essayant de me redresser.

Peine perdue ! Tate a enserré mes jambes entre ses bras, m'empêchant de ruer. J'ai beau appuyer les mains sur son échine, je ne parviens qu'à me hisser à hauteur de son cou.

– Arizona et moi avons à discuter les mecs, on revient tout à l'heure, énonce Tate d'un ton badin en franchissant le seuil du QG.

– Prenez tout votre temps, approuve Dax en me décochant un clin d'œil.

– Tate ! Je te jure, si tu ne me reposes pas…

– On arrive, bébé.

– Parce que tu crois que ça va effacer mon envie de te buter ? POSE-MOI !

Autant discuter avec un mur !

Tate parcourt les bois à grandes enjambées, mutique. C'est presque un soulagement de repérer la silhouette solitaire de son chalet. Un soulagement un peu amer, puisque ma dernière visite ne s'y est pas déroulée au mieux…

Alors, qu'est-ce que je fiche ici ?

– Nom de Dieu ! rouspété-je lorsqu'il s'arrête enfin. Qu'est-ce qui t'a… Merde ! Pourquoi tu m'enlèves mes chaussures ? TATE !

Imperturbable, il m'ôte mes baskets avant de se contorsionner sans me lâcher. Je devine qu'il balance à son tour ses pompes, puisque ses pieds nus apparaissent dans mon champ de vision.

Mon cerveau tourne à plein régime et n'aime pas vraiment les conclusions qui s'imposent. De la terrasse, on accède directement au lac…

– Tate ! Ça suffit maintenant !

Pas de réponse, sinon… Ma bouche se déshydrate un peu plus. Sous mes yeux ahuris, le jean descend le long des hanches masculines jusqu'à finir, lui aussi, jeté à mes pieds. Résultat… la cambrure de fesses rebondies s'expose sans fausse pudeur, dévoilant l'entrelacs de tatouages qui me fascine toujours autant.

– Je t'enlève ton pantalon ou tu préfères le garder ?

– Tu ne touches pas à mes fringues ! sifflé-je entre mes dents, ulcérée par cette situation ubuesque.

Merde ! Qu'est-ce que je fous sur l'épaule d'un mec qui se balade le cul à l'air ? OK, il a un postérieur d'enfer, mais…

– Tu es sûre ?

– Évidemment ! Je n'ai pas pour habitude de me trimballer les…

Je réprime un cri de surprise lorsque je bascule en arrière, jusqu'à ce que mes pieds rencontrent de nouveau le sol. Je titube le temps de recouvrer mon équilibre, ou plutôt le temps que Tate fonde sur moi. Il me bâillonne d'un baiser, les doigts enfouis dans mes cheveux pour me retenir contre sa bouche.

Comme si c'était nécessaire... Ma colère et mon inquiétude se rejoignent pour alimenter ce désir qui me consume jusqu'à l'os.

Je m'abandonne parce qu'à cette seconde, j'ai besoin de lui pour canaliser la déferlante d'émotions qui me chavire. Sa langue joue avec la mienne, moins dominatrice que taquine, et finit sa course en me léchant les lèvres.

– À l'eau, Schtroumpfette, m'annonce-t-il soudain en s'écartant pour enlever son tee-shirt.

Nu et en pleine possession de ses moyens, il me soulève de nouveau dans ses bras et s'élance vers l'étendue liquide. Je ne sais même pas si je crie ou si je suis trop sidérée pour émettre le plus petit son.

Le choc coupe mes fonctions sensorielles lorsque les eaux froides nous engloutissent. Je bats des jambes pour remonter à la surface, éructant comme une belle diablesse.

C'est le rire de Tate qui m'accueille une fois à l'air libre. Un éclat joyeux et vibrant de vie.

Ma colère se disperse aux quatre vents, remplacée par une nuée de papillons à mesure que Tate réduit la distance entre nous, son regard d'acier flamboyant d'une sombre intensité.

– Dans la culture de Dick, murmure-t-il, l'eau est source de purification.

Je ne sais pas ce qui me choque le plus : l'allusion mystique ou le sourire serein.

– C'est l'objectif de ce... bain ? Nous purifier ? relevé-je, complètement larguée.

– Toi ? Tu n'en as pas besoin. Tu es... parfaite.

La bouche de Tate vient effleurer la mienne, puis la butine avec cette légèreté qui lui ressemble si peu. La passion est toujours là, mais elle se drape d'une tendresse électrisante.

– Tate…

Nouveau sourire ravageur. Tate saisit mon visage entre ses mains et m'embrasse en y mettant, cette fois-ci, une fougue brûlante. Je me cramponne à lui parce que c'est ça ou couler à pic.

Nichée contre son torse, je ne me suis jamais sentie aussi entière. Aussi pleinement rassasiée. Aussi comblée.

Envolée ma frustration, disloquée ma colère, disparue ma peur…

Pourtant, tel un maudit caillou fourré dans ma chaussure, les questions vrillent dans ma tête à la vitesse de l'éclair, contrariant mon plaisir.

– Tu as gardé trop de fringues, bébé, gronde Tate en tirant sur mon tee-shirt pour accéder à ma chair. Finalement, la flotte, c'était pas l'idée du siècle…

Il insinue une main sous le tissu, qui adhère comme une seconde peau à la mienne et… Au temps pour moi ! Tate n'essaie pas de me déshabiller, il cale sa paume sur mon ventre, puis soupire contre mes lèvres. Comme s'il était… fondamentalement satisfait.

Son geste suinte la possessivité à l'état brut, mais, là encore, ce n'est pas ce sentiment primitif qui prévaut. Non… Tout mon corps frémit d'une vérité plus profonde.

– Tate, je… Explique-moi à quoi ça rime, tout ça.

Nous dérivons vers la berge dans un silence étrange. J'ai l'impression d'être en apesanteur, raccrochée au monde par mon seul contact avec Tate. Ce dernier m'étreint plus étroitement, comme si sa vie en dépendait.

Comme si notre danse dans ces eaux fraîches tenait de ces voyages initiatiques qui sous-tendent des certitudes incontournables.

– J'ai décidé de vivre, formule-t-il d'une voix claire et puissante à mon oreille.

Nous butons contre la rive, de sorte que nous nous retrouvons enveloppés dans un écrin de verdure qui nous préserve des regards. Je ne résiste pas lorsqu'il m'attire un peu plus contre son torse. Je me niche dans ses bras, le cœur à l'arrêt, et caresse la courbe de sa mâchoire.

Comme si j'avais besoin de vérifier que nous partageons bien un moment réel…

Tate respire calmement, mais tous ses muscles sont bandés. Rigides sous mes doigts.

– La retraite avec Dick, ça m'a permis de me pencher sur tout plein de trucs. Sur… mon passé, notamment. Je… je n'ai pas tout réglé, Arizona, je ne veux pas te mentir. C'est toujours le bordel à l'intérieur et la bête continue de rôder, mais… je ne sais pas comment expliquer ça… J'ai eu l'impression, pendant ces quelques jours, de me débarrasser d'une partie de la merde qui me salissait.

– L'eau ? relevé-je avec un petit sourire provocant qui masque le vacillement de mon être.

– L'eau, glousse Tate en retour. C'est pour ça qu'on est ici, dans la flotte. Je me suis rendu compte que j'ai les idées plus claires quand je barbote. (Je pouffe en visualisant l'image d'un gosse s'ébattant dans une piscine.) Te fous pas de moi, c'est l'une des expressions à la con de Dick.

Les coins de ma bouche s'arrondissent, mais j'étouffe l'éclat de rire qui me secoue la poitrine. La légèreté… C'est si facile, si agréable.

Si déroutant après des heures à me tracasser et à panser mon cœur blessé.

Si troublant de constater que quelques mots peuvent ramener l'espoir, là où la sécheresse avait tout éradiqué.

– L'eau t'apaise donc…

– Je sais pas… Ouais… J'ai médité pendant des heures à la réserve et, à chaque fois que j'émergeais, je plongeais dans la rivière en contrebas. Je nageais et… ouais, merde ! Je me sentais mieux… Je me sens mieux !

– Je suis ravie pour toi. C'est…

– C'est encore mieux quand je… barbote avec toi, précise-t-il.

La voix s'enrobe de sensualité. Me lèche la peau comme un baiser.

– Je ne t'ai pas entraînée ici et jetée à l'eau pour t'expliquer que j'ai décidé de me soigner…

Je sursaute. La foudre ne m'aurait pas plus secouée que cette nouvelle.

– Ouais, j'ai pris rendez-vous avec cette Dr Stewarts. Elle a fait des trucs quand j'allais mal qui m'ont aidé à retrouver le contrôle, alors… je me suis dit que je risquais rien à… tu vois, essayer ce genre de techniques si ça peut dompter la bête.

– Je… C'est un bon choix, noté-je, en apnée du côté des émotions.

– Avant de te rencontrer, je ne pensais pas que ce choix existait, souffle-t-il en déposant un baiser avide sur mes lèvres. En fait, je m'en foutais de toute cette merde dans ma tête. Je gérais, et ça m'allait. Je croyais que ça me suffisait. Ou peut-être que ça suffisait, d'ailleurs… C'était… sans importance !

Je ravale ma salive, le cœur en apesanteur. Les mots sortent difficilement de la bouche de Tate, mais j'en mesure le poids. La portée.

– Qu'est-ce qui a changé ?

Tate ne répond pas tout de suite. Il modèle mon visage du bout des doigts jusqu'à pouvoir l'encadrer entre ses mains. Son souffle effleure mes lèvres, prémices d'un baiser lent et sensuel.

– Toi. J'ai essayé de faire comme si ça comptait pas. Comme si ce que tu m'avais dit l'autre jour, c'étaient des conneries. Mais... je te ressens là, révèle-t-il en se frappant le torse. Et j'arrive pas à me défaire du besoin de te tenir contre moi. De t'embrasser et...

Il renverse la tête en arrière dans un grondement de frustration et aspire de longues bouffées d'air avant de croiser de nouveau mon regard.

– J'ai jamais cru que mon cœur s'emballerait pour une nana et, même si ça avait été le cas, quelle chance j'avais de tomber sur une fille capable de...

– Te voir ? T'aimer ?

Il grimace, puis opine lentement du chef. Sa physionomie est toujours aussi dure, mais je distingue une légère détente à la commissure des lèvres. Et un assouplissement infime au niveau de la courbure de ses épaules.

C'est définitivement un Tate à cran qui me fait face, mais son bouillonnement intérieur semble moins incendiaire.

Moi, je suis en vrac, complètement chamboulée. Incapable, encore, d'intégrer si je rêve ou si...

– Tu devrais pas m'aimer, Arizona, me chuchote-t-il en me pressant plus étroitement contre lui, comme si son corps condamnait ses paroles. Je suis cassé et, même si j'arrive un jour à ordonner un peu la merde dans ma tête, je serai jamais le genre de mec que tu mérites. La preuve ? J'suis pas assez correct pour te conseiller de dégager de ma vie. Parce que c'est ce que tu devrais faire. Détaler sans un regard en arrière... Il est encore temps, tu sais. Tu pourrais bosser ici en faisant comme si j'existais pas ou repartir chez toi...

Mes paupières tressautent, s'évertuant à chasser les larmes qui pointent le bout de leur nez. Ma gorge se contracte sous l'effet d'une bulle de joie impossible à endiguer.

Mon cerveau, lui, a cessé de fonctionner. Je suis en apesanteur. Prête à me disloquer.

– Tu passes difficilement inaperçu, chéri, me moqué-je en essayant de reprendre pied, et il n'est pas question que je renonce à mon job. Tu me proposes quoi, en option trois ?

– Merde ! Je… je suis pas un gars bien, Arizona. Tu ne devrais pas me tenter comme ça. Ou peut-être qu'on devrait attendre pour la suite… Que la bête se calme et que…

À mon tour de museler Tate d'un baiser. Je bascule mes jambes pour l'enserrer contre moi dans un face-à-face qui désagrège tout ce qui n'est pas nous et notre désir.

– Je n'ai pas le droit de t'imposer les mois à venir, souffle-t-il contre ma bouche, un accent de désespoir au fond de la gorge. Pas le droit… Mais, si tu ne me rejettes pas, je… je serai incapable de renoncer à toi. Je t'aime, Arizona, mais tu dois comprendre que, si tu restes, je… je ne suis pas sûr d'être en mesure de te laisser partir un jour…

Les mots s'insinuent sous ma peau, me caressent avec langueur. Même dans mes rêves les plus fous, je ne les ai jamais entendus. Je n'ai jamais imaginé que Tate puisse me les susurrer avec une conviction pétrie de désespoir… Non, pas de désespoir, mais d'espoir !

Je souris, libérée de mes propres angoisses.

– Laisse le futur là où il est. On pourrait commencer par avancer jour après jour, non ?

– Si ça dégénère…

La peur… Je refuse qu'elle s'invite de nouveau entre nous. Qu'elle salisse ce qui n'est encore qu'un doux fantasme. Mais, Dieu, que j'ai envie d'y croire !

Tate tremble contre moi, débordé par ces émotions qu'il a enfin réussi à verbaliser. Qu'il a commencé à verbaliser… La route sera longue jusqu'à la guérison, mais je me sens prête à soulever des montagnes pour cet homme.

Parce qu'en dépit de ses démons, il m'offre tout ce dont je rêve. Son amour, sa loyauté, sa franchise… sa vulnérabilité.

– Je t'assomme ? le provoqué-je sciemment. Tu as l'air de penser que je ne pourrais pas te mettre K.-O., mais crois-moi, tu me sous-estimes. J'en suis tout à fait capable et…

– Je n'en doute pas, mais je demanderai à Dax de te filer quelques cours supplémentaires, juste au cas où…

Il me faut une seconde pour réaliser que Tate se moque de moi. Ma tape sur son bras déclenche son hilarité.

– Allez, on bouge, bébé ! m'intime-t-il.

– Hé ! m'insurgé-je. Tu m'emmènes dans l'eau, tu me chauffes… et quoi ? On en reste là ?

Tate me décoche un drôle de regard, le genre à faire se replier mes orteils, puis se fend d'un rictus tout aussi tordu.

– Certainement pas, mais on va procéder par étapes. Objectif numéro un : on récupère Terrance ! Objectif numéro deux : je te lèche jusqu'à ce que tu hurles de plaisir. Programme validé ?

37

Tate

L'herbe brûlée s'étend sur des kilomètres autour de moi, dévoilant un paysage désolé et aride. Seul point d'ancrage : une route au bitume abîmé. Le village le plus proche végète à une quinzaine de kilomètres, mais c'est le genre de bourgade anonyme qui attire peu les foules.

Pourtant, c'est ce coin paumé, en bordure de désert, que les Mora ont choisi comme nouveau lieu de vie. Une planque dénichée à la va-vite et qui n'est en fait qu'un pied-à-terre. Hormis la mère, les membres de la famille n'y résident pas à temps plein.

L'attrait d'El Paso, située à une centaine de kilomètres, revêt bien plus d'intérêts et d'opportunités…

Je soupçonne Armando Mora d'être parfaitement conscient que les emmerdes lui pendent au nez. Et que je ne suis pas son principal problème. Le dealer qu'il a escroqué appartient à un groupe qui n'apprécie guère la trahison. D'autant plus quand celle-ci émane d'un proxénète véreux qui balance sur le trottoir ses propres enfants.

Le dernier fils de la famille a échappé à ce sort, investissant son énergie dans des trafics tout aussi rentables, mais pas les deux plus jeunes sœurs de Stella. Une vérité écœurante lorsque l'on sait que ces gamines arpentent les rues depuis qu'elles ont 12 ans.

– Bordel ! Ça me saoule de rester ici ! aboyé-je en suivant le véhicule de police des yeux.

– On veut récupérer le petit, pas faire un carnage, me rappelle Dax en ricanant.

– Les deux sont pas incompatibles, entériné-je, ma mauvaise humeur grimpant d'un cran.

J'essuie mon visage dégoulinant de sueur d'un revers de la main et crache au sol. J'aime rouler, mais la tension m'a raidi l'échine tout le long de la route. Pourtant, sentir de nouveau le vent contre ma peau et mettre les gaz pour mieux m'affranchir du monde extérieur m'a procuré l'impression grisante que j'étais… moi !

Lors de mes virées, la bête et son spectre ne sont jamais de la partie. C'est le silence qui l'emporte, me ramenant à une liberté fondamentale. Sauf que, ces derniers jours, j'ai salement titillé le monstre. Ce fumier se défend avec virulence.

Allez lui expliquer qu'il doit – que *je* dois – intégrer les différents états de mes personnalités dissociées dans une entité unique et stable.

Ouais, un joli baratin de psy, qui me ferait bien marrer si… ben, si je n'espérais pas autant y parvenir. Même si je suis mort de trouille à l'idée que la violence de la bête se mêle définitivement à mon être.

C'est déjà le cas, mec !

Je caresse le manche de mon couteau, rasséréné par ce contact. Mon vieux pneu n'est pas encore bon pour la retraite, mais je me contrefiche de larder du caoutchouc à vie tant que je réussis à aimer ma femme.

Les coins de ma bouche se relèvent sans que je m'en rende vraiment compte. Le corps d'Arizona pressé contre mon dos reste le meilleur souvenir de notre voyage. Et je ne parle même pas de ses mains baladeuses…

Une façon bien à elle de se venger de notre dernière promenade dans les bois. Mais comme qui dirait : chose promise, chose due !

Je me lèche les lèvres à ce souvenir, pressé de pouvoir remettre ça.

– Hé, ho ! m'interpelle Dax, hilare. T'es toujours parmi nous ?

– Ouais, grondé-je en fusillant du regard mes potes, qui se fendent la poire.

– T'es de mauvais poil ? On se demande bien pourquoi, ironise Jarod.

Je sors mon couteau de son étui et le plante à la vitesse de l'éclair sous le nez de ce crétin arrogant. Il bondit en arrière, avant de me présenter son majeur.

– Connard !

– À ton service, riposté-je d'un ton beaucoup trop poli.

Mais merde, quoi ! J'ai le droit d'être à cran, non ? C'est ma nana qui se pavane en première ligne. Bon, elle ne se pavane pas vraiment, hein, mais si ça dégénère, elle sera clairement dans le viseur.

Même la présence de Ted à ses côtés ne me rassure pas. Pas plus que l'escouade de flics locaux.

– Tout est sous contrôle, me signale Dax. Arizona a l'ordre de rester à l'arrière et…

– Comme si elle était du genre à obéir, grommelé-je.

– C'est ta nana, non ? ricane mon pote. Vous vous êtes bien trouvés, tous les deux. Cela dit, contrairement à toi, elle écoute. Regarde, elle laisse les flics faire leur job.

Arizona et Ted demeurent tous les deux à l'écart, patientant jusqu'à ce que la police locale ait arrêté les Mora. Landford a découvert un vieux mandat d'amener contre les parents. Il a suffi de contacter nos collègues mexicains pour leur fournir la nouvelle adresse des fuyards.

L'idée de collaborer s'est imposée sans heurts. Eux récupèrent leurs suspects, et nous, Terrance. La seule exigence de la part des autorités tient à une présence limitée du FBI.

Ce qui ne nous empêche pas de veiller en seconde ligne. Le hic, c'est que j'ai les nerfs à vif.

Parce qu'Arizona est trop loin de moi.

Parce que le danger est trop présent.

Parce que je vais rencontrer mon neveu.

Terrance... Je déglutis, inapte à maîtriser complètement mon stress.

J'ai fini par admettre que je n'aurais rien pu entreprendre pour sauver mon frère. Le timing n'était pas le bon. Je suis arrivé trop tard et... je m'autorise progressivement à accepter mon absence de pouvoir sur la situation.

Mon esprit a décidé pour moi : me protéger pour survivre. La muraille qui entoure certains de mes souvenirs est encore vaillante en dépit des coups que je lui assène.

Vic... Vic a été la victime d'un enfoiré de première. Comme moi. Nous étions à égalité. Je ne sais pas ce qui explique que je sois resté à la surface, et pas lui. Le destin ? La fatalité ? La vie ?

Aujourd'hui, son fils a besoin de moi. Pas question de me défiler ! J'espère juste qu'en ce qui le concerne, la résilience sera au rendez-vous.

– Bordel de merde ! jure Dax une seconde après qu'une rafale de coups de feu a crevé le silence.

Pas le temps de réfléchir. Je m'élance le long de la route, indifférent aux beuglements de mes potes. La bête rugit dans ma tête, aussi paniquée que moi. La concordance de ce type d'émotion entre nous, c'est une première, mais je n'ai pas l'occasion de m'appesantir sur la question.

Une seule chose m'obsède : atteindre la caravane le plus vite possible.

Ted et Arizona sont à terre alors que les balles continuent de fuser. Je n'arrive pas à déterminer s'il y a un tireur ou plusieurs. Mon attention reste focalisée sur les deux corps au sol. Nous sommes formés pour réagir à ce genre de situation et nous mettre à couvert. Mais leur immobilité peut résulter d'une blessure.

Non, tout, mais pas ça !

Mon cœur s'emballe. J'accélère, encouragé par une urgence primaire. Je crois que je n'ai jamais couru aussi vite de ma vie. Mes poumons brûlent néanmoins d'un feu incapable de rivaliser avec celui qui ravage mes terminaisons nerveuses.

Les flics mexicains ont dégainé leurs flingues et ripostent à l'aveuglette. Je leur hurle de cesser leur connerie, mais le bruit des tirs couvre mes tentatives. Merde ! Y a un gosse à l'intérieur !

J'ai l'impression d'être dans un mauvais film dont la bobine dysfonctionnerait et s'égrènerait au ralenti. Je vois la scène se dérouler sous mes yeux, mais je ne suis pas assez rapide pour intervenir.

Jusqu'à ce qu'une petite main pâle se lève au-dessus du thorax de Ted et s'agite. Pour me faire un signe ? M'indiquer une direction ?

Je me laisse guider par mon instinct (et ma confiance en Arizona) et bifurque sur ma gauche, de façon à contourner le bungalow au lieu de l'atteindre de front. Dax galope dans mon sillage et me suit sans hésiter.

C'est ensemble que nous accédons à l'arrière de la structure bringuebalante. Cette dernière est dans un état pire que sur les photos. La rouille dévore l'encadrement des fenêtres et les parpaings qui la maintiennent s'enfoncent dans la terre, probablement à cause de la pluie, qui a creusé des sillons sous la carcasse. Les briques agencées pour soutenir le plancher l'ont perforé, exposant l'intérieur aux courants d'air et autres joyeusetés.

Dax se positionne sous le premier vantail tandis que je jette un coup d'œil au travers du second. Une chambre. Vide.

Je me faufile jusqu'à l'ouverture suivante, une porte vitrée, qui me fournit un accès privilégié sur le salon et l'entrée. Bingo ! Armando Mora, muni d'un semi-automatique, se planque derrière un canapé et tire à intervalles rapprochés sur ses visiteurs.

Je repère une forme recroquevillée sur le sol – une femme, si j'en crois l'épaisse natte grise visible sur son épaule. Pas d'autres individus en vue.

Putain ! Où est le petit ?

Je signe à l'attention de Dax et actionne furtivement la poignée, l'œil rivé sur cet enfoiré d'Armando. Trop occupé à mitrailler les flics, il n'entend pas le léger couinement que l'ouverture déclenche. Je me traite mentalement d'imbécile. Le moindre faux pas et...

Dax pose une paume ferme sur mon épaule, consolidant mon assise alors que j'allais ruer. Ses gestes sont sans équivoque, ceux d'un chef qui exige d'être écouté. Je ne suis pas doué pour l'obéissance, mais Dax a gagné le droit de me diriger. Tant qu'il ne met pas en danger ma nana et mon petit !

J'acquiesce à ses ordres tandis qu'il agite la main vers nos potes restés à couvert le long du bungalow. Chacun file vers son objectif, aussi déterminé que moi. C'est mon neveu qui est dans cette baraque, mais pas un seul des Styx Lions ne le considère autrement que comme un membre de notre famille. Notre loyauté nous unit au-delà des liens du sang.

– Hé ! Mora ! s'élève la voix de Lou. On peut discuter ?

– Va te faire foutre, connard ! Z'êtes sur une propriété privée, dégagez !

L'élocution est hasardeuse, preuve que l'imbécile a sévèrement picolé.

– On veut juste parler, explique Lou. C'est pas très cool de nous accueillir avec de la mitraille. On n'est pas là pour te chercher des ennuis, mec !

Armando riposte avec une salve de tirs. J'en profite pour me hisser dans le bungalow, Dax sur les talons. Mora ne réagit pas. Sa femme, oui. Elle se dresse sur ses avant-bras, une grimace de peur fichée sur ses lèvres. Je note les ecchymoses et le large coquard machinalement, éperonné par une urgence plus instinctive.

Je bondis en avant, juste au moment où un cri d'alerte jaillit de la gorge féminine. Mora est bourré, un état qui lui est fatal. Il réagit une seconde trop tard.

Dax le désarme d'un violent coup de pied dans l'épaule pendant que je le mets K.-O. d'une droite. Le vieux s'affale sur le sol sous les hurlements hystériques de sa femme.

– Où est le gosse ? lui hurlé-je en la secouant.

– Il est là, m'apostrophe Arizona.

J'enjambe Mora pour me précipiter vers elle. Je la palpe, traquant la plus petite entaille sur son corps.

– Je vais bien, me chuchote-t-elle dans un baiser qui vise à m'apaiser.

– Putain ! éructé-je. Putain !

Ma respiration se stabilise, les beuglements dans ma tête diminuent.

– Terrance ? interrogé-je.

– Ici.

Bordel de merde ! Je me fige devant l'espèce d'immonde cagibi. Un placard ? Ouais, pas de doutes ! Terrance est allongé sur un amas de couvertures, le pouce fiché dans sa bouche. Sa poitrine se gonfle paisiblement, preuve qu'il dort du sommeil du juste.

Je m'agenouille et caresse sa chevelure sombre, étonné de retrouver mes traits dans son profil enfantin. Le cœur tambourinant comme un forcené, je le soulève et le presse contre moi.

Toujours pas de réactions…

– Comment il peut dormir avec tout ce raffut ? m'inquiété-je.

Mora a repris connaissance et, le regard dément, il crie contre les flics qui le menottent et l'entraînent vers la sortie. Sa femme n'a rien à lui envier, même si des larmes étouffent la plupart de ses glapissements.

– Laisse-moi l'ausculter, m'enjoint Tasha, le visage fermé.

Dax n'a pas pu la tenir à l'écart de notre escapade et a dû se fendre de quelques explications. Ted ne s'y est pas opposé, peut-être parce qu'il a compris que cette lutte était perdue d'avance.

En tout cas, depuis, Tasha mène la vie dure à mon pote. Un jeu qui semble pimenter leur relation de couple vu les regards brûlants qu'ils s'échangent.

– Ses constantes sont normales, m'annonce-t-elle après un rapide examen, mais ses pupilles sont dilatées. Je vais avoir besoin d'une prise de sang pour déterminer ce qu'ils lui ont donné. Ne stresse pas, il va bien. Et c'est plutôt une bonne chose qu'il soit resté endormi pendant la fusillade. Pauvre petit bout ! C'est déjà assez compliqué pour lui.

– On peut dégager d'ici ? demandé-je, dévoré par la nécessité urgente de me tirer.

– Ouais, c'est OK, m'indique Dax. Écoute, je sais que c'était pas prévu, mais ce serait peut-être bien que tu prennes l'avion avec le gosse. Il va être salement dérouté et c'est mieux qu'il t'ait dans le viseur dès son réveil. C'est important qu'il intègre tout de suite que c'est toi qui veilles sur lui maintenant.

Je répugne à l'idée de laisser un tiers chevaucher ma moto. Pourtant, ça m'est encore plus difficile de lâcher Terrance. Niché contre moi, il semble si innocent…

– Dakota, grondé-je, si tu abîmes ma bécane, je te bute ! C'est compris ?

– Merde ! Si je m'attendais… Putain ! C'est trop d'la balle !

J'aimerais être aussi exalté. Dakota a volé avec Jarod, c'est donc le seul qui peut ramener ma moto à la maison. Heureusement pour lui, il est du genre à vénérer les Harley.

– Pas de conneries ! répété-je.

– Tu peux compter sur moi, mec ! Je te la rendrai comme neuve et… putain, c'est le pied intersidéral !

– Veille à ce qu'il redescende sur terre avant de mettre les gaz, martelé-je à Dax, un nœud au niveau de l'estomac.

– T'inquiète ! me raille-t-il. Bon, on lève le camp !

C'est Ted qui nous conduit à l'aéroport, encadré de l'escadron des Styx Lions. Tasha et Arizona rentrent avec moi. La première pour ses compétences médicales, qui s'avéreront peut-être nécessaires, et la deuxième… parce que j'ai besoin d'elle à mes côtés.

Je me cramponne à sa main, incapable de détacher les yeux du gamin qui repose sur mes genoux. Terrance est minuscule. Si menu que j'ai la conviction que je pourrais le casser d'un geste. Menu, mais pas maigre. Ses joues rebondies parlent encore le langage de l'enfance.

Le nœud dans ma poitrine se contracte davantage. De la peur… Je déglutis nerveusement, étrillé par un sentiment puissant. L'existence de ce petit garçon est entre mes mains et…

Merde ! Si je me plante ? Si je transforme l'avenir de ce gosse en un champ de bataille par manque de… De quoi, d'ailleurs ? D'amour ? De confiance en moi ? De capacités à envisager l'avenir autrement qu'à travers le spectre biaisé inculqué par mon enfoiré de vieux ?

La panique jaillit tel un orage au milieu d'une belle journée d'été. Elle me déroute et m'emporte sur les chemins du doute.

Je resserre mon étreinte, plus du tout certain d'être le bon… père ? Merde ! C'est ce que je m'apprête à devenir, non ? Un père d'adoption. Un père.

Une bouffée de chaleur me lèche la peau, avec, pour conséquence directe, des filets de sueur qui dévalent mes tempes et mon dos.

Putain ! Dans quoi je me suis fourré ?

– Tu apprendras pas à pas, me chuchote Arizona à l'oreille.

– Et si je foire tout ?

– C'est dans l'ordre des choses que les parents se trompent.

– Ouais, mais moi, j'suis champion en matière de conneries.

– Tu tireras les enseignements de tes erreurs. Tu tâtonneras, t'excuseras, recommenceras autrement. Fais-toi confiance, je suis certaine que tu seras un père formidable.

J'ouvre la bouche pour objecter que le passé ne plaide pas en ma faveur lorsque Terrance sort du sommeil, ses grands yeux écarquillés de… surprise ? Une surprise inquiète qui ne verse pas dans les hurlements.

Je me fige avec le sentiment d'être un pachyderme dans un magasin de porcelaine.

– Même s'il ne comprend pas, explique-lui les choses, me recommande Tasha. Les mots couleront plus facilement si tu t'habitues à les prononcer.

Ouais, sauf que, moi et les mots… Un autre point sur lequel je ne suis pas doué. J'essaie de formuler mentalement un commentaire, mais le charivari dans ma tête tend vers le schéma tempête.

– Bonjour, Terrance.

Bravo, mec, t'as réussi à en aligner deux.

Quelle importance ? Le gamin ne bouge pas dans mes bras, toujours occupé à me détailler avec une intensité qui me rappelle mon propre regard dans le miroir. Je perçois sa peur sous-jacente, la crispation de son corps, la courbure tremblante de sa bouche.

Pas de pleurs pourtant. Pas de cris non plus.

Juste cette fixité qui porte une maturité surprenante sur un visage aussi jeune. Happé par l'expectative soupçonneuse du petit, je tombe mentalement à genoux. Ce sentiment anéantit mes angoisses. Pour cet enfant, je comprends que je serai prêt à tout.

Parce que son regard effrayé véhicule un tel vide en lui qu'il réveille cette part de moi qui ne demande qu'à protéger et à défendre.

– Je suis le frère de ton papa, bonhomme. Et je vais prendre soin de toi à partir d'aujourd'hui.

38

Tate

Je m'abaisse à la hauteur du bahut et caresse de la main la surface polie, plutôt fier de mon œuvre. C'est le dernier meuble que j'ai entrepris de façonner pour rendre ma maison plus accueillante. L'ultime pièce d'un ensemble qui a progressivement transformé ma tanière en un nid parfait pour une famille.

Ma famille !

Une dynamique que je gère mieux aujourd'hui qu'il y a six mois, mais, pendant des semaines, le seul mot m'a fait flipper. Devant cette lutte intérieure, j'ai eu la chance de bénéficier d'un allié surprise : Terrance.

Je souris à la pensée de mon fils. Ce petit bonhomme est peut-être haut comme trois pommes, il affiche déjà un sacré caractère. Résilient et déterminé, il s'est accroché à moi comme une bernique à son rocher. Et si le principe est sympa, croyez-moi, ça l'est moins au quotidien quand vous ne pouvez même plus aller pisser sans un singe cramponné à votre dos.

Mais, la vérité, c'est que j'ai beau bougonner, j'aime ce gosse plus que ma vie.

Ma courte cohabitation avec Vic ne m'a pas préparé à Terrance ni à recevoir tant d'amour, et j'ai parfois l'impression d'être submergé.

– Yep, mec ! T'as oublié notre réunion ?

Un détail qui n'a pas l'air de contrarier franchement Dax. Il pénètre dans mon atelier avec cette démarche nonchalante qui braille qu'il ne débarque pas juste pour le fun.

Asticot, installé dans son panier près de la porte, soulève à peine une paupière paresseuse. Maudit soit ce cabot ! C'est un gardien inefficace qui ne daigne bouger ses fesses qu'au son de sa gamelle qui se remplit.

Pourtant, lorsqu'il vient se coucher à mes pieds chaque jour, le tableau de mon nouveau quotidien côtoie la perfection.

– Merde ! Désolé. Terrance dort et... je devais finir ce meuble et... j'ai zappé.

Sans aucun remords... C'est plutôt calme en ce moment. Nos affaires roulent et les tensions se sont dissipées au fil des semaines. Même Rosario nous fiche la paix, c'est dire...

Comme si ça ne te triturait pas les méninges !

– Shaw a été arrêté ce matin, m'annonce Dax en s'appuyant contre mon établi.

– Putain ! Enfin !

– Un mandat a été délivré au nom du père. Il cachait son fils dans une propriété appartenant à une société-écran.

– Landford ?

– Ouais, ce mec est une sacrée tête de lard. Il a refusé de lâcher l'affaire.

Ce qui signifie qu'il a tapé dans l'œil de Dax. Avis partagé si je dois être honnête. Le geek a assuré le temps de notre collaboration et il possède des compétences qui nous manquent. De là à lorgner son curriculum vitae, il n'y a qu'un pas.

– Ted va te tuer si tu débauches l'un de ses agents. Surtout que, celui-là, il y tient.

– Bah ! Il ne le perdra pas de vue.

– Appelle-moi quand tu lui annonceras la nouvelle, si tu arrives à convaincre Land… Putain ! C'est déjà dans la poche ?

– C'est de ça que je voulais te parler. Il est prêt à signer.

Je ricane, pas vraiment surpris. En matière de recrutement, Dax a tendance à suivre son instinct et à agir. Un travers qui m'a peut-être gonflé, mais vu le résultat…

– Je valide. Rien que pour l'arrestation de Shaw, ce type mérite des lauriers. Putain ! Qu'est-ce que je suis content qu'on ait retrouvé ce salopard ! Je commençais à croire qu'il s'était tiré à l'étranger.

Dax hoche la tête sans rien ajouter.

– T'as autre chose en réserve ? l'interrogé-je, pas dupe devant son air flegmatique.

– Je pense que c'est le moment pour Arizona. Ça fait six mois qu'on la teste, et les gars sont unanimes : elle est prête !

Je grogne bruyamment. J'ai encore du mal à gérer la présence d'Arizona sur le terrain. Pas parce que je ne la crois pas capable d'assurer, mais parce que mon foutu instinct de protection s'active, sonnerie hurlante, dès qu'elle se confronte au danger.

Pas moyen de le lui avouer, cela dit, ou je suis bon pour dormir seul comme un pauvre con pendant quelques jours. Une perspective qui ne m'emballe pas vraiment.

– Tu vas mettre ton veto ? m'interroge Dax.

– Évidemment que non ! Elle est douée et c'est un atout pour nous.

– Mais ça te défrise le poil qu'elle bosse avec nous, se bidonne mon pote.

– Dis, mec, quand ta nana a été prise pour cible par les Demonic, tu la ramenais moins, hein !

– Je plaide coupable ! En fait, je suis ravi de te voir, à ton tour, dans cette posture. C'est… inattendu, mais qu'est-ce que c'est drôle !

– Ouais, c'est ça, marre-toi, enfoiré !

J'autorise Dax à rire et finis par me joindre à lui. Je n'échangerai ma place pour rien au monde, même si j'ai cogné les petits cons qui se sont octroyé le droit de me chambrer sur le sujet. Désormais, plus personne ne m'emmerde ! Comme avant, quoi !

Je suis peut-être amoureux, mais pas moyen que je sois autre chose qu'un enfoiré qu'il ne faut pas chauffer. Ça, c'est un privilège que j'accorde uniquement à ma Schtroumpfette !

– Ouais, moi aussi, je t'aime comme un frère ! riposte l'imbécile. Tu as zappé la réunion, mais, si tu ne veux pas que Dria te tombe sur le poil, pointe-toi au QG ce soir. Elle a décidé de nous rassembler autour d'une paella.

– On fête quoi ?

– Rien. Dria a décrété que le Shark ne pouvait pas remplir à lui seul la fonction de lieu de convivialité.

– Les gars vont détaler comme des lapins.

– Tout l'inverse, me contredit Dax avec un clin d'œil. Depuis que Dria a décidé de cuisiner à grande échelle, ils lui mangent dans la main. Ils se sont arrangés entre eux pour que même ceux de garde puissent venir grailler à un moment ou à un autre.

– Bande de morfals, ouais ! Compte sur nous. Ça f'ra une nouvelle expérience culinaire au p'tit.

– Pense à son bavoir, cette fois. Sauf si tu veux que… l'expérience culinaire te finisse de nouveau sur la tête.

Je ravale un sourire. Et pas parce que le sujet de discussion s'engage sur une voie improbable. Ouais, Dax et moi causant de couches et de purée… On aura tout vu !

Terrance apprend vite, mais il a un goût prononcé pour les bêtises. Me badigeonner de nourriture lorsqu'il mange sur mes genoux emporte son adhésion à tous les coups.

– Barre-toi, enfoiré !

Dax en a terminé avec moi. Il se dirige vers la sortie, le pas léger.

– Dis donc, tu l'as fini, le berceau ? m'apostrophe-t-il en s'immobilisant subitement sur le seuil.

Je plisse les yeux, en alerte.

– Je l'ai laissé de côté le temps de fabriquer quelques meubles pour Arizona. Pourquoi ?

– Je pensais que, peut-être, tu l'avais réservé pour Terrance.

– Non. Je lui ai façonné son propre lit. Le berceau… il est pour toi et Tasha.

– OK. Super. Génial.

– Si tu ajoutes « merveilleux », je te pète les dents. Tu accouches, oui !

– Ben, en l'occurrence, c'est Tasha qui va s'y coller, me renseigne-t-il, son sourire s'élargissant encore. Dans sept mois si tout va bien.

Je crois que je n'ai jamais vu Dax avec cet air benêt. Le pire : je n'ai même pas envie de me foutre de lui.

– Putain ! Enfoiré ! Pourquoi tu me l'as pas annoncé tout de suite ?

Je bondis sur mon pote en riant pour une accolade virile.

– On attend la première échographie pour informer tout le monde, m'explique-t-il en balayant ses cheveux d'un geste nerveux. Je voulais que tu sois le premier à le savoir.

– Terrance va pas grandir seul, c'est une chouette nouvelle. Et j'me sentirai moins con à parler de compote.

– Là-dessus, tu as un train d'avance sur moi. Je suis heureux, mais mort de trouille.

– Bienvenue au club, et tu vas vite réaliser que ça disparaît pas : ça s'accroît avec le temps. Merde ! J'suis tellement content pour vous deux.

– Pas un mot, ou Tasha me fusillera sur place.

– Compte sur moi. Et prépare la bibine. On va arroser ça, ce soir. Allez, maintenant, dégage que je le termine, ce fichu berceau !

Dax s'éloigne, son foutu sourire extatique sur les lèvres. Marrant, j'ai comme dans l'idée qu'il n'achèvera pas la journée sans se trahir.

Je finis le polissage de mon bahut, puis le recouvre d'un drap, pressé de rejoindre Arizona. Avec un peu de chance, Terrance ronflera encore et…

Installée sur la terrasse et emmitouflée dans un pull qui l'enveloppe jusqu'à mi-cuisses, Arizona m'épie derrière les pages écornées de son livre tandis que j'approche d'un pas résolu, Asticot sur les talons.

Nos débuts ont été difficiles, imprégnés de la présence de la bête. Aujourd'hui…

Aujourd'hui, l'écho n'est plus guère qu'un vague murmure qui ressurgit en période de stress. Ce qui m'autorise à savourer le petit corps sexy sans limites.

– Terrance ? demandé-je.

– Il dort comme un ange.

Le sourire d'Arizona m'électrise. Je me penche vers elle et la soulève pour la poser en équilibre précaire sur la rambarde de la terrasse. Elle s'enroule autour de moi pour ne pas tomber, une proximité qui me convient parfaitement. Enfin, le mieux serait que nous soyons nus, mais, ça, c'est prévu au programme !

– Hé ! Finir à l'eau en plein mois de février ne fait pas partie de mes fantasmes ! râle-t-elle.

– Non ? insisté-je en lui bécotant la bouche.

– Non, et tu ferais bien de t'y tenir si tu as dans l'idée de m'enlever mes fringues.

– C'est une invitation ?

Pour toute réponse, Arizona resserre l'étau de ses jambes et se frotte contre moi. Un défi sensuel auquel j'entends bien riposter !

Les mains plaquées sous ses fesses, je la ramène à l'intérieur, dans cette chambre qui m'est encore étrangement peu familière. Les fenêtres ont cédé la place à une baie vitrée qui reste ouverte la plupart du temps. Malgré ces aménagements, je continue parfois de dormir dans mon hamac.

– Panier, Asticot, indiqué-je au chien qui me file le train.

Il s'exécute dans un soupir qui mime parfaitement le désespoir. C'est surjoué, mais ça n'en finit pas de m'amuser.

– Ce chien est une vraie plaie, sifflé-je entre mes dents.

– Tu l'adores, riposte Arizona dans un éclat de rire.

Je la renverse sur l'édredon épais, un truc violet qui me fiche de l'urticaire, mais que je tolère puisque c'est un cadeau de belle-maman. Je sais désormais de qui Arizona a hérité son caractère volcanique…

– Il va falloir que tu fermes ta jolie bouche si tu ne veux pas réveiller Terrance, lui précisé-je.

– Merde ! Arrête avec ça. Je ne fais pas de bruit au lit, scande-t-elle en articulant chaque syllabe.

– Non, bébé, tu pousses juste d'adorables petits couinements…

– … qui ne te dérangent pas, d'habitude !

– Ouais, mais aujourd'hui, je suis en manque, avoué-je sans détour. Terrance nous interrompt à chaque fois que je suis chaud bouillant, alors, cette fois, je compte bien finir ma petite affaire avant qu'il nous appelle.

– Merde ! Ta petite affaire ? Je suis là, tu sais !

– Comme si je pouvais oublier que c'est ta petite chatte qui me procure autant de plaisir, la provoqué-je avant de tirer sur son jean.

Je siffle entre mes dents devant le morceau de dentelles qui ne voile pas grand-chose. Je salive à la perspective d'insinuer ma langue entre les replis roses, mais l'urgence prévaut sur la lente exploration des corps.

Je suis déjà dur et prêt à exploser. Être parent expose à quelques désagréments niveau vie sexuelle. Un travers qui ne m'a pas alerté les premières semaines, vu que j'étais en plein combat de catch avec la bête. Mais maintenant que je peux baiser sans éprouver la pulsion de massacrer Arizona, merde, c'est carrément hard !

Je me dénude sans quitter du regard le petit cul affriolant qui se trémousse pour mon plus grand plaisir. L'envie de prendre Arizona en levrette me grille les neurones, mais c'est finalement entre ses cuisses que je me couche.

Les yeux dans les yeux.

Bouche contre bouche.

Peau contre peau.

Ah, non ! Là, on n'y est pas encore. J'empoigne les rebords du chemisier et tire dessus d'un geste vif. Les boutons roulent au sol dans un cliquetis qui n'étouffe pas le cri de révolte d'Arizona. Je la bâillonne d'un baiser, profitant de la manœuvre pour décrocher son soutien-gorge.

– Pas de bruit, bébé, lui rappelé-je, le regard machiavélique.

– Je me tais mieux quand tu m'embrasses, réplique-t-elle, mutine.

– Je dois d'abord m'occuper de tes seins.

Je me penche vers les jolis tétons roses et en engloutis un tout en malaxant le second. Ma langue s'enroule autour du mamelon pour le sucer avant de le coincer entre mes dents pour l'étirer. Arizona se cambre sous l'effet d'une légère douleur, que j'apaise aussitôt en soufflant sur le bourgeon durci.

– Encore ! commande-t-elle.

J'obtempère, ravi d'accorder au jumeau esseulé les mêmes attentions. Arizona se mordille les lèvres, ravalant les gémissements qui montent dans sa gorge. Une vision qui me donne envie de glisser ma queue dans sa bouche.

– Ce soir, tu me suceras, exigé-je.

– Fais-moi déjà jouir, après on verra, m'objecte ma belle indocile.

Pendant que ma langue continue de titiller les pointes durcies, mon pouce caresse l'arrondi charnu, là où l'épiderme est le plus doux. Mon besoin de marquer s'impose, comme à chaque fois que l'on baise. Je frotte mon menton entre les deux globes, mon début de barbe rougissant la peau fragile.

– Plus fort !

– Tyran ! lancé-je en riant.

J'écope d'un sourire langoureux en retour. Un sourire dont le feu transite directement jusqu'à mon sexe. J'aime que ma compagne n'ait pas froid aux yeux et qu'elle réclame sans fausse pudeur ce qui la fait grimper aux rideaux.

Tout comme j'affectionne qu'elle s'abandonne à moi en toute confiance lorsque je l'entraîne sur des chemins inhabituels. Après vingt ans à baiser en levrette, je conquiers ma libido avec l'impression que le champ des possibles est infini.

– Je suis exigeante, me corrige-t-elle.

– Hum !

Je remonte le long du cou gracile, ma main dérivant beaucoup plus bas. La dentelle ne me résiste pas longtemps. Je m'insinue entre les lèvres humides en avalant les gémissements d'Arizona dans ma bouche.

Je suis un enfoiré de première qui adore l'exciter jusqu'à ce qu'elle se tortille sous mon corps.

Je m'exécute avec cet élan primaire qui me hurle que cette femme est à moi. Que chaque marque que je laisse sur sa peau, qu'elle soit physique ou pas, consolide notre lien. Un sentiment primitif et sauvage, mais je suis incapable de lutter contre cet instinct.

Mes doigts valsent dans le fourreau étroit pendant que mon pouce masse le clitoris, si sensible à mes caresses. Arizona se contracte, au bord de l'orgasme. Je me retire sans pitié. C'est sur ma queue que je veux qu'elle explose !

– Pourquoi tu fais ça à chaque fois ? râle-t-elle, haletante.

– Parce que j'aime être en toi quand tu jouis.

– Argument recevable, ronchonne-t-elle.

Je ris contre sa bouche, mon sexe se positionnant à l'entrée de son vagin. Ça fait deux mois que nous baisons sans préservatif. Deux mois que Tasha nous a remis les résultats de nos examens sanguins.

Deux mois que je m'engouffre au paradis à chaque fois que je m'enfouis dans la chatte serrée d'Arizona.

Je la pénètre lentement sur quelques centimètres, puis lui assène un coup de reins plus vif. Juste comme elle aime. Juste comme j'aime.

Arizona m'entoure de ses bras, rivant nos poitrines l'une contre l'autre. J'ai beau ne pas être du genre tactile, avec elle je plébiscite cette union absolue de nos deux corps. Je suis possessif et jaloux, et je ne m'en cache pas. La bête a peut-être perdu de la voix, mon tempérament reste le même.

La fougue me collera toujours mieux à la peau qu'un comportement tiédasse.

Nous entamons une danse endiablée où le claquement de nos épidermes le dispute à nos halètements ténus. La jouissance nous cueille dans un cri unique. Nous réunit dans une explosion si intime que mon esprit se disloque.

Je m'astreins à rouler sur le côté pour ne pas écraser Arizona et la ramène contre mon flanc. Comme toujours.

– Je t'aime, me chuchote-t-elle à l'oreille.

Nos caresses se poursuivent, languides et apaisées. Un moment que je plébiscite presque autant que le feu de la passion.

– Je t'aime, riposté-je en écho, ma bouche dérivant paresseusement sur son visage.

Arizona en profite pour effleurer mes lèvres, et j'engloutis les doigts un à un, examinant au passage le tatouage encré sur son avant-bras.

– J'adore vraiment beaucoup, signalé-je.

L'aigle se dessine sur la face supérieure, s'invitant sur le dos de la main, et déploie ses ailes autour du poignet gracile. Le résultat est bluffant, comme toutes les œuvres de Sacha.

– Billy l'aurait apprécié.

– C'est un bel hommage à ton frère, bébé.

Ma voix doit me trahir parce qu'Arizona me claque le bras d'exaspération.

– Arrête ! Je ne me ferai pas tatouer ton nom sur le corps. C'est... Merde ! Tu ne veux pas non plus que je l'affiche sur mon front ? Tout le monde sait que je suis ta femme et...

Je jure entre mes dents, un poil dépité.

– Sur le front, non, mais une minuscule inscription au bas des reins... ou sur ton fessier charnu ?

– Même pas en rêve, glousse-t-elle lorsque ma main sinue sur les zones citées pour quelques chatouilles. Tu es irrécupérable ! Non, pas là, je...

Au moment où j'insère un doigt entre les chairs rebondies, la petite voix de Terrance s'élève, parfaitement éveillée.

– Finie la sieste crapuleuse, mon amour ! me nargue Arizona.

– J'y vais, dis-je dans un grondement qui exprime assez bien mon regret de m'extirper du lit. On a rendez-vous au QG pour une paella, mais on reparlera de notre affaire après.

– Fellation et tatouage ne font pas bon ménage, mon chéri, me serine-t-elle, son corps nu magnifiquement alangui. À toi de voir...

– Tu ne devrais pas me défier, bébé, tu sais à quel point je suis mauvais perdant.

Pourtant, l'idée de jouer avec cette femme, indéfiniment, est bien l'unique chose au monde pour laquelle je me damnerais.

ÉPILOGUE

Tate
Huit ans plus tard

Terrance pénètre dans la clairière comme un boulet de canon, poursuivi par un Hayden surexcité. Les deux garnements s'entendent comme larrons en foire, malgré leurs deux années de différence.

Une amitié qui nous vaut, à Dax et moi, des cheveux blancs. Pas moyen d'ignorer que nos gamins sont aussi casse-cou que nous et s'arrangent pour inventer les pires bêtises ! Dieu nous protège…

– C'est moi le premier ! hurle mon fils.

– Tu l'as déjà fait ce matin, objecte Hayden, affichant le regard assassin de son père.

– P't'être, mais c'est parce que je suis le plus grand !

– Et si tout le monde se calmait ! ordonne Emmett, bras croisés sur son torse mince.

Je rigole en voyant les deux loupiots se figer devant le prospect. Ce dernier est jeune. Néanmoins, il porte en lui cette autorité qui en fera un excellent Styx Lion. Pour le moment, il en est encore à prouver ses compétences et sa loyauté.

Je n'ai aucun doute sur le résultat, mais nous n'avons jamais accordé de passe-droits à quiconque. Emmett suivra le même chemin que les autres aspirants et fera de lui-même la différence. Sa force de caractère l'a déjà propulsé parmi les meilleurs de sa génération.

Tandis qu'il aboie ses consignes aux garçons, je me rappelle le jour où il a débarqué à nos portes. Dix-huit ans de rage contenue et une détermination à toute épreuve.

Dax lui a ouvert les bras sans hésiter, mais pas sans conditions, la première étant que le jeune homme apprenne un métier. Peu importe lequel, du moment qu'il lui convient.

Je sais que Dax escomptait que le gamin plébisciterait une autre voie, moins périlleuse. Un espoir vite éreinté. Emmett est aussi résolu qu'il est têtu. Un mélange détonant qui fera de lui un coéquipier de confiance le moment venu.

– Nous sommes bien d'accord ? conclut-il à la fin de son petit laïus.

Les deux garçons hochent la tête, révérencieux. Emmett a réussi à sortir de la maison des horreurs après quatre essais, de quoi le propulser au rang de héros pour nos terreurs, qui ne rêvent que de reproduire cet exploit.

Un exploit qu'ils s'attellent à réaliser dès que nous avons le dos tourné.

C'est la raison pour laquelle ils trépignent au milieu de la clairière nouvellement aménagée. Sam a fait des prouesses avec le cabanon des enfants. La version miniature de notre grange expose des épreuves accessibles aux gosses et des exercices qui tiennent plus de la cage d'écureuil que d'un piège grandeur nature. Mais les petits l'adorent.

Terrance se présente à l'entrée du goulot d'entrée, le visage fendu d'un large sourire. Hayden, campé sur le côté, élève le chronomètre comme si c'était un trophée. Je félicite intérieurement

Emmett pour avoir proposé cette solution, qui offre à chacun un rôle bien précis.

– Prêt, feu, partez ! hurle Hayden en enclenchant le chrono.

Emmett m'adresse un clin d'œil assuré. Il veillera tout du long sur le périple des enfants. Je peux m'asseoir tranquillement et les chaperonner de loin.

– Papa, s'élève une voix claire derrière moi.

Alia me dévisage avec cette gravité qui exprime plus de malice qu'un réel sérieux. La chipie a compris, depuis un bon moment, qu'un visage chiffonné lui déverrouillait toutes les portes.

À 5 ans, elle en use et abuse sans aucun scrupule. Et je suis le premier à me laisser duper. Asticot est le second. Il lui file le train depuis le jour où l'on a ramené notre princesse à la maison.

– Où est maman, ma chérie ?

– Elle est restée avec le bébé et Kiera.

Alia arbore une moue irrésistible. Céder sa place de petite dernière a été difficile, d'autant qu'elle ne comprend pas que sa sœur n'est pas encore capable de jouer avec elle.

– Kiera, elle a dit qu'elle allait préparer des pizzas, et maman veut l'aider.

Excellente nouvelle ! Kiera, notre nouvelle protégée, est un cordon-bleu hors pair qui adore nous régaler de savoureux plats. Elle a rejoint notre famille trois mois après l'arrivée d'Emmett. Ce dernier aurait aimé obtenir sa garde, mais son jeune âge et son absence de travail n'ont pas plaidé en sa faveur.

Grâce à quelques appuis chèrement acquis, nous avons pu recueillir l'aval du juge. Keira, adolescente facétieuse, s'est donc installée avec nous.

Une façon, pour moi, de tenir cette promesse prononcée il y a si longtemps. Toutes ces années, je n'ai pas perdu de vue les deux gamins sauvés de Seconde Chance. Intégrés dans un foyer, ils ont bénéficié de tous les soutiens psychologiques nécessaires pour franchir les étapes d'une difficile reconstruction.

Désormais, ils sont sous ma protection et celle des Styx Lions, une caution qui vaut serment.

Alia, devant moi, se dandine sur ses pieds, sa petite bouche plissée.

– Qu'est-ce qu'il y a, mon cœur ?

– Taryn, elle va me montrer la tyrolienne.

– Tu adores ça, non ?

– Oui, mais… on va aller sur la grande, me chuchote-t-elle d'un air de conspiration.

L'aire de jeux des enfants a été aménagée pour offrir des structures adaptées à tous les âges. Alia pratique la tyrolienne des petits depuis des mois, riant à chaque envolée, et bave d'envie devant les prouesses de Taryn, qui s'entraîne sur un modèle plus audacieux.

Devant l'insistance de ma fille, la jumelle d'Hayden a promis à cette dernière de l'aider à franchir le cap.

– Tu as peur, c'est ça ?

– J'ai pas peur ! s'insurge ma princesse, l'œil noir. Mais… elle est très haute, tu sais. Et Taryn, elle fait plein de pirouettes trop cool.

– C'est vrai, elle est très douée. Mais elle a dû apprendre. Pour sa première tentative, elle n'était pas aussi à l'aise. C'est comme pour tout : on doit s'entraîner, beaucoup parfois, pour s'améliorer. Je suis persuadé qu'un jour, tu feras de magnifiques acrobaties.

Alia hoche la tête, mais elle se mordille toujours les lèvres. Indécise. Inquiète.

– Et si je tombe en grimpant sur l'échelle ? bafouille-t-elle, les yeux rivés au sol.

– Alia, mon ange, regarde-moi. Tu te souviens de ta première lancée sur la tyrolienne ?

– Non…

Je souris et caresse la joue satinée.

– Lorsque tu es montée dans la nacelle, tu as voulu redescendre. Tu avais peur de dégringoler.

Alia plisse un peu plus son petit nez, pas franchement ravie que je lui rappelle ce souvenir.

– Maman t'a expliqué qu'elle avait chuté de nombreuses fois quand papy l'emmenait en promenade pour jouer dans les arbres.

– Avec oncle Billy ?

– Oui, avec oncle Billy. Lui aussi trébuchait. Et, comme maman, il se relevait et recommençait. Parfois, on tombe, mon cœur, mais l'important, c'est de ne pas renoncer. Si tu n'y parviens pas aujourd'hui, ce sera demain ou après-demain.

– Je préfère réussir du premier coup, insiste-t-elle, morose.

J'éclate de rire, fasciné par la ténacité de mon petit ange.

– Tu ressembles tellement à ta maman, chuchoté-je.

– Alia ! s'élève la voix de Taryn. Où t'es ?

– Papa…

– Tu as le choix, mon cœur : tu peux aller rejoindre Taryn et tester la grande tyrolienne, ou essayer plus tard. Rien ne t'oblige à te lancer aujourd'hui. Ou alors, je peux t'accompagner et t'aider.

Alia tergiverse, son regard s'attardant sur la silhouette de la structure qui l'effraie. Taryn nous a aperçus et elle agite les mains dans notre direction, son visage éclairé d'une détermination enjouée.

– Non ! Je vais le faire toute seule ! décide-t-elle. Mais si je tombe… tu viendras ?

– Promis. Je reste là, juste pour toi !

Alia lance ses bras autour de mon cou et m'embrasse. Puis, fidèle à son tempérament enflammé, elle file vers Taryn, Asticot lui emboîtant aussitôt le pas.

– Tu me fais une petite place ? m'apostrophe Arizona.

J'écarte les cuisses de façon à libérer un espace intime. Huit années n'ont pas altéré mon besoin de proximité avec Arizona. En dépit des tempêtes et des écueils, nous avons surmonté les épreuves, renforçant ce lien qui nourrit notre amour chaque jour un peu plus.

Les ombres n'avaient aucune chance face à la lumière de ma Schtroumpfette.

Ou alors c'était notre destin ? Un proverbe ne proclame-t-il pas qu'un fil rouge nous relie aux personnes qui sont vouées à partager notre existence ?

– Où est Samara ? demandé-je tandis qu'elle se coule dans l'écrin de mes bras.

– Elle vient de finir sa tétée et dort comme un bébé. Kiera la surveille. Que fait Alia ?

– Elle a décidé de tester la grande tyrolienne. Je veille, au cas où.

– Elle ne risque rien, alors.

Cette confiance absolue… Après tout ce temps, elle me sidère toujours autant.

Je dépose un baiser sur la nuque de ma compagne, ravi et un chouïa excité de la sentir tressaillir sous mon souffle.

– Tasha et Dax proposent de garder les enfants ce soir. Ça te dirait une petite baignade ?

– Tu me laisseras admirer ton joli tatouage ?

Ma main effleure la courbe de la hanche féminine, à l'endroit exact où le loup hurle sous une lune rousse. La réplique du prédateur qui encre ma peau a trouvé naturellement sa place sur celle d'Arizona.

– Possible, riposte-t-elle en riant. Mais uniquement si tu me montres le tien !

Fin

REMERCIEMENTS

Si vous êtes arrivé jusqu'au mot « Fin » de cette nouvelle aventure des Styx Lions, il est fort probable que vous ayez été séduit par Tate, ou du moins fasciné par le personnage complexe qu'il représente.

Vous ne serez pas surpris d'apprendre qu'il y a quelques années, je m'imaginais médecin légiste ou psychopathologue. Avec *H.A.R.D.*, j'ai eu l'occasion et l'opportunité de travailler sur cette noirceur qui me fascine. De toucher à des thèmes qui sont malheureusement d'actualité (et que l'on ne doit pas oublier) et qui tiennent, en littérature, du thriller et du roman psychologique.

Mais *H.A.R.D.*, au-delà de ces sujets sombres, reste une magnifique romance, l'histoire de deux êtres complexes qui se comprennent, s'écoutent et s'entendent parce que reliés par un fil rouge tenu, mais bien réel.

H.A.R.D., c'est donc aussi et surtout un message d'espoir, un plaidoyer pour ces mains tendues qui se dressent sur le chemin des personnes même les plus cabossées par la vie.

Pour Tate, vous l'aurez compris, c'est :

Arizona, main tendue lumineuse et intrépide, si intelligente et à l'écoute des autres qu'elle sait voir au-delà des apparences,

Dick, main tendue pétrie de sagesse,

Terrance, main tendue de l'innocence qui résonne comme un écho du passé et offre les outils d'une résilience inattendue,

Dax, main tendue de l'ami fidèle et loyal.

J'espère sincèrement que vous aurez su « voir » Tate comme Arizona, au-delà des apparences et de l'obscurité. Moi, en tout cas, il m'a entraînée bien plus loin que ce que je m'étais imaginé, et je garderai cette aventure exceptionnelle dans un coin de mon cœur.

Je tiens d'ailleurs à remercier les éditions Addictives, et en particulier Maud, pour avoir cru en mes petits Styx Lions, et m'avoir aidée et soutenue tout au long de cette belle aventure. Ces remerciements sont d'autant plus sincères que la version définitive de *H.A.R.D.* a consacré Tate tel que je l'ai créé, avec ses abysses insondables et cette « bête » qui le dévore à petit feu. C'est extrêmement précieux pour un auteur d'être soutenu par sa maison d'édition, jusque dans ses délires les plus sombres.

Une pensée pour mes deux loulous qui sont mes plus fidèles supporters et me stimulent au quotidien. Ils ont été une source d'inspiration de bien des façons pour ce roman…

Merci à toute ma famille pour son soutien pendant ces heures où je me coule dans la peau d'une ourse qui s'enferme au fond de sa grotte. Et une pensée pleine d'amour pour tous ceux dont l'absence reste une déchirure.

Je ne peux oublier mes bêtas, des relectrices attentives et géniales qui m'ont soutenue tout au long du processus d'écriture : Elodie, Marine, Lara et Amel. Votre aide m'a été précieuse ! Je m'excuse si je vous ai parfois fait frémir avec certaines scènes et je ne vous remercierais jamais assez pour vos retours et votre appui tout au long de cette aventure.

Mes derniers mots seront pour vous, lecteurs et lectrices, blogueuses et chroniqueuses, qui vous êtes plongés dans les ténèbres du monde de Tate avec un enthousiasme qui m'a soufflée. Merci d'avoir ouvert votre cœur à Tate, d'avoir ri des reparties d'Arizona, d'avoir accepté de sombrer avant d'émerger.

Merci également pour tous les retours reçus, les petites attentions, les interrogations, les coups de cœur ou les coups de gueule… Vous m'avez fait vivre une aventure, au point que j'en ai souvent eu les larmes aux yeux.

Entre vos mains, mes Styx Lions sont devenus les vôtres, et c'est le plus beau des cadeaux pour un auteur.

Extrait

KISS, KILL & RIDE

Gaëlle Sage

PROLOGUE

Amy
Dix ans auparavant…

Il fait toujours nuit lorsque je sors de la maison par la fenêtre de ma chambre. La pluie s'est arrêtée, laissant place à un air frais et humide. Un dernier regard pour le seul foyer que j'aie jamais connu, celui qui m'a vue grandir et où ma famille est en train de dormir paisiblement.

Comment ma vie a-t-elle pu prendre un tournant pareil ? Il y a encore quelques heures, j'étais une adolescente normale de 15 ans, mais maintenant, que suis-je ?

J'ai voulu goûter à un semblant de liberté, braver l'interdiction de mon père mais j'en ai payé le prix fort. J'ai été trahie, brisée par une personne en qui j'avais confiance et alors que j'avais déjà un genou à terre, ma propre famille m'a porté le coup de grâce.

Je passe le doigt sur ma lèvre encore meurtrie qui me rappelle que tout ceci est bien réel, qu'il n'y a plus rien pour moi dans cette maison.

La gentille Amy, celle que tout le monde connaît, est morte ce soir.

Je remonte ma capuche et pars en direction de la seule personne qu'il me reste, ma toute dernière chance de disparaître pour de bon. J'espère seulement que lui ne sera pas un bourreau de plus, sinon que Dieu ait pitié de mon âme.

1

« Il n'existe rien qu'on puisse appeler le passé, parce que le passé existe dans le présent. »

William Faulkner, *Les Aphorismes*

Amy

– Amy !

10, 11, 12…

– Amy !

13, 14, 15…

– Merde, Amy, tu pourrais répondre quand je t'appelle ! Le boss veut te voir, il t'attend dans son bureau.

Je lâche la barre de traction et me retourne pile au moment où Karl m'envoie une serviette.

– Tu pues, mais pas le temps de prendre une douche, princesse, ça a l'air important.

Ma mâchoire se crispe au mot « princesse ». Dans ma vie antérieure, c'est ainsi qu'on m'appelait. Mais elle est très loin, l'époque de l'innocente princesse.

– Le boss a l'air tendu et je ne pense pas que ce soit dû à une « fulguro tourista », plaisante Karl pour essayer de détendre l'atmosphère.

– Ça dépend, est-ce que Janis s'est encore essayée à la cuisine mexicaine ? dis-je sur le ton de l'humour tout en suivant Karl dans les couloirs.

Janis, sa femme, s'est lancée dans la cuisine, et le résultat n'est pas très concluant. Mais il préfère cela à son ancienne passion : la sculpture au chalumeau (oui, au chalumeau) car elle avait littéralement mis le feu à la maison. Rien que d'évoquer son prénom, Karl a le sourire. Personne d'extérieur à notre cercle ne pourrait penser que ce grand gaillard de deux mètres, ancien boxeur, puisse devenir une vraie guimauve en présence de sa femme. Il n'empêche que le dernier exploit culinaire de Janis s'est soldé par une pénurie de papier toilette dans tout le domaine... Rien qu'en y repensant, j'ai le sourire. Heureusement pour moi, ce soir-là, j'étais au boulot !

– Rigole, AJ, mais je te sauverai pas les miches la prochaine fois qu'elle aura besoin de volontaires pour tester ses pâtisseries. T'es la seule à avoir encore toutes tes dents d'origine !

Ce commentaire me fait sourire, je lance un clin d'œil à Karl et ouvre le bureau de Gio.

Tout le monde ici l'appelle boss sauf Achille, son fils, et moi. Gio est le frère de ma mère et accessoirement le chef de la mafia sicilienne, ici, à Tucson, Arizona. J'ai quitté un club de motards pour la mafia mais il y a dix ans, mes options se limitaient à deux choix : Gio ou la rue. Est-ce que je ferais les choses autrement si j'en avais l'opportunité ? Abso-lu-ment pas ! Avec l'aide de mon oncle et de sa famille, j'ai pu me construire l'avenir que j'ai choisi. Je suis devenue une femme indépendante, forte physiquement et mentalement. Rares sont les personnes qui me font chier, je suis très sanguine et je ne fais pas dans la demi-mesure.

– Karl m'a dit que tu me cherchais ? lancé-je en refermant la porte derrière moi.

– Amy, assieds-toi, s'il te plaît, j'ai quelque chose à te dire.

Cinq petits mots qui, chaque fois qu'ils sont prononcés, annoncent une mauvaise nouvelle. Je prends donc place face à mon oncle, confortablement assis derrière son bureau, un subtil mélange de bois et d'acier. Ce qui le représente tout à fait : il peut se montrer tour à tour docile et inflexible.

– Je t'écoute.

– Je ne vais pas y aller par quatre chemins. Ton père veut te rencontrer. Enfin, il veut rencontrer AJ, la personne qui exécute ses contrats depuis près de cinq ans.

Gio cesse de parler et je le vois scruter mon visage à la recherche de la moindre expression, mais rien, j'ai revêtu mon masque, celui que j'ai façonné il y a dix ans et qui ne laisse rien transparaître. Je ne peux pas me permettre de montrer à mon oncle que cette nouvelle m'affecte. Car oui, bien malgré moi, l'organe dans ma poitrine se contracte à la pensée que mon géniteur souhaite me rencontrer. À moins que ma véritable identité n'ait été révélée, il ne sait pas que je suis AJ, et je suis parcourue par tout un flot d'émotions. La nervosité se mêle à l'impatience, la colère à l'excitation. Sans vouloir le reconnaître à haute voix, j'attends ce moment depuis des années.

AJ, ce sont les initiales d'Amy Jackson, mon véritable nom, connu uniquement de quelques personnes pour qui je pourrais donner ma vie et vice versa. Quand je suis arrivée cette nuit-là chez mon oncle, je n'ai pas supporté qu'il m'appelle Amy. Trop de mauvais souvenirs. Plus tard, il m'a appelé AJ et c'est resté, pour ma famille et mes collègues comme pour mes clients. Sans compter que tout le monde pense, avec ce surnom, que je suis un mec et ça me sert bien, dans mon métier. Ça crée la surprise dans le regard de ceux qui connaissent ma réputation et quand ils comprennent qui est AJ, c'est déjà trop tard pour eux.

– Il t'a dit pourquoi ? demandé-je, ancrant mon regard au sien.

– Non. Seulement qu'il voulait te rencontrer, physiquement.

– Tu penses que quelqu'un nous a trahis ?

Mon oncle recule dans son fauteuil, croise les bras et m'observe, le regard dur. Je sais qu'il n'apprécie pas que je pose cette question mais elle est tout à fait légitime, même si j'ai une confiance absolue dans ma famille d'aujourd'hui.

– Tu sais que ton identité n'est connue que d'une poignée de personnes et toutes ces personnes te sont fidèles, te respectent. Alors, pour répondre à ta question, non, je ne pense pas que quelqu'un ait divulgué ton identité mais toujours est-il que si tu acceptes de le voir, il faudra te méfier et rester sur tes gardes tant qu'on ne connaît pas vraiment le but de cette réunion. Garde à l'esprit que s'ils font appel à tes services pour certaines cibles, ça ne fait pas pour autant d'eux des enfants de chœur. Ils pourraient très bien vouloir nous doubler et nous éliminer ou nous proposer une alliance.

Face à mon silence, mon oncle ajoute :

– Je ne t'oblige à rien car tu ne lui dois rien. Si tu ne veux pas de cette réunion, je lui dis d'aller se faire foutre. Des contrats comme les siens, j'en reçois toutes les heures, tu…

– C'est OK pour un rendez-vous. Tiens-moi au courant des détails techniques.

Gio ne cherche pas à épiloguer, il me connaît trop bien. Quand je décide quelque chose, ce n'est pas la peine d'essayer de me faire changer d'avis. Il m'observe encore quelques secondes sans rien ajouter puis il prend son téléphone, mettant fin à notre conversation. Je regagne mes appartements sans un regard ni une parole pour les gens que je croise.

Mes appartements sont situés dans l'aile réservée du domaine. Ce que j'appelle « le domaine » est en réalité une immense bâtisse en L à quatre étages, entourée d'hectares de jardins, le tout protégé par un mur immense équipé de caméras et de détecteurs infrarouges. Toute une partie est destinée aux salles communes, c'est-à-dire trois salles de sport entièrement équipées d'appareils modernes, une salle d'entraînement avec deux rings au centre, une immense cuisine pour les hommes de mon oncle. Il y a également une piscine et une salle de projection. Mon oncle ne lésine pas sur les moyens, il dit toujours qu'un employé heureux au travail est un employé qui met du cœur à l'ouvrage. Quant au bureau de mon oncle, il est situé au dernier étage de cette partie-là de la bâtisse. Une porte dissimulée dans son bureau lui permet d'aller et venir de ses appartements à son bureau.

Dans la seconde partie, au dernier étage, on retrouve les appartements privés de Gio, ceux d'Achille sont au troisième, les miens au deuxième et ceux d'Alessio et de Karl, quand il a besoin d'une pause avec Janis, au premier. Au rez-de-chaussée, un immense salon où Gio se plaît à organiser des soirées familiales. Chaque étage dispose de sa cuisine, de sa salle de bains et de ses toilettes mais, bien souvent, nous nous retrouvons tous à partager notre repas dans la cuisine attenante au grand séjour.

Évidemment, le sous-sol du domaine est également aménagé avec un grand garage souterrain, un bunker antiatomique et surtout une salle d'armes dans laquelle je passe beaucoup de temps. Le calme de la pièce, son sérieux m'aident à me concentrer, sans compter que nettoyer mes armes a le don de m'apaiser. Cette pièce n'est accessible qu'à très peu de personnes. Tout au fond du jardin se trouve également ce qui ressemble à un gymnase, de l'extérieur, mais qui en fait est mon espace de jeu. Mon oncle a fait installer un parcours de tir avec des cibles fixes et d'autres en mouvement. Nous pouvons aussi être dans le noir comme en pleine nuit, avec de la fumée. Il y a des enceintes à tous les angles de murs afin de reproduire des sons tels que des cris, une fusillade, une explosion, etc. En somme, tout ce qui peut être source de déconcentration.

Je me déshabille et file sous la douche. Je pose mes mains sur le carrelage froid et ferme les yeux. Les premiers jets d'eau bouillante sont comme des coups de fouet sur ma peau, me ramenant douloureusement dix ans en arrière. Mon estomac se tord au rappel de la jeune fille fragile et naïve que j'étais à cette époque-là.

addictives

Romans déjà parus et à paraître

Rose Becker
Le Bébé, mon milliardaire et moi (aussi en poche)
Torride, sexy & dangereux
Forever You – saisons 1 et 2
Dangerous

Phoebe Campbell
Tes ordres sont mes désirs – poche
Lui résister… ou pas – l'intégrale
You Again
Single Daddy. Try Me if You Can

Mia Carre
Bad for You
Teach Me Everything
Charmant connard!

Mélodie Chavin
Campus Rules

Olivia Dean
À lui, corps et âme – volumes 1 et 2 – poche

Ann Fox
Spring Break – l'intégrale

Emma Green
Toi + Moi : L'un contre l'autre (aussi en poche)
Toi + Moi : Envers et contre tout (aussi en poche)
Toi + Moi : Seuls contre tous (aussi en poche)
Call Me Baby – volumes 1 et 2
Call Me Bitch
Love Me if You Can
Kiss Me if You Can
Bliss. Le faux journal d'une vraie romantique – volumes 1 et 2
Jeux interdits
Jeux insolents
Jeux imprudents
Une toute dernière fois
Fallait pas me chercher! – volumes 1 et 2
Corps impatients (aussi en poche)
Cœurs insoumis (aussi en poche, à paraître en février 2021)
Âmes indociles
Cent facettes de Mr Diamonds – l'intégrale

Bliss. Le faux journal d'une vraie romantique – l'intégrale
(Im)parfait
Love Me if You Can – l'intégrale
Kiss Me if You Can – l'intégrale
It's Raining Love!
The Boy Next Room
Call Me Baby – l'intégrale
Call Me Bitch – l'intégrale
PS: Oublie-moi!
Fallait pas me chercher! – l'intégrale
Recherche coloc: emmerdeurs, râleurs, lovers… s'abstenir!
10 bonnes raisons de te détester !
Just 17
Love & Lies on Campus (à paraître en février 2021)

Kim Grey
Insolent Bastard

Megan Harold
Sublime-moi! – poche
Breaking the Rules
Initiation with my Boss

Amy Hopper
Gone Boy

Julie Huleux
Alpha Player

Kate Jacobson
Révèle-moi – volumes 1 et 2

Amber James
Contrôle-moi ! – poche

Lucy Jones
Perfect Lover. Envoûte-moi – poche

Charlie Lazlo
Mon insupportable boss

Sienna Lloyd
Mords-moi!

Nina Marx
Escort Girl. Diamonds Private Club – poche
Rock You – l'intégrale de la trilogie *Soumets-moi!*

Caroline Mongas
Mariage forcé. Un contrat indécent

June Moore
Étreinte – volumes 1 à 3

Zoé Murat
Stepbrother Love

Clara Oz
Arrogant
Te séduire, te trahir

Lise Robin
Infiltrée. Sex, Drugs & Danger
Love Scandal

Alex Roussel
The Casting

Gaëlle Sage
Kiss, Kill & Ride (à paraître en février 2021)

Ana Scott
Dark Ride
Last Ride
Vicious Ride
The Dominant

Camilla Simon
Le voisin parfait est un enfoiré

Ève Souliac
Sexy Mistake

Liv Stone
Love Lessons

Lisa Swann
Adore-moi ! – l'intégrale

Louise Valmont
Toi & moi, c'est compliqué !
Mine Again

Chloe Wilkox
Ordonne-moi ! – l'intégrale
Extreme Lover – l'intégrale
Immoral
Your Game, My Rules – poche
Dominant Boss. Apprends-moi
The Virgin's Price

Luv

Romans déjà parus et à paraître

Ana K. Anderson
Indompté
Scottish Bastard

Sophie Auger
Be with Me

Laura Black
Dark Initiation
Games of Desire
H.A.R.D. Hot, Arrogant, Rebelle, Déterminé

Margot D. Bortoli
Too Young

Juliette Brunel
Delicious

Anne Cantore
On the Road with You
Promets-moi. Louise et Marco

Sarina Cassint
Avec toi… peut-être
Insolent Boss

Mary Ann Davis
Coach Me Love !

Nora Davy
Absolute Boss
Don't Resist

Gwen Delmas
Noël, toi & moi
Perfect Boss

Cléa Dorian & Ninon Vars
Dark Love

Laurie Eschard
Love Naked

Lil Evans
Savage Rider
Crash & Burn
Boss Affair

Alexandra Gonzalez
Shades of You

Erin Graham
Teach Me Love
The Boss
Secret Stepbrother

Joh Harper
Crazy Love

Iris Julliard
Prends-moi contre toi
Catch & Shoot

Lucie F. June
Fight with Darkness

Sara June
Rider in the Dark
Sexy Wild Rider

Lena Jung
Mon coloc, mes désirs & moi

Emily Jurius
Love to Hate You

Allie Krown
High School Challenge

Pauline Libersart
Tiger. Entre ses griffes

Ella Lores
Mariée par accident à un connard arrogant rencontré la veille…

Jessica Lumbroso
Emma X. Secrète et insoumise

Mila Mirelli
Dark Man in Love

Mag Maury
Fast Games
No Love, No Limits
My Hipster Christmas

Jeanne Pears
Insupportable coloc
Colocs & Sex Friends

Jeanne Périlhac
Only You… & Me

Sophie S. Pierucci
L'Inconnu de l'ascenseur & Moi (aussi en poche)
My Stepbrother. L'initiation

Silvia Reed
Darkest. La dernière heure
Too Close

Anita Rigins
No Rules

Avril Rose
Coffee, Sex & Law

Jana Rouze
Effet de vague – saisons 1, 2 et 3

Wendy Roy
Une seule fois (ou presque)

Ana Scott
À corps brisés

Léana Soal
Fight & Hope

Cara Solak
Perfect Obsession

Liv Stone
Initie-moi. Mes jours contre tes nuits

Lena K. Summers
Perfect Bad Boy

Kaly Swann
Austin. Breathe with Me

Lily Tortay
Dance for Me

Flore Valier
Ta peau contre la mienne

Anna Wendell
Arrogant Bad Boy
Apprends-moi le désir

High School Challenge
Allie Krown

Séduire une fille vierge et coucher avec ? Pari tenu.
Evan est sûr de lui, sexy, mystérieux : rien ni personne ne lui résiste.
Les filles ? Une différente chaque soir. Le deal est simple : elles se donnent toutes à lui, il ne se donne à personne.
Tout bascule lorsque son équipe de foot lui impose un pari : séduire une fille vierge et coucher avec elle.
Sa cible ? Calliopé, jolie, un peu coincée et naïve. Ça devrait être simple et facile.
Ce sera son plus grand défi.

Auteure : Laura Black

Edisource – Éditions Addictives
100, rue Petit, 75019 Paris
Imprimé par FINIDR – Lipova cp. 1965 – 73701 Cesky Tesin, République tchèque
Dépôt légal : janvier 2021 – Achevé d'imprimer : décembre 2020
ISBN : 978-2-37126-405-2
Réf. contrat : ZATE_001